SHIRLEE BUSBEE

Eine stürmische Nacht

Buch

Um ihr Dorf und das, was von ihrem Familienvermögen noch übrig geblieben ist, vor ihrem verschwenderischen Cousin zu schützen, leitet die reizende Emily furchtlos eine Schmugglerbande. Nur so hat sie die Möglichkeit, ihre Familie vor dem völligen Ruin zu retten. Bevor die Truppen des Königs ihr auf die Schliche kommen, will sie eine letzte gefährliche Sendung erwerben. Doch in jener einen stürmischen Nacht ziehen ihre Männer den frischgebackenen Viscount Barnaby Joslyn halb tot aus dem Meer. Und Emily steht plötzlich vor ihrem gefürchtetsten – und verlockendsten – Feind. Denn der attraktive Lord lässt sie alles andere als kalt. Als sich die Anschläge auf ihn häufen, muss Emily plötzlich um das Leben des geliebten Mannes fürchten. Steckt womöglich ihr skrupelloser Schmuggelkonkurrent hinter den Angriffen?

Autorin

Shirlee Busbee ist eine vielfach ausgezeichnete *New-York-Times*-Bestsellerautorin. In den USA hat sie bereits 25 Romane veröffentlicht, die außerdem in zahlreiche Sprachen übersetzt wurden. Sie lebt mit ihrem Mann auf einer kleinen Pferderanch in Kalifornien.

Von Shirlee Busbee bei Blanvalet lieferbar:

Skandalöse Küsse (36971) · Woge der Begierde (37312) · Sturm der Herzen (37402) · Der süße Hauch von Gefahr (37643)

Shirlee Busbee

Eine stürmische Nacht

Roman

Aus dem Amerikanischen
von Ute-Christine Geiler

blanvalet

Die Originalausgabe erschien 2011 unter dem Titel
»Rapture becomes Her«
bei Zebra Books, Kensington Publishing Corp., New York

MIX
Papier aus verantwortungsvollen Quellen
FSC® C014496
FSC
www.fsc.org

Verlagsgruppe Random House FSC-DEU-0100
Das FSC®-zertifizierte Papier *Holmen Book Cream*
für dieses Buch liefert Holmen Paper, Hallstavik, Schweden.

1. Auflage
Deutsche Erstausgabe Juni 2012
bei Blanvalet Verlag, einem Unternehmen der
Verlagsgruppe Random House GmbH, München

Dieses Werk wurde vermittelt durch die Literarische Agentur
Thomas Schlück GmbH, 30827 Garbsen.
Umschlaggestaltung: © Johannes Wiebel | punchdesign,
unter Verwendung eines Motivs von Chris Cocozza
Redaktion: Sabine Wiermann
LH · Herstellung: sam
Satz: DTP Service Apel, Hannover
Druck und Bindung: GGP Media GmbH, Pößneck
Printed in Germany
ISBN: 978-3-442-37939-2

www.blanvalet.de

Kapitel 1

Ich werde sterben, schoss es Barnaby ungläubig durch den Kopf. Er würde in dieser Nacht, mitten in einem Unwetter, das über dem Ärmelkanal tobte, sterben, und niemand würde je erfahren, was dem jüngsten Inhaber des Titels »Viscount Joslyn« zugestoßen war. Er würde einfach spurlos verschwunden sein.

Ein grellsilberner Blitz zuckte über den schwarzen Nachthimmel. Im heftigen Regen blickte Barnaby sich verzweifelt um, versuchte sich zu orientieren, suchte nach etwas, das er benutzen konnte, um sich zu retten. Aber alles, was er sehen konnte, war die wogende See. Es gab kein Land oder Rettungszeichen zu entdecken. *Ich werde sterben*, dachte er wieder, als die plötzliche Helle wieder verschwand und er allein in der undurchdringlichen Dunkelheit zurückblieb. Er kämpfte darum, sich in dem aufgewühlten Meer über Wasser zu halten, und gestand sich ein, dass die Nachricht von seinem Tod in London durchaus nicht nur mit Trauer aufgenommen werden würde. Und ganz an der Spitze dieser Liste mit Menschen, die ihm keine Träne nachweinen würden, stand sein Cousin Mathew Joslyn, den er erst vor Kurzem kennengelernt hatte.

Mathew war wütend gewesen, dass der Titel, von dem er viele Jahre geglaubt hatte, er werde einmal ihm zufallen, nun plötzlich einem Amerikaner gehören sollte, zusammen mit dem Vermögen und den Ländereien der Joslyns.

»Ein verdammter Kolonist, ein Halbblut ... und der soll

der neue Viscount Joslyn sein? Das ist eine Beleidigung!«, hatte ihm Mathew bei ihrer ersten Begegnung vor drei Monaten an einem Oktobervormittag in den Londoner Räumen des Notars entgegengeschleudert.

Barnaby machte Mathew keinen Vorwurf daraus, dass er sich ärgerte. An Mathews Stelle hätte er ganz ähnlich empfunden, aber er war nicht bereit, die Beleidigung durchgehen zu lassen.

»Sie irren«, hatte Barnaby gedehnt erwidert.

»Es war meine Großmutter, die zur Hälfte Cherokee war.« Er lächelte und zeigte dabei seine ausgezeichneten Zähne.

»Aber ich warne Sie – es wäre klug, diese Bezeichnung nicht noch einmal in meiner Hörweite zu äußern. Was den Umstand angeht, dass ich Kolonist bin …«, seine schwarzen Augen blickten spöttisch, während er weitersprach, »ich denke, Sie vergessen, dass Amerika die Unabhängigkeit von Britannien vor mehr als einem Jahrzehnt errungen hat. Ich bin daher Bürger der Vereinigten Staaten.«

»Nun gut«, hatte Mathew ihm knapp entgegnet, wobei in seine Wangen eine leichte Röte gestiegen war, »aber es ist schlicht nicht hinnehmbar, dass jemand wie Sie sich einbildet, er könne so mir nichts dir nichts hier aufkreuzen und die Verwaltung der Ländereien meines Großonkels übernehmen. Gütiger Himmel, Mann, Sie wissen nicht das Geringste darüber, wie man einen Besitz wie *Windmere* führt. Sie sind kaum mehr als ein hinterwäldlerischer Emporkömmling!«

Barnaby gelang es, sich zu beherrschen, indem er sich sagte, dass es nicht hilfreich wäre, wenn seine erste Tat als Viscount Joslyn darin bestünde, seinen Cousin zu erwürgen. So atmete er tief durch, ließ die Bemerkung durchgehen und antwortete höflich:

»Ich möchte Sie darauf aufmerksam machen, dass ich keineswegs ungebildet bin und seit mehreren Jahren meine eigene Plantage in Virginia führe. Ich räume ein, *Green Hill* ist nicht so weitläufig wie *Windmere* – es wird Unterschiede geben, aber ich bin imstande, *Windmere* zu leiten.«

Mathews Lippen wurden schmal.

»Vielleicht, aber Sie sind ein Narr, wenn Sie sich einbilden, dass jemand mit einer Großmutter, die eine halbe Wil… äh, zum Teil indianisches Blut in den Adern hat, von der guten Gesellschaft ohne Weiteres und mit offenen Armen als Viscount Joslyn aufgenommen wird.«

»Unter Berücksichtigung der Lage in Frankreich sollten Sie sich vermutlich mehr Sorgen wegen der Tatsache machen, dass der Vater meiner Großmutter ein Franzose war«, entgegnete Barnaby. Die entsetzten Mienen der Anwesenden bei dieser neuerlichen Ungeheuerlichkeit sorgten dafür, dass Barnaby sich auf die Innenseiten der Wangen beißen musste, um nicht zu grinsen. Sein Blick glitt durch den hübschen Raum, und da seine Gegner für den Moment zum Schweigen gebracht waren, erhob er sich zu seiner beeindruckenden Größe und ging zur Tür. Seine Hand ruhte bereits auf der Türklinke, als er sich noch einmal zu Mathew umdrehte und leise sagte:

»Emporkömmling mag ich sein, aber ich habe nie im Hinterland gelebt, und Sie, Sir, können zur Hölle gehen – und meinetwegen können Sie den verdammten Titel mitnehmen.«

Es war angenehm gewesen, das zu sagen, aber als er jetzt den Kopf bei der nächsten Welle mühsam über Wasser hielt und die Kälte tiefer in seine Knochen drang, versuchte sich Barnaby daran zu erinnern, welche Ereignisse zu der Notlage geführt hatten, in der er sich derzeit befand. Aber sein Verstand fühlte sich irgendwie benommen an, und es fiel ihm schwer, seine Gedanken zu steuern. Wie eine Schlange, die sich um ihr Opfer wickelt, entzog ihm das eisige Wasser nach und nach alles Leben, und mit jeder Sekunde wurde sein Überlebenswille schwächer.

Es wäre so leicht, so einfach, dachte er, dem Unwetter seinen Willen zu lassen, so leicht, einfach aufzuhören, sich zu wehren und zuzulassen, dass er in die Tiefe gezogen wurde ... Eine Welle schlug ihm ins Gesicht, schreckte ihn auf und zerstörte die verführerische Melodie des Todes, die in seinem Kopf erklang.

Mit einem Fluch nahm er seinen Kampf wieder auf, in der Dunkelheit über Wasser zu bleiben – und wenn auch nur ein paar Augenblicke länger. Er kümmerte sich nicht um den brennenden Schmerz an seinem Hinterkopf; er konnte sich vage daran erinnern, dass er sein Messer, das er an seinem Bein verborgen trug, aus der Scheide gezogen hatte. Mithilfe der scharfen Klinge hatte er sich von seinen Stiefeln und seinem schweren Mantel zusammen mit seinem Rock befreit, kurz nachdem er ins Wasser gestürzt war, weil er wusste, die Kleidungsstücke würden sich voll Wasser saugen. Ihr zusätzliches Gewicht würde ihm das Schwimmen unnötig erschweren. Er hatte das Messer noch eine Weile in der Hand behalten, bis er erkannte, dass es ihn behinderte; schweren Herzens hatte er es den Wellen überlassen. Diese Erinnerungen halfen ihm wenig, denn er hatte nicht die geringste Ahnung, wie er hier im Ärmelkanal gelandet war. Aber, seltsam genug, er wusste, er war im Ärmelkanal. Aber wo genau oder wie er hierher gelangt war, konnte er nicht sagen. Sein Verstand war wie leer gefegt – wegen der tödlichen Kälte genauso wie wegen der Wunde an seinem Hinterkopf.

Er runzelte die Stirn. Woher, zum Teufel, wusste er, dass er eine Wunde hatte? Und wieso konnte er sagen, dass sie blutete? Wieder hatte er keine Antworten, und als sein Kopf unter einer neuen Welle unter Wasser geriet, war der Drang, die Sache zu beenden, die Kälte und den Ärmelkanal gewinnen zu lassen, nahezu unwiderstehlich.

Aber wie seine Freunde oft genug feststellten, er konnte störrisch wie ein Esel sein. Und mit einem kräftigen Schlag seiner langen Beine kam er wieder über Wasser. Er würde es nichts und niemandem leicht machen, ihn umzubringen, das schwor er sich mit einem wilden Grinsen. Ein weiterer Blitz erhellte den schwarzen Himmel, und in dem Augenblick erspähte Barnaby etwas, das sein Herz höher schlagen ließ: Mehrere zusammenhängende Bootsplanken trieben nur etwa zwei Meter von ihm entfernt im Wasser. Er erkannte, dass es Teile vom Boden der Jacht sein mussten, die er zusammen mit allem, was dem verstorbenen siebten Viscount Joslyn gehört hatte, geerbt hatte. Er kämpfte sich bis zu diesem Hoffnungsschimmer, den die Planken darstellten, und bemühte sich um die Erinnerung, wo die Jacht vor Anker gelegen hatte; schließlich hatte er Erfolg: in der Nähe von Eastbourne an der Küste von Sussex. Aber was, um alles in der Welt, hatte er dort getan?

Er hatte keine Zeit, weiter nachzudenken – seine ganze Konzentration galt dem Überleben – und auch wenn es ihm schien, als brauchte er Stunden dazu, die Planken zu erreichen, streiften seine Finger schon nach wenigen Minuten das glitschige Holz. Er brauchte länger, sich aus dem Wasser zu ziehen, weil die aufgewühlten Wellen und die rutschige, sich wild bewegende Holzfläche seine Bemühungen ein ums andere Mal vereitelten, aber schließlich gelang es ihm doch, sich auf das behelfsmäßige Floß zu hieven.

Um Atem ringend rollte er sich auf den Rücken; der Regen prasselte ihm ins Gesicht, während er in den schwarzen Himmel starrte. Er fror erbärmlich, seine Zähne klapperten, und sein Körper zitterte vor Kälte. Er musste daran denken, dass er die eine Todesart vermutlich nur gegen eine andere eingetauscht hatte. Den Elementen schutzlos ausgeliefert zu sein, würde ihn so sicher umbringen wie die Schlinge des Henkers, aber er würde nicht durch Ertrinken sterben, sagte er sich grimmig. Und das, war sein letzter Gedanke, ehe er das Bewusstsein verlor, war in gewisser Weise auch ein Sieg.

»Ist er tot?«, fragte Jeb Brown ohne viel Umstände über das Kreischen des Windes und die Regensalven hinweg, die gegen die Mauern und Fensterscheiben des besten Zimmers im Gasthaus »Zur Krone« prasselten. Es war ein hübscher Raum mit hohen Decken und unverputzten Balken, einem Boden aus schimmernden Eichendielen, auf dem hier und da fröhlich bunte Teppiche lagen, dominiert von dem riesigen Bett mit seinem üppigen grünen Seidenhimmel. Ein Feuer in dem gemauerten Kamin spendete orange-goldenes Licht; der weiche gelbe Schein der Kerzen, die Mrs Gilbert, die verwitwete Wirtin des Gasthofs, angezündet hatte, flackerte durch das Gästezimmer und vermittelte trotz des tobenden Sturmes einen Anflug von Behaglichkeit.

Mrs Gilbert, die ihr von vielen grauen Strähnen durchzogenes Haar halb unter einem Musselinhäubchen verborgen trug, schüttelte kurz den Kopf.

»Nein, er ist nicht tot. Halb ertrunken und fast erfroren, aber nicht tot.«

Jeb schaute zu der anderen Person im Raum, einem hochgewachsenen Burschen mit blondem Haar, der Hosen, Stiefel und einen Lederrock über einem weiten langärmeligen Hemd trug. Wenn man weiter als nur auf die Kleidung schaute, ließ sich leicht erkennen, dass die schlanke Gestalt und die fein gezeichneten Züge einer jungen Frau gehörten, die ihr silberblondes Haar mit einem schwarzen Band zu einem Zopf im Nacken zusammengebunden hatte.

»Ich sage Ihnen, Miss Emily, es war pures Glück, dass ich ihn überhaupt entdeckt habe«, sagte Jeb, und sein zerfurchtes Seemannsgesicht verriet seine Verwunderung.

»Bei dem Sturm und allem anderen ist es draußen stockdunkel, und wenn nicht dieser verfluchte Blitz in genau der Sekunde gewesen wäre, als ich in seine Richtung sah, hätte ich ihn nie bemerkt.« Er schüttelte den Kopf.

»Gut für ihn, dass wir heute Nacht eine Fahrt hatten, sonst hätten wir seine Leiche irgendwann an den Strand gespült gefunden – wenn überhaupt.«

Emily Townsend nickte, kam näher und musterte den Mann, den Jeb aus dem Ärmelkanal gefischt hatte, eindringlich.

»Er hatte wirklich Riesenglück«, erklärte Emily, während ihr Blick über den Fremden wanderte, der während Mrs Gilberts Untersuchung ganz still und stumm dalag. Sein Haar war schwarz und seine Haut so dunkel, dass man ihn fast für dunkelhäutig hätte halten können – bis auf den besorgniserregenden Blauton seiner Lippen. Anhand dessen, was sie erkennen konnte, würde sie sagen, er war ein großer kräftiger Mann – der ihnen allen restlos unbekannt war.

Mrs Gilbert bemerkte halblaut:

»Er hatte höllisches Glück, würde ich sagen.« Sie schaute von ihrer Untersuchung auf und fügte knapp hinzu:

»Und wird sich vermutlich gänzlich erholen, ohne einen Schaden davonzutragen.« Als sie über ihre Schulter schaute, ruhte ihre Hand bereits auf den nun kalten, durchweichten Decken, in die Jeb den Fremden gewickelt hatte, nachdem er ihn an Bord seines Bootes gehievt und ihm die nassen Kleider ausgezogen hatte.

»Miss Emily, Sie müssen nun das Zimmer verlassen«, verlangte sie, »damit Jeb und ich ihm ein Nachthemd überziehen und ihn ins warme Bett stecken können.«

Als Emily zögerte, wurde Mrs Gilberts rundliches Gesicht weich, und sie erklärte:

»Ich weiß, Sie haben ein Dutzend Fragen an Jeb, aber bitte gehen Sie jetzt und holen Sie die Flaschen mit dem heißen Wasser, die ich in der Küche liegen habe.« Emilys Kinn reckte sich eindeutig störrisch, was alle nur zu gut zu deuten wussten, daher verkündete die Wirtin fest:

»Es würde sich nicht ziemen, wenn Sie blieben. Bis Sie wieder zurück sind, haben wir ihn warm und behaglich unter der Decke. Und jetzt gehen Sie.«

Emily schnaubte über Mrs Gilberts Entschlossenheit, sie wie eine wohlerzogene junge Dame aus bester Familie und frisch aus dem Schulzimmer zu behandeln. Es stimmte zwar, sie stammte aus einer guten Familie – ihr Vater war bis zu seinem Tod vor sieben Jahren ein wohlhabender Gutsbesitzer gewesen – aber sie war vor Monaten bereits sechsundzwanzig geworden und daher kein Kind mehr. *Und*, erinnerte sie sich selbst, *wenn ich nicht wäre, hätte Jeb heute Nacht keine Schmuggelfahrt von Frankreich hierher unternommen und der Fremde wäre nicht entdeckt und gerettet worden*. Sie hatte jedes Recht, hierzubleiben, aber aufgrund früherer Erfahrung wusste sie, es war witzlos, Mrs Gilbert zu widersprechen. Daher verließ sie nur leicht zögernd den Raum. Sie neigte grundsätzlich nicht dazu, lange zu grübeln, sodass sie schon wieder lächelte, als sie die Küche des Gasthofes betrat. Niemand, überlegte sie reuig, als sie die Flaschen mit dem heißen Wasser nahm und den erhitzten Stein, den Flora, die mittlere Gilbert-Tochter, ihr hinhielt, egal welchen Alters oder welchen Ranges, widersprach Mrs Gilbert. Selbst von ihrem eigenen Cousin, dem liederlichen neuen Squire Townsend, wusste man, dass er wie ein Schuljunge das Weite suchte, um einer Standpauke von Mrs Gilbert zu entgehen.

Zu dem Zeitpunkt, als sie wieder ins Gästezimmer kam, war der Fremde züchtig bekleidet – in einem alten Nachthemd, das früher Mrs Gilberts verstorbenem Gatten gehört hatte, lag er unter den Decken. Der heiße Stein wurde zu seinen Füßen unter die Bettdecke geschoben und die Wasserflaschen links und rechts neben ihn. Mrs Gilbert scheuchte Jeb aus dem Raum und sagte mit einem letzten Blick durchs Zimmer zu Emily:

»Ich werde Mary nach oben schicken mit warmem Wasser und einem Tuch – dann können Sie die klaffende Wunde an seinem Kopf säubern.« Mit einem bedeutungsvollen Blick fügte sie hinzu:

»Wir haben schon genug Zeit verschwendet – die anderen müssen sich auf den Weg machen.«

Emily öffnete den Mund, um zu widersprechen, aber Mrs Gilbert hob mahnend einen Finger.

»Ich weiß«, sagte sie, »Sie denken, Sie sollten diejenige sein, die dort unten ist und sich um sie kümmert, aber seien Sie bitte einmal die junge Dame, als die Sie erzogen wurden, und bleiben Sie hier oben außer Sicht. Bitte.«

Emily zögerte.

»Halten Sie die Augen offen nach irgendetwas, das in irgendeiner Weise ungewöhnlich ist«, bat sie schließlich.

»Mein Cousin benimmt sich in letzter Zeit seltsam, und ich denke, er spioniert mir nach.« Sie holte tief Luft und gestand:

»Jede Nacht seit ungefähr einer Woche hat jemand – und ich vermute, es ist mein Cousin – die Klinke an meiner Tür ausprobiert.« Mrs Gilbert schnappte unwillkürlich nach Luft, und Emily beeilte sich hinzuzufügen:

»Machen Sie sich keine Sorgen. Ich halte die Tür geschlossen und habe stets von innen eine Kommode davorgeschoben – wie Anne es auch tut –, sodass, wer auch immer es ist, unverrichteter Dinge wieder geht. Aber es wäre nicht gut, wenn mein Cousin mein Bett leer fände.« Sie schluckte.

»Wenn er dahinterkäme, was wir hier treiben …«

Mrs Gilbert wirkte entschieden grimmig.

»Glauben Sie, er hat Sie heute Abend beim Verlassen des Hauses beobachtet und ist Ihnen gefolgt?«

»Nein, eigentlich nicht, aber seit ich heute aus meinem Zimmer geschlüpft bin, habe ich das unangenehme Gefühl, dass etwas nicht in Ordnung ist.« Sie schaute zu dem Fremden. »Erst er, und dann …« Ein Schauer durchlief sie. »Ich fühle mich wie eine dumme Gans, aber ich kann nicht aufhören, die ganze Nacht über meine Schulter zu schauen. Ich habe das Gefühl, als ob jemand mich … uns beobachtet.«

Müde fügte sie hinzu:

»Wenn die Tür zu meinem Schlafzimmer mit Gewalt geöffnet werden und Jeffery entdecken würde, dass das Zimmer leer ist, wäre dies der erste Ort, an dem er nach mir suchen würde.«

Mrs Gilberts Lippen wurden schmal.

»Nun, er wird Sie aber nicht hier finden. Wir haben Sie schneller, als eine Katze sich das Ohr lecken kann, wieder auf dem Weg zurück zum Gutshaus.« Sie tätschelte Emily noch liebevoll die Schulter, dann sagte sie:

»Sie machen sich zu viele Sorgen, meine Liebe – das haben Sie immer schon. Das Auftauchen des Fremden hat uns alle erschüttert, aber ich bin sicher, das ist auch schon alles.« Sie sah sich ein letztes Mal im Raum um, bevor sie erklärte:

»Jetzt muss ich aber gehen und nachschauen, ob Jeb und die anderen alles aufgeladen haben und zum Aufbruch bereit sind. Ich schicke Ihnen Mary mit dem Lappen und dem warmen Wasser. Sie kann Ihnen Gesellschaft leisten, während ich weg bin.«

Mrs Gilbert eilte geschäftig aus dem Zimmer, und kurz darauf kam Mary mit den Tüchern und der Schüssel Wasser. Mit siebzehn war Mary die jüngste der fünf Gilbert-Töchter, und ihre blauen Augen waren angesichts der ganzen Aufregung weit aufgerissen, als sie zum Bett trat und den Fremden betrachtete.

»Himmel!«, rief sie, »ist er tot?«, fragte sie und wiederholte damit unbewusst Jebs Frage von zuvor.

Emily lächelte leise und sagte:

»Nein. Er sieht nur so aus, aber deine Mutter behauptet, er werde sich erholen.« Ihr Lächeln wurde ein Grinsen.

»Und wir wissen schließlich alle, dass deine Mutter sich nie irrt.«

Mary grinste zurück.

»Darauf können Sie Ihre letzte Guinee verwetten.«

Emily nahm das saubere weiße Tuch, tunkte es in die Wasserschüssel und begann behutsam die hässliche Wunde zu säubern, zuckte zusammen, als der Mann unter ihrer Behandlung stöhnte. *Nur gut, dass er bewusstlos ist*, dachte sie, als sie das Tuch wieder eintunkte und erneut zu reiben begann.

Mary erschauerte, als ein heftiger Windstoß die Wände des Gasthofes erschüttern ließ.

»Ma sagt, es sei ein Wunder, dass er noch lebt. Nicht viele Männer überleben ein unfreiwilliges Bad im Ärmelkanal in einer Nacht wie heute.«

Emily konzentrierte sich auf ihre Aufgabe und nickte, dann antwortete sie:

»Ich frage mich nur, was er dort draußen zu suchen hatte. Und wer er ist.«

Mary wurde ganz blass, als ihr ein Gedanke kam.

»Oh, Miss! Glauben Sie, er ist ein Zollfahnder?«

Nachdem sie die Wunde so gut wie möglich gereinigt hatte, ließ Emily den nun blutbefleckten Lappen in die Schüssel fallen und musterte die Züge des Mannes, bemerkte die breite Stirn, die hohen Wangenknochen und den großzügig geschnittenen Mund. Sie hatte nichts, an dem sie ihre Einschätzung festmachen konnte, aber sie war sich ziemlich sicher, dass das Fahnden nach Schmugglern die letzte Beschäftigung wäre, die sie diesem Mann zugetraut hätte. Da war etwas in seinem Gesicht …

Emily schüttelte den Kopf.

»Nein, das denke ich nicht.« Sie hob die Decken an und schaute auf seine Hand, betrachtete die langen eleganten Finger und die sauberen, sorgfältig manikürten Fingernägel. Sie runzelte die Stirn und sah zu Mary.

»Hat Jeb die Kleider mit hergebracht, die er getragen hat? Oder hat er sie auf dem Boot gelassen?«

Marys hübsches Gesicht wurde lebhaft.

»Sie sind unten am Feuer in dem kleinen Privatsalon auf der Rückseite. Denken Sie, sie können uns verraten, wer er ist?«

Emily bedachte den Fremden mit einem letzten Blick. Er schien ruhiger zu liegen, und der blaue Schimmer seiner Lippen verschwand allmählich. Es gab nichts mehr, was sie jetzt noch für ihn tun konnte. Sie stand auf und sagte:

»Ich denke, wir wissen mehr über ihn als jetzt, wenn wir einen Blick auf die Kleidung geworfen haben, die er getragen hat, als Jeb ihn aus dem Wasser gezogen hat.«

Und das stimmte – die Kleidung verriet Emily einiges. Obwohl sie unter dem Salzwasser gelitten hatte, war mühelos zu erkennen, dass das weiße Leinenhemd mit den Rüschen teuer gewesen sein musste und ausgezeichnet gearbeitet war. Die in Altweiß und Hellbraun gemusterte Seidenweste konnte sich nur ein wohlhabender Mann leisten, ebenso wie die ruinierte Taschenuhr an der Goldkette und den kostbaren Uhranhänger. Das Halstuch mit den Wasserflecken war ebenso wie das Hemd von bester Qualität, und die eleganten Hosen gehörten auch eher einem Mann von Stand und Ansehen. Als er ins Wasser gefallen war, nahm sie an, hatte er sich klugerweise Rock und Stiefel ausgezogen, um sich des zusätzlichen Gewichts zu entledigen.

Sie betrachtete die Kleidungsstücke, die über ein paar Stühle vor dem Feuer ausgebreitet lagen, und überlegte, was sie nun wusste. Der Fremde war offenbar ein reicher Mann. Jedenfalls kein Zollfahnder, so viel stand fest.

Emily ließ seine Kleidung zurück und schickte Mary in die Küche, dann ging sie wieder nach oben. Sie nahm neben dem Mann auf einem Stuhl Platz und starrte ihn an, als könnte sie ihn mit purer Willenskraft aufwecken und ihn dazu bringen, ihr zu verraten, wer er war und wie er in den Ärmelkanal geraten war.

Da sie die Tochter des früheren Squire war und ihr ganzes Leben in der Nähe des kleinen Ortes im Cuckmere-Tal verbracht hatte, kannte sie die Bewohner der Gegend genau. Sie verzog die Lippen. Und seit ihr Cousin ihrem Vater nachgefolgt war, hatte sie unseligerweise auch die Bekanntschaft einer Reihe unverschämter junger Tunichtgute und mehrerer Witwen mit fragwürdiger Moral aus London gemacht, aus denen der Freundeskreis ihres Cousins vorzugsweise bestand.

Dieser Mann war ein völlig Fremder, aber er war nicht einfach nur Strandgut, das der Ärmelkanal angespült hatte. Er war wohlhabend, und seine Hände verrieten, dass er der Oberschicht entstammte, vielleicht sogar dem Adel angehörte.

Mit zusammengezogenen Brauen starrte sie ihn weiter an. Es hatte keinen Klatsch darüber gegeben, dass jemand, auf den seine Beschreibung passte, auf irgendeinem der benachbarten Herrenhäuser zu Besuch weilte … Also, wer war er? Und warum war er in einer Nacht mit einem Unwetter wie diesem schiffbrüchig im Ärmelkanal gefunden worden?

Wie um ihre Überlegungen zu unterstreichen, fuhr ein Windstoß schrill pfeifend den Kamin hinab, sodass sie vor Schreck zusammenzuckte. Von ihrer Reaktion belustigt und nachdem sie bemerkt hatte, dass das Feuer heruntergebrannt war, stand sie auf und ging zum Kamin. Mit dem Feuerhaken stocherte sie in der Glut, sodass Funken aufstoben. Von einem Stapel Feuerholz in der Nähe nahm sie ein paar Scheite und legte sie in den Kamin. Erst als das Feuer wieder fröhlich knisternd und hell brannte, war sie zufrieden und nahm auf dem hochlehnigen Polsterstuhl in der Nähe Platz.

Sie schaute zu dem Fremden und sah erfreut, dass seine Wangen leicht gerötet waren und seine Lippen wieder eine normale Farbe aufwiesen. Die Bläue war verschwunden, weil seine Körpertemperatur stieg. Mrs Gilbert hatte recht. Er würde sich erholen.

Nachdem sie sich vergewissert hatte, dass es dem Fremden gut ging, verdrängte sie ihn aus ihren Gedanken und dachte daran, was Mrs Gilbert und Jeb im Augenblick taten. Und sie fragte sich wieder, ob sie vor vier Jahren die richtige Entscheidung getroffen hatte …

Zu Beginn hatte sie sich dagegen gewehrt, und in den ersten Jahren nach dem Tod ihres Vaters war es ihr auch trotz des Einzugs ihres Cousins mit seinem hohen Geldverbrauch und der damit einhergehenden Belastung des Gutes gelungen, ihre Großtante Cornelia und ihre Stiefmutter Anne abzuschirmen und ihnen ein angenehmes Leben zu ermöglichen. Nachdem ihr Cousin einen Großteil des ansehnlichen Vermögens, das ihr Vater zusammengetragen hatte, verschwendet hatte und sich darauf verlegt hatte, möglichst viel Geld aus dem Gut abzuziehen, um es an den Spieltischen und in den Bordellen Londons durchzubringen, war ihr keine andere Wahl geblieben.

Da die Küste von Sussex nur wenige Meilen entfernt war, war Emily mit den Geschichten über die Schmuggler der Gegend aufgewachsen, sodass es keine so ungeheuerliche Entscheidung gewesen war. Solange sie sich erinnern konnte, hatte sie sogar von der Köchin und dem Butler, Walker, immer wieder die legendären Erzählungen über die Tapferkeit der Schmuggler und ihre Findigkeit dabei zu hören bekommen, den hilflos überforderten Fahndern und den berittenen Offizieren einmal mehr ein Schnippchen zu schlagen. Wenn sie gerade in milder Stimmung war, hatte sogar ihre Großtante eine haarsträubende Geschichte über die Schmuggler beigesteuert, die ihr Geschäft an der Küste betrieben. Viele Leute in der Gegend waren zwar selbst keine Schmuggler, aber sie waren mit ihnen verwandt oder verbandelt.

Im Alter von zehn Jahren hatte Emily mehrere bekannte Schmuggler beim Namen nennen können und ebenso ein Dutzend oder mehr Dorfbewohner und Knechte, die halfen, das Schmuggelgut bis in die Randbezirke Londons zu transportieren. Ihr Vater hatte auch nichts dabei gefunden, kommentarlos das Päckchen mit Tee, das Fässchen mit französischem Brandy oder den Ballen feinster Seide anzunehmen, die regelmäßig in seinen Ställen auftauchten – meist am Morgen, nachdem mehrere seiner Pferde schlammbedeckt und erschöpft in ihren Stallboxen entdeckt worden waren.

Aus der Einsicht heraus, dass sie irgendetwas tun musste, um sie alle vor der Mittellosigkeit zu bewahren, so letztlich gänzlich auf die Gnade ihres Cousins angewiesen, war es ein leichter Schritt gewesen, sich dem Schmuggel zuzuwenden. Und, gestand sie sich mit zusammengebissenen Zähnen ein, es hatte noch einen Grund gegeben: Ihr kleines Schmuggelunternehmen hatte dafür gesorgt, dass mehrere Dorfbewohner ihr Hab und Gut behielten und nicht ins Armenhaus mussten. Es hatte sie davor bewahrt, obdachlose Bettler zu werden.

Der plötzliche Tod ihres Vaters – ein gebrochenes Genick, als sein Pferd auf einer Jagdgesellschaft in Leicestershire vor einem Zaun gescheut und ihn abgeworfen hatte – hatte die ganze Familie und die Nachbarschaft völlig unerwartet getroffen. Anne, ihre Stiefmutter, nur zwei Jahre älter als sie selbst, war von der Nachricht des Todes ihres Gatten derart am Boden zerstört, dass sie ihr Kind verlor, mit dem sie schwanger war.

Es war eine furchtbare Zeit gewesen. Nicht nur, dass die kleine Familie den entsetzlichen Verlust von Neffen, Vater und Ehemann zu verkraften hatte, als viel schlimmer erwies sich dessen Nachfolger. Jeffery Townsend, der älteste Sohn des jüngeren Bruders des Squire, hatte sein Erbe mit unpassender Begeisterung angetreten und die Rolle des Familienoberhauptes übernommen. Leider passte sie ihm nicht gut. Der neue Squire unterschied sich von seinem Vorgänger wie der Tag von der Nacht. Jeffery war auf keinen Fall ein Familienmensch und hatte weder die Zeit noch die Geduld für eine mürrische alte Frau, eine in Tränen aufgelöste Witwe, die soeben nicht nur ihren Gatten, sondern auch ihr ungeborenes Kinder verloren hatte, oder für Emily, die ihn voller Argwohn betrachtete. Nur widerstrebend hatte er ihre Anwesenheit in dem schönen Gutshaus hingenommen, in dem die Familie Townsend nun schon über zweihundert Jahre lebte.

Der Fremde rührte sich, stöhnte und riss sie damit aus ihren unangenehmen Erinnerungen. Sie eilte an seine Seite, stellte sich neben ihn, strich ihm eine Strähne vom Salzwasser verkrustetes Haar aus der Stirn.

Sie beobachtete ihn mehrere Sekunden lang, aber sie konnte kein Anzeichen dafür erkennen, dass er bald aufwachen würde. Während sie ihn weiter anstarrte, die dicken schwarzen Brauen, die lachhaft langen Wimpern und das dunkle Gesicht, fragte sie sich wieder, wer er war und warum er auf dem Wasser gewesen war. Hatte er eine Familie, die sich um ihn sorgte? Eine Mutter? Eine Ehefrau? Kinder?

Die Wunde gefiel ihr gar nicht. Es sah für sie so aus, als ob etwas … oder als ob jemand ihn absichtlich mit etwas Schwerem und Hartem auf den Kopf geschlagen hatte. Nicht, dass sie eine Expertin wäre, aber in den vier Jahren, seit sie es übernommen hatte, sie alle durch Schmuggel vor Armut und Elend zu bewahren, hatte sie ihren Teil Wunden versorgt und genäht. Manche waren einfach die Folge der Gefahren, die die Seefahrt mit sich brachte; andere stammten aus Zusammenstößen mit den Zollfahndern oder mit der gefährlichen Nolles-Bande, die diesen Teil von Sussex als ihr Hoheitsgebiet ansah. Sie hatte Wunden wie diese schon zuvor gesehen, und die Ursache war in der Regel ein Schlag auf den Hinterkopf.

Faith, die mit achtundzwanzig Jahren die älteste Gilbert-Tochter war, öffnete die Tür und spähte ins Zimmer. Als sie Emily am Bett stehen sah, kam sie herein und stellte sich neben sie.

»Wer auch immer es ist, er sieht gut aus, oder?«

Emily zuckte die Achseln. Sie dachte an ihren Cousin und sagte:

»Das allein will nichts heißen. Edel ist, wer Edles tut.« Sie schaute Faith an.

»Ist deine Mutter wieder zurück?«

»Nein, aber Sam ist gekommen und hat ausgerichtet, dass sie nicht mehr lange braucht.«

»Hat er gesagt, weshalb sie verspätet sind?« Emily blickte zu der bemalten Porzellanuhr auf dem Kaminsims. Es war bald zwei Uhr morgens.

»Die Ponys müssten inzwischen beladen und auf dem Weg sein.«

»Ich nehme an, es liegt am Sturm, dass sie heute so spät dran sind.«

»Es stürmt immer, Faith«, erwiderte Emily ungeduldig, »das sollte also keinen Unterschied machen.«

»Nun, das stimmt natürlich, aber der Fremde ...«

Emily seufzte. Faith hatte ja recht. Der Fremde hatte ihren ganzen Zeitplan durcheinandergebracht. Da sie anders als die Nolles-Bande nicht den einfach zugänglichen Hafen von Cuckmere als Landeplatz nehmen konnten, war ihre unerschrockene kleine Bande darauf angewiesen, ihre Schmuggelwaren den steilen Pfad an den schroffen Kalkwänden der *Seven Sisters* hinaufzuschaffen. Den bewusstlosen Fremden unversehrt auf diesem Wege ins Dorf zu bringen war beileibe keine leichte Aufgabe gewesen, sondern hatte viel Zeit in Anspruch genommen.

»Möchten Sie, dass ich Ihnen etwas Suppe oder ein heißes Getränk heraufbringe?«, fragte Faith.

Emily schüttelte den Kopf; ohne den Blick von dem Fremden abzuwenden, antwortete sie.

»Ich brauche nichts, danke. Und bis er aufwacht, ist es ohnehin nicht nötig, irgendetwas warm zu machen. Du kannst gehen und deinen Schwestern in der Küche helfen.«

Unsicher musterte Faith sie.

»Miss«, begann sie zögernd, »sollten Sie nicht nach Hause reiten? Sie sind bereits viel länger als sonst vom Herrenhaus fort. Was, wenn der Squire Ihre Abwesenheit bemerkt?«

Mit mehr Zuversicht, als sie eigentlich empfand, erwiderte Emily:

»Mach dir keine Sorgen. Mein Cousin wähnt mich sicher in meinem Bett. Ehe ich aufgebrochen bin, habe ich nach ihm gesehen – er war schon recht angetrunken, dank seiner Zecherei mit Mr Ainsworth, seinem geckenhaften Freund, den er entweder mit mir oder Anne verheiratet sehen will.«

Mitfühlend nickte Faith, und da es sonst nichts für sie zu tun gab, ging sie wieder nach unten.

Emily starrte auf die Tür, die sich hinter Faith geschlossen hatte, und seufzte. Im Dorf gab es nur wenig Geheimnisse, sodass allgemein bekannt war, dass Townsend Emily, ihre Großtante und ihre Stiefmutter aus dem Haus haben wollte. Das Testament des Verstorbenen untersagte Jeffery, sie einfach vor die Tür zu setzen, aber wenn er die beiden jungeren Frauen verheiraten konnte …

Wenn Hochzeit oder Tod es nicht verhinderten, überlegte Emily selbstironisch, dann hatte er sie am Hals – so wie sie ihn. Das Testament des ehemaligen Squire besagte, dass Cornelia, Emily und Anne lebenslanges Wohnrecht im Herrenhaus hatten – es sei denn sie heirateten. Ihre Lippen zuckten. Allerdings würde Jeffery Großtante Cornelia niemals auf diesem Wege loswerden, dachte sie beinahe schadenfroh. In ihrem Alter erwartete niemand von ihr, dass sie *The Birches* anders als in einem Sarg verließe.

Der alte Squire hatte nicht nur dafür gesorgt, dass die Frauen seiner Familie so lange ein Dach über dem Kopf hatten, wie es nötig war, er hatte auch eine hübsche Summe für sie bestimmt, damit sie nie Not leiden mussten. Der Ausdruck in Emilys Augen wurde härter. Unseligerweise war das Testament ihres Vaters nicht weit genug gegangen. Jeffery hatte in seiner Funktion als Familienoberhaupt und Treuhänder die Gelder verwaltet, sodass sie nun aufgebraucht waren.

Er hatte vielleicht ihr Geld gestohlen, gestand sich Emily grimmig ein, aber er würde sie nicht aus dem Herrenhaus vertreiben. Nur durch Ehe oder Mord würden sie es verlassen. Aber Jeffery war nicht zu Mord bereit, wenigstens jetzt noch nicht, gestand sie sich mit einem Zucken ihrer Lippen ein und musste an Mr Ainsworth denken.

Mr Ainsworth war der letzte in einer ganzen Reihe unpassender Verehrer, die Jeffery angeschleppt und ihnen aufgedrängt hatte, aber Ainsworth war anders – und das machte Emily Sorgen. Großtante Cornelia und ihr war es gelungen, die anderen unverrichteter Dinge ihrer Wege zu schicken, aber Ainsworth erwies sich als schwer zu entmutigen; sie fragte sich, ob er es gewesen war, der in der vergangenen Woche ihre Türklinke ausprobiert hatte.

Ainsworth hatte einen zwingenden Grund, eine Frau zu finden: Sein fünfunddreißigster Geburtstag stand in wenigen Monaten bevor, und wenn er bis dahin nicht mit einer respektablen Frau verheiratet war, würde er ein ansehnliches Vermögen verlieren. Es war allgemein bekannt, dass Ainsworth sich seit einem guten Jahr nach einer Frau umtat, aber da sein Ruf alles andere als gut war, gab es nur wenige respektable Frauen, die seiner Werbung nicht ablehnend gegenüberstanden.

Und dieser abstoßende Kerl, überlegte Emily erbost weiter, ist ein Mann, von dem Jeffery meint, eine von uns sollte ihn heiraten. Ihre Hände ballten sich zu Fäusten. Himmel, am liebsten hätten sie den beiden etwas angetan.

Plötzlich verspürte sie ein seltsames Kribbeln im Nacken, und sie schaute zu dem Mann auf dem Bett. Ihr Herz setzte kurz aus, als sie feststellte, dass der Fremde wach war und sie anstarrte.

Sie rang sich ein Lächeln ab und trat ans Bett.

»Sie hatten großes Glück, Sir«, erklärte sie. »Wenn Jeb Sie nicht zufällig entdeckt hätte, fürchte ich, hätten Sie ein schlimmes Ende genommen.«

Augen, dunkel wie die Mitternacht, ruhten auf ihrem Gesicht.

»Wo bin ich?«, fragte er leise. Eine Hand kam blitzschnell unter den Decken hervor und schloss sich wie ein Eisenband um ihr Handgelenk.

»Und wer, zur Hölle, bist du, Bursche?«

Mit einer Schnelligkeit, die Barnaby bewunderte, erschien ein kleines Messer in der anderen Hand des Jungen, und eine Sekunde später wurde es ihm an die Kehle gehalten. Der Junge lächelte grimmig und sagte leise:

»Ich denke, das sollte meine Frage sein. Wer, zur Hölle, sind *Sie*?«

Kapitel 2

Sobald sich seine Finger um das schlanke Handgelenk schlossen, hatte Barnaby das unangenehme Gefühl, dass etwas nicht stimmte. Aber dieses Gefühl verschwand rasch wieder, und es blieb ihm überlassen, die angespannten Züge des Burschen zu mustern. Ein sehr hübscher Junge, überlegte er mit zusammengezogenen Brauen.

Sie starrten einander eine Weile an. Barnabys schwarze Augen bohrten sich förmlich in die grauen des Burschen. Keiner von ihnen gab auch nur einen Zoll nach. Angesichts der kühlen Entschlossenheit im Blick des Jüngeren entschied Barnaby schließlich, unter Berücksichtigung seines unfreiwilligen Bades im Ärmelkanal sei es vielleicht klug, nicht herauszufinden, wie geschickt der Junge mit einem Messer war.

Er lockerte seinen Griff und sagte:

»Verzeihung. Ich fürchte, ich bin im Moment nicht ganz auf der Höhe.«

Schwer atmend trat Emily – der Vorsicht gehorchend – ein paar Schritte zurück. Ihr Messer behielt sie in der Hand und erwiderte gelassen:

»Allerdings, da stimme ich Ihnen zu – besonders wenn das Ihre Art und Weise ist, jemanden zu begrüßen, der Ihnen helfen will.«

Der Junge war unverschämt, aber Barnaby gefiel seine Unerschrockenheit. Während er sein Gegenüber musterte, wurde das Gefühl wieder stärker, dass er etwas übersah, dass etwas nicht stimmte. Da er nicht erkennen konnte, wo es herrührte, schob er es einfach den Nachwehen des Überstandenen zu und fragte wieder:

»Wo bin ich?«

»Im besten Gästezimmer in der *Krone*.«

Er bedachte sie mit einem ungeduldigen Blick.

»Und wo befindet sich diese *Krone*?«

»In Broadhaven.«

Er sah sie aus zusammengekniffenen Augen an, und Emily fügte rasch hinzu:

»Es ist ein kleines Dorf nicht weit von Alfriston in Sussex. Wir liegen ein paar Meilen landeinwärts von der Küste.«

Barnaby erkannte den Namen wieder und entspannte sich ein wenig. Die Ereignisse der Nacht waren verschwommen, aber er erinnerte sich daran, dass man ihm gesagt hatte, *Windmere*, der Familiensitz der Joslyns, befände sich in der Nähe des Dorfes Broadhaven. Seine Erinnerung war alles andere als klar, aber er nahm an, dass er auf dem Weg nach *Windmere* gewesen war, bevor er im Ärmelkanal gelandet war.

»Und jemand namens ›Jeb‹ hat mich aus dem Wasser gezogen?«

Emily nickte. Er hörte sich nicht wie ein Engländer an; wenn er sprach, hatte sein Tonfall etwas Weiches, Melodisches, das sie anziehend fand. Sie runzelte die Stirn, dachte nach und versuchte es einzuordnen. Es war kein französischer und auch kein spanischer Akzent … Gerüchte, die sie neulich gehört hatte, schossen ihr durch den Kopf, und sie erklärte atemlos:

»Sie sind der Amerikaner!«

Das Geräusch lauter Stimmen und Getöse von unten lenkte sie ab und verhinderte, dass Barnaby darauf antwortete. Die grauen Augen des Burschen wurden groß, und sein bereits blasser Teint wurde eine Schattierung fahler, während er sich zur Tür umdrehte und sich sichtlich wappnete.

Die Reaktion des Burschen gefiel Barnaby gar nicht, ebenso wenig wie der Lärm einer gewaltsamen Auseinandersetzung, der zu ihnen drang; mühsam versuchte er sich aufzusetzen. Ein jäher heftiger Schmerz fuhr ihm über den Hinterkopf, er stöhnte und ließ sich wieder in die Kissen sinken. Leicht schwindelig und von der Angst beherrscht, er müsse sich gleich übergeben, rang Barnaby darum, seinen Körper wieder unter Kontrolle zu bringen.

Schritte erklangen auf der Treppe, und eine Sekunde später wurde die Tür aufgestoßen. Es war Flora, die mittlere Tochter des Hauses, die mit geröteten Wangen und grimmiger und zugleich ängstlicher Miene ins Zimmer stürzte.

»Er ist hier!«, rief sie und warf hinter sich die schwere Eichentür ins Schloss, ehe sie sich zu Emily umdrehte und sie anschaute.

»Meine Schwestern und Sam können ihn nur ein paar Minuten aufhalten. Sie müssen gehen. Jetzt sofort.«

Rasch steckte Emily ihr Messer zurück in ihren Stiefel und ging zum einzigen Fenster auf der gegenüberliegenden Zimmerseite. Nach unten war es ein Stück, da der Raum im ersten Stock lag, aber ihr blieb nichts anderes übrig.

Flora packte sie am Arm und rief:

»Nicht da entlang! Hier. Öffnen Sie den Schrank. Auf der Rückseite ist eine versteckte Tür – dann können Sie über den Geheimgang entkommen. Aber jetzt schnell!«

Weil sie von unten die Schreie von Floras Schwestern hörte und das Krachen von Möbeln, riss Emily die Türen des massiven Schrankes an der Wand gegenüber von dem Bett auf und verschwand darin. Dicht hinter ihr war Flora, während Emily sich durch Decken und anderes Zeug wühlte, das sich über die Jahre in dem Möbelstück angesammelt hatte, sagte Flora:

»Greifen Sie an der Rückseite nach oben, da ist ein kleiner Riegel. Ziehen Sie daran, dann öffnet sich die Tür nach außen. Aber seien Sie vorsichtig, dass Sie nicht die Treppe hinunterfallen.«

Mit bebenden Fingern fand Emily den Riegel und wäre trotz Floras Warnung beinahe die schmalen engen Stufen hinuntergestolpert, die sich plötzlich vor ihren Füßen auftaten, als die verborgene Tür aufschwang.

Beide Frauen erstarrten, als die Geräusche eines verzweifelten Kampfes näher kamen. Anhand des Fluchens und Geschreis ließ sich erkennen, dass der Kampfschauplatz sich an den Fuß der Treppe verlagert hatte. Ihnen blieben nur noch Sekunden.

Flora schob Emily praktisch die versteckten Stufen hinunter.

»Jetzt machen Sie, schnell!«, zischte sie.

»Er darf Sie hier keinesfalls finden.« Als Emily verschwunden war, schloss Flora die Geheimtür wieder und zog die Decken an ihren Platz zurück. Mit einer geübten Bewegung, die Barnaby verriet, dass sie das mehr als einmal getan hatte, verschloss Flora schließlich wieder den Schrank.

Floras Schwestern hatten mit Sams tatkräftiger Unterstützung ihr Bestes gegeben, aber sie waren keine ebenbürtigen Gegner für einen ausgewachsenen Mann, besonders wenn der zudem wütend war. Flora hatte sich gerade erst umgedreht, als es laut an die Zimmertür klopfte.

»Emily«, rief eine zornige Männerstimme, »ich weiß, dass du da drin bist. Mach auf. Mach die Tür auf, sage ich.«

Flora schaute zu Barnaby. Sie legte sich einen Finger auf die Lippen, und als er nickte, holte sie tief Luft, rückte ihr

Musselinhäubchen zurecht und ging mit ruhigen Schritten zur Tür.

Emily fand sich in undurchdringlicher Dunkelheit wieder; sie war sich nicht sicher, wie es ihr gelang, die fremde Treppe unversehrt hinabzusteigen. Sie stützte sich mit beiden Händen an den Holzwänden rechts und links von ihr ab und stolperte so mehr schlecht als recht die engen gewundenen Stufen nach unten. Unten angekommen stand sie eine Sekunde unentschieden da und wusste nicht, wie sie weiter vorgehen sollte. In der pechschwarzen Finsternis tastete sie mit den Händen um sich – soweit sie es sagen konnte, befand sie sich in einem sehr schmalen Raum mit hölzernen Wänden auf drei Seiten und hinter ihr die Treppe. Ihr fiel wieder ein, wie sich die Geheimtür im Schrank öffnen ließ, daher hob sie die Arme und fuhr oben über die Wand vor ihr. Ihr Herz machte einen Satz, als ihre Finger den Riegel fanden. Sie zog daran und hätte sich fast im Gesicht verletzt, als die Tür nach innen aufschwang.

Der Sturm packte sie mit voller Wucht, sobald sie hinaustrat. Regen prasselte auf sie herab, und der Wind pfiff schrill, während sie die Tür zuzog. Es gab ein Klicken, als der Riegel wieder einrastete, und sie war allein in der Dunkelheit.

Sie benötigte einen Moment, um sich zu orientieren, aber das schwache Licht der Kerzen, die im Hauptzimmer des Gasthofes brannten, verriet ihr, dass sie seitlich des Hauses stand, und dass die Ställe hinter ihr lagen. Sie kämpfte sich durch den Wind und den Regen, rannte zu den Stallungen und saß einen Moment später auf einem der Pferde der *Krone* und ritt nach Hause.

Es war ein schwieriges Vorankommen, da das Unwetter die Straße in eine Schlammwüste verwandelt hatte und die

Dunkelheit im Zusammenspiel mit Wind und Regen es weiter erschwerte, den Weg zu finden, aber schließlich lenkte Emily das erschöpfte Pferd auf die gewundene Auffahrt, die zu ihrem Zuhause führte, *The Birches*. Sie schwang sich aus dem Sattel, band die Zügel um den Sattelknauf und sandte das Tier mit einem Klaps aufs Hinterteil wieder in Richtung Gasthof.

Ihr Cousin hatte viele ihrer alten vertrauenswürdigen Dienstboten durch seine eigenen Leute ersetzt, die ihm gegenüber loyal waren. Besonders der neue Stallmeister Kelsey, den er vor ein paar Monaten eingestellt hatte, gefiel Emily gar nicht, sodass sie entschieden hatte, ihr Treiben besser vor ihm geheim zu halten. Sie hörte auf, ihre eigenen Pferde zu benutzen, und hatte Vorkehrungen mit Mrs Gilbert getroffen, dass Sam ihr in den Nächten ein Tier brachte, wenn sie eine Lieferung zu betreuen hatten. Wenn sie mit ihrer Arbeit fertig waren, begleitete Sam sie immer bis kurz vor das Herrenhaus und nahm dann ihr Pferd mit zurück. Heute war das nicht möglich gewesen.

Sie verbot sich, darüber nachzugrübeln, was wohl gerade im Augenblick in der *Krone* geschah, und konzentrierte sich lieber darauf zu erreichen, weswegen Flora und die anderen sich in die Bresche warfen. Wenn ihr Cousin nach *The Birches* heimkam, musste sie zu Hause sein und in ihrem Bett liegen. Ihre Lippen zuckten. Sie brauchte auch eine harmlose Erklärung dafür, weshalb er sie nicht genau dort gefunden hatte, als er heute Nacht offenbar nach ihr gesehen hatte.

Ihre Schritte wurden schneller, schließlich begann sie zu laufen, bemerkte kaum etwas von dem strömenden Regen oder dem Wind, der in den kahlen Ästen der Birken pfiff, die die eine halbe Meile lange Auffahrt säumten. Der Squire durfte nie erfahren, was sie trieben, weil Emily keinen Augenblick bezweifelte, dass er, weit entfernt davon, entrüstet zu sein, vielmehr das kleine Unternehmen an sich reißen und den Löwenanteil des Profits für sich beanspruchen würde. Die Dorfbewohner, Mrs Gilbert und ihre Töchter, der Hufschmied, Jeb und all die anderen – all jene, die so verzweifelt auf das Geld angewiesen waren, das der Schmuggel ihnen einbrachte – würden fast leer ausgehen.

Die Fackeln zu beiden Seiten des Haupteingangs des weitläufigen Gebäudes leuchteten einladend, aber Emily eilte zur Seite des Hauses. Wenn sie die Eingangstür gewählt hätte, hätte Walker, ihr alter Butler, sie sicher unverzüglich außer Sicht geschafft, aber sie wollte ihn nicht unnötig weiter hineinziehen, als sie das bereits getan hatte. Und Flora und die anderen …

Schuldgefühle drohten sie zu überwältigen. Hatte sie das Richtige getan, als sie sie einfach dem Zorn ihres Cousins ausgeliefert hatte, der ihn unweigerlich erfassen würde, wenn er entdeckte, dass seine Beute ihm entwischt war? Sie erinnerte sich daran, dass es zu ihrem Schutz geschehen war, dass sie geflohen war, aber das erleichterte ihr Gewissen nicht. Müde und erschöpft gestand sie sich ein, dass zu viele Leute darauf angewiesen waren, von ihr in Sicherheit gebracht zu werden, als dass sie hätte bleiben dürfen. Aber es hätte ihr gefallen, Jeffery entgegenzutreten und ihm klar und unmissverständlich zu sagen, was sie von ihm hielt – und von seinem Freund Mr Ainsworth.

Bis auf die Haut durchnässt, mit klappernden Zähnen und um Luft ringend stand Emily schließlich vor dem Wandspalier auf der Rückseite des Hauses. Den Stacheln der Kletterrose geschickt ausweichend, die in wenigen Monaten über und über mit duftenden rosa Blüten übersät sein würde, stieg sie müde zu dem Fenster empor, durch das sie vor Stunden das Haus verlassen hatte.

Sie zog das unverschlossene Fenster auf und schwang die Beine dankbar ins Zimmer. Als die wohlige Wärme des Feuers im Kamin sie einhüllte, musste sie wieder an ihre Gefährten denken, die sie hatte zurücklassen müssen. Es blieb ihr nur zu hoffen, dass ihr vermaledeiter Cousin ihnen keinen ernsthaften Schaden zugefügt hatte. Während sie sich ihrer nassen Kleider entledigte, biss sie die Zähne zusammen. Bei Gott, wenn er einem von ihnen etwas getan hatte, würde sie es ihm heimzahlen.

Squire Townsend hatte den Gilbert-Töchtern oder Sam nichts getan, andersherum war das jedoch nicht der Fall. Die Verteidiger im Wirtshaus waren wild entschlossen gewesen. Faith hatte Townsend einen Krug Ale auf dem Kopf zerschlagen und ihm dabei einen Schnitt über seinem rechten Auge verpasst, und Molly, die Nächstälteste, hatte überaus wirkungsvoll den Besen einzusetzen gewusst. Der Squire würde noch mehrere Tage humpeln, als Folge des Sturzes, nachdem sie ihm den Stiel zwischen die Beine gerammt hatte. Und Sam hatte schließlich, um allem die Krone aufzusetzen, ihn in den Oberschenkel gebissen, so fest, dass es geblutet hatte. Harriet und Mary hatten ihn mit mehreren schweren Zinnkrügen beworfen, und als es Townsend schließlich doch gelang, ihre Abwehrreihe zu durchbrechen und die Stufen zu erklimmen, hatte er zusätzlich zu seinen anderen Verletzungen auch noch eine beeindruckende Prellung im Gesicht und Blut am Kinn.

Es war ein maßlos wütender und übel zugerichteter Herr, der in das Zimmer stürmte, nur Sekunden, nachdem Emily in dem Schrank verschwunden war. Sein früher einmal makellos geknotetes Halstuch hing schief, sein dunkelblauer Rock und die zuvor in ungetrübtem Altweiß gemusterte Seidenweste waren mit Blut- und Aleflecken übersät.

Seine kastanienbraunen Locken waren hoffnungslos zerzaust.

Sobald Flora die Tür geöffnet hatte, humpelte er ins Zimmer, blickte sich wild um und, da er nur Flora in der Raummitte und den dunkelhäutigen Fremden im Bett entdecken konnte, fragte er barsch:

»Wo ist sie? Ich weiß, dass sie hier irgendwo ist. Emily, komm sofort heraus.«

Faith und Molly waren dicht hinter Townsend; die Hände in die Hüften gestemmt, erkundigte sich Faith:

»Wie können Sie es wagen, sich gewaltsam Zutritt zu dem Zimmer eines Herrn zu verschaffen, der um Haaresbreite dem Tode entronnen ist? Warten Sie, bis der Konstabler davon hört.«

Townsend drehte sich zu seinen Peinigern um und fuhr sie an:

»Ich denke, du bist es, Faith, die den Konstabler fürchten sollte.« Seine Stimme wurde vor Wut lauter.

»Du und Molly und die anderen, ihr habt mich angegriffen. Ich werde euch alle vor den Richter bringen, und dann werden wir ja sehen, wie euch das gefällt.«

»Ich bin sicher, es liegt ein Missverständnis vor«, erwiderte Flora ruhig.

»Und wenn meine Schwestern Sie angegriffen haben – eine maßlose Übertreibung, da bin ich mir sicher –, dann gab es vermutlich einen guten Grund dafür.«

Townsends Gesicht verfärbte sich dunkelrot.

»Willst du etwa mein Wort anzweifeln? Darf ich dich daran erinnern, Flora, dass ich hier der Squire bin? Es wäre nur klug, mir den schuldigen Respekt zu erweisen.«

Barnaby, der die Szene mit großem Interesse verfolgt hatte, hatte das Gefühl, es sei an der Zeit, sich bemerkbar zu machen, und erklärte gelassen:

»Wenn Sie sich vielleicht mehr wie ein Squire aufführten statt wie ein Kneipenschläger, würden Sie gewiss etwas … äh, angemessenen Respekt ernten.«

Townsends wütender Blick fand einen neuen Gegner.

»Wer, zur Hölle, sind Sie?«

Da er nun einmal Amerikaner war und daher Titel und die Privilegien des Adels verachtete, hatte Barnaby sein neu erworbener Titel nicht sonderlich beeindruckt, aber in dieser Situation, das erkannte er, konnte er sich als äußerst nützlich erweisen. Ohne sich um den Schwindel, den die Bewegung ihm bescherte, zu kümmern, setzte er sich im Bett auf und erklärte kühl:

»Ich bin Joslyn, der … äh, achte Viscount Joslyn. Und Sie sind …?«

Townsend schnappte nach Luft und machte einen Schritt zurück.

»Was Sie nicht sagen!«

Aus dem Augenwinkel sah Barnaby Floras erstaunte Miene, und seine Lippen zuckten. Hinter Townsend starrten ihn Faith und Molly mit offenen Mündern an; Barnaby wusste nicht, ob er belustigt oder verärgert sein sollte angesichts der Reaktion, die ein schlichter Titel hervorrief. Er entschied, die ganze Situation hatte viel von einer Farce, weswegen er die Belustigung wählte, aber nicht über Townsend …

Mathews Reaktion, wenn er beleidigt war (was in Barnabys Gegenwart oft der Fall war), nachahmend, hob Barnaby arrogant die Brauen und verzog das Gesicht, als röche er verdorbenen Fisch, und sagte:

»Doch, das sage ich allerdings. Und wer, zum Teufel, sind Sie, dass Sie es wagen, meine Identität in Zweifel zu ziehen?«

Flora, die sich von ihrem Schrecken erholt hatte, erklärte mit schadenfroh blitzenden Augen:

»Mylord, erlauben Sie mir, Ihnen Squire Townsend vorzustellen. Er lebt ganz in der Nähe auf *The Birches* – nicht weit von *Windmere.*«

Mit der Erkenntnis, um wen es sich bei dem Fremden handelte, erlosch die zornige Röte auf Townsends hübschem Gesicht. Trotz seines mitgenommenen Äußeren lächelte er verbindlich, machte eine geübte Verneigung und stellte fest:

»Wie Flora schon sagte, ich bin der Squire der Gegend. Jeffery Townsend – wir sind Nachbarn. Auch wenn ich wünschte, die Umstände wären anders, es ist mir ein Vergnügen, Ihre Bekanntschaft zu machen, Mylord.« Er richtete sich wieder auf und fügte hinzu:

»Ich entschuldige mich ganz aufrichtig für mein unpassendes Eindringen, aber, wissen Sie, ich suche meine Cousine Emily.« Er blickte sich im Zimmer um, als erwarte er, dass Emily plötzlich erscheinen würde. Er drehte sich wieder zu Barnaby um und sagte:

»Ich weiß aus verlässlicher Quelle, dass meine Cousine hier irgendwo ist.«

»Sie denken, ich verstecke sie hier irgendwo?«, erkundigte sich Barnaby ungläubig, während im Geiste seine Gedanken wirr durcheinanderschossen. Der Bursche war ein junges Mädchen? Emily?

Townsend wusste nicht, was er glauben sollte, aber er war felsenfest davon überzeugt, dass Emily in dieser Nacht in der *Krone* gewesen war und die vermaledeite Gilbert-Sippe sie irgendwo hier versteckte. Das hatte Kelsey ihm verraten. Unten hatte es keinerlei Anzeichen für Emilys Anwesenheit gegeben; er wusste genau, wie stolz Mrs Gilbert auf ihr bestes Gästezimmer war und wie sehr sie Emily schätzte und liebte, weswegen dieses Zimmer das wahrscheinlichste Versteck gewesen war. Das wüste Handgemenge, in das die

Gilbert-Hexen und dieser Satansbraten Sam ihn verwickelt hatten, bekräftigten seine Überzeugung, dass Emily sich in genau diesem Zimmer irgendwo verbarg.

Als er hereingekommen war, war Jeffery davon überzeugt gewesen, seine Beute zu entdecken und seine verdammt unverfrorene Cousine endlich einmal da zu haben, wo er sie schon lange haben wollte: im Nachteil ihm gegenüber. Sie würde ihm keine plausible Erklärung bieten können, die hinreichend begründete, weshalb sie sich zu so später Stunde in der Nacht im besten Gästezimmer des Gasthofes aufhielt. Besonders wenn sie angeblich seelenruhig in ihrem Bett zu Hause schlief.

Schon seit Monaten hatte er den Verdacht, dass sie etwas im Schilde führte, aber bislang war er nicht in der Lage gewesen herauszufinden, was genau es war. Trotz des Spions, den er auf sie angesetzt hatte; darüber hinaus, dass seine Cousine in bestimmten Nächten heimlich das Haus verließ und in der *Krone* verschwand, hatte er nichts herausgefunden. Unsicher, ob Kelsey einfach unfähig war oder, was wahrscheinlicher war, Informationen absichtlich zurückhielt, hatte er sich kurz entschlossen hierher auf den Weg gemacht, als er gehört hatte, dass sie sich wieder davongeschlichen hatte. Von Wut und Ungeduld getrieben wollte er sie auf frischer Tat ertappen und zur Rede stellen.

Ein Liebhaber schien ihm der wahrscheinlichste Grund hinter ihren geheimen Ausflügen zur *Krone*, aber Jeffery wollte einfach kein Grund dafür einfallen, warum sie daraus so ein Geheimnis machen sollte. Der Himmel wusste, er würde einen Verehrer mit offenen Armen empfangen – ob nun respektabel oder nicht. Jeder, wirklich jeder, der ihn von dieser Plage von Cousine befreien würde, wäre ihm willkommen.

Einen Mann im Bett zu finden war daher keine große

Überraschung gewesen, aber seine Identität verblüffte ihn; Jeffery konnte sich nicht erklären, welche Rolle der Viscount in den Vorgängen des Abends spielte. Wie alle Mitglieder der guten Gesellschaft kannte auch er die Geschichte von Mathew Joslyns unerwartetem Pech letztes Frühjahr, als die Nachricht von der Existenz des amerikanischen Erben bekannt geworden war. Jeffery war wie alle anderen neugierig auf den neuen Viscount gewesen, aber bislang hatten ihre Pfade sich nicht gekreuzt.

Townsend glaubte keinen Augenblick, dass der Viscount der Grund für Emilys nächtliche Ausflüge war: Schließlich hatte sie sich schon lange vor der Ankunft des neuen Viscounts in England im Oktober aus *The Birches* davongeschlichen. Da er aber niemand war, der sich eine günstige Gelegenheit, sein Ziel zu erreichen, ungenutzt durch die Finger gleiten ließ, überlegte Jeffery, wie er wohl diese unselige Wendung der Ereignisse zu seinem Vorteil nutzen könne.

Er warf Joslyn einen nachdenklichen Blick zu. Zwar war momentan von Emily weder etwas zu sehen noch zu hören, aber er würde beim Grab seiner Mutter schwören, dass sie heute Nacht hier gewesen war. Und falls, aus welchen Gründen auch immer, Emily mit dem Viscount zusammen gewesen war, wäre sie rettungslos kompromittiert. Gütiger Himmel, der Mann befand sich praktisch nackt in dem Bett unmittelbar vor ihm, und es war nicht viel Fantasie nötig, sich Emily neben ihm vorzustellen. Hmm …

Jeffery betrachtete den Viscount erneut. Es war allgemein bekannt, dass die Joslyns insgesamt gut betucht waren, und der neue Viscount war der reichste von allen … Visionen von atemberaubendem Reichtum stiegen vor seinem geistigen Auge auf, und er begann schon einen Plan zu schmieden, wie er seine lästige Cousine am leichtesten loswerden und einen Teil des Joslyn-Goldes in seine Finger bekommen könnte.

Barnaby gefiel der berechnende Schimmer in Townsends Augen gar nicht.

»Sie sind uneingeladen in mein Zimmer eingedrungen. Wie Sie sich mit eigenen Augen haben überzeugen können, gibt es hier keine ›Emily‹. Ich schlage vor, Sie gehen jetzt.«

Normalerweise hätte Jeffery sich größte Mühe gegeben, sich bei dem neuen Viscount lieb Kind zu machen, aber der Gedanke, einen Teil von dem Joslyn-Gold zu erhalten, machte ihn kühn.

»Ich entschuldige mich für die Umstände unserer Begegnung«, erklärte Jeffery, »aber ich darf mich dadurch nicht davon abhalten lassen, den Aufenthaltsort meiner Cousine zu entdecken.« Sein Blick fiel auf den großen Schrank, und sein Herz hüpfte vor Freude. Es war ein breiter Schrank, groß genug, einen ausgewachsenen Mann zu beherbergen, ganz zu schweigen von einem Leichtgewicht wie Emily.

In der Überzeugung, genau zu wissen, wo seine Cousine sich versteckte, ging er rasch mit ausholenden Schritten zu dem Möbelstück und überraschte damit alle. Er riss die beiden Türhälften auf. Das Innere war bis auf die Decken leer – was Jeffery mit Verlegenheit und Missfallen zur Kenntnis nahm.

Rot geworden schlug er die Türen wieder zu und trat zurück. Er erwiderte den spöttischen Blick des Viscounts und erklärte halblaut:

»Nun, sie hätte sich darin verstecken können.«

Gegen die pochenden Schmerzen in seinem Kopf und die wellenartig aufsteigende Übelkeit ankämpfend, sagte Barnaby:

»Wenn Sie nicht blind sind, ist es offenkundig, dass Ihre Cousine nicht hier ist.«

Emily nicht im Schrank zu finden war ein Rückschlag gewesen, aber von der Idee in Versuchung geführt, eine Verbindung zwischen Emily und dem Viscount herbeizuführen, trieb er die Sache weiter.

»Vielleicht nicht im Moment, aber woher soll ich wissen, dass sie nicht hier war, ehe ich das Zimmer betreten habe?« Er bedachte Flora mit einem missbilligenden Blick.

»Die Gilberts haben sicherlich ihr Bestes gegeben, mich daran zu hindern, mich mit eigenen Augen davon zu überzeugen.«

Unfähig, sich weiter gegen den Schwindel zu wehren, ließ sich Barnaby wieder in die Kissen sinken, schloss die Augen und fragte müde:

»Sind Sie eigentlich immer so rüde, oder sind Sie nur schwachsinnig?«

Jeden äußeren Anschein von Höflichkeit fallen lassend fuhr Townsend ihn an:

»Verdammt! Ich wusste es doch, sie war hier! Sie verstecken sie vor mir.«

»Schämen Sie sich!«, rief Flora.

»Seiner Lordschaft geht es nicht gut, und Sie belästigen ihn mit Miss Emily.« Sie machte einen Schritt auf ihn zu und fragte wütend:

»Vielleicht würden Sie gerne unterm Bett nachsehen? Oder warum nicht gleich Seine Lordschaft aus dem Bett werfen und die Decke ausschütteln?« Mit zusammengebissenen Zähnen erklärte sie langsam und deutlich:

»Miss Emily ist nicht hier.«

Jefferys Zuversicht fiel in sich zusammen. Konnte Kelsey sich geirrt haben? Hatte er am Ende einfach nur einen schrecklichen Fehler gemacht? Aber Instinkt und eine gehörige Portion Sturheit sagten ihm, dass er recht hatte: Emily war hier gewesen. Unfähig, auf einen Grund zu kommen, weswegen sich Lord Joslyn auf die Seite der Gilberts schlagen sollte, und da von Emily weit und breit nichts zu sehen war, sagte ihm sein gesunder Menschenverstand, dass ein kluger Mann jetzt den geordneten Rückzug antreten würde.

Jeffery schaute sehnsüchtig auf das große Bett, in dem Joslyn lag. Er war stark in Versuchung geführt, Flora auf die Probe zu stellen und selbst unter dem Bett nachzusehen, aber er war nicht so mutig – besonders, nachdem er sich mit dem Schrank schon lächerlich gemacht hatte.

Erbittert und trotzig sagte Jeffery:

»Ich entschuldige mich, Mylord. Offensichtlich liegt ein Missverständnis vor.«

Barnaby öffnete die Augen und erwiderte halblaut:

»Offensichtlich.«

Schritte auf der Treppe kündeten von einem Neuankömmling; Barnaby hob den Kopf und fragte sich, wer wohl als Nächstes die Bühne dieser Farce betreten würde. Eine kleine rundliche Frau mit roten Apfelbäckchen und einem ordentlichen Musselinhäubchen, unter dem ein paar graue Haarsträhnen hervorlugten, segelte in den Raum. Die Hände in die Hüften gestemmt, blieb sie auf der Türschwelle stehen und schaute sich um. Barnaby legte sich zurück in die Kissen, bereit, das Schauspiel weiterzuverfolgen.

»Da verlasse ich einmal das Haus, um eine kranke Nachbarin zu besuchen«, verkündete die eben Eingetroffene in nüchternem Ton, »und was muss ich bei meiner Rückkehr entdecken? Der Gastraum unten liegt in Scherben, und hier oben drängt sich alles in diesem Gästezimmer!« Sie deutete mit dem Finger auf die drei jungen Frauen und verlangte:

»Nach unten mit euch – ich will, dass das Durcheinander da unten beseitigt ist, bis ich hier fertig bin.«

Die drei Angesprochenen verschwanden wie von Zauberhand. Ihre hellblauen Augen richteten sich auf Townsend, und Barnaby empfand beinahe so etwas wie Mitleid für ihn.

»Und Sie, Squire? Was soll das alles bedeuten? Mary und Harriet haben mich davon unterrichtet, dass Sie der Grund für die Zerstörung seien, die ich vorfinden musste. Was haben Sie zu Ihrer Verteidigung zu sagen?«

Unter diesem unverwandten Blick fühlte sich Jefferys Halstuch mit einem Mal so eng an, dass er meinte, es schnürte ihm die Luft ab.

»Ah, ich versichere Ihnen, es war alles ein ganz furchtbares Missverständnis, Mrs Gilbert«, antwortete er recht lahm.

Ihre Brauen hoben sich.

»Wirklich? Vielleicht würden Sie es mir gerne erläutern?«

Jeffery, der sich daran erinnerte, dass er hier der Squire war, sagte mit Nachdruck:

»Ich weiß aus zuverlässiger Quelle, dass Emily heute Nacht hier war. Ich bin gekommen, persönlich nachzusehen, welchen Unfug sie treibt.«

»Und Sie denken, das gibt Ihnen das Recht, meinen Gasthof zu verwüsten, in ein Privatzimmer einzudringen und den Gentleman zu stören, der es gemietet hat?« Mrs Gilbert schnaubte abfällig.

»Und wer, bitte, ist diese ›zuverlässige Quelle‹?«

Mit rot angelaufenem Gesicht versetzte Jeffery:

»Das geht Sie nichts an!«

Mrs Gilbert kam weiter ins Zimmer und blieb erst stehen, als sie dicht vor Townsend angekommen war.

»Sie irren, Sir«, sagte sie.

»Jede ›Quelle‹, die bösartige Lügen über die liebe Miss Emily verbreitet und der Grund ist, weshalb meine Gäste gestört werden und mein Gasthof Schaden nimmt, geht mich eindeutig etwas an.«

Darauf bedacht, möglichst rasch zu entkommen, und da er sich mehr und mehr wie ein Narr vorkam, erklärte Jeffery beinahe kleinlaut:

»Ich werde allen Schaden zahlen, und bei Seiner Lordschaft habe ich mich bereits entschuldigt.«

Mrs Gilbert blickte zu Barnaby, der seinerseits lächelte und eine Hand hob. Er konnte einen Anflug von Belustigung über ihre Züge huschen sehen, ehe sie sich wieder zu dem Squire umdrehte.

Mit einem energischen Blick für Townsend sagte sie:

»Nun gut. Ich werde morgen Nachmittag eine Rechnung für Sie fertig haben und erwarte, dass sie in Gänze beglichen wird.« Sie machte einen Schritt nach hinten.

»Und nun würde ich es begrüßen, wenn Sie den Raum verließen, ehe ich mich gezwungen sehe, den Konstabler zu holen und mich offiziell über Sie zu beschweren.«

Barnaby beobachtete, wie Jeffery darum rang, seinen Zorn zu zügeln, angesichts dieser neuerlichen Beleidigung. Es war haarscharf, aber am Ende nickte der Squire knapp und verbeugte sich so gefasst wie unter den Umständen möglich in Barnabys Richtung, begab sich zur Tür und ging – mit verständlicher Hast.

Nachdem er weg war, schloss Mrs Gilbert die Tür und verriegelte sie. Freundlich lächelnd kam sie zu Barnaby und stellte sich neben das Bett.

»Wir sind also Lord, ja?«, fragte sie leichthin.

»Äh, ja, ich fürchte, das entspricht den Tatsachen«, erwiderte Barnaby. Mit leicht geröteten Wangen verkündete er:

»Viscount Joslyn.«

Mrs Gilbert nickte.

»Ah, ja, der Amerikaner. Wir haben gehört, dass jemand aus Amerika den Titel geerbt hat.« Sie lachte.

»Mr Mathew war ziemlich wütend, das kann ich Ihnen versichern.«

»Dessen bin ich mir wohl bewusst«, erwiderte Barnaby trocken.

»Er hat sich größte Mühe gegeben, dafür zu sorgen, dass ich mir über seine Gefühle keine Illusionen mache.«

Mrs Gilbert lächelte.

»Ach, kümmern Sie sich nicht um Mr Mathews arrogante Art. Im Grunde seines Wesens ist er ein anständiger Kerl – manchmal ein wenig anmaßend, aber wenn er seine Enttäuschung erst einmal überwunden hat, wird er Ihnen ein guter Freund sein.« Ihre Lippen wurden schmal.

»Im Gegensatz zu dem hohlköpfigen Geck, der gerade den Raum verlassen hat.«

Er stimmte ihr bezüglich des Squire zu, aber an ihrer Einschätzung seines Cousins hegte er Zweifel. Bislang war ihm Mathew wenig freundschaftlich erschienen – ganz im Gegenteil. Und er glaubte auch nicht, dass Mathew ihm irgendwann in näherer Zukunft die Hand zur Freundschaft reichen würde – wenn überhaupt jemals. Was ihn kein bisschen störte. Bis zu seiner Ankunft in London im Oktober hatte er nie einen der Joslyns zu Gesicht bekommen. Genau genommen hatte er nur eine sehr vage Idee bezüglich des englischen Zweiges der Familie – soweit es ihn anging, konnte die ganze Bande zum Henker gehen. Sie hatten jedenfalls nichts getan, um in ihm wärmere Gefühle für sie zu wecken. Er schnitt eine Grimasse. Die Schuld lag allerdings nicht nur bei ihnen, sondern auch bei ihm; er hatte zugelassen, dass er sich über sie ärgerte, und hatte im Gegenzug sein Möglichstes getan, sie gegen sich aufzubringen.

Weil sie seine Grimasse sah, fragte Mrs Gilbert:

»Haben Sie Schmerzen? Gibt es etwas, das ich für Sie tun kann?«

Barnaby schüttelte den Kopf und verzog das Gesicht, als sich das Zimmer um ihn zu drehen begann.

»Nein«, antwortete er, »es geht mir gut. Mir ist nur ein wenig schwindelig.« Er lächelte charmant.

»Sie und Ihre Familie haben mir bereits einen großen Gefallen getan, und dafür bin ich dankbar. Ich schulde Ihnen mein Leben.«

Ein Windstoß fuhr kreischend um die massiven Steinwände des Gasthauses, und Regen prasselte laut gegen die Fensterscheiben, erinnerte sie beide an den Sturm, der draußen immer noch tobte.

Interessiert erkundigte sie sich:

»Wie kam es eigentlich, dass Sie bei diesem Wetter auf See waren? Jeb hat gesagt, er wäre vor Schreck fast umgefallen, als er sie in den Wellen entdeckt hat.«

»Niemand wäre glücklicher als ich, wenn ich sagen könnte, warum ich auf dem Ärmelkanal war oder wie ich dorthin gekommen bin«, erwiderte Barnaby. »Das Letzte, woran ich mich erinnere, ist, dass ich London verlassen habe und vorhatte, kurz in Eastbourne Halt zu machen, weil man mir gesagt hatte, dort läge die Jacht von Joslyn vor Anker.«

Sie musterte sein Gesicht eine lange Zeit, und Barnaby stand kurz davor, sich unter ihrer Musterung zu winden, als sie den Blick schließlich senkte und sich an den Decken auf seinem Bett zu schaffen machen begann.

»Nun, es war gewiss keine Nacht zum Segeln, das kann ich Ihnen verraten«, bemerkte sie.

»Da stimme ich Ihnen voll und ganz zu.« Er betrachtete sie eingehend und sagte vorsichtig:

»Es ist keine Nacht, in der Mensch oder Tier unterwegs

sein sollten, und bestimmt nicht auf dem Meer draußen. Das macht mich neugierig auf den Grund, wie es geschehen konnte, dass Ihr Jeb dort war, im rechten Moment, um meinen Hals zu retten. Was hatte er eigentlich dort draußen zu suchen?«

Sie schaute hoch und lächelte leise.

»Nach all dem, was heute Nacht passiert ist, ist es der Umstand, dass Jeb draußen war, der Ihre Neugier weckt?«

»Das und das als Bursche verkleidete Mädchen, Emily, zusammen mit ihrem wundersamen Abgang durch den Schrank«, antwortete er, ein belustigtes Glitzern in den schwarzen Augen.

»Ah so. Und dabei hatte ich so gehofft, Sie seien noch bewusstlos gewesen bei Miss Emilys Verschwinden«, stellte sie voller Bedauern fest.

Barnaby lachte.

»Nein, wir hatten uns einander noch nicht abschließend bekannt gemacht, als Flora, glaube ich heißt sie, ins Zimmer geplatzt ist mit der Nachricht, dass der Squire unten sei.«

Mrs Gilbert nickte.

»Ja, Flora, meine mittlere Tochter ist die vernünftigste – obwohl sie natürlich alle brave Mädchen sind.« Mit leisem Stolz erklärte sie:

»Ich habe fünf Töchter – Faith, die Älteste, und Molly, die ihr im Alter am nächsten ist, waren die beiden anderen hier oben bei Flora, als ich eingetroffen bin. Harriet und Mary, meine beiden Jüngsten, haben mich unten erwartet, als ich heimgekommen bin, und mich gewarnt, was geschehen ist.«

Ein leises Klopfen an der Tür erklang, worauf Mrs Gilbert den Kopf in die Richtung wandte.

»Ja?«, fragte sie.

»Ich bin es, Ma«, antwortete Flora durch die Tür. »Ich habe etwas heiße Brühe für Seine Lordschaft.«

Mrs Gilbert schmunzelte und sagte zu Barnaby gewandt:

»Ich denke, es ist eher Neugier als reine Freundlichkeit, was hinter Floras Eintreffen steht.« Sie durchquerte das Zimmer und entriegelte die Tür, um sie dann zu öffnen. Flora kam herein, ein großes Zinntablett mit mehreren Gegenständen in den Händen. Mrs Gilbert schloss die Tür hinter ihrer Tochter wieder und sagte:

»Stell es auf das kleine Tischchen neben dem Bett Seiner Lordschaft.«

Flora tat mehr als das. Nachdem das Tablett auf dem Tischchen stand, türmte sie Kissen hinter Barnabys Rücken auf und bot ihm dann eine Tasse mit der stärkenden Brühe an. Mit einem ermutigenden Lächeln sagte sie:

»Das hier wird dafür sorgen, dass es Ihnen rasch wieder besser geht.«

Zu seiner eigenen Überraschung stimmte das. Es war mehr als nur Brühe; kleine Stückchen Hähnchenfleisch und Karotte, Kohl und Zwiebeln schwammen in der salzigen heißen Flüssigkeit, die Barnaby dankbar trank. Er war, stellte er fest, hungrig und leerte die Suppentasse mit ein paar langen Zügen, dazu aß er eine dicke Scheibe Brot.

Flora füllte ihm die Tasse erneut aus der grünen Porzellanterrine, die sie mitgebracht hatte, und reichte ihm mehr Brot; nachdem er zwei weitere Tassen Suppe und eine weitere Scheibe Brot verzehrt hatte, war sein schlimmster Hunger gestillt. Von ihrem Tablett nahm Flora Wein und Ale, bot ihm beides an, und er entschied sich für einen Krug Ale.

Essen und Trinken hatten ihn nicht nur gestärkt, auch der Schwindel hatte nachgelassen, wenn er auch noch nicht ganz verschwunden war. Er lächelte den beiden Frauen zu und sagte:

»Danke. Zum ersten Mal, seit ich mich heute Nacht im Wasser treibend auf dem Ärmelkanal wiedergefunden habe, habe ich das Gefühl, als würde ich tatsächlich überleben.«

»Was uns wieder zu dem Punkt zurückbringt, was Sie überhaupt dort draußen zu suchen hatten«, erklärte Mrs Gilbert, die Augen auf sein Gesicht gerichtet.

»Nein«, sagte Barnaby milde, nicht willens, sich vom Thema ablenken zu lassen, »es bringt uns zu Miss Emily zurück und was sie hier in Jungenkleidern getan hat, und was Jeb heute dort draußen auf dem Meer zu schaffen hatte.«

Kapitel 3

Mrs Gilberts Freundlichkeit verschwand, und ihre Lippen wurden schmal, während sie und Barnaby einander anstarrten, keiner von beiden bereit, auch nur einen Zoll nachzugeben. Flora blickte vom Gesicht ihrer Mutter zu dem des Mannes und wieder zurück, dann seufzte sie. Sie berührte ihre Mutter am Ärmel und sagte halblaut:

»Ma, wir können ihm vertrauen. Er hat gesehen, wie Emily in den Schrank gestiegen ist, aber er hat das mit keiner Silbe dem Squire gegenüber erwähnt.«

»Bloß weil er Miss Emily nicht an den Squire verraten hat, heißt das nicht, dass wir ihm trauen können«, erwiderte Mrs Gilbert unerbittlich. Ohne den Blick von Barnabys dunklen Zügen abzuwenden, fügte sie hinzu:

»Woher wollen wir wissen, dass er nicht nur aus dem Grund geschwiegen hat, *damit* wir ihm trauen? Und ich möchte dich daran erinnern, dass wir nur sein Wort haben, dass er ist, wer er zu sein behauptet.« Mit harter Stimme fuhr sie fort:

»Er muss nicht wissen, was wir tun. Meines Wissens nach könnte er ebenso gut ein Zollfahnder sein oder jemand aus der Nolles-Bande, der hergeschickt wurde, um uns auszuspionieren.«

Flora hatte das nicht bedacht, und ihre Freundlichkeit ließ nach, während sie Barnaby musterte.

»Ma hat recht«, sagte sie, »das hier könnte ein Trick sein, damit wir Ihnen vertrauen.«

»Finden Sie nicht, dass es doch ein wenig leichtsinnig war, mich beinahe dabei umzubringen, nur um mich hier einzuschmuggeln?«, fragte Barnaby.

»Was, wenn Jeb mich nicht gesehen hätte? Ich wäre ertrunken.«

»Vielleicht ist es schade, dass Sie das nicht sind«, entgegnete Mrs Gilbert scharf.

»Besonders wenn Sie vorhaben, Ihre Nase in etwas hineinzustecken, das Sie nichts angeht.«

»*Ma!* Das meinst du nicht ernst«, rief Flora und warf Barnaby einen besorgten Blick zu, eindeutig hin- und hergerissen, auf wessen Seite sie sich stellen sollte.

Mrs Gilbert hielt einen Moment dagegen, dann ließ sie die Schultern sinken. Müde erklärte sie:

»Nein, das habe ich nicht so gemeint – wenigstens nicht das mit dem Ertrinken. Es ist eine lange Nacht gewesen, und ich bin nicht mehr so jung wie früher.« Sie ließ sich auf einen mit Chintz bezogenen Stuhl sinken, der in der Nähe des Bettes stand, und betrachtete Barnaby eindringlich.

»Was hier vor sich geht, betrifft Sie nicht und geht Sie daher nichts an«, erklärte sie schließlich.

»Ich kann nicht erkennen, warum Sie mehr wissen wollen, als Sie es bereits tun – es sei denn, um Ihren Freunden eine aufregendere Geschichte erzählen zu können.« Als Barnaby dagegen Einspruch erheben wollte, hob sie eine Hand, gebot ihm wortlos zu schweigen und sagte:

»Wenn Sie derjenige sind, als der Sie sich hier ausgeben, werden Sie morgen von hier fortreiten und zu Ihrem feinen Landsitz und in Ihr feines Leben zurückkehren. Ein Leben, das sich drastisch von unserem Alltag unterscheidet. Bis auf die paar Mal, die Sie vielleicht hier einkehren, um sich mit einem Krug Ale zu erfrischen, werden sich unsere Pfade nicht wieder kreuzen.« Unglücklich fügte sie hinzu:

»Es wäre am besten, wenn Sie alles vergessen, was Sie heute Nacht hier gesehen oder gehört haben, und sich einfach daran erfreuen, am Leben zu sein.«

Barnaby zögerte. Mrs Gilbert hatte recht, aber sie irrte in ihrer Einschätzung von ihm. Er schuldete ihnen sein Leben, eine Schuld, die er nie zurückzahlen konnte. Sich des Umstandes bewusst, wie viel er ihnen verdankte, würde er nicht einfach morgen davonreiten können, als sei nichts Besonderes geschehen. Und was seinen feinen Landsitz und sein feines Leben anging, so war er sich ziemlich sicher, dass er sich hier in der *Krone* mit ihren Bewohnern wesentlich wohler fühlen würde als im Umgang mit seinem Cousin Mathew und seinesgleichen. Das Letzte jedoch, was er wollte, war genau die Leute gegen sich aufzubringen oder ihnen lästig zu fallen, die ihm vor Kurzem noch das Leben gerettet hatten. Er konnte warten, bis er Antworten auf seine Frage erhielt.

Mit einem schiefen Lächeln zu Mrs Gilbert bemerkte er: »Gut, ich füge mich Ihren Wünschen. Ich bin Ihnen überaus dankbar für all das, was Sie für mich getan haben, und während ich nicht versprechen kann, alles zu vergessen, was heute Nacht vorgefallen ist, so schulde ich Ihnen doch zu viel, um Sie weiter zu bedrängen.«

Erleichterung malte sich auf Mrs Gilberts Zügen.

»Gesprochen wie ein wahrer Gentleman«, verkündete sie und stand auf.

»Und nun, wenn Sie mich entschuldigen wollen, muss ich nach unten gehen und nachsehen, wie es dort steht.« Sie nickte ihrer Tochter zu.

»Wenn Sie sonst noch etwas benötigen, Flora wird sich darum kümmern. Gute Nacht, Mylord.«

Mit nachdenklicher Miene räumte Flora das benutzte Geschirr und seinen Löffel auf das Tablett und sagte, nachdem sich die Tür hinter ihrer Mutter geschlossen hatte:

»Ma wollte nicht respektlos sein, es ist nur …«

»Sie hat genug damit zu tun, das Schmuggelunternehmen am Laufen zu halten – da muss sie sich nicht auch noch mit mir herumärgern«, stellte Barnaby fest.

Flora schnappte nach Luft und starrte ihn mit großen, runden Augen an.

Trotz allem musste Barnaby lachen.

»Warum wohl sonst sollte Jeb heute Nacht den Ärmelkanal überquert haben?«, entgegnete er ganz sachlich. »Ich mag ein Neuankömmling hier bei Ihnen sein, aber ich habe genug Geschichten gehört über den Schmuggelhandel in bestimmten Teilen Englands – und besonders in dieser Gegend hier. Mein jüngster Cousin Simon hat mich bereits gewarnt, bloß keinen … äh, Aufstand zu machen, falls ich irgendwelche Brandyfässer in meinen Ställen finde.« Flora schwieg, daher sprach er weiter:

»Ich habe über meine Rettung durch Jeb heute nachgedacht. Da Schmuggeln die einzige logische Erklärung dafür ist, dass er heute da war, wo er war, als er mich erspäht hat, wird es das wohl sein.«

Seine Worte beruhigten Flora nicht. Wenn überhaupt steigerten sie ihr Misstrauen höchstens. Sie wich einen Schritt zurück und beäugte ihn unsicher.

»Nun gut«, fuhr er fort, »sagen Sie mir nichts, aber das mit dem Schmuggel habe ich ja ohnehin schon selbst herausgefunden. Miss Emily hingegen …«

Flora fasste das Tablett, als erwöge sie, es ihm über den Kopf zu ziehen, und entgegnete hitzig:

»Sie lassen Miss Emily heraus, verstanden? Sie hat schon genug Schwierigkeiten.«

»Ich versuche doch gar nicht, sie oder auch Sie in Schwierigkeiten zu bringen. Ich versuche lediglich zu begreifen, was hier vor sich geht.« Sachte tastete er sich vor:

»Ich bin doch auf Ihrer Seite, Flora.«

»Das mag sein«, lautete die knappe Antwort, »aber bevor nicht *Ma* sagt, dass Sie auf unserer Seite stehen, sage ich Ihnen gar nichts – also versuchen Sie nicht, mir etwas abzuschmeicheln.« Die Nase in die Luft gereckt, segelte sie aus dem Raum und warf die Tür hinter sich ins Schloss.

Barnaby blickte sich im leeren Raum um.

»Das war wirklich geschickt«, murmelte er halblaut vor sich hin.

Nachdem sie sich ihre nassen Kleider abgestreift hatte und sich das lange Flanellnachthemd und den warmen Morgenmantel übergezogen hatte, die jemand – vermutlich ihre Zofe Sally – auf dem Stuhl vor dem wärmenden Feuer für sie bereitgelegt hatte, fand Emily, dass alles eigentlich gut gegangen war. Besonders, wenn man berücksichtigte, wie schlimm es hätte enden können, räumte sie müde ein. Wenigstens hatte Jeffery sie nicht in der *Krone* ertappt.

Da sie die nassen kalten Sachen nicht länger anhatte, sorgten das warme Nachthemd und der Morgenrock dafür, dass die Kälte, die auf dem Heimritt unter ihre Kleider gekrochen war, verflog. Erschöpft bis auf die Knochen schaute sie zu dem Haufen durchnässter Kleider und war sich bewusst, dass sie sie verstecken musste, bevor Jeffery heimkehrte und in ihr Zimmer gestürmt kam. Sobald er entdeckt hatte, dass sie nicht in der *Krone* war, wäre dies der erste Ort, an dem er nach ihr sehen würde.

Zu müde, um überlegt zu handeln, schob sie die schlammigen Stiefel und den Kleiderhaufen mit dem Fuß unters Bett und zog die blauen Seidenrüschen des Überwurfs wieder zurecht. Sie glaubte nicht, dass Jeffery sich die Mühe machen würde, unter dem Bett nachzusehen; sie musste lächeln, als sie sich vorstellte, wie er auf allen vieren vor dem

Bett kniete und darunterspähte. Nein, ihr Cousin würde dort nicht nachsehen – dazu war er sich zu schade. Nicht, dass das für Vieles galt, dachte sie angewidert.

Sie kehrte dem Bett den Rücken und schob sich eine Strähne silberblondes Haar aus dem Gesicht, die sich aus dem schlichten Zopf im Nacken gelöst hatte. Ihr fiel auf, dass es nicht gut wäre, wenn Jeffery sie mit nassen Haaren oder einer so männlichen Frisur anträfe, daher löste sie das schwarze Seidenband, das den Zopf zusammenhielt, und schüttelte ihre Haare aus. Es hing in feuchten Zotteln um ihr Gesicht, weswegen sie sich vor das Feuer kniete und mit den Fingern die hellen Strähnen kämmte, während sie trockneten und sich ungezügelt zu locken begannen.

Ein Klopfen an der Tür war zu hören, und sie versteifte sich, obwohl sie wusste, dass Jeffery einfach ins Zimmer geplatzt wäre.

»Ja?«, rief sie.

Die Tür öffnete sich sogleich, und, umrahmt von einer Unmenge dunkler Locken, steckte Anne den Kopf durch den Spalt; ihr hübsches kleines Gesicht voller Sorge. Als sie Emily vor dem Feuer sitzen sah, blickte sie über ihre Schulter hinter sich und sagte zu demjenigen, der dort stand:

»Es ist alles in Ordnung, sie ist zu Hause.« Damit stieß sie die Tür weiter auf und lief ins Zimmer, dass der Saum ihres blassrosa Morgenrocks wehte, wobei sie rief:

»Oh, dem Himmel sei Dank! Du bist zurück. Jeffery war auf der Suche nach dir, und er hatte furchtbare Laune.«

Emily nickte.

»Ich weiß – beinahe hätte er mich in der *Krone* ertappt. Es war schieres Glück, dass ich entkommen konnte.«

Anne auf dem Fuße folgte in einem schweren rosa-braunen Morgenmantel Großtante Cornelia, deren geschnitzter Gehstock aus Walnussholz auf den Holzdielen bei jedem

Schritt ein dumpfes Geräusch machte, während sie ins Zimmer humpelte.

»Es war nicht nur Glück«, erklärte Cornelia mit ihrer tiefen Stimme scharf.

»Wenn du dem strohköpfigen Deppen nicht überlegen bist, dann bist du nicht die Frau, zu der ich dich erzogen habe.«

Trotz ihrer wenig beneidenswerten Lage musste Emily lächeln. Die Witwe des einzigen Bruders ihres Großvaters war die einzige Mutterfigur, die Emily kannte. Ihre eigene Mutter war bei ihrer Geburt gestorben; Cornelia hatte sich sogleich des weinenden Säuglings angenommen. Sie war es gewesen, die Mrs Gilbert als Amme für Emily angestellt und, sehr zur Dankbarkeit des Squire – allerdings mit leisen Gewissensbissen durchsetzt –, die Führung des Haushalts und Emilys Erziehung übernommen hatte, sodass er sich in Ruhe seinen Pferden und seinen Jagdhunden widmen konnte.

Mit ihrer freimütigen und manchmal auch aufbrausenden Art war Cornelia sowohl die Plage als auch das Glück der Familie. Wie eine Amazone gebaut war ihre Haltung trotz ihres Alters von neunundachtzig so aufrecht wie die von Frauen, die nur halb so alt waren. Und selbst jetzt noch konnte der Blick ihrer Augen, die samtbraun waren wie Haselnüsse, erwachsene Männer in die Knie zwingen. Emily hatte ihre unverblümte mürrische Großtante immer geliebt, aber am meisten, wenn sie Jeffery mit Adleraugen musterte, sodass er blass wurde und anfing zu stammeln, bevor er überstürzt das Feld räumte.

»Ich hatte Hilfe durch Flora«, gestand Emily mit einem Lächeln ein. Sie legte den Kopf schief und fragte:

»Wusstet ihr, dass es auf der Rückseite des Schrankes im großen Gästezimmer eine Geheimtreppe gibt?«

Cornelia, die sich gerade auf einen mit gelbem Chintz bezogenen Polstersessel setzte, lachte gackernd.

»Himmel, ja! Die musste ich selbst einmal benutzen.«

Anne schaute Cornelia voller Verwunderung an und wollte wissen:

»Sag nicht, dass du auch einen Schmugglerring hattest wie Emily?«

Die Heirat des alten Squire mit einem jungen Mädchen, kaum älter als seine Tochter, war das Gesprächsthema der Nachbarschaft gewesen, nachdem er die zwanzigjährige Anne Farnham vor zehn Jahren zur Frau genommen hatte. Emily war über die Ehe ihres Vaters entsetzt gewesen – Anne war nur zwei Jahre älter als sie. Bis ihr Vater ihr seine Braut vorstellte, hatte sie sie nie zuvor gesehen, und sie hatte auch keine Ahnung gehabt, dass er sich mit dem Gedanken an eine zweite Ehe trug. Cornelia hatte aus ihrer Verachtung für die junge Frau keinen Hehl gemacht; sie hatte mit ihrer weithin hörbaren Stimme Bemerkungen über alte Narren gemacht, die sich von einem hübschen Gesicht blenden ließen.

Es war kein vielversprechender Empfang für eine so junge Braut gewesen, aber man hätte schon hartherziger sein müssen, als Emily oder Cornelia es waren, um nicht dem Zauber des zierlichen Geschöpfs mit den großen braunen Augen zu erliegen, das der Squire geheiratet hatte. Voller Lachen und Sonnenschein, immer ein Lächeln auf den Lippen, war Anne in ihr Leben gewirbelt und hatte sie alle bezaubert. Emily hatte schon vor Jahren entschieden, dass es Annes riesige braune Augen mit den dichten langen Wimpern waren, die selbst das kälteste Herz zum Schmelzen bringen konnten. Jedenfalls hatte keiner von ihnen Anne widerstehen können, wenn sie diese sprechenden Augen auf sie richtete und ganz schüchtern und vorsichtig eine Veränderung bei der Einrichtung eines Zimmers oder bei einem Ablauf vorschlug, der seit vierzig Jahren keine Änderung erfahren hatte.

Aber selbst wenn Anne nicht so entzückend gewesen wäre, Emily und Cornelia hätten sie trotzdem lieb gewonnen – und das aus einem einzigen Grund: Anne liebte ihren deutlich älteren Ehemann aufrichtig und von ganzem Herzen. Selbst wenn sie eine geldgierige Harpyie gewesen wäre und nicht die reine Freude, hätten Emily und Cornelia ihr das und mehr verziehen, weil sie ihren nicht immer rücksichtsvollen und wenig umsichtigen Ehemann anhimmelte.

Wenn sie diese beiden Frauen, die ihr so viel bedeuteten, ansah, wusste Emily, dass die Risiken, die sie heute Nacht eingegangen war, es wert waren. Und sie würde weitermachen, überlegte sie mit zusammengebissenen Zähnen, dieselben Risiken erneut eingehen, bis sie alle miteinander in Sicherheit waren und nicht länger unter Jefferys Fuchtel standen.

»Schmuggeln?«, antwortete Cornelia auf Annes Frage.

»Gütiger Himmel, nein!« Ein schelmisches Lächeln spielte um ihre Lippen, und ihre samtbraunen Augen glitzerten, als sie sagte:

»Mein Ehemann hatte entdeckt, dass ich mich dort mit Lord Joslyn traf, und Floras Urgroßmutter kam die Treppe hochgelaufen, um mich zu warnen.«

Da es allgemein bekannt war, dass Cornelias Ehe mit ihrem Gatten eine arrangierte Verbindung gewesen war, in der beide Partner einander verabscheuten, waren weder Anne noch Emily sonderlich schockiert von diesen Worten. Es war genau die Sorte Erklärung, die sie von ihr erwarteten.

Aber die Identität von Cornelias früherem Liebhaber entlockte Emily ein erstauntes Keuchen.

»Lord Joslyn?«, rief sie.

»Hm, ja. Der sechste Viscount …« Sie klopfte sich mit dem Finger auf die Lippe und dachte nach.

»Oder war es der siebte?« Sie zuckte die Achseln.

»Vermutlich beide … die Joslyns sind sehr gut aussehende Männer.«

Als sie Annes Miene sah, schnaubte Cornelia abfällig.

»Jetzt schau nicht so – es ist schließlich ewig her.«

»Äh, ich denke, ich habe heute den achten Viscount getroffen. Da war ein Mann … ein Amerikaner in der *Krone*. Wer sonst sollte es sein?«

Zwei Augenpaare richteten sich auf sie und musterten sie verwundert, worauf Emily errötete und rasch erklärte:

»Jeb hat ihn im Ärmelkanal entdeckt und ihn aus dem Wasser gefischt – es blieb ihm nichts anderes übrig, er konnte ihn ja nicht ertrinken lassen.« Knapp beschrieb sie, was sich zugetragen hatte.

»Oh je! Wie aufregend!«, rief Anne und nahm eine Bürste mit Silberbeschlag von der Frisierkommode neben sich. Sie ging zu Emily und begann, ihr die schweren Locken auszubürsten.

»Findest du ihn attraktiv?«

Emily verzog das Gesicht.

»Nein. Ich habe mir zu große Sorgen gemacht, wie viele Schwierigkeiten er uns machen wird, um ihm viel Aufmerksamkeit zu schenken.« Nachdenklich fügte sie hinzu:

»Er ist ein großer Mann mit dunkler Haut und schwarzen Haaren, aber ohne auffällige Ähnlichkeit zu den anderen Joslyns.« Sie ging in Gedanken zurück zu dem Mann im Bett und gestand:

»Ich nehme an, man könnte sagen, er sei gut aussehend, aber auf eine eher raue Art. Seine Züge sind härter, weniger fein gemeißelt als die von beispielsweise Mathew Joslyn.« Sie zuckte die Achseln.

»Natürlich war es auch nicht seine beste Stunde.«

»Hattest du Angst, als er dein Handgelenk umklammert hat?«, wollte Anne mit großen Augen wissen. »Ich hätte sicher Angst gehabt.«

Cornelia schnaubte.

»Du hast ja auch Angst vor deinem eigenen Schatten, Gänschen«, stellte sie nicht unfreundlich fest, »selbstverständlich hättest du Angst gehabt.«

Als Anne beinahe wehmütig nickte, schaute Cornelia zu Emily und sagte:

»Was ich gerne wüsste, ist, woher Jeffery wusste, dass du im Gasthof warst.«

Annes stetige Bürstenstriche waren so entspannend, dass Emily am liebsten geschnurrt hätte. Achselzuckend erklärte sie: »Das hat ihm offenbar jemand verraten.«

»Höchstwahrscheinlich dieser schurkische Verwalter Daggett, den er nach dem Tod deines Vaters angestellt hat«, erwiderte Cornelia erbost.

»Der Mann betrügt ihn nach Strich und Faden und raubt ihn bis aufs letzte Hemd aus, aber weil er ihm nach dem Mund redet und ihm schmeichelt, dass es einem schlecht wird, hält dein Cousin ihn für wunderbar. Verdammter Narr.«

»Nun, ich glaube, es ist dieser widerliche Kerl, dieser Kelsey«, erklärte Anne hitzig.

Cornelias Brauen hoben sich, und Emily drehte sich um, auch wenn sie dadurch die herrlichen Bürstenstriche unterbrach, um über ihre Schulter ihre Stiefmutter anzusehen.

»Was denn?«, erkundigte sich Anne, sichtlich verwundert über ihre Reaktionen.

»Du hast so selten etwas Schlechtes über irgendwen zu sagen«, bemerkte Emily behutsam, »aber Kelsey scheint dein Missfallen erregt zu haben.«

Anne wurde rot.

»Ich habe immer schon gedacht, wie grausam es von Jeffery war, unseren armen alten Hutton hinauszuwerfen und ihn durch Kelsey zu ersetzen.« Mit gerecktem Kinn fügte sie erbittert hinzu:

»Er ist grob, unhöflich und ein … ein furchtbarer Stallmeister. Er weiß überhaupt nichts über Pferde, und dabei hatte Hutton so ein Händchen für sie.«

Emily und Cornelia widersprachen ihr nicht. Sie waren entrüstet gewesen, als Jeffery begonnen hatte, Diener zu entlassen, die der Familie jahrelang, ja seit Generationen treu gedient hatten, und dafür seine eigenen Leute zu holen – Männer, die faul und unverschämt waren und die Verantwortung dafür trugen, wie schlecht es um den Landsitz mittlerweile bestellt war. Was Jeffery nicht verschwendete, verloren sie durch schlechte Verwaltung oder Unterschlagung.

Emily musterte Annes Gesicht noch einen Augenblick.

»Er hat sich nichts herausgenommen, oder?«, fragte sie.

Rote Flecken erschienen auf Annes Wangen und verrieten alles.

Emily stand auf, ragte über der zierlichen Anne auf. Mit stürmisch funkelnden Augen verlangte sie zu wissen:

»Was hat er getan?«

Anne schluckte und schaute auf ihre Füße.

»E-Er hat mich berührt«, flüsterte sie. Auf Emilys wütendes Fauchen fügte sie rasch hinzu:

»Bitte! Es ist nicht so schlimm …« Sie schluckte. »Es ist nicht das, was du denkst … es … es ist nur, dass er mich auf so eine bestimmte Weise anschaut, und seine Hände lässt er länger auf mir, als es sich gehört. Ich mag es nicht.«

»Und du hast nichts gesagt?«, fragte Cornelia, deren stahlgraues Haar sich angesichts dieser Ungeheuerlichkeit zu sträuben schien.

»Ich – ich habe es ihm wieder und wieder gesagt«, gestand sie fast kleinlaut, »dass ich seine Hilfe beim Auf- und Absitzen nicht brauche, aber das beachtet er nicht und h-h-hilft mir trotzdem.« Ihr sonst stets lächelndes Gesicht spiegelte ihr Elend wider, als sie Emily anschaute und sagte:

»Ich wollte dir nicht lästig sein – du hast schon so viel, das dir Sorgen bereitet. Ich habe mich bei Jeffery über ihn beschwert.« Tränen schimmerten in ihren Augen. »Aber der hat nur *gelacht.*«

Emily sah rot vor Wut; einen Moment lang bekam sie keine Luft, so zornig war sie … und verängstigt. Wie weit würde Jeffery gehen, um sie zu vertreiben? Würde er es wagen, zuzulassen, dass Anne von einem seiner Männer Gewalt angetan wurde? Es war undenkbar, aber sie würde es nicht von vornherein ausschließen.

Die Hände zu Fäusten geballt starrte sie in Annes betrübtes Gesicht. Dass Anne den unerwünschten Aufmerksamkeiten eines Stallknechts ausgesetzt gewesen war, und Jeffery nichts dagegen unternommen hatte … Wut schnürte ihr die Kehle zu.

»Dieser widerliche Schuft!«, spie Cornelia, deren Augen erbost glitzerten. Der Griff um ihren Stock war so fest, dass die Knöchel ihrer Hand unter der Haut weißlich schimmerten.

»Zu denken, dass ein Verwandter von mir so ein Verhalten duldet. Eine Schande!«

Die Tür zu Emilys Schlafzimmer wurde aufgestoßen, und Jeffery, noch in seinem tropfenden Umhang, nass von dem Heimritt durch das Unwetter, stand auf der Schwelle.

»Hier also bist du, Cousinchen«, stieß er wütend hervor,

während er weiter ins Zimmer kam und sich vor die drei Frauen stellte.

»Ich habe nach dir gesucht.«

»Und ich nach dir«, entgegnete sie spitz.

»Was für ein widerlicher Wicht bist du eigentlich, dass du die Frauen in deinem Hause den Zudringlichkeiten eines Dieners aussetzt?«

»Ich weiß nicht, wovon du sprichst«, plusterte er sich auf, verdutzt über die unerwartete Attacke.

»Oh, dann weißt du also nichts von Annes Beschwerde über Kelsey?«, erkundigte sich Emily. »Du hast keine Ahnung, dass er ihr seine Aufmerksamkeiten aufdrängt – trotz ihrer Einwände?«

Jeffery räusperte sich.

»Da muss ein Missverständnis vorliegen. Ich versichere dir, wenn ich wüsste, dass Kelsey sich ihr gegenüber unangemessen verhalten hat, hätte ich ihn selbstverständlich fortgejagt.«

»Ich habe es dir erzählt«, erklärte Anne empört und starrte ihn an, »und du hast nur gelacht und gesagt, ich bildete mir Sachen ein.«

»Da muss ich dich falsch verstanden haben«, wich er aus.

»Nun, nur damit es dieses Mal kein Missverständnis gibt«, schaltete sich Cornelia ein und hatte ihn mit schmalen Augen fest im Blick, »Anne beschwert sich bei dir zum wiederholten Male über Kelseys Verhalten. Wir sind Zeugen ihrer Beschwerde.« Sie hob eine Braue. »Und natürlich weiß ich, dass als Gentleman dein Wort dich bindet. Daher erwarte ich, dass Kelsey gleich als Erstes morgen früh entlassen wird.« Cornelia lächelte ihn an und zeigte dabei ihre Zähne, und Jeffery wurde blass.

»Ich habe doch dein Wort, nicht wahr«, hakte sie nach,

»dass du Kelsey nicht länger in deinen Diensten dulden wirst, oder? Dass er morgen Vormittag entlassen wird?«

Jeffery schluckte, wich Cornelias Blick aus und brummte schließlich »Ja.«

»Dein Wort als Gentleman?«

Er nickte und erklärte widerwillig:

»Ja, mein Wort als Gentleman.«

Cornelia wandte sich zu Anne um und lächelte begütigend.

»So, dann haben wir das geklärt, Liebes. Kelsey wird morgen verschwunden sein, sodass du ihn nicht länger fürchten musst.«

Sally, die auch als Emilys Zofe fungierte, erschien auf der Türschwelle, ein schwer beladenes Tablett in den Händen, und zögerte. Als sie Emilys Blick auffing, nickte sie unmerklich, holte tief Luft und trat ein. Bis auf einen kurzen bedeutungsvollen Blick zu Emily schenkte sie niemandem Beachtung, ging zu dem Tischchen in der Nähe von Cornelias Sessel und stellte ihr Tablett darauf ab. In der Stille, die auf ihr Erscheinen folgte, beschäftigte sie sich einen Moment mit der Terrine mit dem Silberdeckel, dann drehte sie sich zu Emily um.

Mit demütig gesenkten Augen murmelte Sally: »Wenn Sie mir Ihre nassen Sachen geben, dann kümmere ich mich darum, dass sie gewaschen und getrocknet werden.«

Mit einem Ausdruck selbstgefälliger Zufriedenheit auf seinem Gesicht lächelte Jeffery und wartete auf Emilys Antwort. Er hatte es gewusst, die Hexe war draußen gewesen, und Sally hatte seinen Verdacht soeben bestätigt.

»Uh, das wird nicht nötig sein«, erwiderte Emily, entsetzt, dass Sally verraten hatte, dass sie irgendwo anders gewesen war als sicher hier im Haus. Sie vertraute Sally. Was, zum Teufel, führte sie im Schilde?

»Ist das dann so weit alles?«, fragte Sally.

»Äh, ja. Danke«, antwortete Emily, argwöhnisch und verunsichert. Verrat aus den eigenen Reihen war nie ganz ausgeschlossen, aber dass es Sally sein würde …

Mit einem Augenzwinkern, das nur Emily sehen konnte, fügte Sally unbekümmert hinzu:

»Die Köchin dachte, Sie hätten gerne etwas Heißes nach dieser langen Nacht im Stall beim Ablammen.« Sie schüttelte den Kopf. »Das kann sich auch nur die alte Nappy einfallen lassen, sich ausgerechnet eine solch stürmische Nacht wie heute auszusuchen, um das Lammen zu beginnen. Loren sagt, es war eine wahre Freude, Ihre sichere Hand bei einer derart schweren Geburt zu beobachten. Alle von uns finden, es war einfach wunderbar, dass Sie in der Lage waren, die alte Nappy zu retten und alle drei Lämmer auf die Welt zu holen.«

Jefferys Befriedigung löste sich in Luft auf, und er schaute misstrauisch von Sally zu Emily.

»Da also warst du heute Nacht?«, verlangte er ungläubig zu wissen.

»Du hast dem alten Schäfer Loren beim Lammen geholfen?«

Sally hatte ihr eine Rettungsleine zugeworfen, und Emily ergriff sie, als hinge ihr Leben davon ab. Sie schenkte ihm ein unschuldsvolles Lächeln.

»Wo sonst sollte ich um diese Stunde in einer so grässlichen Nacht wie dieser sein?«, fragte sie vernünftig.

Jeffery starrte die vier Frauen erbost an. Sein Gefühl sagte ihm, dass sie logen, aber die Geschichte klang wahr genug, um ihn innehalten zu lassen. Auch wenn es eine seiner Haupteinnahmequellen war, wusste Jeffery nur wenig über die Schafhaltung auf dem Gut, er erinnerte sich aber verschwommen daran, vor ein paar Tagen gehört zu haben, dass die Lammsaison nicht mehr weit sei. Zwar war er überzeugt davon, dass Emily heute Nacht in der *Krone* gewesen war, aber es war trotzdem möglich, dass sie in Wahrheit einem stinkenden Mutterschaf geholfen hatte, drei weitere Lämmer auf die Welt zu pressen.

Wütend, erbittert und sich zum zweiten Mal heute Nacht wie ein Idiot vorkommend, erwiderte er scharf:

»Ich werde mit Loren morgen früh sprechen ... und dieses verdammte alte Schaf sollte besser drei wollige Lämmer um sich tollen haben.«

»Oh, das wird es«, bemerkte Cornelia und lächelte ihn unbekümmert an.

»Du kannst dich mit eigenen Augen überzeugen, gleich nachdem du Kelsey entlassen hast.«

Jeffery murmelte noch etwas vor sich hin, dann machte er auf dem Absatz kehrt und stürmte aus dem Zimmer.

Nachdem die Tür von Sally hinter seiner entschwindenden Gestalt geschlossen und verriegelt worden war, schauten die vier Frauen einander an. Emily und Sally grinsten beide, Anne verkniff sich ein Kichern, und Cornelia schließlich lachte laut auf.

»Gütiger Himmel!«, rief sie, »ich hatte seit mindestens zehn Jahren keinen solchen Spaß mehr. Habt ihr sein Gesicht gesehen? Er sah aus, als hätte er einen schlammigen Stiefel verzehrt.«

Emily nickte und ließ sich wieder auf den Fußboden vor dem Feuer sinken.

»Er war jedenfalls nicht glücklich.«

»Nun, ich bin es aber«, sagte Anne mit fester Stimme.

»Morgen wird dieser grässliche Kelsey fort sein.«

Sally musterte sie neugierig, worauf Emily ihr die Lage erklärte.

»Das wird einige von uns sehr freuen«, bemerkte die Zofe, nachdem Emily fertig war.

»Er zusammen mit diesem Kerl Daggett haben sich unter der Dienerschaft wenig Freunde gemacht – oder sonst auf dem Gut.« Sie verzog das Gesicht. »Er macht mit meiner Schwester Rosie rum, im *Ram's Head*, und ich kann nicht sagen, dass es mir leidtun würde, wenn er die Gegend verlassen muss.«

Von Cornelia zu Sally blickend fragte Emily:

»Wessen Idee war es, mich beim Lammen helfen zu lassen?« Zu Sally sagte sie:

»Ich wäre fast ohnmächtig geworden, als du meine Kleider erwähnt hast. Ich konnte mir nicht vorstellen, was du im Schilde führtest.«

Cornelia schmunzelte.

»Wir müssen dem Schicksal dafür danken. Als Jeffery dich suchen kam und du offensichtlich hier nicht aufzufinden warst, wussten wir, dass etwas geschehen musste, um deine Abwesenheit zu erklären. Wie das Glück es wollte, tauchte Loren auf, um sich am Feuer zu wärmen und etwas heiße Suppe zu trinken, keine zehn Minuten, nachdem Jeffery aus dem Haus in Richtung *Krone* gestürmt war.« Sie lächelte.

»Sobald Loren von unserem Dilemma erfahren hatte, erzählte er, dass er gerade aus dem Stall vom Lammen komme und dass die liebe alte Nappy die ersten Lämmer des Jahres geboren hatte – drei Stück auf einmal.«

Sally grinste und nickte.

»Es war der perfekte Grund. Alle wissen, dass Sie immer beim Lammen helfen, und wir mussten nur Nappys Niederkunft etwas dramatischer hinstellen, als sie war.«

»Ich hoffe, dass Loren ihr extra Futter gegeben hat«, erklärte Emily, »sie hat mir eindeutig den Tag gerettet.«

Cornelia, die Emilys blasse Züge sah und wusste, wie lang und anstrengend die Nacht für sie gewesen war, stand auf und klopfte mit dem Gehstock ein paar Mal auf den Boden.

»Es ist schon spät. Ich weiß nicht, wie es euch geht, aber ich möchte doch dringend ins Bett.« Sie humpelte zu Emily und drückte ihr einen Kuss auf den Scheitel.

»Du, iss deine Suppe und leg dich dann schlafen. Morgen können wir dann weiter darüber reden.«

Anne und Sally folgten ihrem Beispiel, und binnen Minuten war Emily allein. Die Anstrengungen der Nacht forderten ihren Tribut; nach nur wenigen Löffeln von der stärkenden Gerstensuppe mit Rindfleisch kroch Emily dankbar unter ihre Decke.

Trotz allem war es eine erfolgreiche Nacht gewesen. Die Schmuggelware war auf dem Weg nach London, und Jeffervs Pläne waren durchkreuzt. Kelseys Entlassung war ein angenehmer Nebeneffekt, und sie lächelte, als sie daran dachte, wie Cornelia Jeffery darauf festgenagelt hatte. Ihr Lächeln verschwand jedoch, als ihre Gedanken sich den Auswirkungen zuwandten, die Lord Joslyns Auftauchen auf die Ereignisse von heute haben mochte. Wenn der Mann Lord Joslyn war …

Sie spürte wieder die Macht dieser schwarzen Augen und die Kraft der Hand, die ihr Handgelenk umklammert hatte, und erschauerte. Das waren nur die Nerven, versuchte sie sich einzureden und schob die unerwünschte Reaktion beiseite. Aber sie konnte ihn nicht gänzlich aus ihrem Kopf vertreiben. Wenn er tatsächlich der neue Lord Joslyn war, überlegte sie müde, konnte er ihnen eine Menge Schwierigkeiten bereiten. *Schwierigkeiten*, gestand sie sich mit einem ausgiebigen Gähnen ein, *die ich werde überwinden müssen, wenn ich uns alle retten will.*

Barnaby hatte nicht vor, irgendjemandem Schwierigkeiten zu machen. Er hatte genug eigene Probleme, die ihm Kopfzerbrechen bereiteten. Obwohl die Vorgänge in der *Krone* ihn faszinierten, war sein Hauptanliegen im Moment, endlich nach *Windmere* zu kommen und wenn möglich herauszufinden, wie er im Ärmelkanal gelandet war.

Seit er war und nicht länger von den Geschehnissen in seinem Zimmer abgelenkt war, dachte er mit einem Lächeln, hatte er angestrengt nach einer Erklärung für das gesucht, was ihm heute Nacht zugestoßen war. Im Bett liegend starrte er in die Dunkelheit und ging immer wieder im Geiste durch, was er wusste.

Jemand hatte versucht, ihn umzubringen. Diese unangenehme Tatsache kannte er bereits, und auch das Warum lag auf der Hand: das Joslyn-Vermögen und der Titel. Barnaby seufzte. Der logische Schuldige war sein Cousin Mathew, aber Barnaby konnte sich irgendwie nicht dazu durchringen, zu glauben, dass Mathew hinter dem stand, was geschehen war.

Ihn im Ärmelkanal seinem Schicksal zu überlassen – dem sicheren Tod, das schien so gar nicht zu Mathew zu passen. Viel eher würde der ihn mit einem Schwert durchbohren oder ihn in einem Wutanfall erschießen, statt kühl seinen Tod durch Ertrinken zu planen. Barnaby verzog das Gesicht. Keiner seiner drei Cousins, Mathew und seine zwei jüngeren Brüder Thomas und Simon, schätzte ihn sonderlich, aber hinter diesem Anschlag stand eine derart berechnende Feigheit, dass es ihm schwerfiel, davon auszugehen, dass einer von ihnen für sein Beinahe-Ertrinken verantwortlich war.

Er schnitt eine Grimasse. Andererseits galt es zu berücksichtigen, dass er seine Cousins nicht sonderlich gut kannte. Oberflächlich betrachtet schien Mathew, wenn man seine natürliche Reaktion darauf beiseiteschob, dass ihm ein sicher geglaubtes Vermögen mitsamt dazugehörigem Titel entrissen worden war, ein anständiger Kerl zu sein. Unter anderen Umständen, gestand sich Barnaby ein, hätten sie sogar Freunde werden können … vielleicht.

Thomas, den mittleren Bruder, hatte er erst zweimal gesehen, und Simon, der Jüngste, machte den Eindruck, ein unbekümmerter junger Bursche zu sein – und bestimmt niemand, der seinen Tod arrangiert haben konnte.

Er wusste vielleicht nicht genau, was geschehen war, aber er zweifelte nicht daran, dass jemand an Bord der Jacht gekommen war und das Schiff entweder in die Luft gejagt oder dafür gesorgt hatte, dass es sank – während er bewusstlos an Deck lag.

Das eine, was er sicher wusste, war: Er hatte London in einem Gig mit Verdeck verlassen, das von einem hellbraunen Wallach gezogen wurde; und er hatte einen Abstecher nach Eastbourne machen wollen, um die Jacht zu inspizieren, ehe er nach *Windmere* weiterreiste. Darüber hinaus waren seine Erinnerungen äußerst verschwommen.

Barnaby runzelte die Stirn, konzentrierte sich. Er hatte seinen persönlichen Diener Lamb zusammen mit dem Großteil seines Gepäcks nach *Windmere* vorausgeschickt. Das wusste er noch. Und er wusste auch, dass er Lamb gesagt hatte, er werde in einem oder zwei Tagen eintreffen. Es schien ihm ein harmloser Reiseplan zu sein. Er schnaubte. Ob nun harmlos oder nicht, wenn nicht der Fischer Jeb gewesen wäre, würde er im Moment den Fischen im Wasser als Futter dienen.

Er bewegte den Kopf und zuckte vor Schmerz zusammen. Vorsichtig hob er eine Hand und tastete über seinen Hinterkopf. Als seine Finger den tiefen Schnitt fanden, durchfuhr ihn ein so heftiger Schmerz, dass er fluchte. Nach dieser Erfahrung verzichtete er darauf, die Wunde weiter zu untersuchen, aber er musste dennoch lächeln. Wenigstens wusste er jetzt, warum er sich an so wenig erinnerte. Jemand hatte ihm einen bösen Schlag auf den Hinterkopf versetzt, und wenn derjenige stärker zugeschlagen hätte, gestand er sich grimmig ein, hätte er sich wegen des Ertrinkens keine Sorgen machen müssen.

Ein Gähnen überkam ihn, und während er einschlief, ging ihm das Bild des als Junge verkleideten Mädchens durch den Kopf. Er hatte es für einen hübschen Burschen gehalten … Wenn er Zeit hatte, wäre es vielleicht amüsant, herauszufinden, wie *sie* als Frau aussah.

Kapitel 4

Barnaby erwachte am folgenden Morgen, und trotz des leichten Pochens in der Gegend seines Hinterkopfes, wo ihn der Schlag getroffen hatte, der ihn, wie er überzeugt war, hatte töten sollen, fühlte er sich überraschend gut. Allerdings nur, bis er sich aufsetzte und seine Beine aus dem Bett schwang. Einen Augenblick lang verschwamm das Zimmer vor seinen Augen, und er fürchtete sogar, das Bewusstsein zu verlieren.

Das tat er dann nicht, aber einzig aufgrund seiner Sturheit war es ihm möglich, aufzustehen. Zugegeben, er klammerte sich eine Weile an einen der Bettpfosten und kämpfte gegen den Schwindel, aber – bei Gott! Er stand auf seinen eigenen Beinen.

Mit unsicheren Schritten ging er zu einem der Stühle am Kamin und ließ sich dankbar darauf sinken. *So schwach wie ein Neugeborenes*, dachte er verächtlich und starrte finster ins Feuer, als ob die fröhlich gelb und rot flackernden Flammen daran schuld hätten.

Er hörte ein Klopfen an der Tür, aber ehe er antworten konnte, schwang die Tür auf, und Flora, ein Tablett mit einer Zinnkaffeekanne, einer weißen Steinguttasse und einem Teller mit dicken goldbraunen Brötchen in den Händen, kam ins Zimmer getrippelt. Als sie ihn vor dem Feuer sitzen sah, blieb sie jäh stehen.

»Und was, bitte, denken Sie, tun Sie da?«, wollte sie tadelnd wissen und stellte das Tablett auf dem Tischchen neben seinem Stuhl ab. Die Hände in die Hüften gestemmt, erklärte sie:

»Sie sollten noch im Bett sein. Und Sie sollten mir erlauben, Ihre Wunde zu versorgen. Ma sagt, sie sollte am besten verbunden werden.«

»Vermutlich«, stimmte Barnaby ihr zu und kam sich ein wenig albern vor, in die voluminösen Falten eines Nachthemds gehüllt dazusitzen, das kaum seine Knie bedeckte. Der verstorbene Mr Gilbert, Friede seiner Seele, war offenbar wesentlich rundlicher gewesen als er und nicht annähernd so groß.

Da Barnaby genau da blieb, wo er sich befand, und sein störrisch wirkendes Kinn ihr verriet, dass er kaum vorhatte, artig wieder ins Bett zu steigen – oder sie an seinen Kopf zu lassen – schnaubte Flora nach einem Augenblick nur und goss ihm eine Tasse schwarzen Kaffees ein. Der aromatische Duft stieg ihm kitzelnd in die Nase, als sie ihm die dampfende Tasse reichte. Mit einem gestrengen Blick zu ihm sagte sie:

»Sie sind wirklich stur.«

Barnaby nahm die Tasse und lächelte.

»Ich sehe, dass Sie trotz unserer kurzen Bekanntschaft schon ein weitgehendes Verständnis für mein Wesen entwickelt haben.«

Sie schüttelte den Kopf und lächelte breit.

»Das ist eine typische Eigenschaft bei Männern. Und jetzt trinken Sie Ihren Kaffee.«

Barnaby gehorchte und nahm einen langen Schluck. Dann stellte er die Tasse hin und fragte:

»Gibt es jemanden, den Sie in meinem Namen nach *Windmere* schicken könnten? Mein Diener Lamb sollte dort inzwischen eingetroffen sein; er hat Kleider zum Wechseln für mich.« Er verzog das Gesicht.

»Ich nehme an, was ich anhatte, ist ruiniert.«

Flora nickte.

»Sam kann eine Nachricht von Ihnen überbringen.« Sie schüttelte den Kopf. »Und was Ihre Kleider angeht ... das Hemd könnte zu retten sein, aber das Meerwasser hat alles andere einlaufen und schrumpfen lassen.« Sie kicherte.

»Ihre Hosen passen jetzt vielleicht Sam, und dabei ist er erst elf.«

Barnaby musste lächeln.

»Sie können ihm alles geben – mit besten Grüßen.« Er schaute sich um.

»Haben Sie Papier und einen Federkiel? Ich würde Lamb gerne so rasch wie möglich benachrichtigen.«

John Lamb traf drei Stunden später ein; eine verlegene Flora mit geröteten Wangen führte ihn ins Zimmer. Ihre Reaktion überraschte Barnaby nicht. Frauen egal welcher Herkunft fanden seinen Diener höchst attraktiv. John fungierte zwar als sein Diener, aber Barnaby fragte sich selbst oft genug, wer eigentlich wem diente.

Er war so groß gewachsen wie Barnaby und sah erstaunlich attraktiv aus mit seiner dunklen Haut und den krausen schwarzen Haaren, die von seinen afrikanischen Wurzeln zeugten, und zudem welche, die nicht zu weit zurücklagen. Aber noch verblüffender waren seine strahlend blauen Augen, die bei seiner goldbraunen Haut besonders auffielen – und die katzenhafte Anmut und Eleganz seiner Bewegungen.

Nachdem Flora widerstrebend gegangen war, schaute Barnaby zu, wie Lamb den Koffer auspackte, den er mitgebracht hatte. Barnaby fragte:

»Und, wie war deine Reise?«

Lamb schaute über seine Schulter zu seinem Arbeitgeber und grinste, wobei er eine makellos weiße Zahnreihe zeigte.

»Deiner Nachricht nach wesentlich weniger aufregend als deine, scheint es.«

»Darüber sei froh«, brummte Barnaby, als er aufstand. Er nahm die Hosen, die Lamb ihm reichte, und begann sich anzuziehen. Der Schwindel und die Benommenheit von heute Morgen waren verschwunden, sodass es ihm, als er sich schließlich die Stiefel anzog, bis auf leichte Kopfschmerzen gut ging.

Nachdem der Koffer leer war, drehte Lamb sich um und musterte Barnaby scharf. In einer Stimme, die ein Diener niemals gegenüber seinem Herrn benutzen würde, erkundigte er sich:

»Willst du mir verraten, was geschehen ist?«

John Lamb war das Ergebnis einer Liaison zwischen Paxton Joslyn, Barnabys Großvater, und einer Quadronen-Mätresse, einer Viertelnegerin, die er vor gut sechsunddreißig Jahren während eines längeren Geschäftsbesuchs in New Orleans ein paar Monate lang ausgehalten hatte. Drei Jahre später war Paxton gestorben, ohne je zu wissen – oder sich darum zu kümmern –, dass er in New Orleans einen Sohn gezeugt hatte. Niemand zweifelte daran, dass Lamb sein Sohn war. Johns Körperbau und seine Gesichtszüge, besonders seine himmelblauen Augen, erzählten ihre eigene Geschichte: Er sah mehr wie ein Joslyn aus als Barnaby.

Als Lamb sechs Jahre alt war, hatte seine Mutter ihn auf Drängen ihres damaligen Beschützers nach Virginia geschickt. So kam es, dass ein verwirrter und verängstigter kleiner Junge mit verblüffend blauen Augen in seinem dunkelgoldenen Gesicht in die Bibliothek auf Green Hill geführt wurde. Es vergingen einige Jahre, bis er begriff, dass der große attraktive Mann, der ihn so unglücklich betrachtet hatte, tatsächlich sein Halbbruder war.

Ein Blick auf den Jungen reichte, und Lyndon Joslyn hatte keine Zweifel daran, dass John Lamb in der Tat ein Bastard seines Vaters war. Unfähig, den Jungen fortzuschicken, aber auch nicht bereit, ihn als seinen Halbbruder anzuerkennen, übergab er das Kind der Obhut des Aufsehers, sorgte aber dafür, dass der Junge unterrichtet wurde. Lamb wuchs so zwar nicht als Kind eines reichen Plantagenbesitzers auf oder wurde von der Familie mit offenen Armen empfangen, aber er wurde auch nicht zur Arbeit auf die Felder geschickt.

Wie Lamb es einmal Barnaby gegenüber ausgedrückt hatte, als sie beide restlos betrunken waren:

»Weder Fisch noch Fleisch, das bin ich.« Er hatte finster in seinen Alekrug gestarrt.

»Manchmal wünschte ich fast, dein Vater hätte mich auf die Felder geschickt. Dieses halbe Leben …«

»Bitte vergiss nicht, dass es heutzutage deine eigene verdammte Entscheidung ist«, hatte Barnaby erwidert. Ebenso betrunken hatte sich Barnaby Mühe geben müssen bei jedem Wort, es deutlich auszusprechen. »Nach seinem Tod habe ich dir angeboten, dir Land zu überschreiben. Du bist der sture Spinner, der das abgelehnt hat.«

Lamb grinste.

»Das liegt daran, dass ich als dein Diener zu gerne sehe, wie du dich windest. Bei *ihm* konnte ich keine Gewissensbisse erzeugen, aber bei dir geht das wunderbar.«

Was unseligerweise stimmte, dachte Barnaby und seufzte. Weder Paxton noch Lyndon waren ihrem Wesen nach bösartig gewesen: Beide schoben Unangenehmes oder Dinge, die sie daran hinderten, ihren Vergnügungen nachzugehen, gerne einfach beiseite und beachteten sie nicht weiter.

Lamb unterbrach seine Gedankengänge.

»Du denkst an die beiden, nicht wahr?«

»Und wenn?«

»Hör auf. Ich habe meine Wahl getroffen, und für den Moment« – Lamb grinste breit – »gefällt es mir, deinen Diener zu spielen.«

Barnaby schnaubte abfällig.

»Diener«, sagte er, »beschreibt dich nur sehr unzureichend. Jemanden, der weniger dienstbeflissen und unterwürfig wäre, kann ich mir kaum vorstellen. Oder arroganter, jetzt, wo ich darüber nachdenke.«

»Stimmt«, musste ihm Lamb recht geben.

»Aber ich denke, du lenkst vom Thema ab. Was ist geschehen?«

Kurz und knapp berichtete Barnaby, was er wusste, ließ allerdings das aus, was sich in seinem Zimmer nach seiner Rettung zugetragen hatte. Aus Gründen, die er selbst nicht ganz verstand, wollte er Miss Emily für sich behalten – und dass es in der *Krone* vor Schmugglern nur so wimmelte. Wenigstens wollte er es jetzt noch nicht erzählen.

Lamb wollte beginnen, die Wunde zu untersuchen, aber Barnaby winkte rasch ab.

»Es geht mir gut – oder wenigstens gut genug, um von hier fortzureiten, ohne den Kopf dick in Verbände gewickelt zu haben.«

Lamb war damit zwar nicht einverstanden, aber da er Barnaby lange genug kannte, fragte er nur:

»Also, wer hat dich auf den Kopf geschlagen und dich dem Tod durch Ertrinken preisgegeben? Mathew?«

Barnaby betrachtete angelegentlich seine Stiefel.

»Das Gefühl habe ich nicht.« Er schaute auf und blickte Lamb stirnrunzelnd an.

»Du hast ihn getroffen. Scheint er dir zu der Sorte Mann

zu gehören, der eine so ausgeklügelte, aber störanfällige Methode wählen würde? Mir einen Schlag auf den Kopf zu versetzen und dann, da bin ich mir ziemlich sicher, die Jacht der Familie in die Luft zu jagen oder mindestens zu versenken?«

»Nein. Dein Cousin Mathew würde kein Risiko eingehen. Wenn er dich auf den Kopf geschlagen hätte, säßest du jetzt nicht hier – er hätte dafür gesorgt, dass du tot warst, ehe er dich auf die Jacht gebracht hätte. Wie du auch, denke ich eher nicht, dass es Mathew war – wenn dein geschätzter Cousin Mathew deinen Tod wünschte, wärest du tot.«

Barnaby nickte.

»Genau.«

»Also wer dann?«

»Das ist ja gerade das Teuflische daran!«, erklärte Barnaby empört. »Ich weiß es nicht! Außer, dass ich London mit dem Ziel Eastbourne verlassen habe, habe ich keine klare Erinnerung. Es könnte jeder gewesen sein.«

Lamb schüttelte den Kopf.

»Nein, nicht jeder. Du bist ein Fremder hier, und«, John grinste, »auch wenn du den Sanftmütigsten in Rage bringen könntest, du bist noch nicht lange genug hier, um dir jemanden zum Todfeind gemacht zu haben. Dein Tod nützt nur Mathew … und seiner Familie.«

Unfähig, Lambs Logik zu widerlegen, nahm Barnaby den Rock, den Lamb aufs Bett gelegt hatte. Er schlüpfte in das tadellos geschneiderte Kleidungsstück aus braunem Wolltuch und sagte:

»Wenigstens habe ich dich und weiß, dass du meine Rückendeckung übernimmst.«

»Das stimmt«, pflichtete ihm Lamb bei, griff in den Koffer und holte ein Messer mit langer Klinge heraus. Er reichte es Barnaby und sah zu, wie der das tödliche Werkzeug prüfend betrachtete. Mit einem zufriedenen Nicken bückte Barnaby sich und schob es in die eigens dafür vorgesehene Scheide im Stiefelschaft.

Als er sich wieder aufrichtete, bemerkte er:

»Ich weiß, ich habe dir geschrieben, dass ich mein Messer im Ärmelkanal gelassen habe. Aber wie, zum Teufel, hast du so schnell Ersatz finden können?«

Lambs Mundwinkel zuckte.

»Muss ich dich erst daran erinnern? Ich bin ein Diener höchster Güte.«

Nachdem er eine großzügig bemessene Summe Goldmünzen für Mrs Gilbert dagelassen und ihr aufrichtig für ihre Bemühungen gedankt hatte, ritten Barnaby und Lamb kurz darauf von der *Krone* in Richtung *Windmere*. Zusätzlich zu seinem eigenen Pferd hatte John auch einen schönen schwarzen Wallach für Barnaby mitgebracht.

Das Wetter war immer noch unbeständig, aber da Wind und Regen sich in der Nacht ausgetobt hatten, war es kein unangenehmer Tag. Sie ritten durch das weite wellige Land, nur hin und wieder von einem kleinen Gehölz unterbrochen; Barnaby verspürte einen Stich der Wehmut, als er an die grünen Wiesen und Wälder Virginias dachte.

»Es ist ganz anders als zu Hause, nicht wahr?«, bemerkte Barnaby, nachdem sie ein paar Meilen zurückgelegt hatten.

»Das hier ist jetzt dein Zuhause«, erwiderte Lamb ruhig. »Es sei denn, natürlich, du hast vor, dem Titel und allem, was dazugehört, den Rücken zu kehren, und nach Virginia zurückzufahren.«

»Ich frage mich nur, ob das englische Gesetz das wohl erlauben würde? Ich nehme an, ich könnte so etwas tun wie abdanken, nicht wahr? Mathew wäre sicher außer sich vor Freude.« Barnaby seufzte.

»Das Leben war einfacher, als ich mir nur um *Green Hill* Sorgen machen musste.«

Lamb schaute ihn an und hob eine Braue.

»Spielst du ernsthaft mit dem Gedanken, etwas so Hirnrissiges zu tun? Auf ein Vermögen pfeifen und zurück nach Virginia laufen?« Und er fügte unverblümt hinzu:

»Ich fürchte fast, der Schlag auf deinen Kopf war doch heftiger, als du meinst.«

Barnaby starrte betrübt zwischen den Ohren seines Pferdes hindurch. Wollte er wirklich nach Virginia heimkehren? Er konnte es tun. England hatte ihm nicht unbedingt das Gefühl gegeben, willkommen zu sein; seine Cousins wünschten sich ihn eindeutig dorthin, wo der Pfeffer wächst, und einer von ihnen hatte vielleicht sogar letzte Nacht versucht, ihn umzubringen. Er hatte keinen Grund zu bleiben … das Gesicht des Jungen, der gar kein Junge war, erschien vor seinem geistigen Auge. Nun, entschied er, es gab allerdings auch keinen Grund, *unverzüglich* aufzubrechen.

Aufgemuntert blickte er zu Lamb und fragte:

»Und, wie war dein Empfang auf *Windmere*? Freundlich? Oder eher feindselig?«

Lamb runzelte die Stirn, erkannte aber, dass er nicht mehr erreichen konnte, und zuckte die Achseln.

»Irgendetwas dazwischen, würde ich sagen. Manche der Dienstboten waren offensichtlich entzückt, dass sie nun endlich den neuen Herrn kennenlernen; andere behalten sich ihr Urteil vor. Niemand war unhöflich oder grob.«

»Und *Windmere* selbst? Wie ist dein Eindruck?«

Langsam breitete sich ein Lächeln auf Johns Zügen aus. »Das, denke ich, solltest du dir selbst ansehen.«

Barnabys erster Blick auf *Windmere* raubte ihm den Atem. Halb Burg, halb Herrenhaus war es ein riesiges und einfach unbeschreiblich beeindruckendes Bauwerk. Es thronte auf einer Anhöhe, unter der sich weit unten der Fluss Cuckmere schlängelte, auf zwei Seiten der ursprünglichen Burg erhoben sich gemauerte Türme in den trüb grauen Himmel. Ein Wäldchen aus Birken, Silberweiden, Eichen und Buchen, von einem Joslyn vor mehr als zweihundert Jahren angepflanzt, erstreckte sich um das massive Gebäude aus Stein, Holz und Ziegeln. Große Platten aus Horsham-Stein bedeckten die Dachflächen; die zahllosen Sprossenfenster schimmerten, und mehrere Ziegelkamine reckten sich himmelwärts.

Barnaby starrte die Anlage wie ein Hinterwäldler an, der auf einem Markttag zum ersten Mal ein zweiköpfiges Schwein sah. Er war immer stolz auf sein weitläufiges stattliches Herrenhaus in Virginia gewesen, mit den hohen Fenstern, der umlaufenden Veranda und der anmutigen Linienführung. Das dreistöckige Haus auf *Green Hill* galt gemeinhin als eines der größten und elegantesten Häuser der Umgebung, aber *dies*! Barnaby schluckte. Gütiger Himmel! Er würde wetten, dass *Green Hill* und drei oder vier Häuser seiner Klasse mühelos in *Windmere* verschwinden könnten, als hätte es sie nie gegeben.

Lamb schmunzelte und sagte neckend:

»Und man stelle sich nur vor, ein schlichter Pflanzer aus Virginia ist nun Herr von alldem hier.«

»Himmel! Kein Wunder, dass du mir nichts darüber erzählen wolltest«, erwiderte Barnaby, in dessen Stimme ein Anflug von Ehrfurcht mitschwang. Er schüttelte verwundert den Kopf.

»Ich hätte nie mit so etwas hier gerechnet. Es ist so prächtig – einfach großartig. Allerdings werde ich einen Führer benötigen, der mir hilft, den Weg von meinen Räumen zum Speisezimmer zu finden.«

»Den wirst du haben, keine Sorge – ich schätze, die Zahl der Dienstboten liegt etwa bei dreißig.« Lamb grinste.

»Und da sind deine Stallburschen, Schäfer und dein Verwalter noch gar nicht mitgezählt, und auch ...«

»Hör auf! Mir dreht sich der Kopf auch so schon.« Er sah Lamb mit einem Mitleid heischenden Blick an.

»Du vergisst die Nacht, die hinter mir liegt, und den Umstand, dass ich verwundet bin. Denk bitte an meinen armen Kopf.«

Lamb brach in schallendes Gelächter aus.

»Dein Kopf ist viel zu hart, als dass dich eine so kleine Beule wie die von letzter Nacht ernsthaft behindert.« Sein Lachen verstummte, und er fuhr leiser fort:

»Ob du es nun magst oder nicht, es ist dein Schicksal ... es sei denn, du hast vor, wie ein Feigling nach Virginia zurückzulaufen.«

Barnaby bedachte ihn mit einem Blick, in dem beinahe so etwas wie Abneigung stand.

»Das musstest du jetzt noch sagen, was?«

»Ich habe nur auf den passenden Augenblick gewartet.«

Als Barnaby vor dem dreistöckigen Säulenvorbau in der Mitte des Hauptgebäudes absaß, erstaunte ihn der Aufruhr, den seine Ankunft auslöste. Die beiden aus Eichenholz gearbeiteten Türflügel des Eingangsportals, im Alter nachgedunkelt, schwangen auf, sobald sein Fuß den mit Ziegelsteinen gepflasterten Boden berührte. Ein halbes Dutzend Dienstboten, einige davon in dunkelgrüner Livree, strömten heraus, um ihn zu begrüßen. Wie ein Herrscher zu Besuch wurde er durch die Tür komplimentiert; als er das Innere des Hauses betrat, fiel sein verwunderter Blick auf die

Menschenmenge, die sich in der Eingangshalle versammelt hatte. Sie knicksten und verneigten sich, alle von ihnen erweckten den Anschein, ihn unbedingt kennenlernen zu wollen. Oder den Amerikaner zu Gesicht zu bekommen, überlegte er nüchtern.

Vom Hausverwalter bis zur kleinsten, schüchternsten Spülmagd waren alle gekommen und traten nun einer nach dem anderen vor, um dem neuen Hausherrn vorgestellt zu werden. Barnaby konnte sich all die Namen und Gesichter unmöglich merken. Er war als Sohn eines reichen aristokratischen Plantagenbesitzers aus Virginia aufgewachsen und daher an Dienstboten und eine elegante Umgebung gewöhnt, aber die schiere Menge Bediensteter verwunderte ihn. Brauchte er wirklich sechs Spülmägde?

Nachdem die Vorstellung vorüber war, bestellte Lamb beim Butler ein Tablett aufs Zimmer und brachte Barnaby nach oben in die Ruhe der Zimmerflucht des Hausherrn. Als sich die Tür hinter ihnen schloss, schaute Barnaby Lamb an und sagte:

»Und das waren nur die Hausbediensteten?«

»Der größte Teil – es gibt vielleicht ein halbes Dutzend, die du verpasst hast, und ich glaube, ich habe den einen oder anderen Gärtner und ein paar Burschen aus den Ställen wiedererkannt, die sich unter die anderen gemogelt haben.«

»Gütiger Himmel! Das ist ja wie eine kleine Stadt.« Er schaute sich im Salon um, in dem sie standen, betrachtete die weich gepolsterten und mit bronzefarbenem Damast bezogenen Sofas, die Lederstühle und die Seidenholztischchen, den großen Mahagonischreibtisch unweit des Bogenfensters und das lange Sideboard an der nahen Wand. Seiner Schätzung nach konnte man in dem Raum problemlos einen Ball abhalten. Ein ebenso geräumiges Schlafzimmer, in denselben Farbtönen aufs Prächtigste eingerichtet, lag dahinter. Ihn empfingen Wände mit derselben dezent in Gold- und Tabaktönen gemusterten Tapete, und Teppiche in denselben Beige-, Bernstein- und Cremetönen lagen auf dem schimmernden Holzparkett. Er spähte in das Ankleidezimmer und musste beinahe lachen. Es war nur unwesentlich kleiner als sein Empfangssalon in Virginia.

Er musste erschöpfter sein, als er zunächst gedacht hatte, merkte er, als er sich auf einen hochlehnigen Polsterstuhl mit einem Bezug aus brauner Mohairwolle sinken ließ. Er hatte diesen Stuhl ausgewählt, weil er vor dem Feuer im Marmorkamin stand. Er sah Lamb an und sagte schlicht:

»Ein großes Haus.«

Lamb lachte.

»Allerdings. Und das hier ist erst eines von mehreren Landgütern, die du besitzt.«

»Kein Wunder, dass Mathew wütend war, als ich alles geerbt habe«, stellte Barnaby fest und blickte nachdenklich ins Feuer.

»Ich hätte es auch nicht gut aufgenommen, wenn man mir etwas wie dieses Anwesen vor der Nase weggeschnappt hätte – und ganz zu schweigen von dem Vermögen, das dazugehört.«

Lambs Augen wanderten über den prachtvoll möblierten Raum.

»Es ist sicherlich ein Motiv für einen Anschlag auf dich.« Als Barnaby nur weiter ins Feuer starrte, fügte er leise hinzu:

»Bevor die Schuldgefühle dich überwältigen, lass dich daran erinnern, dass alle Joslyns reich sind – du hast zwar vielleicht das Kronjuwel geerbt, aber Mathew und seine Brüder Thomas und Simon sind kaum arme Schlucker. Gerüchte besagen, dass Mathews Familiensitz *Monks Abbey* beinahe ebenso groß und beeindruckend ist. Außerdem habe ich gehört, Thomas besitze ein überaus ansehnliches Vermögen.«

Barnaby legte den Kopf in den Nacken und verzog schmerzlich das Gesicht, als seine Wunde mit der Rückenlehne in Kontakt kam.

Lamb fluchte halblaut und kam rasch zu ihm.

»Ich möchte einen genaueren Blick auf die Verletzung an deinem Hinterkopf werfen.« Als Barnaby dagegen Einwände erhob, entgegnete er fest:

»Genug davon! Ich kann von hier aus sehen, dass es blutet. Und jetzt lass sie mich versorgen.«

Ehe sie Barnabys Zimmer im Gasthof verlassen hatten, hatte sich Lamb die Geschichte angehört, die Barnaby und Mrs Gilbert sich ausgedacht hatten, um Barnabys unheilvolle Unpässlichkeit zu erklären, die es zwingend nötig gemacht hatte, in der *Krone* einzukehren. Lamb hatte ihnen beigepflichtet, dass es nicht nötig war, überall herumzuerzählen, dass jemand vergangene Nacht versucht hatte, den neuen Viscount Joslyn umzubringen. Und die Erkrankung würde Barnaby einen Grund liefern, in seinem Schlafzimmer zu bleiben, sollte sich das als notwendig erweisen.

Lambs Lippen wurden schmal, während er die tiefe Wunde untersuchte. Nachdem er fertig war, entschied er, dass der neue Viscount einen Rückfall erleiden würde und für mehrere Tage das Bett würde hüten müssen.

Schließlich ließ er von Barnaby ab und erklärte:

»Das muss genäht werden, aber für den Moment reinige ich sie erst einmal oberflächlich, um das Blut außen zu entfernen. Nachdem Peckham dein Essen und etwas zu trinken gebracht hat, das ich bestellt habe, werde ich mich darum kümmern. Fürs Erste bleibst du hier sitzen und rührst dich nicht.«

Barnaby schnitt eine Grimasse, war aber einverstanden. Lamb verschwand im Ankleidezimmer, nur um kurz darauf mit einem frischen Leinenstreifen zurückzukehren. Nicht sonderlich behutsam und ohne sich um Barnabys Zusammenzucken zu kümmern, drückte er den Stoff gegen die Wunde und presste mehrere Minuten lang. Dann entfernte er den Stoff und schaute sich die Wunde erneut an. Es sickerte immer noch Blut heraus, aber er war mit dem Ergebnis soweit zufrieden und warf das blutgetränkte Tuch ins Feuer.

»Das wird reichen, bis ich es nähen kann.«

»Soll ich dir jetzt danken oder dich verfluchen?«, erkundigte sich Barnaby, dessen Wunde nach dieser Behandlung wieder heftiger pochte.

Sie hörten beide gleichzeitig, dass der Butler den Salon betrat, und John zischte Barnaby zu:

»Vergiss nicht, bleib da sitzen und schau gelangweilt aus.«

Peckham, ein kleiner Mann mittleren Alters mit lichter werdendem blondem Haar und klug blickenden blauen Augen kam ins Schlafzimmer. In den Händen trug er ein gewaltiges Tablett mit einer Silberhaube; er stellte seine Last auf dem geschnitzten Mahagoni-Tisch hinterm Sofa ab.

»Soll ich Ihnen gleich servieren, Mylord, oder möchten Sie noch ein wenig warten?«, fragte der Butler.

»Oh, äh, ich warte. Danke, Peckham.« Barnaby winkte zur Tür:

»Sie können dann jetzt gehen.«

Lamb begleitete Peckham aus dem Zimmer, und als sie nebeneinander den Salon durchquerten, erklärte er halblaut:

»Seine Lordschaft fühlt sich nicht wohl – wir glauben, es ist etwas, was er unterwegs gegessen hat.«

Peckham blickte ihn an.

»Aber nichts Ernstes, hoffe ich.«

»Oh nein. Ich denke, in ein paar Tagen ist er wieder ganz der Alte und kann es kaum erwarten, das Haus und die Ländereien zu besichtigen«, erwiderte Lamb unbekümmert.

»Aber es wäre ihm lieber, wenn er eine Weile keinen Besuch hat.«

»Ich werde mich darum kümmern, dass er nicht gestört wird«, erwiderte Peckham und verließ den Salon. Lamb holte tief Luft und kehrte ins Schlafzimmer zurück. Jetzt musste er Barnaby verarzten, seine Wunde nähen und ihn ins Bett stecken – und das würde er tun, selbst wenn er Gewalt anwenden musste.

Eine Stunde später sann Barnaby über verschiedene Foltermethoden nach, die er an seinem »Diener« erproben könnte, aber sein Kopf war sauber vernäht, und er trug – trotz erbitterten Protests – eines seiner eigenen Nachthemden, die er nur sehr selten verwendete, und thronte in dem riesigen Bett mit den Samtvorhängen, das in der Mitte des Raumes auf einem kleinen Podest stand. Grüblerisch verfolgte er, wie Lamb ihm Kaffee einschenkte – lauwarm, nachdem er so lange gestanden hatte – und ihm eine Scheibe geräucherten Landschinken, Brot und mehrere Stücke sattgelben Käse auftat. Dann fügte er noch Butter, Senf und eingelegte Gurken hinzu, gefolgt von einem Apfel, und brachte alles ans Bett.

»Iss die Hälfte davon, dann lasse ich dich ein paar Stunden in Ruhe«, versprach Lamb und setzte sich auf die Bettkante.

Barnaby musterte ihn unheilvoll.

»Ich bin kein Invalide, weißt du?«

»Und ich werde dafür sorgen, dass du keiner wirst.«

Es war sinnlos, mit Lamb zu streiten, wenn der sich ihm

gegenüber wie eine Glucke benahm, und außerdem, gestand sich Barnaby ein, fühlte er sich wirklich nicht so gut, sodass er tat wie ihm geheißen. Zu seiner eigenen Überraschung und Lambs Befriedigung stellte er fest, dass sein Appetit nicht im Geringsten gelitten hatte, und aß den Teller leer.

Er lehnte sich in die Kissen und beobachtete, wie Lamb die Reste seiner Mahlzeit wegräumte.

Barnaby unterdrückte ein Gähnen und gestand zögernd:

»Weißt du, ein paar Stunden Schlaf wären vielleicht gar nicht so verkehrt.«

Lamb lächelte und nahm das Tablett, dann schickte er sich zum Gehen an. Als er an der Tür zum Salon war, blickte er zu Barnaby zurück und erklärte barsch:

»Ruh dich aus.«

»Das habe ich vor«, erwiderte Barnaby. Als John sich umdrehte, fügte er leiser hinzu:

»Danke.«

Mit einem Grinsen nickte Lamb, verschwand durch die Tür und ließ ihn allein.

Lamb gelang es, ihn an seinem ersten Tag auf *Windmere* im Bett zu halten, aber am Donnerstag schenkte Barnaby seinen wütenden Protesten kein Gehör und stand auf, nahm ein Bad und kleidete sich wie sonst an. Er ließ Lamb beleidigt im Ankleidezimmer zurück, trat auf den Flur und stieg die geschwungene Treppe in die mit schwarzem und weißem Marmor geflieste Eingangshalle hinab. Ein junger Mann, der ihm, soweit er sich erinnerte, als sein Hausverwalter Tilden vorgestellt worden war, stand vor einem lackierten Schrank und sah mit leicht gerunzelter Stirn mehrere Umschläge durch. Als er Barnabys Schritte auf der Treppe hörte, schaute er auf.

Ein Lächeln ersetzte das Stirnrunzeln, er verbeugte sich und sagte:

»Mylord.«

»Ah, guten Morgen. Tilden, nicht wahr?«

Ein erfreuter Ausdruck trat in die ruhigen grauen Augen des jungen Mannes.

»Ja, Mylord. Es freut mich zu sehen, dass Sie sich von Ihrer Unpässlichkeit erholt haben.«

»Nicht mehr als ich«, erklärte Barnaby. Er blickte sich um. Vom Foyer gingen Türen in alle Richtungen ab; mit einem Lächeln erkundigte er sich bei Tilden:

»Nun denn, wenn ich Frühstück möchte, wo finde ich es?«

Tilden lachte und sagte:

»Wenn Sie gestatten, Mylord, zeige ich Ihnen das Frühstückszimmer. Und wenn Sie dann gegessen haben, könnte ich Ihnen eine Führung durch das Haus geben, wenn Sie möchten.«

»Ausgezeichnet.«

Das Frühstückszimmer mit dem leicht verblichenen grün-cremefarbenen Teppich und den Stühlen mit dem Überzug aus blau- und elfenbeingemustertem Chintz war überraschend anheimelnd. Barnaby begann sich zum ersten Mal, seit er *Windmere* erblickt hatte, ein wenig zu entspannen. Blasses Sonnenlicht drang durch die schmalen Fenster ins Zimmer, und nachdem er an dem ovalen Eichentisch ein Frühstück aus gedünsteten Früchten, gebratenem Schinken, Rührei, Toast und Marmelade zu sich genommen hatte, war Barnaby bereit für Tildens Führung.

Während der folgenden Tage wurden Barnaby von Tilden, Peckham und der Haushälterin Mrs Bartlett die zahllosen Räume des Hauses gezeigt, ehe er an den Obergärtner Hervey weitergereicht wurde, an dessen Seite er die weitläufigen, gepflegten Gartenanlagen durchwanderte und sich dann noch das Gewächshaus und den riesigen Küchengarten auf der Rückseite des Hauses anschaute. Er traf den Oberstallmeister, den Gutsverwalter, den Kutscher und den Oberschäfer, beobachtete alles ganz genau und hörte aufmerksam zu, während jeder von ihnen ihm erklärte, wie der große Besitz funktionierte. In der Nacht, wenn er sich zurückzog, drehte sich ihm der Kopf von all den Dingen, die er gelernt hatte, aber mit jeder Stunde, die verging, fühlte sich der Mantel der Verantwortung zwar schwer an, aber sein Gewicht wurde auch allmählich vertrauter.

An einem Mittwochnachmittag, zwei Wochen nach dem Tag, an dem Barnaby das erste Mal *Windmere* betreten hatte, tauchte Sam, der Sohn des Schmieds aus Broadhaven, an der Küchentür auf und teilte einem erstaunten Peckham mit, er habe eine Nachricht von Mrs Gilbert für Seine Lordschaft. Zögernd meldete der Butler seinem Herrn, der sich mit Tilden – im Übrigen auch ein ausgezeichneter Sekretär – in der Bibliothek aufhielt und Papiere durchsah, Sams Ankunft.

Barnaby warf die Liste mit Zahlungsein- und -abgängen auf den Tisch, stand auf und schockierte Peckham, indem er verlangte: »Bringen Sie mich zu ihm.«

Peckham räusperte sich ein wenig.

»Ich denke, Mylord, dass es besser wäre, wenn ich den jungen Mann zu Ihnen brächte.«

»Unsinn«, erwiderte Barnaby. Er schaute sich in dem eleganten Zimmer um.

»Glauben Sie mir, Sam wird sich in der Küche viel wohler fühlen.«

Die Köchin geriet in höchste Verlegenheit, als Seine Lordschaft in ihre geschäftige Küche schlenderte. Aber Barnaby beschwichtigte sie mit einem freundlichen Lächeln.

»Mrs Eason, wenn ich mich nicht irre?«, fragte er und fuhr, als sie nickte, fort:

»Ich erinnere mich noch von meinem ersten Tag hier an Sie.« Und sie war ihm auf immer ergeben, als er hinzufügte:

»Darf ich Ihnen ein Kompliment über Ihre gedünsteten Lachssteaks und die Hühnchen mit Maronen aussprechen, die mir gestern Abend zum Dinner serviert wurden? Mir hat das gesamte Mahl ausgezeichnet gemundet, aber der Lachs und das Hühnchen waren wirklich ausnehmend köstlich.«

Mrs Eason, eine kleine vollbusige Frau, so rund wie eine dicke Taube, und mit braunen Locken, die vorwitzig unter ihrer weißen Haube hervorlugten, machte einen artigen Knicks.

»Danke, Mylord«, murmelte sie mit vor Freude geröteten Wangen.

Sam saß an dem geschrubbten schweren Eichentisch, einen kleinen Teller mit Zimtkeksen frisch aus dem Ofen und ein großes Glas Milch vor sich. Er spürte Barnabys Blick auf sich und schluckte hastig den Keks herunter, den er kaute, wischte sich mit dem Ärmel die Krümel vom Mund und sprang auf. Er strich sich eine dunkle Haarsträhne aus der Stirn und richtete seine ebenso dunklen Augen auf Barnabys Gesicht.

»Mylord«, begann er, »Mrs Gilbert äußert den dringenden Wunsch, dass Sie sie im Gasthof besuchen. Sie sagt, es würde« – er runzelte die Stirn und versuchte sich an den genauen Wortlaut seiner Botschaft zu erinnern – »die Mühe wert sein.«

Sam war mit der Antwort zum Gasthof zurückgeschickt worden, dass Seine Lordschaft binnen der nächsten Stunde eintreffen werde, und trotz Lambs Einwänden ritt Barnaby allein von *Windmere* los. Mit Sorge in seinen blauen Augen hatte Lamb gewarnt:

»Ich möchte dich daran erinnern, dass vor erst zwei Wochen jemand versucht hat, dich umzubringen.«

»Stimmt«, hatte Barnaby ihm ungerührt beigepflichtet, während er sich in den Sattel schwang.

»Und ich werde auf der Hut sein.« Er zog seinen dunkelblauen Rock auf einer Seite ein Stück zurück und enthüllte den Elfenbeingriff einer Pistole.

»Ich bin bewaffnet, mit meiner Pistole und meinem Messer – ich werde nicht wieder so leichte Beute sein.« Lamb öffnete den Mund, um weiter zu protestieren, aber Barnaby hielt einen Finger in die Höhe, um ihn zum Schweigen zu ermahnen.

»Ich habe nicht vor, mich in *Windmere* zu verbarrikadieren – oder zuzulassen, dass du wie eine Mutterhenne um mich herumgluckst.« Mühelos meisterte er den unruhigen schwarzen Hengst unter sich und sagte:

»Ich möchte dich daran erinnern, dass ich immer noch keine Erinnerung daran habe, was mit mir in der Nacht passiert ist – und vielleicht erinnere ich mich nie daran. Und ich bin mit dir der Meinung, dass die wahrscheinlichste Erklärung sein wird, dass jemand versucht hat, mich umzubringen, aber es könnte auch eine weitaus harmlosere Erklärung geben. Vielleicht war das Geschehene auch einfach irgendein alberner Unfall – und am Ende allein meine Schuld.«

Lamb starrte ihn machtlos an, aber als er die Entschlossenheit in Barnabys Zügen sah, wusste er, er würde ihn nicht umstimmen können. Er drehte sich auf dem Absatz um und warf ihm über die Schulter zu:

»Ich werde nur zu gerne auf deinem Grab tanzen.«

Lachend ritt Barnaby davon.

Als Barnaby im Gasthof ankam, saß er ab. Er hielt die Zügel seines Pferdes in einer Hand und ging langsam auf das zweistöckige Gebäude aus verputzten Ziegeln zu, dann band er sein Pferd an einem der kurzen, stabilen Pfosten fest, die an verschiedenen Stellen auf der Vorderseite des Hauses standen.

Barnaby war beinahe an der Eingangstür angekommen, als ein muskulöser Mann mit dunklem Haar und dunklen Augen, einen großen Schmiedehammer achtlos in einer riesigen Hand, um die Ecke des Gebäudes kam.

»Ich dachte, ich hätte gehört, dass jemand gekommen ist«, erklärte der Neuankömmling mit einem freundlichen Lächeln.

»Heute Nachmittag hat das Wirtshaus zu. Mrs Gilbert und ihre Töchter sind bald wieder da. Sie sind zum Markt gegangen, aber sie hat mich vorgewarnt, es könnte sein, dass Sie hier sind, bevor sie heimkehren. Ich sollte Ohren und Augen aufhalten, falls Sie kommen.«

Anhand der schweren Lederschürze, die er über seiner Jacke und den Hosen trug, und natürlich des Hammers, erriet Barnaby sogleich, wer er war.

»Sie sind der Schmied. Sam ist Ihr Sohn.«

Mit einem Nicken erwiderte er: »Das kann ich nicht leugnen.« Er verbeugte sich halb und sagte:

»Ich bin Caleb Gates, Mylord. Sam hat gesagt, Sie würden bald nach ihm eintreffen.«

Barnaby grinste.

»Ich konnte wohl kaum einem Befehl von Mrs Gilbert nicht Folge leisten.«

Caleb lachte.

»Das können nur wenige. Wenn Sie mir bitte folgen wollen, dann kann ich Ihnen zeigen, was Sie ihrer Meinung nach sehr interessant finden würden.«

Sie gingen um die Ecke des Gebäudes und überquerten einen Hof aus festgestampfter Erde und Kies auf der Rückseite des Hauses, bevor sie schließlich zu einem lang gestreckten niedrigen Stall kamen. Schon das Haus vorn hatte verlassen gewirkt, was zusammen mit Mrs Gilberts Abwesenheit Barnabys Argwohn weckte, sodass seine Hand nicht weit von seiner Pistole entfernt war, als er hinter Caleb in den Stall trat.

Einzelne Strahlen schwaches Sonnenlicht drangen durch die breite Flügeltür, und nachdem sie hineingegangen waren, blieb Barnaby stehen und wartete, bis seine Augen sich an das schlechte Licht gewöhnt hatten. War das eine Falle? Ein weiterer Anschlag auf sein Leben? Seine Hand zuckte näher an den Pistolengriff, während er dem Schmied weiter in den Stall folgte.

Caleb ging an mehreren leeren Boxen vorbei und blieb an der vorletzten auf der rechten Seite stehen. Als er bei ihm ankam, blickte Barnaby misstrauisch in die Stallbox. Der große hellbraune Wallach mit der unverwechselbaren Blesse auf der Nase, der vor den Gig gespannt gewesen war, den er gefahren hatte, als er vor über zwei Wochen London verlassen hatte, stand darin und schaute ihn an.

Kapitel 5

Das Geräusch von näher kommenden Frauenstimmen kündete von Mrs Gilberts Rückkehr. Ihr graues Haar war zu einem ordentlichen Knoten im Nacken frisiert, nur ein paar Löckchen hatten sich daraus gelöst und umrahmten ihr Gesicht, als sie in den Stall geeilt kam.

»Ich muss mich entschuldigen, Mylord, dass ich nicht hier war, als Sie eintrafen«, erklärte sie atemlos, als sie bei ihm ankam.

»Ich dachte, ich wäre eher zurück.«

Flora begleitete ihre Mutter.

»Guten Nachmittag, Mylord«, grüßte sie ihn mit einem Lächeln, bei dem ihr Grübchen erschien, und einem Knicks.

»Ma war nicht sicher, ob Sie überhaupt kommen.«

Mit einem heiteren Lächeln seinerseits erwiderte Barnaby:

»Einer Einladung Ihrer Mutter nicht Folge leisten? Nach all der Freundlichkeit, die mir erwiesen wurde, was für ein Hasenherz wäre ich dann?« An Mrs Gilbert gewandt fügte er hinzu:

»Ich bin erst seit ein paar Minuten hier, und Caleb hat sich meiner vorbildlich angenommen.«

Den Blick auf den Wallach gerichtet fragte Mrs Gilbert:

»Ist das Ihr Pferd Blazer Boy? Faith schwört, das sei es.«

Barnaby nickte.

»Ja, das ist allerdings Blazer. Er war vor mein Gig gespannt, als ich London verlassen habe.« Er runzelte die Stirn:

»Woher kennt sie ihn? Und wo haben Sie ihn gefunden?«

»Faith liebt schon ihr ganzes Leben lang Pferde und bemerkt mehr als andere – besonders so edle Tiere wie Blazer fallen ihr auf und prägen sich ihr ein. Blazer war das Pferd, das der alte Viscount am liebsten zum Kutschieren genommen hat; er und das Karriol waren überall hier in der Gegend bekannt. Ihr Großonkel stellte ihn hier unter, wann immer er ins Dorf kam, daher kennt Faith Blazer sehr gut.« Sie lächelte.

»Blazer hat sie immer besonders gemocht. Und was den Punkt angeht, wo sie ihn gefunden hat …« Ihr Lächeln verschwand.

»Sie und Molly waren auf dem Rückweg aus Eastbourne und kamen an einem Pferdehändler vorbei, der sechs oder sieben Pferde bei sich hatte. Faith hat Blazer sogleich erkannt – seine Blesse ist unverwechselbar. Als sie den Mann anhielt und von ihm wissen wollte, was er mit Viscount Joslyns Pferd vorhabe, spielte der Kerl den Ahnungslosen. Sagte, er habe ihn herrenlos an der Küste gefunden, ein paar Tage von hier.« Mrs Gilberts Mund wurde schmal.

»Ich kenne Pferdehändler, und angesichts der Hast, mit der er ihr ohne Einspruch Blazer übergeben hat – und ohne irgendetwas dafür zu verlangen –, gehe ich davon aus, dass mehr dahintersteckt, aber Faith und Molly waren allein, und sie wollten ihn nicht zu eindringlich befragen. Faith war einfach froh, Blazer in die Hände zu bekommen.«

»Wie es aussieht, wächst das, was ich Ihrer Familie schulde, stündlich«, antwortete Barnaby.

Mrs Gilbert schnaubte.

»Solange Sie Ihre Zunge hüten in Bezug auf bestimmte Sachen, die Sie vielleicht neulich mitbekommen haben, schulden Sie uns gar nichts.«

»Was für Sachen?«, fragte Barnaby mit Unschuldsblick.

Mrs Gilbert schmunzelte.

»Ich sehe, wir verstehen einander. Jetzt kommen Sie bitte mit. Ich bin sicher, Sie möchten Faith selbst zu dem Pferdehändler befragen.«

»Es tut mir leid, Mylord«, sagte Faith kurz darauf zu Barnaby, als er sie bat, ihm den Pferdehändler zu beschreiben.

»Ich habe ihm weiter keine Beachtung geschenkt.« Eine leichte Röte stieg ihr in die Wangen.

»Mein ganzes Interesse galt allein Blazer, und ich habe mir mehr Sorgen darüber gemacht, wie ich ihn bekommen kann, als wegen des Pferdehändlers selbst.«

»Außer, dass er ein Fremder war, gibt es nichts, was Sie mir über ihn verraten können?«

»Ich denke, es war ein älterer Mann«, erwiderte sie darauf in dem Versuch, ihm behilflich zu sein. In ihren hübschen blauen Augen stand ein betrübter Ausdruck, als sie hinzufügte:

»Es tut mir leid.«

Molly, die mit Faith zusammen in Eastbourne gewesen war, hatte zu der Beschreibung ihrer Schwester wenig hinzuzufügen. Barnaby untersuchte Blazer rasch, aber außer, dass er Gewicht verloren hatte und einen kleinen Schnitt an einer Schulter aufwies, schien er in guter Verfassung zu sein. Er ließ das Tier vorübergehend im Stall und ging mit Mrs Gilbert und Flora ins Haus. Mrs Gilbert und ihre lebhaften Töchter waren immer eine angenehme Gesellschaft, und später erhielt er sicher noch die Gelegenheit, ein paar Dorfbewohner kennenzulernen.

Die Gaststube füllte sich dann auch wirklich erstaunlich rasch. Nachdem sie ihn einigen Fischern und Arbeitern vorgestellt hatte, die an der langen Theke ihr Ale tranken, brachte Mrs Gilbert ihn mit ausdrucksloser Miene zu einem Tisch, wo ein junger Mann in Militärkleidung saß.

»Mylord, erlauben Sie mir, Ihnen Leutnant Deering vorzustellen. Er ist unser örtlicher Zolloffizier.« Ihr Lächeln war einen Hauch grimmig.

»Leutnant Deering ist hergeschickt worden, um all diesen grässlichen Schmugglern hier den Garaus zu machen.«

Deering wurde rot, und Barnaby hatte Mitleid mit ihm.

»Bei der Zollbehörde?« fragte er mit freundlicher Stimme, als sich der Leutnant erhob, um ihn zu begrüßen.

»Ja, Mylord«, antwortete Deering und nahm fast Haltung an.

Barnaby gefiel sein Aussehen: braunes Haar, von mittlerer Größe und kluge blaue Augen. Seine gepflegte ordentliche Erscheinung zeigte, dass er seine Arbeit ernst nahm und nicht die nachlässige Art angenommen hatte, wie sie bei vielen Männern unter den Zollfahndern zu beklagen war.

»Haben Sie etwas dagegen, wenn ich mich zu Ihnen setze?«

Erstaunt, derart ausgezeichnet zu werden, stammelte der junge Offizier:

»W-w-wenn S-sie w-wünschen, Mylord. I-ich w-wäre geehrt.«

Barnaby setzte sich und trank einen Krug Ale mit dem jungen Mann, allerdings entgingen ihm nicht die misstrauischen Blicke, die er dadurch auf sich zog. Es war keine einfache Aufgabe, vor die sich der Leutnant gestellt sah. Er war gezwungen, genau unter den Leuten zu leben, die er dingfest machen musste, sodass die meisten Bewohner der Gegend ihm vermutlich mit Misstrauen und Argwohn begegneten. Sicherlich hätte sich niemand zu ihm gesetzt, um Ale mit ihm zu trinken.

»Sie haben da eine selten undankbare Aufgabe«, bemerkte Barnaby.

Deering nickte.

»Ich werde nicht so tun, als sei es anders. Oder als ob nicht die Hälfte meiner Männer bestochen werden, in die andere Richtung zu schauen.« Er seufzte.

»Aber ich habe die Aufgabe übernommen und bin entschlossen, das Gesetz hochzuhalten – selbst wenn es mich hier unbeliebt macht – und meine eigenen Männer mich für einen Narren halten, dass ich versuche, dem Schmuggel Einhalt zu gebieten.«

Sie unterhielten sich noch ein paar Minuten länger; nachdem er sein Ale ausgetrunken hatte, erhob Barnaby sich und sagte:

»Ich beneide Sie nicht, aber ich wünsche Ihnen bei der Erledigung Ihrer Aufgabe viel Glück.« *Vorausgesetzt*, dachte er bei sich, als er sich entfernte, *Sie lassen Mrs Gilbert und Miss Emily in Ruhe.*

Barnaby verabschiedete sich gerade von Mrs Gilbert, als ein älterer Fischer mit grauem zerzausten Haar und einem wettergegerbten Gesicht hereinkam und sich an einen kleinen runden Tisch in der Ecke der Schankstube setzte.

Mrs Gilbert sah den Neuankömmling und sagte zu Barnaby:

»Da ist Jeb Brown.«

»Der Mann, der mich aus dem Wasser gezogen hat?«

Mrs Gilbert nickte.

Barnaby ging zu dem Tisch, an dem Jeb Brown saß, und sagte ruhig:

»Mr Brown, ich bin Lord Joslyn. Mrs Gilbert sagt, Sie

hätten mir neulich Nacht das Leben gerettet. Danke.« Er zögerte, dann fügte er hinzu:

»Ein bloßes Dankeschön scheint mir ein karger Lohn für das, was Sie getan haben. Wenn es irgendetwas gibt, das ich für Sie tun kann …«

Jeb stand auf und ergriff vorsichtig die Hand, die Barnaby ihm hinhielt.

»Die Wahrheit ist doch, Mylord, ich dachte, Sie seien tot, als ich Sie an Bord zog«, erklärte er. »Ich bin vor Schreck beinahe aus der Haut gefahren, als Sie gestöhnt haben und ich gemerkt habe, dass Sie noch lebten.« Er betrachtete Barnaby einen langen Augenblick, dann sagte er bedeutungsschwanger:

»Solange Sie sich als guter Freund von Mrs Gilbert und ihren Mädchen erweisen, ist das Dank genug für mich.«

Barnaby neigte zustimmend den Kopf. »Niemand von Ihnen hat von mir irgendetwas zu befürchten.« Sein Blick traf Jebs.

»Es wäre mir eine Ehre, wenn Sie mich als Freund betrachten, und sollten Sie je ganz praktisch meiner Freundschaft bedürfen, wissen Sie ja, wo Sie mich finden.«

Scharfe graue Augen betrachteten ihn einen Augenblick länger, dann nickte Jeb.

»Danke, Mylord. Ich werde es mir merken … und Sie beim Wort nehmen.«

Blazer folgte ihm an einer Führungsleine hinter seinem Pferd, als Barnaby vom Gasthof fortritt. Das Wetter wurde allmählich schlechter, und ihm fiel auf, dass der Himmel sich in der Zeit, die er im Schankraum verbracht hatte, zu einem bedrohlichen Grau verdunkelt und der Wind zugenommen hatte. Der Geruch von Regen lag in der Luft, und die Dämmerung war nicht mehr fern. Da ihm die Vorstellung wenig zusagte, im Dunkeln und bei Regen den Weg nach *Windmere* zu suchen, trieb Barnaby seinen Hengst zu einem schnellen Trab an, und auch Blazer erhöhte gehorsam sein Tempo.

Nicht mehr als eine Meile später fielen die ersten Regentropfen. Binnen Minuten waren Barnaby und die Pferde tropfnass, und ein unangenehmer Wind blies ihnen entgegen und sorgte dafür, dass sie noch stärker unter den Unbilden der Witterung litten. Barnaby verfluchte sich im Stillen dafür, dass er nicht besser auf die Zeit und das Wetter geachtet hatte, und trieb sein Pferd weiter an; wieder passte sich auch Blazer an. Es war ein selten unangenehmer kalter und nasser Ritt.

Barnaby war erleichtert und erfreut, als er eine Reihe kräftiger Buchen wiedererkannte und ihm klar wurde, dass er nur noch etwa eine Meile von *Windmere* entfernt war. Um die nächste Wegkehre lag der Eingang zu *Windmere*, und wenn er die halbe Meile, die es dann noch war, auf der Auffahrt zum Eingang zurückgelegt hatte, erwarteten ihn die Wärme und der Schutz des großen Herrenhauses. In Gedanken ganz bei seinem Ziel, nahm er die Kurve auf der breiten Straße in vollem Galopp. Ohne Vorwarnung blieb sein Pferd jäh stehen und bäumte sich furchtsam auf, dabei hätte es ihn beinahe aus dem Sattel geworfen. Blazer, der dicht hinter ihm war, scheute und kam schnaubend und schlitternd am Straßenrand neben Barnabys Hengst zum Stehen.

Sein Pferd unter Kontrolle zu bringen war nicht ganz leicht, aber schließlich gelang es ihm. Er fasste Blazers Zügel fester und suchte nach dem, was sein Pferd so erschreckt hatte, dass es sich aufgebäumt hatte. Durch den strömenden Regen entdeckte er schließlich auf der anderen Straßenseite einen kleinen schwarzen Einspänner, der schief im Graben lehnte. Die Frau auf dem Kutschbock, die sich ganz darauf konzentrierte, ihr Pferd dazu zu bringen, sich zu bewegen, hatte weder Barnaby noch seine Pferde bemerkt.

Als er langsam mit seinen Pferden am Zügel näher zu dem Gefährt ritt, ermunterte die Lenkerin es sanft, vorwärtszugehen, und das kleine Tier gab sich größte Mühe und stemmte sich in das Brustgeschirr, aber außer einem leichten Schaukeln rührte sich der Wagen nicht.

»Es nützt nichts, Emily«, rief die Frau, »ich fürchte, sie ist lahm.«

Von hinter dem Gefährt antwortete eine Frauenstimme:

»Verflixt! Ich kann das Rad nicht alleine frei bekommen. Es steckt zu tief im Schlamm. Hölle und Verdammnis!«

»Oh, Emily, du weißt doch, dass du nicht so fluchen sollst«, schalt die Frau vorn.

»Was, wenn dich jemand hört?«

»Verfluchte Hölle! Ich wünschte, es wäre jemand hier, der es hört«, antwortete Emily bitter, »dann hätten wir wenigstens Hilfe.«

Barnabys Lippen zuckten. Der Name und ihre Stimme verrieten die verborgene Sprecherin. Emily Townsend. Plötzlich störte es ihn gar nicht mehr, dass er nass bis auf die Haut war und fror. Und er hatte es auch nicht länger eilig, nach Hause zu kommen.

Nichts von Barnabys Anwesenheit ahnend, sagte Emily mit Nachdruck:

»Ich werde diesen erbärmlichen Kelsey erwürgen, wenn er mir je wieder unter die Augen kommt – er hat uns absichtlich von der Straße in den Graben gedrängt. Und wenn er Sunny dabei ernstlich Schaden zugefügt hat, schneide ich ihm die Leber aus dem Leib.«

Barnaby war beinahe am Wagen angekommen und rief leise, um die Lenkerin nicht zu erschrecken:

»Hallo, ich bin Lord Joslyn von *Windmere*. Kann ich Ihnen behilflich sein?«

Der Regen und die tiefen Schatten des Verdecks des Wagens erlaubten es ihm nicht, viel zu sehen, aber als die Frau in seine Richtung schaute, hatte er den Eindruck von großen dunklen Augen in einem hübschen Gesicht.

»Oh!«, rief die Besitzerin dieses Gesichts, »ich habe Sie gar nicht bemerkt. Emily, komm rasch. Hier ist jemand.«

Hinter dem Einspänner kam eine hochgewachsene weibliche Gestalt hervor und kletterte behände aus dem Graben auf die Straße, dann ging sie zu ihm. Die Kapuze ihres schlammbespritzten Umhanges verbarg ihre Züge, aber Barnaby war sich sicher, dass er, auch ohne ihren Namen zuvor gehört zu haben, die herausfordernde Haltung von Kopf und Schultern und den trotzigen Gang dieses Jungen, der kein Junge war, wiedererkannt hätte.

Emily blieb vor seinem Pferd stehen und erkannte den großen Mann sofort. Das Schicksal musste sie hassen. Lord Joslyn. Wie verflixt wunderbar. Sie hatte gewusst, dass sie einander wiedersehen würden, und auch wenn sie nicht viel Zeit darauf verschwendet hatte, an ihn zu denken, so hatte sie doch gehofft, dass ihr nächstes Zusammentreffen unter Bedingungen stattfand, die sie in einem besseren Licht erscheinen ließen. Aber nein, überlegte sie bitter, sie musste natürlich ihre ältesten Kleider tragen, die inzwischen voller Schlammspritzer nach ihrem Kampf mit dem sturen Rad waren, und sie war durchnässt bis auf die Haut.

In der Hoffnung, er würde sie nicht mit dem jungen Burschen aus dem Gasthof in Verbindung bringen, sagte Emily kühl:

»Ich bin Emily Townsend. Mein Cousin Jeffery Townsend ist der örtliche Squire.« Mit einer Bewegung ihres Armes deutete sie auf die Gestalt im Einspänner.

»Das ist meine Stiefmutter Mrs Anne Townsend.« Ein Kobold trieb sie zu der Frage:

»Und Sie sind?«

Barnaby bekämpfte den Drang zu lachen und antwortete:

»Wie ich eben Ihrer Stiefmutter schon mitgeteilt habe, bin ich Lord Joslyn.« Ein spöttisches Funkeln in den schwarzen Augen, fügte er hinzu:

»Und ich bin sicher, Sie wissen, dass ich auf *Windmere* lebe.«

»Es ist ein Vergnügen, Ihre Bekanntschaft zu machen, Mylord«, warf Anne hastig ein und lächelte schüchtern, »selbst unter so unangenehmen Umständen.«

Barnaby schwang sich aus dem Sattel und erklärte:

»Ich denke, die Umstände sind durchaus günstig, finden Sie nicht?« Er hielt Blazers Zügel weiter in der Hand, als er sich bückte, um die Stute zu untersuchen, die vor den Wagen gespannt war. Aus einem langen zackigen Riss an ihrem Hinterlauf sickerte Blut, aber die Verletzung wirkte weder tief noch gefährlich. Eine gründliche Säuberung, ein oder zwei Stiche, um die Wunde zu nähen, und ein wenig Ruhe, und bald würde es der kastanienbraunen Stute wieder gut gehen. Aber sie war eindeutig lahm, und soweit er es beurteilen konnte, wurde sie heute bestimmt nicht den Einspänner aus dem Graben ziehen.

Sich nicht um den Regen kümmernd, fragte er Emily:

»Wie weit haben Sie es noch?«

»Ach, etwa vier Meilen.« Knapp fügte sie hinzu:

»Wenn Sie uns helfen, das Rad zu befreien, können wir uns gleich auf den Weg machen.«

Er schaute zu dem Pferd, zu der durchweichten und verstimmten Frau vor ihm, dann zu der zierlichen Frau mit den Zügeln in der Hand, die im Einspänner kauerte, und traf eine Entscheidung.

»*Windmere* liegt weniger als eine Meile entfernt. Es wird viel besser sein, wenn Sie fürs Erste dort Zuflucht suchen.« Er dachte einen Moment nach und fügte mit Rücksicht auf die unsicheren Straßen hinzu:

»Sobald Sie wieder warm und trocken sind, lasse ich Sie in einer meiner Kutschen nach Hause bringen. Inzwischen kann Ihre Stute in meinen Ställen untergebracht und versorgt werden. Sie kann gerne dort bleiben, bis sie nicht mehr lahm ist.«

»Oh, danke, Mylord!«, rief Anne, ehe Emily etwas sagen konnte.

»Sunny ist eine liebe kleine Stute und würde ihr Bestes geben, uns nach Hause zu bringen, aber ich fürchte, dabei würde sie weiter Schaden nehmen. Sie sind zu gütig, uns nicht nur Schutz vor dem Wetter zu bieten, sondern auch an die liebe Sunny zu denken.« Und als Emily weiter schwieg, hakte sie vorsichtig nach:

»Bist du nicht auch der Ansicht, Emily, dass Seine Lordschaft überaus freundlich ist?«

Emily wusste nicht, warum es ihr so widerstrebte, sein Angebot anzunehmen, oder warum er in ihr den Wunsch weckte, genau das Gegenteil dessen zu tun, was er vorschlug. Es war eine vernünftige Lösung für ihr Dilemma, und wenn es irgendjemand anders gewesen wäre als Lord Joslyn, hätte sie nicht lange nachgedacht, sondern dankbar seine Gastfreundschaft angenommen. Beschämt und ein wenig überrascht von dem trotzigen Verlangen, ihm zu widersprechen, einfach weil er war, wer er war, sagte Emily halblaut:

»Ja, das ist überaus freundlich.«

»Nachdem das entschieden ist«, erklärte Barnaby, »denke ich, wäre es zum Wohl Ihrer Stute besser, wenn Blazer vor Ihren Wagen gespannt würde. Er lässt sich ausgezeichnet kutschieren, und ich nehme an, er schafft es allein, das Rad aus dem Schlamm zu ziehen.«

Dagegen hatte Emily keine Einwände. Sie kannte Blazer schon ewig und machte sich zudem mehr Sorgen wegen Sunny, als sie wahrhaben wollte. Da sie ein gemeinsames Ziel hatten, arbeiteten Emily und Barnaby zusammen, und binnen Minuten war Blazer angespannt, und Sunny stand mit hängendem Kopf am Straßenrand und trug Blazers Zaumzeug und seine Führungszügel.

Auf Annes Befehl hin legte sich Blazer ins Zeug und befreite mit einem kraftvollen Ruck das Rad, dann zog er den Wagen auf die Straße.

Emily entfuhr ein Ausruf, als Barnabys Hände sich unvermittelt um ihre Mitte legten und er sie in den Einspänner neben Anne hob. Atemlos und verlegen stieß sie hervor:

»Danke.«

Er grinste, sodass seine Zähne im Dämmerlicht weiß leuchteten.

»Es ist mir ein Vergnügen.«

Nachdem er wieder im Sattel seines Pferdes saß und Sunny am Zügel hielt, blickte er die beiden Frauen in dem Wagen an und sagte:

»Sie fahren voraus und sagen meinem Butler, dass ich kurz nach Ihnen ankommen werde.« Er blickte zu der Stute.

»Ihre … Sunny und ich werden etwas langsamer reisen.«

Seine Umsicht und Rücksichtnahme auf Sunny rührten Emily, und ihre Stimme war wesentlich wärmer als eben noch, als sie sagte:

»Danke, Mylord. Es tut mir sehr leid, dass wir Ihnen solche Umstände machen.«

»Es ist mir ein Vergnügen, Miss Townsend, wie ich eben

schon sagte. Und jetzt fahren Sie los. Ich folge dicht hinter Ihnen.«

Barnaby kam etwa zehn Minuten nach den Damen mit Sunny im Schlepptau auf *Windmere* an. Als Barnaby aus dem Dunkel in das flackernde Licht der Fackeln am Eingang ritt, waren beide Frauen bereits von Peckham hereingebeten worden. Weder von Blazer noch von dem Einspänner war irgendetwas zu sehen, woraus er zu Recht schloss, dass sie bereits in die Ställe gebracht worden waren. Ein paar Stallburschen warteten unter dem prachtvollen Vorbau auf ihn und kamen zu ihm in den Regen gelaufen, um ihm beide Pferde abzunehmen, sobald er abgesessen war.

Innen im Foyer empfingen ihn Peckham und Tilden, sie schwärmten wie Glühwürmchen um ihn herum.

»Die Damen sind oben im Blauen Gästezimmer«, unterrichtete ihn Peckham, während er Barnaby den durchweichten Mantel abnahm.

»Mrs Bartlett kümmert sich um sie.« Er zögerte.

»Ich dachte, vielleicht wäre es einfacher, wenn wir ihnen die Mahlzeit im Frühstückszimmer statt im Speisesalon servieren.«

Barnaby nickte.

»Eine ausgezeichnete Wahl. Wenn sie vor mir unten sind, sagen Sie ihnen, sie sollten nicht auf mich warten. Ich bezweifle, dass irgendjemand von uns heute Wert auf Zeremoniell legt.«

»Ich habe Lamb vorgewarnt, dass Sie jeden Augenblick eintreffen würden und Kleidung zum Wechseln brauchten«, schaltete sich Tilden ein. Er hüstelte hinter seiner Hand.

»Ich habe mir die Freiheit herausgenommen, einen der Lakaien mit einer Nachricht nach *The Birches* zu schicken, in der erklärt wird, weshalb die Damen aufgehalten wurden.

Und dem Kutscher habe ich ausrichten lassen, dass er die kleinere Kutsche für eine Fahrt heute Abend vorbereitet.«

Barnaby nickte zustimmend und nahm immer zwei Marmorstufen auf einmal auf seinem Weg nach oben; als er seine Räume erreichte, begann er, sobald sich die Tür hinter ihm geschlossen hatte, sich die nassen Sachen auszuziehen. Sein Halstuch, den Rock und das Hemd hatte er nicht länger an, als er das Ankleidezimmer betrat.

Lamb wartete schon auf ihn, und während er sich weiter entkleidete, berichtete Barnaby ihm die Ereignisse des Nachmittags. Nachdem er sich mit einem Handtuch abgerieben hatte, stieg er in das Paar Hosen, das Lamb ihm reichte, und kurz darauf in ein frisches Hemd aus feinstem Leinen – beides wunderbar trocken und warm.

»Ich habe die beiden Damen gesehen, als sie die Treppe hochkamen«, sagte Lamb beiläufig, aber der Ausdruck seiner blauen Augen war alles andere als beiläufig.

»Eine Elfe und eine Amazone«, bemerkte er; »welche von beiden hat dein Interesse geweckt?«

»Keine«, erwiderte Barnaby und steckte sich sein Hemd in die Hosen.

»Unter Berücksichtigung der Umstände schien es schlicht die Ritterlichkeit zu gebieten, ihnen Unterschlupf zu gewähren.«

»Und das ist alles, was dich dazu verleitet hat? Ritterlichkeit?«

Barnaby grinste. »Himmel, was sonst könnte es gewesen sein?«

Lamb schnaubte und reichte ihm ein sauberes, frisch gebügeltes Halstuch.

»Auf jeden Fall gibt es in letzter Zeit einen Haufen Frauen in deinem Leben. Erst die Gilbert-Frauen und nun diese zwei Jungfern in Nöten.«

»Zufall. Aber vergiss nicht, ich verdanke den Gilberts sehr viel. Nicht nur, weil sie mich gepflegt haben, sondern auch, weil sie nun geholfen haben, Blazer zurückzubekommen.«

Während Lamb mit kritischem Blick verfolgte, wie Barnaby sich rasch das Halstuch zu einem schlichten Knoten band, fragte er:

»Glaubst du die Geschichte dieser Faith? Dass sie dein Pferd zufällig bei einem Pferdehändler gefunden hat?«

Barnaby schaute über seine Schulter.

»Das macht wenigstens Sinn. Ich denke, wer immer versucht hat, mich zu ermorden, hat Blazer günstig an diesen Pferdehändler verkauft. Und ich zweifle auch nicht daran, dass mein Gig entweder in tausend Einzelteilen zwischen hier und London verstreut liegt oder inzwischen längst neu lackiert und mit neuen Polstern versehen in London mit seinem neuen Besitzer herumfährt, der überglücklich ist über das günstige Geschäft, das er gemacht hat. Um deine Frage zu beantworten: Ja, ich glaube Faiths Geschichte.« Seine Augen glänzten.

»Du hattest bislang nicht das Vergnügen, irgendwen von den Gilberts näher kennenzulernen. Ich denke, du wirst Mrs Gilbert eindrucksvoll finden und ihre Töchter ganz reizend.«

»Du vertraust ihnen?«

Barnaby nickte, dann setzte er sich und begann, sich ein Paar glänzend polierter Stiefel anzuziehen.

»Ja, unbedingt.« Er stand auf und schlüpfte in den flaschengrünen Rock mit den Messingknöpfen, den Lamb ihm reichte.

»Und da du an meinem Urteilsvermögen zu zweifeln scheinst«, fügte er mit einem Grinsen hinzu, »solltest du mal hinreiten und dir selbst eine Meinung bilden.«

Und Lamb sagte, nachdem er hinter Barnaby aus dem Zimmer ging, halblaut:

»Das habe ich vor.«

Der frühere Squire und der siebte Viscount waren gut befreundet gewesen, sodass Anne und Emily beide oft zu Besuch auf *Windmere* gewesen waren. Sie wussten um die vielen prächtigen Empfangssalons in dem riesigen Herrenhaus, und obwohl sie sich bemüht hatten, nach dem überstandenen Abenteuer den schlimmsten Schaden an ihrer Erscheinung zu reparieren, fühlten sie sich nicht wirklich präsentabel und waren zudem müde und erschöpft. So waren beide sichtlich erleichtert, als sie von Peckham in das Morgenzimmer geführt wurden.

Ein fröhliches Feuer brannte in dem alten gemauerten Kamin, und die warmen Farben der Teppiche und die mit Chintz bezogenen Polstermöbel schufen eine behagliche Atmosphäre. Eine Teekanne und eine silberne Kaffeekanne standen an dem einen Ende des Eichensideboards, und mehrere Teller mit verschiedenen Fleischsorten, Käse, Brot, eingelegtem Gemüse und Soßen befanden sich über die gesamte Länge der Anrichte verteilt. Austerneintopf, der ursprünglich für das Dinner Seiner Lordschaft vorbereitet worden war, füllte eine Terrine am anderen Ende.

Peckham versorgte sie. Nachdem er sie zu ihren Plätzen am Tisch geleitet und ihnen zwei Tassen Kaffee eingeschenkt hatte, füllte er zwei Suppentassen mit Austerneintopf und stellte sie vor die beiden Damen. Ohne zu fragen, was sie gerne hätten, füllte er zwei Teller an der Anrichte und servierte sie ihnen ebenfalls. So hätte er weitergemacht, aber da Emily sich danach sehnte, ungestört zu sein, sagte sie fest:

»Danke. Wir nehmen uns dann selbst.«

Er verbeugte sich und murmelte:

»Wenn Sie sicher sind …?«

»Danke«, bemerkte Anne höflich, »wir kommen bestens zurecht.«

Nachdem er die beiden Frauen allein gelassen hatte, wechselten sie einen Blick.

»Ich muss schon sagen, er scheint mir … sehr effizient zu sein«, stellte Anne fest.

»Mir war Bissell wesentlich lieber«, erklärte Emily und nahm einen Schluck Kaffee.

»Er ist so ein netter, freundlicher Mann, nicht wahr?«, sagte Anne.

»Ich begreife nicht, warum Mathew der Ansicht war, er musste nach dem Tod seines Onkels ersetzt werden. Ich hätte gedacht, das sollte eigentlich der neue Erbe entscheiden.«

»Du vergisst – Mathew dachte, er sei der Erbe. Und es war auch gar nicht Mathew, der vorgeschlagen hat, dass Bissell in den Ruhestand versetzt wird, sondern Thomas.«

Anne runzelte die Stirn.

»Ist Thomas nicht der mittlere Bruder? Oder ist er der Jüngste? Sie sehen einander alle so ähnlich, dass ich nie weiß, welcher der Großneffen des Viscounts welcher ist.«

»Tom ist der Mittlere und Simon der Jüngste – und mir der Liebste«, antwortete Emily.

»Vermutlich, weil er freundlich zu mir war, als ich noch ein Kind war und ihm hinterhergelaufen bin, wenn er und seine Brüder ihren Großonkel besuchten. Mathew und Thomas haben mich ignoriert, aber Simon …«, sie lächelte voller Zuneigung, »Simon hat sich immer für mich eingesetzt.«

In der kurzen Stille, die auf diese Äußerung folgte, betrat der neue Viscount den Raum, und Emily, immer noch lächelnd, schaute in seine Richtung.

Barnaby hatte gewusst, dass ihn dieser Junge, der kein Junge war, faszinierte, aber er war verblüfft über seine unwillkürliche Reaktion auf seinen ersten klaren Blick, den er auf Emily Townsend werfen konnte. Ihr Haar hatte die Farbe von Mondschein und umrahmte ein ansprechendes Gesicht, das sein Herz wie eine Kriegstrommel dröhnen ließ. Sie war nicht direkt hübsch, das musste er zugeben, aber – Himmel – er konnte schwören, dass sie die attraktivste Frau war, die er je in seinem Leben gesehen hatte. Ihre Züge waren ganz weiblich, aber dabei stark und lebhaft, ihr Kinn trotzig und ihr Mund ein wenig zu groß und zu voll, als dass man sie als Schönheit hätte bezeichnen können, aber er war sich deutlich bewusst, dass er vermutlich töten würde, um zu spüren, wie diese Lippen unter seinen weich und nachgiebig wurden. Und dieses Lächeln … dieses Lächeln erweckte in ihm den leidenschaftlichen Wunsch, alles zu tun, was auch immer es war, um zu erreichen, dass sie ihn immer genauso anschaute wie eben jetzt.

Als die Sekunden verstrichen, verblasste Emilys Lächeln, und ihre grauen Augen richteten sich auf ihn, weiteten sich leicht, und etwas Machtvolles erwachte in ihm zum Leben. Es kostete ihn seine ganze Selbstbeherrschung, nicht einfach das Zimmer zu durchqueren und sie in seine Arme zu reißen. Benommen und mit dem Gefühl, als habe er einen Schlag vor den Kopf bekommen – worüber er nicht glücklich war –, riss Barnaby seinen Blick von Emily los und schaute die zierliche dunkelhaarige Frau an, die neben ihr saß.

Ihre Augen, sanft und goldbraun wie Stiefmütterchen, blickten freundlich, als sie sagte:

»Mylord, wir können Ihnen gar nicht genug danken für Ihre Freundlichkeit.«

Annes Stimme sorgte für Klarheit in seinem Kopf; er schob seine primitive Reaktion auf Emily Townsend beiseite, zwang ein Lächeln auf seine Lippen und kam ins Zimmer. Er hatte sich wieder in der Gewalt – wenigstens hoffte er das – und erwiderte:

»Ich gehe davon aus, dass meine Dienerschaft Sie zuvorkommend behandelt und sich um Ihre Bedürfnisse gekümmert hat.«

»Allerdings«, antwortete Anne, »alle waren überaus freundlich.«

Ohne Emily anzusehen, sich ihrer Anwesenheit aber überdeutlich bewusst, bemerkte er:

»Aber Sie haben Ihr Essen ja kaum angerührt! Ist es nicht nach Ihrem Geschmack? Wenn Sie möchten, kann ich Ihnen von der Köchin etwas anderes zubereiten lassen.«

Emily hörte die Stimmen, aber sie waren mehr wie das Summen von Bienen in ihrem Kopf. Sie wusste, wo sie sich befand, aber die Welt hatte sich in dem Moment auf den Kopf gestellt, als sie Lord Joslyn gesehen hatte. Ihr war schwindelig, und ihre Brust fühlte sich eng an, während sie gegen das unverständliche Verlangen ankämpfte, auf die Füße zu springen und so schnell zu laufen, wie sie nur konnte. *Aber in welche Richtung?*, fragte sie sich schwach. Zu ihm oder weg von ihm?

Er war sehr groß, aber viel beeindruckender gebaut, und seine Haut war viel dunkler, als sie sich erinnerte. Als er den Raum betrat, dominierte er ihn sogleich, und sie konnte ihren Blick nicht losreißen von seinem kühn geschnittenen Gesicht und diesen machtvollen Schultern und Armen. Er sah überhaupt nicht wie ein Joslyn aus, überlegte sie leicht benommen. Die Joslyns waren gut aussehende elegante Männer, aber dieses Exemplar hier … Sie schluckte. Dieser Mann sah wie ein Wilder aus, ein Pirat, problemlos dazu imstande, eine Frau in seine Arme zu reißen und sie einfach davonzutragen, um mit ihr zu tun, wie es ihm beliebte. Ein seltsames Gefühl überkam sie, und sie fühlte tief in ihrem Unterleib ein Ziehen bei dem Gedanken, seiner Gnade ausgeliefert zu sein.

Sie hob ihre Tasse an die Lippen und gönnte sich einen langen Schluck; sie ärgerte sich über ihre Reaktion auf ihn. Gütiger Himmel! Sie mochte ihn ja noch nicht einmal. Unter gesenkten Lidern musterte sie ihn kritisch und versuchte zu entscheiden, was es war, das er an sich hatte, das ihre Welt derart zu erschüttern vermochte. Er sah nicht auf herkömmliche Weise gut aus, befand sie, aber er strahlte unleugbar eine Männlichkeit aus, eine unverwechselbare Anziehungskraft, die viele Frauen unwiderstehlich finden würden. Während sie in sein Gesicht starrte und seinen Mund beobachtete, während er mit Anne sprach und lächelte, durchlief sie ein Schauer.

Sie hatte Angst vor ihm, erkannte Emily mit einem Mal. Sie wusste instinktiv, dass er weder ein Maulheld oder Tyrann war wie Jeffery noch ein Geck und Angeber wie Ainsworth. Und ebenso wenig war er ein netter, aber gleichgültiger Mann wie ihr Vater. Sie dachte an den gütigen Vikar Smythe in seinem geliebten Garten und hätte beinahe gelacht. Nein, Lord Joslyn war ganz und gar nicht wie Vikar Smythe. Sie erkannte in ihm die Arroganz von Mathew Joslyn, aber wenn er neben diesem Mann stand, würde Mathew in den Hintergrund treten. Nein, der Himmel mochte ihr beistehen, Lord Joslyn war anders als alle anderen Männer, die ihr bis jetzt begegnet waren.

»Miss Townsend, geht es Ihnen gut?«

Seine Worte rissen sie aus der Versunkenheit, und sie schaute auf und stellte fest, dass Anne und Lord Joslyn sie anstarrten.

»Emily? Ist irgendetwas nicht in Ordnung?«, erkundigte Anne sich besorgt.

»Lord Joslyn hat dich zweimal gefragt, ob du dir auch sicher bist, dass du sonst nichts brauchst.«

Emily wurde rot.

»Das tut mir leid. Ich ... ich ... ich fürchte, ich bin ein wenig geistesabwesend gewesen. Heute ist doch eine Menge geschehen.« Mit einiger Anstrengung zwang sie sich dazu, ihn anzusehen, und ihr Herz rutschte ihr tiefer als bis zu den Kniekehlen, als sie den forschenden Ausdruck in seinen schwarzen Augen bemerkte. Sie senkte den Blick auf den Austerneintopf vor sich.

»Es geht mir bestens«, erklärte sie. Sie nahm ihren Löffel und sagte einfach, was ihr als Erstes in den Sinn kam:

»Sieht dieser Eintopf nicht köstlich aus? Ich habe immer eine Vorliebe für Mrs Easons Küche gehabt.«

Barnaby wirkte überrascht.

»Sie kennen meine Köchin Mrs Eason?«

»Oh ja«, erwiderte Anne, »Ihre Mrs Eason und unsere Köchin Mrs Spalding sind Schwestern, und unser Butler Walker ist der Onkel Ihrer Haushälterin Mrs Bartlett. Bissell, der früher hier Butler war, ist mit Mrs Bartletts ältester Schwester verheiratet.«

Er schüttelte verwundert den Kopf.

»Es ist mir schwer genug gefallen, mir allein die Namen von allen zu merken, aber bei den Verwandtschaftsverhältnissen gebe ich auf.«

»Es kann für Sie nicht leicht sein«, bemerkte Anne voller Mitgefühl, »unter Fremden zu sein und in einem anderen Land als dem, in dem Sie geboren wurden.«

»Nun, so anders ist es hier auch wieder nicht; und außerdem habe ich Lamb, meinen Mann für alles bei mir.« Er schenkte Anne ein Lächeln.

»Ich gewöhne mich langsam ein, und wenigstens ist die Sprache dieselbe.«

Interessiert schaute Emily ihn an und fragte:

»Denken Sie, es wird Ihnen gefallen, hier in England zu leben?«

Sein Blick schien sie zu liebkosen, während er leise antwortete:

»Nachdem ich die Bekanntschaft zwei so reizender Damen gemacht habe, stelle ich fest, dass es mir von Minute zu Minute besser gefällt.«

»Oh, wie hübsch Sie das sagen«, rief Anne und klatschte entzückt in die Hände.

»Ich kann es kaum erwarten, dass Sie Großtante Cornelia kennenlernen! Sie wird unerhört mit Ihnen flirten.«

»Großtante Cornelia ...?«, wiederholte Barnaby mit hochgezogenen Brauen.

Trotz des Flatterns in ihrer Brust, das sein Blick ausgelöst hatte, konnte Emily nicht anders, als zu lächeln, wenn sie sich Cornelias Reaktion auf Lord Joslyn vorstellte.

»Sie werden schon nach kürzester Zeit nach ihrer Pfeife tanzen«, sagte Emily mit einem schelmischen Glitzern in den Augen.

»Das heißt, natürlich nur, wenn sie Sie nicht zum Dinner verspeist«, fügte Anne hinzu.

»Sie ist trotz oder wegen ihrer neunundachtzig Jahre eine durch und durch bemerkenswerte Frau. Sie wird Sie mögen, besonders, wenn Sie nicht gleich klein beigeben.«

Er bediente sich am Sideboard und nahm den Damen gegenüber Platz und bedeutete ihnen, mit dem Essen nicht auf ihn zu warten. Die Unterhaltung drehte sich um allgemeine Themen, aber Barnaby erfuhr im Verlauf dieser Mahlzeit eine Menge über die Gegend und ihre Bewohner. Vikar Smythe züchtete außergewöhnliche Rosen, verriet Anne ihm. Sir Michael, der Vater seines Hausverwalters, war ein ganz reizender alter Mann; Mrs Featherstone, die Witwe eines reichen Landbesitzers, war lieb, aber eine entsetzliche Klatschbase mit einem Korb voller Töchter, die sie unter die Haube bringen wollte. Und vor allem, warnte ihn Emily, durfte er niemals und unter keinen Umständen ein Pferd von Lord Broadfoot käuflich erwerben.

»Ich freue mich schon darauf, alle kennenzulernen«, schwindelte Barnaby, als sie ihr Mahl beendet hatten und bei der abschließenden Tasse Kaffee saßen. Er wirkte reumütig.

»Ich befürchte, es wird Monate dauern, ehe ich alle meine Nachbarn getroffen habe, und noch länger, ehe ich ihre Gesichter mit den richtigen Namen in Verbindung bringen kann. Ich bin noch nicht einmal mit meinen eigenen Dienstboten hier auf *Windmere* halbwegs vertraut – von meinen Nachbarn ganz zu schweigen.«

Anne lächelte ihm freundlich zu.

»Es würde mich nicht allzu sehr überraschen, wenn Lord und Lady Broadfoot Ihnen schon bald einen Besuch abstatteten.« Mit übermütig funkelnden Augen teilte sie ihm mit:

»Großtante Cornelia sagt, dass Lady Broadfoot bereits eine Abendgesellschaft plant, um Sie in die Nachbarschaft einzuführen. Und ihre gute Freundin Mrs Featherstone hat versprochen, ihr zu helfen.«

»Doch nicht etwa die Mrs Featherstone mit dem Haufen hoffnungsvoller Töchter, oder?«, erkundigte sich Barnaby alarmiert.

»Genau die«, sagte Emily mit einem Lächeln. »Und es gibt auch noch drei Töchter bei den Broadfoots. Während Sie sich hier auf *Windmere* verkrochen haben, herrschte unter den Damen der umliegenden Landsitze helle Aufregung darüber, dass der amerikanische Lord Joslyn schließlich doch hier eingetroffen ist. Demzufolge, was Großtante

Cornelia sagt, haben sie ihren Männern gnadenlos damit in den Ohren gelegen, Ihnen ihre Aufwartung zu machen. Einzig ein rasch schwindender Sinn für Würde und Anstand hat sie bislang von Ihrer Türschwelle ferngehalten, aber morgen oder übermorgen spätestens können Sie sich auf Besuch einstellen …« Sie kicherte. »Und die meisten von ihnen haben heiratsfähige Töchter.«

Barnaby stöhnte, und beide Frauen lachten.

Es klopfte an der Tür, und Peckham steckte den Kopf ins Zimmer.

»Mylord«, begann er, »Sie haben …«

»Gehen Sie aus dem Weg, Peckham«, verlangte Mathew Joslyn ärgerlich von irgendwo hinter dem Butler.

»Erst wird die Hölle zufrieren müssen, ehe meine Brüder und ich unserem Cousin angekündigt werden.«

Kapitel 6

Mathew Joslyn, nach Meinung vieler einer der am besten aussehenden Männer des Landes, marschierte ins Zimmer. Thomas, dem manche vor seinem älteren Bruder den Vorzug gaben, folgte ihm, und mit etwas Abstand kam Simon, der Jüngste und von der Mehrheit als der in Wahrheit schönste Mann des Landes bezeichnet.

Alle drei Männer besaßen den Joslyn-Charme und das gute Aussehen der Familie, hatten zudem die strahlend blauen Augen geerbt, das schwarze Haar und den athletischen Körperbau, für die die Joslyns bekannt waren. Es gab natürlich Unterschiede; Mathew war der größte der Brüder, Thomas der kleinste, allerdings betrug der Größenunterschied zwischen den Brüdern insgesamt nicht mehr als ein paar Zoll. Alle besaßen die gleichen klaren männlichen Züge, aber Thomas' Gesicht war ein wenig schmaler, wodurch er, wie Emily fand, vage an einen hübschen Fuchs erinnerte. Mathews Kinnpartie war von klassischer Vollkommenheit, aber Simon besaß das kantigste Kinn – und Emilys Ansicht nach das netteste Lächeln. Dieses Lächeln und ein rasches Zwinkern sandte er in ihre Richtung, als er hinter seinen Brüdern das Zimmer betrat.

Mathew war erstaunt, dass sein Cousin Gesellschaft hatte. Seine verärgerte Miene verschwand, und er lächelte Emily und Anne höflich zu, dann erklärte er:

»Ich bitte um Verzeihung, meine Damen. Ich hatte keine Ahnung, dass mein Cousin Besuch hat.«

»Wir sind nicht direkt Besucher«, erwiderte Anne, nachdem sie die Neuankömmlinge begrüßt hatte.

»Lord Joslyn hat uns gerettet, als unser Einspänner in einem Graben steckengeblieben ist und unsere Stute lahm war. Nachdem er uns geholfen hatte, den Wagen wieder auf die Straße zu ziehen, hat er uns großzügig Zuflucht auf *Windmere* angeboten.« Sie lächelte Barnaby zu.

»Es war höchst ritterlich von ihm.«

Mathew, der aussah, als habe er einen Igel verschluckt, erwiderte halblaut:

»Wirklich? Wie überaus heldenhaft.«

Barnaby lehnte sich in seinem Stuhl auf der anderen Tischseite zurück und streckte die langen Beine von sich.

»Selbst wir raubeinigen Amerikaner wissen, was sich gehört, Cousin.«

»Ich glaube nicht«, schaltete Thomas Joslyn sich ernst ein, »dass mein Bruder dich je raubeinig genannt hat.«

»Nein«, sagte Simon und ging zur Anrichte und schenkte sich eine Tasse Kaffee ein.

»Matt hat ihn nicht raubeinig genannt, aber ich meine mich vage zu erinnern« – er lächelte listig und schaute seinen ältesten Bruder an – »dass du einmal von ihm als dem ›ungehobelten Barbaren‹ gesprochen hast.«

»Ungehobelt?«, fragte Barnaby mit einem Glitzern in den schwarzen Augen.

»Sicherlich nicht.«

Mathew wurde rot und erwiderte verstimmt:

»Du weißt doch, dass wir unsere Schwierigkeiten hatten, Cousin, und in einem Augenblick der Verärgerung mag ich es zugelassen haben, dass meine Zunge mit mir durchgegangen ist.« Unter Barnabys ruhigem Blick wurde er fast nervös und fügte hinzu.

»Dafür entschuldige ich mich.«

Emilys Augen glitten von einem Mann zum anderen und suchten nach Familienähnlichkeiten. Sie hatte höchstens den vagen Eindruck, dass Lord Joslyn und Mathew gemeinsame Vorfahren hatten. Lord Joslyn war groß und wirkte hart, seine Züge ließen die griechische Perfektion von Mathews vermissen. Und wie sie es vorhin schon bemerkt hatte, zog Lord Joslyn selbst im Sitzen die Aufmerksamkeit aller im Raum auf sich. Sie biss sich auf die Lippe, um nicht zu lächeln. Verglichen mit Lord Joslyn erinnerte Mathew, der aussah wie ein bekannter Korinther, eher an einen hübschen Gockel. Während Lord Joslyn ... Sie schluckte. Lord Joslyn wirkte wie ein träger Tiger, der seine Beute nicht aus den Augen ließ ... sehr groß, sehr kräftig und gefährlich ...

»Ach, um Himmels willen, steig von deinem hohen Ross herunter! Nehmt euch etwas zu essen und setzt euch an den Tisch«, sagte Barnaby ruhig. »Ich bin sicher, wäre unsere Lage umgekehrt, hätte ich dich mit viel schlimmeren Namen belegt.«

»Nett entschärft«, murmelte Simon halblaut.

»Ja, das war es«, stimmte ihm Barnaby zu. Mit einem Lächeln zu Simon fügte er hinzu:

»Und du musst aufhören, immer wieder den Fuchs in den Hühnerstall zu lassen.«

Simon setzte eine zerknirschte Miene auf.

»Wie sonst soll ich denn meinen Spaß haben?«, erkundigte er sich betrübt, aber seine blauen Augen funkelten übermütig.

»Hör auf, den Hofnarren zu spielen, und benimm dich«, verlangte Thomas, während er zum Sideboard ging. Nachdem er sich Kaffee eingeschenkt hatte, nahm er einen Schluck und verzog das Gesicht.

»Grundgütiger! Der ist ja kälter als Haferschleim von

gestern. Läute nach Peckham und bestell uns heißen Kaffee!«

Barnabys Brauen hoben sich, seine Augen ruhten mit einem unergründlichen Ausdruck auf Thomas, aber er sagte nichts. Während die Sekunden verstrichen, färbten sich Thomas' Wangen tiefrot. Barnaby ließ ihn einen Moment zappeln, dann brach er die wachsende Spannung, indem er leise sagte:

»Du weißt, wo der Klingelzug ist. Zieh nur daran.«

»Ich w-w-wollte nicht u-unhöflich sein«, stotterte Thomas, »es ist nur, dass ...«

»Ich weiß«, erwiderte Barnaby müde, »bis vor ein paar Monaten galt dein Bruder als Erbe all dieser Pracht. Und ihr alle wart es gewohnt, zu kommen und zu gehen, wie es euch beliebte, und so zu tun, als gehörte es euch bereits.«

Annes Mitgefühl war geweckt, und sie bemerkte:

»Das muss für Sie alle sehr schwer sein.«

»Nicht für mich«, erklärte Simon unbekümmert und machte es sich neben Emily am Tisch bequem. Er grinste Emily an.

»Ich war nie im Rennen um den Titel.«

Emily lächelte zurück.

»Das weiß ich, du Narr, und alle anderen auch.«

»Narr?« Simon umklammerte seine Brust.

»Holde Jungfer, wie kannst du nur so grausam sein? Deine Worte haben mich tief getroffen. Ich werde mich nie davon erholen.«

Barnabys Augen wurden schmal angesichts der lässigen Vertrautheit zwischen Emily und Simon. Ihm war weder das Lächeln noch das Augenzwinkern zuvor entgangen, als Simon ins Zimmer gekommen war. Er mochte Simon. Daher hoffte er sehr, er würde dem unverschämten Welpen nicht seinen rechten Haken demonstrieren müssen.

Nicht im Geringsten amüsiert von Simons Mätzchen, kniff Mathew die Lippen zusammen.

»Musst du immer alles ins Lächerliche ziehen? Es ist völlig unangebracht.«

»Matt hat recht«, schaltete sich Thomas ein, der wieder zu alter Form auflief, »du solltest deine unberechenbare Zunge besser hüten.«

Simons Belustigung verflog.

»Nun, warum wundert es mich nicht, dass du mit unserem gottgleichen Bruder einer Meinung bist? Sag mir, liebster Bruder, hattest du schon je einmal einen ureigenen Gedanken?«

»Oh, um Himmels willen«, sagte Mathew, »hört mit dem kindischen Gezanke auf.«

Mit Unschuldsmiene erwiderte Simon:

»Nun, ich habe mich nur gewundert. Schließlich plappert er dir alles nach.«

Thomas ballte seine Hände zu Fäusten und machte einen Schritt auf Simon zu.

Simon erhob sich mit freudig erwartungsvoller Miene.

Barnaby, der den Austausch zwischen den Brüdern schon vorher hatte miterleben dürfen, war in Versuchung geführt, es sie einfach austragen zu lassen, wobei er sein Geld eher darauf setzen würde, dass Simon Thomas zu Boden sandte. Doch er entschied, dass es keine angemessene Unterhaltung für die Damen wäre, wenn Simon mit Thomas den Boden wischte, weswegen er einschritt.

»Äh, das alles mag ja höchst amüsant sein, aber gibt es einen Grund für euren unerwarteten Besuch?«, fragte er.

»Einen anderen als die Sehnsucht nach meiner Gesellschaft?«

Simon grinste ihn an und lehnte sich zurück. Thomas

schwang herum und zog mit einem heftigen Ruck an der Klingelschnur aus schwarzem Samt, die neben dem Sideboard hing.

Mathew starrte Simon einen Moment lang an, ehe er sich an Barnaby wandte.

»Genau genommen gibt es den«, begann er. Sein Blick fiel auf Emilys und Annes faszinierte Mienen, und er sagte halblaut:

»Aber das kann warten, bis deine Gäste gegangen sind.«

Peckhams Ankunft bot eine willkommene Unterbrechung. Der Butler lächelte die Brüder erfreut an. Barnaby bestellte frischen Kaffee und mehr Essen. Ehe Peckham sich entfernte, trug er ihm auf:

»Und sorgen Sie bitte dafür, dass für meine Gäste Zimmer vorbereitet werden, und für ihre Diener auch, falls sie welche mitgebracht haben.«

Mathew lächelte Barnaby an, und das Lächeln verwandelte seine arroganten Züge, sodass Barnaby einen Eindruck von dem Charme bekommen konnte, für den sein Cousin berühmt war.

»Ich war nicht sicher, ob du uns erlauben würdest, zu bleiben.«

Barnaby zuckte die Achseln.

»Es ist für uns alle keine gewöhnliche Situation – es gibt keinen Grund, es schlimmer zu machen.« Langsam breitete sich ein Lächeln auf seinem Gesicht aus.

»Ob es dir nun gefällt oder nicht, wir sind nun einmal Familie.«

»Nun!«, rief Anne kurz darauf, als sie und Emily von *Windmere* in der bequem gefederten Kutsche nach Hause fuhren, die Lord Joslyn ihnen zur Verfügung gestellt hatte.

»Das war höchst interessant, nicht wahr? Ich war sicher, dass Tom und Simon ein Handgemenge beginnen würden.«

»Was für beide nicht ungewöhnlich wäre«, antwortete Emily. »Selbst als Kinder sind sie sich alle ständig in die Haare geraten – besonders Tom und Simon. Ich kann gar nicht zählen, wie oft einer dem anderen eine blutige Nase oder ein blaues Auge verpasst hat.« Sie runzelte die Stirn.

»Aber ich frage mich, was sie nach *Windmere* bringt.«

»Vielleicht versucht Mathew, freundlich zu sein.«

»Zu dem Mann, der ihm gerade erst den Titel und einen Landsitz wie *Windmere* vor der Nase weggeschnappt hat?«, fragte Emily mit hochgezogenen Brauen.

»Ich wäre eher geneigt zu glauben, dass er gekommen ist, ihn umzubringen.«

»Emily! Sag so etwas nicht!«, rief Anne schockiert.

»Du vergisst die Umstände, unter denen ich Lord Joslyn beim ersten Mal gesehen habe. Er war mehr tot als lebendig, und du wirst mich nie davon überzeugen, dass sich nicht jemand große Mühe gegeben hat, alles so zu arrangieren, dass er in jener Nacht stirbt. Wenn Jeb ihn nicht zufällig entdeckt hätte, wäre er jetzt tot.«

»Das hatte ich ganz vergessen«, gestand Anne. Unglücklich fügte sie hinzu:

»Und natürlich würde Mathew davon profitieren, wenn Lord Joslyn sterben würde.«

Barnaby war sich sehr wohl bewusst, dass Mathew von allen am meisten durch seinen Tod zu gewinnen hätte, aber er konnte sich ihn nicht wirklich als Mörder vorstellen. Nachdem sie die Damen verabschiedet hatten, begaben sich die vier Herren ins Arbeitszimmer. Barnaby schenkte Brandy ein und betrachtete dabei verstohlen seinen ältesten Cousin. Nein, er konnte ihn immer noch nicht in der Rolle des Mörders sehen.

Sobald alle mit Brandy oder – in Thomas' Fall – mit Portwein versorgt waren und sich in dem männlich eleganten Raum verteilt hatten, erkundigte sich Barnaby:

»Also, was oder wem verdanke ich diese Ehre?«

»Lord Padgett«, antwortete Simon.

Mathew, der in der Nähe des Kamins aus goldgemasertem schwarzem Marmor stand, warf Simon einen verärgerten Blick zu. Am anderen Ende des Kaminsimses hatte sich Simon lässig in einem schwarzen Ledersessel niedergelassen und grinste seinen Bruder an.

Barnaby zog die Brauen zusammen.

»Lord Padgett? Ich fürchte, ich erkenne den Namen nicht wieder.«

»Ich denke nicht, dass du ihn kennengelernt hast. Er ist ein Freund von mir«, erklärte Thomas, der seitlich von Mathew stand.

»Ich bin Padgett zufällig in London auf der Straße begegnet, und er hat erwähnt, dass er gerade aus Eastbourne zurückgekehrt sei, wo er seine Jacht vor Anker liegen hat. Ihm ist aufgefallen, dass die Joslyn-Jacht nicht an ihrem Anlegeplatz war. Sagte, sie sei mehrere Tage nicht da gewesen. Selbstverständlich dachte ich, davon müsste Mathew unterrichtet werden.«

»Selbstverständlich«, sagte Barnaby und dachte bei sich, dass ihm Simons Respektlosigkeit wesentlich lieber war als Thomas' selbstgerechte Erzählweise.

»Wie du sicher weißt«, begann Mathew vorsichtig, »ist es nicht gerade die Jahreszeit, zu der man Segeltörns unternimmt. Thomas hat sich Sorgen gemacht, du wärest vielleicht mit dem Boot aufs Meer hinausgefahren und …«

»Ertrunken?«, fragte Barnaby spöttisch, der nicht weit von Simon saß.

Simon kicherte hämisch, und Mathew wirkte peinlich berührt.

Thomas starrte Simon finster an.

»Musst du immer den Narren spielen?«

Als Simon Anstalten machte, darauf etwas zu antworten, wandte Barnaby den Kopf und hielt ihn mit einem Blick davon ab. Leicht verlegen ließ sich Simon tiefer in seinen Stuhl sinken. »Lieber ein Narr als eine zimperliche alte Jungfer«, murmelte er leise in seinen Brandy, sodass nur Barnaby ihn verstand.

Barnaby stimmte Simon zu, und ihm war auch nicht entgangen, dass sie sich in zwei Lager aufgeteilt hatten. Am einen Ende des Kamins standen Thomas und Mathew praktisch Schulter an Schulter, und er und Simon saßen am anderen Ende. Jeder, der hereinschaute, würde annehmen, Simon sei auf seiner Seite. ... Durfte er es wagen, Simon zu vertrauen?

»Ich kann nicht so tun«, erklärte Mathew durch zusammengebissene Zähne, »als ob mir dein Tod nicht zum Vorteil gereichen würde. Oder dass ich an deinem Grab Tränen vergießen würde, aber ... alles, was recht ist! Trau mir nicht immer gleich das Schlimmste zu.« Mathew holte tief Luft und zügelte sein Temperament.

»Nachdem ich wusste, dass die Jacht nicht da war, wo sie sein sollte, schien es mir angemessen nachzusehen, wie es dir geht ... und ob alles mit der Jacht in Ordnung ist. Da Simon ohnehin bei mir auf *Monks Abbey* war, als Tom mir die Neuigkeit überbracht hat, schien es uns vernünftig, wenn wir alle kommen. Keiner von uns«, fügte er scharf hinzu, »ist als Geier hier aufgetaucht.« Seine blauen Augen blitzten wütend, als er feststellte:

»Und ich verwahre mich gegen die Unterstellung, dass es anders sei.«

Barnaby glaubte ihm. Sein Cousin war aufrichtig empört über die Vorstellung, dass Barnaby ihm zutraute, sich über den Tod eines anderen Mannes zu freuen – selbst wenn er ihn nicht gemocht hatte. Mathew würde ihm offen gegenübertreten, in einem fairen Kampf. Davon war Barnaby überzeugt.

»Davon spreche ich dich frei«, erwiderte Barnaby ruhig, »und ich entschuldige mich, dass ich angedeutet habe, dein Tun sei irgendetwas anderes als das eines Ehrenmannes.«

»Danke«, entgegnete Mathew steif.

»Wusstest du das schon von der Jacht?«, fragte Simon und musterte Barnaby eindringlich.

Barnaby erwog kurz, ihnen die Wahrheit zu erzählen über die Ereignisse der Nacht, in der er aus dem Ärmelkanal gerettet worden war, entschied sich dann aber aus verschiedenen Gründen dagegen. Bis auf eine Handvoll Leute wusste niemand davon, und dabei wollte er es am liebsten belassen. Allein schon der Gedanke, erklären zu müssen, warum er und andere über den Grund seiner Unpässlichkeit gelogen hatten, ließ ihn zusammenzucken. Schlimmer noch, wenn man Emily und Anne Glauben schenkte, so hatte seine bloße Anwesenheit auf *Windmere* schon genug Gerede verursacht. Die Nachricht, dass er knapp dem Tode entronnen war, würde in der Gegend das Tagesgespräch sein, und darauf konnte er wahrlich verzichten, danke sehr.

Barnaby verwob das, was seiner Ansicht nach geschehen sein musste, mit einer Geschichte, die er sich ausdachte:

»Die Jacht war letzten Dienstag vor zwei Wochen in Eastbourne, als ich auf der Durchreise dort haltgemacht habe. Wenn sie jetzt verschwunden ist, dann muss es danach geschehen sein.«

Simon erwiderte nachdenklich:

»Ich wette, es ist diese verfluchte Nolles-Bande.« Er schüttelte den Kopf.

»Und wenn sie die Jacht gestohlen haben, dann liegt sie höchstwahrscheinlich inzwischen auf dem Grund des Kanals ... oder ist so verändert, dass wir sie nie wiedererkennen würden.«

Barnaby wusste sehr gut, dass sie sich tatsächlich auf dem Meeresboden befand.

»Die Nolles-Bande?«, erkundigte er sich. »Das ist jetzt das zweite Mal, dass ich diesen Namen höre. Wer ist das?«

Mathew seufzte.

»Es handelt sich um eine üble Schmugglerbande, die hier nahezu uneingeschränkt schaltet und waltet. Die Zolloffiziere und Behörden versuchen schon seit Jahren, ihr das Rückgrat zu brechen, aber bislang vergebens. Beinahe jeder im Umkreis von ein paar Meilen hier und auch *Monks Abbey* gehört entweder zur Bande oder ist mit einem Mitglied verwandt. Oder fürchtet sie.«

Thomas nahm einen Schluck von seinem Portwein.

»Man erzählt sich, sie hätten einen reichen Londoner im Rücken, der es ihnen ermöglicht, sich die größten Brocken auf dem Schmuggelmarkt zu sichern. Die Menge Schmuggelware, die sie umsetzen, soll phänomenal sein.«

Mathew nickte bestätigend.

»Dass sie seit sechs bis acht Jahren einen reichen Finanzier im Hintergrund haben, ist beileibe kein Geheimnis. Davor waren Will Nolles und seine Kumpane nicht mehr als jede andere Schmugglerbande in der Gegend. Aber seit sie Geld in der Hinterhand haben, sind sie sehr mächtig geworden – eine Macht, der man besser gehorcht und die allseits gefürchtet ist.«

»Es scheint mir, wenn es gelingt, ihren … äh Förderer auffliegen zu lassen, wäre das Problem gelöst«, erklärte Barnaby.

»Ja, natürlich, aber niemand scheint irgendetwas über ihn zu wissen – er ist wie ein Gespenst.« Mathew wirkte irgendwie niedergeschlagen.

»Und unseligerweise versorgt er die Nolles-Bande mit den Mitteln, immer größere Ladungen Schmuggelgut zu erwerben und mehr Männer anzuheuern, was ihnen mehr Einfluss und Macht verschafft.« Mathew seufzte.

»Die Zollfahndung zahlt so schlecht, dass viele der Männer, die eigentlich hier stationiert sind, um dem Schmuggel ein Ende zu setzen, gerne bereit sind, Bestechungsgelder zu nehmen und ein angenehmes Leben zu führen, indem sie einfach ignorieren, was direkt unter ihren Nasen geschieht.«

»Schmuggel ist einfach eine Art Tradition an der Küste – besonders hier in Sussex und Kent«, stellte Simon in trockenem Ton fest.

»Du wirst dich schwertun, irgendwen zu finden, der nicht auf die eine oder andere Weise damit zu tun hat.« Er hob eine Braue.

»Wusstest du, dass vor Jahrzehnten einmal einer unserer weniger illustren Vorfahren ein Schmuggler war?« Er grinste.

»Es heißt, der Großteil des Familienvermögens stamme aus seiner findigen Nutzung der Tunnel und Keller unter *Windmere*. Der Legende nach hat er dort gewaltige Mengen Schmuggelgut gelagert, bis es sicher war, die Sachen nach London zu schaffen.«

Barnaby setzte sich auf.

»Tunnel? Unter *Windmere*?«

»Das alte Gemäuer ist voll davon«, erwiderte Simon.

Thomas lachte leise.

»Als wir noch Kinder waren, haben Matt, Simon und ich immer in ihnen gespielt, wenn wir zu Besuch hier waren. Es war unser Lieblingsplatz – wir haben so getan, als seien wir gefährliche Schmuggler. Miss Townsend, Faith Gilbert und Miss Broadfoot und ab und zu sogar Jeffery Townsend waren auch dabei. Es gab noch ein paar andere, aber ihre Namen wollen mir im Moment einfach nicht einfallen. Es war jedenfalls ein riesiger Spaß, das kann ich dir sagen.«

Mit einem leisen Lächeln auf den Lippen erklärte Mathew:

»Oh Himmel, was für einen Spaß hatten wir damit, die kreischenden Mädchen zu jagen oder ihre Beschützer zu spielen gegen die schändlichen Schmuggler.«

»Also ist es etwas völlig Normales, so etwas wie die Nolles-Bande in der Nähe zu haben?«, wollte Barnaby wissen und machte sich im Geiste einen Vermerk zu den Tunneln.

Simon schüttelte den Kopf.

»Der meiste Schmuggel wird von kleinen Gruppen durchgeführt, meistens arme Fischer, die damit ihre Familien ernähren, aber die Nolles-Bande – mit denen ist nicht zu spaßen. Sie sind wirklich übel.«

»In der Tat. Ich habe Gerüchte gehört, dass es hier in der Gegend seit ein paar Jahren noch eine kleine Schmugglerbande gibt«, sagte Thomas. Und mit beinahe etwas wie Genugtuung fügte er hinzu:

»Aber nicht mehr lange – Will Nolles und seine Freunde werden dafür sorgen. Sie dulden keine Konkurrenz ... egal welche.« Er schaute zu Mathew.

»Erinnerst du dich noch? Vor vier oder fünf Jahren, als sie ...«

»Ich denke nicht, dass wir unseren Cousin mit Geschichten von dem Treiben gewalttätiger Verbrecher ergötzen müssen«, stellte Mathew fest.

Barnaby hätte sehr gerne mehr über diese Nolles-Bande erfahren, und das hatte zu einem nicht geringen Teil damit zu tun, dass nicht auszuschließen war, dass sie für Emily und die Gilberts eine Gefahr darstellten. Am liebsten hätte er weitergefragt, aber er beschloss, es sei besser, nicht zu viel Interesse vor den Joslyns zu zeigen. Es gab andere Mittel und Wege herauszufinden, was er wissen musste. Die Information über die Tunnel und ihre Verbindung zum Schmuggel war interessant, sagte er sich, und verdiente es, in den nächsten Wochen näher betrachtet zu werden.

Die Herren trennten sich für den Abend, und Barnaby war in Gedanken versunken, als er in sein Schlafzimmer trat und zum Ankleidezimmer ging. Als er durch die Tür kam, sah er sofort den in Smaragdgrün und Gold bestickten Morgenmantel, den Lamb für ihn über einen Stuhl gelegt hatte, und begann sich auszukleiden.

Er läutete nach Lamb und zog sich zu Ende aus, dann streifte er sich den Morgenmantel über. Als Lamb eintraf, war er im Salon, der sich an das Schlafzimmer anschloss, und blickte in die gelborangen Flammen auf dem Rost des großen Steinkamins.

Mit einem Wink zu den verschiedenen Spirituosen auf dem langen Sideboard auf der anderen Seite des Raumes sagte er:

»Bedien dich und schenk mir bitte einen Brandy ein, wenn du ohnehin dabei bist.«

Nachdem er Brandy in zwei Gläser gefüllt hatte, ging Lamb zu ihm und gab ihm eines davon. Er selbst nahm danach auf einem Sessel Platz und streckte die langen Beine zum Feuer, wobei er Barnaby fragend anschaute.

»Ich möchte, dass du versuchst, so viel wie nur möglich über einen Kerl namens Kelsey herauszufinden«, erklärte Barnaby, »er könnte heute Nachmittag hier gewesen sein.«

John schüttelte verwundert den Kopf.

»Wie, zur Hölle, weißt du von ihm und dass dein Stallmeister Jamieson ihn gnadenlos hat abblitzen lassen.«

»Das wusste ich nicht, aber ich weiß, dass er der Grund dafür war, dass die beiden Damen Townsend mit ihrem Einspänner im Graben gelandet sind«, erwiderte Barnaby.

»Ich hörte Miss Townsend diesbezüglich etwas zu ihrer Stiefmutter sagen, dass ›dieser grässliche Kelsey‹ sie von der Straße gedrängt habe. Nachdem der Unfall praktisch vor dem Tor zu *Windmere* passiert ist, schien es vorstellbar, dass er hier war.«

»Nun, ich kann dir verraten, dass Kelsey in den Stallungen aufgetaucht ist, gerade als ich mich heute am späten Nachmittag mit Jamieson besprach, übrigens ein ausgezeichneter Mann, und sich nach Arbeit erkundigt hat. Jamieson kannte ihn bereits – bis vor Kurzem war er Stallmeister bei Squire Townsend. Kelsey war betrunken und unverschämt, bestimmt nicht jemand, den du gerne in deinen Diensten hättest – selbst wenn du jemanden einstellen wolltest. Jamieson versuchte höflich abzulehnen, aber Kelsey wollte davon nichts wissen und wurde ausfallend.« John grinste. »Das Ende vom Lied war, dass Jamieson ihm einen netten rechten Kinnhaken versetzt hat, wie ich ihn selten gesehen habe, und nachdem Kelsey sich vom Boden aufgeklaubt hatte, hat er ihn seiner Wege geschickt.«

Barnaby dachte darüber kurz nach und fragte sich, ob er der Sache weiter nachgehen sollte. Es war kein dauerhafter Schaden angerichtet, und der Unfall hatte ihm die Gelegenheit verschafft, Zeit mit Emily Townsend zu verbringen. Er würde es fürs Erste auf sich beruhen lassen, entschied er, aber Kelsey sollte besser dafür sorgen, dass er ihm nicht wieder auffiel.

»Möchtest du, dass ich mehr über ihn in Erfahrung bringe?«, fragte John.

Barnaby schüttelte den Kopf.

»Nein, das ist nicht nötig. Lassen wir es dabei bewenden. Aber sag mal, hast du irgendetwas über eine Schmugglerbande mit dem Namen Nolles-Bande gehört? Der Anführer muss ein gewisser Will Nolles sein.«

Lamb nickte.

»An meinem ersten Tag hier hat mir einer der Lakaien genüsslich und haarklein alles über Will Nolles und seine Bande erzählt.« Lamb schwenkte seinen Brandy. »Ich glaube, er wollte mir Angst einjagen.«

»Und, ist es ihm gelungen?«, fragte Barnaby grinsend.

Lamb schnaubte abfällig.

»Schwerlich. Aber warum hast du Interesse an einer Bande Schmuggler?«

Barnaby zögerte. Lamb wusste von seiner Begegnung mit Gevatter Tod und dass der Fischer Jeb Brown ihn gerettet hatte, aber nichts über Emily Townsend oder den Umstand, dass er vermutete, Jeb und die Gilberts seien Schmuggler. Und er würde einen Beutel Goldguineen darauf wetten, dass sie genau die kleine Bande waren, die Thomas heute Abend erwähnt hatte. Er hatte nur selten Geheimnisse vor John, und er sah keinen Grund, ihm nicht die ganze Wahrheit zu sagen.

Sich sein Ohr reibend bemerkte Barnaby:

»Äh, da ist noch etwas mehr dran, an meinem Beinahe-Ertrinken, als ich dir anfangs erzählt habe.«

»Das wusste ich doch!«, entfuhr es Lamb, und er setzte sich aufrechter hin.

»Du warst immer schon ein schlechter Lügner, und da war etwas … Also, was ist in Wahrheit geschehen?«

Kurz und knapp berichtete Barnaby, was sich alles in der Nacht in der *Krone* zugetragen hatte.

Als er fertig war, grinste Lamb vom einen Ohr zum anderen.

»Also ist es die schmuggelnde Amazone, die dein Interesse geweckt hat. Ich habe mir schon gedacht, dass es mehr als bloße Freundlichkeit auf deiner Seite war, die hinter deinem Verhalten heute Abend stand.«

»Nein, ich habe an keiner der beiden Townsends Interesse – außer rein nachbarschaftlich«, log Barnaby und fluchte angesichts des wissenden Blickes, mit dem Lamb ihn bedachte.

»Aber ich stehe tief in der Schuld bei Emily Townsend und den Gilberts«, fuhr er fort, »und wenn ich sie vor Schaden durch diese Nolles-Bande bewahre und das hilft, ihnen ihre Hilfe und Freundlichkeit zu vergelten, dann bin ich mehr als bereit, es zu tun.« Er schnitt eine Grimasse.

»Und nachdem ich Leutnant Deering kennengelernt habe … der junge Mann ist genau das, was die Zollfahndung verzweifelt benötigt: ehrlich, pflichtbewusst und entschlossen, seine Aufgabe zu erfüllen. Ich bin bereit, ihm auf jede nur mögliche Weise zu helfen, um die Nolles-Bande dingfest zu machen. Und gleichzeitig muss er von der Gilbert-Bande weggelockt werden.«

Lamb zuckte die Achseln, aber in seinen Augen stand ein spöttisches Funkeln.

»Natürlich«, bemerkte er glatt, »du bist edel und gut und begleichst nur eine Schuld. Wie überaus ritterlich von dir.«

»Sag mir, was du über die Nolles-Bande weißt«, verlangte Barnaby in einem Ton, dem sogar Lamb gehorchte.

Das spöttische Funkeln verschwand aus seinem Blick, und mit gerunzelter Stirn sagte er:

»Der Lakai war nicht der Einzige auf *Windmere*, der sie erwähnt hat, seit ich hier bin. Anhand dessen, was ich mehr oder weniger zufällig mit angehört habe, scheint es mir, als ob mehrere Mitglieder deiner Dienerschaft mit ihnen entweder verwandt oder verschwägert sind – oder gelegentlich mit ihnen arbeiten.« Er schüttelte den Kopf. »Fast ausnahmslos sind alle auf der Seite der Schmuggler und gegen die Zöllner und die Behörden.«

Barnaby seufzte.

»Ich habe schon befürchtet, dass du so etwas sagen würdest. Wie viele aus meiner Dienerschaft haben Verbindungen zu der Bande?«

Lamb zögerte.

»Während sie offen ganz Allgemeines erzählen, bin ich nicht in Einzelheiten eingeweiht – und gelegentlich enden Unterhaltungen jäh, wenn ich den Raum betrete, aber ich habe mir dennoch das eine oder andere zusammenreimen können. Ich denke, der jüngste Sohn deines Kutschers ist Teil der Bande, und die Tochter der Köchin ist mit jemandem verheiratet, der der Bande manchmal beim Transport der Waren hilft. Eine der Spülmägde hat eine Bemerkung fallen lassen, die mich zu der Vermutung verleitet, dass ihr Vater das ebenfalls tut, und Mrs Bartlett hat auch eine Verbindung zu Nolles und seinen Leuten, allerdings weiß ich nicht, welche.«

»Und was kannst du mir über die Bande selbst erzählen?«, fragte Barnaby mit zusammengezogenen Brauen.

»Nicht viel, und wie viel davon wahr ist und wie viel Übertreibung, um den amerikanischen Neuankömmling entweder zu beeindrucken oder einzuschüchtern, kann ich nicht sagen«, warnte er.

Als Barnaby ihm mit einer Handbewegung zu verstehen gab, weiterzusprechen, sagte Lamb:

»Es ist eine große Bande – über sechzig Mitglieder, wenn das, was ich gehört habe, stimmt. Will Nolles ist der Anführer. Er hat als einfacher Fischer und unbedeutendes Mitglied vor ungefähr acht Jahren angefangen und sich seitdem stetig nach oben gearbeitet. Inzwischen ist er Kapitän einer kleinen Fischereiflotte und besitzt das größte Gasthaus der Gegend, das *Ram's Head.*« Lamb verzog das Gesicht.

»Eine echte Erfolgsgeschichte – und ich befürchte, jeder junge Bursche aus der Gegend strebt an, ihm nachzueifern.«

»Und wo kann man diesen Nolles finden?«

»Im *Ram's Head* – die Konkurrenz von deiner Mrs Gilbert.« Er schaute Barnaby in die Augen. »Zum Tod ihres Mannes vor fünf Jahren gibt es ein paar offene Fragen. Er ist gestorben, nachdem er eines Nachts das *Ram's Head* besucht hatte, um sich bei Nolles darüber zu beschweren, dass mehrere Stammgäste der *Krone* belästigt worden seien und ihnen nahegelegt worden sei, besser das *Ram's Head* zu besuchen, da das ihrer Gesundheit zuträglicher wäre. Es sieht so aus, als ob jeder, der sich ihm entgegenstellt, ein unseliges Ende erleidet.«

»Hört sich nicht nett an, dieser Nolles«, bemerkte Barnaby.

»Jedenfalls niemand, den man auf die leichte Schulter nehmen sollte, wenn man den Gerüchten glaubt.«

Barnaby nahm einen langen Schluck von seinem Brandy.

»Ich denke«, erklärte er leise, während er den Schwenker auf das Kaminsims stellte, »dass ich mir wohl selbst ein Bild davon machen muss, ob ich den *Ram's Head* ebenso reizvoll finden kann wie die *Krone.*«

Lamb, dem Barnabys Gesichtsausdruck nicht gefiel, erwiderte:

»Habe ich schon erwähnt, dass mehrere Mitglieder der Bande regelmäßig im *Ram's Head* anzutreffen sind, und dass Nolles sich selten ohne ein halbes Dutzend von ihnen in seiner unmittelbaren Umgebung blicken lässt?«

Barnaby zuckte die Achseln.

»Ich bezweifle, dass sie mich mitten am Tag in aller Öffentlichkeit angreifen.«

»Ich mache mir weniger Sorgen, dass sie dich angreifen könnten, als dass du ein Handgemenge anzettelst, weil du meinst, deine Amazone und die Gilberts verteidigen zu müssen.«

Barnaby setzte eine Unschuldsmiene auf.

»Was für eine alberne Vorstellung – als ob ich mich zu etwas derart Vulgärem herablassen würde wie eine Wirtshausschlägerei!«

»Aber als Mitglied der Aristokratie«, fuhr er fort, »und derjenige mit dem meisten Landbesitz der Gegend ist es meine Bürgerpflicht nachzusehen, ob die Gerüchte stimmen, dass ein ruchloser Schurke wie Nolles einfach die Gesetze missachtet.«

»Ich nehme an, ich kann dich nicht davon überzeugen, dass es unklug wäre, Nolles gegen dich aufzubringen?«

Betont gelangweilt betrachtete Barnaby seine Fingernägel.

»Aufbringen? Wie kommst du nur auf solche Gedanken?«

Lambs Augen wurden schmal. Er kannte diese gelangweilte Miene, und sie verhieß nichts Gutes. Egal, was er sagte, es würde Barnaby nicht davon abhalten, in den nächsten Tagen zum *Ram's Head* zu reiten … und zweifellos, dachte er erbost, dort Unruhe zu stiften.

»Himmel«, fluchte Lamb, »dann lass mich wenigstens mit dir kommen.«

Barnaby lächelte versonnen.

»Aber natürlich. Sicherlich hast du nicht allen Ernstes geglaubt, ich sei dumm genug, meinen Kopf ohne dich an meiner Seite in die Höhle des Löwen zu stecken?«

Kapitel 7

Emily hoffte, sie und Anne könnten zu Hause ankommen, ohne Jeffery oder Mr Ainsworth zu begegnen, aber ihr Glück ließ sie im Stich. Kaum war die Joslyn-Kutsche vor dem alten Herrenhaus zum Stehen gekommen, als Jeffery todesmutig den Regen missachtend neben der Kutsche erschien und schwungvoll den Kutschenschlag öffnete.

Lächelnd schaute er hinein. Sein Lächeln verschwand jedoch, als er erkannte, dass es innen nur zwei Insassen gab, Emily und Anne. Ärgerlich fragte er:

»Hat Lord Joslyn euch nicht nach Hause gebracht?«

»Nein«, antwortete Emily und stieg aus, dicht gefolgt von Anne. Mit Jeffery auf den Fersen eilten die beiden Frauen ins Haus.

Innen empfing sie Walker, der Butler der Familie, und nahm ihnen geschickt die wieder nass gewordenen Umhänge ab und deutete auf die Tür zu dem kleinen Blauen Salon, wo sie, wie er sagte, ein warmes Feuer und eine schöne Kanne Tee erwartete. Mit einem verschmitzten Funkeln in seinen blauen Augen flüsterte er Emily zu:

»Ihre Großtante brennt darauf, bis ins letzte Detail alles über Ihre Zeit bei Lord Joslyn zu erfahren.« Er räusperte sich.

»Sie wissen, wie sehr sie die Familie schätzt.«

Emily musste sich ein Lachen verkneifen.

»Ja, ich erinnere mich daran, etwas in der Richtung gehört zu haben.«

Cornelia war nicht die Einzige, die im Salon auf sie wartete. Lässig an den Kamin aus cremefarbenem Marmor gelehnt stand Mr Ainsworth.

An ihm war nichts in irgendeiner Weise Bemerkenswertes. Er war weder groß noch klein, weder dünn noch dick, und wenn auch nicht ausgesprochen gut aussehend, so war er auch nicht unattraktiv. Seine Augen waren von einem klaren Grau, sein Haar wies ein helles Braun auf, und sein Körperbau war weder muskulös noch schlaff, sondern irgendetwas dazwischen. Er war Emilys Ansicht nach in keiner Weise erinnerungswürdig – und sie sehnte sich nach dem Tag, an dem er nicht mehr war als eine blasse Erinnerung – die man am liebsten möglichst rasch und gründlich vergessen würde.

Ordentlich in einen dunkelblauen Rock gekleidet, in taubengraue Hosen und schwarze Ziegenlederschuhe mit Absätzen hob er sein Monokel und beäugte die Damen, als sie ins Zimmer kamen. Als sein Blick auf sie fiel, hatte Emily das Gefühl, als würde ihr züchtiger Ausschnitt bis zur Taille rutschen und ihren Busen entblößen. An dem hellen Rosa auf Annes Wangen erkannte sie, dass es ihrer Stiefmutter nicht anders erging.

Anfangs, kurz nach seiner Ankunft auf *The Birches*, hatten Emily und die beiden anderen Damen ihn höflich behandelt – schließlich war er Gast –, aber sie hatten ihn bald durchschaut, so wie alle anderen im Haushalt. Die Mehrheit der Bewohner von *The Birches* verabscheute Mr Ainsworth von Herzen, nur unwesentlich weniger heftig als Jeffery. Sobald sie begriffen hatten, dass sie einen ausgemachten Wüstling in ihrer Mitte hatten, sahen Emily und Cornelia nicht länger ein, warum sie Mr Ainsworths lüsterne Blicke und seine obszönen Anspielungen widerspruchslos hinnehmen sollten. Fortan verschwendeten sie keine Zeit und ließen ihn ihre scharfen Zungen spüren. Anne, die ein weniger kampfeslustiges Wesen besaß, ging ihm nach Kräften aus dem Weg und litt stumm, wenn sie seine Gegenwart ertragen musste – was aber nur selten der Fall war, dank Emilys und Cornelias Wachsamkeit.

Emily war nicht in der Stimmung, seine unverschämte Musterung ungestraft über sich ergehen zu lassen, und erkundigte sich mit mildem Interesse:

»Sind Sie sich eigentlich des Umstandes bewusst, Mr Ainsworth, wie grässlich das Monokel Ihr Auge verzerrt?« Sie erschauerte.

»Der Anblick dieser riesigen Kugel, die auf einen gerichtet ist, reicht wirklich aus, zartbesaiteten Naturen Albträume zu verursachen.« Mit einem Lächeln so freundlich wie ein Haifisch fügte sie hinzu:

»Glücklicherweise gehöre ich nicht dazu, aber ich an Ihrer Stelle würde mir gut überlegen, wen ich durch das Monokel betrachte.«

Mr Ainsworth ließ das Monokel fallen, als hätte er sich daran verbrannt, und starrte sie finster an.

»Emily!«, rief Jeffery, der hinter ihr ins Zimmer gekommen war, »wo bleiben deine Manieren? Mr Ainsworth ist ein Gast.«

»Nicht meiner«, erwiderte Emily halblaut und ging zu Cornelia, um sich neben sie zu setzen. Cornelia hatte alles mit einem Lächeln verfolgt. Sie tätschelte Emily die Hand, die sie auf die Lehne gelegt hatte, und murmelte ihr zu:

»So ist's recht. Lass dich nicht unterkriegen.«

Jefferys Gesicht verfärbte sich weiter, und er machte einen drohenden Schritt nach vorne, nur um von Anne behindert zu werden, die ihm eine Tasse hinhielt.

»Tee?«, fragte sie fröhlich.

Jeffery rang darum, seine Fassung wiederzugewinnen. Außer Ainsworth gegenüber hatte er zu niemandem etwas über seine Begegnung mit Lord Joslyn in der Nacht neulich im Gasthof gesagt. In der Hoffnung, verlorenen Boden zurückzugewinnen, war er entzückt gewesen über die Nachricht, dass Lord Joslyn Anne und Emily gerettet hatte. Er war sich sicher gewesen, dass der Viscount die Damen nach Hause geleiten würde, und er hatte sich auf die Gelegenheit gefreut, sich selbst in einem günstigeren Licht darzustellen … und darüber, der Erste in der Umgebung zu sein, der Lord Joslyn als Gast begrüßen durfte. Dass Seine Lordschaft die Damen nicht nach Hause begleitet hatte, war ein Rückschlag, und jetzt benahm sich seine verflixte Cousine auch noch seinem Gast gegenüber mit ihrer gewohnten Missachtung für alles, was auch nur entfernt an Höflichkeit erinnerte. Himmel, wenn er ihr *nicht* eines Tages das Genick brach, dann war das ein Wunder. Er atmete schwer durch die Nase, schob Tasse samt Untertasse beiseite und sagte barsch:

»Nein, danke. Ich bin nicht in der Stimmung für Tee.«

Anne verkniff sich ein Lächeln und wandte sich ab, dann nahm sie bei den beiden anderen Frauen Platz. Sie schaute Cornelia an und fragte:

»Kann ich dir etwas holen? Tee? Oder ein paar von den leckeren Zitronenkuchen, die Mrs Spalding für uns gebacken hat?«

Cornelia lehnte dankend ab und schaute erwartungsvoll von Anne zu Emily, dann wollte sie wissen:

»Nun? Jetzt, da ihr die Gelegenheit hattet, etwas Zeit in seiner Gesellschaft zu verbringen, was haltet ihr von dem neuen Lord Joslyn?« Sie hob mahnend einen Finger.

»Und seid nicht schüchtern.«

»Um Himmels willen«, platzte es aus Jeffery heraus, während er sich ein Glas Portwein aus der Karaffe auf dem Teetablett einschenkte.

»Ich habe es so satt, wie die Frauen in der ganzen Gegend verrücktspielen wegen Lord Joslyn.« Er rümpfte die Nase. »Glaubt mir, er ist auch bloß ein Mann wie alle anderen. Wenn man euch hört, könnte man meinen, der Kerl kann übers Wasser gehen.«

»Ich glaube mich daran zu erinnern, dass du vorhin noch hier überall herumstolziert bist und von nichts anderem reden konntest, als dass er Emily und Anne heimbegleiten würde«, bemerkte Cornelia. »Man hätte fast zu der irrigen Ansicht kommen können, dass du ihn selbst dringend treffen wolltest.«

Jeffery ignorierte diese Spitze und nahm einen Schluck Portwein, dabei malte er sich aus, wie die alte Hexe gucken würde, wenn er seine Neuigkeit verkündete. Überlegen erklärte er:

»Ich *habe* ihn bereits getroffen.«

Da die Damen vor ein paar Tagen von Flora eine haargenaue Beschreibung dieses Treffens gehört hatten, verdienten ihre überraschten Mienen Applaus.

Nach einer kleinen Pause, in der sich Jeffery zur Wirkung seiner Ankündigung beglückwünschte, erkundigte sich Cornelia mit der richtigen Menge Erstaunen in ihrer Stimme:

»Und du hast die ganze Zeit kein Wort gesagt?«

»Oje«, erklärte Anne mit großen unschuldigen Augen, »wie aufregend! Wann bist du ihm denn begegnet?«

»Ja«, pflichtete ihr Emily bei, deren Skepsis genau den richtigen Ton traf, »sag uns, wann du ihm begegnet bist.« Sie nahm einen Schluck Tee. Sie schaute über den Rand ihrer Tasse und fragte:

»War es erst vor Kurzem? Warum hast du niemandem etwas erzählt?«

Ainsworth räusperte sich und murmelte:

»Mir gegenüber hat er es vor ein paar Wochen erwähnt.«

Cornelia beehrte ihn mit einem Blick, dass er einen Schritt nach hinten machte, ehe sie ihre Aufmerksamkeit wieder auf Jeffery richtete.

»Bitte, erzähl uns alles über die Begegnung«, drängte sie den Squire. Sie ließ sogar ihre Wimpern flattern, achtete aber darauf, nicht zu sehr zu übertreiben. »Du weißt doch, wie dringend wir wissen wollen, wie er auf einen Mann wirkt.«

Jeffery blickte sie misstrauisch an, aber Cornelia hatte ihre Mimik unter Kontrolle. Obenhin antwortete er:

»Ich habe ihn vor etwa vierzehn Tagen getroffen, als er in der *Krone* war.«

Emily runzelte die Stirn.

»Aber war er da nicht krank? Ich bin mir sicher, Mrs Gilbert hat irgendetwas darüber gesagt, dass der arme Mann so krank war, dass er nicht einmal sein Zimmer verlassen hat.« Sie gab sich den Anschein, als käme ihr gerade ein Gedanke, und sie blickte ihn schief von der Seite an.

»Oh Jeffery, jetzt sag aber bitte nicht, dass du so entschlossen warst, der Erste zu sein, der ihn kennenlernt, dass du dich ihm aufgedrängt hast, während er krank war.«

»Ich habe mich ihm nicht aufgedrängt«, erklärte er durch zusammengebissene Zähne. Erbitterung machte sich in seiner Brust breit. Das hier war alles allein ihre Schuld. Wenn sie in ihrem Schlafzimmer gewesen wäre, wo sie hingehörte, als er in jener Nacht nach ihr gesehen hatte, hätte er nicht durch das Unwetter reiten müssen, um sie zu suchen. Und er hätte dabei nicht in Lord Joslyns Zimmer eindringen müssen. Von dem verspäteten Wunsch beseelt, das Thema nie angeschnitten zu haben, beschwerte er sich:

»Der Mann hat keinen besonderen Eindruck auf mich

gemacht, und ich verstehe einfach nicht, warum alle so wild darauf sind, seine Bekanntschaft zu machen.«

»Dann bist du ein größerer Narr, als man auf den ersten Blick sieht«, sagte Cornelia spitz. »Gütiger Himmel, Mann, benutz deinen Kopf!« Sie zählte die einzelnen Punkte an ihren knochigen Fingern ab:

»Er ist nicht verheiratet. Er besitzt einen alten angesehenen Titel. Er ist reich. Ihm gehört einer der größten und prächtigsten Landsitze der Gegend. Kein Wunder, dass jede heiratsfähige Frau oder diejenigen mit heiratsfähigen Töchtern sich nichts sehnlicher wünschen, als ihn kennenzulernen.« Sie lächelte Emily und Anne zu. »Und man denke nur, unsere beiden Süßen sind allen anderen zuvorgekommen.«

Emily und Anne wechselten einen Blick, dann sahen sie zu Cornelia.

»Äh ... du willst doch nicht etwa andeuten, dass eine von uns am Ende ...«, begann Emily unbehaglich.

Jeffery, dem die Wendung, die diese Unterhaltung nahm, wieder mehr zusagte, richtete sich auf. Wenn er Anne mit Ainsworth verheiraten konnte und Emily mit Lord Joslyn ... fast hätte er sich die Hände gerieben. *The Birches* würde ihm gehören ohne die störende Anwesenheit dieser verflixten Frauenzimmer. Selbst Cornelia würde nicht mehr da sein – sie würde entweder bei Emily oder Anne leben oder ... oder, überlegte er boshaft, sie würde einen fatalen Sturz auf der Treppe erleiden – und wenn er sie höchstpersönlich hinabstoßen musste.

»Ausgezeichnete Idee!«, sagte Jeffery. Mit einem gütigen Lächeln zu Emily bemerkte er:

»Du würdest eine hervorragende Countess abgeben, meine Liebe – und denk nur, wie stolz dein Vater auf diese Ehre gewesen wäre.«

Emily starrte ihn finster an. Sie wusste genau, was er dachte – Anne in eine Ehe mit Ainsworth zwingen und dann irgendwie ihre Hochzeit mit Joslyn in die Wege leiten. Ihr fiel wieder ihre Reaktion auf Lord Joslyn ein, als er vorhin auf *Windmere* den Morgensalon betreten hatte, und es durchlief sie ein seltsames Gefühl bei dem Gedanken daran, mit ihm verheiratet zu sein. Es war beileibe kein unangenehmes Gefühl, aber ebenso wenig war es angenehm. Vor allem, entschied sie, war es beunruhigend … und vielleicht ein klein bisschen aufregend?

Das Flattern in ihrem Bauch nicht weiter beachtend, sagte Emily:

»Was für ein Blödsinn! Ich wünsche Lord Joslyn alles Gute in Bezug auf seine Ehe, aber ich bin *nicht* im Rennen.«

Damit erhob sie sich, schüttelte ihre Röcke aus und erklärte:

»Und nun, wenn es niemanden stört, möchte ich ins Bett. Es war ein langer und anstrengender Tag.«

»Allerdings«, stimmte Anne ihr zu, die anmutig auf die Füße kam, Emilys Vorbild folgend. Sie lächelte die Herren an.

»Es ist schon spät, und ich bin sicher, die Herren haben Verständnis.«

Cornelia lachte gackernd.

»Es wäre auch egal, wenn sie es nicht hätten. Townsend-Frauen tun immer, was sie wollen.« Sie stand von ihrem Stuhl auf und humpelte zur Tür, wobei sie bei jedem Schritt mit dem Gehstock dumpf auf den Boden klopfte.

Ehe Jeffery oder Ainsworth Einspruch erheben konnten, hatten die drei Frauen den Raum verlassen.

Allein gelassen schaute Ainsworth Jeffery finster an.

»Ich möchte dich daran erinnern«, erklärte er in kaltem Ton, »dass allmählich die Zeit knapp wird. Wenn ich nicht in weniger als zwei Monaten eine Braut habe, wird mir ein großes Vermögen entgehen. In dem Fall werden deine Schuldscheine fällig, und du verlierst die ansehnliche Summe, die ich dir versprochen habe.« Seine Miene wurde gehässig.

»Meine Zeit hier ist bis jetzt verschwendet gewesen. Ich hätte mich anderswo umtun können und Arrangements mit jemand anderem treffen können, aber du hast mir fest versprochen, dass ich meine Braut bekomme.«

»Es ist ja nicht meine Schuld, dass du die Angelegenheit mit der kleinen Witwe noch nicht geregelt hast«, wandte Jeffery ein.

»Du bist ein Mann von Welt – du kannst ja wohl nicht erwarten, dass ich die Brautwerbung für dich übernehme.«

»Aber ich kann der reizenden Mrs Townsend schwerlich den Hof machen, wenn sie nie da ist«, entgegnete Ainsworth scharf.

»Ich habe mir wirklich Mühe gegeben, aber diese lange Else, deine Cousine, oder die alte Hexe sind ständig in ihrer Nähe.« Vorwurfsvoll sagte er:

»Du erzählst mir seit Wochen, dass du alles arrangieren würdest, aber bislang habe ich keinen Fortschritt erkennen können.«

»Ich kann sie ja schwerlich statt deiner verführen.«

»Keine Sorge, das Verführen schaffe ich allein«, antwortete Ainsworth gedehnt, »aber du musst mir die Gelegenheit dazu verschaffen, ihr nahe genug zu kommen, dass ich sie verführen kann.« Er blickte sich im Zimmer um.

»Da hier die Diener jederzeit hereinplatzen und deine weiblichen Verwandten ständig zusammenhocken, ist es höchst unwahrscheinlich, dass es irgendwo in diesem Haus geschehen wird. Ich brauche Zeit allein mit der Dame, um meine … Verführung zu bewerkstelligen.«

Jeffery wich seinem Blick aus, er wusste schließlich genau, dass sie nicht von Verführung sprachen, sondern von Vergewaltigung. Er hatte nicht gewollt, dass es so weit kam, aber Annes hartnäckige Zurückweisung von Ainsworths Avancen ließ keinen Zweifel daran, dass sie nichts mit ihm zu tun haben wollte. Sie ließ ihnen keine andere Wahl.

Gott sei Dank, überlegte Jeffery, dass Ainsworth sich für die Witwe seines Onkels entschieden hatte und nicht für die zänkische Emily. Er wollte sich Emilys Reaktion auf eine erzwungene Verführung lieber nicht vorstellen. Sie würde sich nicht einfach fügen, und Jeffery war sich nicht sicher, ob sie nicht am Ende, selbst wenn ihr Ruin drohte, doch Ainsworths Heiratsantrag ablehnte. Er erschauerte. Bei Emily war es wesentlich wahrscheinlicher, dass sie Ainsworth mit einem Messer angriff, aber Anne …

Anne war ein süßes Ding, und sobald sie von Ainsworth kompromittiert war, stand für Jeffery außer Frage, dass sie ohne großes Theater ihren Verführer heiraten würde. Er hatte schon vermutet, dass Emily nicht nach Ainsworths Geschmack sein würde, hatte seinem Freud aber die Wahl zwischen beiden Frauen gelassen. Anne würde Ainsworths Wünschen perfekt entsprechen. Ehrlich, es war eine Schande, dass es Ainsworth nicht gelungen war, Annes Zuneigung zu erringen. Es hätte alles für ihn so viel einfacher gemacht. Er seufzte schicksalsergeben, aber nicht glücklich über seine Beteiligung daran, es Ainsworth zu ermöglichen, die Witwe seines Onkels durch und durch zu kompromittieren. Aber was sein muss, muss sein, sagte er sich. Er war zwingend darauf angewiesen, dass Ainsworth ihm diese Schuldscheine zurückgab, die er ihm in einer durchzechten Nacht so leichtfertig geschrieben hatte. Und damit er sicher vor dem Schuldgefängnis war, brauchte er auch die Summe, die Ainsworth ihm zusätzlich versprochen hatte.

Jeffery starrte in sein Glas Portwein und sagte:

»Es kann nicht im Haus sein.«

»Das weiß ich, du Dummkopf!« Ainsworth schlug mit der Faust auf das Kaminsims.

»Aber ich kenne mich in der Gegend nicht gut aus, du hingegen schon. Sicherlich kennst du einen Ort, der sich dafür eignen würde, wo ich mit ihr ungestört sein kann, lang genug, um …«, er lächelte, und in seinen grauen Augen stand ein kalt berechnendes Glitzern, »lang genug, um mein Ziel zu erreichen.«

»Ich weiß etwas«, räumte Jeffery ein. Er räusperte sich.

»Ich habe es gelegentlich selbst benutzt. Es gibt da eine köstlich willige Witwe im Dorf, die sich von Zeit zu Zeit mit mir dort trifft.«

Als Ainsworth ihn interessiert anschaute, fuhr Jeffery fort:

»Es ist ein kleines gemütliches Bauernhaus unweit des Dorfes. Kelseys Mädchen, Rosie aus dem *Ram's Head*, hält es in Schuss … und sie ist verschwiegen.«

Ainsworth runzelte die Stirn.

»Wie nah am Dorf? Es muss abgelegen sein …« Ein unangenehmes Lächeln spielte um seinen Mund.

»Ich bin sicher, die Dame wird protestieren, vielleicht auch etwas lauter, und ich möchte keinesfalls gestört werden.«

»Da musst du dir keine Sorgen machen«, versicherte Jeffery ihm.

»Das Haus liegt eine gute Meile vom Dorfrand entfernt und eine halbe abseits der Straße. In der Tat, wenn man nicht weiß, dass es dort steht, reitet man glatt daran vorbei. Die Zufahrt ist halb zugewuchert, und das Haus selbst ist von hohen Hecken und Bäumen umgeben. Es gibt sogar einen Stall auf der Rückseite, wo man das Pferd und die Kutsche verstecken kann.« Unbehaglich fügte Jeffery hinzu:

»Du musst dir keine Sorgen machen, du könntest gestört werden.«

»Ausgezeichnet«, erwiderte Ainsworth und rieb sich die Hände.

»Wie bald kannst du es fertig haben?«

Innerhalb weniger Minuten war ein Plan geschmiedet.

»Es ist eine Schande, dass du Kelsey entlassen hast«, sagte Ainsworth, als die beiden Männer sich anschickten, den Salon zu verlassen und sich zum Kartenzimmer auf der Rückseite des Hauses zu begeben.

»Er hätte uns helfen können – jedenfalls können wir uns auf keinen anderen Diener hier verlassen, noch nicht einmal auf unsere Kammerdiener.«

»Mir waren die Hände gebunden«, brummte Jeffery, und wieder regte sich Unmut in seiner Brust.

»Cornelia hat mich gezwungen.« Bitter fügte er hinzu:

»Aber es ist Kelseys eigene Schuld. Ich habe ihn gewarnt, sich bei Anne nicht zu viel herauszunehmen, aber er hat nicht auf mich gehört.«

»Sie ist wirklich ein hübscher Happen, nicht wahr?«, bemerkte Ainsworth, als sie durch die Halle schlenderten und dabei an Walker vorbeikamen. Wie Dienstboten ganz allgemein nahm Ainsworth auch den Butler gar nicht wahr. Halblaut sagte er:

»Ich freue mich schon darauf, die Bekanntschaft mit der Witwe deines Onkels zu vertiefen.« Er lachte unangenehm.

»Besonders ohne Störung – ich verlasse mich darauf, dass du alles arrangierst, mein teurer Freund.« Seine Stimme wurde härter.

»Ich werde keine Zeit mehr verschwenden. Ob sie nun

will oder nicht, in zwei Wochen werde ich mit ihr verheiratet sein – oder es wird dir schlecht ergehen.«

Walker hörte nicht, was Jeffery darauf antwortete, aber seine Miene spiegelte seine Beunruhigung wider, während er den Blauen Salon betrat und die Gläser und Tassen einsammelte, auf das Teetablett stellte und es aufnahm. Er trug es in die Küche zurück, wo Mrs Spalding damit beschäftigt war, eine Schüssel Teig zum Aufgehen in die Nähe des Herdes zu stellen, damit sie morgen früh frisches Brot backen konnte. Er stellte das Tablett ab und sagte:

»Ich fürchte, Master Jeffery und Mr Ainsworth führen nichts Gutes im Schilde.«

Die paar anderen Dienstboten, die noch in *The Birches* angestellt waren, hatten sich bereits in ihre Kammern zurückgezogen, sodass sie beide allein in der gemütlichen Küche waren. Sie waren zwar nicht miteinander verwandt, aber die Köchin und der Butler standen seit ihrer Kindheit in Diensten der Familie Townsend, beide hatten inzwischen die Stellung übernommen, die vorher ihre Eltern innehatten.

Weil sie sich so gut kannten, vertrauten sie einander und sprachen offen über alles. Mrs Spalding wischte sich ihre Hände an ihrer mehlbestäubten Schürze ab und blies die Backen auf.

»Wenn du mich fragst, die beiden führen nie etwas Gutes im Schilde! Ein unehrenhafteres Paar habe ich mein Lebtag nicht gesehen. Der alte Squire würde sich im Grab umdrehen, wenn er wüsste, welchen Unrat sich Master Jeffery dieser Tage hierher einlädt.« Sie schüttelte den Kopf.

»Wir kennen Master Jeffery, seit er ein kleiner Junge war. Ich weiß nicht, wie es bei dir war, aber ich hatte noch nie eine Vorliebe für ihn – und der alte Squire auch nicht. Der Junge war ständig in der Klemme und hat dann immer gejammert und alle anderen beschuldigt, wenn er dabei ertappt wurde, wie er etwas getan hat, was er lieber gelassen hätte.« Ihre Züge wurden weicher.

»Sein jüngerer Bruder hingegen, Master Hugh – die beiden sind so unterschiedlich wie Tag und Nacht.« Sie seufzte.

»Es ist eine Schande, dass Master Hugh nicht geerbt hat – wie anders wäre hier alles!«

Walker nickte unglücklich.

»Da stimme ich dir zu. Wenn Master Hugh hier wäre, würde der Herr es nicht wagen zuzulassen, dass Ainsworth sich so unverschämt den Damen gegenüber benimmt.«

»Aber er wird nicht kommen. Master Jeffery will ihn nicht hier haben. Unseligerweise gehört ihm *The Birches* nun einmal, und er kann bestimmen, wer kommt und wer geht.«

Als Walker weiterhin besorgt wirkte, hob Mrs Spalding eine Braue und fragte:

»Gibt es etwas Besonderes, das dir Kummer macht?«

Walker berichtete ihr, was er mit angehört hatte, als er an den beiden Männern vorbeigegangen war.

Die Köchin spitze die Lippen und erklärte:

»Das gefällt mir gar nicht.« Sie räumte ein paar Sachen weg und entschied dann:

»Am besten sprichst du gleich morgen früh mit Miss Emily und Miss Cornelia. Sie werden die Herrin warnen, vorsichtig zu sein, und sie werden alle auf der Hut sein.«

Walker nickte, erleichtert, dass Mrs Spalding seiner Meinung war.

Am nächsten Morgen wartete Walker ungeduldig darauf, dass die Damen ihre Zimmer im ersten Stock verließen und herunterkamen. Er wusste, dass die Herren am Abend vorher den alkoholischen Getränken heftig zugesprochen hatten, wie es ihre Gewohnheit war, und dass sie erst zu Bett gegangen waren, als es vier Uhr schlug. Daher war er überzeugt, dass Mrs Townsend sicher war – für den Moment wenigstens. Dennoch atmete er erleichtert auf, als die drei Damen die Treppe herunterkamen und den inzwischen leicht verwohnt wirkenden, aber wunderbar behaglichen Frühstückssalon betraten.

Er gestattete es den Damen, sich selbst von den Speisen auf der alten Eichenholzanrichte zu bedienen und sich an den Tisch zu setzen, ehe er sprach. Er hüstelte höflich, und als die drei Frauen ihn ansahen, murmelte er:

»Wie Sie wissen, ist es nicht meine Gewohnheit, andere zu belauschen oder Klatsch zu verbreiten, aber gestern Abend habe ich zufällig eine Unterhaltung zwischen den beiden Herren mit angehört, von der ich denke, dass Sie es wissen müssen.«

»Heraus damit«, verlangte Cornelia ohne Umschweife, stellte ihre Kaffeetasse ab und blickte den Butler eindringlich an. Sie kannte Walker sein ganzes Leben und seinen Vater davor und wusste daher, dass etwas Wichtiges geschehen sein musste, dass er sich genötigt sah, derart gegen die Regeln zu verstoßen.

»Was ist los, Walker?«, fragte Emily leise und verspürte Angst.

»Hat es etwas mit unseren … äh, Geschäftsarrangements zu tun? Ist Jeffery dahintergekommen, was wir treiben?«

Walker war einer der Geldgeber ihrer Schmuggeloperation und wusste daher genau, was sie mit »Geschäftsarrangement« meinte. Walker lächelte sie voller Zuneigung an, aber dieses Lächeln verblasste nahezu so schnell, wie es erschienen war. Sein Gesicht war ernst, als er erklärte:

»Nein, Miss. Es hat nichts mit unseren Geschäften zu

tun.« Er schaute zu Anne, die ihn ebenso aufmerksam anschaute wie die anderen Frauen. Entschuldigend sagte er:

»Ich fürchte, Master Jeffery und Mr Ainsworth haben einen bösen Plan für Mrs Townsend geschmiedet.« Und dann berichtete er ihnen der Reihe nach, was er gehört hatte, als er in der Diele an den beiden Männern vorbeigekommen war.

Keiner der Frauen musste erklärt werden, was Jeffery und Ainsworth planten, wenn sie Anne zur Ehe mit Ainsworth zwingen wollten.

»Diese Teufel!«, rief Emily, deren Augen vor Wut silbrig funkelten.

Annes Gesicht war weiß vor Angst, und ihre Finger zitterten, als sie ihre Kaffeetasse abstellte.

»Denkt ihr, sie wollen mich entführen und …« Die Kehle schnürte sich ihr zu, und sie konnte die hässlichen Worte nicht aussprechen.

»Sie wollen dich auf irgendeine Weise kompromittieren«, sagte Cornelia, die irgendwie älter und müder wirkte, als Emily und Anne sie zuvor je gesehen hatten.

Walker nickte unglücklich.

»Ja, das befürchte ich.« Er versuchte Anne beruhigend zuzulächeln, während er sagte:

»Wir sorgen dafür, dass Sie in Sicherheit sind. Mrs Spalding, Jane, Sally und die anderen Dienstboten, denen wir vertrauen können, wir werden uns darum kümmern, dass Sie nie allein sind.«

Es war in gewisser Weise tröstlich, aber sie wussten alle, dass es praktisch unmöglich war, Anne ständig zu bewachen. Trotz ihrer treuen Ergebenheit für Emily, Anne und Cornelia mussten sie freilich Jeffery gehorchen, wenn sie nicht ihre Stellung verlieren wollten. Und es gab ein Dutzend verschiedene Möglichkeiten, wie er die Bediensteten, die auf *The Birches* verblieben waren, fernab vom Haus beschäftigen konnte. Es gab immer Erledigungen zu machen, Ausflüge ins Dorf zum Einkaufen und andere Dinge. Selbst mit den Dienstboten auf ihrer Seite bestand Annes größte Hoffnung aus Cornelias Adlerblick und Emilys unerschrockener Nähe.

Emily berührte Anne an der Hand.

»Wir werden dich beschützen.«

Anne holte tief Luft.

»Ich weiß, dass ihr das werdet.« Sie lächelte Walker bemüht tapfer zu.

»Und ich weiß, dass Sie und die anderen ihr Bestes geben werden.« Sie nahm die Schultern zurück und sagte:

»Wir werden alle auf der Hut sein … und beten, dass wir die Schurken überlisten können.«

Nachdem Walker sich verbeugt hatte und aus dem Zimmer gegangen war, war es ein sehr schweigsames Damentrio, das um den Frühstückstisch saß. Keine der drei hatte Appetit, und nachdem sie ein wenig an ihrem Toast geknabbert hatte, schob Emily den Teller zurück.

Mit erboster Miene schwor sie:

»Bei Gott, das ist unerträglich. Anne soll wie ein Lamm zum Schlachter getrieben werden, und wir sind nahezu hilflos, es zu verhindern.« Emily hatte ihr Geschlecht nie mehr gehasst als in diesem Moment, und ihr traten Tränen der Erbitterung und des Zorns in die Augen.

»Ach, wäre ich nur als Mann geboren! Mein grässlicher Cousin hätte niemals geerbt, und wir befänden uns nicht am Rande des Ruins.«

»Es ist witzlos, sich über etwas zu beklagen, was man nicht ändern kann«, erklärte Cornelia, deren Blick weich auf Emilys angespannten Zügen ruhte.

»Mach dir keine Sorgen, meine Kleine, wir werden unsere Verteidigung bis ins letzte Detail planen und am Ende als Sieger dastehen – selbst wenn ich persönlich Ainsworth mit einem Schnitzmesser zu Leibe rücken muss – da, wo es am meisten wehtut.«

Beide, Anne und Emily, lachten leise.

»Und wenn du es nicht tust«, sagte Emily, »dann tue ich es.« Ihre Augen verdunkelten sich. »Und bei Jeffery auch, wo ich gerade dabei bin.«

Da niemand mehr Lust aufs Frühstück hatte, verließen sie kurz darauf den Frühstückssalon. Anne und Emily zogen sich in das kleine Zimmer unweit der Küche zurück, das Emily zu ihrem Büro gemacht hatte; an dem schmalen Schreibtisch dort ging sie die deprimierenden Haushaltsbücher durch. Gewöhnlich begab sich Cornelia nach oben, um innerhalb ihres weitverzweigten Netzes aus Freunden und Verwandten Briefe zu schreiben oder zu beantworten. Heute jedoch läutete sie nach Walker.

Er traf kurze Zeit später ein; Cornelia saß bereits an ihrem Kirschbaumschreibtisch, Papier vor und Tinte neben sich, einen Federkiel in der Hand.

»Wie bald«, fragte sie unverblümt, sobald der Butler die Tür hinter sich schloss, »denken Sie, werden sie zuschlagen?«

Walker zuckte hilflos die Achseln.

»Ainsworth sprach von Heirat innerhalb von vierzehn Tagen.«

»Oder Jeffery würde es übel ergehen …«, murmelte Cornelia vor sich hin.

»Ich frage mich, was dieses Wiesel gegen den Dummkopf in der Hand hat? Jeffery ist ein schwacher Narr, aber ich kenne ihn nicht als bösartig.« Sie brütete einen Moment über Jefferys Charakterfehlern, ehe sie unwissentlich Mrs Spaldings Worte vom Vorabend wiederholte.

»Wenn doch nur Hugh geerbt hätte! Das ist ein wahrlich feiner junger Mann.«

Dem widersprach Walker nicht, aber es war witzlos, sich auszumalen, wie anders alles gekommen wäre, wenn Hugh der ältere Bruder wäre statt der jüngere der beiden. Cornelia entließ den Butler, indem sie sagte:

»Ich würde unter gewöhnlichen Umständen nie einen unserer Bediensteten darum bitten zu spionieren, aber ... aber in diesem Falle bitte ich Sie inständig, Augen und Ohren offen zu halten – Mrs Townsends Sicherheit hängt davon ab.«

Walker nickte grimmig und ging. Wieder allein in ihrem Zimmer, starrte Cornelia eine Weile aus dem Fenster. Der Tag war grau und düster und passte perfekt zu ihrer Stimmung, stellte sie verstimmt fest.

Es gefiel ihr nicht, älter zu werden, das gestand sie sich ein, aber sie hatte sich nie dagegen aufgelehnt oder gar schwach und hilflos gefühlt, so, wie sie es jetzt tat. Sie war eine alte Frau. Alt und nutzlos. Energisch schob sie ihr Selbstmitleid beiseite und überlegte, wie sie am besten die beiden Menschen retten konnte, die ihr auf der Welt am wichtigsten waren. Egal um welchen Preis. Es war unwichtig, was mit ihr geschah – ihre Zeit neigte sich dem Ende zu. Sie hatte ihr Leben gelebt. Cornelia lächelte breit. Himmel, und wie sie es *gelebt* hatte! Aber Emily und Anne ... Ihr Lächeln verblasste, und sie zog die Brauen zusammen. Wenn ihr Neffe nur ein besserer Vater oder auch ein besserer Ehemann gewesen wäre, wäre Emily längst glücklich verheiratet und Anne hätte ein oder zwei Kinder – wenn der Squire lange genug seine Jagdgesellschaften unterbrochen hätte und zu Hause geblieben wäre. Eines davon wäre sicher ein Junge gewesen. Der Erbe.

Sie seufzte und drehte die Feder in ihrer Hand. Der

frühere Squire war beileibe kein schlechter Vater oder ein schrecklicher Gatte gewesen, das musste sie einräumen, nur einfach uninteressiert. Dank ihres Drängens hatte er sich darum gekümmert, dass Emily in die Gesellschaft eingeführt wurde, hatte ein elegantes Stadthaus in London gemietet und großzügig in Emilys Garderobe investiert – und das nicht nur eine, sondern sogar zwei Saisons lang. Emily war erst siebzehn gewesen, aber damals schon hatte ihre Großnichte sehr genaue Vorstellungen bezüglich des Charakters des Mannes, den sie heiraten wollte. Keiner ihrer Verehrer, von denen es mehr als einen gegeben hatte – und gewiss nicht nur Burschen, die noch feucht hinter den Ohren waren, oder alte Lebemänner, die dem Zauber einer hellhaarigen grauäugigen schlanken Schönheit erlegen waren – sie alle hatten nicht mehr als Belustigung oder Verachtung in ihrer Brust erweckt.

Immer schon lebhaft und mit einem starken Willen ausgestattet, was, wie Cornelia zugeben musste, ebenso ihr wie der Nachsicht ihres Vaters zuzuschreiben war, hatte Emily, als sie nach ihrer zweiten Saison aus London heimgekehrt waren, verkündet, sie würde es nicht noch einmal auf sich nehmen, wie ein preisgekröntes Fohlen in London herumgeführt zu werden. Sie wollte keine dritte Saison. Cornelia war entsetzt gewesen, aber nichts, was sie vorbringen konnte, bewegte Emily zum Umdenken. Schweren Herzens fand sie sich mit dem Wissen ab, dass ihr liebreizendes Mädchen als alte Jungfer sterben würde; sie wusste, wie unwahrscheinlich es war, wenn schon viele infrage kommende Junggesellen aus London nicht Emilys Billigung fanden, dass sich der Mann, der zu ihr passte, auf dem Land finden ließe. Kurz darauf war der Squire selbst auf Brautschau gegangen.

Cornelias faltiges Gesicht wurde weicher. Liebe süße Anne. Sie hatte ihrem Neffen schon vor langer Zeit verziehen, dass er ihnen ohne Vorwarnung eine junge unbekannte Braut ins Haus gebracht hatte; sie konnte Anne nicht mehr lieben als Emily oder ihre eigene Tochter. *Sie* sind *meine Töchter,* überlegte sie leidenschaftlich, *und ich werde Himmel und Erde in Bewegung setzen.*

Wenn nur der verflixte Jeffery nicht so ein hirnloser Dummkopf wäre! Oder mehr wie sein jüngerer Bruder Hugh ... Wenn der wüsste, was sein Bruder vorhatte, egal, ob er hier willkommen wäre oder nicht, er würde keine Sekunde zögern und kommen. Hugh würde diesen furchtbaren Ainsworth seiner Wege schicken und Jeffery höchstwahrscheinlich noch eine Tracht Prügel obendrein verpassen ...

Fasziniert starrte sie auf das Papier vor sich. Hugh ... hmm ... Mit einem schadenfrohen Lächeln auf den Lippen begann sie zu schreiben.

Kapitel 8

Der Tag verlief in angespannter Stimmung, aber zur Erleichterung aller brachen Jeffery und Ainsworth, als sie am späten Nachmittag aufstanden, bald zum *Ram's Head* auf – Jefferys bevorzugtem Aufenthaltsort in der Gegend. Die *Krone* war ihm zu langweilig und respektabel.

Emily war überzeugt, dass die Herren gegangen waren, um die Umsetzung ihres schändlichen Vorhabens in die Wege zu leiten. Und nicht zum ersten Mal wünschte sie sich, sie hätte noch ein Haus voll vertrauenswürdiger Dienstboten – sie hätte nicht gezögert, einen von ihnen ihrem Cousin und seinem Freund hinterherzuschicken, um den beiden nachzuspionieren. Annes Zukunft stand auf dem Spiel, und Emily war nicht im Mindesten zimperlich bezüglich der Methoden, die sie einsetzte, damit sie in Sicherheit war.

Nachdem die Herren fort waren, trafen sich die drei Damen in Cornelias Zimmer, um die Lage zu besprechen.

»Am wahrscheinlichsten werden sie in der Nacht zuschlagen«, stellte Cornelia fest. Sie klopfte mit dem Gehstock erbittert auf den Boden.

»Himmel, wenn ich nur jünger wäre!« Sie schaute Emily an und sagte:

»Die meiste Verantwortung fällt dir zu, bestimmt ist es am besten, wenn du nachts mit Anne zusammen bist.« Ihre Lippen verzogen sich.

»Ich schlafe zu fest und wäre in einer Auseinandersetzung wenig hilfreich.« Sie lächelte bitter und klopfte noch einmal mit dem Stock auf den Boden.

»Ich könnte zwar den einen oder anderen Schlag ausführen, aber das würde sie nur ein paar Minuten aufhalten.«

Ihr hübsches Gesicht zeigte ihre Besorgnis, als Anne erklärte:

»Oh, Cornelia, bitte mach dir keine Vorwürfe! Allein das Wissen, dass du in der Nähe bist, ist mir schon ein Trost, und ich bin überzeugt, dein Stock wäre eine formidable Waffe.« Sie lächelte zittrig.

»Ich gestehe, ich bin erleichtert, dass Emily heute Nacht bei mir sein wird – ich wäre nicht in der Lage, auch nur einen Augenblick zu schlafen, wenn ich allein in meinem Zimmer wäre.«

»Ich glaube nicht, dass wir in deinem Zimmer schlafen sollten«, erwiderte Emily.

»Das ist doch der erste Ort, an dem sie nach dir suchen würden.« Sie seufzte.

»Ich fürchte, dass wir beide, bis die Gefahr vorüber ist, uns mein Schlafzimmer teilen werden.«

»Was bedeutet, dass wir möglichst viele deiner Sachen schon heute Nachmittag, während die Feiglinge fort sind, umräumen sollten«, bemerkte Cornelia.

»Aber werden sie nicht Verdacht schöpfen, wenn sie erfahren, dass ich bei Emily eingezogen bin?«

Cornelia schnaubte abfällig.

»Wir haben schließlich nicht vor, es ihnen zu sagen. Die Dienstboten werden nichts verraten, und die einzige Möglichkeit, wie sie entdecken können, dass du nicht wie ein kleines Lamm in deinem Bett schläfst, wird darin bestehen, in dein Zimmer zu gehen – wo sie nichts zu suchen haben.«

»Sie werden wissen, dass wir ihnen auf die Schliche gekommen sind, wenn sie es wagen, dich aus deinem Bett stehlen zu wollen«, räumte Emily ein. »Aber wenn sie dein Zimmer leer vorfinden, wird das ihre Pläne stören – und uns mehr Zeit verschaffen.«

Sie hatten keine Illusionen bezüglich der Gefährlichkeit der Lage. Die Dienstboten würden helfen, aber Annes bester Schutz lag bei Emily und Cornelia – wobei der Großteil der Verantwortung auf Emilys Schultern ruhte.

Mit grimmiger Miene erhob Emily sich.

»Ich werde mit Sally sprechen und mit Walker. Wir müssen deine Sachen so rasch wie möglich in mein Zimmer bringen.«

Walker und Mrs Spalding wussten bereits, was vor sich ging, und mit Emilys Einwilligung hatten die beiden älteren Diener diejenigen der jüngeren eingeweiht, die noch ihr Vertrauen besaßen.

Die Anwesenheit von Jefferys und Ainsworths Kammerdienern stellte ein Problem dar. Obwohl die Räume der Herren sich in einem anderen Flügel des Hauses befanden, machte sich Emily Sorgen, dass einer der beiden ihnen zufällig mitten im Umzug begegnete. Die Kammerdiener waren beide Fremde aus London und verkehrten nicht unbedingt auf gutem Fuße mit den Bewohnern von *The Birches*. Sie waren nicht beliebter als ihre Herren. Man musste davon ausgehen, warnte Emily alle, dass sie sie, ohne lange zu überlegen, verraten würden.

»Das Letzte, was wir gebrauchen können«, vertraute sie Walker an, »ist, dass einer von ihnen dahinterkommt, was wir vorhaben, und es Jeffery oder Ainsworth verrät.« Emily nagte an ihrer Lippe.

»Wir werden jemanden abstellen müssen, der ein Auge auf sie hält«, sagte sie, »während wir Annes Sachen umräumen.«

Aber das Glück war ihnen hold – beiden Dienern war der Nachmittag freigegeben worden, und keine halbe Stunde, nachdem ihre Herren weggeritten waren, hatten auch die beiden Diener das Anwesen verlassen.

Nachdem die Luft rein war, machten sich alle an die Arbeit. Agatha, Cornelias langjährige Zofe, war unten geblieben, um Alarm zu schlagen, falls die Herren oder ihre Kammerdiener zurückkehrten. Trotz der geringen Zahl von Helfern waren Annes Habseligkeiten mitsamt ihrem sperrigen Mahagoni-Schrank und einer hohen Kommode über den Flur von ihrem in Emilys Zimmer geschafft worden, und das in nicht mehr als ein paar Stunden. Nachdem die schwere Arbeit getan war, begaben sich die anderen Dienstboten wieder an ihre Arbeit; nur Sally blieb.

Während Anne ihre Kleidung zusammenlegte und in die Schubladen der Kommode tat, die nun neben einem ganz ähnlich aussehenden Möbelstück von Emily stand, sagte sie:

»Dem Himmel sei Dank, alles ist gut gegangen. Ich hatte entsetzliche Angst. Wie hätten wir erklären sollen, was wir vorhaben, wenn wir entdeckt worden wären?«

Emily, die Sally half, ein paar von Annes Kleidern in den Schrank zu hangen, antwortete über ihre Schulter:

»Denk nicht darüber nach. Es ist nichts geschehen, und allein darauf kommt es an.«

Cornelia nickte.

»Daran habe ich keinen Zweifel. Das Schicksal war …«

Die sich öffnende Tür ließ sie verstummen. Alle vier Frauen schauten beunruhigt in die Richtung. Alle atmeten erleichtert auf, als sie merkten, dass es nur Agatha war.

Sich des Umstands bewusst, dass ihr plötzliches Auftauchen alle erschreckt hatte, schlüpfte Agatha rasch ins Zimmer und rief dabei:

»Oh, es tut mir ja so leid. Ich wollte niemandem Angst machen.« Sie schloss die Tür hinter sich und erklärte.

»Bei all dem, was vor sich geht, habe ich schlicht vergessen anzuklopfen.«

Agatha Colby hatte vierzig Jahre von den vierundfünfzig, die sie inzwischen zählte, in Cornelias Diensten gestanden; in dieser Zeit war sie von einer persönlichen Bediensteten zu einer lieben Vertrauten aufgestiegen. Sie war eine schmächtige Frau mit sanften blauen Augen und dunklem Haar, das nun allerdings an vielen Stellen von Silbersträhnen durchzogen war. Es gab keine Geheimnisse in der Townsend-Familie, in die sie nicht eingeweiht war, und ihre Ergebenheit der Familie gegenüber war so stark, wie sie still war.

»Denk nicht weiter daran«, sagte Emily, ohne den Blick von der Tür zu nehmen, »jetzt sind wir auf eine Vorsichtsmaßnahme aufmerksam gemacht worden, die wir längst hätten bedenken sollen.« Sie reichte das Gewand, das sie gerade in den Händen hielt, an Sally weiter und durchquerte das Zimmer, dann drehte sie den Schlüssel vorsichtig im Schloss herum. Sie sah die anderen wieder an und erklärte.

»Von nun an bleibt diese Tür abgeschlossen – es mag uns nur eine kurze Vorwarnung geben, aber die werden wir bitter nötig haben.«

Nur die Damen saßen an diesem Abend beim Dinner; sie nahmen die Mahlzeit in angespannter Stimmung ein, zuckten bei jedem Geräusch zusammen und rechneten jede Sekunde mit Jefferys und Ainsworths Rückkehr. Als es dann immer später wurde, ohne dass es einen Hinweis darauf gab, dass die Herren bald heimkehrten, zogen sich die Damen dankbar für die Galgenfrist zur Nacht zurück.

Emily und Anne wünschten Cornelia eine gute Nacht

und gingen dann in Emilys Schlafzimmer. Emily schloss die Tür hinter ihnen ab. Damit noch nicht zufrieden, fasste sie nach einem Stuhl und klemmte ihn unter die Klinke.

Anne starrte den Stuhl einen Moment lang an, dann seufzte sie, nahm ihr Nachthemd und verschwand hinter dem blauen Seidenparavent in einer Zimmerecke.

Begleitet vom Rascheln von Annes Kleidern, als sie sich umzog, ging Emily im Zimmer umher und betrachtete die Veränderungen. Sie musste lächeln, als ihr Blick auf die beiden Kommoden fiel, die wie Zwillinge nebeneinander an der Wand standen. Es war eng, aber wenigstens mussten sie nicht über Möbel klettern, um zur Tür zu gelangen.

Obwohl sie mit der Arbeit des Nachmittags zufrieden war, wusste sie, ihre Vorkehrungen waren bloß ein erster Schritt und bestenfalls vorübergehend wirksam. Der einzige Vorteil, den sie hatten, war, dass sie wussten, was Jeffery und Ainsworth vorhatten – aber nicht das Wie oder Wann. Sie blieb stehen, als ihr ein Gedanke kam. Ainsworth musste seine Braut bis zu einem bestimmten Zeitpunkt haben. Wenn sie Anne bis nach diesem Datum … wenn sie sie heimlich wegschaffen könnten und irgendwo verstecken könnten, bis es zu spät für Ainsworth war …

Weil sie nie daran gedacht hatte, dass sie in diese prekäre Lage geraten könnten, hatte Emily dem Datum weiter keine Aufmerksamkeit geschenkt, zu dem Ainsworth geheiratet haben musste. Daher beschloss sie, sich diese wesentliche Information am nächsten Morgen zu beschaffen. Cornelia würde es wissen.

Anne tauchte hinter dem Schirm wieder auf, und Emily nahm ihren Platz dahinter ein und schlüpfte rasch in ihr Nachthemd. Immer noch in Gedanken mit der Idee befasst, wie sie Anne in Sicherheit bringen konnte, ging sie zum Bett.

Anne stand davor, sichtlich aufgeregt, und rang die Hände.

»Ich bin so eine dumme Gans! Ich weiß, dass ich bei dir sicher bin, aber … oh, Emily, ich habe trotzdem Angst.« Sie schaute sie flehend an, und mit furchterfüllter Stimme fragte sie:

»Was, wenn sie die Tür aufbrechen?«

Ein wildes Lächeln spielte um Emilys Lippen. Aus den Falten ihres Nachthemds zog sie eine Pistole hervor.

»Nun, dann werden wir feststellen, wie es ihnen gefällt, wenn wir ihnen die hier unter die Nase halten.«

Am Dienstag brach der Tag hell und klar an, aber es war kalt. Wie es ihre Gewohnheit war, trafen sich die drei Damen im Frühstückssalon, um eine leichte Mahlzeit einzunehmen.

Nachdem sie Cornelia begrüßt und ihr einen Kuss auf die Stirn gegeben hatte, erkundigte Emily sich:

»Kennst du das genaue Datum, zu dem Ainsworth verheiratet sein muss, wenn er nicht sein Vermögen verlieren will?«

»Erster März«, antwortete Cornelia sofort. »Warum willst du das wissen?«

»Weil es uns verrät, wie lange wir Anne von ihm fernhalten müssen.«

»Das sind ja beinahe noch sechs Wochen«, stellte Anne niedergeschlagen fest; »so lange.«

Walker trat ein, eine Schale mit dampfenden Scones, direkt aus dem Ofen, in der Hand, und Emily fragte ihn:

»Wann sind mein Cousin und sein Freund letzte Nacht heimgekehrt?«

»Die Herren sind noch nicht wieder da«, erwiderte Walker.

»Aber die Kammerdiener sind bereits zurück und auf ihren Zimmern oben.«

Walker ging wieder, und die drei Damen schauten sich unbehaglich an.

»Ich weiß nicht, wie ich tun soll, als ob alles in bester Ordnung wäre«, erklärte Anne, »während ich außer mir vor Angst bin. Wie sollen wir nur sechs Wochen lang so tun, als sei nichts?«

Emily beugte sich vor und schaute sie eindringlich an.

»Es gibt eine Lösung. Du musst weg.«

Mit bebender Stimme fragte Anne:

»Du setzt mich vor die Tür?«

»Sei nicht albern!«, sagte Emily, »ich meine, wir müssen für dich ein sicheres Versteck finden, wo du bis nach dem ersten März bleiben kannst. Einen Ort, bei dem Jeffery nie daran denken wird, dort nach dir zu suchen, oder einen Ort, von dem er es nicht wagen würde, dich zu entführen.«

Annes Miene hellte sich auf.

»Natürlich!« Aber dann wurde sie wieder betrübt. »Aber wo?«, wollte sie ängstlich wissen, und ihre großen braunen Augen waren auf Emilys Gesicht gerichtet.

»Meine Eltern sind tot, und ich habe keine Geschwister. Cornelia und du, ihr seid meine ganze Familie – sonst ist da niemand.« Sie wirkte noch jämmerlicher, als sie hinzufügte:

»Wovon soll ich denn leben? Dank Jeffery habe ich nur sehr wenig eigenes Geld ... und das, was wir aus dem ... du weißt schon, einnehmen.«

Mit Annes »du weißt schon« waren die Gewinne aus dem Schmuggel gemeint, und die, überlegte Emily bitter, flossen beileibe nicht stetig und waren nie sicher.

»Darüber muss ich noch nachdenken«, erklärte sie.

Ein paar Stunden später war Emily immer noch mit

Nachdenken beschäftigt, wo sie Anne verstecken und wie sie das bezahlen könnte, als Walker die drei Damen im Blauen Salon aufsuchte. Er reichte Emily einen zusammengefalteten Zettel.

»Das hier hat Sam eben von Mrs Gilbert gebracht.«

Nachdem sie die Nachricht rasch überflogen hatte, schaute Emily auf.

»Ich muss zur *Krone*. Unser, äh … Freund ist aus London zurückgekehrt und hat Klatsch, den ich mir unbedingt anhören sollte.«

Alle wussten genau, was sie meinte. Die Schmuggelware war sicher in London angekommen und verkauft worden. Es war an der Zeit, herauszufinden, wie viel sie eingenommen hatten, und den Gewinn aufzuteilen.

Eine knappe halbe Stunde später, in ein fast zehn Jahre altes saphirblaues und mit Goldlitze verziertes Reitkleid gewandet, ritt Emily ins Dorf. Sie hatte keinen Hut auf, aber ihr Haar, das so hell war wie der Mondschein, war unter einem Haarnetz im Nacken aufgesteckt. Die Kälte ließ ihre Wangen rosig erblühen, und ihre grauen Augen funkelten. Für späten Januar war der Tag beinahe schon angenehm mild, aber sie war dennoch dankbar für die schwarzen Lederhandschuhe und den dicken schweren Samtstoff ihres Reitkostüms.

Sie näherte sich unauffällig dem Gasthof und hielt ihr Pferd an, als sie bei den Ställen ankam, wo Caleb sie bereits erwartete. Er half ihr beim Absitzen.

Lächelnd sagte er zu ihr:

»Sie wissen ja, wo Sie hinmüssen. Laufen Sie los, ich verstecke die Stute und komme in ein paar Minuten nach.«

Emily eilte über die freie Fläche zwischen Stall und Gasthaus und schlüpfte zur Hintertür hinein. Mary war bereits da und empfing sie.

»Ma und die anderen warten schon auf Sie«, sagte sie und deutete mit einer Armbewegung zu dem privaten Salon, den Mrs Gilbert für die Familie und Freunde bereithielt.

Emily kannte sich in der *Krone* beinahe so gut aus wie in ihrem eigenen Zuhause, daher schritt sie rasch über den Flur auf die Rückseite des Gebäudes. Nachdem sie kurz an die Tür geklopft hatte, öffnete sie sie und trat ein.

Es war ein freundlicher Raum, groß genug, um mehreren Personen Platz zu bieten, mit weiß getünchten Wänden und goldbraunen Eichendielen. Ein verblasster Wollteppich in verschiedenen Bernstein- und Brauntönen lag auf dem Boden in der Mitte des Zimmers, und im gemauerten Kamin brannte ein Feuer. Saubere Kaliko-Vorhänge hingen zu beiden Seiten der Fenster, die auf den Kräuter- und Gemüsegarten hinausgingen. In der Raummitte gab es einen großen Tisch mit mehreren Holzstühlen darum. Weich gepolsterte Sessel, die mehr in Hinblick auf ihre Bequemlichkeit als auf die Eleganz der Formgebung ausgewählt worden waren, ein paar kleine gewöhnliche Tischchen und ein schwerer mit Schnitzereien verzierter Schrank an der dem Kamin gegenüberliegenden Wand vervollständigten die Möblierung.

Die im Salon versammelten Personen saßen um den großen Tisch, und Emily ging zu ihnen. Der Stuhl, den sie ihr frei gelassen hatten, stand am Kopf des Tisches; sie nahm darauf Platz und begrüßte alle mit einem herzlichen Lächeln.

Mit Caleb zusammen, der noch im Stall war, und einigen Dienstboten von *The Birches* bildeten die am Tisch Sitzenden die unerschrockene kleine Gruppe ihrer Finanziers. Es waren die Leute, an die sie sich gewandt hatte, als sie zuerst ihren verzweifelten Plan gefasst hatte.

Mrs Gilbert war die Erste, die Emily ausgewählt hatte, um ihr vorzuschlagen, sich an ihrem gewagten Vorhaben zu beteiligen. Mrs Gilbert hatte keine Sekunde gezögert. Emily hatte ihr kaum ihren Vorschlag unterbreitet, als Mrs Gilbert schon zugestimmt hatte. Der Tod ihres Mannes, vermutlich Mitgliedern der Nolles-Bande zuzuschreiben, und die Belästigung ihrer Gäste durch dieselbe Bande hatten sie in eine prekäre Lage gebracht. Ohne das Geld, das sie mit dem Schmuggel einnahmen, hätte sie das Gasthaus nicht halten können, und sie und ihre fünf Töchter wären obdachlos geworden.

Jeb Brown war unverzichtbar für den Erfolg ihres Plans, und sobald sie seine Zusage hatte, hatten Emily und Mrs Gilbert sich nach weiteren Geldgebern umgesehen.

Emilys Blick verweilte kurz auf den verhärmten Gesichtern der kleinen Miss Martha Webber und ihrer verwitweten Schwester Mrs Gant. Früher einmal war Miss Webber eine viel beschäftigte Näherin gewesen, die sich um Aufträge nicht sorgen musste, aber das Alter hatte ihre einst geschickten Finger gekrümmt und knotig gemacht, sodass sie in Not geraten war. Sie und Mrs Gant lebten zusammen, hatten kaum genug zum Überleben, halfen als Waschfrauen aus und nahmen auch sonst alle Arbeiten an, die sie noch erledigen konnten. Emily hatte gezögert, sie anzusprechen, aber Mrs Gilbert hatte sie dazu gedrängt.

»Es geht ihnen noch schlechter als mir«, hatte sie gesagt.

»Ich weiß, dass Martha und ihre Schwester nicht viel haben, aber ich vermute, sie sind willens und in der Lage, ein paar Pfund zu riskieren. Fragen Sie sie!« Das hatte Emily getan, und Miss Webber und Mrs Gant hatten begeistert ihren Teil beigesteuert.

Mrs Goodson, die Witwe eines Arbeiters, die für sich und ihre hungrigen Kinder alleine sorgen musste, war Miss Webber und Mrs Gant gefolgt. James Ford, der Schuhmacher, und Caleb Gates, der Schmied, waren als Nächstes an der Reihe gewesen; Mr Meek, ein pensionierter Kanzleischreiber, war der Letzte gewesen, der zu den Geldgebern gestoßen war.

Mr Meek war ein ausgezeichneter Neuzugang, weil er die Rechnungsbücher führte und mit den Waren nach London reiste, um den Verkauf des Schmuggelgutes an die Abnehmer dort zu überwachen.

Da sie Neulinge waren, hatten sie anfangs ein paar Fehler gemacht – glücklicherweise keine, die das Ende ihres riskanten Unternehmens bedeutet hatten. Es hatte einige Zeit gedauert, bis Jeb gute Kontakte in Frankreich aufgebaut hatte, denen er vertrauen konnte, dass sie gute Ware für ihr Geld erhielten, statt sie zu betrügen. Dasselbe galt für Mr Meek, als er damit anfing, zu versuchen, die Waren in London weiterzuveräußern. Derzeit gab es eine Reihe von Ladenbesitzern, die regelmäßig von ihnen kauften, und drei Tavernenbesitzer, die ihnen alle Spirituosen abnahmen, die sie ins Land schmuggelten. Das letzte Jahr über hatte die kleine Gruppe stetig einen hübschen Gewinn gemacht.

Caleb kam zu ihnen, und Mr Meek räusperte sich, dann begann er mit seinem Bericht:

»Mit der letzten Lieferung haben wir den höchsten Gewinn seit Bestehen gemacht.« Er schaute über seine runden Brillengläser, die auf seiner Nasenspitze thronten, und verkündete fröhlich:

»Und einige unserer Kunden haben Bestellungen für die nächste Lieferung aufgegeben. Es gibt hohen Bedarf an Seide, Netzstoffen und französischer Spitze von den Modegeschäften, und wie gewöhnlich haben unsere Tavernenbesitzer erklärt, sie würden uns allen Brandy abnehmen, den wir nach London schaffen können.«

Mr Meek holte einen schweren Lederbeutel hervor. In den nächsten Minuten hörte man nur das Klimpern von

Münzen, während er den Profit verteilte. Er zählte die Münzen vor Emily auf den Tisch und fügte hinzu:

»Vor Ihnen liegt der Beweis, wie ausgezeichnet unsere Geschäfte gelaufen sind.« Er stellte einen kleineren Lederbeutel daneben und sagte:

»Das hier ist der Anteil von uns allen für die nächste Lieferung, verwahren Sie ihn sicher.«

Emily nickte und steckte den Beutel, der sich hübsch schwer anfühlte, tief in die Tasche ihres Reitrockes. Von Beginn an war sie die Bank gewesen und hatte von jeder Lieferung einen Teil des Gewinns zurückbehalten, wenn es einen Gewinn gab, um davon neue Waren in Frankreich zu kaufen. Sie versteckte das Geld zusammen mit ihrem eigenen Profit unter einer lockeren Diele in ihrem Schlafzimmer.

Emily dachte nicht länger an den Beutel mit dem Geld für das nächste Unternehmen, sondern betrachtete den Stapel Münzen vor sich, und der Knoten der Sorge, der ihr ständiger Begleiter zu sein schien, lockerte sich. Mrs Spalding und Walker und die anderen Dienstboten würden in diesem Quartal etwas mehr Lohn bezahlt bekommen, als die magere Summe, die Jeffery für angemessen zu halten schien. Der alte Stallknecht Hutton, der unfairerweise entlassen worden war, als Jeffery Kelsey angestellt hatte, musste nicht mittellos bleiben, und der Oberschäfer Loren wäre in der Lage, ein paar Männer anzustellen, die ihm auf dem Höhepunkt der Lammsaison helfen konnten – was nicht mehr lang hin war. Und Anne … Emily betrachtete die Münzen und fragte sich, ob sich die Rettung nicht ordentlich aufgestapelt vor ihr befand.

»Ein weiterer Sturm wird bald aufziehen«, sagte Jeb langsam und unterbrach damit Emilys Überlegungen.

»Es ist bestimmt kein schlechter Zeitpunkt für eine neuerliche Überfahrt nach Calais. Ich kann unsere Bestellungen erledigen und auf den nächsten Sturm zur Rückkehr warten.«

Während der Stürme, die die Küste peitschten, würden die meisten Zollfahnder gemütlich in ihren Häusern sitzen, mit einem Krug Ale am Feuer. Obwohl es natürlich gefährlich war, bot stürmisches Wetter den Schmugglern die beste Gelegenheit zu einer Überfahrt. Und sie konnten einigermaßen ungestört und unbemerkt die Schmuggelladung löschen und an Land bringen. So trotzten sie regelmäßig den tosenden Wellen im Ärmelkanal, um ihre Waren aus den französischen Häfen in Calais und Boulogne nach England zu bringen.

Man einigte sich darauf, dass Jeb sich für eine weitere Fahrt bereithalten sollte, und kurz darauf löste sich die kleine Versammlung auf, sodass Emily und Mrs Gilbert allein zurückblieben.

Mit schmalen Augen musterte Mrs Gilbert Emily. Trotz der kleidsamen Röte von Emilys Wangen und ihren klaren Augen war für sie mühelos zu erkennen, dass sie etwas innerlich beschäftigte. Da sie Emily an ihrer Brust gestillt hatte, gab es nur wenig, was die junge Frau vor ihr geheim halten konnte. So fragte Mrs Gilbert:

»Was ist los? Und versuchen Sie nicht, mich mit irgendeiner albernen Geschichte abzuspeisen, dass Sie etwas gegessen hätten, was Ihnen nicht bekommen ist.«

Emily zögerte nur einen Moment, ehe sie ihr von der Gefahr berichtete, in der Anne schwebte.

Mrs Gilbert seufzte.

»Ihr armer Vater würde sich im Grabe umdrehen, wenn er wüsste, was für ein Schurke sein Neffe ist. Wir werden Ihnen helfen, soweit wir nur können – ein Wort reicht, und wir fallen auf *The Birches* ein, bewaffnet mit Schrubber und Besen, wenn es sein muss.«

Emily schnürte es die Kehle zu, so rührte es sie, dieses großherzige Angebot zu hören.

»Ich weiß«, sagte sie, als sie ihre Stimme wieder unter Kontrolle hatte.

Flora öffnete die Tür, steckte den Kopf herein und rief mit leuchtenden Augen:

»Ma, Lord Joslyn ist hier! Und sein Diener Lamb ist bei ihm.«

Emily schenkte dem Flattern in ihrem Magen weiter keine Beachtung, das sich dort bei der Nennung von Lord Joslyns Namen bemerkbar machte. Sie erhob sich und tat die Münzen vor sich in eine kleine Seidenbörse, die sie in ihre andere Rocktasche steckte.

»Ich muss leider fort.« Sie lächelte Mrs Gilbert zu.

»Geh und kümmere dich um deinen erlauchten Gast. Wer weiß? Vielleicht wird seine Bevorzugung der *Krone* den einen oder anderen Gast vom *Ram's Head* herlocken?«

Mrs Gilbert erwiderte das Lächeln.

»Vielleicht hast du recht. Lauf rasch …« Listig fügte sie hinzu:

»Es sei denn, du würdest gerne selbst Lord Joslyn sehen?«

Ein leichtes Rosa verfärbte Emilys Wangen, aber sie schüttelte den Kopf.

»Nein, meine Stiefmutter und meine Großtante warten gespannt auf Neuigkeiten von Mr Meeks.«

Sie eilte durch die Küche zur Hintertür des Gasthofs, wurde aber von Molly und Harriet aufgehalten, die beide in heller Aufregung über Lord Joslyns Anwesenheit waren.

»Oh, Miss«, rief Harriet, die mit achtzehn die zweitjüngste Tochter war.

»Wissen Sie schon, dass Lord Joslyn hier ist? Und sein Diener Lamb auch?« Ihr hübsches Gesicht zeigte eine übermütige Miene, als sie weiterredete.

»Und dieser Mr Lamb, das ist der allerschönste Mann, den ich je gesehen habe – ich hätte nichts dagegen, mit ihm in die Kiste zu hüpfen.«

Molly klimperte kokett mit den Wimpern.

»Ich bin zwar vielleicht glücklich verheiratet, aber ich kann Ihnen sagen, ein Blick von Lord Joslyn reichte aus, und ich wäre beinahe ohnmächtig geworden.«

Trotz ihrer Sorgen musste Emily lachen. Molly war bis über beide Ohren in ihren Mann verliebt, einen Seemann, und Harriet verbrachte auffällig viel Zeit mit einem jungen Bauern, in den sie sich verguckt hatte – alle rechneten mit einer Hochzeit in den nächsten Monaten.

»Schämt euch, alle beide«, schalt Emily sie im Spaß.

»Was würde denn dein Billy sagen?«, fragte sie Molly.

»Und würdest du wirklich«, wollte sie wissen und zeigte mit dem Finger auf Harriet, »Hamptons Herz wegwerfen für ein kurzes Abenteuer?«

Molly lächelte, und Harriet kicherte.

Die Küche war warm und gemütlich, und es fiel ihr schwer, sich von den Gilbert-Töchtern zu lösen, sodass einige Minuten vergangen waren, ehe Emily wirklich gehen konnte.

Auf halbem Weg über den matschigen Hof hörte sie jemanden ihren Namen sagen. Verwundert drehte sie sich zu der Stimme um. Ihr Herz machte einen unerklärlichen Satz, als sie den großen Mann erkannte, der gerade sein Pferd um die Ecke auf den Hof führte. Lord Joslyn.

Sie lächelte höflich und sagte: »Mylord! Ich war nicht darauf vorbereitet, Sie hier zu sehen.«

Barnaby kam mit seinem Pferd am Zügel zu ihr.

»Das liegt vermutlich daran«, erwiderte er mit einem Lächeln, »dass Sie die Angewohnheit haben, bei erster Gelegenheit davonzuschlüpfen.«

Sie reckte ihr Kinn, und ein trotziges Glitzern trat in ihre Augen.

»Ich weiß gar nicht, wovon Sie reden.«

»Was für eine faustdicke Lüge! Aber ich bin zu sehr Gentleman, um einer Dame zu widersprechen.«

»Dem Himmel sei Dank dafür«, bemerkte Emily halblaut, nicht sicher, ob sie erfreut sein sollte oder beleidigt, als er lachte. Sie setzte sich wieder Richtung Ställe in Bewegung und fügte hinzu:

»Wenn Sie mich bitte entschuldigen wollen, ich muss mich leider auf den Heimweg machen.«

»Ja, ich weiß. Mrs Gilbert hat etwas in der Art erwähnt.«

Ihr Kopf fuhr zu ihm herum.

»Mrs Gilbert hat Ihnen verraten, dass ich hier bin?«, erkundigte sie sich ungläubig.

Er nickte.

»Ja.« Mit belustigt funkelnden Augen erklärte er:

»Und sie hat angedeutet, da Sie unbegleitet unterwegs seien, wie nett es da wäre, wenn ich Sie sicher nach Hause brächte.«

Hin- und hergerissen zwischen Erheiterung und Verlegenheit angesichts Mrs Gilberts durchsichtiger Bemühungen als Ehestifterin, schritt Emily entschlossen zu den Ställen.

»Ich freue mich über Ihr Angebot, aber ich bedarf keines Begleiters – ich bewege mich mein Leben lang ungehindert und unbegleitet in dieser Gegend, und ich bin bestens in der Lage, allein den Weg nach Hause zu finden.«

»Und verdammen mich dazu, mit gescheiterter Mission vor Mrs Gilbert zu treten?«, fragte Barnaby entsetzt.

Emily verkniff sich das Lachen, das in ihr aufstieg, und beschleunigte ihre Schritte. Der Mann war unverbesserlich, attraktiv und gut aussehend, und sie fürchtete, dass er mit sehr wenig Anstrengung seinerseits sie dazu verleiten könnte, sich wie ein albernes junges Ding aufzuführen. Aber das würde sie keinesfalls zulassen, ermahnte sie sich. Sie hatte zu viele Menschen, die von ihr abhängig waren, um wegen Lord Joslyn den Kopf zu verlieren.

Caleb hatte ihre Stimmen gehört und erschien in der Stalltür mit ihrer Stute. Erleichtert, dass das Knirschen des Ledersattels und das Klirren des Zaumzeugs das leise Klimpern der in ihren Taschen versteckten Münzen übertönte, saß Emily kurz darauf auf dem Rücken der Stute und begab sich mit Barnaby an ihrer Seite auf den Heimritt.

Als sie den Gasthof hinter sich gelassen hatten, erkundigte sich Emily:

»Ihr Diener Lamb, wo haben Sie ihn gelassen?«

»Also wussten Sie, dass ich da war«, erwiderte er und verfolgte, wie ihr eine höchst kleidsame Röte in die Wangen stieg.

»Es kann sein, dass, bevor ich gegangen bin, eines der Gilbert-Mädchen es erwähnt hat«, murmelte sie undeutlich, den Blick starr auf einen Punkt zwischen den Ohren ihrer Stute gerichtet. Innerlich schalt sie sich eine Närrin, dass ihr ein so dummer Fehler unterlaufen war.

»Ja, ich bin sicher, so war es«, stimmte ihr Barnaby sogleich zu.

»Was Lamb betrifft, so genießt er allgemein beim weiblichen Geschlecht höchste Beliebtheit, egal welchen Alters. Als ich ging, war er gerade damit beschäftigt, mit Mrs Gilbert und Faith zu schäkern.«

Emily, die auf der Suche nach einem unverfänglichen Gesprächsthema war, erkundigte sich:

»Sind Ihre Cousins immer noch zu Besuch auf *Windmere*?«

»Ja. Mathew hat mannhaft den Drang bezwungen, mich umzubringen, um mich zu beerben; Tom ist ganz damit beschäftigt, mich und Simon auf die Palme zu bringen, indem er Mathews Äußerungen wiederholt, und Simon gießt weiterhin noch Öl ins Feuer, um zu sehen, was dann passiert.« Er schüttelte den Kopf, und ein Lächeln lag in seinen Augen, als er erklärte:

»Ich habe Zuflucht in der *Krone* gesucht, sonst tue ich ihnen am Ende noch etwas an.«

»Ihre Anwesenheit dort tut Mrs Gilbert gut«, erklärte Emily.

»Das *Ram's Head* hat es geschafft, viele ihrer Gäste ... äh, abzuwerben. Vielleicht werden einige von ihnen wieder zurückkommen, wenn sie hören, dass Lord Joslyn die *Krone* bevorzugt.«

»Ich habe vor, später heute Nachmittag die Reize des *Ram's Head* zu testen«, gestand Barnaby. »Aber Lamb wollte zuerst seine Bekanntschaft mit Mrs Gilbert, ihren Töchtern und der *Krone* auffrischen.«

Emily schaute ihn verwundert an.

»Lassen Sie es oft zu, dass Ihr Diener entscheidet, was Sie tun?«

Barnaby lachte.

»Ich kenne Lamb mein ganzes Leben lang, und es ist schwer, ihn von etwas anderem zu überzeugen, wenn er sich einmal entschlossen hat.«

»Aber er ist Ihr Diener!«

»Das würde ich ihm lieber nicht sagen«, versetzte er, »ich bin sicher, er wäre ernstlich beleidigt.«

Seine Antwort verblüffte sie. Lord Joslyn schien kein Mann zu sein, der anderen gestattete, über ihn zu bestimmen, aber er hatte seine eigenen Pläne geändert, weil sein Kammerdiener es wünschte. Sie versuchte sich vorzustellen, dass Jeffery auf seinen Diener Bundy Rücksicht nahm, oder auch, dass ihr Vater seine Pläne änderte, weil es einem seiner Bediensteten so lieber war, aber das konnte sie nicht. Es war undenkbar, aber Lord Joslyn hatte es offensichtlich getan und sich weiter nichts dabei gedacht.

Sie betrachtete ihn misstrauisch, die entschlossenen Züge, das feste Kinn und die markanten Wangenknochen, seinen kräftigen Körperbau. Er war ein großer Mann, saß aber mit einer lässigen Eleganz im Sattel, die sie bewundern musste, und sie war, wie sie sich bewusst wurde, sich seiner viel zu deutlich gewahr. Ihr Blick fiel auf die maskulinen Hände, die die Zügel hielten, und ein seltsames Gefühl durchlief sie, als sie sich daran erinnerte, wie er sie um die Mitte gefasst hatte, als er sie neulich in den Einspänner gehoben hatte.

Sie ignorierte ihre alberne Reaktion auf ihn und kam zu dem Schluss, dass nichts an ihm auf ein schwaches Wesen hindeutete. Ganz im Gegenteil, er strahlte Kraft und Stärke aus, Selbstvertrauen, und vermittelte ganz allgemein den Eindruck, dass er es gewohnt war, seinen Willen durchzusetzen.

Sie schaute auf und merkte, dass er sie ebenso gemustert hatte wie sie ihn. Verlegen riss sie den Blick von ihm los und begann drauflloszuplappern.

»Es ist ein wunderschöner Tag für Januar, nicht wahr? Ach, das können Sie ja gar nicht wissen – es ist ja Ihr erster Januar in England, oder? Ist das Wetter vergleichbar mit dem in, in … Virginia, nicht wahr?«

Barnaby verkniff sich ein Lachen. Sie war bezaubernd – selbst wenn sie versuchte, ihn auf Abstand zu halten. Er genoss es, mit ihr die Klingen zu kreuzen und zu sehen, wie die Röte in ihrem reizenden Gesicht kam und ging. Er hatte festgestellt, dass es ihn entzückte, dieses Funkeln in ihren wunderschönen Augen zu provozieren. Emily Townsend amüsierte, faszinierte und fesselte ihn, und er hatte den Verdacht, dass sie das immer tun würde. Und dann waren da auch noch diese leidenschaftlichen Gefühle, die sie in ihm weckte; dazu zählte er gar nicht die Verlockungen ihres anmutigen, schlanken und doch ganz weiblichen Körpers … Sie war, gestand er sich ein, eine große Versuchung für einen Mann, der nie vorgehabt hatte zu heiraten.

Nicht ganz sicher, was er ihretwegen unternehmen wollte, folgte er ihrer Führung und sagte:

»In Virginia ist es wärmer und vielleicht nicht ganz so nass wie in England.«

Wieder festeren Boden spürend, blickte Emily ihn an.

»Gefällt es Ihnen hier?«

Barnaby zuckte die Achseln.

»Es *miss*fällt mir jedenfalls nicht, und mit der Zeit und, wenn ich allmählich die Menschen und das Land besser kennengelernt habe, werde ich mich sicher ganz wohl hier fühlen.«

Emily lenkte die Unterhaltung weg von allem Persönlichen und hielt sie auf neutralem Gebiet. Lord Joslyn schien es recht zu sein, nur ab und zu hatte sie das beunruhigende Gefühl, als wüsste er genau, was sie tat, und lachte über sie.

Die alten Birken, die die Auffahrt säumten und die dem Haus seinen Namen gegeben hatten, kamen in Sicht, und Emily hätte beinahe erleichtert geseufzt. Lord Joslyn weckte Empfindungen in ihr, die sie nie zuvor verspürt hatte, und es fiel ihr schwer, damit zurechtzukommen. Ihr Herz benahm sich höchst unpassend, und sie fühlte alle möglichen seltsamen körperlichen Reaktionen auf seine Nähe. Ihr ganzer Körper prickelte, und wenn sie einen Blick in sein Gesicht wagte, wurde er unweigerlich von seinem Mund angezogen … *Wie wäre es, ihn zu küssen?*, fragte sie sich. Oder diese starken Arme um sich zu spüren, an seinen harten Körper gepresst zu werden? Beunruhigt von der Richtung, die ihre Gedanken eingeschlagen hatten, wollte sie unbedingt von ihm fort.

»Wir verlassen die Straße dort drüben bei den hohen Birken«, verkündete sie mit gespielter Unbekümmertheit, dankbar, dass die Rettung nahe war. Sie räusperte sich. »Sie brauchen mich nicht den ganzen Weg zu begleiten. Von da an kann ich wirklich alleine reiten.«

»Und mir das Vergnügen verwehren, meine Bekanntschaft mit Ihrer charmanten Stiefmutter zu vertiefen und vielleicht sogar Ihre Großtante Cornelia kennenzulernen?«

Sie zügelte ihr Pferd, sodass es stehen blieb.

»Jeffery wird höchstwahrscheinlich dort sein«, warnte sie ihn, »und er wird zweifellos widerlich unterwürfig sein.«

»Nun, es wird jedenfalls eine neue Erfahrung für mich sein, dass jemand in Ihrer Familie mich zu schätzen weiß«, erwiderte Barnaby gedehnt und hielt sein Pferd neben ihrem an.

Emilys Lippen zuckten, aber es gelang ihr, nicht zu lachen. Dieser Mann erstaunte sie. Sie wollte nichts mit ihm zu tun haben, und doch …

Ihre Pferde standen Seite an Seite, Barnabys Bein streifte ihres. Er lehnte sich vor, seine Hand fasste ihr Kinn. Sein Gesicht war nur noch wenige Zoll von ihrem entfernt, als er leise sagte:

»Ich verspreche, mein bestes Verhalten an den Tag zu legen.«

Während sie noch nach einer Antwort suchte, zerriss ein Schuss die Stille des klaren kalten Wintertags. Sie zuckte zusammen.

»Das war aber knapp«, begann sie, nur um entsetzt abzubrechen, als Blut aus einer Wunde an Barnabys Kopf strömte und er nach vorn in ihre Arme sackte.

Sie versuchte ihn festzuhalten, aber er war zu schwer für sie, sodass er zu Boden fiel. Sie sprang aus dem Sattel und sank neben ihm auf dem schlammigen Boden in die Knie und bettete seinen Kopf auf ihren Schoß. Sie starrte in sein blutüberströmtes Gesicht und berührte mit bebenden Fingern behutsam seine Stirn. *Gütiger Himmel*, dachte sie, *jemand hat auf Lord Joslyn geschossen.*

Kapitel 9

Wütend und voller Angst schrie Emily:

»Nicht schießen, Sie Idiot! Es sind Reiter auf der Straße.«

Da sie annahm, der Schuss stamme von einem Wilderer, rechnete sie nicht damit, dass jemand kam, und während die Sekunden verstrichen, war das einzige Geräusch, das sie hörte, das gespenstische Wispern des auffrischenden Windes in den bloßen Zweigen der Bäume in der Nähe. Sie waren allein, erkannte sie unbehaglich. Wer auch immer den Schuss abgegeben hatte, war fort. Niemand kam, um ihnen zu helfen.

Ihr Blick senkte sich auf Barnabys blutigen Kopf, und würgende Angst erfasste sie. War er tot? Bitte, lieber Gott, nicht das! Das Herz pochte wild in ihrer Brust, während Emily ihn untersuchte, und sie brach beinahe in Tränen aus, als sie feststellte, dass er noch am Leben war. Sie konnte nicht sagen, wie schwer die Wunde war, aber zwei Sachen waren ihr klar: Er lebte, und er brauchte einen Arzt.

Sie nagte an ihrer Lippe und schaute sich um. *The Birches* war mehr als eine Meile entfernt, aber sie wagte es nicht, ihn hier allein zu lassen. Das hier war keine Hauptstraße, und der Verkehr war normalerweise nur spärlich. So spät an einem Winternachmittag war es höchst unwahrscheinlich, dass ein Bauer oder ein Diener auf einer Erledigung zufällig vorbeikam.

Der Tag ging allmählich in die Dämmerung über, und es wurde von Minute zu Minute kälter. Emily war sich des

Umstandes bewusst, dass sie kostbare Zeit verschwendete, daher legte sie seinen Kopf behutsam auf den Boden und rappelte sich auf die Füße. Sie schaute sich nach den Pferden um – ohne sie hatte sie keine Hoffnung, Lord Joslyn zu bewegen oder selbst Hilfe zu holen.

Die Tiere hatten sich nicht weit entfernt, und es gelang ihr rasch, sie einzufangen und an einem kräftigen Ast festzubinden. Sie eilte an die Stelle zurück, wo Barnaby so still und blass lag, und versuchte ihn aus dem Schlamm auf ein Stück Gras neben der Straße zu ziehen. Sie war stark für eine Frau, aber er war ein großer Mann, sodass sie schier daran verzweifelte, ihn zu bewegen. Doch Zoll um kostbaren Zoll machte sie Fortschritte, und schließlich lag er auf dem braunen Grasstreifen, ihren weißen Flanellunterrock, den sie unter dem Reitkostüm getragen hatte, als Kissen unter dem Kopf.

Er war immer noch bewusstlos, und das sorgte sie mehr als alles andere. Sie schaute ihn an, zitterte unter einem kalten Windstoß und überlegte, was sie als Nächstes tun konnte. Wenn er wach wäre, würde er ihr trotz seiner Verletzung helfen können, sodass sie ihn am Ende mit vereinten Kräften auf sein Pferd bekommen könnten, aber das stand im Moment nicht zur Debatte. Die Wunde hatte stark geblutet, und das vergrößerte ihre Angst. Die Schwere seiner Verletzung musste von jemandem beurteilt werden, der sich besser mit so etwas auskannte als sie, was hieß, dass ein Arzt ihn untersuchen musste – und das bald.

Sie bekämpfte die Panik, die in ihr aufsteigen wollte, und biss sich auf die Lippe. Wie schlimm war die Wunde? Es sickerte immer noch Blut daraus. Sie schaute sich wieder um. Niemand weit und breit. Sie richtete den Blick wieder auf ihn. Sie bemerkte das rhythmische Heben und Senken seiner Brust, und das machte ihr Mut. Vielleicht war die Wunde gar nicht so ernst … Sie schluckte. Es gab nur einen Weg, das herauszufinden.

Sie kniete sich neben ihn und zog sich die Handschuhe aus, riss einen Streifen von ihrem weichen Unterrock ab und wischte vorsichtig etwas von dem Blut weg. Sie arbeitete behutsam und vorsichtig, hatte Angst, alles nur noch schlimmer zu machen, aber nachdem sie das meiste von dem Blut entfernt hatte, konnte sie erkennen, dass die Kugel auf einer Seite seines Kopfes eine tiefe Furche gezogen hatte, wobei sein dickes schwarzes Haar die Wunde zum Großteil verdeckte, sodass sie sie nicht genau sehen konnte. Ihr Herz bebte. Die Verletzung war schwer, aber wenn die Kugel nur einen Zoll oder zwei tiefer …

Mit zitternden Fingern streichelte sie seine schmalen Wangen und den breiten Mund. Dieser Mann, dieser Fremde, konnte sie so leicht in Rage bringen und ebenso leicht zum Lachen. Und mit einer Verzweiflung, die sie überraschte, wollte sie, dass er aufwachte und sie neckte und aufzog. Bis zu diesem Moment hatte sie gar nicht bemerkt, wie sehr sie sich darauf freute, ihn zu sehen – selbst wenn er sie bis zur Weißglut reizte! Lord Joslyn war irgendwie, gestand sie sich beinahe benommen ein, nahezu lebenswichtig für sie geworden.

Sie drängte die Tränen und das Entsetzen zurück, beugte sich vor und zischte ihm ins Ohr: »Wagen Sie es nicht, mir hier wegzusterben! Das würde ich Ihnen niemals verzeihen.« Sie rüttelte ihn an der Schulter.

»Hören Sie mich? Wagen Sie es ja nicht zu sterben!«

Er blieb reglos liegen, und – da sie sich albern vorkam – hob sie den Kopf und begann wieder das Blut aufzutupfen, das immer noch aus der Wunde sickerte. Allerdings schien die Blutung allmählich nachzulassen, was sie als gutes Zeichen wertete.

Besorgt schaute sie die Straße entlang, erst in die eine, dann in die andere Richtung. Ihr Herz machte fast einen Satz, als sie tatsächlich einen Reiter auf sich zukommen sah. Mit einer einzigen Bewegung kam sie auf die Füße, raffte die Röcke ihres Reitkostüms und rannte auf der Straße dem Reiter entgegen.

Obwohl er immer noch ein gutes Stück von ihr entfernt war, rief sie:

»Sir! Bitte, beeilen Sie sich. Ich bitte Sie, uns zu helfen. Lord Joslyn ist angeschossen worden. Bitte kommen Sie schnell.«

Der Mann schien ihre Worte zu hören, weil er sogleich reagierte, sein Pferd zum Galopp antrieb und Emily beinahe umgeritten hätte, so eilig hatte er es. Emily wirbelte herum, als er an ihr vorüber war, und verfolgte verwundert, wie der Mann von seinem Pferd sprang und sich neben Lord Joslyn kniete.

»Verdammt, Barnaby, ich habe dich doch gewarnt, vorsichtig zu sein«, hielt ihm der Neuankömmling vor, während er mit kundigen Fingern die Wunde untersuchte.

»Aber hörst du auf mich? Oh, nein. Jemand könnte versuchen, dich umzubringen, aber du musst alles so machen, wie du es dir in deinem sturen Kopf einbildest – und sieh nur, wohin zur Hölle es dich bringt. Ich hätte gut Lust, dir höchstpersönlich den Garaus zu machen.«

Seine Worte beunruhigten Emily. Gütiger Himmel! War der Mann verrückt? Wollte er am Ende Lord Joslyn etwas antun? Bereit, einzuschreiten, obwohl sie keine Ahnung hatte, was sie gegen einen kräftigen Mann wie ihn ausrichten konnte, lief sie zu Lord Joslyn zurück. Als sie jedoch sah, wie behutsam die Hände Lord Joslyns Kopf anfassten, verschwand ihre Sorge, er könnte ihm Böses wollen. Sie kniete sich neben den Fremden und schnappte nach Luft, als sie sein Gesicht sah. Seine Ähnlichkeit mit den Mitgliedern der Joslyn-Familie war verblüffend, aber er war kein Joslyn, den sie je getroffen hatte. Ihr kam der Gedanke, dass dieser große schlanke Mann mehr wie ein Joslyn aussah als Lord Joslyn selbst und dass er mühelos als Mathews, Thomas' oder Simons Bruder durchgegangen wäre. Seine Haut war dunkler, und sein schwarzes Haar war mehr kraus als lockig, aber die markanten leuchtend blauen Augen und die fein gezeichneten Züge verrieten seine Joslyn-Vorfahren.

Lamb, dem ihre Reaktion nicht entgangen war, sagte fast barsch:

»Ja, ja, ich weiß, ich sehe wie die restliche Joslyn-Bande aus, aber sagen Sie mir lieber, was geschehen ist.«

Emily schluckte und berichtete knapp, was sich zugetragen hatte. Die ganze Zeit, während sie redete, untersuchte der Fremde die Verletzung; seine Hände waren flink und wirkten, als wüsste er, was er tat.

Er verlagerte sein Gewicht auf die Fersen und runzelte die Stirn.

»Ich möchte ihn ins Warme schaffen, am besten in ein Bett. Wo können wir ihn hinbringen?«

»Äh, mein Zuhause, *The Birches,* liegt nur eine gute Meile von hier«, erklärte Emily, etwas benommen von der Geschwindigkeit, mit der der Fremde das Kommando übernommen hatte. Zögernd fragte sie:

»Sind Sie Lamb?«

Er lächelte besonders entwaffnend, und sie blinzelte verwirrt.

»Ja, ich bin Lamb, und ich entschuldige mich für meine Unhöflichkeit. Sie sind Miss Townsend.«

»Äh … ja«, antwortete Emily, die allmählich eine Vorstellung von der Art Beziehung zwischen Lord Joslyn und seinem Diener bekam.

Barnaby stöhnte, und Lamb und Emily schauten zu ihm. Barnabys Augenlider flatterten, und er stöhnte erneut.

»Mein Kopf«, murmelte Barnaby und hob die Hand, um die Wunde zu berühren.

»Himmel!«, entfuhr es ihm, und mit Lambs Hilfe gelang es ihm, sich aufzusetzen.

»Was, zum Teufel, ist geschehen?«

»Jemand hat Sie versehentlich angeschossen«, sagte Emily, die Erleichterung erfasste angesichts des Umstandes, dass er wieder zu sich gekommen war.

Sie sah den Blick, den Barnaby und Lamb wechselten. Sie schaute von einem grimmigen Gesicht zum anderen und fragte:

»Was ist?«

Lamb, der sie nicht weiter beachtete, fragte Barnaby:

»Wie willst du die Sache behandeln? Kehren wir nach *Windmere* zurück? Oder willst du versuchen, auch diesen Anschlag geheim zu halten?«

Emily stockte der Atem. Anschlag? Auch?

Mit zusammengezogenen Brauen wollte sie von Barnaby wissen:

»Was meinen Sie mit ›Anschlag‹? Wollen Sie etwa sagen, dass das hier kein Versehen war?« Als Barnaby darauf nur schwieg, sagte sie langsam:

»Sie denken, dass jemand absichtlich auf Sie geschossen hat. Dass man versucht hat, Sie umzubringen.« Die Idee, dass Lord Joslyn gerade knapp einem Mordanschlag entkommen war, war für sie schwer zu glauben, aber er und Lamb schienen keine Schwierigkeiten damit zu haben. Sie musste an Lambs Ausbruch eben denken, und sie erinnerte sich wieder an die Nacht, in der sie sich das erste Mal begegnet waren, wie knapp er da dem Tode entronnen war, und ihre Augen weiteten sich.

»Sie glauben auch nicht, dass es ein Unfall war, als Sie beinahe im Ärmelkanal ertrunken sind, oder?«

Barnaby bedachte sie mit einem beinahe missbilligenden Blick.

»Manchmal sind Sie klüger, als es gut für Sie ist.«

»Besser klug als so stur, dass es an Dämlichkeit grenzt«, erwiderte sie scharf.

»Lamb hat recht: Wenn jemand versucht, Sie zu töten, sollten Sie auf ihn hören.«

Barnaby starrte Lamb finster an.

Lamb zuckte die Achseln und murmelte:

»Ich habe vielleicht zugelassen, dass meine Zunge mit mir durchgeht, als ich dich hier gesehen habe, auf der Erde, blutverschmiert und leblos.«

Emily verstand nicht alles, aber es war offensichtlich, dass beide Männer davon überzeugt waren, dass Lord Joslyns Bad im Ärmelkanal kein Unfall gewesen war und dass der Schuss heute Nachmittag kein Versehen war. Sie glaubten, dass jemand ihn töten wollte. Ihr sank das Herz, weil sie ahnte, wer ihr Hauptverdächtiger sein würde.

Wie alle anderen auch wusste Emily, dass Mathew wütend gewesen war, als ihm der Titel entgangen war. Aber versuchte er deshalb, seinen siegreichen Rivalen umzubringen? Mathew konnte überaus arrogant und anmaßend sein, und wenn er gereizt wurde, konnte er auch jähzornig werden, aber machte ihn das zu einem Mörder? Normalerweise hätte sie darüber gelacht, aber wenn sie die Mienen der beiden Männer vor sich betrachtete, dann musste sie zugeben, dass, soweit es sie betraf, es dabei nichts zu lachen gab.

Sie erschauerte und schaute zu den paar winterkahlen Bäumen, die vereinzelt in der welligen Landschaft standen. Sie wurde sich bewusst, was für leichte Ziele sie abgaben, solange sie mitten auf der Straße standen. Wenn Lord Joslyn tatsächlich ermordet werden sollte, konnte, wer auch immer auf ihn geschossen hatte, noch dort sein …

»Wir müssen ihn ins Haus bringen«, erklärte Emily abrupt.

»Wenn jemand ihn töten will, dann machen wir es ihm nur unnötig leicht, wenn wir hier, so ganz ohne Schutz, stehen bleiben.« Als keiner der beiden Männer sich rührte, fügte sie mit vor Sarkasmus triefender Stimme hinzu:

»Es ist keine schwere Entscheidung. Entweder Sie bleiben hier stehen wie ein Moorhuhn vor dem Spürhund, oder Sie kommen mit mir nach Hause. Was soll es sein?«

Barnaby seufzte.

»Da hat sie recht.« Er schaute zu Emily, und trotz des Ernstes der Lage und des schmerzhaften Pochens in seinem Kopf lächelte er. Sie sah, dachte er zusammenhanglos, wenn sie so vor ihm stand mit blitzenden Augen und herausfordernd in die Hüften gestemmten Händen, wirklich wie die Amazone aus, als die Lamb sie bezeichnet hatte. *Meine* Amazone, überlegte Barnaby besitzergreifend, und er war sich immer sicherer, dass sie verheerende Auswirkungen auf alle Pläne eines ausgedehnten und ausgelassenen Junggesellendaseins haben würde, die er eigentlich gehegt hatte.

Benommenheit erfasste ihn. Er kämpfte dagegen an, und als er sich wieder mehr als Herr seiner Sinne fühlte, sagte er:

»Es stimmt – wir können hier nicht länger herumstehen.«

»*The Birches* ist nicht weit. Denken Sie, Sie können das Stück reiten?«, fragte Emily.

»Oder soll ich einen Karren besorgen, auf dem wir Sie fahren können?«

Er dachte an das Gerüttel und Geschüttel in einem Bauernkarren und an seinen schmerzenden Kopf, daher entschied er:

»Lassen Sie mich erst das Pferd probieren.«

Es war trotz Lambs beachtlicher Körperkraft beileibe keine einfache Aufgabe, ihn in den Sattel zu heben, aber es gelang ihnen schließlich doch. Als er sicher auf dem Pferd saß, war Barnabys Gesicht noch weißer als zuvor, und seine Kopfverletzung blutete wieder stärker.

Schwindelig und gegen Übelkeit ankämpfend saß Barnaby schwankend im Sattel. Durch zusammengebissene Zähne bemerkte er zu Emily:

»Das hier ist Ihre Parade, also reiten Sie voraus.«

Sie kamen nur langsam voran, Emily vorneweg, Lamb und Barnaby hinter ihr, wobei Lamb dicht neben Barnaby ritt, um dafür zu sorgen, dass Barnaby im Sattel blieb.

Sie bogen bei den beiden hohen Birken von der Straße ab, die, wie Emily erklärt hatte, die Auffahrt zu ihrem Zuhause markierten. Obwohl sie vor den beiden Männern ritt, vernahm sie doch das im Flüsterton geführte, aber heftige Gespräch der beiden. Sie stritten, und sie vermutete, es hatte mit ihr zu tun und der Überzeugung der beiden, dass jemand Lord Joslyn ermorden wollte. Der erste Anschlag – wobei sie nicht sicher war, ob es wirklich ein Anschlag gewesen war, war als Unfall abgetan worden; es war offenkundig, dass sie versuchten, ihren Verdacht geheim zu halten. Bis zu Lambs unklugen Bemerkungen, als er Lord Joslyn bewusstlos vorgefunden hatte, und dem späteren Austausch zwischen den beiden hatte sie geglaubt, dass der heutige Vorfall ein Versehen gewesen war. Aber nun …

Sie ritten ungefähr eine halbe Meile, als das Gespräch zwischen den beiden Männern jäh abbrach und Barnaby ihr zurief, bitte anzuhalten.

Emily war nicht wirklich überrascht. Sie waren sich einig geworden, nahm sie an. Sie drehte ihre Stute um und schaute ihn an.

»Was ist?«

Barnaby war nicht in der Lage, seine Worte überlegt zu wählen, daher sagte er einfach:

»Ich würde es begrüßen, wenn Sie Lambs unselige Äußerung für sich behalten könnten und wieder vergessen, dass von Mord die Rede war. Ich ziehe es vor, wenn alle Welt denkt, dass das heute Nachmittag einfach ein unseliger Unfall war.«

Er sah schrecklich aus. Ein Rinnsal Blut zog sich über die eine Seite seines Gesichts, und seine Haut war so blass, dass sie ernstlich beunruhigt war. Und wütend, dass er meinte, sie bitten zu müssen, dass sie seinen Verdacht nicht weitererzählte. Ihr Mund wurde schmal. Gütiger Gott! Dachte er etwa, sie sei so dumm, mit anderen darüber zu reden, was sie vermuteten?

Unter anderen Umständen hätte Emily ihm gehörig die Meinung gesagt, aber Lord Joslyn sicher ins Bett zu bekommen und ihn von einem Arzt untersuchen zu lassen, hatte vor allem anderen Vorrang. Mit einem knappen Nicken sagte sie:

»Ich weiß, was ich weitersagen kann und was nicht. Sie müssen sich keine Sorgen machen, dass ich irgendetwas, das zwischen uns heute Nachmittag besprochen wurde, anderen erzähle. Soweit ich es beurteilen kann, war das heute ein gefährlicher Unfall.«

Barnaby gelang es, die Lippen zu einem Lächeln zu verziehen, auch wenn es schwach und blass war.

»Danke.«

»Und jetzt, bevor Sie aus dem Sattel fallen«, erkundigte sie sich barsch, »können wir weiterreiten?«

Nach einem Blick auf Lord Joslyn und Emilys eiliger Erklärung hatte Walker binnen Minuten dafür gesorgt, dass Barnaby im zweitbesten Gästezimmer untergebracht war – leider hatte Ainsworth das beste Zimmer mit Beschlag belegt. Zu ihrer Erbitterung war Emily durch Lamb von den weiteren Vorgängen ausgeschlossen worden.

Er hatte ihr schlicht den Weg ins Zimmer versperrt und grinsend erklärt:

»Lassen Sie mich ihn erst einmal säubern und präsentabel machen, ehe Sie ihm weiter zusetzen.« Er schaute auf ihr blutbeflecktes Reitkostüm.

»Darf ich vorschlagen, dass Sie sich umziehen, während ich mit ihm beschäftigt bin?« Er nahm sich die Freiheit heraus, an einer ihrer blonden Strähnen, die sich aus ihrer Frisur gelöst hatten, zu ziehen, während er mit belustigt funkelnden Augen erklärte:

»Gehen Sie und machen Sie sich hübsch. Das wird Barnaby gefallen.«

Emily beherrschte sich und marschierte wortlos davon. Was der Mann sich herausnahm! Es war offenkundig, überlegte sie, hin und her gerissen zwischen Empörung und Belustigung, dass der Diener mindestens ebenso unmöglich war wie sein Herr.

Nachdem Emily aus dem Weg war, widmete Lamb seine Aufmerksamkeit Barnaby. Trotz dessen Protesten zogen er und Walker ihm die Kleider aus und steckten ihn in ein Nachthemd, das sie hastig aus Jefferys Vorräten geborgt hatten.

»Warum muss ich am Ende immer irgendein fremdes Nachthemd tragen?«, beschwerte sich Barnaby vom Bett aus.

»Daran bist du ganz allein schuld«, erwiderte Lamb schonungslos, dem das Bild von Barnaby, wie er reglos auf der Erde lag, noch frisch vor Augen stand.

»Das nächste Mal, wenn du dich anschießen lässt, tu es auf *Windmere*, dann fällt schon einmal die Sorge weg, dass du das Nachthemd eines anderen tragen musst.«

Walker behielt seine ausdruckslose Miene bei, aber der Austausch verwunderte ihn. Aber nicht mehr, gestand er sich ein, als Lambs verblüffende Ähnlichkeit mit der Joslyn-Familie. Mrs Spalding würde das alles sehr interessant finden.

»Etwas warmes Wasser und saubere Kleidung wären als Nächstes an der Reihe«, sagte Lamb und unterbrach Walkers Überlegungen.

»Ich muss mir die Wunde genau ansehen und sie dann verbinden.«

Behutsam fragte Walker:

»Soll ich vielleicht unseren Lakaien Thomas ins Dorf schicken, den Arzt holen?«

Mit einem einnehmenden Lächeln erwiderte Lamb:

»Das wird nicht nötig sein. Ich habe Mylord schon bei schlimmeren Sachen versorgt als dieser hier. Wenn Sie jemanden bei der Hand hätten, der mir meine Satteltaschen holen könnte, wäre ich Ihnen aber sehr verbunden.«

Walker verneigte sich.

»Ich werde mich persönlich darum kümmern.«

Da sie vergessen hatte, dass die Tür zu ihrem Zimmer versperrt war, prallte Emily dagegen. Mit einem halblauten Fluch hob sie die Hand und klopfte an, wobei sie rief:

»Anne, bist du darin?«

Die Tür öffnete sich, und als sie Emily in ihrem blutigen Reitkostüm und mit den unordentlichen Haaren erblickte, entfuhr Anne:

»*Emily!* Gütiger Himmel. Bist du verletzt?«

»Nein, nein, mir geht es bestens«, erklärte Emily und drängte sich an ihr vorbei.

»Läutest du bitte nach Sally? Ich bin schmutzig und muss mich waschen.«

Anne schloss und versperrte die Tür hinter ihr.

»Aber was ist denn nur geschehen?«, fragte sie und folgte Emily durchs Zimmer.

Cornelia saß auf einem Polsterstuhl am Feuer. Sie musterte Emilys zerzauste und blutige Erscheinung und erklärte:

»Grundgütiger, Mädchen. Sag nicht, dass du angegriffen wurdest.«

Emily setzte sich auf die Bettkante und begann, sich die Stiefel auszuziehen. »Nein, ich bin nicht angegriffen worden«, antwortete sie, »aber Lord Joslyn. Gegenwärtig kümmert sich sein Kammerdiener Lamb in unserem zweitbesten Gästezimmer um ihn.«

»Lord Joslyn, hier? Unter unserm Dach?«, fragte Cornelia mit einem interessierten Funkeln in den Augen.

Annes Hand legte sich auf ihre Brust; atemlos wollte sie wissen:

»Aber was genau ist denn geschehen?«

Emily durchwühlte ihren Schrank und die Kommode nach Kleidern zum Wechseln, während sie rasch die Ereignisse zusammenfasste, ließ aber die Möglichkeit aus, dass jemand Lord Joslyn umbringen wollte – und nicht zum ersten, sondern zum zweiten Mal.

»Jetzt sag aber nicht, dass ein Wilderer auf Lord Joslyn geschossen hat«, rief Anne mit weit aufgerissenen Augen.

»Das ist genau das, was ich sage«, erwiderte Emily ungeduldig und wandte sich von ihrer Durchsuchung des Schrankes ab, ein maulbeerfarbenes Tageskleid aus feinster Wolle in der Hand.

Ein Klopfen an der Tür verriet, dass Sally da war. Sobald die Zofe geschickt worden war, Wasser für Emily zu beschaffen, sagte Cornelia nachdenklich:

»Ein Wilderer, ja? Es ist aber schon eine seltsame Tageszeit und eine merkwürdige Stelle für einen Wilderer, oder?«

Emily hielt den Kopf gesenkt, offenkundig fasziniert von dem spitzenverzierten Unterhemd, das sie zu den Kleidungsstücken gelegt hatte, die sie über dem Arm trug. »Hmm. Ja, es ist seltsam, aber wie sonst würdest du es erklären?«

Cornelia kniff die Augen zusammen und musterte Emilys gesenkten Kopf. Da war, entschied sie, mehr an der Geschichte dran, als ihre Nichte ihr erzählte …

»Nun, natürlich war es ein Unfall«, verkündete Anne, »es gibt einfach keine andere Erklärung.«

Emily griff sich einen Morgenmantel und verschwand hinter dem Paravent. Da sie dringend das Thema wechseln wollte, begann Emily ihnen von dem Treffen der Geldgeber zu berichten, während sie sich auszog. Mehrere Minuten lang beschrieb sie ihnen, was sich in der *Krone* zugetragen hatte.

»Wir machen ausgezeichneten Profit«, sagte sie und holte den einen Beutel aus ihrer Rocktasche. Sie reichte ihn über den Rand des Paravents an Anne weiter, um ihn in das Versteck unter den Bodendielen zu legen.

»Oh, und da ist noch einer, hübsch gefüllt mit Geld für unsere nächste Fahrt.« Sie streifte sich das Reitkostüm ab, weswegen ihre Stimme einen Moment lang durch den schweren Stoff über ihrem Kopf gedämpft war.

»Ich vermute, Jeb bricht in den nächsten Tagen nach Calais auf, sodass wir es nicht lange werden aufbewahren müssen.« Sie warf das Reitkostüm beiseite und rief:

»Unsere letzte Fahrt war überaus erfolgreich, und nachdem wir die notwendigen Auslagen bezahlt haben«, fuhr Emily fort, »denke ich, sollten wir das, was übrig bleibt, dazu verwenden, Anne zu verstecken.«

Annes erste Reaktion bestand daraus, es abzulehnen. Schuldgefühle erfassten sie, wenn sie daran dachte, dass die Gewinne aus Emilys gewagtem Plan auf sie verschwendet werden sollten, aber Emily und Cornelia konnten sie bald überzeugen, dass sie sich albern benahm.

»Was nützt es einem, Geld zu besitzen«, betonte Cornelia, »wenn man es nicht so verwenden kann, wie man es will? Emily und ich haben keine Einwände, daher solltest du das auch nicht, du Gänschen.«

Sally kehrte mit dem warmen Wasser zurück, und die nächsten paar Minuten vergingen, während Emily sich die Spuren ihres Abenteuers abwusch und sich frische Kleider anzog. Rasch fuhr sie sich mit der Bürste durchs Haar, dann bändigte sie die schwere Pracht mit einem breiten grünen Samtband.

Sie trat hinter dem Paravent hervor und setzte sich in einen der Stühle in der Nähe des Kamins. Sie war müde, fühlte sich aber seltsam belebt, und sie schob die alberne Vorstellung einfach beiseite, dass ihr Zustand irgendetwas mit dem Wissen zu tun haben könnte, dass Lord Joslyn im Haus war ... oder dass sie ihn schon bald wiedersehen würde. Nicht, dass sie auf die Idee käme, in sein Krankenzimmer einzudringen.

Emily hätte ihrer Großtante einen Kuss geben mögen, als die vorschlug:

»Ich frage mich, wie bald es Lord Joslyn gut genug gehen wird, um Besucher zu empfangen? Ich würde den Herrn gerne kennenlernen.« Sie lächelte verschmitzt und hob eine Braue.

»Der sechste Viscount war ein gut aussehender Mann. Es verspricht interessant zu werden, zu sehen, wie dieser junge Hund im Vergleich mit seinem Urgroßvater abschneidet.«

Die Damen auf *The Birches* waren nicht die Einzigen, die darüber nachdachten, Lord Joslyn in seinem Krankenzimmer aufzusuchen. Walker hatte die Neuigkeiten so lange, wie er es wagte, vor Jeffery geheim gehalten, aber schließlich blieb ihm nichts anderes übrig, als den Squire über seinen Gast zu unterrichten.

Jeffery und Ainsworth waren damit beschäftigt gewesen, uninteressiert im Kartenzimmer Pharo zu spielen, als Walker ihn davon in Kenntnis setzte, dass sich Lord Joslyn verwundet in einem seiner Gästezimmer oben befand.

Jeffery starrte ihn verwundert an.

»Lord Joslyn hier, in meinem Haus?«

Walker nickte und erklärte, wie es dazu gekommen war.

Als der Butler gegangen war, wandte sich Jeffery zu Ainsworth um, und seine blauen Augen funkelten aufgeregt.

»Bei Jupiter! Was für ein Glücksfall. Joslyn ist hier!«

»Inwiefern Glücksfall?«

Jeffery beugte sich vor.

»Ich habe dir doch schon gesagt, dass ich glaube, da ist etwas zwischen Emily und dem Kerl. Davon bin ich jetzt überzeugt.«

»Weil er angeschossen wurde?«, fragte Ainsworth gedehnt und fuhr fort: »Ich fürchte, ich vermag die Verbindung nicht zu entdecken.«

»Nein, nicht weil er angeschossen wurde«, erwiderte Jeffery ungeduldig.

»Weil er wieder mit Emily zusammen war, als es geschah! Sie waren zusammen, als er angeschossen wurde. Was verrät dir das?« Als Ainsworth nur die Achseln zuckte und gelangweilt aussah, fuhr Jeffery fort:

»Ich sage dir, zwischen den beiden ist etwas. Obwohl sie es abgestritten hat, weiß ich, dass sie in jener Nacht in der *Krone* war – und es muss gewesen sein, um Joslyn zu treffen.«

»Du vergisst, dass er erst kürzlich in der Gegend eingetroffen ist. Sie haben sich nie zuvor gesehen.«

Aber Jeffery war nicht bereit, zuzulassen, dass ein so lächerlicher Einwand das nie ganz vergessene wunderbare Bild in seinem Kopf von einer Hochzeit zwischen Emily und Joslyn zerstörte.

»Soweit wir es wissen«, antwortete Jeffery befriedigt und nickte dazu, »soweit wir es wissen.«

Jeffery stand auf.

»Wenn du mich entschuldigst, ich werde mich selbst davon überzeugen, wie es Lord Joslyn geht.«

Er ließ Ainsworth achtlos, als sei er nicht mehr als ein Teekuchen von gestern, am Tisch zurück und ging aus dem Zimmer.

Nachdem er seinem Herrn mitgeteilt hatte, dass Lord Joslyn auf *The Birches* weilte, eilte Walker nach oben, um Lamb zu warnen. Er klopfte an die Tür und trat auf Lambs »Herein!« ein.

Barnaby saß mit geschlossenen Augen im Bett, im Rücken einen wahren Kissenberg. Die eine Seite seines Kopfes war verwegen mit einem weißen Tuch bedeckt. Seine Lordschaft sah blass aus, aber schien sich bereits zu erholen. Das Tablett mit Erfrischungen, die Walker gebracht hatte, nachdem er die Schüssel mit dem blutigen Wasser und die blutigen Lappen weggeschafft hatte, die Lamb benutzt hatte, um die Wunde zu säubern, stand auf dem Marmortischchen neben dem Bett.

Lamb stand in der Nähe und packte die Satteltaschen, die Walker ihm zuvor gebracht hatte. Der Butler ging zum Bett und erklärte mit gesenkter Stimme:

»Mylord, der Squire ist von Ihrer Anwesenheit unterrichtet und wird sich natürlich selbst davon überzeugen wollen, dass Sie wohl versorgt sind und es Ihnen an nichts mangelt.«

Barnaby öffnete die Augen.

»Danke, dass Sie ihn so lange wie möglich aufgehalten haben.«

Walker verneigte sich. Als er sich wieder aufrichtete, fragte er:

»Soll ich eine Nachricht nach *Windmere* senden?«

Barnaby wollte nicken, zuckte aber zusammen, als seine dank Lamb frisch vernähte Kopfhaut protestierte.

»Ja, das wäre mir sehr recht.«

Walker hätte den Raum verlassen, aber Lamb sprach ihn an.

»Warten Sie«, sagte er. Mit einem Blick zu Barnaby fragte er:

»Solltest du nicht lieber nach deiner Kutsche schicken?«

Barnaby bemühte sich, mitleiderregend auszusehen.

»Oh, ich bin viel zu schwach zum Reisen«, erklärte er leise. Tapfer lächelnd fügte er hinzu:

»Vielleicht können Sie meinen Leuten ausrichten, mir die Sachen, die ich in den nächsten Tagen brauchen werde, zu schicken.« Er schaute zu Lamb.

»Und für meinen Kammerdiener auch.«

Walker versicherte, sich darum zu kümmern, und ging.

Lamb packte die Nadel und den Seidenfaden zurück in seine Satteltasche und sagte:

»Ich denke nicht, dass es eine gute Idee wäre, hierzubleiben. Du kannst auf *Windmere* viel besser versorgt werden.«

»Hm, vermutlich. Aber ich finde es hier anregender.«

In trockenem Ton erwiderte Lamb:

»Sie hat dir schon den Ring durch die Nase gezogen.«

Barnaby verschränkte die Hände hinter seinem Kopf und grinste.

»Vielleicht. Aber du musst zugeben, es ist ein sehr hübscher Ring, oder?«

Sobald er Tom, den Lakaien, nach *Windmere* geschickt hatte, lief Walker die Stufen zu Emilys Schlafzimmer hoch. Als sie seine Stimme hörte, öffnete Emily die Tür und zog ihn ins Zimmer, dann schloss sie die Tür hinter ihm wieder.

Walker berichtete rasch, dass Lord Joslyn ein paar Tage auf *The Birches* bleiben wolle. Sorge erfasste Emily angesichts dieser Information. War die Wunde schlimmer als sie gedacht hatte?

»Wie geht es ihm?«, fragte sie mit ängstlichem Blick.

Walker räusperte sich umständlich.

»Nicht so schlecht, wie man meinen könnte.« Er sah zu Cornelia, die ihn interessiert beobachtete.

»Ich denke, es gibt einen besonderen Grund, weshalb er hierbleiben möchte.«

Cornelia verkniff sich ein zufriedenes Lachen. Das hier schmeckte nach Romanze. So rieb sie sich nur die Hände und stellte fest:

»Ausgezeichnet! Sie dürfen gehen, aber wenn Sie Seine Lordschaft das nächste Mal sehen, teilen Sie ihm bitte mit, dass wir ihn gerne besuchen würden, wenn es ihm besser geht. Morgen Vormittag vielleicht?«

Walker verbeugte sich.

»Sehr wohl, Madame.«

Die Damen waren gewillt, Barnaby eine Schonfrist zu gewähren, aber Jeffery wollte nicht auf das Vergnügen warten, seinen Gast zu sehen. Er wurde von dem stoisch blickenden Lamb vorgelassen und sagte:

»Mylord! Walker hat mich soeben erst von Ihrer Anwesenheit bei uns unterrichtet. Ist alles zu Ihrer Zufriedenheit geregelt? Sind Sie mit allem Nötigen versorgt? Wenn es irgendetwas gibt, das ich tun kann, um Ihnen den Aufenthalt angenehmer zu machen, sagen Sie nur ein Wort, und ich sorge dafür, dass es erledigt wird.«

»Ihre Leute sind überaus freundlich«, erklärte Barnaby, »besonders Walker war außerordentlich hilfsbereit.«

»Ja, ja«, entgegnete Jeffery und tat Walkers Bemühungen ab. Er trat ans Bett und erklärte:

»Ich muss zugeben, ich bin mehr als glücklich über diese Gelegenheit, den fälschlichen Eindruck, den Sie nach unserem ersten unseligen Zusammentreffen vielleicht von mir gewonnen haben, richtigstellen zu können.«

»Ach, das hatte ich längst vergessen«, erwiderte Barnaby höflich, wünschte Jeffery insgeheim jedoch ins Fegefeuer.

Jeffery strahlte.

»Ich kann Ihnen gar nicht sagen, wie erleichtert ich bin, das zu hören.« Er lachte leise.

»Sie müssen mich für einen Irren gehalten haben, als ich so ins Zimmer gestürmt kam und mit wilden Anschuldigungen um mich geworfen habe.«

»Der Gedanke kam mir.«

Jefferys Lächeln wankte.

»Nun, es ist jedenfalls gut, dass ich nun alle Vorbehalte, die Sie bezüglich der Townsend-Familie gehegt haben könnten, ausräumen konnte.«

Da er wollte, dass der andere ging, ehe er etwas sagte, das er später bereuen würde, seufzte Barnaby schwer und schloss die Augen. Mit schwacher Stimme verlangte er:

»Lamb, mein Stärkungsmittel. Ich fühle mich nicht wohl.«

Lamb kam geschäftig ans Bett. Mit einem Lächeln, bei dem er den Großteil seiner weißen Zähne entblößte, erklärte er an Jeffery gewandt:

»Ich muss Sie leider jetzt bitten zu gehen. Seine Lordschaft hat erst vor ein paar Stunden eine schwere Kopfwunde erlitten und ist noch nicht in der Verfassung, Besucher zu empfangen.«

»Oh … eh, ja. Natürlich«, antwortete Jeffery, von Lambs Größe und seiner unübersehbaren Ähnlichkeit mit den Joslyns eingeschüchtert.

»Ich wollte nicht stören.« Er blickte wieder zu Barnaby, der in die Kissen gesunken war.

»Wenn es irgendetwas gibt, das Sie noch brauchen, Mylord, ein Wort genügt.«

»Mein Stärkungsmittel«, stöhnte Barnaby, »ich muss meine Medizin nehmen.«

Lamb ergriff Jeffery am Ellbogen und brachte ihn sanft, aber bestimmt zur Tür und dann aus dem Zimmer hinaus. Nachdem er das Schließen der Tür gehört hatte, öffnete Barnaby versuchshalber ein Auge. Da er nur Lamb entdecken konnte, öffnete er auch das andere und setzte sich auf.

»Weißt du«, sagte er, »der Kerl strapaziert meine Geduld.«

»Vergiss nur nicht, er ist ihr Cousin – und wenn du dem Weg weiter folgst, den du eingeschlagen hast, könnte dein Erbe am Ende wie er sein«, verkündete Lamb grinsend.

Barnabys und Lambs Sachen trafen gegen Abend aus *Windmere* ein, zusammen mit einem beunruhigten Mathew, den seine Brüder begleiteten. Barnaby benötigte eine ganze Weile, um seine Cousins davon zu überzeugen, dass er nicht in Lebensgefahr schwebte. Es war schwer zu sagen, aber er spürte, dass die drei Männer sich ernstlich um ihn Sorgen machten. Dass er so knapp dem Tode entronnen war, verstörte sie offenbar alle.

»Das mag schon zutreffen«, erwiderte Lamb, nachdem

es ihm endlich gelungen war, sie aus Barnabys Zimmer zu vertreiben, »aber das heißt nicht, dass nicht doch einer von ihnen hinter dem steckt, was geschehen ist.«

Lambs Worte spiegelten Barnabys Überlegungen wider. *Aber welcher von ihnen war es?*, fragte er sich.

Nachdem er die Dosis Laudanum geschluckt hatte, die Lamb ihm aufgedrängt hatte, schlief Barnaby ein. Am Mittwochmorgen, einem grauen trüben Tag, erwachte er erholt.

Lamb, der ein Tablett mit allerlei Köstlichkeiten von Mrs Spalding brachte, dazu gedacht, den Appetit des Invaliden anzuregen, betrachtete ihn eindringlich.

»Dein Gesicht hat wieder Farbe«, sagte er, als er das Tablett auf den Tisch neben dem Bett stellte. Mit einem listigen Lächeln fügte er hinzu:

»Und die Damen haben um die Erlaubnis gebeten, dir einen Krankenbesuch abzustatten – gegen elf Uhr –, wenn es Seiner Lordschaft genehm ist.«

Barnabys Züge leuchteten auf, und er setzte sich auf.

»Na, wenn das nicht das Beste ist, was ich gehört habe, seit ich hier bin.«

Emily freute sich weit mehr auf die Stippvisite bei Barnaby, als sie zuzugeben bereit war. Schlimmer noch, sie stellte fest, dass sie sich weit mehr Mühe mit ihrem Kleid und ihrer Frisur gab. Wieso ist es wichtig, was ich trage?, fragte sie sich ärgerlich. Er hat mich bereits gesehen, als ich wie eine Vogelscheuche aussah.

Als die Damen schließlich zum Frühstück nach unten gingen, hatte Emily ein Kaschmirkleid mit rundem Ausschnitt an, und ihr Haar wippte in weichen Locken um ihr Gesicht. Cornelia war sehr zufrieden mit Emilys Aussehen, zumal ihr mehr als einmal der Gedanke gekommen war, dass das Mädchen aus schierem Trotz einfach ihr ältestes Kleid aus dem Schrank ziehen würde. Es verhieß Gutes, dass Emily sich entschieden hatte, etwas anzuziehen, das ihr gut stand.

Die drei Damen hatten sich gerade an der Anrichte bedient und nahmen am Tisch im Frühstückszimmer Platz, als sie Unruhe und Geräusche vom Eingangsbereich des Hauses vernahmen. Sie hörten Stimmen und noch mehr Lärm und schauten einander verwundert an.

»Was, um alles in der Welt …!«, rief Emily, als auch schon die Tür zum Frühstückssalon aufgestoßen wurde und ein Gentleman mit einem schlammbespritzten Umhang ins Zimmer kam.

Emily erkannte die lachenden blauen Augen sogleich und sprang auf. Sie lief durchs Zimmer und wurde herzlich umarmt.

»Hugh!«, rief sie glücklich und lächelte ihren Lieblingscousin strahlend an.

Kapitel 10

Es ging alles ein wenig drunter und drüber, während die Damen Hugh mit Umarmungen, Küssen und aufgeregten Fragen bestürmten. Walker erschien und nahm Hugh rasch seinen Umhang ab und eilte dann mit dem Kleidungsstück über dem Arm in Richtung Küche, um Mrs Spalding von der Ankunft des Besuchers zu unterrichten.

Mit seinen einunddreißig Jahren war Hugh Townsend vier Jahre jünger als Jeffery, aber Welten von dem liederlichen Lebenswandel seines älteren Bruders entfernt. Obwohl er gut aussah, besaß er nicht Jefferys klassisch-schöne Züge oder dessen Größe, sondern war etwa einen Zoll kleiner als der Durchschnitt, aber er besaß etwas im Überfluss, das Jeffery abging: Charme und Freundlichkeit.

Beide Eigenschaften zeigten sich, als er, nachdem er Anne und Emily auf die Wangen geküsst hatte, zu Cornelia trat, die dabeisaß und alles mit einem zufriedenen Glitzern in den Augen verfolgte. Er ließ sich vor ihr auf ein Knie nieder, hob ihre Hand an seine Lippen und drückte einen Kuss auf die faltige Haut.

»Und wie«, fragte er sanft und betrachtete ihr Gesicht forschend, »geht es der Frau, der mein Herz gehört?«

»Sehr hübsch gesagt«, erwiderte Cornelia, streckte die Hand aus und streichelte seine Wange. »Du hast eine Art, Junge, und wenn ich fünfzig Jahre jünger wäre ...«

»In jedem Alter«, erklärte Hugh, »wirst du mein Herz besitzen.«

Cornelia brach in Gelächter aus.

»Das ist zu dick aufgetragen, mein Junge.«

Trotz ihrer Worte konnten alle erkennen, dass sie erfreut war. Sie deutete auf den leeren Stuhl neben sich und verlangte:

»Und nun setz dich und verrate uns, wie es deiner Mutter geht. Und *Parkham House*? Ist alles in Ordnung bei euch?«

Jefferys und Hughs verwitwete Mutter lebte bei ihrem jüngeren Sohn auf *Parkham House*. Die Witwe des jüngeren Bruders von Emilys Vater William, Mrs Althea Townsend, wies mit ihren inzwischen fünfundfünfzig Jahren immer noch eine beachtliche Ähnlichkeit mit dem hübschen jungen Ding auf, das sie bei ihrer Hochzeit gewesen war. Hugh besaß das gütige Herz seiner Mutter und ihr unbeschwertes Wesen – allerdings nicht ihre Flatterhaftigkeit. Zu Jefferys Erbitterung hatte Hugh mit zwanzig von seiner Patentante ein beträchtliches Vermögen und *Parkham House* geerbt, ein ansehnlicher Landsitz, der etwa einen Tagesritt von hier entfernt lag. Wenn er betrunken war, hatte Jeffery sich oft genug darüber beklagt, wie ungerecht das Schicksal war. Seine Patentante hatte ihm nichts hinterlassen, so beschwerte er sich, als einen stinkenden Schoßhund, den er sogleich seiner Mutter abgetreten hatte.

Vor beinahe zehn Jahren, als Jefferys und Hughs Heim veräußert werden musste, um die Spielschulden ihres Vaters zu begleichen, war Althea heimatlos und beinahe mittellos zurückgeblieben. Hugh hatte sie sogleich in einer Suite in seinem Haus untergebracht und dafür gesorgt, dass es ihr an nichts mangelte. Die beiden kamen gut miteinander aus, Althea kümmerte sich glücklich um die Gärten und führte den Haushalt, wenn sie daran dachte, und Hugh lebte das Leben eines wohlsituierten Gentlemans, der tun konnte, was ihm gefiel.

Cornelias Aufforderung gehorchend setzte sich Hugh neben sie und fügte hinzu:

»Sie sendet dir liebe Grüße.«

Eine Weile unterhielten sie sich über allgemeine Themen, ehe Hugh von ihrem vornehmen Gast berichtet wurde, sowie den Umständen, die dazu geführt hatten, dass er gegenwärtig in einem Gästezimmer hier untergebracht war.

Hugh war bestürzt.

»Gütiger Himmel. Lord Joslyn angeschossen! Das ist ja unfassbar.« Er sah Emily an.

»Du bist unverletzt?«

Emily nickte.

»Es war furchtbar, und ich war nie in meinem Leben so dankbar wie in dem Moment, als Lamb auftauchte. Glücklicherweise wurde Lord Joslyn nicht ernstlich verwundet.«

»Und, was für ein Mensch ist er?«, wollte Hugh wissen.

»Ich habe die wildesten Gerüchte über ihn gehört – ganz London schwirrte nur so von Klatsch, als er letzten Herbst ankam. Alle Welt hat über ihn geredet.« Er verzog das Gesicht.

»Oder darüber, wie wütend der arme Mathew Joslyn war, dass ihm ein so großes Vermögen entrissen wurde ... und der Titel. Halb London war entsetzt, dass irgendein halbwilder Kolonist Mathew sein Erbe abgejagt hatte, die andere Hälfte hatte Mitleid mit ihm.«

Cornelia versteifte sich.

»Mathew Joslyn ist auch ohne das Geld seines Onkels reich genug. Es besteht keine Notwendigkeit, ihn zu bemitleiden.«

»Ach, lasst das doch«, verlangte Emily, »ich will nicht über Mathew reden.« Sie richtete ihren Blick fragend auf Hugh und erkundigte sich:

»Aber was bringt dich zu dieser Jahreszeit hierher? Willst du länger bleiben?« Sie lächelte keck. »Ich hoffe doch – Jeffery würde sich so ärgern.«

Hugh schmunzelte. Man konnte sich wahrlich darauf verlassen, dass Emily die Beziehung zu seinem Bruder schonungslos ansprach. Er und Jeffery konnten sich gegenseitig kaum ertragen, und er musste zugeben, dass, während er Cornelias Bitte um seinen Besuch auf *The Birches* unter allen Umständen gefolgt wäre, die Aussicht, Jeffery zu reizen, der Reise eine … besondere Würze verliehen hatte. Aber wie sollte er Emilys Frage beantworten?

Cornelia hatte ihn nicht zur Geheimhaltung verpflichtet, aber es war offenkundig, dass sie den anderen nichts davon gesagt hatte, dass sie ihn hergebeten hatte. Bis er mit seiner Großtante unter vier Augen sprechen konnte, wollte Hugh nicht preisgeben, dass es ihre dringende Bitte gewesen war, die ihn unverzüglich nach *The Birches* gebracht hatte. Also, warum war er hier?

»Wintertrübsal!«, erklärte er geistesgegenwärtig.

»London ist verlassen; die beste Jagdsaison liegt hinter uns, und ich brauchte einen Tapetenwechsel.« Seine blauen Augen funkelten neckend, während er murmelte:

»Der Gedanke, eure liebreizenden Gesichter zu sehen, hat mich hergebracht.«

Anne wurde rot, aber Emily schnaubte nur.

»Unsinn!« Dann lächelte sie.

»Aber aus welchem Grund auch immer, wir freuen uns, dich zu sehen.«

Die kunstreich bemalte Uhr auf dem Kaminsims läutete zur Stunde, und Emily schaute erstaunt auf.

»Wie kann es nur schon elf Uhr sein? Ich habe das Gefühl, als hätten wir uns eben erst hingesetzt.« Entschuldigend wandte sie sich an Hugh.

»Wir hatten vor, jetzt Lord Joslyn zu besuchen – stört es dich sehr, wenn du eine Weile allein bleibst? Ich würde dich ja bitten, uns zu begleiten, aber … aber er ist *gestern* erst angeschossen worden und vielleicht noch nicht in der Verfassung, Fremde zu empfangen.«

Hugh winkte ab.

»Nein, nein, geht nur! Wenn ihr mir verratet, in welchem Zimmer ich schlafen soll, lasse ich Walker meine Sachen nach oben bringen.«

Cornelia stand auf und stützte sich schwer auf ihren Stock, dabei fragte sie:

»Ist Barnett bei dir?«

Hugh nickte.

»Ja, ich habe meinen Kammerdiener dabei.«

»Lass ihn von Walker irgendwo in deiner Nähe unterbringen – im gleichen Flügel wie wir«, sagte sie und humpelte aus dem Zimmer. Ehe sie durch die Tür trat, blickte sie ihn an und erklärte:

»Ich möchte dich in der Nähe haben.«

Anne beeilte sich, Cornelia zu folgen, aber Emily blieb noch kurz bei ihm stehen, küsste ihn auf die Wange und fragte:

»Sie hat dir geschrieben, nicht wahr?«

Hugh verzog das Gesicht.

»Ja, aber sie hat mir nicht verraten, warum ich hier so dringend benötigt werde. Ich nehme an, die Lage mit meinem Bruder hat sich verschlechtert?«

Emily schaute über ihre Schulter, und als sie sah, dass Cornelia und Anne nicht vor der Tür auf sie warteten, drehte sie sich wieder zu Hugh um. Hastig erklärte sie:

»Ja. Jeffery und dieser Schurke Ainsworth planen, Anne zu entführen und dann zu ruinieren, um sie zu zwingen, Ainsworth zu heiraten. Ich nehme an, dass Großtante Cornelia dich bitten will, Anne mit nach *Parkham House* zu nehmen – von wo Jeffery es nie wagen würde, sie zu entführen.«

Nachdem sie diese Bombe zu Hughs Füßen hatte platzen lassen, verließ Emily hastig den Raum und folgte den beiden anderen Frauen.

Da er seine Besucher nicht wie ein Invalide im Bett empfangen wollte, auch wenn er durchaus in der Lage war, einen zu spielen, wenn es ihm passte, thronte Barnaby auf einem weich gepolsterten Stuhl in der Nähe des Kamins aus grauem Mauerwerk, als die drei Damen von Lamb ins Zimmer geleitet wurden. Er trug einen goldbestickten burgunderroten Morgenrock, schwarze Seidenschuhe und einen geschmackvoll arrangierten Schal aus weißer Wolle um den Hals. Der Verband um seinen Kopf war verschwunden, und mit Ausnahme eines sich langsam ausbreitenden blauen Flecks an seinem Haaransatz und dunklen Schatten unter seinen Augen, sah er bemerkenswert gesund aus.

Und gut, dachte Emily, deren Herz schneller zu schlagen begann, als ihre Augen sich trafen, als er aufstand, um sie zu begrüßen. Ihr Blick wich dem warmen Glitzern in seinem aus, und sie stand ein wenig abseits und fragte sich, ob die anderen wohl ihren dröhnenden Herzschlag hören konnten.

Nachdem Emily stumm dastand, blieb es Anne überlassen, Barnaby und Cornelia miteinander bekannt zu machen.

»Sie haben die Körpergröße und die breiten Schultern Ihres Urgroßvaters«, stellte Cornelia ohne Umschweife fest, nachdem sie einander vorgestellt worden waren und alle Platz genommen hatten, »und den Zug um den Mund, wenn Sie lächeln, aber sonst gibt es nicht viel, das Sie als Joslyn kennzeichnet, oder?«

»Nein, ich fürchte nicht«, erwiderte Barnaby entschuldigend.

»Ich gerate nach der Familie meiner Mutter.« Ein Lächeln lauerte in seinen dunklen Augen, als er fragte: »Bin ich damit unrettbar verdammt?«

Cornelia musste lächeln.

»Mit diesen Schultern? Und Ihrem Titel und Vermögen? Seien Sie nicht albern, junger Mann. Sie könnten wie ein seit zwei Tagen toter Lurch aussehen, und die Damen würden sich dennoch um sie drängen.«

Lamb, der im Hintergrund stand, wandte den Kopf ab, damit niemand sein Lächeln sah, aber Barnaby lachte offen heraus.

»Das hat mich eindeutig auf meinen Platz verwiesen, was?«, erwiderte er gutmütig.

Walker kam herein und brachte Erfrischungen. Sie tranken Tee und aßen Zitronengebäck und Löffelbiskuit, aber Emily beteiligte sich wenig an der Unterhaltung, sie überließ es Cornelia und Barnaby. Sie hatten Spaß miteinander, musste Emily denken, während sie sie beobachtete. Ihre Großtante war in bester Stimmung, genoss unverkennbar die Aufmerksamkeit eines gut aussehenden Mannes, und Barnaby lächelte und lachte oft über Cornelias geistreiche Bemerkungen. Cornelia und Anne saßen zu beiden Seiten von Barnaby, Emily hatte neben Cornelia Platz genommen, von wo aus sie Barnabys Gesicht gut sehen konnte, während er mühelos ihre Großtante und ihre Stiefmutter eroberte. Ab und zu glitt sein Blick zu ihr, und jedes Mal, wenn er seine Augen auf sie richtete, war sich Emily einer leisen Aufregung bewusst, die sich in ihr ausbreitete.

Obwohl sie sich darauf gefreut hatte, Lord Joslyn wiederzusehen, wollte Emily nun am liebsten sofort seiner Gegenwart entfliehen. Sie brauchte Zeit, um in Ruhe nachzudenken, zu begreifen, warum er eine solche Wirkung auf sie hatte, und mit den neuen Gefühlen klarzukommen, die er in ihr weckte. Während sie sein hartes dunkles Gesicht betrachtete, gestand sie sich widerstrebend ein, dass sie sich zu ihm auf eine Weise hingezogen fühlte, wie sie es bei keinem anderen Mann zuvor erlebt hatte, und diese Einsicht beunruhigte sie und erfüllte sie mit Argwohn.

Liebe oder Ehe hatten für Emily nie den Reiz besessen, wie es bei anderen Frauen wohl der Fall war. Geschichten von Cornelias unglücklicher Ehe und die Gleichgültigkeit ihres Vaters ihrer jungen Stiefmutter gegenüber hatten in ihrer Brust nicht unbedingt das Verlangen nach einer Heirat geweckt. Jefferys Verhalten und das seiner liederlichen Freunde, mit denen er das Haus füllte, hatten ihr das männliche Geschlecht sicher nicht empfohlen. Ganz im Gegenteil, wenn es nicht Hugh gegeben hätte und auch – wenn auch weniger bedeutsam – Simon, wäre es verzeihlich gewesen, wenn sie geglaubt hätte, dass alle Männer entweder rücksichtslose Schurken oder räuberische Monster waren. Ainsworth gehörte eindeutig in letztere Kategorie, überlegte sie mit verächtlich verzogenen Lippen.

Barnaby Joslyn hingegen war von ganz anderem Schlag als alle anderen Männer, die sie kannte. Er verwirrte sie – oder besser, ihre Reaktion auf ihn verwirrte sie. Nicht ein einziges Mal, noch nicht einmal während einer ihrer beiden Saisons, hatte sie sich gefragt, wie es wäre, geküsst zu werden, oder war sich der Nähe eines Mannes so bewusst gewesen, wie es bei Lord Joslyn der Fall war. Seine verführerische Anziehungskraft und seine Wirkung auf sie waren eindeutig Grund zur Sorge. Das Allerletzte, was sie sich im Moment wünschte, war die zusätzliche Komplikation, gegen die mächtige Anziehungskraft seiner Männlichkeit ankämpfen zu müssen. Sie war schließlich, rief sie sich nicht ohne Schärfe ins Gedächtnis, kein Milchmädchen vom Lande, das sich von einem hübschen Gesicht umwerfen ließ. Sie wagte einen Blick zu ihm und stellte fest, dass er sie beobachtete, senkte den Kopf wieder und hob die Teetasse vors Gesicht, spürte, wie eine atemlose Vorfreude sie durchflutete. Verdammter Mist! Er war noch nicht einmal wirklich schön – wenigstens nicht nach gewöhnlichen Kriterien.

Als Cornelia den Besuch beendete, konnte Emily gar nicht schnell genug aus Lord Barnabys Zimmer entfliehen, aber wie das Glück es wollte, war sie die Letzte, die gehen konnte. Barnaby geleitete Cornelia ritterlich zur Tür, wo er dann stehen blieb, um sich von seinen Gästen zu verabschieden. Emily schenkte ihm ein höfliches Lächeln und versuchte an ihm vorüberzugehen, aber Barnaby streckte die Hand aus und hielt sie am Ellbogen fest, verhinderte so ihre Flucht. Sie schaute mit ihren großen grauen Augen zu ihm hoch, die rosigen Lippen leicht geöffnet.

Barnaby beugte sich vor, sodass sein Atem warm und kitzelnd über ihr Ohr strich. Tief in ihr regte sich etwas.

»Laufen Sie etwa vor mir weg, meine Süße?«, flüsterte er.

»Ich hatte Sie eigentlich für tapferer gehalten.«

Ihre Augen wurden dunkel, und Röte stieg ihr in die Wangen. Sie reckte das Kinn und erwiderte:

»Ich habe keine Ahnung, wovon Sie reden, Mylord.«

»Nein?«, zog er sie auf, und seine schwarzen Augen glitten über ihr Gesicht. Er ließ ihren Arm los und fuhr ihr zärtlich mit einem Finger über die Nase.

»Ich denke, Sie wissen sehr wohl, was ich meine.«

Hilflos hing ihr Blick an dem lächelnden Männermund, der sich nur wenige Zoll über ihrem befand, und ihr Herz klopfte so schnell, dass sie dachte, sie würde ersticken. Sie konnte ihren Blick einfach nicht losreißen und – ohne es zu merken – bog sie sich ihm entgegen. Ihm stockte der Atem, seine Augen wurden noch dunkler, und einen wilden Augenblick lang dachte sie, er wolle sie küssen. Und, gütiger Himmel! Sie sehnte sich danach, dass er das tat … fast verzweifelt.

In demselben Netz gefangen wie sie, fasste Barnaby sie an den Oberarmen und zog sie an seinen Körper. Lamb hüstelte diskret aus dem Inneren des Zimmers, und das Geräusch brachte ihn zur Vernunft. Wieder bei Sinnen ließ Barnaby die Hände sinken und machte einen Schritt nach hinten, dann sagte er leise:

»Dann lauf, mein grauäugiges Täubchen. Wir beenden das hier ein andermal.«

Entsetzt, wie dicht sie davor gestanden hatte zuzulassen, dass er sie auf der Türschwelle seines Zimmers küsste, wo sie jederzeit hätten gesehen werden können, wandte Emily sich ab. Wütend auf sich und auf ihn wegen seiner anmaßenden Annahme, es würde ein nächstes Mal geben, warf sie ihm über die Schulter einen empörten Blick zu und eilte wie eine Katze, die sich verbrannt hatte, davon. Barnabys leises Lachen folgte ihr über den Flur, was sie nur noch wütender machte. Zur Hölle mit ihm!

Mit einem zufriedenen Lächeln schloss Barnaby die Tür und lehnte sich mit dem Rücken dagegen. Die Anziehungskraft war nicht einseitig, bestand nicht nur bei ihm. Sie war sich seiner bewusst, und neugierig. Ausgezeichnet.

Lamb betrachtete ihn säuerlich.

»Was hattest du vor? Sie auf der Türschwelle vernaschen?«

Barnaby schnitt eine Grimasse.

»Nun, das wäre wenig ritterlich von mir gewesen, findest du nicht?«

Lamb schnaubte.

»Sei nur froh, dass dieser kriecherische Cousin von ihr euch nicht gesehen hat. Ich mag ihn nicht, und ich traue ihm nicht. Ich vermute, wenn du nicht vorsichtig bist, dass er dich mit Ehebanden an sie kettet, ehe du auch nur deinen Namen sagen kannst.«

»Ich könnte nicht behaupten, dass ich anderer Ansicht bin«, räumte Barnaby ein, setzte sich auf einen hochlehnigen Stuhl und schloss die Augen. Er hatte den Besuch der Damen genossen, aber er merkte auch, dass er ihn ermüdet hatte. Seine Lippen verzogen sich. Er war schwächer, als er zugeben wollte. Und er fragte sich, ob die Wunde ernster war, als er zunächst geglaubt hatte.

Lamb runzelte die Stirn, trat zu ihm und stellte sich neben ihn. Barnabys blasser gewordene Züge musternd sagte er:

»Ich habe dir doch gesagt, du solltest im Bett bleiben.«

Barnaby öffnete die Augen und seufzte.

»Ich nehme an, du wirst noch unerträglicher als gewöhnlich sein, wenn ich dir sage, dass ich in diesem Fall glaube, dass du recht hast.«

»Natürlich habe ich recht! Und du, gehst du von allein ins Bett zurück oder muss ich dich tragen?«

Barnaby stand auf und war dankbar, dass er nicht schwankte.

»Danke, nein«, sagte er und ging zu seinem Bett.

Erst als Barnaby im Bett lag und schlief, ging Lamb. Es war an der Zeit, entschied er, als er die Tür hinter sich schloss, selbst ein paar Erkundigungen anzustellen.

Gewöhnlich hätte Hughs uneingeladenes Erscheinen Jeffery erzürnt, aber da Annes Entführung nicht mehr weit entfernt war, Lord Joslyn oben in seinem Schlafzimmer lag und die verlockende Aussicht in greifbarer Nähe schien, eine Verbindung zwischen Emily und Lord Joslyn herbeizuführen, erregte die Gegenwart seines jüngeren Bruders nur eine leise Verärgerung, mehr nicht. Nachdem Walker ihm die Nachricht von Hughs Ankunft mitgeteilt hatte, dachte Jeffery nach und entschied, des Umstandes eingedenk, dass Hugh einen wesentlich praller gefüllten Geldbeutel besaß als er, dass seine Anwesenheit hier ein weiteres Zeichen sei, dass das Glück ihm gewogen war. Sein jüngerer Bruder war kein Spieler, und Jeffery rechnete mit mehreren Runden Glücksspiel am Abend. Etwas von Hughs Geld, beschloss er, würde in seinen eigenen Taschen landen, noch bevor sie beide wesentlich älter wurden.

Auf seine Fragen hin hatte ihm Walker von dem Besuch der Damen bei Lord Joslyn berichtet – was ihn in höchstem Maße befriedigte. Es war ermutigend, dass Lord Joslyn und Emily die Nähe des anderen suchten. Er runzelte die Stirn. Aber es wäre besser, dachte Jeffery, wenn er es bewerkstelligen konnte, dass Emily in Lord Joslyns Zimmer entdeckt wurde, ohne Anstandsdame ... und am besten im Bett Seiner Lordschaft. Hm. Verschlagen lächelnd begann Jeffery verschiedene Pläne zu ersinnen, die am Ende dazu führten, dass Lord Joslyns Ring an Emilys Finger steckte ... ob die beiden es nun wollten oder nicht.

Die einzige Person, die mit der gegenwärtigen Situation wenig zufrieden war, war Ainsworth. Er war verärgert über die aufgeregte Reaktion des Haushaltes auf Joslyns Anwesenheit. Selbst dieser Dummkopf Jeffery, überlegte er verstimmt, war überglücklich darüber. Da Annes Entführung nun bald ausgeführt werden sollte, betrachtete er Joslyns Anwesenheit in dem zweitbesten Schlafzimmer auf *The Birches* als eine überflüssige Komplikation. Hughs plötzliches Auftauchen war ebenso lästig, und obwohl er sich seines

Erfolges sicher war, ahnte er doch, dass Jefferys jüngerer Bruder ein Rivale um die Gunst der lieblichen Anne war. Es wäre so schade, wenn sie sich in Hugh verliebte ... Ein grausamer Ausdruck glitt über seine Züge. Ainsworth war nicht bereit, sich ein Vermögen durch die Finger schlüpfen zu lassen, bloß wegen eines störrischen Frauenzimmers. Und selbst wenn ihr Herz einem anderen gehörte, er war entschlossen, dass die junge Witwe seine Braut werden würde. Und zwar bald, dachte er, sich des angenehmen Ziehens in seinen Lenden bewusst, wenn er sich vorstellte, wie sie nackt und hilflos vor ihm lag.

Lamb war in der Lage, Jefferys Besuch bei Barnaby bis zum späten Nachmittag aufzuschieben, aber unweigerlich brachte der dann seinen Freund Mr Ainsworth mit. Erfrischt nach ein paar Stunden Schlaf und einer Mahlzeit aus rosarotem Lendenbraten, gelbem Bauernkäse und noch warmem Brot frisch aus dem Ofen, alles hinuntergespült mit etwas ausgezeichnetem Bier, bestand Barnaby darauf, seine Besucher zu empfangen, während er auf dem Polsterstuhl vor dem Kamin saß. Jeffery stellte ihm Ainsworth vor, dann nahmen beide Männer Platz.

Barnaby fasste auf den ersten Blick eine Abneigung gegen Ainsworth, erkannte in ihm den Glücksritter und Falschspieler, der er war. Er hatte zwar nur ein paar Monate in London verbracht, aber er hatte in dieser Zeit mehr als einen zwielichtigen Gesellen von Ainsworths Schlag getroffen. Kreaturen wie Ainsworth konnten sich vielleicht auf die Zugehörigkeit zur guten Gesellschaft berufen, aber die Verbindung war rissig. Sie verbrachten ihre Tage in den Spielhöllen und Bordellen, auf der Suche nach ahnungslosen Opfern, oder bewegten sich am Rande des *ton* und hofften darauf, bemerkt zu werden.

Jefferys Art ging Barnaby auf die Nerven, aber Ainsworths überlegenes Gehabe, als wüsste er um ein Geheimnis, das er nicht mit normalen Sterblichen zu teilen gewillt war, erweckte in Barnaby den beinahe unwiderstehlichen Wunsch, ihm einen Kinnhaken zu verpassen.

»Es freut mich, dass Sie schon deutlich besser aussehen«, erklärte Jeffery.

»Ich nehme an, meine Leute versorgen Sie gut?« Er kicherte.

»Natürlich sind meine Bediensteten nicht vom selben Kaliber wie die, die Sie auf *Windmere* haben, aber ich vertraue darauf, dass Sie etwaige Unzulänglichkeiten entschuldigen.«

Barnaby starrte ihn so lange an, bis Jeffery sich auf seinem Stuhl zu winden begann, ehe er kühl erwiderte:

»Ich könnte mir keine bessere Versorgung vorstellen. Walker war überaus hilfsbereit, und Ihre Mrs Spalding ist eine begnadete Köchin.« Barnaby lächelte, wobei er eine Menge Zähne zeigte. »Wenn Sie sie nicht zu schätzen wissen, seien Sie besser vorsichtig – jemand könnte sie Ihnen abwerben.«

»Das ist eher unwahrscheinlich«, antwortete Jeffery achtlos. »Sie würden meine Cousine nie verlassen. Sie sind ihr alle ganz ergeben.« Er betrachtete ihn verschlagen.

»Da wir gerade von meiner Cousine sprechen ... ich habe gehört, sie hat Ihnen heute einen Besuch abgestattet. Ich hoffe, Ihnen war die Gesellschaft angenehm.«

Barnaby nickte höflich.

»Ja, war sie. Und die Ihrer Großtante und der jungen Mrs Townsend ebenfalls, die sie begleitet haben.«

»Ein reizendes kleines Ding, die Witwe, nicht wahr?«, bemerkte Ainsworth, der sich damit das erste Mal an der Unterhaltung beteiligte. Da er nicht wollte, dass Joslyn irgendwelche Ideen entwickelte, und entschlossen war, an der Lage keinen Zweifel aufkommen zu lassen, fügte er hinzu:

»Wir sind uns einig.«

Barnaby verbarg sein Erstaunen. Gütiger Himmel! Emilys bezaubernde Stiefmutter verheiratet mit diesem Schurken? Es war unvorstellbar.

»Äh, ist das eine kürzliche Entwicklung?«, erkundigte Barnaby sich, während er immer noch darum rang, sich vorzustellen, dass die sanfte junge Frau, die er kennengelernt hatte und überaus gern mochte, sich dazu hergeben würde, jemanden von Ainsworths Schlag zu heiraten.

»Ich bin nur überrascht, dass sie mit keinem Wort die Vermählung erwähnt hat.«

Unkleidsame Röte stieg Ainsworth in die Wangen.

»Es ist noch nichts endgültig«, räumte er ein und fügte steif hinzu:

»Ich werde sie binnen vierzehn Tagen zur Meinen machen.«

Jeffery mischte sich ein, erklärte obenhin:

»Es gibt nur noch ein paar Einzelheiten zu klären, ehe die Verbindung bekannt gegeben wird. Meine Stieftante ist recht schüchtern, was die Sache angeht.« Er zwinkerte Barnaby zu. »Sie kennen ja die Frauen. Sie möchte noch nicht, dass irgendjemand es weiß, daher lassen Sie es bitte noch unser Geheimnis sein.«

Barnaby schaute von einem Mann zum anderen und hatte das ungute Gefühl, dass ihre bevorstehende Vermählung mit Ainsworth auch noch vor der zukünftigen Braut ein Geheimnis war. Es lag Unheil in der Luft – er war ja nicht blind. Laut sagte er aber nur:

»Ihre Cousine und Ihre Großtante werden sicher traurig sein, Mrs Townsend gehen zu lassen. Sie schienen einander sehr zugetan.«

Jeffery winkte ab.

»Oh, natürlich, aber ich bin sicher, sie freuen sich auch, wenn sie versorgt ist und ihr eigenes Heim hat.«

Ainsworth grinste.

»Ich werde bald an ein ansehnliches Vermögen kommen – und es ist für mich an der Zeit, eine Familie zu gründen. Ich habe fest vor, meine Frau damit beschäftigt zu halten, unser Kinderzimmer zu füllen.«

Da er die Unterhaltung immer widerlicher fand und die Gesellschaft der beiden Schurken leid war, hob Barnaby eine Hand und winkte Lamb zu sich, der sich im Hintergrund aufhielt.

»Bitte meine Medizin, Lamb. Mein Kopf schmerzt.«

Ainsworth verstand den Wink, erhob sich und sagte:

»Es war mir ein Vergnügen, Ihre Bekanntschaft gemacht zu haben, Mylord.« Er machte eine kleine Pause und, in der Hoffnung auf ein leichtes Opfer, fügte dann hinzu:

»Wenn es Ihnen besser geht, haben Sie vielleicht Lust auf eine Runde Karten, um sich die Zeit zu vertreiben. Es muss reichlich langweilig sein, ans Krankenbett gefesselt zu sein.«

Mit einem unergründlichen Ausdruck in den schwarzen Augen antwortete Barnaby:

»Danke für das Angebot, aber ich mache mir nicht viel aus Karten.«

Mr Ainsworth zuckte die Achseln und verabschiedete sich.

Sobald er gegangen war, beugte Jeffery sich vor und teilte ihm vertrauensvoll mit:

»Gut, dass Sie nicht mit Ainsworth spielen wollen – Ainsworth ist in den besten Clubs Londons wohlbekannt und ein echter Glückspilz, wenn es um Karten geht.«

Barnaby bezweifelte, dass Ainsworth Zutritt zu den angesehenen Clubs hatte, ganz zu schweigen von den besten, aber er behielt diesen Gedanken für sich.

»Wirklich? Dann sollte ich mich zu dem knappen Entrinnen beglückwünschen«, erklärte er knapp. Lamb reichte Barnaby ein kleines Glas mit einer roten Flüssigkeit. Nachdem er einen Schluck genommen hatte, seufzte Barnaby und schloss die Augen.

Zögernd stand Jeffery auf.

»Ich lasse Sie jetzt allein, Mylord, aber wenn es irgendetwas gibt, das Sie wünschen, müssen Sie nur ein Wort sagen …«

Ohne die Augen zu öffnen, antwortete Barnaby:

»Danke. Sie und Ihre Familie sind überaus freundlich zu einem Fremden. Wenn Ihre beherzte Cousine nicht wäre, ginge es mir, da bin ich sicher, nicht so gut. Ich stehe in ihrer Schuld … und in Ihrer.«

»Ach, das ist nicht der Rede wert! Emily ist eine … ungewöhnliche Frau«, erwiderte Jeffery.

»Allerdings ist sie schon ein wenig in die Jahre gekommen«, fügte er hinzu, »aber wenn sie das Gefallen des richtigen Mannes erregt …«

»In der Tat.« Barnaby hätte es dabei bewenden lassen sollen, aber da er neugierig wegen Emily war, war er sich nicht zu schade, ihren Cousin um Information anzugehen. In der Hoffnung, dass Jeffery ihn richtig verstehen und mehr von Emily erzählen würde, bemerkte er:

»Ich wundere mich, dass sie nicht verheiratet ist.«

Ermutigt ließ sich Jeffery zurück auf den Stuhl sinken.

»Das überrascht mich auch«, log er und unterdrückte den Gedanken, dass nur ein Narr eine so eigensinnige, scharfzüngige und zänkische Hexe wie seine Cousine heiraten würde. Wenn ihn die Idee auch schier blendete, so glaubte Jeffery nicht wirklich, dass ein Mann von Joslyns

Reichtum und Ansehen sich freiwillig unter seinem Stand verheiraten würde, und noch dazu mit der mittellosen Tochter eines Squire vom Land. Joslyn konnte in den höchsten Kreisen auf Brautschau gehen, aber obwohl er wusste, dass es ein verzweifelter Traum war, war Jeffery nicht bereit, ihn aufzugeben. Träume wurden manchmal wahr, und wer war er, zu behaupten, dieser sei unerfüllbar? Es waren schon seltsamere Dinge geschehen. Aber Seine Lordschaft, gestand er sich nicht ohne Bitterkeit ein, würde sich nur durch einen Trick dazu bringen lassen, um Emilys Hand anzuhalten. Wenn es ihm nur gelänge, Emily in das Bett Seiner Lordschaft zu bekommen …

Mit einem berechnenden Glitzern in seinen blauen Augen erklärte Jeffery vorsichtig:

»Allerdings bezweifle ich eher, dass Emily sich nach einer Heirat sehnt.« Er starrte auf seine schimmernden Stiefel und fuhr fort:

»So von Mann zu Mann gesprochen, in ihrem Alter wäre ich nicht überrascht, wenn sie sich auch mit etwas anderem abfände … etwas, das kurzfristiger angelegt ist – wenn der richtige Mann ein Auge auf sie wirft, könnte ich sie gewiss überreden, …«

Es war nur gut, dass Jeffery Barnaby nicht anschaute, sonst hätte er sehen können, wie sehr er sich verrechnet hatte. Barnabys ganzer Körper hatte sich versteift, während Abscheu und Wut in ihm miteinander rangen. Er konnte seinen Ohren kaum trauen. Emilys Cousin, der Mann, dem ihr Schutz anvertraut war, bot sie ihm mit der ganzen Finesse eines feilschenden Zuhälters an! Blind vor Wut merkte er erst, als er Lambs Hand auf seiner Schulter spürte, der ihn zurück in den Stuhl drückte, dass er sich halb erhoben hatte.

Erst als er sicher war, dass Barnaby sich wieder in der

Gewalt hatte, zog Lamb seine Hand weg. Seine Augen auf Jeffery gerichtet, hüstelte Lamb und erklärte:

»Mylord ermüdet schnell. Ich denke, es wäre besser, wenn Sie nun gehen und ihm gestatten, sich etwas auszuruhen.«

Jeffery, der keine Ahnung hatte, wie knapp er eben mit dem Leben davongekommen war, schaute von der Musterung seiner Schuhe auf.

»Oh, was? Oh, ja, ja natürlich.« Jeffery stand auf und lächelte Barnaby an, sah nicht das gefährliche Glitzern in den schwarzen Augen.

»Der Besuch hat mir gefallen, Mylord«, erklärte er höflich. Bedeutungsvoll fügte er hinzu:

»Und wie ich zuvor schon gesagt habe, sollten Sie irgendetwas benötigen, ein Wort genügt.«

»Danke«, gelang es Barnaby trotz seiner zusammengebissenen Zähne zu sagen. Er kostete ihn einige Mühe, nicht dem Drang nachzugeben, seine Hände um Jefferys Kehle zu legen.

»Ich werde dieses Gespräch nicht vergessen.«

Von dem einschüchternden Lamb zur Tür geleitet, summte Jeffery, während er über den Flur ging, vor sich hin. Das war ziemlich gut gegangen, überlegte er. Wenn Joslyn Emily in seinem Bett haben wollte, würde sie dort landen, selbst wenn Jeffery sie dafür betäuben müsste. Er kicherte. *Und wie überrascht Joslyn sein wird, wenn es zu spät ist, und ich auftauche und verlange, dass er sie heiratet?* Es ging eindeutig langsam aufwärts.

Die Tür hatte sich kaum hinter ihm geschlossen, als Barnaby auch schon fluchte.

»Himmel! Hast du das Wiesel gehört? Als ob sie eine billige Schlampe aus seinen Ställen wäre, hat er praktisch alles getan, außer einen Preis für ihre Dienste zu nennen.«

»Hmm. Ja, er war wenig … feinfühlig bei seinem Vorgehen, nicht wahr?«, murmelte Lamb und lenkte Barnaby geschickt mit einer Hand unter seinem Ellbogen zum Bett.

Barnaby schüttelte seine Hand ab und stieß hervor:

»Ich bin kein Invalide. Ich wollte nur dieses Stück Abfall loswerden, bevor ich ihn umbringe.«

»Es gibt auch eine positive Seite hierbei«, verkündete Lamb und beobachtete, wie Barnaby zum Kamin marschierte und sich davorstellte.

Ein gefährliches Glitzern in den Augen, fuhr Barnaby herum und starrte ihn an.

»Sei vorsichtig, Lamb«, warnte er ihn mit einer Stimme, die Lamb nur selten hörte.

»Ich bin nicht in der Stimmung für eine deiner spöttischen Bemerkungen.« Als Lamb nur die Achseln zuckte und sich abwandte, seufzte Barnaby und sagte mit normalerer Stimme:

»Ach, komm schon – heraus damit.«

Erleichtert, dass Barnaby sich wieder gefasst hatte, sagte Lamb:

»Ich dachte nur daran, dass du dir nach dieser erhellenden Unterhaltung mit dem Cousin keine Sorgen machen musst, dass sie dir einen Korb gibt, wenn du um ihre Hand anhältst.«

Barnaby lachte ohne Belustigung.

»Ja, stimmt«, pflichtete er ihm bei. Verstimmt starrte er in die Flammen.

»Du hattest recht – hier zu bleiben war keine so gute Idee.« Und reuevoll fügte er hinzu:

»Ich kann ihr kaum den Hof machen, solange ich im Krankenzimmer bin. Und wenn es mir wieder gut genug geht, das Zimmer zu verlassen, gibt es keinen Grund mehr, hierzubleiben.«

»Aber?«

Mit finster gerunzelter Stirn räumte Barnaby ein:

»Ich hatte daran gedacht, morgen nach *Windmere* zurückzukehren, aber nachdem ich Ainsworth getroffen und vernommen habe, dass er vorhat, die jüngere Mrs Townsend zu heiraten, ist mir nicht wohl dabei.« Sein Mund wurde schmal.

»Und Jefferys hässliches Angebot weckt in mir Vorbehalte, Emily seiner Fürsorge zu überlassen. Oder überhaupt eine von den Frauen.«

»Was also wollen wir tun?«

Müde sagte Barnaby:

»Fürs Erste bleiben wir hier.« Er schaute Lamb fragend an.

»Hast du bei deinen Streifzügen durchs Haus irgendetwas erfahren?«

»In der Tat – ja. Offenbar gibt es noch einen weiteren Gast im Hause – Hugh Townsend, Jefferys jüngerer Bruder.«

»Himmel! Sag nicht, dass sie mit zwei von diesen widerwärtigen Geschöpfen verwandt ist.«

Lamb lächelte.

»Nein. Hugh scheint sich von seinem älteren Bruder zu unterscheiden wie der Tag von der Nacht. Er genießt höchste Wertschätzung bei den Leuten im Haus. Er ist auch bei den Damen beliebt. Die allgemeine Meinung im Dienstbotentrakt bedauert, wie schade es ist, dass nicht Hugh der ältere der beiden Brüder ist.«

»Und er ist jetzt hier?«

»Ja, er ist angekommen, kurz bevor die Damen dich besucht haben.«

»Sonst noch etwas?«

»Nicht viel, fürchte ich. Ich bin ein Fremder, daher hat mich niemand in irgendwelche Geheimnisse eingeweiht«, räumte Lamb ein.

»Aber ich habe den Eindruck, dass sie Jeffery zwar dulden, für die Damen des Hauses hingegen alle miteinander durchs Feuer gingen.« Lamb runzelte die Stirn.

»Manche Dinge muss man nicht erklären. Für ein Haus dieser Größe ist nur eine geringe Anzahl Bediensteter angestellt. Anzeichen für beschränkte Mittel sind nicht direkt offensichtlich, aber es ist klar, dass es an dem Gebäude seit vielleicht einem Jahrzehnt keine Reparaturen mehr gegeben hat.«

»Unter Jefferys Verantwortung für den Besitz?«

Lamb nickte.

»Binnen sieben Jahren etwa hat der neue Squire ein ansehnliches Vermögen durchgebracht und befindet sich nun am Rande des Ruins – daran hat Mrs Spalding keinen Zweifel gelassen.« Er grinste.

»Sie war wesentlich mitteilsamer als Walker, da sie eine Vorliebe für mich gefasst hat. Davon abgesehen habe ich zufällig das eine oder andere mit angehört, ein paar missbilligende Bemerkungen über jemanden namens Daggett. Er ist der Verwalter, den Jeffery eingestellt hat, als er den Besitz geerbt hat. Soweit ich es verstanden habe, unterschlägt er größere Summen und wirtschaftet in seine eigenen Taschen.« Ein nachdenklicher Ausdruck trat auf Lambs Züge.

»Da geht noch etwas vor sich, aber ich bin mir nicht ganz sicher, was. Ich weiß aber, dass deine Amazone einen Weg gefunden hat, die Dienstboten mit zusätzlichen Mitteln zu versorgen. Der Spülmagd ist etwas entschlüpft, das ihr einen scharfen Verweis von Walker eingetragen hat; danach wurde rasch das Thema gewechselt. Trotz raffiniertester Bemühungen meinerseits ist es mir nicht gelungen, Mrs Spalding oder sonst jemandem mehr dazu zu entlocken.«

Barnaby atmete langsam aus.

»Du hast eine Menge in Erfahrung gebracht, und Hughs Anwesenheit mag hilfreich sein. Zu wissen, dass die Bediensteten auf Emilys Seite stehen, beruhigt mich etwas.«

Lamb hatte Barnaby vieles gesagt, über das er nachdenken musste. Und lange, nachdem Lamb das Zimmer verlassen hatte, um herauszufinden, was er noch alles erfahren konnte, stand Barnaby da und schaute ins Feuer. Ihm gefiel wenig von dem, was ihm berichtet worden war, aber es erklärte einiges. Er wusste jetzt, warum die Cousine des Squire der Gegend bei einer Schmugglerbande aktiv war. Sie riskierte ihren Ruf und vielleicht sogar ihr Leben, um ihre Leute und Anne sowie ihre Großtante Cornelia vor dem Ruin zu bewahren. Er vermutete, das Gleiche galt für Mrs Gilbert und ihre reizenden Töchter … und der Himmel wusste, wen sonst.

Barnaby lächelte. Lamb lag damit richtiger, als er wusste, wenn er Emily als Amazone bezeichnete. *Und alles, was ich tun muss*, sagte er sich, *ist, sie zu überzeugen, dass ich nicht der Feind bin … sondern ein ebenbürtiger Lebensgefährte.* Er schüttelte den Kopf und vermutete beinahe reuig, dass Letzteres sich wahrscheinlich als schwierigste Aufgabe erweisen würde. Aber der Lohn … der Lohn machte es zu einer lohnenswerten Mühe.

Kapitel 11

Während Lamb Barnaby Bericht erstattete, klopfte Hugh an Cornelias Tür. Sie hatten beschlossen, sich in Cornelias Zimmern zu treffen, weil sie im Gegensatz zu Emily mehrere Räume zur Verfügung hatte, zu denen neben dem Schlafzimmer auch ein geräumiger Salon zählte.

Die drei Damen erwarteten ihn bereits, und sobald sich die Tür hinter ihm geschlossen hatte und von Emily versperrt worden war, verschwendete Cornelia keine Zeit, ihm ihren Plan zu erläutern.

Hugh hatte kaum neben ihr auf dem in Elfenbein und Rosa gemusterten Sofa Platz genommen, als sie auch schon sagte:

»Ich möchte, dass du Anne mit dir nach *Parkham House* nimmst und sie dort behältst, bis es wieder sicher für sie ist, hierher zurückzukehren.«

Annes erschrockenes nach Luft Schnappen nicht weiter beachtend und wesentlich weniger überrascht, als er es ohne Emilys Warnung gewesen wäre, nickte Hugh.

»Emily hat mir erzählt, was Jeffery und Ainsworth planen. Sie hat angenommen, dass du mich hergebeten hast, damit ich Mrs Townsend von hier forthole. Wann sollen wir aufbrechen? Morgen?«

»Bin ich eigentlich die Einzige, die nicht wusste, was geplant war?«, erkundigte sich Anne leise und leicht gekränkt, dass sie von etwas ausgeschlossen gewesen war, was sie in höchstem Maße betraf. Selbst wenn ihre Absichten nur die besten waren, man hatte sie nicht hinzugezogen, und das schmerzte. *Was,* überlegte sie verärgert, *wenn ich gar nicht nach Parkham House wollte?*

Anne und Emily saßen Cornelia und Hugh gegenüber auf einem gleichen Sofa, und Emily nahm Annes Hände in ihre, als sie rasch sagte:

»Ich wusste es ja auch nicht, aber Hughs Ankunft hier war zeitlich zu passend, um nicht etwas in der Art zu vermuten. Sobald ich darüber nachgedacht hatte, gab es nur einen Schluss zu ziehen: Cornelia hatte ihn hergebeten, und es gab nur einen Grund, weswegen sie das getan haben konnte.«

»Oh!« Anne war nicht länger gekränkt, aber sie war sich nicht sicher, ob sie einfach so jemandem aufgedrängt werden wollte, den sie nur flüchtig kannte. Obwohl Anne sie mehr als einmal getroffen hatte, waren Hugh Townsend und seine Mutter keine häufigen Besucher auf *The Birches* gewesen, und nachdem Jeffery geerbt hatte, konnte sie sich nur an ein oder zwei Male erinnern, bei denen sein Bruder hier gewesen war. Und nie war er lange geblieben. Das meiste, was sie über Hugh und seine Mutter wusste, stammte von Cornelia und Emily.

Anne riskierte einen Blick zu Hugh und stellte fest, dass er sie anschaute; sie wurde rot und schlug die Augen nieder. Er sah besser aus, als sie in Erinnerung hatte … und er hatte freundliche Augen.

Ohne ihn anzusehen, fragte Anne:

»Ich möchte mich Ihnen keinesfalls aufdrängen. Sind Sie sich sicher, dass es Ihnen nichts ausmacht? Und Ihre Mutter, was soll sie nur denken, wenn Sie zu Hause mit mir zusammen auftauchen?«

Hugh lachte.

»Meine Mutter wird Ihnen entzückt um den Hals fallen!

Sie betont oft genug, wie nett es wäre, weibliche Gesellschaft zu haben. Ich habe immer wieder in London zu tun oder besuche dort Freunde, und ich fürchte, manchmal ist sie einsam. Was mich betrifft …« Sein Blick wanderte über ihr süßes kleines Gesicht.

»Wie sollte ich etwas gegen die Anwesenheit einer so reizenden jungen Dame in meinem Hause einzuwenden haben?«

Annes Wangen wurden noch röter.

Unter gesenkten Lidern beobachtete Cornelia die beiden und fand, dass sich alles bestens entwickelte. Zwei Fliegen mit einer Klappe geschlagen. Anne war in Sicherheit und direkt vor Hughs Nase platziert …

Emily musterte ihre Großtante durch zusammengekniffene Augen, dann sah sie wieder zu Anne und Hugh zurück. Wenn sie es nicht besser wüsste, würde sie darauf wetten, dass ihre Großtante zwar eine ausgezeichnete Lösung für ihr Problem gefunden hatte, aber dabei Hintergedanken hegte. Cornelia war gerissener als eine Fuchsfamilie, das wusste sie.

»Dann verstehe ich das richtig«, sagte Cornelia und blickte sich um, »dass niemand irgendwelche Einwände dagegen hat, wenn Hugh Anne mit nach *Parkham House* nimmt, so rasch, wie wir es einrichten können?«

Mit grimmiger Miene erklärte Hugh:

»Ich bin gerne bereit, zu Diensten zu sein. Dieser Plan ist durch und durch schändlich!« Zornige Röte stieg ihm ins Gesicht.

»Ich bin fast geneigt, Jeffery zu fordern. Ihm eine Kugel durchs Herz zu jagen wäre ein passendes Ende für jemanden wie ihn.«

»Unter keinen Umständen wirst du etwas derart Dummes tun!«, beschied ihm Cornelia.

»Abgesehen davon, dass wir nicht dein Leben riskieren wollen, möchten wir es auch vermeiden, dass sie vorzeitig erfahren, dass wir von ihrem Plan wissen. Annes Besuch bei dir wird ihren Verdacht erregen, aber sie können sich nicht sicher sein, dass die Reise nicht nur ein unschuldiger Verwandtenbesuch ist, wie es den Anschein hat.« Sie blickte Hugh finster an. »Dich umbringen zu lassen wird uns nichts nützen.«

Hugh nickte, aber seine Faust war geballt, und er erklärte:

»Dass mein Bruder so tief sinken würde …«

»Aber wie schaffen wir Anne von hier fort?«, unterbrach Emily ihn und gab Hugh etwas anderes, worüber er nachdenken konnte, als seinen Bruder zum Duell zu fordern.

»Sie kann ja kaum hier direkt unter Jefferys und Ainsworths Nase einfach hinausmarschieren. Das wird Jeffery niemals erlauben.«

»Natürlich nicht«, erwiderte Cornelia gereizt. »Ich habe nicht vor, dass er davon erfährt, bevor Anne in Sicherheit ist.« Sie schaute zu Hugh.

»Du bist mit deinem Phaeton gekommen, nicht wahr?«

»Genau, wie du es verlangt hast.«

Cornelia sah ihn zufrieden an, ehe sie erklärte:

»Jeffery und Ainsworth haben den Plan, morgen nach Newhaven zu reiten, um sich ein Pferd anzusehen, das Jeffery gefällt. Sie werden bis zum späten Abend unterwegs sein.« Ihr Blick fiel auf Anne, und sie sagte:

»Heute Nacht, meine Liebe, packst du, was du für einen Besuch von ein paar Tagen in Hughs Haus benötigst, aber nicht mehr als einen Koffer. Ein Phaeton ist keine Reisekutsche. Sobald du bei Hugh bist, können wir dir den Rest hinterherschicken. Agatha wird dich begleiten, aber ich will sie wieder hier haben, wenn du sicher untergebracht bist.« Sie sah Hugh fragend an.

»Ich nehme an, du hast genug Dienstboten, um Anne während ihres Besuches eine Zofe zur Verfügung zu stellen, oder?«

»Ich bin sicher, meine Mutter wird jemanden aus dem Kreis unserer Hausangestellten vorschlagen können«, antwortete Hugh.

»Wenn wir Glück haben«, sagte Cornelia, »und Jeffery und Ainsworth den größten Teil des morgigen Tages unterwegs sind, daher am nächsten Tag nicht unbedingt früh aufstehen werden, werden sie nichts davon erfahren, dass Anne nicht mehr hier ist, bis übermorgen Mittag, vielleicht sogar noch ein wenig später. Bis dahin wird sie in Sicherheit sein.« Cornelia sah die anderen der Reihe nach an.

»Irgendwelche Fragen diesbezüglich? Einwände?«

»Welchen Grund wollen wir für Annes Abreise nennen?«, erkundigte sich Emily.

Cornelia lächelte.

»Hugh hat es ja selbst gesagt – Althea ist einsam. Sie sehnt sich nach dem Trost und der Annehmlichkeit, sich mit einer anderen Frau unterhalten zu können. Anne mit ihrem mitfühlenden Wesen hat sogleich, nachdem sie erfahren hatte, dass sich Althea weibliche Gesellschaft wünscht, angeboten, zu ihr zu fahren. Da er seine Mutter nicht länger als unverzichtbar allein lassen wollte, hat Hugh darauf bestanden, unverzüglich nach *Parkham House* aufzubrechen.«

»Danke«, bemerkte Hugh mit einer gewissen Selbstironie, »gib mir die Schuld.«

»Deine Schultern sind breit genug dafür«, sagte Cornelia mit funkelnden Augen, »und tu nicht so, als würde es dich nicht freuen, ihm die Meinung zu sagen, wenn er dumm genug ist, auf deiner Türschwelle zu erscheinen und eine Erklärung zu verlangen.«

Da sie keinen Denkfehler in dem Plan erkennen konnte, nickte Emily.

»Das ist eine gute Lösung. Jeffery kann kaum Einwände gegen Annes Tun erheben, und er kann nicht ernstlich etwas gegen einen Besuch bei seiner eigenen Mutter haben.« Sie blickte Hugh besorgt an.

»Du weißt schon, dass du dafür wirst sorgen müssen, dass sich für Jeffery oder Ainsworth keine Gelegenheit ergibt, sie aus deinem Haus zu entführen? Lass sie nicht allein auf dem Besitz umherwandern oder gar irgendwohin gehen.«

Hugh blickte Emily beleidigt an.

»Ich bin kein Dummkopf. Ich werde auf der Hut sein. Sie wird sicher sein auf *Parkham*, aber ich will nicht von vornherein einen Entführungsversuch ausschließen – weder durch ihn noch durch seinen unehrenhaften Freund.« Er sah zu Anne und lächelte.

»Ich werden Sie gut beschützen, Madam. Sie haben nichts zu befürchten, solange Sie unter meiner Obhut stehen.«

»Danke«, erwiderte Anne voller Dankbarkeit, »Sie sind so überaus freundlich, all diese Mühen auf sich zu nehmen für jemanden, den Sie kaum kennen.«

Hugh schaute ihr in die samtbraunen Augen, und etwas Warmes, Mächtiges breitete sich in ihm aus. Mit einer Stimme, die belegter klang, als er es bemerkte, sagte er:

»Ich bin sicher, dass es den meisten Leuten leicht fällt, nett zu Ihnen zu sein.«

Emily und Cornelia wechselten einen Blick, und Emily hob die Brauen, während Cornelia breit lächelte. Sehr zufrieden mit sich und der Lage erklärte Cornelia:

»Dann ist alles entschieden, und sobald Jeffery und Ainsworth morgen das Haus verlassen haben, werden du und Anne nach *Parkham* aufbrechen.«

Am nächsten Morgen lief alles wie geplant und ohne Schwierigkeiten ab. Jeffery und Ainsworth verließen das Haus allerdings nicht so früh wie erhofft, aber sobald sie davongeritten waren, wurde Hughs Phaeton diskret vor dem Seiteneingang vorgefahren, denn schließlich waren die beiden Kammerdiener Bundy und Temple in den jeweiligen Räumen ihrer Herren. Rasch wurden die Koffer aufgeladen, und wenige Minuten später, nach mehreren Umarmungen und liebevollen Ermahnungen, saßen Anne, Agatha und Barnett, Hughs umsichtiger Diener, im Phaeton. Hugh schnalzte mit der Peitsche und lenkte sein Paar Grauer in flottem Tempo die Auffahrt hinab.

Das Haus fühlte sich nach ihrer Abfahrt sehr leer an, aber Emily verspürte auch Erleichterung, weil Anne nun sicher war vor Ainsworth. Jeffery würde fuchsteufelswild sein, das wusste sie, und die nächsten paar Tage würden überaus unangenehm werden, aber die Hauptsache war, dass Anne außerhalb ihrer Reichweite war. Und dafür konnte sie Jefferys Wutanfälle und finstere Blicke gut ertragen.

Eine Hand unter Cornelias Ellbogen gingen sie gemeinsam zum Grünen Salon, und Emily sagte:

»Jeffery wird furchtbar zornig sein.«

»Ich weiß«, erwiderte Cornelia, »aber er kann kaum etwas dagegen tun, nur schreien und vor Wut schäumen.« Sie betrachtete Emily. »Wenn ich geglaubt hätte, dass du gehen würdest, hätte ich dich mitgeschickt.«

Erstaunt sah Emily sie an.

»Mich? Warum?«

»Weil«, antwortete Cornelia müde, »sie, nachdem ihre Beute ihnen entwischt ist, dich ins Visier nehmen könnten.«

»Stimmt«, räumte Emily ein. Sie lächelte bissig.

»Aber ich bin nicht Anne, und selbst wenn sie dumm genug wären, so etwas zu versuchen, würden sie feststellen, dass ich nicht so leicht einzuschüchtern bin.« Ihre grauen Augen blitzten kämpferisch.

»Egal, was Ainsworth mir antut, ich würde ihn nie heiraten! Und ich würde seine Verbrechen von der Kanzel in der Dorfkirche schreien. Jeder würde wissen, was für Schufte er und Jeffery in Wahrheit sind.«

Cornelia hätte von Emily nichts anderes erwartet, aber es war offenkundig, dass Emily nicht alle Folgen bedacht hatte. Sie hatte nicht berücksichtigt, wie sich ihr Leben ändern würde, wenn es Ainsworth gelänge, ihren Ruf zu Grunde zu richten.

»Ich weiß, aber vergiss nicht, du wärest ruiniert«, wandte sie leise ein und hielt den Blick auf Emilys Gesicht gerichtet. Junge Leute vertrauten immer so darauf, dass sie jedes Hindernis in ihrem Weg überwinden könnten, dachte sie bedrückt. Aber wenn Ainsworth seinen hinterhältigen Plan in die Tat umsetzen konnte und Emily sich weigerte, ihn zu heiraten, würde sie sich mit gesellschaftlichem Ruin konfrontiert sehen – sie würde zum Paria, zur Ausgestoßenen werden. Cornelias Herz erbebte bei dem Gedanken, dass ihre geliebte lebhafte Nichte eine hässliche Vergewaltigung würde erdulden müssen, wenn Ainsworth die Gelegenheit dazu erhielt, und dann nicht mehr Zutritt zu den Häusern und zur Gesellschaft der Menschen haben würde, die sie ihr Leben lang kannte. Oh, sicher würden einige zu ihr halten – Mrs Gilbert, Jeb Brown und Caleb Gates, um nur ein paar zu nennen. Aber sobald bekannt war, dass Emily von Ainsworth entehrt war – ob nun freiwillig oder mit Gewalt, würde sie nie wieder eingeladen werden oder willkommen sein bei den Menschen, die zu ihrem Stand gehörten – Lord und Lady Broadfoot, Mrs Featherstone und andere.

Emilys Ruf würde sie zum Opfer von Kreaturen wie Kelsey machen, und Cornelia, die sonst immer stark war, kamen die Tränen, wenn sie an die einsame und schmähliche Zukunft dachte, die ihrer geliebten Emily bevorstand, wenn Ainsworth und seinem bösen Vorhaben Erfolg beschieden wäre. Wenn er Anne einfach durch Emily ersetzte. Und er würde dabei grausam sein, daran zweifelte Cornelia nicht, grausam und boshaft; er würde Emily dafür bestrafen wollen, dass sie ihm Anne weggenommen hatte.

Emily, die daran keinen Gedanken verschwendete, was wäre, wenn das Schlimmste eintrat, schnaubte nur abfällig.

»Als ob mich das kümmerte!«

Cornelia blieb stehen und starrte sie an.

»Das sollte es aber!«, erwiderte sie verärgert. »Nimm dir die Zeit und denk darüber nach, wie du dich fühlen wirst, wenn du feststellst, dass du nicht länger willkommen bist im Hause des Vikars oder wenn Mrs Featherstone oder Lady Broadfoot dir den Zutritt zu ihren Häusern verwehren. Wie wird es sich anfühlen, wenn Menschen, die du dein ganzes Leben lang kennst und magst, die Straßenseite wechseln, um dir nicht zu begegnen? Oder wenn ein anderer Ainsworth dich belästigt oder jemand wie dieser widerliche Kelsey? Du hast nicht darüber nachgedacht, Mädchen. Wenn du ihnen in die Hände fällst, wird es nichts sein, was du wieder in Ordnung bringen kannst.«

Emilys Gesicht wurde ganz weiß, und sie schluckte schwer. Cornelia malte ein grausiges Bild, und Emily verspürte beinahe so etwas wie Angst. Sie drängte sie zurück und schob das Kinn vor.

»Dann werde ich wohl einfach dafür sorgen müssen, dass Ainsworth mich nicht in seine Hände bekommt, oder?«

Das war nicht genau die Antwort, die Cornelia hören

wollte, aber wenigstens dachte Emily nun über die Konsequenzen nach und nicht länger, dass eine Vergewaltigung etwas war, das sie einfach abschütteln konnte.

Die beiden Damen verbrachten einen angespannten, unangenehmen Tag miteinander. Keiner vor beiden war nach einer Unterhaltung zumute, und als am späten Nachmittag von Walker überbracht die Einladung eintraf, Lord Joslyn zu besuchen, hätte Emily am liebsten abgelehnt. Aber ehe sie dazu kam, sagte Cornelia:

»Richten Sie Lord Joslyn bitte aus, wir würden ihn gerne besuchen kommen.«

Walker entfernte sich, und Emily bedachte ihre Großtante mit einem finsteren Blick und wollte wissen:

»Warum hast du zugesagt? Ich bin nicht in der Stimmung für höfliche Konversation.«

Cornelia stand auf und schüttelte die Röcke ihres taubengrauen Kleides aus, dann erklärte sie:

»Ich auch nicht, aber es wird helfen, uns abzulenken.« Sie lächelte Emily an.

»Ich war immer schon der Ansicht, dass die Gesellschaft eines gut aussehenden Mannes mich vom Trübsalblasen abhält.«

In dem Augenblick, in dem Emily sein Zimmer betrat, wusste Barnaby, dass etwas nicht in Ordnung war. Er betrachtete die Gesichter der beiden Frauen, während Walker den Tee servierte und Johannisbeerkuchen anbot. Bei Emily fiel es ihm mehr auf, aber auch Cornelia wirkte niedergeschlagen. In dem Wissen, dass Ainsworth vorhatte, Anne zu heiraten, und zwar, wie er stark vermutete, ob sie das wollte oder nicht, beunruhigte ihn deren Abwesenheit besonders.

Er wartete, bis alle bedient waren und Walker gegangen

war, ehe er Fragen stellte. Sobald sich aber die Tür hinter dem Butler geschlossen hatte, erkundigte er sich mit harmlos interessierter Miene:

»Und wo ist die reizende junge Mrs Townsend? Hoffentlich ist sie nicht unpässlich?«

Cornelia lächelte, allerdings nicht so herzlich wie sonst.

»Sie haben es vermutlich noch nicht gehört: Jefferys jüngerer Bruder Hugh war zu einer Stippvisite hier. Er ist gestern angekommen und ist bereits wieder auf dem Heimweg nach *Parkham House* – weniger als einen Tagesritt von hier entfernt. Er hat Anne mitgenommen, damit sie seiner Mutter Gesellschaft leistet. Hugh ist mit seinen eigenen Angelegenheiten beschäftigt, und seine Mutter, die bei ihm lebt, ist einsam.«

»Hugh tat es sehr leid, dass er nicht die Gelegenheit hatte, Ihre Bekanntschaft zu machen«, warf Emily ein. Ihr Gesicht spiegelte ihre Zuneigung zu ihrem Cousin wider, als sie erklärte:

»Sie würden ihn mögen.« Eine Sekunde lang flackerte Belustigung in ihren Augen auf.

»Er ist *ganz anders* als mein Cousin Jeffery.«

Barnaby lachte.

»Genau genommen wusste ich bereits von Hughs Ankunft. Der Informationsfluss unter der Dienerschaft funktioniert schnell und effizient. Allerdings hatte ich noch nicht gehört, dass er wieder abgereist ist und Ihre Stiefmutter ihn begleitet.« Er zögerte und dachte an Ainsworths Worte. Etwas passte nicht zusammen. Unfähig, es sich zu verkneifen, fragte er:

»Und Ainsworth hatte keine Einwände gegen ihre Abreise zu diesem Zeitpunkt?«

Emilys Augen wurden schmal.

»Was meinen Sie mit ›zu diesem Zeitpunkt‹?«

»Ach, nur, dass Ainsworth den Eindruck erweckt hat, dass eine Verlobung zwischen ihnen unmittelbar bevorstand.«

So erbost, dass sie sich vergaß, erklärte Emily hitzig:

»Diese hinterhältige Schlange! Nichts könnte weiter von der Wahrheit entfernt sein! Anne kann ihn nicht ausstehen. Und genau genommen«, fuhr sie fort, »war es der Wunsch, Ainsworths verhassten Aufmerksamkeiten zu entkommen, der es ihr hat angeraten erscheinen lassen, *The Birches* für mehrere Wochen zu verlassen.«

Barnaby blickte zu Cornelia, aber sie machte keine Anstalten, Emilys Ausbruch zu glätten. Anne war in Sicherheit, aber Cornelia hatte noch ein Küken zu beschützen – und wenn sie sich mit dem Teufel ins Bett legen musste, um das zu bewerkstelligen, dann würde sie es tun. Sie hielt Lord Joslyn natürlich nicht für den Teufel, ganz im Gegenteil. Cornelia war eine gute Menschenkennerin und vertraute ihm unwillkürlich. Sie brauchten Hilfe, und nachdem sie sich von ihm schon ein recht gutes Bild gemacht hatte und ihr zudem nicht entgangen war, wie oft sein Blick zu Emily schweifte, entschied sie, dass es wohl an der Zeit war, die Karten offen auf den Tisch zu legen.

Daher sagte sie in ihrer unverblümten Art:

»Ainsworth erbt eine größere Summe Geld, wenn er bis zum ersten März eine Frau von Stand und Ansehen ehelicht. Sein eigener Ruf ist von der Art, dass nur wenige verantwortungsbewusste Eltern oder Vormunde eine Verbindung zwischen ihm und ihren Töchtern oder Mündeln in Erwägung ziehen würden. Er ist seit Monaten auf der Suche nach einer Frau, die dumm genug ist, ihn zu heiraten. Seine Zeit läuft ab, und seine Suche nach einer Braut wird verzweifelter.«

»Und Jeffery bringt ihn her«, bemerkte Barnaby gedehnt,

»wo er glaubt, nicht nur eine, sondern gleich zwei mögliche Kandidatinnen zu finden?«

Cornelia nickte mit grimmiger, angespannter Miene.

Barnaby nahm die Tasse Tee, die schon eine Weile vor ihm stand, und trank einen Schluck, um sich Zeit zu verschaffen, sich zu fassen und der Wut Herr zu werden, die in ihm aufwallte. Es fiel ihm nicht schwer, sich dazuzureimen, was Cornelia ungesagt gelassen hatte. Es lag etwas Übles in der Luft, und die eine Person, die für die beiden Frauen unter seinem Schutz verantwortlich war und deren erste Sorge ihre Sicherheit sein müsste, half Ainsworth bei seinem schändlichen Vorhaben. Warum würde Jeffery ... Die Antwort fiel ihm sogleich ein, während er den Gedanken noch in seinem Kopf formte. Geld.

Er stellte seine Tasse wieder auf die Untertasse und sagte:

»Ihr Cousin und Neffe ist ein umtriebiger Gentleman, nicht wahr? Er bringt nicht nur einen Schurken wie Ainsworth in einen respektablen Haushalt mit zwei heiratsfähigen jungen Damen, nein, er ist auch willens, Ainsworths Geld zu nehmen, damit der eine Braut bekommt.« Er zog eine Braue hoch.

»Habe ich das so recht verstanden?«

Wieder nickte Cornelia, froh über seine rasche Auffassungsgabe ... und das gefährliche Funkeln in seinen schwarzen Augen.

Barnaby legte seine gespreizten Finger aneinander und schaute sie an, wobei er zu niemandem im Besonderen sagte:

»Mit Anne ... ich hoffe, Sie haben keine Einwände gegen meine vertrauliche Verwendung von Vornamen?«

»An diesem Punkt, nein«, antwortete Cornelia.

»Genau genommen ziehe ich es sogar vor. Mich dürfen

Sie Cornelia nennen, und Emilys Vornamen kennen Sie ja bereits.«

Barnaby setzte sein verheerend einnehmendes Lächeln auf.

»In diesem Fall bestehe ich dann aber auch darauf, dass ich für Sie fortan Barnaby bin.« Das Lächeln ging in ein Grinsen über.

»Ich bin viel länger Barnaby Joslyn gewesen als Lord Joslyn, und ich bin dieses ständige ›Mylord hier‹ und ›Mylord dort‹ langsam leid.«

»Sind alle Amerikaner wie Sie?«, wollte Emily neugierig wissen; es war ihr fremd, dass jemand so leichtfertig auf seinen Titel verzichtete und ihnen gleich die Verwendung seines Vornamens anbot. Sie versuchte sich Mathew so vorzustellen, aber das gelang ihr nicht.

Barnaby zuckte mit den Achseln.

»So, wie nicht alle Engländer gleich sind, gilt das auch für Amerikaner. Glauben Sie, auch bei uns gibt es finstere Gestalten.« Eine Falte erschien zwischen seinen Brauen.

»Aber keine so üblen Burschen wie die beiden, die Sie hier haben.«

»Stimmt«, pflichtete Cornelia ihm bei, »es wäre sicher schwierig, noch einmal zwei ihres Kalibers zu finden.«

Barnaby beugte sich vor und fragte:

»Nachdem Ihre Anne aus dem Weg ist, glauben Sie da, dass die beiden sich nun ersatzweise auf Emily konzentrieren werden?«

»Das kann ich nicht sicher sagen«, räumte Cornelia ein, »aber trotz des Umstandes, dass Anne nun außerhalb seiner Reichweite ist, muss Ainsworth eine Braut finden ... und nur Emily bleibt übrig.«

Sowohl Barnaby als auch Cornelia schauten sie an, und Emily verzog das Gesicht.

»Wahrscheinlich wird Ainsworth nun seine Aufmerksamkeit mir zuwenden, aber ich bin nicht Anne! Ich bin kräftiger und gewiss nicht so leicht einzuschüchtern oder gar willfährig.«

»Das mag schon sein, aber Sie sind einem entschlossenen Mann ebenso wenig gewachsen«, erwiderte Barnaby grimmig.

»Besonders, wenn er Sie an einen Ort schafft, wo niemand Sie schreien hört ... oder alle, die es tun, es ignorieren.«

Emily schluckte.

»Wir wissen nicht, ob Ainsworth mich überhaupt nimmt.« Ihre Lippen verzogen sich verächtlich. »Er mag mich nicht sonderlich, und ich habe aus meiner Abneigung für ihn keinen Hehl gemacht.«

»Wie es offensichtlich auch Anne getan hat, aber das hat ihn nicht abgehalten, oder?«, entgegnete Barnaby, dessen Beschützerinstinkte bei dem bloßen Gedanken, dass Ainsworth Hand an sie legen könnte, brüllend zum Leben erwachten. *Ich werde ihn töten, wenn er es wagt, sie anzufassen*, nahm er sich vor. *Und es wird mir höchste Befriedigung verschaffen.*

»Also, was tun wir?«, fragte Cornelia und schaute Barnaby an.

Der erhob sich und ging ein paar Mal im Zimmer auf und ab, und seine Bewegungen, die die kraftvolle Anmut einer Raubkatze besaßen, erinnerten Emily an einen Löwen, den sie in der königlichen Menagerie im Tower von London einmal gesehen hatte. Er sah, fand sie, überhaupt nicht wie ein Mann aus, der vor ein paar Tagen noch um Haaresbreite dem Tode entronnen war. Das dichte schwarze Haar verbarg die Wunde, sodass es kein äußeres Anzeichen mehr für die Verletzung gab. Er strahlte Macht aus und Zielstrebigkeit, und sie gestand sich leicht beschämt ein, dass sie froh war, ihn auf ihrer Seite zu haben.

Er blieb vor Emily stehen, von dem mächtigen Gefühl, sie besitzen zu wollen, beinahe übermannt. Diese Frau war sein, erkannte er mit nicht geringer Verwunderung, und er wollte sie heiraten. Und, bei Gott! Er würde sie nicht der Gefahr ausgeliefert hier lassen. Mit einem unergründlichen Blick erklärte er:

»Hier sind Sie nicht sicher. Sie und Ihre Großtante müssen mit mir nach *Windmere* kommen. Dort kann ich Sie beschützen, anders als hier. Umgeben von *Windmeres* starken Mauern müssen Sie nicht fürchten, dass Ainsworth oder Ihr Cousin Ihnen nahe kommen.«

Es war zwar nicht genau das, was Cornelia wollte, aber es würde reichen, entschied sie nachdenklich. Sicher würde ihr plötzlicher Umzug in das Haus des Viscounts Klatsch verursachen und mehr als nur ein paar Spekulationen auslösen, aber das machte ihr keine großen Sorgen. Wenn sie die Zeichen richtig deutete – und davon ging sie aus, schließlich war sie in ihrem Alter lebenserfahren und klug genug, mehr zu bemerken, als ein derart ineinander vernarrtes junges Paar – war es nicht mehr lange hin, bis die Verlobung zwischen Emily und Lord Joslyn bekannt gegeben werden würde. Es würde reichen. Emily wäre in Sicherheit, und Joslyn konnte ungestört um sie werben. Sie lächelte leise. Und Jeffery wäre außer sich vor Wut.

Barnaby schaute zu Cornelia und atmete erleichtert auf, als sie nickte. Ausgezeichnet! Er hatte eine Verbündete. Er wandte sich Emily zu – jetzt musste er nur noch die grauäugige Zweiflerin vor sich von der Klugheit seines Plans überzeugen.

Emily nahm nichts wahr als Barnabys hartes Gesicht über ihrem, ihr klangen noch seine überraschenden Worte in den Ohren, und sie schaute ihn stumm an. Wilde Gedanken schossen ihr durch den Sinn, aber schließlich gelang es ihr doch, einen davon festzuhalten, und sie fragte ungläubig:

»Sind Sie verrückt? Gütiger Himmel. Im gesamten Landstrich würde der Klatsch wie ein Flächenbrand wüten.« Sie kniff die Augen zusammen.

»Oder ist Ihnen Ihr eigener Ruf so unwichtig wie meiner?«

Lamb steckte den Kopf zur Tür herein und verhinderte Barnabys Antwort.

»Mathew ist hier, um dich zu sehen«, verkündete er, »soll ich ihn von Walker herbringen lassen?«

Das war ein denkbar schlechter Zeitpunkt, dachte Barnaby, aber es änderte nichts an der Sachlage. Gleichgültig, welche Einwände die Dame vorbrachte, sie und ihre Großtante würden nach *Windmere* verpflanzt. Es war schließlich, so sagte er sich tugendhaft, zu ihrem eigenen Besten.

Mathew wurde vorgelassen, und es wurde rasch klar, dass es sich um keinen formellen Besuch handelte; Mathews gut geschnittene Züge oberhalb seines elegant geknoteten Halstuches wirkten entschieden grimmig.

Da sie nicht viel auf Förmlichkeit hielt, erklärte Cornelia:

»Sie haben offensichtlich wichtige Neuigkeiten. Möchten Sie, dass wir gehen, damit Sie ungestört reden können?«

»Nein, das wird nicht nötig sein«, erwiderte Mathew. »Sie werden es ohnehin bald selbst hören.« Er schaute Barnaby an und sagte ruhig:

»Ich habe heute Morgen einen Brief erhalten von einem Freund aus London. Aus Frankreich kommt die Nachricht, dass Ludwig XVI. am Montag in Paris auf der Guillotine hingerichtet wurde.«

Die Damen schnappten nach Luft, aber bis auf ein Anspannen seiner Wangenmuskel verriet Barnaby seine Gefühle durch keine Regung. Der Tod des Königs von Frankreich war eine überraschende Nachricht, auch wenn man schon eine Weile gewusst hatte, dass er von den Revolutionären, die in Frankreich die Herrschaft übernommen hatten, zum Tode verurteilt worden war. Barnabys Sorge indes galt der Sicherheit und dem Aufenthaltsort seines Halbbruders Lucien, der einer Affäre seines Vaters entstammte. Lucien hielt sich zurzeit in Frankreich auf und steckte, wie er ihn kannte, bis zum Hals in zwielichtigen Unternehmungen. Ihm war alles andere als wohl beim Gedanken an Lucien. *Zu Hölle mit dir, Bruder*, dachte er ärgerlich. *Wenn du dich umbringen lässt …*

Cornelia beugte sich vor und fragte besorgt:

»Und die Königin? Was ist mit Marie-Antoinette? Lebt sie noch?«

Mathew nickte knapp.

»Wenigstens zu dem Zeitpunkt, als mein Freund seinen Brief verfasst hat.«

»Und der Dauphin?«, wollte Barnaby wissen.

»Sind sie so tief gesunken, auch Kinder zu töten?«

Mathew schüttelte den Kopf.

»Laut meinem Freund bleibt der Rest der königlichen Familie im Temple inhaftiert. Sie sind alle noch am Leben … für den Augenblick.« Er blickte bedeutungsvoll zu Barnaby. »Frankreich ist im Moment kein Ort, wo man sich aufhalten sollte. Wir werden bald schon Krieg mit ihnen haben, das ist vermutlich nur eine Sache von Tagen, höchstens Wochen.«

Barnaby warf ihm einen finsteren Blick zu.

»Das weiß ich selbst.« Mit grimmiger Miene erklärte er:

»Ich habe ihn gewarnt, aber niemand kann Lucifer sagen, was er tun und was er lassen soll, wenn er sich etwas erst einmal in den Kopf gesetzt hat.«

»Lucifer?«, fragte Emily mit großen Augen.

»Mein Halbbruder, und wenn es je einen Spross des Teufels gegeben hat ... ich will es nicht beschönigen, er stammt von der falschen Seite des Bettes, sozusagen«, antwortete Barnaby.

»Seine Mutter war Französin – sie ist schon vor ein paar Jahren gestorben, aber als der Wahnsinn dort ausbrach, musste Lucien – Luc – unbedingt dorthin und nachsehen, ob jemand aus der Familie den Irrsinn der ersten Zeit überlebt hat.« Seine Lippen zuckten.

»Da die Familie nur dem niederen Adel angehörte, bezweifle ich das, aber wenn es noch welche gibt, wird Luc sie finden und sie außer Landes schaffen ... wenn er nicht selbst den Kopf dabei verliert.«

Von der Neuigkeit des schrecklichen Schicksals des französischen Königs zutiefst erschüttert, stand Cornelia auf.

»Wir werden Sie, meine Herren, allein lassen. Ich bin sicher, es gibt einiges, was Sie unter vier Augen zu besprechen haben.« Sie schaute zu Barnaby, der den Mund bereits geöffnet hatte, um ihr zu widersprechen.

»Nachdem Ihr Cousin gegangen ist, können wir unsere Unterhaltung fortführen.« Bedeutungsvoll fügte sie hinzu:

»Ich kümmere mich darum, dass alle Vorbereitungen für Ihre Rückkehr nach *Windmere* getroffen werden.«

Als die beiden Damen gegangen waren, fragte Mathew Barnaby:

»Du kommst nach *Windmere* zurück? Hältst du das für klug? Ich versichere dir, es besteht keine Notwendigkeit dazu. Ich habe alles in der Hand.« Ein Anflug von Feindseligkeit schlich sich in seine Stimme, als er weitersprach:

»Du darfst nicht vergessen, ich kenne *Windmere* mein ganzes Leben lang und habe in den letzten paar Monaten des Lebens unseres Großonkels die Leitung des Besitzes übernommen. Ich kenne mich bestens damit aus, was nötig ist.«

»Das kann ich schwerlich vergessen«, antwortete Barnaby und läutete nach Lamb, »schließlich erinnerst du mich oft genug daran.« Er sah ihn scharf an, als er sagte:

»Es ist Zeit, dass ich heimkehre. Schließlich will ich nicht, dass du dich in meiner Abwesenheit dort allzu wohl fühlst.«

Mathew wurde rot, und seine Lippen wurden schmal.

»Verdammt! Ich bin doch kein Aasgeier. Ich kann dir nicht nur Gutes wünschen, aber bestimmt wünsche ich dir auch nichts Böses!« Er durchbohrte Barnaby förmlich mit seinem Blick. »Ich habe diese Bemerkung nicht verdient – wenn irgendjemand anders sie zu mir gesagt hätte, hätte ich verlangt, dass er mir seine Sekundanten nennt.«

Barnaby seufzte und winkte entschuldigend ab.

»Du hast recht. Das war unangebracht, und ich bitte dafür um Verzeihung.« Er lächelte reumütig.

»Ich fürchte, du bringst das Schlechteste in mir zum Vorschein.«

Mathew zögerte, dann erklärte er bitter:

»Und du in mir.« Seine azurblauen Augen fanden Barnabys wachsame schwarze.

»Ich bezweifle, dass wir je Freunde sein werden, aber ich hoffe, wir lernen es, miteinander auszukommen, ohne in offene Feindseligkeit auszubrechen.«

Lambs Eintreten verhinderte eine Antwort, und Mathew verabschiedete sich rasch.

»Hast du ihn geärgert?«, wollte Lamb wissen.

»Ja, und völlig überflüssigerweise – besonders da ich

glaube, dass er versucht hat, mir einen Gefallen zu tun.« Kurz berichtete Barnaby, welche Neuigkeiten Mathew gebracht hatte.

Wie Barnabys galt auch Lambs erster Gedanke, Lucien.

»Dieser verfluchte Lucifer! Wenn er aus Frankreich mit seinem Kopf auf den Schultern entkommt, grenzt das an ein Wunder.«

»Stimmt«, pflichtete Barnaby ihm in ruhigem Ton bei.

»Unglücklicherweise gibt es nichts, was wir tun könnten, um ihm zu helfen«, bekannte Barnaby bedrückt.

»Wir haben keine Ahnung, wo er steckt ... ob er überhaupt noch am Leben ist. Ich sehe auch nicht, wie wir eine Rettungsaktion starten sollten.« Er schaute Lamb an.

»Hast du eine Idee?«

Sein Gesicht spiegelte wie Barnabys ebenfalls die tiefe Sorge wider, als er erwiderte:

»Nein, im Augenblick sehe ich nicht, wie wir etwas unternehmen können, solange wir so wenig wissen. Uns bleibt nur zu hoffen, dass sein Glück hält, und abzuwarten.« Er zwang sich zu einem Lächeln.

»Wie ich Lucifer kenne, wird er am Ende wieder obenauf sein – so wie immer bei ihm.«

Emily zischte Cornelia ihre Einwände ins Ohr, während sie durch das Haus zu Emilys Zimmer eilten, aber sie machten überhaupt keinen Eindruck auf die ältere Frau. Als sie ihr Schlafzimmer erreichten, warf sie die Tür laut knallend hinter sich ins Schloss. Erbittert erklärte Emily:

»Zum letzten Mal, ich lasse mich nicht einfach nach *Windmere* verfrachten wie ein Stück Vieh, das zum Markt geführt werden soll.« Mit vor der Brust verschränkten Armen fügte sie fast kindisch hinzu:

»Und du kannst mich nicht dazu zwingen.«

Cornelia fuhr verärgert zu ihr herum und ermahnte sie streng:

»Mädchen, und wenn ich dich höchstpersönlich fesseln und dir einen Schlag auf den Kopf geben muss, ich tue es. Und wenn du dir einbildest, Walker oder der Rest der Dienerschaft würden mir nicht helfen, dann bist du dümmer als ich dachte.« Sie atmete tief durch und fuhr sanfter fort:

»Emily, es ist die einzige Möglichkeit, dass du vor Ainsworth und deinem elenden Cousin sicher bist. Du denkst vielleicht, dass seine Abneigung gegen dich ihn davon abhalten wird, dir etwas zu tun, aber das ist Unsinn. Er will das Vermögen, und du musst es endlich in deinen Kopf bekommen, dass er alles tun wird, um es zu bekommen – und selbst wenn das heißt, eine Frau zu heiraten, die er verabscheut.«

Aufgerüttelt von Cornelias heftigen Worten brach Emilys Gegenwehr in sich zusammen. Unglücklich musste sie einräumen, dass ihre geliebte Großtante offenbar wirklich glaubte, dass sie in Gefahr schwebte. Und sei es auch nur, um Cornelias Angst zu beschwichtigen, sollte sie Lord Joslyns Angebot annehmen.

»Nun gut«, erklärte sie mit leiser Stimme, »dann gehen wir.«

Erleichterter, als sie es sich eingestehen wollte, sagte Cornelia:

»Wir haben keine Zeit, viel zu packen. Nimm nur mit, was du für ein paar Tage brauchst. Der Rest unserer Sachen kann nachkommen.«

»Wenn Jeffery sie nicht aus Wut verbrennt«, gab Emily nicht ganz ernst gemeint zu bedenken. Obwohl sie sich einverstanden erklärt hatte, nach *Windmere* zu gehen, konnte sie sich die Frage nicht verkneifen:

»Denkst du wirklich, dass Ainsworth mich als Ersatz für Anne nehmen würde?«

Cornelia nickte.

»Er will das Vermögen unbedingt – und um jeden Preis. Wir können von Glück reden, dass Anne schon auf dem Weg nach *Parkham* ist, und dass Ainsworth und Jeffery noch keine Ahnung davon haben. Noch besser wäre es, wir wären ebenfalls fort, ehe sie heimkommen. Wir können froh sein, dass Jeffery in Newhaven ist und Geld verschwendet, das er nicht hat, auf ein Pferd, das er nicht braucht.«

Jeffery und Ainsworth waren jedoch nicht in Newhaven, und es hatte auch nie ein Pferd dort gegeben, das sie sich anschauen wollten. Den Ausflug nach Newhaven hatten sie sich ausgedacht, damit niemand etwas von ihrem wahren Ziel merkte – dem Bauernhaus, in dem Jeffery sich mit seiner jeweiligen Geliebten traf. Die beiden Männer verbrachten den Tag damit, dafür zu sorgen, dass alles für Annes Entführung und ihre Vergewaltigung vorbereitet war. Unseligerweise war die Neuigkeit, dass Anne ihnen entwischt war, bereits zu ihnen gedrungen …

Kapitel 12

Es war schlichter Zufall, dass Jeffery und Ainsworth von Annes Abreise nach *Parkham House* erfuhren. Wie sie es häufig tat, besuchte Rosie Perrin, Sallys Schwester, am Donnerstagnachmittag *The Birches*. Dort saß sie am sauber geschrubbten Küchentisch bei einer Tasse Tee und lachte und scherzte mit Sally und den anderen; und zufällig hörte sie im Vorübergehen mit an, dass Mrs Anne Townsend am Morgen aufgebrochen war, um ein paar Wochen auf *Parkham House* zu bleiben.

Als sie am späten Nachmittag ins Dorf zurückkehrte, machte sie im *Ram's Head* Halt, um nachzusehen, ob sie am Abend zur Arbeit benötigt wurde. Das war nicht der Fall, aber sie entdeckte Kelsey an einem kleinen Tisch in der Ecke und setzte sich zu ihm.

Sie unterhielten sich eine Weile über nichts im Besonderen, ehe Rosie ihren Besuch auf *The Birches* erwähnte und dass Mrs Anne Townsend abgereist sei, um der Mutter des Squire Gesellschaft zu leisten. Kelsey horchte auf und begann sogleich zu überlegen, wie er die Information, die Rosie ihm so unbeabsichtigt geliefert hatte, zu seinem Vorteil nutzen konnte.

Zwar war er nicht in die Pläne vom Squire und Ainsworth eingeweiht, aber er wusste, dass die beiden nichts Gutes vorhatten und dass es mit Anne Townsend zusammenhing. Da er auch über das Vermögen im Bilde war, das Ainsworth in Aussicht hatte, wenn er eine respektable Braut fand, und da er zudem ähnlich dachte wie der Spieler, hatte er längst erraten, auf welche Weise Ainsworth die Hand der Frau erlangen wollte, die seine Werbung ablehnte.

Kelsey hatte es sich zur Angewohnheit gemacht, die Gegend, in der er sich länger aufhielt, genau zu erkunden, und kannte daher auch schon seit Monaten das Bauernhaus, das Jeffery für seine heimlichen Verabredungen nutzte. Seit seiner Entlassung und ohne Geld bis auf den Bettel, den Jeffery ihm ab und zu zusteckte, war er in das Haus eingebrochen, um in einem der Zimmer zu schlafen. An diesem Morgen war er aus dem Schlaf gerissen worden durch die Ankunft von Ainsworth und Jeffery – nur mit knapper Not hatte er durch ein Schlafzimmerfenster fliehen können, bevor er entdeckt wurde. Er fand die im Stall versteckten Pferde und bemerkte auch die prall gefüllten Satteltaschen – soweit er es sehen konnte mit Essen und Wein und anderem. Dann hatte sich Kelsey eine Stelle gesucht, von der aus er unbemerkt die Vorgänge verfolgen konnte. Sie hatten eindeutig vor, das Haus zu benutzen, und er glaubte eher nicht, dass es nur dazu hergerichtet wurde, weil Jeffery sich mit einer seiner Liebschaften für eine Nacht hier treffen wollte. Vor allem Ainsworths Gegenwart war verräterisch.

Nachdem Rosie gegangen war, lehnte Kelsey sich zurück und überlegte, was er wusste und wie er es am besten nutzen konnte. Es war davon auszugehen, dass der Squire und Ainsworth keine Ahnung hatten, dass Anne Townsend ihnen entwischt war. Er fragte sich, wie dankbar sie wohl wären, wenn sie davon erführen. Es gab nur einen Weg, das herauszufinden, entschied er, und stand auf.

Weder Ainsworth noch Jeffery waren froh, als Kelsey eine Weile später in die alte Küche in dem Bauernhaus trat. Kelsey bemerkte, dass in der Küche nicht viel geschehen war, aber es gab nun mehrere Flaschen Wein und Essen sowie Teller, Gläser und andere Utensilien auf dem staubigen Tisch an der Wand. Auf das Schlafzimmer, dachte er mit einem Kribbeln in den Lenden, würden sie höchstwahrscheinlich den Hauptteil ihrer Bemühungen verwenden, saubere Laken über die durchgelegenen Matratzen ziehen und Ähnliches. Ainsworth konnte darin pingelig sein.

»Was willst du denn hier?«, empfing ihn Jeffery. »Ich habe dir doch gesagt, du solltest dich ruhig verhalten und unauffällig warten, bis ich mich darum kümmern kann, alles in Ordnung zu bringen.«

Kelsey blickte ihn voller Abneigung an.

»Und in der Zwischenzeit bin ich zum Betteln verurteilt. Ich bin es leid, zu warten! Ich will Geld – und ich habe etwas herausgefunden, was mir die Hände mit Gold füllen müsste.« Er schaute auf die Sachen auf dem Tisch und lächelte boshaft, als er hinzufügte:

»Besonders wenn all diese Vorbereitungen in Vorfreude auf die Ankunft der jungen Mrs Townsend erfolgt sind.«

Jeffery versteifte sich.

»Was meinst du damit?«

»Ach, nur, dass ich Neuigkeiten habe, die vielleicht interessant wären und die ich teilen würde ... allerdings für einen gewissen Preis.«

Ainsworth fragte mit einem kalten berechnenden Ausdruck in den Augen:

»Und was macht Sie so sicher, dass wir an dem Treiben von Mrs Townsend interessiert sind?«

»Halten Sie mich für einen Narren?«, wollte Kelsey wissen.

»Die Dame will Sie nicht heiraten, aber Sie brauchen eine Braut, und es gibt nur einen sicheren Weg, ihren Widerstand zu überwinden – wenn Sie dazu in der Lage sind, es durchzuziehen.«

Ainsworth musterte seine Fingernägel.

»Angenommen, Sie haben recht«, sagte er gedehnt.

»Warum denken Sie, das, was Sie wissen, könnte uns helfen?«

Kelsey grinste und zeigte eine gelbliche und mit Lücken versehene Zahnreihe.

»Weil ich Ihnen eine Menge vergeblicher Mühe ersparen kann.«

»Wie?«, wollte Jeffery wissen.

»Erst das Geld, dann werden Sie schon sehen.«

Ainsworth betrachtete Kelsey eine Weile, dann fasste er in seine Westentasche und zog eine Goldmünze hervor. Er warf sie Kelsey zu, der sie mit einer geschickten Handbewegung auffing.

»Wenn das, was Sie zu berichten haben, wertvoll ist«, erklärte Ainsworth, »können Sie die behalten, falls aber nicht …«

»Es ist es wert«, erwiderte Kelsey und steckte sich die Münze ein. Erst nachdem er das Goldstück sorgfältig verstaut hatte, fiel Kelsey auf, dass Miss Emily oder die alte Hexe Mrs Cornelia am Ende bereit gewesen wären, ihm mehr zu zahlen, um von Jefferys und Ainsworths Aktivitäten im alten Bauernhaus zu erfahren. Seine Miene hellte sich auf, als er erkannte, dass nichts dagegen sprach, von hier nach *The Birches* weiterzugehen und sein Glück bei den Damen zu versuchen …

»Ich warte immer noch darauf, zu sehen, ob ich für mein Geld einen entsprechenden Gegenwert erhalte«, erklärte Ainsworth ungeduldig und ging zum alten Kamin aus Ziegelsteinen. Nur ein paar Schritte vor Kelsey blieb er stehen und fragte:

»Was wissen Sie?«

Kelsey wiederholte, was er von Rosie erfahren hatte, und

nahm mit Schadenfreude die Verwirrung und die Bestürzung zur Kenntnis, die sich bei seinen Worten auf Jefferys Miene widerspiegelte. Ainsworths Züge verrieten hingegen nichts.

»Gütiger Himmel«, entfuhr es Jeffery verzweifelt.

»Was sollen wir nur tun? Wenn sie heute Morgen aufgebrochen sind, haben wir keine Chance mehr, sie einzuholen.«

»Und ich würde es selbst dann nicht versuchen, wenn sie erst vor ein paar Minuten gefahren wären«, stellte Ainsworth fest. »Es sei denn, du willst, dass dein Bruder eine Kugel ins Herz bekommt und wir eine Entführung am helllichten Tag auf offener Straße versuchen.«

Nicht länger an Ainsworth und Jeffery interessiert, nachdem er Geld bekommen hatte, und von dem Wunsch getrieben, so rasch wie möglich nach *The Birches* zu gelangen, sagte Kelsey:

»Ich denke, ich gehe dann jetzt besser.«

»Halt«, verlangte Ainsworth. »Sie haben sich das hier verdient.« Er warf Jeffery eine weitere Münze zu, aber absichtlich zu kurz, sodass er sie nicht fangen konnte. Die Münze fiel auf den Steinboden und rollte ein Stück weiter. Kelsey bückte sich, um sie aufzuheben, und Ainsworth bewegte sich mit der Geschwindigkeit einer Schlange, nahm sich mit einem Griff einen schweren Holzscheit vom Stapel neben dem Herd und schlug ihn Kelsey mit voller Wucht auf den Hinterkopf.

Lautlos sackte Kelsey mit dem Gesicht nach unten zusammen. Ainsworth ignorierte Jefferys entsetztes nach Luft Schnappen, stieß den am Boden Liegenden mit dem Fuß an und drehte ihn auf den Rücken. Kelsey atmete noch, und Ainsworth beugte sich über ihn und hieb eiskalt und systematisch weiter mit dem Knüppel auf ihn ein. Erst als Kelsey tot war, richtete er sich wieder auf und warf den Holzscheit ins Feuer.

Jeffery warf einen Blick auf die blutige Masse, die früher einmal Kelseys Gesicht gewesen war, und sein Magen rebellierte. Er rannte aus der Küche und schaffte es knapp vor die Tür, ehe die Übelkeit siegte. Als er sicher war, dass sein Magen vollständig entleert war, kehrte er nach innen zurück. Er wischte sich den Mund ab und sagte, ohne in die Richtung von Kelseys Leiche zu sehen, mit bebender Stimme:

»War das nötig?«

»Ja«, antwortete Ainsworth, der noch nicht einmal schwerer atmete nach der Anstrengung des Mordes.

»Ich wollte nicht riskieren, dass er zu deiner Cousine und deiner Großtante rennt und weitererzählt, was wir hier tun.« Er stieß den Leichnam mit der Stiefelspitze an und sagte boshaft:

»Ich überlasse es dir, die Leiche loszuwerden.«

Jeffery öffnete den Mund zum Protest, aber der Ausdruck auf Ainsworths Gesicht hielt ihn davon ab, irgendetwas zu sagen. Er schluckte die Galle herunter und ging zu dem leblosen Körper, fasste ihn zaghaft am Arm und begann ihn aus der Küche zu zerren. Kelsey war kein großer Mann gewesen, aber jetzt war er schwer, sodass mehrere Minuten vergingen, ehe Jeffery ihn aus dem Haus geschafft und unter ein paar Büschen hinter dem Stall versteckt hatte.

Immer noch blass und erschüttert kam er in die Küche zurück und fand Ainsworth auf einem der wackeligen Stühle, wo er saß und seelenruhig aus einem Glas Wein trank, den sie mitgebracht hatten.

Jeffery holte sich auch ein Glas, goss sich aus der Flasche ein und leerte es in einem Zug.

»Was sollen wir jetzt tun? Alles ist verloren.«

Ainsworth warf ihm einen verächtlichen Blick zu.

»Nein, ist es nicht.« Seine Augen wurden dunkel vor Wut. »Sie wird nicht die Braut sein, die ich wollte, aber ich fürchte, jetzt werde ich mich mit deiner Cousine Emily begnügen müssen.«

Jeffery starrte ihn mit offenem Mund an.

»Du bist übergeschnappt, wenn du denkst, du könntest Emily zu irgendetwas zwingen.«

»Sie wird den Ruin fürchten«, beschied ihm Ainsworth achtlos, »so wie jede andere Frau auch.«

Jeffery schaute ihn zweifelnd an.

»Das mag schon sein, aber sie wird eine unerträgliche Ehefrau sein.«

Ainsworth blickte ihn an, und Jeffery wurde kalt angesichts dessen, was er in den Augen des anderen las.

»Sie muss nur so lange am Leben bleiben«, erklärte Ainsworth leise, »dass ich mein Vermögen bekomme. Danach ...« Er nahm einen Schluck Wein und lächelte, »danach, fürchte ich, wird meine junge Frau einem tödlichen Unfall zum Opfer fallen.«

Jeffery senkte den Blick. Er war, sagte er sich, kein schlechter Mensch, und wenn nicht die unseligen Verluste an den Spieltischen wären, die meisten an Ainsworth, würde er sich nicht in dieser Lage befinden. Er war wirklich bereit gewesen, Ainsworth zu helfen, Anne zu heiraten, aber Kelseys Tod war nichts, was er je gebilligt hätte – wenn er um seine Meinung gefragt worden wäre. Jeffery mochte Emily nicht unbedingt, aber die Familienbande waren doch stark genug, dass es ihn betrübte, wenn er an ihre kaltblütige Ermordung dachte. Er starrte in sein leeres Glas und wünschte sich inbrünstig, sich nie auf Ainsworths Bedingungen eingelassen zu haben, ihn nie nach *The Birches* eingeladen zu haben.

Sich des Umstandes bewusst, dass Jeffery Zweifel kamen, erklärte Ainsworth:

»Wir müssen unseren Plan nur leicht ändern. Ich möchte nicht noch mehr Zeit verschwenden.« Er wirkte nachdenklich.

»Eigentlich denke ich sogar, wir sollten unauffällig zum Haus zurückkehren und die Lage auskundschaften. Es ist möglich, dass das Glück auf unserer Seite ist und wir deine Cousine zu fassen bekommen, ohne dass irgendwer ahnt, dass wir überhaupt im Haus waren.« Er lächelte.

»Sie wird einfach verschwunden sein ... und später als meine Braut wieder auftauchen.« Jeffery schien von dem Plan nicht begeistert; und da er sich denken konnte, dass der Mord an Kelsey ihn verstört hatte, sagte Ainsworth mit vorgetäuschter Aufrichtigkeit:

»Ich weiß, was geschehen ist, war ein Schock für dich ... Es tut mir leid, das mit Kelseys Tod, aber je weniger Leute davon wissen, dass wir hier sind, desto besser. Nachdem Kelsey nun ... nicht mehr ist, sind wir beide die Einzigen, die wissen, dass wir hier gewesen sind. Das sollten wir so lassen.«

Aber hierin irrte Ainsworth. Jemand anderes wusste auch noch, dass sie im Bauernhaus waren – Sam Gates und sein bester Freund Billy Ford, der Sohn des Dorfschusters. Die beiden Jungen durchstreiften die Gegend nach Belieben, wann immer es ihnen gelang, der elterlichen Aufsicht zu entkommen. Der Stall des verlassenen Bauernhauses war einer ihrer Lieblingsplätze, um mit Billys kleinem Terrier namens Tiger Ratten zu jagen. Als sie gegen Mittag mit dem kleinen Hund in den Stall geschlüpft waren, der ganz versessen war auf die Jagd, hatten sie erstaunt festgestellt, dass sich zwei Pferde darin befanden. Sam erkannte sogleich das

Pferd des Squire wieder, einen eleganten hellbraunen Wallach mit einem weißen Hinterfuß: Sein Vater hatte bei ihm erst kürzlich ein verlorenes Hufeisen ersetzt. Am selben Tag war Ainsworths gescheckter Grauer mit neuen Eisen beschlagen worden, sodass es Sam keine Schwierigkeiten bereitete, auch das zweite Pferd zuzuordnen.

Als sie die Stimmen des Squire und von Ainsworth näher kommen hörten, packten Sam und Billy Tiger und flüchteten durch ein loses Brett auf der Rückseite des Stalles ins Freie. Die Anwesenheit des Squire und seines Freundes auf dem verlassenen Bauernhof war auffällig, sodass Sam und Billy, die beide über eine gesunde Portion Neugier verfügten, den Hund ein Stück entfernt festbanden und dann zurückkehrten, um die beiden Männer zu beobachten. Aus ihrem Versteck zwischen ein paar Bäumen seitlich des Stalles verfolgten die Jungen, wie der Squire und Ainsworth mehrmals zum Stall gingen, verschiedene Sachen holten und zum Haus brachten. Nach einer Weile wurde es den beiden aber zu langweilig, und sie gingen zu ihrem Hund zurück und entschieden, den Vikar um Erlaubnis zu fragen, ob er sie in seinen Ställen Ratten jagen ließ. Das war zwar weniger aufregend, weil der Vikar ein halbes Dutzend Katzen oder so hielt, aber es war nicht ausgeschlossen, dass sie die eine oder andere unvorsichtige Ratte erwischen konnten.

So war es bereits später Nachmittag, als Sam sich auf den Weg in die *Krone* machte, wo er, wie er wusste, um diese Zeit seinen Vater finden würde, bei einem wohl verdienten Krug Ale. Er betrat den Gasthof und sah seinen Vater mit Jeb Brown und Mrs Gilbert an einem Tisch sitzen. Als sie Sam näher kommen sah und da sie genau wusste, wie groß der Appetit von Jungen im Wachstum war, lächelte Mrs Gilbert und sagte zu ihm:

»Geh in die Küche und lass dir von Flora und den Mädchen etwas zu essen geben.«

Grinsend erwiderte er:

»Danke – ich bin halb verhungert.« Damit verschwand er in Richtung Küche. Kurz darauf kam er zurück, Krümel auf dem Kinn und einen beeindruckenden Milchbart über der Oberlippe, Anzeichen dafür, dass er nicht hatte darben müssen. Wie er es gern tat, setzte er sich auf den letzten leeren Stuhl und lauschte mit halbem Ohr der Unterhaltung der Erwachsenen.

Sam war beinahe eingeschlafen, aber er riss die Augen auf und war hellwach, als Mrs Gilbert sagte:

»Man kann nicht sagen, wozu der Squire und sein unangenehmer Freund in der Lage sind. Wenigstens müssen wir uns ihretwegen im Moment keine Sorgen machen – als ich Walker gestern im Dorf getroffen habe, hat er erwähnt, dass sie heute nach Newhaven wollten.«

»Aber da sind sie nicht«, warf Sam unschuldig ein. Drei Erwachsenenaugenpaare richteten sich auf ihn. Er schluckte und sagte:

»Nun, wenigstens waren sie heute Nachmittag nicht dort. Ich und Billy haben sie vorhin draußen auf dem alten Godart-Besitz gesehen.«

»Und was hattet ihr dort zu suchen?«, fragte Caleb in einem Ton, der Sam verriet, dass er besser einen guten Grund nennen sollte, weshalb er auf dem Gelände des verlassenen Bauernhofes gewesen war.

Ernst antwortete er:

»Wir wollten nur mit Billys Hund im Stall Ratten jagen.«

Caleb brummte, und Sam atmete auf.

»Wann hast du sie gesehen?«, fragte Mrs Gilbert mit gerunzelter Stirn.

Sam zog eine Schulter hoch.

»Ich weiß die Zeit nicht, aber es war heute Nachmittag. Billy musste seinem Vater bis ungefähr Mittag bei der Arbeit helfen, und es war erst danach.«

»Die Gebäude stehen seit Jahren leer«, bemerkte Jeb. »Ich kann mir nicht vorstellen, was dort für den Squire und seinen Freund von Interesse sein sollte. Was haben sie getan?«

»Das weiß ich nicht«, antwortete Sam. »Ihre Pferde waren im Stall angebunden, und sie hatten ein paar Sachen in ihren Satteltaschen mitgebracht, die sie ins Haus getragen haben.« Entschuldigend sagte er:

»Billy und mir war bald langweilig, ihnen zuzusehen. Daher haben wir Tiger genommen und sind zum Vikar gegangen. Der hat uns in seinen Ställen jagen lassen.« Seine Miene hellte sich auf.

»Tiger hat drei Ratten erwischt – der Vikar hat uns gelobt.«

Caleb ging kurz darauf zusammen mit dem müden Sam. Allein am Tisch zurückgeblieben fragte Mrs Gilbert Jeb:

»Planst du immer noch, heute Nacht abzulegen?«

»Das Barometer hat sich ein paar Tage lang nicht bewegt«, erwiderte Jeb, »aber mein schlimmes Knie beginnt zu schmerzen. Hat mich fast die halbe Nacht wachgehalten.«

Jebs »schlimmes Knie« hatte sich in der Vergangenheit als ausgezeichnete Wettervorhersage erwiesen. Dass es ihn plagte, hieß, dass höchstwahrscheinlich bald ein Sturm aufziehen würde. So nickte Mrs Gilbert und sagte nur:

»Es gibt Sturm.«

»Ja. Das glaube ich.«

»Wenn du heute Nacht segelst, wirst du dich erst mit Miss Emily treffen müssen«, dachte Mrs Gilbert laut nach.

»Wäre vielleicht nicht verkehrt«, fügte sie hinzu, »wenn du ihr gleich auch berichtest, was uns Sam erzählt hat.«

»Der Gedanke ist mir auch gekommen.« Mit besorgter Miene bemerkte Jeb:

»Ich frage mich nur, was sie auf dem alten Godart-Anwesen getan haben. Das kommt mir verdächtig vor, dass sie dort sind, besonders da sie doch eigentlich in Newhaven sein sollten.«

»Was genau der Grund ist«, erklärte Mrs Gilbert entschieden und stand auf, »weshalb du es Miss Emily sagst, wenn du sie siehst.«

Emily und Cornelia verbrachten den Nachmittag damit, die Sachen einzupacken, die sie für die ersten paar Tage auf *Windmere* benötigen würden. Emily widerstrebte die Idee immer noch, da sie sich einfach nicht ernsthaft vorstellen konnte, dass Ainsworth sie anstelle von Anne nehmen würde. Jedes Mal, wenn sie wieder davon anfangen wollte, schaute Cornelia sie scharf an und fragte:

»Willst du wirklich das Risiko eingehen?« Mit einer Grimasse wandte sich Emily dann wieder den Koffern zu, war aber insgeheim der Ansicht, dass Cornelia übertrieb.

Während die Damen mit Packen beschäftigt waren, sandte Barnaby über Thomas die Nachricht nach *Windmere*, dass er und Lamb heimkehrten und man ihnen am späten Nachmittag die Kutsche schicken solle, um sie abzuholen. Zu den Ställen von *The Birches* schickte er die Anweisung, seines und Lambs Pferd gesattelt und zum Aufbruch bereitzuhalten.

Lamb hatte binnen weniger Stunden alles verstaut und die Koffer an der Tür stehen, aber Cornelia und Emily schafften es nicht so schnell. Da keine von beiden Damen darauf vertraute, dass Jeffery nicht am Ende doch alles, was sie zurückließen, verbrennen würde, wenn er herausfand, dass sie fort waren, hatten sie schließlich wesentlich mehr Gepäck als ursprünglich geplant.

Da ihm kaum etwas anderes übrig blieb, als zu warten, ging Barnaby in der Eingangshalle unten ungeduldig auf und ab, in Erwartung der Nachricht, dass die Damen endlich fertig wären und die Kutsche aus *Windmere* eingetroffen sei. Jeffery und Ainsworth waren vielleicht nach Newhaven geritten und wurden nicht vor dem Abend zurückerwartet, aber Barnaby wollte es nicht darauf ankommen lassen, dass sie am Ende doch früher heimkamen. Je eher sie *The Birches* hinter sich lassen konnten und auf *Windmere* waren, desto wohler wäre ihm.

Emily und Cornelia gelang es, alles, was sie nicht ertrugen, Jefferys Gnade zu überlassen, in zwei beunruhigend große Reisetruhen und ein Paar geräumiger Hutschachteln zu stopfen. Sobald die beiden Truhen die Treppe hinuntergeschleppt worden waren und mit den Hutschachteln in der Eingangshalle standen, atmeten alle auf.

Lamb hielt nach der Kutsche Ausschau, während Barnaby und die beiden Damen sich in den kleinen Grünen Salon auf der Rückseite des Hauses zurückzogen. Die Unterhaltung geriet immer wieder ins Stocken und erstarb schließlich ganz. Alle warteten gespannt auf die Nachricht, dass die Kutsche eingetroffen sei.

Es klopfte an der Tür, und alle sprangen auf, aber als Walker hereinkam, schaute er Emily an und sagte entschuldigend:

»Nein, die Kutsche ist noch nicht da, aber in der Küche wartet ein … Freund auf Sie, der Sie sprechen möchte.«

Emily erriet sogleich, um wen es sich bei dem Besucher handelte, und den Grund für sein Kommen. Insgeheim dankbar für die Verspätung der Kutsche lächelte sie Cornelia und Barnaby rasch zu und sagte:

»Es wird nur einen Augenblick dauern.« Als Barnaby Einspruch erheben wollte, fügte sie hinzu:

»Es ist wichtig. Und Walker wird immer an meiner Seite bleiben – mir kann nichts geschehen.«

Sie nahm ihr blau und beige gemustertes Retikül und schlüpfte aus dem Zimmer. Während sie die Tür hinter sich ins Schloss zog, fragte sie:

»Ist es Jeb? Will er heute Nacht segeln?«

Walker nickte mit besorgter Miene.

»Er hat Neuigkeiten über den Squire und Mr Ainsworth mitgebracht: Sie sind heute gar nicht in Newhaven, sondern auf dem verlassenen Godart-Hof. Sam hat sie dort heute Nachmittag gesehen.«

Emily schnappte erschrocken nach Luft.

»Dahin also wollten sie Anne entführen!«

Sie hatten keine Zeit, sich weiter zu unterhalten. Emily umklammerte fest ihr Retikül und eilte mit dem Butler auf den Fersen zur Küche. Der Nachmittag war so voll gewesen, sie hatten so viel zu tun gehabt, dass sie erst, als sie das Geld für die nächste Ladung Waren aus dem Versteck genommen hatte, kurz bevor sie zu Cornelias Zimmer gegangen war, an Jeb und seine nächste Überfahrt gedacht hatte. Barnaby hatte sie im Grünen Salon eben vielleicht für ungewohnt schweigsam gehalten, aber sie hatte angestrengt nachgedacht, welche Auswirkungen ihre Umsiedlung nach *Windmere* auf ihre Schmuggelunternehmung hatte. Mrs Gilbert und die anderen mussten erfahren, was vor sich ging.

Jebs Ankunft hätte zeitlich nicht besser geplant sein können, und sie war froh, dass sie zwei Fliegen mit einer Klappe schlagen konnte: Jeb bekam das Geld für die neue Ladung, und er konnte Mrs Gilbert erzählen, dass sie nach *Windmere* übersiedelten.

Alle Dienstboten wussten, was in Wahrheit vor sich ging, aber sie taten alle so, als ob Jeb schlicht seine Nichte Jane besuchte, die einzige verbliebene Hausmagd auf *The Birches*. Als Emily in die Küche eilte, stand Jeb auf, küsste Jane auf die Wange und sagte, dass er nun leider wieder gehen müsste, aber noch schnell ein Wort mit Miss Emily reden wollte.

Das Tageslicht wich bereits der Dämmerung, als Emily und Jeb aus der Küchentür ins Freie traten und zu den Ställen schlenderten, wo Jeb Calebs Pferd gelassen hatte. Während sie gingen, die Köpfe zusammengesteckt, brachte Emily Jeb auf den neuesten Stand. Obwohl sie allein waren, redeten sie nur im Flüsterton miteinander, waren immer auf der Hut, sich nicht belauschen zu lassen.

»Sorg bitte dafür, dass Mrs Gilbert weiß, dass wir auf *Windmere* sind, noch bevor du heute Nacht hinaus fährst«, trug sie ihm auf, als sie dem Weg um die Biegung folgten und das Haus nicht länger zu sehen war. Die Ställe lagen hinter der nächsten Kurve direkt vor ihnen, und auf diesem Stück des Weges zwischen den beiden Kurven konnten sie weder von den Ställen noch vom Haus aus beobachtet werden. Emily blieb in der Mitte des schmalen Weges stehen, öffnete ihr Retikül und gab Jeb den kleinen Lederbeutel. Er verschwand in seiner abgetragenen braunen Lederjacke.

»Was, wenn Sie plötzlich gebraucht werden?«, fragte Jeb leise mit sorgenvollen Augen.

»Wie soll ich es Sie wissen lassen? Ich kann Sam ja schlecht mit einer Nachricht für Sie in die Küche auf *Windmere* schicken.«

Emily dachte kurz nach. Seine Sorge war berechtigt. Schmuggel war ein unsicheres Geschäft, und außer der

Kenntnis der Gezeiten gab es kaum etwas, das half, Jebs Rückkehr vorherzusagen – und wann Ladung gelöscht werden musste. Die einzige Konstante war, dass die Schmuggelware aus Frankreich in mondlosen Nächten an Land geholt werden musste, oder – um den Zollfahndern nicht zu begegnen – mitten in einem Unwetter, sofern sich das einrichten ließ. Solange er auf See war, verwendete Jeb eine Laterne, um Mr Meek seine Ankunft zu signalisieren, dessen kleines Haus auf den Kalkklippen hoch oben über der tosenden Brandung stand. Wenn Mr Meek von Jebs bevorstehendem Eintreffen unterrichtet war und er Jeb das Gegensignal gegeben hatte, machte er sich auf den Weg in die *Krone* und zu Mrs Gilbert. Die leitete die Nachricht an die Mannschaft weiter, die beim Ausladen und dem Transport nach London half. Als Anführer war Emily stets dabei, um mit Hand anzulegen, wo es nötig war. Mit den treu ergebenen Dienern auf *The Birches*, die allesamt von dem Schmuggelunternehmen profitierten, war es für Sam leicht genug, ihr mitzuteilen, dass die Ankunft bevorstand. Aber auf *Windmere* …

Emily biss sich auf die Lippe. Wie sollte sie von Jebs Eintreffen erfahren, und wie – das war fast ebenso wichtig – mitten in der Nacht aus dem Haus schleichen und zum Dorf reiten?

»Kennst du irgendjemanden auf *Windmere*, dem wir trauen können?«, fragte sie Jeb mit weiterhin gesenkter Stimme.

Jeb zupfte an seinem Ohr.

»Mrs Spaldings Schwester Mrs Eason ist dort Köchin … ich denke, sie weiß, wie man den Mund hält, und sie würde uns sicher auch helfen.«

Emily gefiel es nicht, aber die Zeit war knapp, und sie musste eine Entscheidung fällen. Während sie dastanden und miteinander redeten, überkam sie ein ungutes Gefühl, und sie schaute sich um. Die nackten Zweige der Bäume am Wegesrand bewegten sich in einer leisen Brise, aber auch ohne Blätter, um die Sicht zu versperren, waren die Wälder voller Schatten und seltsamer dunkler Stellen. Sie konnte nichts Beunruhigendes entdecken, konnte aber dennoch das unbehagliche Gefühl nicht abschütteln, dass sie beobachtet wurden. Daher begann sie wieder zu gehen, und als sie zu Jeb sprach, war ihre Stimme noch leiser als zuvor.

»Erkläre alles sogleich Mrs Gilbert und sag ihr, dass sie mit Mrs Spalding sprechen soll – gleich morgen. Wenn sie sich einig sind, dass Mrs Eason uns hilft, kann Mrs Spalding ihre Schwester besuchen und mit ihr alles regeln. Wenn Mrs Eason bereit ist, kann sie sich einen Weg ausdenken, mich zu benachrichtigen.«

»Und wenn wir ihr nicht vertrauen können?«, erkundigte sich Jeb, der mit ihr Schritt hielt.

»Dann werden wir uns etwas anderes einfallen lassen müssen«, räumte sie betrübt ein.

»Hoffentlich werde ich dann auch vor deiner Rückkehr einen Weg gefunden haben, wie ich unbemerkt das Haus verlassen kann.« Sie lächelte leicht.

»Und ein Pferd aus Lord Joslyns Ställen zu entwenden sollte auch nicht zu schwer sein. Ich bin sicher, es ist ihnen schon früher passiert, dass sich jemand ihre Tiere ›geliehen‹ hat.«

Sie gingen weiter und bogen um die letzte Kurve – vor ihnen tauchten die Ställe auf. Sie bemerkte die beiden gesattelten Pferde, die an dem langen Geländer vor dem Stall angebunden waren, und erkannte sie als Lambs und Lord Joslyns Tiere wieder. Mehrere Meter vor dem Gebäude blieb Emily stehen und fragte:

»Wenn du in Calais bist, sind dir da in letzter Zeit viele Leute aufgefallen, die versuchen, das Land zu verlassen?«

Wenn er über diese Frage überrascht war, so ließ Jeb es sich nicht anmerken.

»Ich höre das eine oder andere ... aber man hat mich nie angesprochen.«

Emily zögerte, dann sagte sie hastig:

»Halte bitte die Ohren und Augen offen. Lord Joslyn hat einen Halbbruder namens Lucien, der momentan in Frankreich ist und vermutlich versuchen wird, das Land zu verlassen. Es ist möglich, dass er in Calais ist.«

Jeb wirkte nachdenklich.

»Ich kenne ein paar Leute. Ich kann mich umhören.«

»Oh, Jeb, du bist ein Schatz!«, rief Emily und lächelte erfreut. »Ich weiß, dass Lord Joslyn dich gut bezahlen wird, wenn es dir gelingt, Lucien mit zurückzubringen.«

»*Falls* er in Calais ist«, warnte Jeb ihn.

»Es gibt andere Häfen, in denen er sein könnte, und ich kann ihn nicht suchen gehen.«

Emily nickte, ihr Lächeln verblasste.

»Nun verabschiede ich mich«, sagte Jeb schroff. »Ich muss noch das Schiff und die Mannschaft vorbereiten, damit wir mit der Flut auslaufen können.«

Sie sah ihm nach, wie er in den Ställen verschwand, und erst, als er auf seinem Pferd wieder erschien und mit einem Winken in die entgegengesetzte Richtung davongeritten war, drehte sie sich um, um zum Haus zurückzukehren. Obwohl sie wusste, dass sie länger fortgeblieben war als geplant, waren ihre Schritte zögernd. Sie hätte Erleichterung empfinden sollen, und in vielerlei Weise war sie auch erleichtert – Jebs passendes Auftauchen hatte einige ihrer Probleme gelöst. Er hatte jetzt das Geld für neue Schmuggelware, und außerdem würde er Mrs Gilbert von ihrem Umzug nach *Windmere* unterrichten. Morgen würden Mrs Gilbert und Mrs Spalding die Köpfe zusammenstecken – und hoffentlich war

Mrs Eason bereit, ihnen zu helfen. Sie stellte fest, dass es ihr aus unerfindlichen Gründen widerstrebte, nach *Windmere* zu gehen und bei Lord Joslyn in der Schuld zu stehen.

Sie schnitt eine Grimasse. Das war albern. Binnen Minuten wäre sie unterwegs zu einem der beeindruckendsten Häuser Großbritanniens, als Gast des Mannes, dessen Blick die seltsamsten Empfindungen in ihr weckte. Beinahe jede andere Frau aus der Gegend, gestand sie sich mit einer gewissen Selbstironie ein, vielleicht sogar aus ganz England, wäre außer sich vor Freude, wenn sie an ihrer Stelle wäre.

Da sie nicht zum Jammern neigte, nahm Emily entschlossen die Schultern zurück und fasste ihr Retikül fester, dann nahm sie mit der anderen ihren Rock und begann, flott zum Haus zurückzugehen. Als sie an das Wegstück kam, das sowohl von den Ställen als auch vom Haus nicht einzusehen war, stockte schon nach wenigen Metern ihr Schritt. Die Haut in ihrem Nacken prickelte, und trotz der langen Ärmel und der Wärme ihres bernsteinfarbenen Wollkleides zitterte sie.

Sie schalt sich eine Gans und machte einen weiteren Schritt, aber ein Geräusch hinter ihr ließ sie innehalten. Sie wirbelte herum, schaute in die Richtung und sah Jeffery auf seinem hellbraunen Wallach aus dem Wald preschen und quer auf dem Weg zu den Ställen anhalten.

Ihre erste Reaktion war Verwunderung, allerdings war ihre Verwunderung nicht so groß, wie wenn Jeb ihr nicht vorher erzählt hätte, dass Ainsworth und Jeffery nicht nach Newhaven geritten waren. Sie hatte nur geglaubt, dass die beiden Männer immer noch auf dem verlassenen Bauernhof seien, und sich daher weiter keine Sorgen gemacht. Jedenfalls hatte sie bestimmt nicht damit gerechnet, dass Jeffery plötzlich vor ihr auftauchen würde.

Unschuld heuchelnd fragte sie:

»Jeffery! Was tust du hier? Ich dachte, du wolltest heute nach Newhaven.«

Ihr Cousin sah nicht gut aus, und seine Miene war verschlossen, als er antwortete:

»Ach, ich hab meine Meinung geändert.«

Sie war sich der verstrichenen Zeit und des Umstandes überdeutlich bewusst, dass sie Barnaby und Cornelia von Jefferys Heimkehr unterrichten musste, daher sagte sie:

»Ah ja. Ich muss weiter.«

Hinter ihr raschelte es, und sie fuhr herum. Das Herz schlug ihr bis zum Hals, als sie Ainsworth auf seinem Pferd zwischen den Bäumen hervorkommen und ihr den Weg zum Haus versperren sah. Es entging ihr nicht, dass sie zwischen den beiden Männern gefangen war und dass sie an dieser Stelle weder von den Ställen aus noch vom Haupthaus her beobachtet werden konnten.

Emily rang die Angst, die sich in ihr regte, mannhaft nieder und rief sich in Erinnerung, dass sie noch nicht wissen konnten, dass Anne ihnen entwischt war, sodass sie ihre klaren grauen Augen auf Ainsworth richtete und verlangte:

»Sie versperren mir den Weg, Sir. Bitte lenken Sie Ihr Pferd zur Seite.«

Ainsworth lächelte hässlich, und etwas in seinem Lächeln machte ihr ernstlich Angst. Da ihr Cornelias Warnungen in den Ohren klangen, verfluchte sie sich dafür, dass sie nicht mehr auf die Vorahnung ihrer Großtante gegeben hatte. Sie wandte sich rasch zur Seite und lief zu einem Gehölz, in der Hoffnung, sich dort verstecken zu können.

Aber ihr war kein Erfolg vergönnt. Ainsworths Pferd machte einen Satz nach vorne, er streckte den Arm aus und schlang ihn ihr um die Taille, dann riss er sie von den Füßen. Ihr Retikül fiel auf den Weg. Sie wand sich und trat um sich, während er sie vor sich übers Pferd zerrte. Sie grub ihre Nägel in Ainsworths Hand auf ihrer Taille, und er fluchte, als die Kratzer zu bluten begannen.

Mit einer Hand hielt er die Zügel des nervös tänzelnden Pferdes, mit der anderen packte er ihre Haare und zog ihren Kopf daran so weit zurück, dass sie dachte, jeden Moment würde ihr Genick brechen. Seine Lippen dicht an ihrem Ohr keuchte er:

»Ich mag Frauen mit Temperament, aber spar dir lieber deine Kraft für die Zeit in meinem Bett.«

Emily schrie vor Wut auf und versuchte, ohne sich weiter um die Gefahr zu kümmern, sich aus seinem schmerzhaften Griff zu befreien. Ihre heftigen Bewegungen zusammen mit dem unbekannten Gewicht auf seinem Rücken verunsicherten das Pferd. Es schnaubte und bäumte sich auf und machte einen Buckel, sodass Ainsworth beinahe abgeworfen worden wäre. Er war gezwungen, sich auf sein Pferd zu konzentrieren, und lockerte seinen Griff in ihrem Haar.

Emily nutzte das sogleich aus und warf sich zur Seite. Als ihre Füße den Boden berührten, begann sie zu rennen, aber Ainsworth rief Jeffery zu: »Halt die Zügel«, sprang selbst vom Pferd und folgte ihr.

Mit einer Hand fasste er sie an der Schulter und wirbelte sie herum, seine andere ballte er zur Faust und holte aus. Seine Bewegungen waren so schnell, dass sie gar nicht sah, was sie traf. Das Letzte, woran sich Emily erinnerte, war ein heftiger Schmerz, gefolgt von schwarzem Nichts.

Kapitel 13

Mehrere Minuten waren vergangen, ohne dass Emily zurückkam. Nachdem er zum bestimmt vierten Mal auf seine Taschenuhr geschaut hatte, fragte Barnaby Cornelia, ohne seine Ungeduld zu verhehlen:

»Was macht sie so lange?«

Cornelia verbarg ihr Unbehagen und sagte:

»Sie gibt den Dienern vermutlich nur letzte Anweisungen.«

Barnaby schaute sie ungläubig an.

»Halten Sie mich für einen Schwachkopf?«

Cornelia verzog das Gesicht, und er wollte wissen:

»Wer ist dieser ›Freund‹, dass sie sich so dringend jetzt sofort mit ihm trifft?«

Cornelia dachte über seine Frage nach und überlegte, wie viel sie ihm verraten konnte. Da sie zu dem Schluss kam, dass er die Identität von Emilys Freund leicht genug herausfinden konnte, antwortete sie:

»Höchstwahrscheinlich Jeb Brown.«

»Und was kann sie mit einem Fischer zu besprechen haben?«, hakte Barnaby nach und betrachtete sie aus zusammengekniffenen Augen. »Und sparen Sie sich die Mühe, mir einen Bären aufbinden zu wollen, indem sie mir weiszumachen versuchen, sie will Fisch für das heutige Abendessen kaufen!«

Cornelia zögerte. In kürzester Zeit wäre Emily in Sicherheit auf *Windmere*, und wenn alles so ging, wie sie es sich erhoffte, würde Barnaby ohnehin irgendwann die Wahrheit erfahren müssen, aber sie wollte ihm dennoch nicht einfach so von Emilys Schmuggelunternehmen erzählen. Sie musterte den Mann mit dem harten Gesicht vor sich und fragte sich, wie er wohl darauf reagieren würde, wenn sie ihm die Wahrheit sagte. Cornelia vertraute ihm, sonst hätte sie sich nie einverstanden erklärt, nach *Windmere* umzusiedeln. Sie vermutete, dass sein Interesse an Emily mehr als bloße Freundlichkeit war, und Emilys Reaktion auf ihn freute sie, aber das hieß nicht, dass sie bereit war, alles zu verraten. Es war schlicht zu riskant, entschied sie schließlich – am Ende zog er noch seine Einladung zurück. Sie glaubte nicht, dass er sie im Stich lassen würde, und im Grunde genommen war sie sogar überzeugt, dass er die Nachricht mit Fassung aufnehmen würde, aber sie war nicht gewillt, ein Risiko einzugehen.

Als Cornelia schwieg, seufzte Barnaby. Er setzte sich neben sie, nahm ihre Hand und sagte sanft:

»Soll ich Ihnen lieber sagen, was da vor sich geht?«

»Ja, das ist wohl besser«, erwiderte sie, ihre klugen braunen Augen auf sein Gesicht gerichtet.

»Ich glaube, dass Emily gegangen ist, um Jeb zu treffen, weil sie planen, erneut einen Hafen in Frankreich anzulaufen und frische Schmuggelware zu kaufen, die dann hier in England weiterveräußert wird«, führte Barnaby aus. Da sie auf seine Worte hin nicht empört widersprach, fuhr er fort:

»Es ist möglich, dass Emily einfach so regelmäßig als Junge verkleidet durch die Gegend streift und zu nächtlicher Stunde in die *Krone* geht – wie in der ersten Nacht, in der ich sie getroffen habe, aber ich bezweifle das. Ich bin erst seit Kurzem in England, aber selbst ich habe schon von dem zügellosen Schmuggeln gehört, das sich an diesem Küstenstreifen abspielt. Wenn sie in das Löschen von Schmuggelware verstrickt ist, würde das erklären, warum eine vornehme junge Dame mitten in der Nacht in Jungenkleidern in der *Krone* war ... dem Zentrum des Schmuggelrings.«

»Eine ganz schön gewagte Schlussfolgerung aufgrund eines einzigen Vorfalls.«

Barnaby grinste.

»Stimmt, das will ich zugestehen, aber erklären Sie mir bitte, warum Jeb in dieser Nacht auf dem Ärmelkanal unterwegs war – mitten in einem Unwetter – ein Zeitpunkt und ein Wetter, wie sie, so habe ich erfahren, oft von Schmugglern gewählt werden, um an Land zu gehen. Kein Fischer, den ich je getroffen habe, würde so ein Risiko eingehen, und jeder Fischer, der seinen Beruf versteht, hätte gewusst, dass das Wetter schlecht wird, und wäre längst in den Hafen zurückgekehrt, bevor der Sturm losbrach.«

Cornelia zuckte die Achseln.

»Das mag schon stimmen, aber das heißt nicht, dass er ein Schmuggler ist.«

»Nein, aber ich hätte gerne einen guten Grund gewusst, warum er in jener Nacht nicht gemütlich im Hafen vor Anker lag ... zusammen mit den Zöllnern.«

»Woher soll ich das wissen? Ich bin schließlich kein Fischer.«

»Stimmt«, räumte Barnaby ein.

»Es stimmt aber auch, dass Mrs Gilbert nicht wirklich mitteilsam war, als ich das Thema in jener Nacht angeschnitten habe. Es war auch klar, dass sie etwas verborgen hat – alle haben das getan. Sie könnten natürlich auch in etwas anderes verstrickt sein«, fuhr er nachdenklich fort, »aber ich setze mein Geld auf Schmuggel.« Er betrachtete ihre angespannten Züge.

»Ich bin nicht Ihr Feind, Cornelia«, fügte er hinzu, »ich bin auf Ihrer Seite ... aber ich kann Ihnen nicht helfen, wenn ich nicht weiß, was vor sich geht.«

»Stellen Sie sich vor, Sie hätten recht ... Warum sollten Sie uns helfen wollen?«, verlangte sie zu wissen.

»Ich denke, Sie kennen die Antwort«, erklärte Barnaby leise. Bei dem zufriedenen Funkeln in ihren Augen lächelte er und sagte:

»Ja, ich möchte sie heiraten – selbst wenn sie die Königin der Schmuggler von Sussex ist.« Er rieb sich die Wange und gestand mit einem Anflug von Selbstironie:

»Ich will nicht leugnen, dass es mir lieber wäre, wenn meine zukünftige Viscountess ihre Karriere als Schmugglerin möglichst bald beendet und wir diesen Teil ihrer Vergangenheit begraben können.«

»Sie wollte es nicht tun«, gestand Cornelia. »Aber Jeffery ... Jeffery hat *The Birches* mit seinen Verlusten beim Glücksspiel und der miserablen Gutsverwaltung an den Rand des Ruins gebracht, sodass sie praktisch keine andere Wahl hatte.« Sie lächelte traurig.

»Ich mochte den Neffen meines Mannes nicht sonderlich, aber Emilys Vater war wesentlich besser als dieser Verschwender Jeffery. Emilys Vater kümmerte sich um seine Leute und das Dorf.« Sie zog die Brauen zusammen.

»Als die Pachthöfe dank Jefferys Praktiken keinen Ertrag mehr brachten, waren viele Bauern und ihre Familien gezwungen, sich woanders ihren Lebensunterhalt zu verdienen – und das hat dem Dorf geschadet. Als das Geld immer knapper wurde, hat Jeffery Diener entlassen – und ihnen einen Bettel gezahlt, nachdem sie uns fast ihr ganzes Leben treu gedient hatten.« Ihre Augen schauten ihn flehend an, mit der Bitte um Verständnis.

»Emily konnte es nicht ertragen. Sie *musste* etwas tun.«

Barnaby hob ihre Hand an seine Lippen. Lächelnd erklärte er:

»Ich hätte nichts anderes von ihr erwartet.«

Cornelias Finger fassten seine fester.

»Und Sie wollen sie heiraten?«, fragte sie drängend.

»Sie können gerne versuchen, mich davon abzuhalten«, erwiderte er und schenkte ihr ein schiefes Lächeln.

Mit neuer Energie erfüllt nahm Cornelia ihre Hand aus seiner und setzte sich aufrechter hin, dann schaute sie sich um.

»Was braucht das Kind nur so lange?«, wollte sie leicht verstimmt wissen.

»Die Kutsche muss jede Minute da sein.« Sie machte eine Handbewegung zu Barnaby. »Gehen Sie lieber rasch nachsehen, was da los ist.«

Froh, etwas zu tun zu haben, verließ Barnaby das Zimmer. Als er die Küche betrat und kein Anzeichen von Emily oder Jeb entdecken konnte, erfasste ihn ein ungutes Gefühl.

Verwundert über sein plötzliches Auftauchen in ihrer Küche schaute Mrs Spalding von dem Topf auf, den sie umrührte, und rief:

»Lord Joslyn! Was bringt Sie her?«

Walker, der an dem Tisch gesessen und eine Tasse Tee getrunken hatte, sprang auf.

»Mylord!«, entfuhr es ihm, »ist etwas nicht in Ordnung?«

»Wo ist sie?«, fragte Barnaby und schaute Walker eindringlich an. »Und lügen Sie mich nicht an.«

Walker schluckte.

»Äh, ich glaube, sie ist zu den Ställen gegangen.«

»Allein?« Das Wort hallte wie ein Peitschenschlag durch die Küche.

»Äh, nein … ihr Freund ist bei ihr.«

»In welcher Richtung geht es zu den Ställen?«, fragte Barnaby scharf.

»Folgen Sie mir«, antwortete Walker nervös.

Sie traten nach draußen, und Walker deutete in Richtung der Ställe.

»Es ist nicht mehr als ein paar Hundert Schritt von der Wegbiegung an.«

Barnaby entfernte sich mit langen Schritten in die angegebene Richtung. Er war erst ein Stück weit gekommen, als das Geräusch eines nahenden Gespanns ihn herumfahren ließ. Seine Kutsche war eingetroffen.

Wenigstens ist dieses Problem erledigt, überlegte er, während er weiter zu den Ställen eilte. Er näherte sich der zweiten Kurve, als er etwas am Wegesrand auf dem Boden liegen sah, das er sogleich wiedererkannte. Vor seinem geistigen Auge sah er wieder, wie Emily ihr Retikül nahm, bevor sie den Salon verließ, um sich mit ihrem Besucher zu treffen. Das Blut schien ihm in den Adern zu Eis zu erstarren, dann begann er zu rennen, blieb vor dem Stoffbeutel stehen und hob ihn auf. Es war Emilys, und er konnte sich keinen guten Grund denken, warum sie ihn hier hatte fallen lassen.

Da er ein guter Fährtenleser war, betrachtete er prüfend den Boden und konnte die Abdrücke von zwei Pferden ausmachen. Anhand der Spuren war leicht zu sehen, dass die Reiter aus dem Wald gekommen waren und dass es so etwas wie ein Handgemenge gegeben hatte. Allerdings waren so viele Hufabdrücke da, dass man das nicht mit letzter Sicherheit sagen konnte. Die Spuren verschwanden auf der anderen Seite des Weges im Wald.

Unfähig, sich ein klares Bild von den Vorfällen zu machen, aber in der Furcht, dass es nichts Gutes für Emily verhieß, rannte er, ihr Retikül fest umklammernd, zu den Ställen. Er betete, dass sie dort mit Jeb irgendwo stand und ihm eine logische Erklärung liefern konnte, warum ihr Retikül am Wegesrand gelegen hatte, aber tief innerlich wusste er, dass er sie dort nicht finden würde.

Er lief an den beiden draußen angebundenen Pferden vorbei, seinem und Lambs, wie er erkannte, und in den Stall. Er konnte weder Emily noch Jeb entdecken, nur einen vielleicht zwölfjährigen Jungen, offenbar ein Stallbursche, der den Mittelgang fegte. Scharf fragte er ihn:

»Wo ist sie?« Als der Junge ihn nur verständnislos anstarrte, fügte er hinzu.

»Miss Emily und Jeb Brown, meine ich. Wo sind sie?«

Derart von einem Fremden angefahren, der aussah, als sei er bereit, einen Mord zu begehen, schluckte der Bursche mehrmals, antwortete dann aber tapfer:

»Und wer sind Sie, dass Sie nach Miss Emily fragen?«

»Ich bin Lord Joslyn«, knurrte Barnaby praktisch.

Der Junge erbleichte und stammelte:

»L-Lord J-J-Joslyn? Verzeihen Sie, Mylord, aber ich hatte nicht …«

Barnaby winkte seine Entschuldigung beiseite.

»Kümmere dich nicht weiter darum.« In freundlicherem Ton erkundigte er sich dann:

»Ist Jeb Brown hier gewesen?«

Der Junge nickte.

»Er war hier, vor vielleicht zwanzig Minuten. Er hat sein Pferd genommen und gesagt, er wollte jetzt ins Dorf reiten.«

Barnabys Herz zog sich zusammen.

»Und Miss Emily? Hast du sie gesehen?«

»Nein, Mylord, nur Jeb.«

Barnaby machte auf dem Absatz kehrt und lief aus dem Stall, dabei rief er über seine Schulter:

»Ich nehme die Pferde gleich mit.«

Nachdem er sich in den Sattel seines Pferdes geschwungen hatte, galoppierte er mit Lambs Pferd am Zügel hinter sich her zum Haus. Lamb und Walker erwarteten ihn an der Eingangstür. Er warf Lamb die Zügel seines Tieres zu und erklärte:

»Emily wird vermisst. Wir müssen sie finden.«

Walker schnappte nach Luft, und seine Miene spiegelte sein Entsetzen wider.

»Aber sie war doch mit Jeb zusammen«, rief er.

Barnaby blickte ihn kühl an und zeigte ihm das blau-weiße Retikül, das er in seine Jacke gesteckt hatte, nachdem er aufgesessen war.

»Ich habe das hier auf der Straße gefunden. Von Emily ist weit und breit nichts zu sehen, und der Stallbursche hat gesagt, dass Jeb vor etwa zwanzig Minuten aufgebrochen sei.«

»Diese Teufel!«, platzte Walker heraus, erbost, aber auch verängstigt.

»Sie haben sie entführt!«

»Wenn ›diese Teufel‹ Jeffery und Ainsworth sind, dann stimme ich zu, aber solange wir ihr Ziel nicht kennen, nützt uns diese Information nur wenig. Wir wissen nicht, wo sie sie hingeschafft haben«, erwiderte Barnaby aufgebracht und versuchte die hilflose Wut zu bezwingen, die in ihm wütete.

Walkers Augen leuchteten auf.

»Der alte Bauernhof der Godarts!«, rief er. Beinahe übermütig vor Erleichterung fuhr er fort:

»Jeb hat uns erzählt, dass der Squire und Ainsworth gelogen haben, als sie behaupteten, sie wollten nach Newhaven. Sam, der Junge vom Schmied, hat gesagt, er habe sie heute Nachmittag gesehen – auf dem alten Godart-Anwesen. Dorthin müssen sie sie gebracht haben.«

Barnaby verfluchte seine Unkenntnis der Gegend und fragte scharf:

»Wo ist das, zur Hölle?«

Walker kam die Wegbeschreibung schneller über die Lippen als Wasser durch einen gebrochenen Damm. Als ihr Ziel klar war, wendeten Barnaby und Lamb die Pferde und galoppierten über die Auffahrt davon.

Während er von *The Birches* fortritt, erlaubte sich Barnaby nicht, daran zu denken, was vielleicht gerade mit Emily geschah – das würde ihn nur in den Wahnsinn treiben. Sein einziger Gedanke war einfach, sie zu erreichen, bevor … Fluchend und inbrünstiger betend als je zuvor in seinem Leben, konzentrierte er sich grimmig auf die Straße vor ihm. Wie ein Leuchtfeuer rief ihn das Wissen, dass Emily in Gefahr war, weiter und weiter.

Die Dämmerung war angebrochen, aber sie fanden dennoch ohne Mühe die Abzweigung, die zu dem verlassenen Hof führte, und fast ohne ihr halsbrecherisches Tempo zurückzunehmen, bogen sie auf den halb überwucherten gewundenen Fahrweg ein. Etwa nach einer halben Meile auf dem kurvigen Weg flackerte vor ihnen Licht auf, verschwand aber wieder nach der nächsten Wegbiegung. Obwohl es ihnen gegen den Strich ging, aber in dem Wissen, dass sie sich dem Haus näherten, zügelten sie ihre Pferde, denn sie wollten die Schurken ja nicht auf ihre Ankunft aufmerksam machen.

Als sie schließlich vor dem schäbig aussehenden einstöckigen Bauernhaus ankamen, hielten sie ihre Pferde an und sprangen beinahe gleichzeitig aus dem Sattel. In der aufziehenden Dunkelheit betrachtete Barnaby den dunklen Gebäudeumriss, lauschte angestrengt und suchte nach einem Schimmer des Lichts, das sie vorhin auf dem Weg zum Haus gesehen hatten.

Von vorn wirkte das Haus verlassen und leer, aber als er zur Ostseite blickte, konnte er das flackernde Licht wieder ausmachen. Es kam aus einem Zimmer etwa in der Mitte des Gebäudes. Sein Herz klopfte heftig. Instinktiv wusste er, dass Emily in diesem Raum war.

Er kehrte zur Vorderseite des Hauses zurück und flüsterte Lamb zu:

»Ich nehme vorn, du hinten.«

Lamb nickte und verschmolz wie ein Schatten mit der zunehmenden Dunkelheit.

Barnaby zog sein Messer aus seinem Stiefel und schlich zum Eingang. Die massive Holztür öffnete sich lautlos, und er trat mit gezücktem Messer ein, dann wartete er einen Moment, bis seine Augen sich an das Dunkel innen gewöhnt hatten. Es roch modrig. Dank des schwachen Lichtes von draußen konnte Barnaby sehen, dass der Raum, in dem er stand, leer war. Er durchquerte ihn und bewegte sich auf die Schatten ihm gegenüber zu. Wie er es sich gedacht hatte, schloss sich ein enger Flur daran an, vermutlich gelangte man darüber zur Küche. Unter einer Tür zu seiner Linken schimmerte Licht – und bannte seine Aufmerksamkeit.

Emily wachte orientierungslos auf; ihr Kinn schmerzte. Benommen wollte sie die Stelle berühren, aber sie konnte ihre Hand nicht bewegen. Sie benötigte einen Moment, um zu begreifen, weshalb sie es nicht konnte: Sie war an ein Bett gefesselt – die Hände an je einem der Bettpfosten am Kopfende und die Füße an denen am Fußende. Jäh war sie ganz wach und machte die beunruhigende Entdeckung, dass ihr Kleid und ihr Unterhemd in der Mitte aufgeschlitzt worden waren und in Fetzen zu beiden Seiten von ihr lagen, sodass ihr Busen und ihre Beine nackt waren.

Panik erfasste sie, und sie begann sich zu winden und

gegen die Fesseln zu stemmen, als die Erinnerung an ihre Entführung zurückkehrte. *Was für eine alberne Närrin war ich nur*, wütete sie gegen sich selbst, *dass ich nicht mehr auf Cornelias Warnung gehört habe. Aber warum ich?*, fragte sie sich. Es war doch Anne, die Ainsworth wollte, und wenn er den ganzen Tag in Newhaven gewesen war, hatte er nie im Leben erfahren können, dass Anne ihm entwischt war …

Sie drängte das lähmende Entsetzen zurück, das sie zu überwältigen drohte, und versuchte sich einen Reim auf das alles hier zu machen. Sich auf etwas anderes zu konzentrieren half dabei, sie zu beruhigen … nicht immer nur zu überlegen, was wohl ihr Schicksal war … Ihr fiel wieder ein, dass Walker ihr irgendetwas gesagt hatte, aber was genau, das blieb verschwommen.

Es lag jedoch auf der Hand, gestand sie sich bitter ein, dass Ainsworth und dieses Wiesel Jeffery irgendwie davon erfahren hatten, dass Anne *The Birches* verlassen hatte. Aber wie? Und wann? Doch das war eigentlich im Moment völlig unwichtig; Emily bekämpfte die nächste Welle Panik, die auf sie zurollte. Das Einzige, was zählte, war, dass sie flüchten konnte.

Im Licht der einen Kerze, die auf einer kleinen wackeligen Kommode an der Wand stand, betrachtete sie ihre Umgebung. Außer dem Bett und der Kommode sowie einem Stuhl, auf dem in einem Haufen Männerkleider lagen, daneben auf dem Boden ein Paar glänzender Stiefel, gab es keine Möbel – nichts, das ihr verraten hätte, wo sie gefangen gehalten wurde.

Der Raum war klein und eng, und unter dem durchdringenden Duft von Nelken und Zimt, der in der Luft hing, konnte sie den schwach modrigen Geruch ausmachen, den sie mit verlassenen, unbenutzten Häusern in Verbindung brachte. Von ihrem Platz auf dem Bett konnte sie sehen, dass die Decke und die Wände grob gezimmert waren – ein wirkungsvoller Schutz gegen Kälte und Nässe, aber ohne Anzeichen von Eleganz oder Stil. Sie drehte den Kopf zur Seite und betrachtete die Bettpfosten, an die sie gefesselt war. Sie waren aus guter massiver englischer Eiche gezimmert, eckig und unverziert. Wie die Kommode und der Stuhl auch war alles praktisch und schlicht, es diente seinem Zweck, aber mehr auch nicht.

Das hier war nicht das Haus eines Gentlemans; sie ging in Gedanken die verschiedenen Möglichkeiten durch und entschied, dass es wahrscheinlich ein verlassenes Bauernhaus war. Aber wo? Und wie sollte irgendjemand sie finden, ehe es zu spät war … ehe Ainsworth kam und … die Panik, die sie mit ihrem eisernen Willen in Schach gehalten hatte, entglitt ihrer Kontrolle; Emily begann sich gegen die Fesseln zu wehren, kämpfte verzweifelt dagegen – wie eine Füchsin, deren Pfote in ein Fangeisen geraten war. Es war ein stiller, verzweifelter Kampf, aber auch ein vergeblicher. Nach ein paar Minuten waren ihre Hand- und Fußgelenke wund gescheuert und bluteten, und sie sank erschöpft auf die Matratze zurück.

Im Zimmer war es kalt, und sie begann zu zittern, sie war sich schmerzlich ihrer Nacktheit bewusst. Einen Moment lang ließ sie sich von der Verzweiflung übermannen, und Tränen rannen ihr über die Wangen. *Wie dumm und arrogant bin ich gewesen,* schalt sie sich. Und ach, so verflixt, verflixt davon überzeugt, dass Ainsworth ihr nichts anhaben konnte.

Über ihre Charaktermängel zu brüten half ihr nicht weiter, und entschlossen, dass Ainsworth sie nicht eingeschüchtert und furchtsam zitternd vorfinden würde, drehte sie den Kopf und wischte sich an dem Bettzeug die Tränenspuren ab. Sie presste die Lippen zusammen. Sie sah keine Möglichkeit, dem Schicksal zu entkommen, das sie erwartete, aber sie würde Ainsworth nicht die Befriedigung gönnen, sie flehen oder betteln zu hören.

Die Tür öffnete sich, und sie verspannte sich. Durch zusammengekniffene Augen beobachtete sie, wie Ainsworth ins Zimmer schlenderte. In einer Hand hielt er eine brennende Kerze, in der anderen ein Glas und eine Karaffe mit einer bernsteinfarbenen Flüssigkeit – vermutlich Brandy und, so befürchtete sie, von ihr aus Frankreich eingeschmuggelt.

Ainsworth trug einen dunkelblauen Seidenmorgenrock, der mit Goldfäden durchzogen war, und ihr Mund wurde trocken, als ihr aufging, dass das seine Kleider auf dem Stuhl dort waren, und dass er unter dem Morgenrock nackt war.

Er stellte die Kerze, das Glas und die Karaffe auf die Kommode, dann ging er zurück zur Tür, und Emily hörte, wie der Schlüssel im Schloss umgedreht wurde. Er kehrte zur Kommode zurück, und nachdem er sich etwas von dem Brandy aus der Karaffe in das Glas gegossen hatte, drehte er sich schließlich zu ihr um und ließ seinen Blick über ihren Körper wandern.

Ihre Haut zog sich unter seiner Musterung zusammen, aber sie zwang sich, sich nichts von dem Ekel anmerken zu lassen, der sie zu überwältigen drohte.

»Deine Reize sind viel üppiger, als ich je erwartet hätte«, bemerkte Ainsworth und kam zum Bett. Er beugte sich vor und umfasste eine Brust.

»Nun, wer hätte denken können, dass du diese hübschen kleinen Äpfel die ganze Zeit unter deinen Kleidern versteckt hast?«

Sie schwor sich, ihm die Befriedigung zu versagen, dass

sie sich wehrte, und versuchte nicht, seiner Berührung zu entkommen – es wäre ohnehin zwecklos gewesen. Sie achtete also nicht weiter darauf, dass ihr bittere Galle in die Kehle stieg. Während er ihre Brust betastete, verriet sie außer durch das verächtliche Funkeln ihrer Augen durch nichts ihre Gefühle. Als er mit einer Hand über ihren Oberschenkel abwärtsfuhr, brauchte sie ihre ganze Willenskraft, nicht vor seiner Berührung zurückzuzucken.

Seine Finger kehrten zu ihrer Brust zurück, und Ainsworth lächelte.

»Oh, bleib ruhig wie ein Holzklotz liegen, wenn du willst, mir macht das nichts aus«, erklärte er. Etwas Hässliches trat in seine grauen Augen.

»Weil ich, mein Liebchen, dich dazu bringen kann, dich zu bewegen, wenn ich will.« Seine Finger packten ihre Brust, er beugte sich mit einer raschen Bewegung vor und biss sie in die Brustspitze.

Schmerz und Entsetzen tosten durch ihren Körper, sie bäumte sich auf und schrie.

Draußen im Flur durchbohrte Emilys Schrei Barnaby wie ein Dolchstoß. Wut und Furcht trieben ihn an, er machte einen Satz nach vorn und drückte die Türklinke, stellte fest, dass abgeschlossen war, und benutzte seine Schulter als Rammbock. Er warf sich gegen die Tür, und unter dem Aufprall splitterte das Holz am Türrahmen. Die Tür wurde aufgestoßen und prallte mit einem lauten Knall gegen die Wand.

Barnaby stürmte ins Zimmer, das Messer in der Hand. Er benötigte nur eine Sekunde, um die Sachlage zu erfassen – Emily war nackt ans Bett gefesselt, und Ainsworth stand in seinem blauen Morgenrock neben ihr.

Bei dem Krach, als Barnaby die Tür aufbrach, hatte Ainsworth sich aufgerichtet, aber seine Hand hielt immer noch Emilys Brust. Er starrte Barnaby mit offenem Mund und vollkommen verdutzt an. Sein Blick fiel auf die Klinge in Barnabys Hand und zuckte wieder fort.

Nach dem ersten verzweifelten Blick auf Emily blieb Barnaby kurz vor dem Bettende stehen und konzentrierte sich ganz auf Ainsworth. Grimmig betrachteten die beiden Männer einander – die Bereitschaft, sich aufeinander zu stürzen, war beinahe greifbar.

Trotz seiner nahezu aussichtslosen Lage suchte Ainsworth nach irgendetwas, das ihm helfen würde, ungeschoren davon zu kommen, am Ende doch den Sieg davonzutragen. Joslyn unternahm keine Anstalten, ihn anzugreifen, und Ainsworth setzte darauf, dass er den Spieß doch noch irgendwie umdrehen und alles zu seinen Gunsten wenden, ja, den anderen Mann vertreiben konnte. Also erklärte er gedehnt:

»Ich fürchte, Sie sind zu spät.« Er lächelte.

»Es ist vollbracht – sie gehört mir.«

»Er lügt«, schrie Emily und bäumte sich in den Fesseln auf; Wut trat an die Stelle der süßen Erleichterung, die sie erfasst hatte, als Joslyn in den Raum gestürmt war. Die beiden Männer ließen sich gegenseitig nicht aus den Augen, sie beachteten sie nicht weiter. Verzweifelt rief sie noch einmal:

»Er lügt, glauben Sie mir. Er ist eine falsche Schlange.«

Mit einem wachsamen Ausdruck in den kalten Augen sagte Ainsworth:

»Nun, das muss sie wohl sagen.« Barnaby starrte ihn an, ohne zu blinzeln, wie ein Raubtier seine Beute, und Ainsworth fügte hinzu:

»Ich bin sicher, sie zieht einen Viscount einem einfachen Mister vor und Ihr Vermögen dem meinen, aber sie wird sich damit abfinden müssen, schlicht Mrs Ainsworth zu sein, und sich mit dem zu bescheiden, was ich ihr bieten kann.«

»Ich denke nicht«, wandte Barnaby leise ein. »Wenn sie heute Nacht mit mir von hier fortgeht, wird sie das als meine Verlobte tun.«

Ainsworth erstickte beinahe an der Wut, die sich in ihm aufstaute. So dicht vor seinem Ziel angekommen zu sein, nur um in letzter Sekunde zu scheitern ... Es war unerträglich. Sein Blick zuckte zu seinen Kleidern auf dem Stuhl, nur ein kleines Stück entfernt. Er hatte immer eine kleine Pistole bei sich, geschickt in einer Tasche seines Rockes versteckt, und wenn er sie zu fassen bekäme ... Er machte einen Schritt zum Stuhl hin und sagte gleichgültig:

»Sie haben die Wahl ... wenn Sie unbedingt das wollen, was ein anderer übrig gelassen hat.«

»Ich glaube Ihnen nicht – und selbst wenn, würde es keinen Unterschied machen«, erwiderte Barnaby kühl. »Ich werde sie heiraten.«

Emily starrte ihn an. Joslyn wollte sie heiraten? Wie absurd! Seine ungeheuerliche Erklärung musste ein Trick sein, um Ainsworth zu überraschen. Joslyn konnte sie nicht heiraten wollen! Oder doch? Ihr Herz klopfte wild, und ihre Gedanken wirbelten durcheinander, während sie den Blick nicht von seinem dunklen Gesicht losreißen konnte.

»Ich habe schon gehört, dass Amerikaner seltsame Bräuche haben, aber mir war nicht klar, dass beschädigte Ware zu heiraten dazugehörte«, höhnte Ainsworth und bewegte sich unmerklich weiter in Richtung seiner Kleider und damit zu der Pistole.

Barnaby hob die Schultern, aber er verriet mit nicht mehr als dem Zucken eines Augenlids die Wut, die in ihm brodelte. Den Blick fest auf Ainsworth gerichtet wartete er mit der Geduld des erfahrenen Jägers auf die nächste Bewegung des anderen.

Emily wunderte sich, dass Joslyn so unempfänglich für Ainsworths Hohn war. Warum unternahm er nichts? Ainsworth war unbewaffnet, und Joslyn hatte das Messer. Warum verwendete er es nicht? Sie musterte ihn und bemerkte jetzt erst seine wachsame, aber nach außen hin entspannte Körperhaltung. Er schien es nicht eilig zu haben zuzuschlagen, aber es gab für sie keinen Zweifel daran, dass er fest entschlossen war, Ainsworth zu töten. Warum der Aufschub? Allmählich dämmerte ihr, dass er aus irgendeinem Grund wartete, Ainsworths Spott erduldete und ihm absichtlich Zeit ließ ... aber wofür? Warum tötete er den Widerling nicht?

Wie Emily fragte sich auch Ainsworth, warum Barnaby ihn nicht gleich aufgeschlitzt hatte – wenn ihre Positionen andersherum gewesen wären, hätte er das getan ... und zwar mit Genuss. Ein Engländer, überlegte er verächtlich, hätte nicht gezögert – oder die Beleidigungen hingenommen, die er ihm an den Kopf geworfen hatte. Davon überzeugt, dass Joslyn keinerlei Gefahr für ihn darstellte, trat Ainsworth zum Stuhl. Sein Bein streifte den Sitz, und Befriedigung durchfuhr ihn. Die Pistole war nur noch ein paar Zoll entfernt ...

Verächtlich wandte Ainsworth Barnaby den Rücken zu und griff beiläufig nach seiner Jacke, wobei er sagte:

»Da nichts, was ich sage, in der Lage zu sein scheint, Sie von Ihrem albernen Kurs abzubringen, werde ich Sie beide nun Ihrem Schicksal überlassen.« Seine Finger fanden die Pistole, und mit der Waffe in der Hand wirbelte er herum, in der Erwartung, Joslyn immer noch am Fußende des Bettes stehen zu sehen.

Aber da war Joslyn nicht länger. In dem Moment, als

Ainsworth sich abwandte, bewegte Barnaby sich mit der Geschwindigkeit und der kraftvollen Anmut einer Raubkatze und war bei Ainsworth, als der mit der Pistole zu ihm herumfuhr. Erst als er vor ihm stand, schlug er zu, traf Ainsworths Hand, der die Waffe fallen ließ, und stieß ihm sein Messer tief in die Brust.

Ungläubig starrte Ainsworth auf die Klinge, die zwischen seinen Rippen steckte. Mit weit aufgerissenen Augen und einem erstaunten Gesichtsausdruck sank er zu Boden, röchelte und starb.

Barnabys Gesicht war ausdruckslos, als er sich bückte und das Messer herauszog. Er wischte die Klinge an Ainsworths Rock ab und drehte sich um, dann kam er zum Bett und durchtrennte geschickt Emilys Fesseln.

Emily hatte eigentlich nicht nah am Wasser gebaut, aber sobald sie frei war, sprang sie auf und kniete sich aufs Bett, schlang die Arme um Barnabys Nacken und brach in Tränen aus.

Mit einer Hand streichelte er sanft ihren Hinterkopf, die andere legte er besitzergreifend auf ihren schlanken Rücken und hielt sie dicht an sich gedrückt.

»Sch!«, murmelte er, »sch. Es ist ja alles gut, du bist in Sicherheit. Du musst diesen Wicht nie wieder fürchten.«

Nachdem das meiste von dem Tränenstrom versiegt war, wandte sie ihm ihr tränenfeuchtes Gesicht zu und fragte:

»Wie hast du mich gefunden?«

»Ich bin in einem mehr als günstigen Moment über dein Retikül gestolpert«, erklärte er. »Walker hat mir verraten, was Jeb von Sam erfahren hatte.« Er strich ihr eine feuchte Locke aus dem Gesicht.

»Weißt du, ich denke, wir sollten uns etwas Besonderes für Sam einfallen lassen – er ist der wahre Held des Stückes.«

Emily stritt nicht ab, dass Sam eine wichtige Rolle bei ihrer Rettung gespielt hatte, aber in ihrem Herzen würde immer dieser große raue Amerikaner ihr Held sein. In dem Augenblick, in dem sie ihn am meisten gebraucht hatte, war er wie ein rächender Engel ins Zimmer gestürmt und hatte sie vor einem grässlichen Schicksal gerettet. Dicht an ihn geschmiegt, mit einem Arm um ihre Taille geschlungen, fühlte er sich so warm und groß an, so solide, dass sie am liebsten nie den Schutz seiner starken Arme verlassen hätte.

Sie seufzte wohlig und schmiegte sich noch enger an ihn; die Wolle seines Rockes kratzte auf der Haut auf ihren Brüsten und an ihrem Bauch. Mit einem Mal fiel ihr auf, dass sie praktisch nackt war und sich wie ein albernes junges Ding aus einem Schauerroman an ihn klammerte. Sie erstarrte. Sie nahm die Arme von seinem Hals und konzentrierte sich auf die Aufgabe, die Reste ihres Kleides vor sich zusammenzuziehen. Mit gesenktem Kopf erklärte sie:

»Ich schulde Ihnen mehr, als ich in Worte fassen kann.« Sie musste an seine verblüffende Erklärung denken, dass er vorhabe, sie zu heiraten, und sagte hastig, in der Hoffnung, ihm damit eine Sorge zu nehmen:

»Und natürlich weiß ich, dass es nicht Ihr Ernst war, als Sie das mit der Heirat erwähnt haben. Ich weiß, Sie haben es nur gesagt, um Ainsworth abzulenken.« Sie riskierte einen Blick in sein Gesicht und lächelte. »Ich werde Sie nicht daran binden«, versicherte sie ihm.

Barnaby betrachtete ihre tränennassen Züge eine endlos scheinende Minute lang. Das silberblonde Haar hing ihr in wilder Unordnung um die blassen Schultern, die grauen Augen unter dem dichten Kranz ihrer Wimpern waren dunkel vor Gefühl, und ihr verführerischer rosa Mund bebte ganz leicht. Sie hatte in seinen Augen nie lieblicher ausgesehen – trotz des unansehnlichen blauen Fleckes, der sich an ihrem

Kinn bildete, und wenn er irgendwelche Zweifel daran gehegt hatte, wie es um sein Herz bestellt war, so waren sie beigelegt.

Er verfluchte den Moment, war sich bewusst, dass er sich kaum erklären konnte, wenn sie gerade erst eine gewaltsame Entführung hinter sich hatte, fast vergewaltigt worden wäre und ein Toter ein Stück hinter ihnen auf dem Boden lag. Seufzend sagte er:

»Danke. Das ist überaus freundlich von dir.«

Emily wusste nicht, ob sie erleichtert sein sollte oder am Boden zerstört von seinem Eingeständnis, dass seine Erklärung nicht ernst gemeint gewesen war. Sie ermahnte sich, dass es ihr nichts ausmachte, nicht wirklich, schaute weg und sagte:

»Ich bin Ihnen zu Dank verpflichtet. Wenn Sie nicht gekommen wären …«

»Aber ich bin gekommen«, unterbrach Barnaby sie und zwang sich, den Arm von ihrer Taille zu nehmen.

»Und du schuldest mir nichts.«

Ohne ihn anzusehen, zog sie die Fetzen ihres Kleides fester um sich.

»Oh doch«, beharrte sie, »ohne Sie hätte er mir Gewalt angetan.« Sie hob den Blick. »Danke – Sie haben nicht nur meine Ehre, sondern mir vermutlich auch das Leben gerettet.«

»Ich denke, dann sind wir wohl quitt«, entgegnete Barnaby ruhig. »Dein Jeb hat mich gerettet, und nun habe ich mich lediglich revanchiert.«

Emily wollte ihm widersprechen, entschied aber, dass es keine geeignete Weise wäre, ihre Dankbarkeit zu zeigen. Sie zwang sich zu einem Lächeln.

»Wenn Sie das sagen, gut. Aber ich werde Ihnen für den Rest meines Lebens aus tiefstem Herzen dankbar sein.«

Beinahe, als hätte er sie nicht gehört, strich er sachte mit dem Zeigefinger über den blauen Fleck, den er eben schon bemerkt hatte, und fragte: »War er das?«

Sie nickte.

Seine Züge verhärteten sich.

»Dann ist es nur gut, dass ich ihn umgebracht habe.«

»Es ist bestimmt schlecht von mir«, gestand Emily, »aber ich kann nicht anders, als mich freuen, dass er tot ist. Er war ein grässlicher Mann.« Sie dachte wieder an diese spannungsgeladenen Momente, ehe er zugestochen hatte. Sie runzelte die Stirn.

»Warum haben Sie gewartet? Warum haben Sie ihn nicht gleich angegriffen, sobald Sie ins Zimmer kamen?«

Als er schwieg, glaubte sie schon, er würde darauf nichts erwidern; es sah so aus, als konzentrierte er sich allein darauf, sie in das Laken zu wickeln, das er vom Bett gezogen hatte. Sobald sie ganz von dem Tuch bedeckt war und nur oben der Kopf herausschaute, hob er sie auf seine Arme, als wöge sie nicht mehr als eine Feder.

Er drehte sich um und ging mit ihr zur Tür; erst da antwortete er ihr.

»Ainsworth hat eine Menge Unsinn von sich gegeben, aber mit einer Sache hatte er recht. Wir Amerikaner haben ein paar seltsame Sitten«, erklärte er.

»Und eine davon ist ein heftiger Widerwille, einen unbewaffneten Mann zu töten – ich musste warten, bis er sich seine Waffe geholt hat.«

»Aber woher wussten Sie, dass er eine Waffe hat?«, fragte sie erstaunt.

Barnaby lächelte und küsste sie auf die Nasenspitze.

»Er war eine Schlange, meine Liebe, und die meisten Schlangen haben Giftzähne – ich musste nur darauf warten, dass er sie zeigt.«

Kapitel 14

Barnaby trug Emily rasch durch das dunkle Haus ins Freie. Als er an seinem Pferd ankam, setzte er sie in den Sattel. Er fasste das Tier am Zügel und führte es daran auf die Hinterseite des Hauses, dabei sagte er:

»Und jetzt wollen wir Lamb suchen gehen und herausfinden, was er so getrieben hat.«

Als sie auf der Rückseite ankamen, war kein Zeichen von Lamb zu sehen, aber in der zunehmenden Dunkelheit erspähte er Lambs Pferd, das vor dem alten Stall angebunden war. Unter der schweren Stalltür drang ein Lichtschimmer hervor. Er bedeutete Emily, leise zu sein, gab ihr die Zügel und schlich dann zum Stall.

Es gefiel ihm gar nicht, Emily allein zu lassen, aber es hätte ihm noch weniger gefallen, wenn sie den Leichnam ihres Cousins zu sehen bekäme. Sie hatte heute Nacht genug Gewalt miterlebt. Barnaby bereute es nicht, Ainsworth getötet zu haben; allerdings störte es ihn, dass Emily es hatte mit ansehen müssen. Er wollte ihr daher den Anblick eines weiteren Toten ersparen – besonders wenn es sich dabei um einen Verwandten von ihr handelte.

Das Ohr an die dicke Holztür gepresst, wartete er einen Moment und lauschte. Er zog die Brauen zusammen, als alles, was er hörte, das Schluchzen eines Mannes war. Das war nicht Lamb.

Vorsichtig öffnete er die Tür und spähte hinein. Eine Laterne hing am Mittelbalken und beleuchtete die Szene. Mit verschränkten Armen lehnte Lamb nachlässig an einem Pfosten in der Mitte des Stalles; ihm gegenüber auf dem Fußboden kauerte Jeffery ... ein Jeffery, der am Leben war. Es war kein Blut zu sehen, aber Jeffery schluchzte und schniefte und wischte sich die Nase.

Barnaby trat in den Stall und fragte:

»Was hast du mit ihm gemacht?«

»Nichts«, antwortete Lamb angeekelt und blickte Barnaby an.

»Geht es ihr gut?«

Barnaby nickte.

»Noch etwas mitgenommen im Moment, aber ich nehme an, sie wird bald wieder so reizend widerspenstig sein wie sonst.«

»Ainsworth?«

»Tot«, erwiderte er ausdruckslos.

Jeffery fuhr herum und starrte ihn an.

»Sie haben Ainsworth getötet?«

»Er ist tot«, wiederholte Barnaby mit derselben ausdruckslosen Stimme.

Jeffery setzte sich aufrechter hin, und seine Tranen trockneten.

»Und Emily? Ist sie ... in Sicherheit?« Er schluckte schwer. »Er hat sie nicht ...?«

»Lassen Sie uns Ihre Rolle in diesem Schurkenstück einmal näher betrachten«, antwortete Barnaby, der sich immer noch wunderte, dass Jeffery am Leben war. Warum hatte Lamb ihn nicht umgebracht?

»Meine Rolle?« Jeffery war verwundert. »Ich habe doch gar nichts getan!« Er rappelte sich hoch, stellte sich hin und erklärte ganz ernsthaft:

»Das ist alles Ainsworths Schuld. Er hat mich gezwungen, ihm zu helfen. Das müssen Sie mir glauben!«

Barnaby schaute Lamb an, und Lamb zuckte die Achseln. Seinen Blick wieder auf Jeffery gerichtet, erkundigte sich Barnaby wider Willen fasziniert:

»Wenn Sie nichts mit der Entführung zu tun hatten, warum sind Sie dann hier?«

Jeffery zupfte an seinem bereits zerknitterten und verrutschten Halstuch, und sein Blick wich Barnabys aus.

»Ich will nicht leugnen, dass ich wusste, was er vorhatte, aber ich konnte ihn nicht aufhalten – er hätte mich umgebracht, so wie Kelsey.«

»Kelsey? Der Kerl, der Emily und Anne neulich Nacht von der Straße gedrängt hat?«, fragte Barnaby scharf.

Jeffery nickte.

»Ja. Kelsey wusste, dass wir hier waren, und er hatte von seinem Mädchen erfahren, dass Anne meine Mutter besuchen gefahren war. Er kam, um es Ainsworth zu erzählen und dafür Geld von ihm zu bekommen.« Er wurde ganz grün im Gesicht.

»Ainsworth hat ihn bezahlt, und dann hat er ihn einfach umgebracht – und mich hat er gezwungen, Kelseys Leichnam unter den Büschen hinterm Stall zu verscharren.«

»Sie wollen mir weismachen, dass Ihre Rolle in diesem Drama sich darauf beschränkt, dabei zu helfen, einen Mord zu vertuschen, und hilflos dabeizustehen, als er Ihre Cousine entführt hat? Dass Sie praktisch ebenso Opfer sind wie Emily?« Barnaby knurrte die Antwort fast, so wütend und angewidert war er. Es kostete ihn seine ganze Willenskraft, sich nicht auf Jeffery zu stürzen und ihn zu Brei zu schlagen.

Jeffery begann wieder zu schluchzen und sich mit dem Ärmel die Nase zu wischen. Er ließ den Kopf hängen und sagte:

»Es tut mir leid. So leid. Ich weiß, ich hätte etwas tun sollen, aber ich schwöre, er hätte mich umgebracht.«

»Sie widerlicher Feigling«, schleuderte Barnaby ihm entgegen, den die Wut schließlich doch übermannte. Er machte einen Schritt auf Jeffery zu, wobei er gegen den Drang ankämpfte, ihn sich zu greifen.

»Statt einen Finger zu rühren und ihr zu helfen, oder wenigstens anderen zu verraten, was geplant war, standen Sie einfach daneben und hätten zugelassen, dass Emily vergewaltigt wird.«

»Oh nein, es ist ja noch viel besser«, warf Lamb beiläufig ein und beschwichtigte damit etwas von Barnabys Wut. Er schaute Jeffery aus seinen eisigen blauen Augen an, dann verlangte er von ihm:

»Los, sagen Sie ihm, warum Sie sich hier verstecken!«

Jeffery riskierte einen Blick zu Barnaby und zuckte zusammen, als er das Gesicht des anderen sah. Mit einer Stimme, die kaum lauter als ein Flüstern war, erklärte er:

»Ainsworth mag ... mochte es, seinen Frauen wehzutun, und ich konnte es nicht ertragen, im Haus zu bleiben und sie schreien und um Hilfe rufen zu hören. Daher bin ich lieber hergekommen.«

»Während seine Cousine eine brutale Vergewaltigung erleiden muss, versteckt sich ihr reizender Verwandter im Stall, heult Rotz und Wasser wie ein Mädchen und badet in Selbstmitleid«, bemerkte Lamb ausdruckslos. Er stieß sich von dem Stützbalken ab und fügte hinzu:

»Er schreit förmlich danach, umgebracht zu werden, aber er ist so armselig und widerwärtig, dass ich mich nicht dazu überwinden konnte, Hand an ihn zu legen.«

Abgestoßen von Jefferys Tun und trotz seiner Wut konnte Barnaby Lamb nur beipflichten. Es hätte ihn befriedigt, Jeffery zu töten, aber der Mann war so ein eigennütziger Schwächling, dass er es kaum ertragen konnte, die gleiche Luft wie er zu atmen, geschweige denn, ihn anzufassen. Emily war in Sicherheit, rief er sich in Erinnerung, und nur deswegen lösten sich seine Fäuste. Er wandte sich ab. Er rang den Abscheu nieder, der ihm jedes Mal die Kehle zuschnürte, wenn er an Jeffery dachte, wie er hier im Stall hockte, während er Emily Ainsworths Grausamkeiten auslieferte. Zu Lamb sagte er:

»Wir brechen besser auf. Cornelia macht sich gewiss Sorgen, und je eher ich Emily auf *Windmere* habe, desto besser fühle ich mich.«

»Aber – aber – was ist mit mir?«, rief Jeffery und stolperte ein paar Schritte nach vorn.

»Und was ist mit Ainsworths Leichnam?«

Barnaby bedachte ihn mit einem kühlen Blick.

»Sie scheinen doch imstande zu sein, Leichen verschwinden zu lassen, wenn es Ihnen in den Kram passt – ich schlage vor, Sie kümmern sich darum.«

»Aber Sie haben ihn doch umgebracht!«, widersprach Jeffery. »Ich war das nicht. Ich hatte doch überhaupt nichts mit diesem Mord zu tun.«

»Und wer sagt, dass ich das habe?«, fragte Barnaby.

»Soweit alle anderen es wissen, war ich überhaupt nie hier. Und Emily und Lamb ebenso wenig.« Er lächelte und zeigte seine Zähne.

»Ich bin sicher, Ihre Großtante und eine hübsche Anzahl anderer Leute werden bereitwillig bezeugen, dass wir – keiner von uns – je *The Birches* verlassen haben. Während Sie … nun, alle Welt weiß, dass Sie den ganzen Tag mit Ihrem guten Freund Ainsworth unterwegs waren …«

Damit ließ er den verdutzten Jeffery stehen, er war in Gedanken bereits wieder bei Emily, die auf ihn wartete, und ging mit großen Schritten zur Stalltür, dicht gefolgt von Lamb. Er stieß die Tür auf und hätte dabei beinahe Emily zu Boden geworfen.

Emily war gerade dabei gewesen, die Tür von außen zu öffnen, als er herausgestürmt kam. Er hielt sie fest, als sie rückwärts stolperte, bemerkte den Holzknüppel, den sie in der Hand hielt, und musste lächeln. Geistreich und erfinderisch, das war sie, seine Liebste.

»Was hattest du vor?«, fragte er.

»Glaube mir, Süße, er ist es nicht wert, dass man Zeit auf ihn verschwendet.«

»Ich wollte Ihnen zu Hilfe kommen«, erwiderte sie steif, »aber ich habe ein paar Minuten gebraucht, um eine passende Waffe zu finden.«

»Wir danken Ihnen, teure Dame«, erwiderte Lamb diplomatisch, »aber Ihre Unterstützung war dieses Mal nicht nötig.«

Emily rümpfte die Nase, ließ die behelfsmäßige Waffe aber fallen und gestattete es Barnaby, sie zu seinem Pferd zurückzubringen. Sobald sie aufgesessen waren, atmete Barnaby mehrmals tief die frische reine Nachtluft ein.

»Ich will dich nicht beleidigen, meine Süße«, murmelte er an ihrem Ohr, »aber ich verbringe lieber eine Nacht in der schlimmsten Spelunke Londons als noch eine Minute länger in der Gesellschaft deines Cousins.«

Emily konnte dem nicht widersprechen, fragte aber ernst:

»Ist er tot?«

Barnaby zögerte. Er war in den Stall gegangen, sicher, dass wenn Lamb Jeffery nicht bereits umgebracht hatte, er es selbst tun würde.

»Wärst du enttäuscht, wenn ich dir sage, dass wir ihn lebendig, aber in Selbstmitleid badend im Stall zurückgelassen haben?«

Emily seufzte; Barnaby konnte spüren, wie die Anspannung aus ihrem Körper wich. Sie lehnte sich fester an ihn.

»Nein«, gestand sie.

»Er ist eine erbärmliche Kreatur, und ich verabscheue ihn, aber ich will nicht, dass er tot ist ... wenigstens nicht durch Ihre Hand.«

Barnaby hauchte einen Kuss auf ihren Scheitel.

»Dann ist es ja nur gut, dass wir ihn am Leben gelassen haben, nicht wahr? Außerdem erfüllt es einen weiteren Zweck – wir haben ihm die Beseitigung von Ainsworths Leiche übertragen.«

Emily stockte der Atem, als die Erinnerung an all das, was sich an diesem Abend zugetragen hatte, zurückflutete. Voller Reue sagte sie mit bebender Stimme:

»Ich habe ein furchtbares Durcheinander angerichtet, nicht wahr? Alles, was Cornelia befürchtet hat, ist eingetreten, und ich habe ihr Schande bereitet ... und Sie in eine schlimme Lage gebracht.« Mit gesenktem Kopf murmelte sie:

»Ich werde einfach sagen, dass ich ihn getötet habe. Niemand muss erfahren, dass Sie und Lamb überhaupt hier waren.«

Barnabys Arm legte sich fester um ihre schlanke Mitte.

»Du hast zur Hälfte recht, Liebste. Niemand weiß, dass irgendwer von uns heute Nacht hier war.«

Sie stieß ein bitteres kleines Lachen aus.

»Und wie wollen Sie mein plötzliches Verschwinden erklären? Und meine Rückkehr mit Ihnen und Lamb, noch dazu in diesem Zustand?«

»Dir, mein missgeleiteter Liebling, ist noch etwas eingefallen, was du Jeb unbedingt sagen musstest, nachdem er weggeritten war, du bist ihm nachgelaufen, ehe er ganz verschwunden war. Du hast eine Abkürzung durch den Wald genommen und hast gehofft, ihn einholen zu können, ehe er die Landstraße erreicht hat.«

»Das ist die lachhafteste Geschichte, die ich je gehört habe«, stellte sie bissig fest. Neugier veranlasste sie dennoch zu der Frage:

»Wie erklärt sich mein zerrissenes Kleid und warum ich so lange fort war?«

»In der einbrechenden Dämmerung bist du gestürzt, hast dir dein Kleid zerrissen und den Knöchel verstaucht, was es für dich schwierig machte, zum Haus zurückzugehen. Lamb und ich, die sich ritterlich auf die Suche nach dir begeben hatten, haben dich auf einem Baumstumpf sitzend gefunden.« Unbekümmert fuhr er fort:

»Und jetzt bringen wir dich nach Hause.« Als sie schwieg, erkundigte er sich:

»Ich bin der Meinung, der verstauchte Knöchel ist ein genialer Einfall, oder? Natürlich wirst du ein paar Tage humpeln müssen, aber insgesamt betrachtet …«

»Es könnte gehen«, erwiderte sie nach einer nachdenklichen Pause.

»Jeffery wird nicht darauf erpicht sein, seine Beteiligung an den Geschehnissen heute Nacht in Umlauf zu bringen …« Sie klopfte sich mit dem Finger an die Unterlippe.

»Walker und die anderen Dienstboten werden natürlich Bescheid wissen, aber sie werden nichts sagen.« Ihre Miene hellte sich auf.

»Und wenn Jeffery so dumm ist, etwas anderes zu behaupten, steht letztlich unser Wort gegen seines, oder?«

»Allerdings«, antwortete Barnaby, »und wer wird schon glauben, dass Viscount Joslyn – auch wenn er ein Amerikaner und daher seltsam ist – und sein Diener in so etwas verwickelt sein sollten?«

Zum ersten Mal, seit Jeffery und Ainsworth aus dem Wald geprescht waren, spürte Emily, wie sich der Knoten der Angst in ihr lockerte und schließlich auflöste. Joslyn würde nicht die Schuld an dem Vorgefallenen bekommen, und Cornelia würde ihren Nachbarn hocherhobenen Hauptes gegenübertreten können: Ihre Großnichte hatte der Familie keine Schande gemacht.

Ihre Wange an seine breite Brust gepresst lauschte Emily dem stetigen Schlag seines Herzens, Dankbarkeit und noch ein anderes Gefühl, mächtig und verwirrend, erfüllten sie. *Er hat mich gerettet*, überlegte sie müde, und schmiegte sich unbewusst fester in seine Arme. Kurz bevor der Schlaf sie übermannte, ging ihr der Gedanke durch den Sinn, dass es nur gut war, dass er es nicht ernst gemeint hatte mit dem Heiraten ... auch wenn es nicht *so* schlimm wäre, mit ihm verheiratet zu sein.

Der Umzug nach *Windmere* verlief nicht reibungslos. Sobald Emily zu Hause war und alle sich vergewissert hatten, dass es ihr gut ging, nachdem sie ihr zerrissenes Kleid ausgezogen und ein neues angelegt hatte und sie sich die Haare gekämmt hatte, fühlte sie sich gleich viel besser, und verkündete, es gebe keinen Grund mehr, auf *Windmere* Zuflucht zu suchen. Damit konnte sie sich aber nicht durchsetzen, zumal Cornelia sich auf Barnabys Seite schlug.

»Ainsworth mag nicht länger eine Bedrohung für uns darstellen«, pflichtete ihm Cornelia bei, »aber ich kann nicht erkennen, inwieweit es schaden könnte, die freundliche Einladung Seiner Lordschaft anzunehmen.« Sie strahlte Barnaby an, der in der Nähe saß.

»Wir schulden ihm eine Menge, und es käme mir schäbig vor, seine Großzügigkeit derart zu vergelten – und umso mehr, wenn alles gepackt und die Kutsche fertig beladen ist und auf der Auffahrt wartet.«

Emily musterte Cornelia und Joslyn argwöhnisch. Sie waren, entschied sie, für ihren Geschmack viel zu vertraut miteinander. Nachdem sich Cornelia persönlich davon überzeugt hatte, dass Emily tatsächlich nicht zu Schaden gekommen war, hatte sie sie in Sallys Obhut gelassen und war in den Grünen Salon zu Joslyn zurückgekehrt. Emily hätte ein kleines Vermögen dafür gegeben, zu erfahren, worüber sie in ihrer Abwesenheit gesprochen hatten; sie konnte das ungute Gefühl nicht abschütteln, dass sie das Gesprächsthema gewesen war. Immer noch ein wenig erschüttert von dem, was sie durchgemacht hatte, und angesichts von Cornelias Wechsel in das andere Lager sowie der unermesslichen Dankbarkeit, die sie Joslyn schuldete, hatte Emily ihren Widerstand aufgegeben.

Als sie am nächsten Tag auf *Windmere* in dem prächtigen Schlafzimmer aufwachte, das ganz in Rosa- und Elfenbeintönen eingerichtet war, erkannte sie einen schrecklichen Moment lang ihre Umgebung nicht wieder. Sie lag schreckensstarr da. Kam Ainsworth gleich durch die Tür, um da weiterzumachen, wo er gestern aufgehört hatte?

Sie fuhr auf, und ihr Herz klopfte laut und heftig. Während ihr Blick über die eleganten Bettvorhänge aus elfenbeinfarbener Seide mit aufgesticktem Rosenmuster glitt, die zu beiden Seiten des Himmelbettes hingen, den in den gleichen Farben gehaltenen Teppich auf dem Boden und die anmutigen Möbel, erkannte sie, dass sie auf *Windmere* war und in Sicherheit. Das Zuhause von Viscount Joslyn war ihr nicht gerade fremd, aber ihre früheren Besuche hier waren immer nur nachbarschaftlicher Art gewesen und hatten dem früheren Lord Joslyn gegolten. Sie war nie über Nacht geblieben – oder auf die ausdrückliche Einladung des Besitzers hin. Ihr Herzschlag beruhigte sich wieder, Emily schob sich eine silbrige Haarsträhne aus dem Gesicht und fragte sich, was der Tag ihr wohl bringen würde.

Cornelia war ganz in ihrem Element gewesen, als sie letzte Nacht hier eintrafen; die zuvorkommende unaufdringliche Bedienung durch das Personal in seiner grün-hellgelben Livree hatte sie als selbstverständlich genommen, als man ihr aus der Kutsche ins Haus half. Peckham hatte sich durch nichts anmerken lassen, dass es vielleicht doch etwas ungewöhnlich wäre, wenn Seine Lordschaft mit zwei Damen aus der Nachbarschaft als Gäste heimkehrte. Nachdem er ihnen ihre Umhänge abgenommen hatte, klatschte er in die Hände und befahl, ihre Koffer und Hutschachteln nach oben zu bringen.

Barnaby warf nur einen Blick auf Emilys blasses Gesicht und schlug vor, dass die Damen sich vielleicht gleich für die Nacht zurückziehen sollten. Mit einem Lächeln zu den beiden Damen sagte er milde:

»Es besteht keine Notwendigkeit, heute Abend meinen Cousins und mir Gesellschaft zu leisten. Morgen ist früh genug dafür.«

Emily wusste nicht, ob sie erleichtert sein sollte oder gekränkt, dass sie und Cornelia wie ein paar kleine Kinder zu Bett geschickt wurden, aber sie beschwerte sich nicht. In ihrem prachtvollen Schlafzimmer hatte sie ein fröhliches junges Dienstmädchen erwartet, das frisch und unverbraucht wirkte.

»Guten Abend, Miss«, hatte die junge Frau gesagt. Mit einem Lächeln, das ein Grübchen auf ihre Wange zauberte, fügte sie hinzu:

»Ich bin Kate und werde Ihre Zofe sein, solange Sie hier sind.«

Normalerweise wäre es Emily unbehaglich gewesen, sich von einer Fremden bedienen zu lassen, aber Kate war so flink und geschickt, dass Emily, die erkannte, dass sie wohl müder und erschöpfter war, als sie zunächst gemerkt hatte, nichts gegen ihre Hilfe einzuwenden hatte. Als Emily schließlich im Bett lag, war Kate mit einem letzten Lächeln gegangen.

Allein in dem fremden Zimmer hatte Emily eigentlich befürchtet, dass sie nach dem Erlebten und trotz ihrer wundersamen Rettung keinen Schlaf finden würde, aber das war nicht der Fall gewesen. Nach ein paar rastlosen Augenblicken hatte sie sich entspannt und war eingeschlafen – keine Albträume hatten ihren Schlummer gestört.

Sie fühlte sich besser, als sie es sollte – in Anbetracht der gestrigen Ereignisse; rasch schlüpfte Emily aus dem Bett. Ihr wollener Morgenmantel lag ordentlich zusammengefaltet auf einem Stuhl mit einem Bezug aus elfenbeinfarbenem Damast; sie streifte sich das Kleidungsstück über und schlenderte in das angrenzende Ankleidezimmer. Erfreut, dass sie einen Krug mit noch warmem Wasser neben einer dazu passenden Waschschüssel mit einem Muster aus rosa Rosenknospen und einer Goldborte entdeckte, goss sie sich Wasser in die Schüssel und begann sich zu waschen.

Da sie es gewohnt war, sich meist selbst zu versorgen, kam es Emily gar nicht in den Sinn, nach einer Zofe zu läuten. Sie fand eines ihrer Lieblingskleider in dem geräumigen Mahagonischrank und zog es sich rasch an. In ihr Haar flocht sie sich ein lavendelfarbenes Seidenband, das farblich auf die Streifen des Kleides aus Wolle und Seide abgestimmt war, und steckte sich den Zopf am Hinterkopf zu einem Knoten auf.

Sie hatte gerade erst den reizenden Salon betreten, der sich an ihr Schlafzimmer anschloss, als die Tür aufging und Kate leise summend eintrat. Als sie Emily sah, blieb sie überrascht stehen.

»Miss«, rief sie, »ich hatte nicht erwartet, dass Sie so

früh schon auf sind – und auch schon angekleidet!« Sie lächelte.

»Ich wollte gerade nach Ihnen sehen, ob Sie schon wach sind und das Wasser, das ich vorhin hochgebracht habe, noch warm ist.«

Emily erwiderte ihr Lächeln.

»Das war es. Danke. Und jetzt wäre ich dankbar, wenn du mich zum Zimmer meiner Tante bringen könntest.«

Kate tat das, und Emily traf ihre Tante bereits wach und ebenfalls fertig angekleidet an – was sie nicht sonderlich verwunderte. Beide Frauen waren Frühaufsteher. Bei Emilys Eintreten erklärte Cornelia:

»Gut, ich hatte gehofft, dass du schon auf bist. Sollen wir nach unten gehen und sehen, ob die Herren bereits dort sind?«

Emily zögerte, nicht sicher, ob sie bereit war, Joslyn und seinen Cousins jetzt schon gegenüberzutreten. Sie war sich aber bewusst, dass sie den Augenblick nur vor sich herschob, daher holte sie tief Luft und nickte.

Peckham zeigte den beiden Damen den Weg zum Morgensalon, und Emily verspannte sich, als sie sah, dass Joslyn und seine Cousins schon vor ihnen dort eingetroffen waren. Die vier Herren saßen verstreut um den Tisch, die Überreste ihres Frühstücks auf ihren Tellern auf dem makellos weißen Tischtuch. Als sie die Damen auf der Türschwelle bemerkten, erhoben sie sich artig.

An Mathews bebenden Nasenflügeln und der sorgsam beherrschten Miene auf Joslyns Gesicht war zu erkennen, dass sie einen Streit unterbrochen hatten. Mathew begrüßte sie steif, und Thomas, der dem Vorbild seines älteren Bruders folgte, tat dasselbe, aber Simon beugte sich galant über Cornelias Hand und grinste, dann zwinkerte er Emily zu. Joslyn hatte einen schwer zu deutenden Ausdruck in den schwarzen Augen, als er sie ansah. Er geleitete sie und ihre Tante höflich zu ihren Plätzen am Tisch.

Nachdem er Emily zu seiner Rechten und Cornelia ihr gegenüber platziert hatte, setzte er sich wieder an das Kopfende des Tisches.

»Darf ich annehmen, dass die Damen gut geruht haben?«

Emily murmelte eine Erwiderung, und Cornelia bejahte seine Frage. Mit einem Blick zu Peckham, der in der Nähe geblieben war, sagte Barnaby:

»Bitte bedienen Sie die Damen.«

Es wurde wenig gesprochen, bis die Damen versorgt waren und Peckham den Raum verlassen hatte. Sich Joslyns männlichen Körpers zu sehr bewusst, nur wenige Zoll von ihr entfernt, hielt Emily den Blick auf den Teller vor sich gerichtet und stocherte in ihrem Essen herum, während die Unterhaltung um sie herum wieder auflebte.

Cornelia flirtete unter Einsatz ihrer immer noch wunderschönen haselnussbraunen Augen schamlos mit Simon und Barnaby; zu Mathew und Thomas war sie überaus höflich – so wie sie es ihr gegenüber waren.

Anhand der kühlen Blicke, die ihr von Mathew und Thomas zugeworfen wurden, konnte sich Emily gut vorstellen, dass sie der Grund war, warum Mathew so verärgert ausgesehen hatte und weshalb Joslyn diesen Ausdruck in den Augen gehabt hatte, als sie und Cornelia den Raum betreten hatten. Sie schaute stirnrunzelnd auf ihren Teller. Was war der Auslöser für die Abneigung, die ihr von Mathew und Thomas entgegenschlug?

Thomas saß auf ihrer anderen Seite; sie schaute ihn an und suchte nach einer Erklärung für seine Feindseligkeit. Was hatte sie ihm getan? Sie mochte ihn nicht sonderlich, sie zog bei Weitem Simons lässige Art vor, aber es hatte nie irgendwelche Missstimmungen zwischen ihnen gegeben.

Thomas, der ihre Augen auf sich spürte, blickte auf und schaute sie kühl an. Mit kaum verhohlenem Sarkasmus erklärte er:

»Letztes Mal war es eine umgeworfene Kutsche. Sagen Sie, Miss Townsend, welches Missgeschick bringt Sie dieses Mal nach *Windmere*?«

»Fledermäuse«, antwortete Cornelia von der anderen Seite des Tisches; der Ausdruck in ihren Augen, als sie sie auf ihn richtete, veranlasste Thomas, sich sofort aufrechter hinzusetzen und fasziniert das weiße Tischtuch zu betrachten, als hinge sein Leben davon ab. Was vermutlich tatsächlich der Fall war. Ihr waren die unfreundlichen Blicke von Mathew und Thomas zu Emily nicht entgangen; sie würde nicht zulassen, dass Emily durch irgendwen Unbehagen empfand, besonders aber nicht durch diesen unverschämten und neugierigen Grünschnabel.

»Ein ganzer Schwarm ist aus einem Loch im Dachboden ins Haus geflattert und bis in unsere Schlafzimmer gelangt«, fuhr sie kühl fort, dann wandte sie ihren stechenden Blick Mathew zu. Er erbleichte, als er die Macht dieser haselnussbraunen Augen auf sich spürte.

»Walker sollte sie in ein oder zwei Tagen entfernt haben, und dann kehren wir heim«, fügte sie hinzu. Mit einem eisigen Lächeln richtete sie ihre Aufmerksamkeit wieder auf Thomas und fragte:

»Beantwortet das Ihre Frage, junger Mann?«

Thomas murmelte irgendetwas; zufrieden, dass er es nicht wieder wagen würde, ihr Missfallen zu erregen, sagte sie in herzlichem Ton an Barnaby gewandt:

»Und nun – wo waren wir gerade, Mylord?«

Barnaby verkniff sich ein Lächeln, schwor sich aber insgeheim, ihr nie einen Anlass zu liefern, ihn derart böse anzuschauen wie eben Mathew und Thomas.

»Ich glaube, dass Sie dabei waren, mir zu erzählen, wie charmant Sie meinen Urgroßvater fanden und dass ich offenbar eben diesen unglaublichen … äh, Charme geerbt habe.«

Cornelia lachte erfreut, und der unangenehme Moment verging. Schließlich war das Frühstück zu Ende, und während Peckham auf Barnabys Bitte hin den Damen die berühmten Wintergärten von *Windmere* zeigte, zogen sich die Herren in Barnabys Arbeitszimmer zurück.

Das Arbeitszimmer des Hausherrn war ein schöner Raum im ältesten Teil des Herrenhauses, die Eichentäfelung und die kunstreich geschnitzte Kassettendecke stammten noch aus der Zeit der ursprünglichen Burg. Ein Teppich in strahlenden Edelsteintönen lag auf dem Walnussparkettboden, und Stühle und Sofas mit edlen Polsterstoffen und Lederbezügen befanden sich an verschiedenen Stellen im Zimmer. Tischchen mit Marmorplatten standen überall dazwischen. Eine Wand säumten Regale voller Bücher, davor ein schwerer Schreibtisch und ein bequemer Stuhl. Ein gewaltiger Kamin aus schwarzem Marmor beherrschte die Wand gegenüber, und vor den hohen schmalen Fenstern hingen burgunderrote Samtvorhänge.

Barnaby setzte sich auf einen weich gepolsterten Sessel aus ochsenblutfarbenem Leder seitlich vom Kamin. Mathew stand auf der anderen Seite des Kamins. Ein Stuhl, der dem glich, auf dem Barnaby Platz genommen hatte, stand ihm gegenüber; Thomas hatte sich für ihn entschieden. Nicht weit, bemerkte Barnaby nicht ohne Spott, von Mathew entfernt. Simon hingegen lehnte lässig in den Polstern eines vergoldeten Sofas mit einem Beauvais-Bezug, die langen Beine zum wärmenden Feuer ausgestreckt, das im Kamin vor ihm knisterte.

Als ob es keine Unterbrechung gegeben hätte, nahm Mathew in dem Moment, als die vier Männer Platz genommen hatten, den Streit wieder auf, den Emilys und Cornelias Ankunft zuvor im Morgensalon jäh beendet hatte.

»Das kann nicht dein Ernst sein, sie heiraten zu wollen«, bemerkte Mathew grimmig.

»Natürlich ist es das. Du hast doch unter verschiedenen anderen Sachen selbst zu mir gesagt, wie wichtig es sei, dass ich heirate.« Ein spöttisches Glitzern in den dunklen Augen fügte er hinzu:

»Ich hätte gedacht, du wärest überglücklich, dass ich endlich einmal deinen Rat befolge.«

Mathew sah aus, als wollte er gleich in die Luft gehen. Mit zusammengebissenen Zähnen gelang es ihm zu erwidern:

»Ja, es ist wichtig, dass du heiratest, aber es ist ebenso wichtig, dass die Frau, die du erwählst, dir in Bezug auf Rang und Vermögen ebenbürtig ist.« Er atmete tief durch und fuhr dann vorsichtig fort:

»Miss Townsend ist eine ganz reizende junge Dame, und ich bin sicher, dass sie einem Mann einmal eine wunderbare Frau sein wird … aber nicht dir. Ich kann dir zwei oder drei junge Damen nennen, die wesentlich passender wären: die älteste Tochter des Duke of Ashford zum Beispiel. Sie bringt eine ansehnliche Mitgift mit, ihre Familie ist vornehm und hat beste Verbindungen.« Als Barnaby ihn nur anstarrte, sprach er beinahe verzweifelt weiter:

»Wenn sie dir nicht zusagt, gibt es auch noch das einzige Kind des Earl of Mansfield. Sie ist noch nicht ganz zwanzig, aber ein hübsches kleines Ding, zudem Erbin von Tausenden Morgen Land und einem netten Geldvermögen. Jede von beiden wäre wesentlich geeigneter dafür, die nächste Viscountess Joslyn zu werden als Emily Townsend!«

»Miss Townsend ist wirklich hübsch und sehr charmant«,

mischte sich Thomas ein, »das will ich nicht abstreiten, aber gütiger Himmel, sie hat kein nennenswertes Vermögen, sie ist praktisch eine alte Jungfer, und ihr Vater war zwar der Squire hier, aber sie hat keine aristokratische Abstammung. Sie ist ein Niemand. Du kannst sie nicht heiraten.«

Barnabys Augen wurden schmal, als er Thomas ansah.

»Ich würde größte Vorsicht walten lassen, wäre ich an deiner Stelle – ich kann mich nicht entsinnen, dass du dabei etwas zu sagen hättest, wen ich heirate oder nicht.«

Tom wurde rot und bemerkte halblaut:

»Ich meinte nur, dass du noch keine Gelegenheit hattest, andere infrage kommende junge Damen kennenzulernen. Wie gesagt, Miss Townsend ist reizend, keine Frage, aber ich bitte dich zu berücksichtigen, welch einflussreiche Stellung sie als deine Gattin einnehmen wird.«

Simon meldete sich zu Wort, ein neckendes Funkeln in den Augen:

»Ich setze mein Geld auf Emily. Sie ist eine ausgezeichnete Reiterin und kann Lämmer auf die Welt holen wie der erfahrenste Schäfer.« Er grinste Barnaby an.

»Bei deinen großen Herden ist das eine notwendige Tugend.«

»Aber wohl kaum«, entgegnete Thomas scharf, »eine Fertigkeit, die die Viscountess Joslyn beherrschen muss.«

»Ich mag Emily«, räumte Mathew widerstrebend ein.

»Ich kenne sie seit ihrer Kindheit, aber sie hat den größten Teil ihres Lebens hier auf dem Lande vergraben verbracht; sie hat nur wenig Erfahrung mit der vornehmen Welt und kann sich nur schwer ein Bild davon machen, was es bedeutet, deine Frau zu sein.« Als Barnaby keine Regung zeigte, rief er ungeduldig:

»Verdammt, Barnaby! Sie ist praktisch eine Landpomeranze.«

Leise erklärte Barnaby:

»Wie ich schon Tom gewarnt habe, würde ich vorsichtiger sein – vor allem, wenn von der Dame gesprochen wird, die ich zu heiraten beabsichtige.«

Mathews Lippen wurden weiß.

»Du bist fest entschlossen?«

Barnaby nickte.

»Euch in meine Pläne einzuweihen, das habe ich nur aus Höflichkeit getan«, stellte er klar und stand auf. »Ich brauche eure Einwilligung nicht. Ich verstehe zwar euren Standpunkt, aber das ändert nichts an meinem Entschluss: Ich habe vor, Emily zu heiraten, sobald ich es arrangieren kann.« Er lächelte betont herzlich und verkündete:

»Und nun, wenn ihr mich entschuldigen wollt, muss ich gehen und mich vergewissern, wie es meiner zukünftigen Braut ergeht.«

Barnaby fand Emily und Cornelia im Wintergarten. Sie saßen auf einer Steinbank vor einem Wasserbecken, in dem es immer wieder orange und golden aufzuleuchten schien – Goldfische schossen zwischen den kunstvoll verteilten Wasserlilien hin und her. Mit höflichen Mienen lauschten die Damen Peckham, der sie auf die beeindruckende Vielfalt tropischer Pflanzen vor ihnen hinwies.

»Dies hier ist nur ein kleiner Abschnitt, in dem vor allem Bäume, Sträucher und Schlingpflanzen aus den Tropen stehen.« Er deutete auf ein paar Blüten.

»Diese lila und weißen Orchideen, die Sie auf der anderen Seite des Teiches sehen, wurden ursprünglich von dem sechsten Viscount angeschafft. Die Bananenstauden daneben tragen tatsächlich Früchte. Wir haben auch noch Ananas und eine seltene Frucht namens Guave.« Er lächelte stolz.

»Unsere Farne sind berühmt für die vielen verschiedenen

Arten, die über die Jahre gesammelt wurden. Wenn Sie möchten, kann ich Ihnen …«

Barnabys leises Hüsteln unterbrach Peckham mitten im Satz; als er seinen Arbeitgeber entdeckte, sagte er:

»Mylord, ich habe den Damen gerade erklärt …«

»Ja, ich habe es gehört«, antwortete Barnaby rasch, »und Sie machen Ihre Sache ganz ausgezeichnet. Ich bin sicher, sie haben Ihre Führung wirklich genossen, aber ab hier kann ich es übernehmen.«

Peckham verneigte sich und ging, verschwand in dem Dschungel aus Pflanzen. Lächelnd trat Barnaby zu den Damen.

»War er todlangweilig?«, erkundigte er sich.

»Vielleicht nicht unbedingt *›tod‹*«, erwiderte Emily, und Barnaby warf den Kopf in den Nacken und lachte. Emily war sich bewusst, wie sehr sie sich zu ihm hingezogen fühlte. Sie wandte sich ab und wünschte sich, sie würde ihn nicht ganz so anziehend finden.

»Haben Sie Ihre Unterredung mit Ihren Cousins beendet?«, wollte Cornelia wissen und schaute ihn an.

»Ja.«

»Und?«

Barnaby grinste sie an.

»Wenn Sie mir ein paar Minuten allein mit Ihrer Nichte gestatten wollen, werde ich die Sache klären. Dann sind wir alle beruhigt.«

Mit offenem Mund starrte Emily Cornelia an, als die sich erhob und dabei sehr zufrieden mit sich und der Welt aussah.

»Ich bin eine alte Frau und brauche meine Ruhe. Ich denke, ich gehe und lege mich ein wenig hin.« Einen Augenblick später war sie verschwunden, und einzig die sacht wehenden Farnwedel zeugten von ihrem Abgang.

Emily blickte Barnaby an, und ihr Herz schlug ihr bis zum Hals, als sie den eindringlichen Ausdruck in seinen Augen sah. Beunruhigt erkundigte sie sich:

»Was geht hier vor sich? Warum hat sie uns so allein gelassen?«

Barnabys Lippen zuckten.

»Ihre Großtante hat mir lediglich ein paar ungestörte Minuten verschafft, in denen ich meinen Antrag machen kann«, sagte er sanft.

Emily blinzelte verwundert. Ihr Mund wurde ganz trocken, ihr Herzschlag galoppierte, und sie fragte nicht unbedingt schlau:

»Einen Antrag? Was soll das heißen?«

Er zog sie auf die Füße und erklärte leise:

»Ach, nur dass ich dich bitten will, mich zu heiraten.« Damit zog er sie in seine Arme und beugte sich vor, dann streifte er ihre Lippen mit seinen.

»Und? Tust du es?«

Benommen blickte Emily in seine kühnen Züge; ihr Mund prickelte von der flüchtigen Berührung.

»Aber du hast doch gesagt, es sei nicht dein Ernst gewesen, als du Ainsworth mitgeteilt hast, dass du mich heiraten willst«, hielt sie ihm vor. Ihre Augen schimmerten wie Silber, so viele Gefühle drangen auf sie ein.

»Nein, das stimmt so nicht«, widersprach er.

»Du hast gesagt, es sei nicht mein Ernst. Alles, was ich getan habe, war zuzulassen, dass du geglaubt hast, was du wolltest.«

Ihre Finger umklammerten die Aufschläge seines dunkelblauen Rockes; atemlos fragte sie:

»Du willst mich heiraten?«

Er lächelte und erwiderte leise:

»Nein, ich *werde* dich heiraten.«

Sprachlos starrte sie ihn an und versuchte, einen klaren Gedanken zu fassen in dem Chaos, das in ihrem Kopf herrschte.

Seine Lippen fanden erneut ihre, dieses Mal aber verweilten sie dort, drückten sich fest und warm auf ihre, und Wonne durchzuckte sie. Unwillkürlich reckte sie sich ihm entgegen, und Barnaby verlor vorübergehend die Beherrschung; sein Kuss wurde fester, leidenschaftlicher, und er schob seine Zunge zwischen ihre Lippen.

Emily kam gar nicht auf die Idee, ihm etwas zu verweigern, sie erschauerte verwundert unter dieser ersten hungrigen Invasion. Mit jedem Vordringen seiner Zunge, jedem langsamen, sinnlichen Erkunden lehrte er sie den Unterschied zwischen Küssen und *Küssen* …

Hitze und Hunger spürte sie in sich aufwallen, und als Barnaby schließlich den Kopf hob, lag sie warm und anschmiegsam in seinen Armen, war sich eines Sehnens in sich bewusst, das so fremd wie überraschend war. Hatte sie je zuvor den Wunsch verspürt, sich in den Armen eines Mannes zu verlieren? Je die Sehnsucht, alle Vorsicht in den Wind zu schlagen und sich von den Gefühlen und Empfindungen mitreißen zu lassen, die er in ihr weckte? Sein Mund war nur wenige Zoll von ihrem entfernt, seine Arme hielten sie fest und sicher – so konnte Emily nicht klar denken, nur fühlen – und sie fühlte sich herrlich.

Sein Atem ging schwer, während sein Blick über sie glitt, ihre versonnene Miene. Was er sah, musste ihm gefallen haben, denn er senkte den Kopf wieder und küsste sie erneut, dieses Mal noch hungriger und unverhohlener fordernd. Er hatte sein Verlangen nach ihr immer streng kontrolliert, aber er wusste schließlich fast seit dem ersten Augenblick, in dem er sie gesehen hatte, dass er sie begehrte. Er war allerdings nicht vorbereitet auf das ungezügelte Hochgefühl, das durch ihn toste, als sie seinen Kuss erwiderte, ihre Zunge in seinen Mund drang und sich ihr weicher Körper an ihn presste.

Er drückte sie an sich, ließ seine Hände auf ihre Hüften fallen und zog sie noch weiter an seinen Körper, bis sie sein hartes Glied spüren musste. Im Griff sinnlosen Verlangens schlossen sich seine Hände um die süßen Halbkugeln ihres Hinterns, und er begann sich langsam an ihr zu reiben, ließ sie fühlen, wie sehr er sich nach ihr sehnte.

Die Welt verschwamm, und er verlor sich in ihrer zu Kopfe steigenden Süße. Sie endlich in seinen Armen zu halten, ihr Mund unter seinem, das war geradezu süchtig machend. Sein Körper forderte mehr, und er hätte sie fast zu Boden gedrückt und die Vereinigung vollzogen, die er so verzweifelt wollte. Aber ein letzter Rest von Vernunft verblieb, war beharrlich und behauptete sich schließlich zu seinem Bedauern über das rücksichtslose Drängen.

Zögernd brachte er sie zurück zur Erde, schob ihren verführerischen Körper von seinem allzu eifrigen fort. Barnaby gönnte sich einen letzten sengenden Kuss, dann hob er den Kopf und machte einen Schritt nach hinten.

»Wenn du nicht hier an Ort und Stelle von mir verführt werden willst«, erklärte er mit heiserer Stimme, »muss das hier aufhören.«

Emily blinzelte ihn an. Da sein Mund sie nicht länger unter seinem Bann hielt, seine Arme sie nicht länger warm umschlossen, konnte sie wieder klarer denken. Joslyn hatte sie gebeten, ihn zu heiraten! Durfte sie es wagen?

Tausend Gedanken schossen ihr durch den Kopf. Neben dem Zustand ihres dummen Herzens gab es zu viele andere Sachen zu bedenken. Der Schmuggel. Anne. Cornelia. Der Schmuggel. Die Investoren der kleinen Unternehmung, die sich auf sie verließen. Der Schmuggel. Walker und Mrs

Spalding. *Der Schmuggel!* Hysterie stieg in ihr auf. Die Viscountess Joslyn, die Meisterschmugglerin. Gütiger Himmel! Es war schlimm genug, dass sie die Ehre ihrer eigenen Familie aufs Spiel setzte, aber sie konnte unmöglich Joslyn mit hineinziehen.

Barnaby wusste genau, wann sie ihren Entschluss gefasst hatte, und von der Art und Weise, wie ihre Augen ihm auswichen, wusste er auch, wie er lautete. Das sture kleine Ding hatte allen Ernstes vor, ihm einen Korb zu geben – aber nicht etwa, weil sie sich nicht zu ihm hingezogen fühlte. Ihre Reaktion eben verriet ihm, dass sie ihm gegenüber nicht unempfänglich war – ganz im Gegenteil. Er war beileibe kein eitler Mann, aber er kam dennoch zu dem Schluss, dass es nur einen Grund für Emilys Ablehnung geben konnte: die verflixte Schmuggelei.

Sich nicht ganz im Klaren darüber, ob er beleidigt war oder nur verärgert, riss Barnaby sie in seine Arme. Seine dunklen Augen bohrten sich in ihre, und er brummte:

»Wenn du es wagst, mich abzuweisen wegen irgendeiner dummen Vorstellung wie der, dass ich entsetzt wäre, wenn ich entdecke, dass du eine eigene kleine Schmuggelbande anführst, vergiss es.« Ohne sich um ihr Keuchen zu kümmern, fasste er sie fester an den Armen und sagte dabei:

»Ich weiß davon – Cornelia hat es mir bereits gesagt.« Er holte tief Luft und räumte ein:

»Ich kann nicht sagen, dass, unter den Nasen der Zolloffiziere eine Schmuggelbande zu betreiben, die Beschäftigung ist, die ich mir für meine Gattin wünsche, aber sobald wir verheiratet sind, werden wir einen weniger illegalen Zeitvertreib für dich finden.«

Emily versteifte sich, und ihre grauen Augen glitzerten gefährlich, als sie sich mit schmelzender Stimme erkundigte:

»Zeitvertreib wie das Kinderzimmer zu füllen?«

Ein langsames Lächeln breitete sich auf seinem Gesicht aus.

»Das stünde zur Debatte …« Als sie sich gegen seinen Griff zu wehren begann, zog er sie wieder an sich und küsste sie – trotz ihrer Bemühungen, ihm auszuweichen.

Mit seinem Mund auf ihrem kämpfte sie gegen die überwältigende Flut aus Gefühlen, die alles andere ausschalteten – bis auf das hinterhältige Drängen ihres Herzens und die berauschende Macht seines Kusses. Benommen und schwindelig, unfähig, klar zu denken, schlang sie die Arme um seinen Hals und verlor den Kampf, ihm zu widerstehen. Mehr als alles auf der Welt, erkannte sie überglücklich, wollte sie genau hier sein. Bei ihm.

Er spürte, wie ihre Lippen unter seinen weich und nachgiebig wurden, und murmelte:

»Bitte. Bitte erlöse mich aus meinem Elend und sag, dass du mich heiraten wirst, ja?«

Es war Wahnsinn! Narrheit. Aber sie konnte nicht anders, und wie aus großer Entfernung hörte Emily sich sagen:

»Ja, ich werde dich heiraten.«

Barnaby stieß einen Freudenschrei aus und wirbelte sie in seinen Armen herum. Er küsste sie fest auf den Mund, dann erklärte er mit übermütig blitzenden Augen:

»Und jetzt lass uns gehen und meiner Familie die frohe Botschaft verkünden – und zusehen, wie Mathew dunkelrot im Gesicht wird.«

Kapitel 15

Trotz ihrer Proteste zog er sie mir nichts dir nichts hinter sich her in die Bibliothek, wo seine Cousins zusammensaßen, und erklärte fröhlich:

»Es ist offiziell. Emily hat eingewilligt, mich zu heiraten.«

Damit ließ er seine Cousins mit offenem Mund stehen, nahm Emily mit sich und machte sich auf die Suche nach Cornelia. Anders, als sie es behauptet hatte, hatte sich Cornelia nicht zurückgezogen, um ein Nickerchen zu machen. Sie saß in einem gemütlichen Zimmer, das auf einen kleinen Garten hinausging, trank eine Tasse Tee und tat so, als läse sie den Roman, den sie sich aus *The Birches* mitgebracht hatte. Sobald sich die Tür öffnete und Barnaby mit Emily im Schlepptau hereinkam, ließ sie das Buch sinken und schaute die beiden erwartungsvoll an.

Grinsend zog Barnaby Emily neben sich und sagte:

»Es war knapp, aber sie hat Ja gesagt.«

Freude breitete sich auf den Zügen ihrer Großtante aus und beschwichtigte die Zweifel, die sich in Emilys Brust immer noch regten. In ihren haselnussbraunen Augen schimmerten Tränen, als Cornelia rief:

»Oh, meine Lieben! Ich kann gar nicht sagen, wie entzückt ich bin.«

Emily verließ Barnabys Seite und setzte sich neben sie. Forschend schaute sie Cornelia ins Gesicht.

»Du bist wirklich glücklich darüber? Und wir haben deinen Segen?«

Cornelia tätschelte ihr die Wange. »Allerdings, und natürlich habt ihr meinen Segen.« Sie lächelte.

»Von dem Moment an, als ich den jungen Joslyn das erste Mal gesehen habe, habe ich gehofft, dass das hier passieren würde. Ich will aber zugeben, dass ich mir nicht sicher war, wie es ausgeht. Ich hatte die Sorge, dass du uns alle – mich, Anne, Mrs Gilbert, Jeb und die anderen – über dein persönliches Glück stellst.«

»Das hätte ich auch fast«, räumte Emily ein und sah beunruhigt aus.

»Dann ist es doch wirklich ausgezeichnet, nicht wahr«, erklärte Barnaby, »dass deine kluge Tante mich schon vorab über dein ... Steckenpferd aufgeklärt hatte, ja?«

Emily bedachte ihn mit einem tadelnden Blick.

»Es ist wohl kaum ein Steckenpferd«, erwiderte sie scharf.

Barnaby riss abwehrend die Hände in die Höhe.

»Falsche Wortwahl, aber es ist auch kaum die passende Beschäftigung für meine Viscountess.« Ihre Augen wurden schmal, und er fügte hastig hinzu:

»Ich will nicht, dass du Mrs Gilbert und die anderen einfach ihrem Schicksal überlässt, nur dass wir einen anderen Weg finden, ihnen zu helfen. Etwas, das niemanden ins Gefängnis bringt.«

»Jeb ist gestern Nacht nach Calais gesegelt«, gestand Emily, »ich kann ihn nicht zurückrufen.«

Barnaby nickte.

»Ich weiß, dass du diese Verbindung nicht über Nacht beenden kannst.« Ein Glitzern trat in seine Augen.

»Ich werde mich wohl ein oder zwei Mal aktiv als Schmuggler betätigen müssen, ehe alle Waren fortgeschafft sind und alle sicher sind. Schmuggelware an Land zu bringen ist bestimmt ein Abenteuer.«

Emily war entsetzt. Sie stand auf, ging zu ihm und baute sich vor ihm auf. Sie legte ihm eine Hand auf den Arm und sagte eindringlich:

»Nein! Das darfst du nicht wagen. Was, wenn du gefasst wirst? Denk doch nur an den Skandal. Viscount Joslyn – ein gewöhnlicher Verbrecher!«

Barnaby wirkte gekränkt.

»Dagegen verwahre ich mich. Ich bin sicher, ich würde einen *außer*gewöhnlichen Verbrecher abgeben.«

Cornelia musste ein Lachen unterdrücken.

»Doch, bestimmt, Mylord. Wirklich außergewöhnlich.«

»Macht euch nicht über mich lustig«, flehte Emily und schaute vom einen zum anderen.

»Dass ich da drinhänge, ist schlimm genug, und wenn ich einen Weg gefunden hätte …« Sie brach ab und verzog das Gesicht.

»Ich werde mir etwas einfallen lassen müssen, um die Gruppe aufzulösen, ohne dass der Einzelne darunter zu leiden hat.«

Barnabys Hand schloss sich warm um ihre auf seinem Arm. Er lächelte sie an und sagte:

»*Wir* werden uns etwas einfallen lassen. Du bist nicht länger allein dabei, Süße.«

Emily wirkte nicht überzeugt; Barnaby zog die Brauen hoch.

»Ich denke«, erklärte er in erhabenem Ton, der in krassem Widerspruch zu dem belustigten Funkeln in seinen Augen stand, »du vergisst, dass du nun Zugriff auf den Geldbeutel eines reichen Mannes hast. Eines sehr reichen Mannes, wenn man meinen Cousins Glauben schenkt.«

»Aber Jeb und die anderen – sie wollen keine Mildtätigkeit«, wandte Emily ein.

»Weißt du«, bemerkte Barnaby, den das Thema zu langweilen begann, »im Augenblick ist mir herzlich egal, was sie wollen. Wir werden eine Lösung finden, aber könnten wir sie jetzt erst einmal vergessen und einfach unsere Verlobung genießen?«

Schuldgefühle begannen Emily zu quälen. Er hätte sich eine Braut mit größerer Schönheit oder mehr Vermögen, als sie besaß, nehmen können, doch aus Gründen, die sich ihr entzogen, wollte er sie heiraten. Und was tat sie? Sie sorgte sich wegen einer bunt zusammengewürfelten Bande Schmuggler.

Mit einem reuigen Lächeln erklärte sie:

»Du hast recht, natürlich – ich entschuldige mich.«

»Angenommen.« Er schaute von Emily zu Cornelia.

»Also, wie rasch können wir die Hochzeit ansetzen?«

Es schloss sich eine lebhafte Diskussion an. Barnaby war dafür, nach London zu reiten und eine Sondererlaubnis zu besorgen, damit er Emily Anfang nächster Woche heiraten konnte. Emily war strikt dagegen, und auch Cornelia zögerte.

Mit gerunzelter Stirn blickte sie Barnaby an und sagte:

»Ihre Verlobung mit Emily wird das Tagesgespräch hier sein.« Barnaby zuckte die Achseln, doch sie sprach weiter:

»Sie sind ein begehrenswerter Junggeselle, und es wird eine Reihe enttäuschter Hoffnungen geben, neidische junge Damen und ihre Eltern, wenn Ihre Verlobung mit der Tochter eines schlichten Landedelmannes bekannt gegeben wird. Es gibt keinen Grund, unnötig Öl ins Feuer der Gerüchteküche zu gießen, indem die Hochzeit überstürzt stattfindet.« Sie verzog das Gesicht.

»Zu heiraten, sobald das Aufgebot wie vorgeschrieben verlesen ist, wird immer noch Spekulationen nach sich ziehen, aber viel weniger als eine Eheschließung mit einer Sondererlaubnis, die stattfindet, ehe die Leute überhaupt erfahren haben, dass Ihre Wahl auf Emily gefallen ist.«

Emily, die das Gefühl hatte, dass alles viel zu schnell vor sich ging, erkundigte sich:

»Wäre es nicht besser, wenn wir bis zum Frühling oder Anfang des Sommers warten und vielleicht im Juni heiraten?«

»Nein«, antwortete Barnaby prompt.

»Ich will dich so rasch wie nur irgend möglich aus dem Haus haben und weg von deinem verachtenswerten Cousin.«

»Ich bin doch aus dem Haus und von ihm fort«, erwiderte Emily scharf.

Barnaby seufzte.

»Aber wir beide wissen doch genau, dass dein Besuch hier viel Gerede nach sich ziehen wird – besonders, wenn er zu lange dauert. Wir können ein paar Nächte erklären, indem wir behaupten« – er schaute zu Cornelia und grinste – »dass wir aus Rücksicht auf das fortgeschrittene Alter deiner Großtante beschlossen haben, dass es besser für sie wäre, wenn ihr beide in dieser aufregenden Zeit ein oder zwei Nächte auf *Windmere* seid.«

»Das ist eine ausgezeichnete Erklärung«, sagte Cornelia und nickte, »und es wird vermutlich geglaubt, ohne Fragen nach sich zu ziehen.«

Als Emily sich weiter für eine Sommerhochzeit einsetzte, erwiderte Barnaby:

»Wenn zu viel Zeit verstreicht, bis wir heiraten, kannst du nicht hierbleiben. Selbst mit Cornelia als Anstandsdame würden zu viele Leute die Augenbrauen hochziehen und sich wundern. Man würde sich fragen, was mit Jeffery ist, und neugierig werden, warum du nicht länger in dem Haus bleibst, in dem du aufgewachsen bist und dein Leben verbracht hast – einem Zuhause, das nur wenige Meilen von hier entfernt ist.«

»Er hat recht«, räumte Cornelia widerstrebend ein. »Und vergiss nicht, egal, wie sich die Sache verhält oder was für eine Geschichte sich Jeffery ausdenkt, um es zu erklären, Ainsworths Tod wird einen gewaltigen Aufruhr verursachen. Ich kann meinen Großneffen nicht ausstehen, aber um deinetwillen und um der Familienehre willen möchte ich nicht, dass alle Welt erfährt, was für ein widerwärtiger Schurke er ist. Wenn wir hierbleiben, wird das Gerede geben.« Sie sah grimmig aus.

»Manches davon wird nicht nett sein, und einige der enttäuschten jungen Damen und ihre Eltern werden sich nicht zu schade sein, bösen Klatsch zu verbreiten.«

Ihre Argumente waren nicht von der Hand zu weisen, und Emily gab nach.

»Dann eben, sobald das Aufgebot verlesen ist«, willigte sie schließlich ein, allerdings mit einem wenig schmeichelhaften Mangel an Begeisterung.

»Gut«, erklärte Cornelia. Sie sah zu Barnaby und ordnete an:

»Sie reiten heute zum Vikar und sagen es ihm. Das Aufgebot kann gleich am Sonntag zum ersten Mal verlesen werden, und wir können die Hochzeit für die zweite Woche im Februar planen.« Nachdenklich murmelte sie vor sich hin:

»Ich muss Anne schreiben und sie über das Vorgefallene unterrichten. Selbstverständlich wird sie an der Hochzeit teilnehmen wollen – und Hugh und seine Mutter auch. Das lässt uns auch Zeit, Kleider in London zu bestellen.« Sie schenkte Barnaby ein Lächeln.

»Sie werden den Unsinn einfach aushalten müssen, fürchte ich – ich kann nicht zulassen, dass Ihre Braut und ihre Familie in Lumpen erscheinen. Sobald das Aufgebot verlesen ist, sollten Sie eine kleine Gesellschaft geben, vielleicht sogar einen kleinen Ball, und die Nachbarn einladen, zum Beispiel Lord und Lady Broadfoot, Sir Michael und Mrs Featherstone und ihre Kinder. Oh, und den Vikar selbst mit seiner Familie. Es ist nur gut, dass Mathew und seine Brüder hier sind – dann ist das Verhältnis Damen und Herren ausgeglichener.« Sie lächelte boshaft.

»Ihre Cousins können gewissermaßen als Trostpreis für die Mädchen von Mrs Featherstone und Broadfoots drei Töchtern dienen.«

Sie entschieden dann noch, dass Emily und Cornelia noch eine weitere Nacht auf *Windmere* bleiben würden.

»Morgen früh wird früh genug sein, um nach *The Birches* zurückzukehren«, erklärte Cornelia. Sie klopfte sich mit einem Finger auf die Lippen und sagte:

»Wissen Sie, wenn Sie heute Vormittag mit dem Vikar gesprochen haben, wäre es vielleicht klug, ihn und seine Familie für den Abend zum Dinner einzuladen. Seine Gattin Penelope ist eine freundliche Dame, wie man sie selten trifft, und obwohl sie selbst drei Töchter unter die Haube zu bringen hat, wird sie Emily ihr Glück nicht neiden. Wenn wir Penelope auf unserer Seite haben, wird sie uns helfen können, etwaige Klippen zu umschiffen.« Cornelias Augen funkelten.

»Und obgleich sie Christin ist, wird sie es doch genießen, die einzige Dame in der Gegend zu sein – außer uns beiden –, die Sie kennt. Darauf wird sie stolz sein.«

Amüsiert antwortete Barnaby:

»Da ich meinen Marschbefehl habe, lasse ich die Damen nun allein. Wenn noch irgendetwas benötigt wird, einfach nach Peckham läuten.«

Die kleine hastig arrangierte Dinnergesellschaft am selben Abend verlief nach Plan. Mathew stellte sich trotz seiner vorher zum Ausdruck gebrachten Unzufriedenheit mit der Verlobung hinter seinen amerikanischen Cousin und gab sich den Anschein eines Mannes, der mit Barnabys Wahl seiner zukünftigen Braut vollauf zufrieden war. Wenig überraschend ahmte Thomas das Verhalten seines älteren Bruders nach; und Simon hatte ja ohnehin keine Einwände gehabt.

Zu der genannten Zeit trafen der Vikar und Mrs Smythe mit ihren drei Töchtern und dem ältesten Sohn ein. Da Mrs Smythe Emily und Cornelia aufrichtig gern hatte und nie mit dem Gedanken gespielt hatte, dass eine ihrer Töchter sich den Viscount würde angeln können, war sie, nachdem ihre anfängliche Überraschung überwunden war, wie Cornelia vorausgesagt hatte, entzückt, den Viscount kennenzulernen und dem frischverlobten Paar zu gratulieren.

Nach dem Dinner versammelten sich alle in dem prächtigen Empfangssalon in Gold- und Bronzetönen. Die Smythe-Mädchen, ihr Bruder und die Joslyn-Cousins lachten und unterhielten sich ein Stück entfernt, der Vikar, Barnaby und Emily waren in einem der beiden Alkoven, die durch die zwei Erkerfenster gebildet wurden, in ein vertrauliches Gespräch vertieft. Den Blick auf das Trio vor dem Fenster gerichtet stellte Mrs Smythe an Cornelia gewandt fest:

»Sie geben ein ganz reizendes Paar ab.« Sie schaute Cornelia mit hochgezogenen Brauen an und sagte halblaut:

»Ich nehme an, es muss nicht eigens erwähnt werden, dass dich die Verbindung freut.«

Cornelia nickte.

»Das kann ich nicht leugnen.« Sie blickte Penelope bedeutungsvoll an.

»Aber du weißt sicher auch, wenn die Nachricht von der

Verlobung die Runde macht, wird es eine Menge Gerede geben.«

Die seit mehr als drei Jahrzehnten mit dem Vikar verheiratete Dame war groß und schlank, hatte rotes Haar und wirkte jünger als ihre achtundvierzig Jahre, obwohl sie sechs Kinder geboren hatte, noch bevor sie fünfundzwanzig war. In ihrer Jugend schon war sie nur passabel hübsch gewesen, aber sie hatte freundliche braune Augen und auf der Nase Sommersprossen, die ihr einen elfenhaften Charme verliehen, dazu ein lebhaftes, ansteckendes Lächeln. Penelope Smythe war nicht leicht aus der Ruhe zu bringen, sie liebte jedoch Klatsch, allerdings war sie nur ganz selten unfreundlich dabei. Man konnte sich darauf verlassen, dass sie einen kühlen Kopf behielt, auch wenn sich die Ereignisse überschlugen. Cornelia schätzte sie sehr und zählte sie trotz des Altersunterschiedes zu einer ihrer besten Freundinnen.

Penelope dachte über Cornelias Bemerkung nach und nickte dann.

»Ja, es lässt sich nicht bestreiten, dass es einen wahren Flächenbrand an Klatsch geben wird.« Ihr Blick war voller Zuneigung, als sie hinzufügte:

»Du weißt ja, der Vikar und ich werden unser Bestes tun, um zu helfen, das Schlimmste davon im Keim zu ersticken. Deine Emily ist ein Schatz, und ich könnte mich nicht mehr für sie freuen ... aber es wird genug andere geben, die angesichts ihres Glückes Sodbrennen bekommen werden.« Sie runzelte die Stirn.

»Wenn ich nur einen Weg wüsste, die schlimmste Bestürzung zu verhindern, die gewisse Damen empfinden werden, wenn sie erfahren, dass der begehrenswerteste Junggeselle der Gegend nicht länger frei ist.« Sie überlegte einen Moment, dann glitt ein übermütiges Lächeln über ihre Züge.

»Ich denke, ich sollte morgen einmal Mrs Featherstone

einen Besuch abstatten und vielleicht auch Lady Broadfoot. Schließlich könnte man sagen, dass es als Gattin des Vikars sogar irgendwie meine *Pflicht* ist, sie von dieser überraschenden Entwicklung zu unterrichten. Viel besser, sie erfahren durch mich von der Verlobung, als am Sonntag von der Kanzel.«

Cornelia nickte, und Penelope fuhr fort:

»Natürlich sollte ich sie wissen lassen, wie sehr der Vikar und ich die Verbindung billigen – und sie daran erinnern, was für eine liebe, charmante junge Dame Emily ist und daran, wie oft sie zum Ausdruck gebracht haben, wie gern sie sie mögen.« Ihre Augen funkelten.

»Was sonst könnten sie dann schon sein, als froh für sie und über ihr Glück.«

Cornelia lachte.

»Ich frage mich gerade, ob der Vikar eigentlich weiß, was für ein hinterlistiges Frauenzimmer er da geheiratet hat.«

»Ich denke, er vermutet es«, räumte Penelope ein und lächelte, »aber ich gebe mir große Mühe, es ihm nicht auf die Nase zu binden.«

Die beiden Damen saßen auf einem der Sofas in der Nähe des gewaltigen Marmorkamins, tranken in ungestörtem Einvernehmen ihren Tee und waren beide zufrieden mit dem Plan, den Mrs Smythe entworfen hatte. Schließlich stellte Penelope Smythe ihre Tasse ab und schaute zu dem Alkoven, wo der Vikar, Emily und Barnaby immer noch standen, und erklärte:

»Nach Mathews eher unvorteilhafter Beschreibung muss ich zugeben, dass Lord Joslyn nicht das ist, was ich erwartet hatte.«

Cornelia erwiderte spitz:

»Ich bin sicher, dass Mathew den Eindruck erweckt hat, sich auf einen langhaarigen Barbaren einstellen zu müssen, der Felle trägt und rohes Fleisch mit den Fingern isst und sich am Ende die Nase mit dem Ärmel abwischt.«

Penelope musste ein Lachen unterdrücken.

»So in etwa.« Mit wieder ernster Miene fuhr sie fort:

»Es war nicht sehr nett von Mathew, aber man kann ihm kaum einen Vorwurf machen, wenn er sich schlecht behandelt fühlt. Er ist seit seiner Kindheit dafür erzogen worden, einmal den Titel zu tragen.«

Cornelias Blick ruhte nachdenklich auf Mathew, der am Rand der Gruppe junger Leute stand. Er wirkte unbeschwert und heiter, stellte sie fest, als er über etwas lächelte, das Esther, die älteste Tochter der Smythes, sagte. Als sie ihn jedoch näher betrachtete, konnte sie schwach eine gewisse Traurigkeit um ihn herum ausmachen. Etwas an seiner erzwungenen Fröhlichkeit und die Abneigung, die sie manchmal an ihm bemerkt hatte, wenn er in Barnabys Nähe war und sich unbeobachtet fühlte, verrieten ihr, dass Mathew sich noch nicht ganz mit seinem Abstieg abgefunden hatte. Sie machte ihm daraus keinen Vorwurf. Nur ein Heiliger würde so einen Verlust, wie Mathew ihn erlitten hatte, gleichmütig hinnehmen können.

Penelope sprach aus, was Cornelia dachte.

»Ich muss es Mathew hoch anrechnen, dass er heute hier ist. Sich wie ein Gast behandeln lassen zu müssen von dem Mann, der einem alles genommen hat, auf das man seit seiner Kindheit fest gebaut hat, kann nicht leicht für ihn sein.«

Barnaby lachte über etwas, das der Vikar gesagt hatte; Penelope schaute zu ihm.

»Und ganz besonders nicht, wo Lord Joslyn doch ein so gewinnendes Wesen hat«, sagte sie, legte den Kopf schief und musterte Barnaby einen Moment lang, dann fügte sie hinzu:

»Man kann nicht behaupten, dass er sonderlich gut aussieht, aber es lässt sich nicht leugnen, dass er mit diesen rauen Zügen und den breiten Schultern auf das weibliche Geschlecht anziehend wirkt.« Penelope seufzte verträumt. »Kein Wunder, dass Emily so rasch zugestimmt hat, ihn zu heiraten. All dieser dunklen Männlichkeit zu widerstehen muss nahezu unmöglich sein.«

»Stimmt«, murmelte Cornelia, und ihre haselnussbraunen Augen funkelten, »sein Urgroßvater war genauso ... und ihm zu widerstehen ist mir gar nicht in den Sinn gekommen.«

Es war nicht allzu spät, als die Gesellschaft sich auflöste und die Gäste aufbrachen. Emily und Cornelia blieben nicht unten, nachdem die Smythes abgefahren waren, sodass Emily schon weit vor Mitternacht in ihrem Bett lag.

Eine Kerze brannte in dem Ständer neben ihrem Bett, und da Emily nicht einschlafen konnte, studierte sie das komplizierte Muster in dem seidenen Betthimmel über sich. Während des ganzen Tages hatte sie keinen ungestörten Augenblick gehabt, keine Zeit, darüber nachzudenken, was sie getan hatte. Aber jetzt, da sie zum ersten Mal allein war, rang sie mit den gewaltigen Veränderungen, die in ihrem Leben stattfinden würden. Gütiger Himmel! Sie hatte sich einverstanden erklärt, Lord Joslyn zu heiraten.

Sie war sich nicht ganz sicher, wie es um ihr Herz bestellt war, aber sie konnte nicht abstreiten, dass sie ihn faszinierend fand. Und ebenso wenig konnte sie sich vormachen, dass sie seine Gesellschaft nicht höchst anregend fand – wenn er nicht gerade absichtlich aufreizend war. Von seinem Reichtum und seinem Titel einmal abgesehen, sprach etwas an Joslyn sie auf einer Ebene an, wie es kein anderer Mann je zuvor getan hatte. Man konnte nicht abstreiten, dass er die köstlichsten und aufregendsten Gefühle in ihr weckte, wenn er sie in seine Arme schloss. Eine Weile lang verlor sie sich in den Erinnerungen an den fordernden Mund auf ihrem und die Kraft in den starken Armen, wenn er sie an sich drückte. Zu ihrer nicht geringen Verwunderung und Verlegenheit richteten ihre Brustspitzen sich auf, und wohlige Schauer liefen durch ihren Körper.

Ihre Wangen wurden flammend rot, und sie vergrub ihr Gesicht in einem der Kissen. Er hat mich verhext, überlegte sie, nicht glücklich darüber, und ich bin wie ein naives Milchmädchen in seine Arme gesunken, ohne die Folgen oder sonst etwas zu bedenken außer dem Wunder seines Kusses. Sie schnaubte abfällig. Nicht ganz richtig im Kopf, das war sie.

Sie rollte sich auf den Rücken und starrte wieder hinauf in den Betthimmel, als ob die Antwort auf ihre Gefühle und Empfindungen in dem verschlungenen Muster zu finden sei. Bereute sie es, seinen Antrag angenommen zu haben? Nein, nicht wirklich. Aber seine Werbung, wenn man es denn so nennen wollte, war jedenfalls nicht dem üblichen Weg gefolgt. Noch vor einem Monat war Lord Joslyn ein völlig Fremder für sie gewesen, nicht mehr als ein Name, und dennoch hatte sie jetzt, gerade einmal drei Wochen nach der schicksalhaften Begegnung im besten Zimmer der *Krone*, seinen Heiratsantrag angenommen.

Er hat mich überrumpelt, gestand sie sich ein. Es gab viel an Lord Joslyn zu bewundern, und er hatte sich als ehrenwerter Mann erwiesen, ein Mann, dem man vertrauen konnte, und – nicht zu vergessen, überlegte sie mit einem ironischen Lächeln, Cornelia mochte ihn.

Sie musste wieder daran denken, wie er ausgesehen hatte, als er in das Zimmer gestürmt war, in dem Ainsworth sie gefangen gehalten hatte, wie ein Racheengel, mit blitzenden Augen und dem Messer in der Hand; er war ihr zu Hilfe gekommen, in dem Moment, als sie ihn am nötigsten gebraucht hatte. Er war vieles: faszinierend, vertrauenswürdig, charmant, reich … freundlich alten Damen gegenüber, fügte sie noch mit einem Lächeln hinzu. Das durfte sie nicht vergessen. Sie vermutete, dass sie zwar vielleicht noch nicht in ihn verliebt war, aber auf bestem Wege dahin. Natürlich hatte sie zugestimmt, ihn zu heiraten.

Emily runzelte die Stirn. Ihre Gründe dafür, seinen Antrag anzunehmen, lagen auf der Hand. Aber warum wollte *er* sie heiraten? Sie besaß kein Vermögen. Sie hatte keine großartige vornehme Familie, von einem Titel gar nicht zu reden. Ganz im Gegenteil, wenn sie an ihren Cousin Jeffery dachte. Sie war keine bemerkenswerte Schönheit oder sonderlich geistreich. Sie seufzte. Es gab nichts an ihr, das sie erkennen konnte, das einen Mann wie Lord Joslyn anziehen würde. Ihre Lippen bogen sich nach unten. Aber wenn sie keinen guten Grund finden konnte, weshalb ein Mann wie Lord Joslyn sie heiraten wollte, konnte sie sich einen sehr guten Grund denken, warum eine Heirat mit ihr einem Mann wie ihm ein Gräuel wäre: der Schmuggel.

Aber dennoch, so unglaublich es war, hatte er sie gebeten, ihn zu heiraten. Sie setzte sich auf und schlang die Arme um die angezogenen Knie. Genau genommen, gestand sie sich ein, hatte er verwirrt ausgesehen, aber erfreut, entschieden, sie zu heiraten. Wer wusste schon, was er dachte? Sie schüttelte den Kopf. Es war alles zu kompliziert, sie gab es auf, Joslyns Gründe verstehen zu wollen und kuschelte sich unter die Decke. Ein wehmütiges Lächeln spielte um ihre Lippen. War es am Ende möglich, fragte sie sich, dass er von ihr ebenso fasziniert war wie sie von ihm?

Als er in seinem Bett lag, viel später an dem Abend, war Barnaby alles in allem zufrieden mit den Ereignissen des Tages. Emily hatte eingewilligt, ihn zu heiraten, und die Abendgesellschaft war gut verlaufen. Er mochte den Vikar und dessen Frau, fand, dass die Töchter und der Sohn ein gutes Licht auf ihre Eltern warfen. Ein kurzes Gespräch mit Cornelia, ehe sie sich in ihre Zimmer zurückgezogen hatte, hatte ihm zu der willkommenen Information verholfen, dass Mrs Smythe am nächsten Tag die Nachricht von der Verlobung in Umlauf bringen würde. Er lächelte in der Dunkelheit. Und er wusste von Lamb, dass die Nachrichtenübermittlung der Dienstboten natürlich bereits in vollem Gange war. Zu dieser Zeit am nächsten Abend würde es, daran zweifelte er nicht, niemanden im Umkreis von mehreren Meilen geben, egal welchen gesellschaftlichen Standes, der nicht wüsste, dass Lord Joslyn Anfang Februar Miss Emily Townsend heiraten wollte.

Eine Sekunde lang dachte Barnaby an seine jüngere Schwester Bethany, die auf der anderen Seite des Ozeans war. Sie würde Emily gern haben, entschied er, und da die Hochzeit bald schon stattfinden würde, wünschte er sich nicht zum ersten Mal, dass er Bethanys Bitten nicht nachgegeben hätte, ihr zu erlauben, in Virginia zu bleiben, beim Bruder ihrer Mutter und dessen Frau als Anstandsdame. Seine Lippen zuckten. Es gab eine Menge an seiner Schwester und seiner Braut, das sich glich. Sie waren beide stur und temperamentvoll, und er fürchtete sehr, dass er in ihren kleinen entschlossenen Händen so weich wie Butter war.

Sein Lächeln verblasste, als er an die unheilvollen Wolken dachte, die noch am Horizont dräuten. Jemand hatte versucht, ihn zu töten, nicht nur einmal, sondern zwei Mal, und er hatte keine Ahnung, wer der oder die Angreifer waren. Er rieb sich die verheilende Wunde unter seinem dichten schwarzen Haar. Man konnte jetzt einwenden, dass der letzte Versuch ein versehentlicher Schuss eines Wilderers gewesen sein könnte, aber die Idee verwarf er ohne Zögern. Er glaubte nicht an Zufälle, und dass er dem Tod zwei Mal in weniger als einem Monat aus Zufall knapp entronnen war, war wenig glaubwürdig. Es wäre tröstend gewesen, sich vorzustellen, dass wer auch immer versucht hatte, ihn zu töten, einfach aufstecken und sich nach zwei vereitelten Anschlägen geschlagen geben würde, aber das bezweifelte Barnaby.

Es war möglich, räumte er ein, dass die Anschläge auf sein Leben nichts mit seinem Erbe zu tun hatten, aber es war schwierig, sich einen anderen überzeugenden Grund zu denken, weshalb sich sonst jemand seinen Tod wünschen sollte. Er konnte nicht behaupten, dass ihn alle mochten, die ihn kennenlernten, aber ebenso wenig konnte er sich anders als mit dem Joslyn-Vermögen erklären, was jemanden dazu verleiten sollte, ihn zu ermorden. Was wiederum zu einer sehr kurzen Liste mit Verdächtigen führte …

Mathew, Thomas, Simon. In verschiedener Weise würde jeder von ihnen durch seinen Tod gewinnen. Mathew würde alles erben, was er immer schon als ihm zustehend angesehen hatte; Thomas würde der nächste Erbe werden, was zwar, wie Barnaby zugeben musste, ein wenig überzeugendes Motiv für einen Mord, aber auch nicht einfach von der Hand zu weisen war – was war schon ein Mord mehr, wenn ein Vermögen auf dem Spiel stand? Und Simon … Barnaby runzelte die Stirn. Was würde Simon gewinnen? Ihm wollte kein Vorteil für Simon einfallen, außer, dass er dadurch dem Titel eine Stufe näher rücken würde, aber das war ein noch schwächerer Grund als bei Thomas. Drei Personen zu töten, um erben zu können, schien ein bisschen weit hergeholt, aber wenn er bereit war zu akzeptieren, dass

Thomas zwei Menschen töten würde, warum Simon dann nicht drei ... Das Einzige, was Barnaby sicher wusste, war, dass irgendjemand seinen Tod wollte.

Gedanken an den Tod lenkten seine Gedanken zu seinem Halbbruder Lucien. Emilys Entführung am Tag zuvor hatte vorübergehend alle ernsthaften Überlegungen zu Luciens Schicksal verhindert, aber nachdem er seine Angelegenheiten soweit geklärt hatte, hatte Barnaby nun auch die Zeit, über Luciens Lage nachzudenken. Bei dem Chaos und der Rohheit, die in Frankreich momentan entfesselt waren, fragte er sich nicht ohne Sorge, ob Lucien denn überhaupt noch am Leben war. Barnaby hatte seinen Halbbruder gewarnt, dass diese Reise nach Frankreich Torheit sei, aber Luc hatte nicht auf ihn hören wollen – oder auf Lamb – und war unbekümmert nach Europa aufgebrochen, entschlossen, etwaige Überlebende der Familie seiner Mutter zu finden.

Die Nachricht vom Tod König Ludwigs XVI. hatte Barnaby erschüttert – Frankreich war ein Land, das kurz davor stand, in noch mehr Gewalttätigkeit zu versinken, und Luc steckte irgendwo in der Mitte des Wahnsinns. Müde fuhr sich Barnaby mit einer Hand übers Gesicht und gestand sich schließlich ein, dass ihm nichts anderes übrig blieb, als selbst nach Frankreich zu reisen und seinen Halbbruder zu suchen.

Am nächsten Morgen würde er mit Lamb über Luc sprechen; wenn er an Emily und sein eigenes Glück dachte, kamen ihm Schuldgefühle. Wie sollte er glücklich sein, wenn er wusste, dass Luc ihn brauchte? Wie sollte er in einer Zeit wie dieser Emily allein lassen? Aber welche Wahl blieb ihm? Er konnte Lucs Schwierigkeiten so wenig ignorieren, wie er Emily Ainsworths boshaften Plänen hatte ausliefern können. Er holte tief Luft und wusste, was er tun musste: Sobald Jeb heimkehrte, würde er mit ihm darüber reden müssen, noch einmal nach Frankreich zu segeln, dieses Mal aber mit einem Passagier an Bord, den er dort lassen musste …

Barnaby schnitt eine Grimasse und gestand sich ein, dass Mathew am Ende doch Titel und Vermögen wesentlich früher erben würde, als zu erwarten war – vor allem, wenn er in Frankreich sein Leben ließe bei einer Mission, die sich am Ende sehr wohl als vergeblich erweisen konnte: einen undankbaren Taugenichts aufzuspüren und zu retten. Sein Herz tat weh, wenn er nur daran dachte, Emily zu verlassen, aber er konnte Luc nicht einfach im Stich lassen. Verflixt!

Nachdem er sich mehrmals im Bett von der einen auf die andere Seite gewälzt hatte, gab er es schließlich auf, Schlaf zu finden; er stand auf, streifte sich seinen dunkelblauen Morgenmantel über und durchquerte das Zimmer. Vor dem riesigen Kamin standen ein paar weich gepolsterte Stühle an einem Mahagonitisch, und auf einen davon ließ er sich fallen. Das Feuer glühte noch, und so saß er da und starrte in die orangen und gelben Kohlestückchen, während er seine unangenehmen Gedanken unter Kontrolle zu bekommen versuchte.

Aber vergebens. Sobald er die schmerzlichen Bilder von Lucs leblosem Körper oder Emily an seinem eigenen Grab beiseitegeschoben hatte, musste er wieder an Ainsworth denken, wie er tot zu seinen Füßen gelegen hatte. Er zog die Brauen zusammen und überlegte, was er anders hätte machen können, wie er mit der Situation anders hätte umgehen sollen. Jeffery mit Ainsworths Leiche allein zu lassen, war vermutlich nicht das Klügste gewesen, aber er hatte Emily von dort wegschaffen und sicher nach *Windmere* bringen müssen; wenigstens war das seine größte Sorge gewesen. Rückblickend erkannte er, dass die Entscheidung, die Aufgabe, die Leiche loszuwerden, in Jefferys Hände zu legen, sich rächen könnte.

Die Wahrscheinlichkeit, dass er morgen früh aufwachen würde und wegen des Mordes an Ainsworth verhaftet würde, war gering, aber Barnaby traute dem rückgratlosen Cousin von Emily durchaus zu, alles gründlich zu verpfuschen. Auf der anderen Seite, erinnerte er sich mürrisch, verfügte Jeffery über einen ausgeprägten Selbsterhaltungstrieb …

Barnaby dachte immer noch über das Jeffery-Ainsworth-Problem nach, als er am nächsten Morgen aufstand. Als Lamb ihm beim Anziehen seines rostroten Rockes aus feinster Wolle behilflich war, sagte Barnaby:

»Wir hätten doch inzwischen irgendetwas wegen Ainsworth hören müssen, oder? Ein Todesfall auf dem Land, besonders unter so verdächtigen Umständen, muss Gerede nach sich ziehen.« Er blickte Lamb an:

»Du hast in der Küche nichts gehört?«

Lamb schüttelte den Kopf.

»Alles, worüber unten geredet wird, ist deine Verlobung. Alle, außer vielleicht Peckham, sind hellauf begeistert wegen deiner Wahl. Deine Miss Emily ist überaus beliebt und genießt höchstes Ansehen; die meisten freuen sich für sie.« Er grinste.

»Du bist in der Meinung deiner Leute aufgestiegen, weil du genug Verstand bewiesen hast, dir Miss Emily als Braut zu erwählen, sodass du, obgleich Amerikaner, schließlich doch ein guter Kerl sein musst.«

Barnaby schmunzelte.

»Nun, man tut doch alles, damit die Dienerschaft zufrieden ist.«

»Und du selbst?«, fragte Lamb und schaute Barnaby forschend an, »bist du glücklich?«

Barnaby klopfte ihm auf die Schulter.

»Ja, mein Alter, ich bin glücklich.« Als Lamb ihn weiter mit hochgezogenen Brauen anschaute, fragte er:

»Sag jetzt aber nicht, dass du in Mathews Lager gewechselt bist und meine Entscheidung nicht gutheißt?«

Lamb lächelte.

»Nein. Wenn sie die Braut ist, die du dir ausgesucht hast, dann kann ich dir nur Glück wünschen.«

Es war nicht die glühende Begeisterung, die Barnaby sich gewünscht hätte, aber es würde reichen. Er vermutete, dass Lambs Vorbehalte mehr mit Jeffery zu tun hatten als mit Emily, was ihn wieder an das Jeffery-Ainsworth-Problem erinnerte. Er runzelte die Stirn.

Beinahe, als hätte er Barnabys Gedanken gelesen, sagte Lamb langsam:

»Ich denke, es wäre nicht verkehrt, wenn ich kurz ins Dorf reiten würde, um herauszufinden, ob es etwas zu Ainsworth zu erfahren gibt. Wie du schon gesagt hast, irgendetwas hätte inzwischen zu uns dringen müssen.« Er schnitt eine Grimasse.

»Es sei denn, Jeffery hat Ainsworths Leichnam bei dem anderen Kerl verscharrt und behauptet einfach, Ainsworth sei davongeritten, ohne irgendjemandem etwas zu sagen.«

»Sicherlich ist er nicht so dumm!«

Jeffery war überhaupt nicht dumm, wie sie bald genug herausfanden.

Mit Barnabys Segen war Lamb ins Dorf geritten, um eine Stunde oder zwei in der *Krone* bei Mrs Gilbert und der einen oder anderen ihrer hübschen Töchter zu verbringen. Schließlich, so sagte er sich, als er sein Pferd vor dem Gasthof festband, gab es keinen Grund, warum man nicht das Angenehme mit dem Nützlichen verbinden sollte. Er betrat die Schankstube und blickte sich um; es war Samstagnachmittag, und außer ein paar alten Fischern an einem der Tische und zwei Töchtern der Wirtin hinter der langen Theke befand sich niemand sonst dort. Kaum hatte er in einer ruhigen Ecke Platz genommen und war von der lächelnden Flora mit einem Krug Ale versorgt worden, als auch schon Mrs Gilbert erschien und sich ihm gegenüber setzte.

»Schlimme Neuigkeiten, das mit dem armen Mr Ainsworth, nicht wahr?«

Er hatte gerade von seinem Krug trinken wollen, aber nun stellte Lamb das Ale ab und fragte vorsichtig:

»Und was für Neuigkeiten sind das?«

»Nun, wie es scheint, haben er und der Squire am Donnerstag in Newhaven zu tief ins Glas geschaut und haben sich auf dem Heimweg verirrt. Gemäß dem, was der Squire erzählt hat, hat er im Dunkeln und so betrunken, wie er war, die Abzweigung nach *The Birches* verpasst. Allem Anschein nach sind sie in der Nähe der Klippen von den Sieben Schwestern gelandet. Da Mr Ainsworth sich erleichtern musste, ist er vom Pferd gestiegen und trotz der Warnung des Squire zu dicht an den Rand der Klippen geraten.« Mit ausdrucksloser Stimme fuhr sie fort:

»Der arme Mann ist von der Klippe gestürzt und ins Meer gespült worden. Die Leute im Dorf sagen, es sei drei Uhr morgens am Freitag gewesen, als der Squire es endlich bis zum Haus des Dorfpolizisten geschafft hatte, um den Unfall zu melden. Natürlich wurde sogleich eine Suche eingeleitet, aber … der Konstabler denkt, der Mann ist bei dem Sturz umgekommen. Selbst wenn man ihn gleich gefunden hätte, hätte man ihm nicht helfen können.« Sie erschauerte.

»Ainsworths Leichnam wurde heute Morgen erst auf einem Stück Kiesstrand nicht weit von hier gefunden – sie sagen, die See und die Felsen hätten ihn übel zugerichtet … so hört man wenigstens.«

Lambs Augen erwiderten ihren Blick ohne Blinzeln.

»Nun, das ist aber wirklich eine tragische Entwicklung«, erklärte er bedächtig, und dachte insgeheim, dass Jeffery zwar nicht besser als Schweinemist war, aber immerhin geistesgegenwärtig. Unter Berücksichtigung der Lage entschied Lamb, dass es seinen Zweck erfüllte und zudem einen plausiblen Grund lieferte, warum Emilys Cousin gestern Abend nicht auf *Windmere* gewesen war. Lamb hatte angenommen, dass die Nachricht von der Verlobung bereits das Dorf erreicht hätte, aber das schien nicht der Fall zu sein. Er rieb sich das Kinn.

»Es ist schade, dass das ausgerechnet jetzt geschehen musste, wo Miss Emilys Glück eigentlich ungetrübt sein sollte.«

Mrs Gilbert sah ihn scharf an.

»Was ist mit Miss Emily?«

Lamb lehnte sich zurück und sagte mit leuchtenden blauen Augen:

»Nun, nur, dass Seine Lordschaft gestern Abend auf *Windmere* seine Verlobung mit Miss Emily bekannt gegeben hat.«

Kapitel 16

Mrs Gilbert ließ einen so lauten Freudenschrei hören, dass alle ihre fünf Töchter von überall herbeigelaufen kamen. Ihre hübschen Gesichter zeigten sorgenvolle Mienen, als sie sich um ihre Mutter scharten.

»Was ist denn, Ma?«, rief Faith.

»Ach, nur die beste Nachricht seit Jahrzehnten«, antwortete Mrs Gilbert. Lächelnd teilte sie ihren Töchtern mit:

»Mr Lamb hat mir gerade berichtet, dass Lord Joslyn unsere Miss Emily heiraten wird.«

Auf diese Äußerung folgten weitere Freudenrufe und Lachen; die Wangen der Mädchen waren gerötet vor Freude, und ihre blauen Augen funkelten fröhlich, während sie Lamb mit Fragen überhäuften. Umringt von jungen Frauen, die ihn bestürmten, gab Lamb sein Bestes, ihre Neugier zu befriedigen, er genoss es, im Zentrum all dieser weiblichen Aufmerksamkeit zu stehen. Sie waren alle so aufrichtig glücklich über die Verlobung und schienen Emily wirklich gern zu haben, dass seine Vorbehalte gegenüber der Familie verblassten. Vielleicht hatte Barnaby recht, wenn er sagte, er vertraue ihnen.

Lamb war höchst zufrieden mit sich, als er nach *Windmere* zurückritt. Die Nachricht von Emilys Verlobung mit Joslyn verbreitete sich wie ein Lauffeuer und ersetzte den tragischen Unfalltod von Ainsworth als Hauptgesprächsthema. Er musste Emilys Cousin zugestehen, dass er sich eine glaubhafte Geschichte ausgedacht hatte, wie Ainsworth zu

Tode gekommen war, die gleichzeitig auch noch die Anzeichen von Gewalteinwirkung erklärte, die gegebenenfalls bemerkt worden wären. Abgesehen von geschulten Augen, die nach so etwas gezielt Ausschau hielten, würde niemandem die tödliche Stichwunde auffallen unter all den Spuren von Felsen und Salzwasser, die dem Leichnam zugesetzt hatten, bevor er an Land gespült wurde.

Jeffery blieb jedoch ein Problem, und Lamb rechnete fest damit, dass er sich bei nächster Gelegenheit als Erpresser versuchen würde.

Lamb hatte recht. Während er sich im Dorf aufhielt, hatte Barnaby eine sehr herzliche Unterredung mit Cornelia und Emily in seinem Arbeitszimmer, bevor er die beiden Damen nach *The Birches* zurückbrachte. Nachdem das empfindliche Thema Geld geregelt worden war und Barnaby eine Nachricht verfasst und mit einem Lakaien nach London zu seinem Anwalt geschickt hatte, damit der die notwendigen Papiere aufsetzte, waren sie zum Aufbruch bereit. Sobald Cornelia und Emily in der Kutsche saßen, begleitete er sie auf Satan, einem schwarzen Hengst, der ihm in den ausgedehnten Stallungen von *Windmere* aufgefallen war.

Walker begrüßte sie vor dem Haus, als die Kutsche anhielt. Seine Miene verriet nichts, als er sie über den schockierenden Unfall von dem armen Mr Ainsworth informierte.

»Der Herr«, erklärte er ausdruckslos, »ist völlig am Boden zerstört.«

»Nun, vielleicht werden ihn unsere Neuigkeiten aufheitern«, entgegnete Barnaby in trockenem Ton, während er den Damen ins Haus folgte.

Walker schaute rasch zu ihm.

»Neuigkeiten, Mylord?«, fragte er.

Unfähig, es länger für sich zu behalten, lachte Cornelia.

»Miss Emily ist mit Seiner Lordschaft verlobt. Sie wollen heiraten, sobald das Aufgebot verlesen ist.«

Nur jahrelange Übung verhalf Walker zu der Selbstbeherrschung, nicht durch die Halle zu tanzen und laute Freudenschreie auszustoßen, wie es Mrs Gilbert getan hatte. Das breite Lächeln, das sein ganzes Gesicht aufstrahlen ließ, verriet genug. Erfreut erklärte er:

»Miss Emily, Mylord, meinen herzlichen Glückwunsch.«

»Danke«, antwortete Emily und lächelte ebenfalls. Mit einem Zwinkern fügte sie hinzu:

»Und ja, Sie haben die Erlaubnis, es den anderen zu sagen.«

Während Walker den Damen beim Ablegen ihrer Umhänge half und Barnaby die Reithandschuhe abnahm, luden zwei stämmige Diener aus *Windmere* die Reisetruhen und Hutschachteln aus der Kutsche aus und brachten sie in die Eingangshalle.

Cornelia, die vor ihm ging, sagte zu Walker:

»Bitte zeigen Sie ihnen, wohin das Gepäck kommt.« Sie lächelte breit und fügte hinzu:

»Und danach dürfen Sie etwas von dem Champagner hochholen, der noch vom alten Squire im Weinkeller eingelagert worden ist, und ihn in den Grünen Salon bringen.« Mit leisem Spott bemerkte sie:

»Vermutlich wäre es nicht verkehrt, den Squire wissen zu lassen, dass wir zu Hause sind und uns im Grünen Salon aufhalten.«

Sie betraten den Salon, wo Cornelia sich auf dem hellgrünen Damastsofa niederließ, während Emily auf einem zierlichen Stuhl mit vergoldeten Schnitzereien in der Nähe Platz nahm. Barnaby stellte sich an den Kamin, gegenüber von den Damen.

Barnaby runzelte die Stirn.

»Ich weiß, ihr musstet herkommen, aber ich bin nicht glücklich darüber.«

»Ach, das sind völlig unbegründete Sorgen«, wies Cornelia ihn zurecht.

»Es war schließlich Ainsworth, von dem die Gefahr ausging, nicht Jeffery. Emily wird hier völlig sicher sein, da wir uns nicht länger wegen Ainsworth grämen müssen.« Ihre Augen wurden hart.

»Emily und ich kommen mit meinem verweichlichten Neffen schon klar. Daran brauchen Sie nicht zu zweifeln.«

Barnaby sah nicht überzeugt aus. Emily stand von ihrem Stuhl auf, trat zu ihm und legte ihm eine Hand auf den Arm.

»Meine Großtante hat recht«, sagte sie und lächelte ihn an.

»Seit dem Tod meines Vaters ist es uns gelungen, mit ihm zurechtzukommen, ohne einander umzubringen – er tönt gerne herum, aber es ist wenig dahinter. Jeffery ist ein lästiges Ärgernis, aber er ist nicht gefährlich.«

»Ich hoffe ernsthaft, dass du weißt, wovon du sprichst«, erwiderte Barnaby. Sein Blick glitt liebevoll über ihr Gesicht, und er sagte:

»Wenn du auch nur den Anflug einer Sorge verspürst, schicke mir unverzüglich eine Nachricht, ja?«

Die Tür öffnete sich, und Jeffery kam herein, nachdem er durch Walker von ihrer Ankunft unterrichtet worden war. Joslyn wusste, was für ein erbärmlicher Feigling er war, und Jeffery zuckte innerlich zusammen, als er daran dachte, wie er im Stall geheult hatte. Was Emily und Cornelia anging … Er schluckte. Ihre Mienen ließen keinen Zweifel daran, dass seine weiblichen Verwandten ihn verachteten wegen dessen, was geschehen war. Oder beinahe geschehen wäre. *Aber es war nicht meine Schuld*, dachte er selbstgerecht. Wenn Anne fügsamer gewesen wäre oder Emily sich Ainsworth gegenüber nicht so abweisend verhalten hätte, wäre nichts von alledem passiert. *Wenn irgendjemand dafür verantwortlich zu machen ist*, entschied er boshaft, *dann meine niederträchtige Großtante*. Sie hätte schließlich Anne ermutigen können, Ainsworth in einem günstigeren Licht zu betrachten, oder Emily darauf hinweisen können, was für eine vorteilhafte Verbindung Ainsworth wäre. Aber hatte sie das getan? Nein! Die alte Hexe hatte die beiden jüngeren Frauen gegen den armen Ainsworth aufgehetzt. Und Ainsworth ... Er erschauerte, als ihm wieder einfiel, wie Ainsworth tot und blutverschmiert auf dem Boden im Bauernhaus gelegen hatte.

Wenn er daran dachte, was er hatte tun müssen, um den Leichnam loszuwerden, übermannte ihn das Gefühl, schlecht behandelt worden zu sein. Man denke sich nur, Joslyn und sein aufgeblasener Diener waren einfach davongeritten und hatten ihn allein mit der Aufgabe zurückgelassen, den Leichnam verschwinden zu lassen. Was für Ängste er hatte ausstehen müssen! Und anstrengend war es auch gewesen. Eine Leiche ohne Hilfe auf ein Pferd zu hieven war nicht leicht zu bewerkstelligen. Und dann hatte er das nervöse Tier mit seiner gruseligen Last durch die Nacht führen müssen ... Er hatte die ganze Zeit über schreckliche Angst gehabt, entdeckt zu werden, und war so erleichtert gewesen, als er den Leichnam dann endlich über die Klippen hatte stoßen können ...

Er warf Barnaby einen rachsüchtigen Blick zu. Es wäre Joslyn recht geschehen, wenn er unverzüglich zum Haus des Konstablers geritten wäre und den Mord gemeldet hätte. Bitter gestand sich Jeffery ein, dass er, wenn er es auch nur einen Moment lang für möglich gehalten hätte, dass irgendwer glauben würde, dass Viscount Joslyn Ainsworth umgebracht hatte, sofort mit dem Finger auf ihn gezeigt hätte. Aber auch wenn Jeffery selbstsüchtig, habgierig und eitel war, er war bestimmt nicht dumm. Joslyn hatte die Lage schon richtig eingeschätzt: Niemand würde ernsthaft in Erwägung ziehen, dass der Viscount Ainsworth getötet hatte, und am Ende hätte sich Jeffery selbst auf dem Schafott wiedergefunden, des Mordes bezichtigt. Es war einfach nicht fair.

»Ah, Jeffery«, begrüßte ihn Cornelia mit trügerisch weicher Stimme und unterbrach damit seine Überlegungen, »wie freundlich von dir, uns Gesellschaft zu leisten.« Mit leuchtenden Augen verkündete sie:

»Wir haben Neuigkeiten für dich.«

Misstrauisch betrachtete Jeffery sie.

»Oh? Und, welche wären das?«

»Ach, nur«, antwortete Barnaby, »dass Ihre Cousine mir die Ehre erwiesen hat, meinen Heiratsantrag anzunehmen.«

»In drei Wochen schon ist Hochzeit – sobald das Aufgebot verlesen ist«, erklärte Cornelia fröhlich.

Jeffery starrte sie verdutzt an. Emily heiratete Joslyn! Sein Wunsch hatte sich erfüllt. Mit Visionen von Joslyns Gold vor seinem geistigen Auge hob sich seine Stimmung sogleich.

»Bei Zeus!«, rief er lächelnd, »das sind wahrhaft gute Neuigkeiten. Meinen Glückwunsch, euch beiden.«

Emily drohte er spielerisch mit dem Finger.

»Was für ein listiges kleines Kätzchen du bist«, bemerkte er schelmisch.

»Wenn ich auch nur die geringste Ahnung gehabt hätte, dass du und Joslyn … dann hätte ich nie …« Er brach ab, erkannte, wie gefährlich es war, diesen Weg weiterzuverfolgen.

»Nun«, sprach er etwas lahmer weiter, »das schreit förmlich nach einer Feier.«

Wie aufs Stichwort klopfte Walker und kam mit einem Silbertablett ins Zimmer, auf dem zwei entkorkte Champagnerflaschen standen und mehrere schlanke Kristallkelche. Er stellte das Tablett auf einem kleinen Seidenholztischchen unweit der Tür ab und ging wieder.

Der Champagner wurde eingegossen, und Jeffery und Cornelia stießen auf die Verlobten an. Sobald sie getrunken hatten, senkte sich eine unbehagliche Stille über den Salon. Obwohl man höflich blieb, war doch klar, dass Jefferys Anwesenheit bestenfalls geduldet wurde.

Aber Jeffery ließ sich nicht durch kaltes Schweigen vertreiben – nicht ohne zuvor mit Joslyn gesprochen zu haben. Donnerlüttchen noch einmal, der Mann stand in seiner Schuld. Und er war entschlossen, diese Schuld zu kassieren.

Er stellte seinen leeren Champagnerkelch ab und sagte beherzt:

»Und nun, Mylord, wenn ich Sie kurz unter vier Augen sprechen dürfte?«

Barnaby schaute ihn kurz an.

»Warum? Ich glaube nicht, dass Sie und ich einander irgendetwas zu sagen haben, das nicht auch vor den Damen besprochen werden könnte.«

Das war kein vielversprechender Auftakt, aber Jeffery ließ sich nicht so leicht abspeisen. Nicht, wenn es um Geld ging. Mutig erklärte er:

»Nachdem Sie und meine Cousine nunmehr verlobt sind, gibt es Geschäftliches zu regeln. Vermögensanlagen und Nadelgeld und solche Sachen.«

»Das wird nicht nötig sein«, entgegnete Barnaby. »Ihre Großtante und ich haben das alles zu unserer gegenseitigen Zufriedenheit schon ausgemacht.«

Jeffery verschluckte sich fast. Von der breit lächelnden Cornelia zu Barnaby blickend, der mit versteinerter Miene dastand, erwiderte er:

»Aber … aber, das ist unmöglich! *Ich* bin das Oberhaupt der Familie!« Er deutete auf Cornelia und erklärte:

»Sie ist nur eine alte *Frau*. Was weiß sie schon über Finanzen?«

»Als Frau weiß ich ganz genau, was nötig ist, um Emilys Zukunft abzusichern – und ihr Geld vor dir und deinesgleichen in Sicherheit zu bringen«, erwiderte Cornelia mit zuckersüßer Stimme.

»Seine Lordschaft und ich haben uns heute Vormittag bereits getroffen und sind uns mit Emilys Zustimmung einig geworden.« Mit eiskalten Augen fügte sie hinzu:

»Emily wird sich nie Sorgen machen müssen, dass sie sich wieder hilflos und mittellos wiederfindet – und du wirst niemals deine Hände auf irgendeinen Teil von dem Geld legen können, das Joslyn für sie anlegt.«

Jefferys Gesicht war weiß vor Wut, als er von Barnaby zu wissen verlangte:

»Stimmt das, Mylord?«

»Ja.«

Jefferys Hände ballten sich zu Fäusten, und wutbebend erklärte er:

»Nun gut. Dann wollen wir einmal offen miteinander reden. Ich denke, ihr vergesst, dass ich weiß, wer Ainsworth getötet hat.« Er kicherte gehässig. »Ich frage mich, was der Konstabler wohl sagen würde, wenn ich zu ihm ginge und ihm erzählte, was sich wirklich am Donnerstagabend auf dem Godart-Anwesen zugetragen hat.«

Barnaby wirkte erstaunt.

»Auf dem Godart-Anwesen? Ich glaube, ich kenne den Ort gar nicht.« Er sah zu Emily und Cornelia.

»Haben die Damen je davon gehört?«

Aalglatt erwiderte Emily:

»Ja, ich denke, es ist ein verlassener Bauernhof auf dem Landsitz.« Sie blickte Jeffery an, und ihre Augen glitzerten verächtlich, aber ihre Stimme klang nur neugierig, als sie fragte:

»Warum denkst du, dieses alte Gemäuer sei für Seine Lordschaft von Interesse?«

»Du weißt doch ganz genau, warum!«, schrie Jeffery, »du warst doch da!«

»Nein, ich denke, da irrst du«, erwiderte Emily sanft. Sie lächelte Barnaby verliebt zu.

»Ich war Donnerstag viel zu sehr damit beschäftigt, mir von Lord Joslyn den Hof machen zu lassen, als eine verlassene Farm zu besuchen.« Ihr Blick kehrte zu Jefferys dunkelrot angelaufenem Gesicht zurück.

»Alle können bezeugen, dass Seine Lordschaft und ich die ganze Zeit über hier zusammen waren, bis wir nach *Windmere* aufgebrochen sind, und dass wir nie auch nur in der Nähe des Hofes waren.« Verwundert erkundigte sie sich:

»Bist du sicher, dass der Verlust deines Freundes dir nicht am Ende den Verstand verwirrt hat?«

»Mein Verstand«, antwortete Jeffery zornig, »ist nicht verwirrt!« Erbost betrachtete er sie der Reihe nach.

»Ihr lügt! Ihr heuchelt alle Unschuld!«

»Beweise es«, forderte ihn Cornelia heraus.

Das konnte er natürlich nicht. Erbittert und wütend stieß er hervor:

»Das ist unerträglich!«

»Was unerträglich ist«, entgegnete Barnaby mit neutraler Stimme, »ist, dass wir Ihre Gegenwart erdulden müssen. Wenn Sie die nächsten paar Wochen überleben wollen, schlage ich vor, Sie lernen es, Ihre Worte vorsichtiger zu wählen und mir nach Möglichkeit nicht unter die Augen zu kommen.« Er schlenderte durchs Zimmer und blieb vor Jeffery stehen. Leise sagte er:

»Wenn ich ein Wort höre, einen noch so leisen Hinweis, dass Sie meine Braut oder Mrs Townsend mit irgendetwas anderem als größtem Respekt behandelt haben, nehme ich Sie Stück für Stück auseinander.« Er lächelte, und Jeffery stolperte ein paar Schritte rückwärts, so drohend war dieses Lächeln.

Wortlos machte er auf dem Absatz kehrt und marschierte aus dem Zimmer.

Barnaby blickte die beiden Damen an. Mit hochgezogenen Brauen fragte er:

»Und, wird er etwas anderes versuchen?«

Emily verzog das Gesicht.

»Sobald er seinen Ärger überwunden hat, wird er versuchen, dir auf andere Weise das Geld aus der Tasche zu ziehen – auf die eine oder andere Weise.« Sie runzelte die Stirn. »Jeffery ist nicht sonderlich erfinderisch«, sagte sie langsam, »und ich denke, dass er sich darauf beschränken wird, irgendwie dafür zu sorgen, dass du mit ihm Mitleid hast – oder ihm verpflichtet bist.«

Barnaby lächelte.

»Mich daran erinnern, dass ich ihm etwas schulde?«

Cornelia nickte.

»Oh ja, darauf können Sie sich verlassen.«

Mit besorgter Miene fragte Emily:

»Bist du sicher, dass du in eine Familie einheiraten willst, die jemanden wie ihn in ihren Reihen hat?«

Barnaby drehte sich um und kam zu ihr zurück, zog ihre Hand an seine Lippen und drückte einen Kuss darauf. Sein Blick glitt liebevoll über ihr Gesicht.

»Versuch mich doch davon abzuhalten.«

Das Dinner mit dem Vikar und seiner Familie am Vorabend hatte etwaigen Plänen von Mathew, die Verlobung doch noch zu verhindern, ein jähes Ende bereitet, und er hatte sich auch damit abgefunden, dass nur noch himmlisches Eingreifen die Ehe verhindern konnte. Nach dem Abendessen am Samstag suchte er Barnaby auf, um ungestört mit ihm zu reden. Er fand seinen Gastgeber in der Bibliothek, wo er gerade ein Buch durchblätterte, und sagte steif:

»Unser Besuch hier war ereignisreich, aber nachdem morgen das Aufgebot verlesen worden ist, werden Tom und ich nach *Monks Abbey* zurückkehren. Zur Hochzeit kommen wir dann natürlich wieder her.«

»Simon nicht?«, erkundigte sich Barnaby mit hochgezogenen Brauen.

Mathew grinste.

»Simon genießt das ganze Spektakel und sieht keinen Grund zur Abreise.«

Barnaby lachte.

»Warum überrascht mich das nicht?« Wieder ernüchtert fügte er hinzu:

»Du weißt, dass ihr alle auf *Windmere* jederzeit willkommen seid und dass es keinen Grund gibt, überstürzt aufzubrechen, wenn ihr nicht wollt.«

Mathew musterte Barnabys Gesicht einen Moment lang, suchte nach Anzeichen von Unaufrichtigkeit. Als er keine entdecken konnte, bemerkte er kühl:

»Du bist ein wesentlich besserer Mensch als ich. Wenn unsere Rollen andersherum verteilt wären, würde ich dich zum Teufel wünschen.«

»Wie ich dich zuerst«, räumte Barnaby lächelnd ein, »aber ich bin inzwischen milder geworden.«

»Vielleicht in einem oder zwei Jahrzehnten«, erwiderte Mathew, »werde ich in der Lage sein, dasselbe zu sagen.«

Barnaby lachte.

»Lass uns hoffen, dass es früher sein wird.«

Mit dem Anflug eines Lächelns in den blauen Augen verließ Mathew den Raum, sagte halblaut: »Darauf würde ich nicht mit angehaltenem Atem warten.«

Barnaby stand nachdenklich da, nachdem Mathew das Zimmer verlassen hatte. Er hatte nichts gegen den Besuch von seinen Cousins gehabt, aber es würde ihn auch nicht betrüben, sie abreisen zu sehen – besonders Mathew und Thomas. Ihre kaum verhohlene Feindseligkeit war ermüdend. Simon schien es nicht zu stören, dass sein älterer Bruder den Titel und ein Vermögen verloren hatte. Allerdings wunderte sich Barnaby darüber. War Simon so, wie er zu sein schien? Er mochte Simon gerne, aber sein Wunsch, hier zu bleiben, weckte ein paar Fragen in ihm. Blieb er hier, um ein Auge auf ihn zu haben? Oder um einen erneuten Anschlag auf ihn zu verüben? Oder nur um Mathew zu ärgern? Barnaby lächelte. Vermutlich Letzteres.

Später an dem Abend, während sie allein in seinem Ankleidezimmer waren, fragte Barnaby Lamb:

»Hast du schon gehört, dass Mathew und Thomas morgen nach der Kirche nach *Monks Abbey* zurückkehren? Und dass Simon hierbleibt?«

Lamb, der gerade Barnabys pflaumenblauen Rock in einen der massiven Mahagoni-Schränke hängte, blickte über seine Schulter und antwortete.

»Ja. In der Küche wurde heute Abend davon gesprochen.«

Barnaby hatte das erwartet – die Dienstboten hatten vermutlich noch vor ihm selbst von Mathews und Toms Plänen gewusst, überlegte er leicht amüsiert.

»Warum, glaubst du, bleibt Simon?«, wollte er wissen und lockerte den Knoten seines Halstuches.

»Ich würde mein Geld darauf setzen, dass er seine Brüder ärgern will«, antwortete Lamb.

»Genau, was ich denke«, sagte Barnaby mit einem Lachen. Dann erkundigte er sich beiläufig:

»Denkst du, dass Simon hinter den Anschlägen auf mich stecken könnte?«

»Du etwa?«, wollte Lamb wissen und zog die Brauen zusammen.

»Nein, es scheint mir ziemlich weit hergeholt. Aber es wundert mich, dass er nicht mit nach *Monks Abbey* geht. Mir kam es sonst immer so vor, als ob die Brüder dazu neigten, alles gemeinsam zu machen.«

»Da irrst du dich«, bemerkte Lamb. »Laut Gerede der Dienstboten hält sich Simon nur selten auf *Monks Abbey* auf, und er ist nur ab und zu in Gesellschaft seiner beiden Brüder.« Lamb zögerte.

»Sein Kammerdiener Leighton ist ein netter junger Mann«, teilte er Barnaby schließlich mit, »dessen Hauptschwäche ein Hang zur Flasche ist und eine lockere Zunge. Seinen Aussagen nach ist die Abneigung zwischen Thomas und Simon echt – sie können einander nicht ausstehen.«

»Also bleibt Simon vermutlich wirklich, um Tom und Mathew gleichermaßen zu ärgern«, sagte Barnaby.

»Das würde ich auch so sehen.«

Barnaby stimmte zu, schlüpfte aus seiner Seidenweste und reichte das Kleidungsstück an Lamb weiter. Sein Tag war voll gewesen, und wenn er auch lieber über Emilys Reize nachgesonnen hätte, so hatte er immer wieder an Luc denken müssen. Er knöpfte sein Hemd auf und sagte vorsichtig:

»Ich habe überlegt, was wegen Luc unternommen werden kann.«

Lamb fuhr herum und schaute ihn an, dann kniff er die Augen zu schmalen Schlitzen zusammen.

»Warum nur habe ich den Eindruck, dass mir nicht gefallen wird, was du zu sagen hast?«

Es war witzlos, lange um den heißen Brei herumzureden.

»Ich habe vor, ihn suchen zu gehen. Wenn Jeb heimkommt, werde ich ihn fragen, ob er mich nach Frankreich bringen kann.«

Mit zusammengebissenen Zähnen erklärte Lamb:

»Das ist die bei Weitem idiotischste Idee, die du je hattest. Du musst den jungen Teufel nicht vor Gefahren retten, in die er sich freiwillig und gegen den Rat aller begeben hat. Er hat sich aus freiem Willen entschieden, trotz des Risikos nach Frankreich zu gehen. Es ist nicht deine Sache, seinen Hals zu retten.«

»Du würdest ihn seinem Schicksal überlassen?«

»Nicht wenn ich glauben würde, dass ich ihn retten könnte«, erwiderte Lamb knapp. »Aber wir haben keine Ahnung, wo in Frankreich er sich aufhält oder ob er überhaupt noch am Leben ist. Soweit wir wissen, kann er genauso gut seinen hübschen Kopf bereits auf der Guillotine verloren haben.«

Barnaby zuckte zusammen.

»Danke«, erklärte er, »ich versuche dann mal, Schlaf zu finden, nachdem du so ein reizendes Bild für mich heraufbeschworen hast.«

»Ich möchte dich daran erinnern, dass du noch andere Verpflichtungen hast«, sagte Lamb.

»Andere Menschen sind von dir abhängig – praktisch jeder auf diesem Landsitz. Würdest du sie im Stich lassen wollen?« Als er Barnabys sturen Gesichtsausdruck sah, wollte er wissen:

»Was ist mit Miss Townsend? Was hast du vor? Sie am einen Tag heiraten und am nächsten gen Frankreich segeln, ohne zu wissen, wann oder gar ob du zurückkommst?«

Das war der entscheidende Punkt, räumte Barnaby ein. Wenn er daran dachte, Emily zurückzulassen, ob nun mit ihr verheiratet oder nicht, lehnte sich jede Faser seines Seins dagegen auf. Luc schuldete er Treue, gewiss, aber nicht umso mehr der Frau, die er heiraten wollte? Mit einem schmerzlichen Ausdruck in den schwarzen Augen schaute er Lamb an:

»Wie kann ich den einen für den anderen opfern?«

»Du opferst doch überhaupt niemanden!«, entfuhr es Lamb aufgebracht.

»Luc hat sich *entschieden*, sich selbst zu opfern – du hattest damit nichts zu tun – und du hast dein Möglichstes getan, ihn davon abzuhalten.« Er atmete tief durch und fügte ruhiger hinzu:

»Obwohl es Augenblicke gibt, in denen ich ihn erwürgen könnte, habe ich dennoch Gefühle für ihn – er ist mein Neffe, so wie du, und uns verbindet zudem unsere uneheliche Geburt.« Seine Züge wurden weich, und er fuhr leise fort:

»Ich möchte dich daran erinnern, dass Luc es dir nicht danken würde, wenn du dein eigenes Leben einfach so wegwirfst. Wie auch immer sein Schicksal aussieht, er würde sich wünschen, dass du deine Amazone heiratest und stramme Söhne und unerschrockene Töchter mit ihr bekommst. Und er würde dich einen Narren schimpfen, wenn du nicht genau das tust.«

Lamb hatte recht, musste Barnaby zugeben, und er konnte fast Lucs Stimme hören, mit der er ihn zurechtwies, dass er überhaupt mit dem Gedanken spielte, so unbedacht zu handeln.

»*Mon Dieu!*«, rief Lucien in seinem Kopf, und Barnaby konnte seine blauen Augen spöttisch funkeln sehen.

»Du hast die Arme einer schönen Frau verlassen, um nach mir zu suchen? Du bist ein Narr, mein kleiner Bruder. Ein

Dummkopf. Puh! Ich kann nicht glauben, dass wir denselben Vater haben. Einer von uns beiden muss ein Wechselbalg sein, und *ich* bin es nicht.«

Barnaby verdrängte die spöttische Stimme und sagte zu Lamb:

»Na gut, du hast gewonnen. Für den Augenblick lass uns hoffen, dass Lucifer seinem Namen gerecht wird und einmal mehr teuflisches Glück hat.« Mit einem gezwungenen Grinsen schob er nach:

»Und ich werde meine Gedanken auf meine Amazone richten und unsere strammen Söhne und unerschrockenen Töchter.«

Nach ihrer Heimkehr dachte Emily jedoch nicht an stramme Söhne oder unerschrockene Töchter; sie beschäftigten viel alltäglichere Dinge – beispielsweise dass ihr Leben wieder in gewohnteren Bahnen verlief. Sie hatte geglaubt, sie könnte einfach in ihre alte Routine zurückfallen, hatte dabei aber nicht bedacht, welches Aufsehen ihre Verlobung mit Lord Joslyn in der Gegend erregen würde. Sobald am Sonntagmorgen durch das Verlesen des Aufgebots die Verlobung bekannt gegeben war, musste einfach jeder, der auf sich hielt, auf *The Birches* vorsprechen und gratulieren – und natürlich ritt auch Barnaby fast jeden Tag herüber und lenkte sie mit gestohlenen Küssen und neckenden Blicken ab. Wenn Barnaby nicht in der Nähe war, verbrachte sie ihre Zeit damit, zu lächeln und all den aufgeregt plaudernden Damen freundlich zuzunicken, die zu Besuch gekommen waren. Gegen Ende der ersten Woche fühlte sich ihr Gesicht an, als ob das Lächeln permanent dort festgefroren sei. Viele ihrer Besucherinnen waren liebenswürdig, aber es gab auch neugierige Blicke, und die eine oder andere war durchaus auch unverfroren genug, Bemerkungen über die Plötzlichkeit der

Verlobung zu machen. Emily ignorierte sie entweder oder überließ es Cornelia, ihnen eine gebührende Antwort zu geben – was sie mit Hingabe tat.

Wenn Emily nicht gerade von Barnaby geneckt und verführt oder von Neugierigen belagert wurde, musste sie zur nächsten Anprobe von diesem oder jenem Kleid. Da sie zwei Saisons in London erduldet hatte, war sie fast vorbereitet auf die Unmengen Kleider, die ihre neue Rolle als Joslyns Countess erforderte, aber sie hatte nicht die unerbittliche Begeisterung ihrer Großtante berücksichtigt, die sie an den Tag legte, wenn es darum ging, eine passende Garderobe zusammenzustellen. Dass sie unbegrenzten Zugriff auf Joslyns Börse hatte, hatte ein bis dahin unbekanntes Verlangen in Cornelia entfesselt, jeden verfügbaren Schrank mit fabelhaften Gewändern für jede nur denkbare Gelegenheit zu füllen. Die Liste von Sachen, die Cornelia für absolut notwendig für Emilys hohe Stellung und ihre eigene erachtete, schien endlos.

»Schließlich«, bemerkte Cornelia mit einem listigen Lächeln, »bin ich praktisch die Brautmutter und komme damit so etwas wie einer Schwiegermutter für ihn recht nah. Der Viscount würde nicht wollen, dass ich in Lumpen gehe.« Dann kam ihr ein Gedanke.

»Oh ja, Anne! Anne muss auch bis zur Hochzeit ein paar neue Kleider bekommen.«

Während der vergangenen Woche hatte ein reger Briefwechsel zwischen *The Birches* und *Parkham House* geherrscht. Nach Ainsworths Tod gab es keinen zwingenden Grund mehr für Anne, auf *Parkham House* zu bleiben, aber da Hugh und seine Mutter an der Hochzeit teilnehmen würden, einigte man sich darauf, dass sie warten und dann mit ihnen kommen würde. Hughs Mutter löste das Problem mit den neuen Kleidern, indem sie vorschlug, Anne könne ihre Näherin nehmen. Von Cornelia darüber unterrichtet, kümmerte sich Barnaby darum, dass Anne eine großzügige Summe Geld zur Verfügung stand.

Mit einem belustigten Funkeln in den Augen fragte er Cornelia, als er die Anweisung für die Geldsendung schrieb:

»Und, macht es Spaß, mein Geld auszugeben?«

Cornelia erwiderte augenzwinkernd:

»Ungemein!«

Auf ihre dringende Bitte hin war eine namhafte Modistin aus London auf *The Birches* eingetroffen – zusammen mit einer Kutschenladung Stoffe und anderer Materialien. Martha Webber bat trotz ihrer von der Gicht gekrümmten Finger darum, beim Anfertigen der Garderobe für die liebe Miss Emily helfen zu dürfen, und Emily konnte sich nicht dazu durchringen, das Flehen in den verblassten Augen zu ignorieren. So kam es, dass die alte Dame und ihre Schwester in einem der Zimmer in der Nähe der Modistin untergebracht wurden. Die Ankunft von zwei jungen Näherinnen aus London ließ die Zahl der Frauen, die mit der Garderobe befasst waren, weiter anschwellen.

Zu den neugierigen Besucherinnen und den Anproben, dem Umstand, dass die Hochzeit selbst unaufhörlich näher rückte und Emily mit den alltäglichen Arbeiten auf *The Birches* alle Hände voll zu tun hatte – und vom Schmuggel ganz zu schweigen –, kam noch die Tatsache, dass das Ablammen unmittelbar bevorstand. Sie hatte schon zwei Nächte bis in die frühen Morgenstunden mit dem alten Schäfer Loren im Stall verbracht. Ein älteres Mutterschaf und ihre Steißgeburt, einen recht großen Schafbock, hatten sie retten können, aber in einer stürmischen Nacht am letzten Tag des Januars verloren sie ein junges Schaf und die beiden Lämmer, mit denen es trächtig gewesen war. Dann war da auch noch die Dinnergesellschaft und der Ball von Joslyn, die für den folgenden Samstag geplant waren; das würde ihr erster offizieller Auftritt auf *Windmere* als seine Braut sein.

Emily hatte eigentlich gehofft, dass nach dem zweiten Verlesen des Aufgebotes das Interesse an ihrer Verlobung nachlassen würde, aber das war nicht der Fall. Wenn überhaupt, dann rückte die in zehn Tagen anstehende Vermählung eher nur mehr in den Mittelpunkt. So gut wie jede Nacht der nächsten Woche waren sie und Joslyn zu irgendeiner Abendgesellschaft oder einem Ball eingeladen, der von den führenden Gastgeberinnen der Gegend gehalten wurde und die einander zu übertrumpfen suchten.

Am Freitagabend, nachdem er die Damen von einem Ball, den Lord und Lady Broadfoot gegeben hatten, durch heftigen Regen und Wind heimgefahren hatte, stahl sich Barnaby einen ungestörten Augenblick mit Emily, nachdem Cornelia sich auf ihre Zimmer zurückgezogen hatte. Er bemerkte die Schatten unter ihren Augen und ihre Geistesabwesenheit. Entschlossen, den Grund dafür zu erfahren, zog er sie in den Grünen Salon und wollte von ihr wissen: »Was macht dir Sorgen? Jeffery?«

Emily seufzte und sank auf das Sofa. Sie erwog kurz, alles abzustreiten, sagte dann jedoch schlicht:

»Mittlerweile müsste Jeb längst zurück sein. Er ist schon zwei Wochen fort.« Sie biss sich auf die Lippe.

»Er hat nie länger als eine Woche gebraucht, und das eine Mal lag es an einem Segel, das er nach einem Sturm ersetzen musste.«

Barnaby zog die Brauen zusammen.

»Gibt es einen Weg, wie du herausfinden kannst, ob er noch sicher in Calais ist oder ob es Schwierigkeiten mit seinem Boot auf dem Kanal gegeben hat?«

»Nicht ohne jemanden eigens hinzuschicken, der nach ihm sucht«, erklärte sie betrübt.

»Jeb und seine Mannschaft sind erfahrene Seeleute«, fügte sie hinzu, nicht nur für Barnaby, sondern auch für sich selbst. »In der Nacht, in der er aufgebrochen ist, gab es keinen Sturm, obwohl das Wasser im Ärmelkanal auch ohne Sturm gefährlich rau sein kann, sodass es möglich ist, dass es schon auf dem Hinweg Probleme gab.« Sie seufzte erneut.

»Ich kann mir nicht vorstellen, dass er mit dem Hafenmeister von Calais oder dessen Leuten aneinandergeraten ist, und wenn er Zollfahndern in die Hände gefallen sein sollte, wüssten wir das.« Sie schaute auf ihre Finger, die nervös den Stoff ihres rosa Seidenkleides zerknitterten.

»Manchmal passiert es, dass die Leute, mit denen Schmuggler handeln, ihnen auch die Kehlen durchschneiden und das Geld stehlen, statt ihnen Waren zu verkaufen.«

»Denkst du, das ist geschehen?«

Sie zuckte die Achseln.

»Am Anfang war es für uns riskanter, weil wir nicht wussten, wem wir vertrauen können, aber dieser Tage hat Jeb nur einen kleinen Kreis von Händlern, mit denen er Geschäfte macht – Männer, die nicht versuchen, ihn zu betrügen, oder wenigstens welche, von denen er hofft, dass sie ihn nicht zu übervorteilen versuchen.« Sie blickte zu ihm auf, und ihre grauen Augen spiegelten ihre Sorge wider.

»Etwas hält ihn auf, und ich fürchte, es ist nichts Gutes.«

Barnaby sehnte sich danach, sie zu trösten, aber Schmuggeln und die damit verbundenen Gefahren waren nicht sein Spezialgebiet. Außer der oberflächlichen Kenntnisse der meisten Menschen wusste er nicht viel über Schmuggel … oder von Schiffen, überlegte er unbehaglich und musste wieder an die verzweifelten Stunden denken, in denen er auf dem Ärmelkanal um sein Leben gekämpft hatte.

Er versuchte einen logischen Grund für Jebs Verspätung zu finden, und die Erinnerung an die wütenden Wellen noch frisch im Gedächtnis, schlug er vor:

»Vielleicht war die Überquerung des Kanals tatsächlich rauer als erwartet, und das Schiff wurde beschädigt. Reparaturen können eine Weile dauern.«

»Wenn das Schiff Schaden genommen hat«, erklärte sie grimmig, »dann wette ich, dass es auf Sabotage durch die Nolles-Bande zurückgeht.«

Barnaby hörte das nicht gerne, und ihm fiel wieder ein, dass er dem *Ram's Head* noch dringend einen Besuch abstatten und sich selbst ein Bild davon machen musste, wie groß die Gefahr war, die Nolles und seine Bande darstellten. Sein Blick glitt über Emilys ängstliche Züge und blieb an der weichen Linie ihres Mundes hängen. Seine Lippen zuckten. Er war allein mit seiner Verlobten, und statt sie in seine Arme zu reißen und ihr zu zeigen, wie liebreizend er sie fand, unterhielt er sich mit ihr über Schmuggler.

Er beschloss, da er das Problem von Jebs Verspätung nicht lösen konnte, sie nach Kräften abzulenken, und setzte sich neben sie. Mit den Fingern strich er ihr über die Wange und murmelte:

»Unsere Hochzeit ist in vier Tagen. Vielleicht können wir kurz alle anderen vergessen und uns auf uns selbst konzentrieren …«

Ihre Augen fanden seine, und ihr stockte der Atem angesichts der mühsam gezügelten Leidenschaft, die sie in den dunklen Tiefen seiner Augen sah. Er hatte sie in den vergangenen paar Wochen seit der Bekanntgabe ihrer Verlobung mehrmals geküsst, und ihr Körper reagierte sofort auf das Wissen, was gleich kommen würde. Ihre Brustspitzen wurden fest, und Verlangen ließ ihren Atem schneller gehen, ihre Lippen teilten sich in Vorfreude auf seinen Kuss.

Barnaby enttäuschte sie nicht. Sein Mund senkte sich hungrig auf ihren, und sie stöhnte, als als er seine Zunge zwischen ihre Lippen schob. Sie schmiegte sich an ihn, schlang ihm die Arme um den Nacken und drückte ihren Busen an seine breite Brust.

In den Tagen seit ihrer Verlobung hatte Emily eine Menge gelernt über ihren Körper und die Reaktionen, die Barnaby ihm so mühelos entlocken konnte. Sie kämpfte nicht länger gegen die Kraft an, mit der sie sich zu ihm hingezogen fühlte, genoss lieber die Hitze und süße Schwäche, die sein Kuss, seine Berührung in ihr bewirkten, und sie erwiderte seine Liebkosung mit unschuldiger Hingabe, rieb ihre Zunge an seiner und folgte seinem Beispiel, erkundete seinen Mund.

Diese viel zu kurzen Augenblicke, wenn er sie ganz für sich allein hatte, trieben Barnaby allmählich in den Wahnsinn, und jedes Mal, wenn er sie in den Armen hielt, entglitt ihm die Kontrolle ein bisschen mehr – und an diesem Abend war es nicht anders. Ihre großzügige Reaktion war alles, was er sich nur wünschen konnte, und sein Körper begann mehr zu fordern, seine Hand senkte sich auf ihre Brust, und er knetete das weiche Fleisch, zupfte an den zarten Spitzen. Benommen vor Verlangen bezwang er den Drang, sich zu nehmen, was sein war. Das Wissen, dass die Hochzeit so dicht bevorstand, ließ ihn unvorsichtig werden; er drängte sie mit dem Rücken aufs Sofa und machte sich an dem Seidenstoff zu schaffen, der bedeckte, was er so verzweifelt berühren wollte. Er beherrschte sich, das Kleid nicht einfach zu zerreißen, und knurrte zufrieden, als er endlich unter seinen Fingern ihre nackte warme Haut spürte.

So intim waren sie zuvor nie gewesen, und Emilys Herz

schlug wild, als seine Hand unter ihre Röcke glitt und an ihrem Bein empor, immer weiter, zielstrebig bis … Emily versteifte sich unwillkürlich, von wilden Empfindungen bestürmt – Verlangen, Entzücken, Vorfreude und auch Angst vor dem Unbekannten –, und dann fanden seine Finger sie … Sie erschauerte unter der schmerzlichen Süße seiner Erkundung, dem Gefühl seiner Finger, die sie so erfahren liebkosten und ihr die Sinne verwirrten.

Barnabys Lippen wurden härter, und der Wunsch, sie zur Seinen zu machen, war überwältigend. Sein geschwollenes Glied drohte seine Hosen zu sprengen, und das schier übermächtige Verlangen, Erleichterung zu finden, ließ nicht nach. Sie lag warm und reif vor ihm, und im Griff blinder Leidenschaft schoss ihm immer wieder dieselbe Frage durch den Sinn: Was schadete es?

Seine suchenden Finger glitten in sie, und Emily bäumte sich unter der Invasion auf. Er streichelte die samtige Hitze, hörte ihr leises Stöhnen, und sein eigener Körper drohte jeden Moment zu bersten – er wankte am Abgrund. Sollte er … oder sollte er nicht?

Da klopfte es an der Tür. Der Laut holte sie unsanft in die Gegenwart zurück; sie fuhren auseinander, als hätten sie sich verbrannt. Barnaby sprang auf und rief demjenigen auf der anderen Seite der Tür zu:

»Einen Moment.«

Emily richtete sich auf und begann mit flammend roten Wangen ihre Röcke in Ordnung zu bringen, etwas Zupfen hier, ein Rucken dort, und schon war sie wieder züchtig wie eine Nonne bedeckt.

Als er sah, dass sie sich wieder in der Gewalt hatte, stellte sich Barnaby an den Kamin. Er stützte sich mit einem Ellbogen auf den Sims und stand halb abgewandt, damit seine Erregung nicht so leicht zu erkennen war.

»Ja? Herein!«, rief er.

Walker kam hastig ins Zimmer.

»Miss Emily«, sagte er verzweifelt, zu aufgeregt, um irgendetwas zu bemerken, »Sie müssen rasch kommen – es hat Ärger gegeben. Jeb und die anderen sind angegriffen worden, als sie die Ladung an Land gebracht haben.«

Kapitel 17

Emily sprang auf. Es hatte Ärger gegeben? Hoffentlich war niemand zu Schaden gekommen!

»Ist jemand verletzt?«, fragte sie. Ihre Augen blitzten.

»Wie konnte das passieren? Warum, verflixt noch einmal, habe ich nichts von der Ankunft erfahren? Ich hätte dort sein sollen!«

Unglücklich erwiderte Walker:

»Sie waren doch bereits zum Ball aufgebrochen, als Mr Meek Jebs Signal erhalten hat. Alle wussten, dass heute der Broadfoot-Ball ist und Sie hingehen. Wir wussten, dass wenn Jeb heute Nacht für die Landung wählen würde, wir keine Möglichkeit hätten, Ihnen Bescheid zu geben – oder dass Sie den Ball verlassen könnten.« Er sah sie entschuldigend an.

»Da haben wir dann unter uns ausgemacht, dass wenn Jeb heute kommen wurde, wir das Loschen der Ladung und den Transport der Waren allein übernehmen würden. Wir hatten keine andere Wahl.«

»Er hat recht«, sagte Barnaby. »Du musstest heute Abend auf dem Ball sein, und außer, dass du auf dem Sterbebett liegst, wäre kein Grund für dein Fernbleiben akzeptabel gewesen.«

Das Wissen, dass Barnaby damit natürlich richtig lag, milderte ihre Schuldgefühle nicht im Geringsten; in ruhigerem Ton sagte sie zu Walker:

»Erzählen Sie mir alles.«

Walker räusperte sich.

»Als Mr Meek mit der Nachricht zu Mrs Gilbert kam, dass Jeb heute Nacht an Land gehen wollte, war sie bereit, es auch ohne Sie durchzuziehen.« Emilys Lippen wurden schmal, und er fuhr hastig fort:

»Es war ja nicht Jebs erste Landung – wir haben eine gute Mannschaft, und alle wissen, was sie zu tun haben. Es hätte vollauf gereicht, wenn Sie morgen früh erfahren hätten, dass Jeb heimgekehrt war.« Er ließ den Kopf hängen und erklärte:

»Niemand hatte damit gerechnet, dass die Nolles-Bande uns auflauern könnte.«

Mit angespannter Miene fragte Emily:

»Jeb? Mrs Gilbert? Sind sie verletzt?«

»Es gibt ein paar blutige Nasen und Schrammen«, räumte Walker ein, »aber niemand schwebt in Lebensgefahr. Aber bitte kommen Sie mit in die Küche. Jeb möchte unbedingt mit Ihnen sprechen.«

Emily eilte an Walker vorbei und lief zur Küche, Barnaby und Walker folgten ihr dicht auf den Fersen. Obwohl es inzwischen weit nach Mitternacht war, war die Küche voller Menschen.

Alice war damit beschäftigt, Jeb einen Streifen sauberes Leinen um den Kopf zu wickeln, während er auf einem Stuhl an dem sauber geschrubbten Eichentisch saß. Caleb, der ein beeindruckendes blaues Auge vorzuweisen hatte, stand neben ihm. Mrs Spalding und Jane versorgten einen Seemann aus Jebs Mannschaft, der am anderen Ende des Tisches kauerte.

Bei ihrem Eintreten versuchte Jeb aufzustehen.

»Lord Joslyn! Ich hatte nicht damit gerechnet, dass Sie um diese Uhrzeit hier sind.«

»Ich habe Miss Townsend von dem Ball nach Hause gebracht«, erwiderte Barnaby. Er bemerkte den Verband an der Seite von Jebs Kopf und wie Jeb die Tischkante umklammerte, um sein Gleichgewicht zu halten; sanft sagte er:

»Und jetzt setzen Sie sich wieder, bevor Sie umfallen, und erzählen Sie uns, was geschehen ist.«

Dankbar befolgte er Barnabys Anweisung und nahm wieder Platz. Mit einem schiefen Lächeln zu Emily erklärte er:

»Wir sind alle noch am Leben, Miss, also schimpfen Sie nicht.«

Erleichterung erfasste sie.

»Oh, Jeb! Ich hatte solche Angst! Bist du sicher, dass alles in Ordnung ist mit dir? Und mit den anderen auch?«

»Wir werden es überleben, aber es ist witzlos so zu tun, als ob wir nicht geschunden und blutig geschlagen wären. Diese Mistkerle aus Nolles' Bande sind mit ihren Holzknüppeln durchaus geschickt, außerdem waren sie uns zahlenmäßig weit überlegen. Nur Glück und göttlicher Gnade haben wir es zu verdanken, dass niemand gebrochene Knochen zu beklagen hat oder Schlimmeres. Johnny Fuller wurde bewusstlos geschlagen und hat uns einen gehörigen Schrecken eingejagt, bis wir Gelegenheit hatten, seinen Zustand genauer zu begutachten. Mrs Gilbert sagt, er wird wieder ganz der Alte. Faith hat einen hässlichen Hieb auf ihren rechten Arm erhalten, aber es ist nichts gebrochen; Mrs Gilbert selbst hat ein blaues Auge, das Calebs Konkurrenz machen könnte, und Ford eine aufgeplatzte Lippe. Einige andere haben blaue Flecken und werden Schmerzen haben – aber alles in allem hätte es schlimmer kommen können.«

Emily ließ sich auf einen Stuhl neben seinem sinken und erkundigte sich:

»Wie ist es passiert?«

»Ich habe mir schon eine Weile Sorgen gemacht, dass sie Wind von uns bekommen haben«, gestand Jeb.

»Aber weil wir so klein sind und schwerlich Konkurrenz für sie, dachte ich, sie würden uns in Ruhe lassen.« Er seufzte. »Soweit ich es mir zusammenreimen kann, müssen sie auf mein Signal gewartet oder Meeks Haus oder gar die *Krone* unter Beobachtung gehabt haben, sodass sie von der beabsichtigten Landung wussten. Sie haben sich auf uns gestürzt, sobald wir alles vom Schiff geholt und auf die Pferde geladen hatten und gerade den Strand verlassen wollten.«

»Sie waren nicht damit zufrieden, auf uns mit ihren Knüppeln einzudreschen«, schaltete sich Caleb erbost ein.

»Sie haben auch noch die gesamte Ladung gestohlen und gelacht, als sie damit abgezogen sind.«

Emily holte zitternd Luft.

»Wenigstens seid ihr alle am Leben.«

»Aye, stimmt«, sagte Jeb, »aber was tun wir jetzt?«

»Für den Augenblick erst einmal nichts«, antwortete Barnaby und stellte sich neben Emily. Eine Hand legte er ihr auf die Schulter, und die Augen auf Jeb gerichtet, fügte er hinzu:

»Ich fürchte, dass wir nach heute Nacht eine ungefährlichere Weise werden finden müssen, um euren Lebensunterhalt zu bestreiten.«

Emily verspannte sich und wäre aufgestanden, aber Barnabys Hand verhinderte das.

Jeb betrachtete ihn kühl.

»Ich will nicht unverschämt sein, Eure Lordschaft, aber Sie werden feststellen, dass die meisten von uns nicht gewillt sind, Almosen anzunehmen.«

»Wäre denn ehrliche Arbeit ein Almosen?«, fragte Barnaby.

Da sie eine gute Vorstellung davon hatte, was er im Sinn hatte, drehte sich Emily auf ihrem Stuhl zu ihm um und starrte ihn finster an.

»Du hast vielleicht einen Titel und Geld, aber du kannst ja nicht jedem in der Grafschaft Arbeit geben«, erklärte sie knapp.

Barnaby lächelte sie an.

»Ich habe nicht vor, alle anzustellen – nur die Hauptmitstreiter in deinem ... Unternehmen – und sie werden sich dann wieder um die anderen kümmern müssen.« Er sah Jeb an.

»Ich hätte mir nicht diesen Moment ausgesucht, um es anzusprechen, aber ich möchte die Joslyn-Jacht ersetzen. Sie ist ... äh, verschwunden. Da ich vom Segeln herzlich wenig Ahnung habe, brauche ich einen vertrauenswürdigen Kapitän und eine kleine Mannschaft, Männer seiner Wahl. Die Heuer wird gerecht und großzügig sein. Kennen Sie vielleicht jemanden, der daran interessiert wäre?«

Jeb nickte und rieb sich das Kinn.

»Ich denke, ich würde ein paar Matrosen finden können, die dafür infrage kämen. Johnny Fuller ist mein Erster Maat – es wäre gut, wenn man ihn dabei hätte.« Er grinste.

»Und ich kenne zufallig auch genau den Richtigen für den Posten des Kapitäns.«

»Das dachte ich mir schon«, sagte Barnaby und blickte ihn belustigt an.

Emily wusste nicht, ob sie lachen oder weinen sollte. So mühelos hatte Barnaby Jeb ihr abspenstig gemacht und auf seine Seite gezogen. Sie versuchte, so etwas wie Groll wegen Jebs Verrat aufzubringen, aber das konnte sie nicht. Jeb war im Grunde genommen kein Schmuggler – das war keiner von ihnen. Die Umstände hatten sie dazu gezwungen, sich am Schmuggel zu beteiligen, und sie gestand sich ein, dass sie nicht traurig sein würde, wenn es zu Ende war. Zweifellos, überlegte sie nicht ohne Selbstironie, hatte Barnaby bereits Pläne für Mrs Gilbert und die anderen Investoren.

Zu Jeb sagte sie:

»Heute Nacht können wir nichts mehr unternehmen. Walker wird hier Schlafplätze für euch finden. Morgen früh seid ihr dann wieder weg, ehe Jeffery oder sein Kammerdiener über euch stolpern könnten.«

Jeb schüttelte den Kopf.

»Das wird nicht nötig sein. Wir gehen zur *Krone* zurück, nur für den Fall, dass Will und seine Leute beschließen, heute Nacht noch mehr Schaden anzurichten. Ich habe Ford und Fuller und ein paar andere bei Mrs Gilbert zurückgelassen, damit sie Augen und Ohren offenhalten, aber Caleb und ich müssen dort sein, falls es zu einem Kampf kommt.«

»Glaubst du, es wird so weit kommen?«, fragte Emily besorgt.

»Nein. Will und seine Jungs haben bekommen, was sie wollten, und uns dabei auch noch eine Tracht Prügel verpasst. Ich vermute, sie kommen nur dann zur *Krone*, wenn wir ihre Warnung missachten und den Schmuggel weiter betreiben. Aber ich möchte mich nicht wieder irren.«

Ihr erster Schreck und das Entsetzen über die Vorfälle dieser Nacht verblassten allmählich, aber Emily war dennoch verwirrt. Das alles hätte sie genauso gut auch morgen früh erst hören können, also warum war Jeb um diese Stunde hier?

Beinahe, als könnte er ihre Gedanken lesen, sagte Jeb:

»Ich nehme an, Sie wundern sich, was so wichtig ist, dass ich Sie heute Nacht sehen musste.« Auf Emilys Nicken hin blickte er sie listig an und fügte hinzu:

»Nun, die Antwort auf diese Frage sitzt dort hinten am anderen Ende des Tisches.«

Nahezu gleichzeitig drehten Emily und Barnaby sich um und schauten zum Tischende. Der Fischer, ein Fremder für sie, kauerte nicht mehr da, den Kopf auf der Tischplatte, sondern saß nun halbwegs aufrecht auf seinem Stuhl, das Kinn auf der Brust. Die grobe Seemannskluft hing lose an seinem hochgewachsenen Körper, und er war sehr dünn, fast abgemagert, sodass die Knochen an seinen Handgelenken hervorstachen. Dichtes schwarzes Haar umrahmte sein Gesicht und fiel ihm in einer Welle in die Stirn, verdeckte beinahe seine Augen; seine Haut war blass, aber ob das natürlich war oder auf eine Krankheit zurückzuführen, konnte Emily nicht sagen. Er wirkte, entschied sie, wie ein Mann, der um Haaresbreite dem Tod entronnen war.

Barnaby versteifte sich, konnte seinen Augen kaum glauben. Nach einem Moment verblüfften Schweigens lief er zum anderen Tischende und rief:

»*Lucien!*« Lucs Zustand entsetzte ihn; behutsam berührte er seinen Halbbruder an der hageren Schulter.

»Was, zur Hölle, ist denn mit dir geschehen?«

Lucien regte sich und hob mit einiger Anstrengung den Kopf. Dumpfe blaue Augen sahen Barnaby an.

»Ich habe einmal zu oft mit dem Tod Hasard gespielt, aber dank deines Freundes Jeb hier bin ich hier. Er hat mich aus Frankreich herausgeschafft.«

»Er war so gut wie tot, als ich ihn gefunden habe«, erklärte Jeb leise.

»Und das war es, was für unsere Verzögerung verantwortlich war. Miss Emily hatte mich gebeten, zu sehen, was ich über Ihren Bruder herausfinden konnte, solange ich in Calais war. Sobald wir im Hafen eingelaufen waren, habe ich angefangen, Fragen zu stellen, aber zunächst ohne Erfolg. Zwei Tage später, gerade als wir die Segel hissen wollten, hat mich die Nachricht von ... einer Freundin erreicht, dass sie einen Amerikaner habe, der der Kerl sein könnte, den ich suchte.« Jeb zögerte, dann sprach er weiter:

»Er war in einem ... äh, Bordell, und Marie hatte Angst, er läge im Sterben. Als ich ihn das erste Mal gesehen habe, war er nicht tot, aber nah daran. Uns ist nichts anderes übrig geblieben, als zu warten und zu sehen, ob er überlebte.« Er grinste Luc zu.

»Der Kerl hat beschlossen zu leben, sodass wir ihn mitgenommen haben.«

Barnaby schüttelte den Kopf, und trotz seiner Sorge wegen Lucs Zustand bemerkte er halblaut:

»Ein Bordell? Warum überrascht mich das nur nicht wirklich?«

Luc lächelte, ein Schatten seines sonstigen spöttischen Grinsens, und sagte:

»Du weißt doch, Frauen lieben mich.«

»Aber was ist geschehen?«, verlangte Barnaby zu erfahren.

»Wie bist du halb tot in einem Freudenhaus in Calais gelandet?«

»Das war nicht einfach«, antwortete Luc. Seine azurblauen Augen richteten sich auf Barnabys bekümmertes Gesicht.

»Ich hätte auf dich und Lamb hören sollen«, räumte er ein. »Es war Narrheit, was ich mir da vorgenommen hatte, und praktisch von vornherein zum Scheitern verurteilt.« Er fuhr sich mit einer Hand müde übers Gesicht.

»Beinahe hätte ich mein Leben verloren, und alles, was ich erfahren habe, ist, dass alle aus *Mamans* Familie tot sind. Dieser Tage in Frankreich zu sein ist – besonders für einen Ausländer – äußerst ungesund, das lass dir versichern. Seit letztem Sommer haben Danton und Marat die Herrschaft über die Pariser Kommune; sie haben die Polizeigewalt inne, aber sie nutzen sie völlig willkürlich. Im November war ich in Paris, und – nachdem ich mich schließlich damit abgefunden hatte, dass niemand aus der Familie überlebt hat, habe ich gerade Vorbereitungen für meine Abreise getroffen, als jemand Bericht erstattet hat, dass ich mich gezielt nach der Familie Gagnier erkundigt hatte.« Ein schwaches Lächeln glitt über seine Züge.

»Die Polizei ist gekommen, und ich fürchte, ich war nicht höflich – und so bin ich im Gefängnis gelandet.«

Mrs Spalding unterbrach den Bericht, indem sie einen Becher mit Suppe vor ihn stellte, in der Fleischstückchen und Möhrenscheibchen schwammen, Pastinaken und Kohl. Dazu befahl sie:

»Essen Sie das! Nachher können Sie reden. Jetzt brauchen Sie erst einmal das hier.«

Sie schaute Jeb finster an und sagte:

»Und das Gleiche gilt für dich und Caleb. Es ist eine bitterkalte Nacht, und ihr verlasst meine Küche nicht, ohne etwas Warmes im Bauch zu haben.« Etwas höflicher fragte sie Emily:

»Möchten Sie oder Seine Lordschaft auch etwas? Ich habe eine Kanne Tee fertig, und gleich kann ich die Zimt-Rosinen-Kuchen aus dem Ofen holen. Es gibt natürlich auch noch genug von der Suppe, falls Sie mögen.«

Emily und Barnaby erklärten eingeschüchtert, dass sie sich über eine Tasse Tee und Kuchen freuen würden. Die anderen nahmen die Suppe und dazu Brot und Käse, die Alice und Mrs Spalding ihnen vorsetzten.

Während die anderen aßen, musterte Emily über den Rand ihrer Tasse hinweg Barnabys Halbbruder. Außer einem bestimmten Zug um den Mund konnte sie an ihm wenig Ähnlichkeit mit Barnaby entdecken – natürlich hatte er wie Lamb auch die strahlend blauen Augen und die vornehmen Gesichtszüge der Joslyns geerbt. Er würde leicht als Mathews Bruder durchgehen. Obwohl er groß war, und selbst wenn er wieder zugenommen hatte, würde er noch schlank sein wie ein Degen im Vergleich zu Barnaby, dessen Körperbau mehr an ein Breitschwert erinnerte.

Als spürte er ihren Blick, schaute Luc auf und erwiderte ihre Musterung. Sie wurde rot, als er bewundernd lächelte, und ein unartiges Funkeln trat in seine Augen, als sie von ihrem Gesicht zu ihrem Busen wanderten.

Barnaby sah Emilys Erröten, erriet den Grund und seufzte. Luc mochte Frauen fast so sehr wie sie ihn, und auch wenn er erst kürzlich dem Tode nur um Haaresbreite entronnen war, konnte sein Halbbruder nicht anders, als mit der nächsten hübschen Frau anzubandeln.

Er sah Lucien an und sagte leise:

»Lass sie in Ruhe, Luc. Ich heirate sie Dienstag.«

Erstaunt blickte Luc von Barnaby zu Emily. Ein erfreutes Lächeln trat auf sein Gesicht.

»*Mon Dieu!* Das sind ja hervorragende Neuigkeiten. Es ist sehr gut, dass Kapitän Jeb mich rechtzeitig gefunden hat, sodass ich der Hochzeit beiwohnen kann, *oui?*«

»Ja, ist es«, stimmte ihm Barnaby zu, »aber du hast uns noch nicht erzählt, wie du halb tot ins Freudenhaus gekommen bist.«

Luc setzte zu einem Achselzucken an, verzog jedoch das Gesicht und rieb sich seine rechte Schulter.

»Nach beinahe zwei Monaten im Gefängnis als Gast der französischen Polizei wusste ich, dass ich entkommen musste, oder ich würde dort sterben, entweder an Hunger, verschiedenen Krankheiten oder durch die Guillotine. Ich war verzweifelt, und als sich die Gelegenheit bot, mich an einem Gefängnisausbruch zu beteiligen, habe ich zugegriffen.« Seine Lippen verzogen sich.

»Leider wurde ich während des Ausbruchs angeschossen. Meine ... Mitgefangenen ließen mich als tot zurück und zerstreuten sich in alle Richtungen. Ohne Geld, umgeben von Fremden und von der französischen Polizei gesucht, blieb mir nur eines übrig: die Küste zu erreichen und auf ein Schiff nach England zu gelangen. Im Schutz der Dunkelheit bin ich zu Fuß zur Küste aufgebrochen ... und habe mir unterwegs gestohlen, was ich brauchte.« Er warf Barnaby einen Blick zu und lächelte sardonisch.

»Wenn ich auf der ganzen verfluchten Reise in irgendeiner Form Glück hatte, dann dass ich bei meiner Ankunft in Frankreich in Calais die Bekanntschaft derselben Frau gemacht habe, die Jeb kannte – Marie Dupré. Ich habe gehofft, es bis zu ihr zu schaffen und dass sie mir helfen würde.« Ein angewiderter Ausdruck glitt über seine Züge.

»Alles wäre in bester Ordnung gewesen, wenn diese verdammte Wunde sich nicht entzündet hätte. Aber das tat sie, und als ich schließlich in Calais und bei Marie angekommen bin, war ich so schwach und vom Fieber gebeutelt, dass ich kaum noch stehen konnte. Wenn sie mich nicht bei sich aufgenommen hätte ...« Er lächelte schief.

»Wenn sie sich von mir abgewandt hätte, hätte die ganze Geschichte ein anderes Ende genommen.«

Mit belegter Stimme sagte Barnaby:

»Ich habe dich gewarnt, dass es ein witzloses Unterfangen war. Himmel! Du hättest sterben können, Luc!«

Emily, die neben Barnaby saß, legte ihre Hand auf seine auf dem Tisch und drückte sie sachte; ihr Herz schmerzte vor Mitleid mit ihm. Er drehte die Hand um und fasste ihre fester, und in diesem seltsamen Augenblick verschwanden mit einem Mal alle Zweifel an ihrer bevorstehenden Hochzeit. *Wir gehören zusammen*, gestand sie sich ein und schwankte innerlich unter der Wucht der Erkenntnis. Ihr Blick senkte sich auf ihre verschränkten Hände. *So wie unsere Hände miteinander verschlungen sind, so sind auch unser beider Leben unauflösbar miteinander verwoben.* Gemeinsam waren sie stärker, vervollständigt – und sie begriff auch, warum: Sie liebte ihn. Verblüfft über diese Entdeckung wirbelten ihre Gedanken durcheinander, und sie schloss die Finger fester um Barnabys.

Seine Finger hielten Emilys, als wollte er sie niemals wieder loslassen; als Lucien schwieg, verlangte Barnaby:

»Sprich weiter. Erzähl es zu Ende.«

Lucien nahm ein Brotstück und drehte es hin und her, dann sagte er müde:

»Als ich zuerst in Frankreich eingetroffen bin, bin ich ein paar Tage in Calais geblieben. Eines Nachts bin ich dann auch in Maries Etablissement gewesen. In dieser Nacht hat es Ärger bei ihr gegeben ...« Seine Miene verhärtete sich, und er fuhr ausdruckslos fort:

»Ich habe die Sache geregelt – sehr zu Maries Erleichterung und Dankbarkeit. Sie hat geschworen, dass sie in meiner Schuld stünde, und dass ich, falls ich einmal Hilfe brauchte, zu ihr kommen sollte.« Er zuckte die Achseln.

»Und als ich dann ein paar Monate später halb tot auf ihrer Türschwelle aufgetaucht bin, hat sie mich aufgenommen.«

Barnaby schaute zu Jeb.

»Es scheint, dass ich noch tiefer in Ihrer Schuld stehe, als mir klar war. Danke, dass Sie ihm das Leben gerettet und ihn sicher nach England gebracht haben.«

Jeb winkte ab.

»Miss Emily ist diejenige, der Sie danken müssen. Wenn sie ihn mir gegenüber nicht erwähnt hätte, wären wir aus Calais abgefahren, ohne auch nur auf die Idee zu kommen, nach Mr Lucien zu suchen.«

Die Augen auf Emily gerichtet sagte Luc:

»Es scheint, reizende zukünftige Schwägerin, dass ich Ihnen Dank schulde. Sie haben mir das Leben gerettet – es gehört Ihnen! Bestimmen Sie darüber.«

»Dann bestimme ich, um Ihres Bruders willen, dass Sie wieder ganz gesund werden und dann bitte versuchen, ihm keine weiteren Sorgen zu bereiten«, erklärte Emily mit einem Lächeln in den schönen Augen.

»Wenn du ihn erst einmal besser kennst«, sagte Barnaby trocken, »wirst du entdecken, dass Letzteres seine Fähigkeiten übersteigt. Man nennt ihn nicht umsonst Lucifer.«

»Schenken Sie ihm keine Beachtung«, verlangte Luc.

»Mein *petit frère* benimmt sich wie eine Henne mit ihrem Küken.« Er grinste.

»Es ist gut, dass seine Aufmerksamkeit sich künftig auf uns beide verteilen wird. Ihn zu beschäftigen ist eine Bürde, die ich nur zu gerne mit Ihnen teile.«

Nachdem Luc seine Geschichte erzählt hatte, brachen Jeb und Caleb auf, um ins Dorf zurückzukehren. Kurz darauf, nachdem er Emily Gute Nacht gewünscht hatte, verfrachtete Barnaby Lucien in seine wartende Kutsche.

Lucien ließ sich in die luxuriös gepolsterten dunkelblauen Kissen sinken; als das geräumige Gefährt sich mit einem Ruck in Bewegung setzte und von *The Birches* davonfuhr, schüttelte er den Kopf. Im Licht der vier kleinen Kerzen, die in den Lampen zu beiden Seiten der Kutschenschläge brannten, betrachtete er Barnaby, der ihm gegenübersaß. Mit einem leisen Lächeln fragte er: »Eure Lordschaft? Wie, zum Teufel, konnte das denn passieren?«

Während die Kutsche durch die Nacht rollte, gab Barnaby eine bereinigte Version der Ereignisse zum Besten, die sich in den vergangenen sieben Monaten zugetragen hatten, seit sie einander nicht mehr gesehen hatten.

»Ein Viscount!«, rief Lucien, als Barnaby fertig war.

»Und Lamb ist hier bei dir!« Er warf ihm einen neckenden Blick unter seinen dichten, fast weiblich wirkenden Wimpern zu.

»Mit deinem Hang, dich wie eine Glucke aufzuführen, überrascht es mich, dass du Bethany erlaubt hast, zu Hause zu bleiben, anstatt sie mit dir nach England zu schleppen.«

Barnaby zuckte mit einer Schulter.

»Ich wusste nicht, was mich hier erwartete, und sie war so dagegen, Green Hill zu verlassen. Es schien mir am klügsten, sie fürs Erste dort zu lassen.«

Barnabys und Bethanys Onkel erwähnend fragte er:

»Fortier ist bei ihr?«

Barnaby nickte.

Zufrieden, dass mit seiner jungen Halbschwester alles in Ordnung war, aber sich auch des Umstandes bewusst, dass die Erzählung seines Bruders Lücken aufwies, bemerkte Luc:

»Und jetzt sag mir, wie es kommt, dass die reizende silberblonde Amazone, die du zu heiraten beabsichtigst, mit einer Schmugglerbande auf derart vertrautem Fuße verkehrt.«

Lachend erklärte Barnaby:

»Du und Lamb! Er hat sie meine Amazone genannt, seit er sie das erste Mal gesehen hat.«

»Lamb und ich sind oft einer Meinung, wenn es um Frauen geht«, erwiderte Luc aalglatt, »aber mir fällt auf, dass du mir nicht wirklich antwortest.«

Da er wusste, Lucien würde nicht so einfach aufgeben, bis er die ganze Geschichte erfahren hatte, weihte ihn Barnaby zögernd in die wesentlichen Punkte ein.

Lucien nickte mehrmals, und als Barnaby zu reden aufhörte, grinste er ihn an.

»Weißt du, ich mag deine Amazone mehr und mehr – ich kann dir vorhersagen, dass sie dich davor bewahren wird, ein spießiger alter Mann zu werden. Und Cornelia …« Lucien schmunzelte, »wenn sie fünfzig Jahre jünger wäre, würde sie mir glatt das Herz stehlen.«

»Das wird sie auch so«, erwiderte Barnaby lächelnd.

»Also, erzähl mir mehr von unseren Cousins Mathew, Thomas und Simon … und der Möglichkeit, dass einer von ihnen versucht, meinen Lieblingsbruder umzubringen.«

»Ich bin dein *einziger* Bruder«, erinnerte Barnaby ihn spöttisch.

»*Oui*, das stimmt«, bestätigte Lucien, »was eben genau der Grund ist, warum du mir der liebste bist und warum ich es vorzöge, dich nicht zu verlieren.«

Die restliche Fahrt nach *Windmere* verbrachten sie damit, die Motive und die Identität desjenigen zu erörtern, der hinter den Anschlägen auf Barnaby stand.

»Ich denke, mir hat es besser gefallen«, erklärte Lucien, als die Kutsche vor dem Eingang des Herrenhauses zum Stehen kam, »als Mathew und Thomas noch hier waren, wo du sie besser beobachten konntest. Wer weiß schon, was sie auf *Monks Abbey* treiben?«

»Mach dir keine Sorgen«, versetzte Barnaby, während er nach dem Griff des Kutschenschlags fasste.

»Sie werden Montag wieder herkommen, um bei der Hochzeit am Dienstag dabei zu sein. In der Zwischenzeit kannst du schon einmal mit Simon Bekanntschaft schließen und dir ein Bild von ihm machen.«

In der Dunkelheit konnte Lucien nur einen flüchtigen Eindruck von der Großartigkeit des Herrenhauses bekommen, aber als er die prächtige hohe Eingangshalle mit der luxuriösen Einrichtung betrat, wurden seine Augen groß.

»*Mon Dieu!* Ich beginne zu begreifen, warum unsere Cousins dir nach dem Leben trachten sollten.«

Der hochaufgeschossene junge Lakai William Weldon empfing sie, und da er nicht so gut trainiert war wie der Butler, konnte William seine Verwunderung nicht verbergen, dass Seine Lordschaft mit einem zerlumpten Fischer heimkehrte, dessen Züge die typischen Joslyn-Merkmale aufwiesen. Barnaby grinste; er mochte die ehrliche Reaktion lieber als Peckhams ausdruckslose Züge.

Als er seine Räume erreichte, führte Barnaby Lucien in den elegant eingerichteten Salon, der an sein Schlafzimmer grenzte, und läutete nach Lamb. Er bot Lucien etwas von den Getränken in den verschiedenen Kristallkaraffen an, die das Mahagoni-Sideboard auf der anderen Seite des Raumes säumten. Lucien lehnte ab, ließ sich aber dankbar auf ein Sofa sinken.

»Nichts für mich, danke. Ich brauche einen klaren Kopf«, erklärte Lucien, »um die heftige Schelte von Lamb ertragen zu können.«

Lamb kam einen Moment später durch das Schlafzimmer herein. Zunächst bemerkte er Lucien auf dem Sofa nicht, lächelte und sagte:

»Ich stelle fest, deine Amazone hat dich nicht lange aufgehalten.«

»Was vermutlich nur gut so war«, erwiderte Barnaby spöttisch, der unwillkürlich an die kurzen Momente der Leidenschaft in ihren Armen denken musste und wie knapp davor er gestanden hatte, Emily in dieser Nacht zu verführen. Er winkte in Luciens Richtung und fügte hinzu:

»Ich habe einen Gast mitgebracht – du wirst für ihn passende Räumlichkeiten finden müssen.«

Lamb blickte zu dem Bündel aus Haut und Knochen auf dem Sofa und erstarrte. Eine Sekunde konnte Barnaby die Liebe und Erleichterung in seiner Miene sehen, ehe er sich wieder unter Kontrolle und seine Maske aufgesetzt hatte. Ohne ein Gefühl zu verraten, starrte Lamb Lucien an und sagte ruhig:

»Ich habe dich schon in besserem Zustand gesehen.«

»Allerdings. Ich gestehe, es hat Zeiten gegeben, da habe ich mich auch besser gefühlt«, erwiderte Lucien ebenso ruhig.

Barnaby hatte nie die Beziehung zwischen den beiden begriffen. Er zweifelte keinen Augenblick daran, dass sie einander sehr gerne mochten, aber zu oft standen sie sich gewissermaßen mit gezückten Klingen gegenüber. Er konnte nicht entscheiden, ob es daran lag, dass sie einander zu ähnlich waren oder weil sie miteinander im Wettstreit standen. Sein Mund zuckte. Und er war meist in der Mitte gefangen.

Ohne die beiden weiter zu beachten, goss er sich Weißwein in ein Glas. Er nahm einen Schluck von der blassen Flüssigkeit und merkte, dass es ihm zufiel, die Unterhaltung in Gang zu halten. Also berichtete er in kurzen Zügen, was geschehen war bis zu Luciens Ankunft hier.

Als Barnaby fertig war, zog Lamb eine Braue hoch und fragte, so, wie Barnaby vor ihm:

»Ein Freudenhaus? Warum überrascht mich das nicht?«

Anders als bei Barnaby vorhin, der dieselbe Feststellung getroffen hatte, reagierte Luc gereizt und erwiderte knapp:

»Du kennst mich doch – in einem Sturm tut es jeder Hafen.«

Barnaby verhinderte die scharfe Entgegnung, die Lamb,

wie er spürte, schon auf den Lippen hatte, indem er hastig einwarf:

»Worauf es ankommt, ist, dass er zu Hause ist und in Sicherheit. Er ist noch nicht ganz wiederhergestellt, daher gehört er jetzt ins Bett.«

Lamb betrachtete Luciens Gesicht und widersprach nicht, der fahle Ton und das fiebrige Glänzen seiner Augen gefielen ihm so gar nicht. Auf seinem Weg aus dem Zimmer sagte er über seine Schulter:

»Ich werde mich unverzüglich darum kümmern.«

Lamb hielt Wort, und binnen dreißig Minuten war Lucien in einer Zimmerflucht ein paar Türen weiter auf demselben Flur wie Barnaby untergebracht. Lamb hatte ihm einen jungen Lakaien namens Bertram Hinton zugewiesen, der bis auf Weiteres als sein Kammerdiener fungieren würde.

Nachdem Lucien, der nun eines der Nachthemden trug, die Barnaby gewöhnlich verschmähte, im Bett lag, sah Lamb auf dem Weg zur Tür zu ihm, schüttelte den Kopf und sagte:

»Du hast teuflisches Glück, weißt du – wenn du nur Stunden später in Calais angekommen wärest …« Lambs Herz verkrampfte sich bei dem Gedanken, wie dicht sie davor gestanden hatten, ihn zu verlieren. Er kämpfte die aufwallenden Gefühle nieder und bemerkte sanft:

»Willkommen daheim, Satansbraten – wir haben uns deinetwegen große Sorgen gemacht.«

Barnaby blickte von der Betrachtung seines leeren Weinglases auf, als Lamb den Raum betrat.

»Ist er versorgt?«, fragte er, als Lamb ihm das Glas abnahm und erneut füllte.

»Für den Augenblick«, erwiderte Lamb und kehrte mit

dem nun wieder vollen Weinglas zurück, das er Barnaby reichte.

»Er ist in der Suite zwei Türen weiter. Ich habe ihm fürs Erste Hinton als Kammerdiener zugeteilt.« Mehrere Minuten lang sprachen sie über Luciens Rückkehr und den Angriff der Nolles-Bande in dieser Nacht.

»Es war schieres Glück, dass Emily nicht dabei war«, sagte Barnaby, dann fügte er nachdenklicher hinzu:

»Ich werde etwas wegen Nolles und seiner Bande unternehmen müssen.«

»Aber nicht vor der Hochzeit«, warnte ihn Lamb. »Du wirst bitte am Dienstagmorgen gesund und munter vor Vikar Smythe stehen und deine Amazone heiraten, auch wenn ich dich dazu ans Bett ketten muss.«

Barnaby lächelte:

»Das wird nicht nötig sein. Nach der Hochzeit wird früh genug sein, das Nolles-Problem in Angriff zu nehmen.« Er stellte das halb leere Glas Weißwein ab und fragte:

»Ist sonst alles in Ordnung hier?«

Lamb rieb sich das Kinn.

»Etwas an deinem Butler stimmt nicht, aber ich kann nicht den Finger darauflegen.«

»Was veranlasst dich zu dieser Aussage?«, wollte Barnaby wissen.

»Peckham scheint mir kompetent genug.«

»Das mag schon sein, aber ich mag ihn nicht.«

»Ah so. Das erklärt dann alles.«

Lamb bedachte ihn mit einem Blick von der Seite.

»Verdammt! Das ist nichts, das man auf die leichte Schulter nehmen kann. Ich sage dir, er hat heute Nacht irgendetwas im Schilde geführt, aber ich will verdammt sein, wenn ich weiß, was.« Er machte eine Pause, dann fuhr er nachdenklich fort:

»Die meisten Bediensteten waren schon zu Bett gegangen, als ich anfing, auf Peckham zu achten. Den ganzen Abend über schien er auf etwas zu warten ... oder nach etwas Ausschau zu halten.«

»Warum sagst du das?«

»Weil«, antwortete Lamb ungeduldig, »er immer wieder kurz in die Küche kam, nur um gleich darauf wieder zu verschwinden, wie ein Kaninchen aus seinem Bau, und dann bin ich schließlich neugierig geworden und bin ihm gefolgt. Als er in Richtung Keller gegangen ist, habe ich gedacht, er bediene sich heimlich von dem Brandy oder Wein, der dort lagert. Und tatsächlich hat er den Weinkeller betreten.«

Barnaby zuckte die Achseln.

»Ich bin durchaus bereit, einem Mann seinen Wein zu gönnen – der Himmel weiß, dort unten ist mehr als genug.«

»Das Problem ist nur«, sagte Lamb, »dieses Mal war er doch sehr lange im Weinkeller. Ich wurde es leid, auf seine Rückkehr zu warten, und habe beschlossen, nachzusehen, warum es so lange dauerte.« Mit bedeutungsschwangerer Stimme berichtete er:

»Barnaby, ich weiß, es ist ein riesiges Gewölbe – mehr wie eine Höhle voller Regalreihen und Fässer und kein Zimmer, aber ich habe wirklich gründlich nachgesehen, doch der Keller war leer. Es gab kein Anzeichen von ihm.«

Interessiert beugte Barnaby sich vor.

»Eine geheime Tür? Jemand hat etwas von Tunneln oder Geheimgängen unter den älteren Teilen des Gebäudes gesagt. Vielleicht hat er einen der Zugänge gefunden.«

»Das ist meine Vermutung. Ich habe danach gesucht, aber ich konnte nichts finden, das als Griff oder Auslöser für einen Öffnungsmechanismus dienen könnte.«

»Und als er dann zurückgekommen ist? Hast du ihn dazu gefragt?«

»Die Sache ist die«, erwiderte Lamb, »er ist nicht zurückgekommen. Er ist verschwunden.«

Barnaby starrte ihn an.

»Du meinst, für immer?«

»Das weiß ich nicht. Ich weiß nur, er ist in den Weinkeller gegangen, und seitdem habe ich ihn nicht wieder gesehen.«

Barnaby musste gähnen. Er schüttelte den Kopf und sagte:

»Da es den Anschein hat, dass er aus freiem Willen verschwunden ist, werde ich nicht das ganze Haus aufwecken, um eine Suche zu beginnen. Morgen früh wird früh genug dafür sein.«

Als Lamb am Samstagmorgen Barnabys Zimmer betrat, waren die ersten Worte, die er sagte:

»Peckham ist zurück.« Grimmig fügte er hinzu:

»Der Kerl war heute Morgen in der Küche, so unbekümmert und munter wie ein Kanarienvogel, tat so, als sei nichts gewesen – und soweit ich es beurteilen kann, stimmt das sogar.«

»Aber er war verschwunden – er ist irgendwohin gegangen«, stellte Barnaby fest, während er die Beine aus dem Bett schwang, aufstand und sich den Morgenrock überstreifte, den Lamb ihm hinhielt. Barnaby ging ins Ankleidezimmer; nachdem er sich gewaschen hatte und gerade seine Hände abtrocknete, erklärte er:

»Wir werden uns den Weinkeller genauer ansehen müssen. Wenn es dort eine Geheimtür gibt oder sogar mehrere, will ich wissen, wo sie sind und wohin sie führen.«

Barnaby hatte sich in den letzten Wochen angewöhnt, nach dem Frühstück und einer kurzen Besprechung mit seinem Hausverwalter Tilden, der zudem als sein Sekretär und Gutsverwalter fungierte, nach *The Birches* hinüberzureiten. Vor ein paar Wochen hatte ihm sein Oberstallmeister Jamieson eine Abkürzung gezeigt zwischen *Windmere* und *The Birches*. Daher nahm er nicht länger die öffentliche Straße, wenn er Emily und Cornelia besuchen wollte. Wegen Lucien und weil er erst noch nach ihm gesehen hatte, dauerte es heute länger, bis er aufbrechen konnte. Aber schließlich, am späten Vormittag, war er in der Lage, zu den Ställen zu gehen und sein Pferd zu holen, einen lebhaften schwarzen Hengst mit dem passenden Namen Satan.

Der Tag war grau, und aus ein paar dunklen Wolken, Überbleibsel des Unwetters der vergangenen Nacht, fiel ein leichter Nieselregen. Aber weil er unbedingt Emily sehen wollte, ließ er sich von ein bisschen Regen nicht aufhalten. Er war tief in Gedanken, während Satan, der sich nach Bewegung sehnte, auf dem inzwischen vertrauten Weg nach *The Birches* galoppierte.

Barnaby dachte über seine Stippvisite an diesem Morgen bei seinem Halbbruder nach. Lucien hatte deutlich besser ausgesehen als noch am Abend zuvor, aber er wusste sehr wohl, dass es noch Wochen, wenn nicht gar Monate dauern würde, bis er sich von seiner Zeit im Gefängnis und der Schusswunde mit der anschließenden Entzündung, die ihn beinahe das Leben gekostet hätte, erholt haben würde. Peckhams seltsames Treiben in der vergangenen Nacht beschäftigte ihn ebenfalls – es ließ ihm keine Ruhe. Wohin war der Butler verschwunden und warum? Und dann war da auch noch die Nolles-Bande …

Barnaby war so in seine Gedanken versunken, dass er, als er schließlich auf dem Land von Emilys Cousin ankam, nicht auf seine Umgebung achtete. So kam es, dass er in der einen Sekunde auf Satan über den grasbewachsenen Weg ritt und in der nächsten Satan aufschrie und stürzte.

Barnaby wurde aus dem Sattel über den Kopf des Pferdes geschleudert und landete unsanft auf dem Boden. Er schlug hart auf, mit dem Kopf zuerst. Benommen und leicht orientierungslos lag er da, und es dauerte einen Moment, bis er wieder Luft bekam. Verschwommen sah er zu Satan, der sich aufrappelte und an den Wegesrand humpelte. Dann wurde alles um ihn schwarz, aber schon einen Moment später kam er wieder zu sich, lag auf dem Weg und starrte in den Himmel. Ihm entging nicht, dass er immer wieder das Bewusstsein verlor, daher versuchte er, sich zu konzentrieren und sich einen Reim darauf zu machen, was geschehen war. Das Blöken von Schafen in einiger Entfernung drang in sein umnebeltes Hirn, und stöhnend hob er den Kopf. Er kämpfte gegen den Schwindel an und schaute sich um, sah aber nichts außer dem Hengst, der mit hängendem Kopf in der Nähe stand.

Dann bemerkte er ein dünnes Seil, das hinter Satan quer über die Straße gespannt war. Er starrte verständnislos auf die Schnur, während sein verwirrter Verstand noch versuchte, zu begreifen, was er da erblickte. Abgelenkt und kaum bei Bewusstsein hörte er das Rascheln der Büsche am Wegesrand neben sich nicht und merkte auch nichts von der Gestalt, die verstohlen auf den Weg trat.

Eine Stimme, vertraut, aber gleichzeitig auch fremd, erklang irgendwo über ihm.

»Zur Hölle mit dir! Warum, zum Teufel, willst du einfach nicht sterben?«, knurrte sie wütend.

»Du hättest dir doch längst das Genick brechen müssen, aber da das nicht geschehen ist, ist es nur gut, dass ich hiergeblieben bin, um ganz sicher zu gehen, nicht wahr?«

Barnabys Blick zuckte nach oben, unmittelbar bevor in seinem Kopf Schmerz explodierte, und dieses Mal war die Schwärze von Dauer.

Kapitel 18

Als Barnaby das nächste Mal wieder zu sich kam, blickte er in ein faltiges Gesicht, das ihm vage bekannt vorkam. In den blassen blauen Augen, die auf ihn gerichtet waren, stand unverkennbar Sorge. Es roch streng nach Schafen, und um ihn herum war lautes Blöken zu hören; vorsichtig versuchte er den Kopf zu drehen und starrte in die Gesichter von einem halben Dutzend friedlich grasender Schafe. Ein Schäfer, entschied er. Ein Schäfer hatte ihn gefunden. Loren? Ja, es war Loren, Emilys Oberschäfer.

Beim ersten Anzeichen, dass Barnaby wieder zu Bewusstsein kam, rief Loren:

»Mylord! Dem Himmel sei Dank, Sie sind am Leben! Haben mir einen gehörigen Schrecken eingejagt, jawohl, als ich über die Anhöhe kam und Sie hier wie tot liegen sah.« Als Barnaby sich aufzusetzen versuchte, drückte Loren ihn behutsam wieder zuruck.

»Nein, nein. Bleiben Sie liegen – Ihnen wird höchstwahrscheinlich nur schlecht, wenn Sie sich aufzurichten versuchen. Sie haben da eine hässliche Wunde auf der Stirn von Ihrem Sturz vom Pferd.«

Barnaby setzte sich dennoch auf und musste sich sofort übergeben. Als er nicht mehr würgen musste, reichte ihm Loren einen Lumpen. Nachdem er alle Spuren seines Anfalls von Übelkeit weggewischt hatte, zauberte Loren aus den geräumigen Taschen seines alten Mantels eine lederbezogene Flasche hervor, die er Barnaby in die Hand drückte.

»Trinken Sie davon«, sagte er.

Dankbar tat Barnaby genau das, nicht überrascht, dass die Flasche den besten Brandy enthielt, den er je gekostet hatte. Vermutlich stammte der von einer von Jebs Fahrten, überlegte er reumütig. Als er den Brandy bei sich behalten konnte und die Welt nicht länger schwankte, schaute er sich vorsichtig um. Zu seiner Erleichterung war Satan nicht weggelaufen, aber als der große Hengst zu ihm kommen wollte, sank Barnaby das Herz. Auf den Vorderläufen war Blut, und der Hengst vermied es unverkennbar, sein rechtes Vorderbein zu belasten.

Mit Lorens Hilfe richtete sich Barnaby auf, wankte aber, als er schließlich stand, weil sich die Welt sofort wieder zu drehen begann. Er stützte sich auf Loren, und dadurch gelang es ihm, stehen zu bleiben. Nach einer Minute beruhigte sich die Umgebung auch wieder. Loren half ihm zum Straßenrand, wo er sich gegen einen jungen Baum lehnte.

»Für den Moment geht es mir gut. Sehen Sie nach dem Pferd. Sagen Sie mir, falls das möglich ist, ob das Bein gebrochen ist.«

Satan war von Fremden ganz allgemein nicht angetan, schnaubte und versuchte sich humpelnd umzudrehen, als Loren auf ihn zukam, aber der alte Schäfer packte die Zügel und hielt das Tier fest. Ein paar spannungsgeladene Momente später sagte Loren über seine Schulter:

»Er hat Schnitte an beiden Beinen, am schlimmsten ist der auf dem rechten Knie. Das Bein selbst scheint übel verstaucht, aber ich denke nicht, dass es gebrochen ist.«

Erleichtert schaute Barnaby zu, wie Loren Satan an einen niedrig hängenden Ast band. Dann kehrte Loren zu ihm zurück und sagte:

»Böser Sturz, was, Mylord?«

Barnabys Blick glitt zu der Stelle, wo er die straff über

den Weg gespannte Schnur gesehen hatte. Die Schnur war verschwunden, aber er hatte auch nicht damit gerechnet, dass sie noch dort sein würde. Wenn er die Stimme nicht geträumt hatte, hatte derjenige, wer auch immer es gewesen war, der zu ihm gesprochen hatte, die Schnur mitgenommen. Er berührte seine Stirn, zuckte zusammen, als Schmerz ihn durchfuhr. Sein Mund wurde schmal. Wer auch immer es war, derjenige musste ihm einen heftigen Schlag versetzt haben in der Hoffnung, ihm damit den Rest zu geben, bevor er sich daran gemacht hatte, das dünne Seil zu entfernen, mit dem Satan zu Fall gebracht worden war. Ein Gutes hatte dieser jüngste Anschlag auf ihn, überlegte er grimmig: Er hatte keinen Zweifel mehr daran, dass jemand ihm *tatsächlich* nach dem Leben trachtete.

Er wandte sich an Loren.

»Haben Sie irgendjemanden gesehen, als Sie mich gefunden haben?«

Loren setzte an, den Kopf zu schütteln, dann brach er aber ab. Er betastete die Seite seines Kinns und sagte langsam:

»Nun, wenn ich genau nachdenke, ja, da war ein Reiter. Er ist über die Wiese hinter Ihnen geprescht.« Der Ausdruck in Lorens blauen Augen wurde schärfer.

»Seltsam, dass der Kerl keine Hilfe angeboten hat.«

»Vielleicht hat er den Unfall nicht gesehen«, schlug Barnaby vor.

Loren nickte.

»Könnte sein. Aber viel wichtiger ist jetzt, wie wir Sie zu Miss Emily schaffen.«

Überzeugt davon, dass sein Angreifer nicht zurückkommen würde, und angesichts des Umstands, dass er unmöglich auf Satan reiten konnte und zudem an der Funktionstüchtigkeit seines Gleichgewichtssinnes zweifelte, sagte Barnaby:

»Ich bleibe hier, während Sie Hilfe holen. Lassen Sie die Flasche Brandy hier und nehmen Sie Ihre Schafe mit. Gehen Sie zum Haus. Unterrichten Sie Walker über das Vorgefallene und veranlassen Sie ihn, mir das Gig zu schicken.«

Mit Satan und der Flasche zur Gesellschaft setzte sich Barnaby vorsichtig auf den Boden. Die Beine ausgestreckt, im Rücken einen Baumstamm und ab und zu einen Schluck Brandy, der ihm den Magen wärmte, ging er im Geiste die Ereignisse noch einmal durch. Ganz eindeutig hatte jemand versucht, ihn umzubringen. Jemand hatte ein Seil über die Abkürzung zwischen *Windmere* und *The Birches* gespannt – eine Strecke, von der bekannt war, dass er sie jeden Morgen ritt. Und jemand hatte sich in den Büschen und Bäumen versteckt, die entlang dieses Wegstücks wuchsen, und gewartet, um zu sehen, ob er dieses Mal Erfolg gehabt hatte. Als der Sturz ihn nicht getötet hatte, hatte dieser Jemand sein Versteck verlassen und ihn auf den Kopf geschlagen, in der Hoffnung, dass ihm das den Rest geben würde.

Er berührte die Wunde erneut; als er seine Finger betrachtete, waren sie blutig. Vorsichtig lehnte er den Kopf gegen den Baum hinter sich und gönnte sich einen weiteren Schluck Brandy und entschied, dass er diese Anschläge allmählich satt hatte. Und, wichtiger noch, sein Glück würde ihn irgendwann im Stich lassen – was hieß, dass er besser schnell aufdeckte, wer hinter den Anschlägen stand, um einen weiteren, am Ende erfolgreichen zu verhindern.

Das Wissen, dass es keinen Zweifel mehr daran gab, dass die Zwischenfälle tatsächlich keine Unfälle gewesen waren, war hilfreich. Jemand versuchte, ihn umzubringen.

Das Geräusch eines sich rasch nähernden Gefährts entlockte ihm ein Lächeln. Er würde jede Wette abschließen, dass Emily den Wagen lenkte und dass sie unverzüglich zu seiner Rettung geeilt war.

Und er sollte recht behalten. Einen Augenblick später kam ein Pferd, das ein Gig zog, über die Anhöhe geprescht und auf ihn zu.

Emily riss an den Zügeln, sodass das Tier jäh stehen blieb, dann sprang sie aus dem Wagen. Tom, der junge Lakai, folgte ihr, einen kleinen Koffer in der Hand. Die grauen Augen voller Sorge, sank sie mit raschelnden Röcken neben ihm auf den Boden. Tom stand hinter ihr.

Behutsam betastete sie die aufgeplatzte Haut auf seiner Stirn.

»Was ist geschehen?«, fragte sie knapp.

»Alles, was Loren erzählen wollte, ist, dass du vom Pferd gestürzt bist.«

Toms Anwesenheit hinderte Barnaby daran, ihr die Wahrheit zu sagen, aber er war sich auch nicht so sicher, ob er es getan hätte, wenn sie beide allein gewesen wären. Er hatte noch keine Zeit gehabt, alles ganz in Ruhe zu überdenken, aber er sah auch keinen Grund, Emily grundlos zu beunruhigen. Lamb und Luc konnte er alles erzählen, aber es war ihm lieber, wenn er Emily noch eine Weile im Dunkeln lassen konnte.

Mit einem kleinen Lächeln erklärte er:

»Loren hat recht, und es ist alles meine Schuld. Satan ist kein einfaches Pferd, und ich fürchte, ich war mit meinen Gedanken nicht bei der Sache … sondern bei dir, um genau zu sein. Jedenfalls habe ich nicht aufgepasst, sodass sich unsere Wege sozusagen getrennt haben.« Sein Lächeln verblasste.

»Loren sagt, dass Satan sich außer den Schnitten auf seinen Vorderbeinen und dem Knie nur das Gelenk verstaucht hat; es ist nichts gebrochen. Es tut mir leid, dass er verletzt ist.«

Emily betrachtete ihn misstrauisch, und er vermutete fast,

sie wusste, dass er ihr nicht die reine Wahrheit auftischte, aber sie rümpfte nur die Nase und untersuchte ihn gründlicher. Sie entschied, dass das Säubern der Wunde warten konnte, bis sie auf *The Birches* waren.

»Tom«, teilte sie dem Lakaien mit, »wir brauchen die Sachen aus dem Koffer nicht. Stell ihn zurück und hilf mir dann, Seine Lordschaft in das Gig zu schaffen.«

Barnaby war schwindelig, als er schließlich in dem Gefährt saß, aber er hatte sich weder übergeben müssen, noch hatte er das Bewusstsein verloren. Sein Kopf schmerzte wie verrückt, aber es war nichts im Vergleich zu den Schmerzen, unter denen er gelitten hatte, nachdem er angeschossen worden war – oder beinahe ertrunken wäre. Das nächste Mal, wenn Lamb ihn einen dickschädeligen Narren nannte, überlegte er amüsiert, würde er ihn daran erinnern, dass er nur dank dieses dicken Schädels noch am Leben war.

Emily sah die Flasche, die er immer noch in der Hand hielt, nahm sie ihm ab und sagte:

»Ich denke, davon hast du genug gehabt.« Damit warf sie das Gefäß auf den Kutschenboden, schaute zu Tom und trug ihm auf:

»Du kannst genauso gut dem Pferd den Sattel abnehmen; wir können ihn im Gig mitnehmen.« Nachdem das erledigt war, fuhr Emily mit Barnaby voraus, und Tom führte Satan am Zügel in einem Tempo, das der lahmende Hengst problemlos bewältigen konnte.

Auf *The Birches* angekommen wurde Barnaby wieder in das Zimmer gebracht, das er bereits bewohnt hatte, nachdem er vor zwei Wochen »versehentlich« angeschossen worden war. Die Wunde war gerade erst verheilt, und jetzt hatte er schon wieder eine neue Blessur – eine schwer zu übersehende Platzwunde auf der Stirn. Die Wunde war nicht tief, es war im Wesentlichen nur die Haut aufgeplatzt, aber der blaue Fleck würde beeindruckend sein. Er würde, räumte er ein, bei seiner Hochzeit in drei Tagen wunderbar aussehen.

Eine Nachricht an Lamb zusammen mit der Bitte, ihm die Kutsche zu schicken, wurde über Alice, die Spülmagd, nach *Windmere* geschickt. Während sie warteten, ließ Barnaby, der sich geweigert hatte, die Dienste eines Arztes in Anspruch zu nehmen, seine Verletzung von Emily versorgen. Sie war, stellte er fest, ebenso fähig wie Lamb.

Sobald die Wunde zu ihrer Zufriedenheit gesäubert worden war, lehnte sich Emily in ihrem Stuhl zurück und betrachtete Barnaby eindringlich. Cornelia saß in der Nähe und runzelte die Stirn.

»Du beharrst weiter darauf, dass du vom Pferd gestürzt bist, ja?«, erkundigte sie sich zum bestimmt sechsten Mal.

»Ja«, antwortete Barnaby, wie er es auch die fünf Mal zuvor getan hatte. Er zog eine Braue hoch.

»Ist dir das noch nie passiert? Das stößt doch den besten Reitern zu!«

»Sie scheinen mir eine bedenkliche Veranlagung zu Missgeschicken und Unfällen zu haben, nicht wahr?«, bemerkte Cornelia, die ihre scharf blickenden haselnussbraunen Augen nicht von ihm wandte.

»Sie werden halb ertrunken aus dem Ärmelkanal gefischt – irgendein Segelunfall; dann schießt Sie ein Wilderer ›versehentlich‹ an, und jetzt sind Sie ganz ›zufällig‹ vom Pferd gestürzt. Seltsam – oder etwa nicht?«

Barnaby zog eine Schulter hoch.

»Ach was. Das war einfach eine Pechsträhne.«

Emily nahm den Blick nicht von seinem Gesicht:

»Jemand versucht dich umzubringen, nicht wahr?«

Warum eigentlich, fragte er sich, hatte er sich in eine intelligente Frau verlieben müssen? Was würde er im Augenblick nicht dafür geben, wenn Emily ein fügsames Frauenzimmer wäre, das nichts im Kopf hatte als frivole Gedanken, die sich um Kleider und anderen Schnickschnack drehten. Und Cornelia auch, fügte er hinzu, als er in ihre nachdenklichen Augen sah. Natürlich, wenn sie nicht so klug wären, hätten sie ihn mittlerweile schon zu Tode gelangweilt ... und er hätte sich auch nicht Hals über Kopf in Emily verliebt. Und in ihre formidable Großtante.

Er rang sich ein Lachen ab und sagte:

»Ach komm schon – sei nicht albern. Ich bin vom Pferd gefallen. Nichts sonst. Niemand will meinen Tod. Niemand versucht, mich zu töten. Warum auch?« Er wackelte mit den Augenbrauen.

»Du weißt doch besser als alle anderen, wie charmant ich bin.«

Emily hätte ihn schlagen können; mit zusammengebissenen Zähnen sagte sie:

»Und wie aufreizend! Das hier ist kein Spaß. Jemand hat dreimal versucht, dich umzubringen.«

»So oft?«, neckte er sie.

»Wenn das wahr ist, dann ist es jedenfalls ein bemerkenswert unfähiger Mörder, nicht wahr?«

So wütend, dass sie kaum geradeaus sehen konnte, sprang Emily von ihrem Stuhl und lief zu dem Schränkchen mit der Marmorplatte, in dem die Utensilien untergebracht waren, die sie zum Säubern und Versorgen der Wunde benutzt hatte. Sie warf das feuchte Tuch darauf. Vielleicht war dieser Möchtegern-Mörder unfähig, überlegte sie wütend, aber dieser Mensch war mindestens ebenso hartnäckig, und früher oder später ...

Barnaby war kein, entschied sie langsam, dummer Mensch. Er musste wissen, dass jemand ihn umzubringen versuchte. Dass sein Leben in Gefahr war. Warum also spielte er dann den Ahnungslosen? Ihr stockte der Atem. Natürlich – der Idiot schützte sie. Ein warmes Gefühl erfasste sie. Es war so lange her, seit irgendjemand versucht hatte, sie vor irgendetwas zu schützen, dass sie gerührt war … aber auch wütend. Er sagte ihr wahrscheinlich deswegen nicht die Wahrheit, entschied sie bissig, weil er nicht wollte, dass sie sich Sorgen machte. Ihr Herz zog sich zusammen. Wusste er nicht, dass die Wahrheit nicht zu kennen viel schlimmer war?

Ein kämpferisches Glitzern in den Augen fuhr sie herum. Selbst mit der Schramme auf der Stirn, die langsam eine interessante lila Farbe annahm, war er ihr so lieb und teuer, wie er dasaß, dass ihr Ärger verflog und sie nur daran denken konnte, wie sehr sie ihn liebte, mehr als alles auf der Welt. Er lächelte sie sonnig an, und trotz ihrer Erbitterung über ihn lächelte sie zurück. Verdammt.

Barnaby wusste, dass er das schlecht gemacht hatte. Ich hätte es ihr sagen sollen, dachte er, als er eine Stunde später mit Lamb zusammen in der Kutsche heimfuhr. Aber was hätte es schon genützt? Sie hatte sich nur Sorgen gemacht … aber ich hätte es ihr sagen sollen.

Von seinem Platz ihm gegenüber bemerkte Lamb:

»Weißt du, ich kann mich nicht erinnern, wann du das letzte Mal abgeworfen worden bist.« Er schaute Barnaby an.

»Darf ich annehmen, dass an der Geschichte mehr dran ist, als du Miss Townsend erzählt hast, und du mir nun reinen Wein einschenken wirst?«

»Ja«, antwortete Barnaby, und während die Kutsche nach *Windmere* fuhr, schickte er sich an, Lamb in allen Einzelheiten und der Reihe nach zu berichten, was geschehen war.

Lamb nickte mehrere Male, und als Barnaby fertig geredet hatte, sagte er:

»Nun, wenigstens wissen wir jetzt, dass jemand tatsächlich versucht, dich umzubringen, und dass du keine Unfälle hattest.«

Sein Blick auf die vorüberziehende Landschaft gerichtet, fragte Barnaby jäh:

»Denkst du, dass Simon hinter den Anschlägen steckt?«

Überrascht antwortete Lamb mit einer Gegenfrage:

»Simon? Wie kommst du denn auf ihn?«

»Weil Mathew und Thomas nicht in der Gegend sind – sie sind auf *Monks Abbey*, einen Ritt von mehreren Stunden von hier entfernt, und werden nicht vor Montag auf *Windmere* erwartet. Simon, wie du dich vielleicht erinnerst, ist noch auf *Windmere* und streift ungehindert umher.«

»Ja, aber …« Lamb runzelte die Stirn.

»Es ist nicht auszuschließen … er ist heute Morgen ausgeritten …«

Mit grimmiger Miene sagte Barnaby:

»Finde heraus, ganz diskret, zu welcher Zeit mein lieber Cousin Simon heute aufgebrochen ist, in welche Richtung und – sofern möglich – den Zeitpunkt seiner Rückkehr.«

Sie fuhren eine Weile schweigend weiter, dann wollte Lamb wissen:

»Wirst du es Luc erzählen?«

»Ja. Es ist nur fair, und es wird nicht verkehrt sein, wenn ein zweites Paar Augen mir Rückendeckung gibt.« Barnaby verzog das Gesicht, er musste an Emily denken. War es fair, Luc einzuweihen, Emily aber nicht? War er zu ihr fair, wenn er ihr die Wahrheit vorenthielt? *Ich hätte es ihr sagen sollen*, dachte er wieder und war sich bewusst, dass er sich selbst in die Ecke manövriert hatte. Ihm fiel wieder das kämpferische Glitzern in ihren Augen ein, und er seufzte. Sie hatte ihm ohnehin nicht geglaubt, und wenn er sich nicht irrte, waren seine Ausflüchte umsonst gewesen.

Peckham war entsetzt, als er bei seinem Eintreffen auf *Windmere* Barnabys lila-blau verfärbte Stirn erblickte. Barnaby beachtete den Butler und seine Mitleidsbekundungen nicht weiter, während er die Stufen zu seinen Zimmern emporstieg.

Simon schien voller Sorge, als sie sich am Nachmittag trafen, aber Barnaby ertappte ihn dabei, wie er ihn mit einem seltsamen Gesichtsausdruck anschaute, als er sich unbeobachtet fühlte. Hatte er ein schlechtes Gewissen? Wunderte er sich, dass er doch noch am Leben war? Oder war es ehrliche Verwirrung? Vielleicht sogar Sorge? Aber warum sollte Simon sich Sorgen machen, wenn er glaubte, dass es ein Unfall gewesen war?

Anne, Hugh und Mrs Althea Townsend trafen auf *The Birches* am späten Samstagnachmittag ein. Emily hatte gar nicht gewusst, wie sehr ihr ihre Stiefmutter gefehlt hatte, bis Hugh Anne beim Aussteigen aus der alten Reisekutsche behilflich war. Anne umarmte sie und flüsterte ihr ins Ohr:

»Oh, Emily! Ich freue mich so sehr für dich.«

Althea Townsend war wie immer, lieb und unkompliziert, ihre blauen Augen immer noch so schön wie in ihrer Jugend. Mit den Jahren war ihr einst herrlich goldblondes Haar zu einem reizenden Champagnerblond verblasst, aber ihre zierliche Figur war nur unwesentlich runder als an dem Tag, an dem sie Jefferys und Hughs Vater geheiratet hatte, den jüngeren Bruder von Emilys Vater. Emily war immer der Ansicht gewesen, dass ihre Tante Althea mit ihren blonden Locken, den blauen Augen und den rosigen Wangen einer großen Porzellanpuppe ähnelte. Cornelia nahm sie nicht weiter ernst und bezeichnete sie gerne als hübschen Pfau, aber sie mochte sie im Grunde genommen gerne. Denn niemand konnte leugnen, dass Althea ebenso freundlich war, wie sie unbedarft war.

Nachdem ihr Jeffery aus der Kutsche geholfen hatte, hatte Althea voll aufrichtiger Zuneigung und mit einem liebevollen Ausdruck in den blauen Augen Emily in die Arme gezogen und sie an sich gedrückt. Sie hatte ihr zu ihrer bevorstehenden Vermählung gratuliert und sich bei ihr untergehakt und ihr vertraulich zugeflüstert:

»Meine Güte! Es waren wirklich aufregende Wochen, die hinter dir liegen, nicht wahr? Und jetzt musst du mir alles über Joslyn erzählen. Ich höre, er ist ganz groß und dunkel, nicht unbedingt gut aussehend. Und er soll ein ganz seltsames Englisch sprechen.«

Emily unterdrückte ein Lachen und bemühte sich, ihrer Tante Barnaby zu erklären – besonders den weichen Virginia-Akzent, der nicht zu überhören war. Nachdem Althea Cornelia im Foyer begrüßt hatte, brachte Emily sie nach oben in das Zimmer, das ihrer Tante während ihres Aufenthalts im Hause zur Verfügung stand. Es war derselbe Raum, den Barnaby vor nur wenigen Stunden benutzt hatte, und Emily stellte erleichtert fest, dass Walker und Jane alle Spuren der früheren Verwendung entfernt hatten. Es gab sogar einen großen Strauß fröhlicher Narzissen auf einem kleinen Tischchen am Fenster. Althea war bezaubert.

Da seine Mutter zu Besuch und er sich des Umstands bewusst war, dass er keine Verbündeten im Haus besaß, war Jeffery die Verbindlichkeit in Person. Er hieß Anne willkommen, grüßte seinen Bruder mit einem herzlichen Lächeln und verwöhnte seine Mutter. Seine Aufmerksamkeit Althea gegenüber war so auffällig, besonders im Vergleich zu seiner sonstigen Gleichgültigkeit, dass sie ihn, als er sie fürsorglich zu dem Grünen Salon geleitete, anschaute und verwundert fragte:

»Mein Lieber, geht es dir nicht gut?«

Hugh und Cornelia waren vorausgegangen, aber Emily und Anne folgten Jeffery und seiner Mutter, sodass sie die Frage mitbekamen und in Gelächter ausbrachen. Althea, die ihr Lachen noch weniger verstehen konnte, schaute sie an.

»Was ist?«, wollte sie wissen.

»Euch ist doch sicherlich auch aufgefallen, dass er sich völlig anders benimmt als sonst.«

Als Anne und Emily nur hilflos den Kopf schüttelten, wandte sie sich an Jeffery und murmelte:

»Ich denke, die nahende Hochzeit macht alle ein wenig albern.«

Jeffery warf den beiden jungen Frauen einen mörderischen Blick zu, aber dann sagte er mit einem gütigen Lächeln zu seiner Mutter:

»Ich glaube, du hast recht. Wir alle sind aufgeregt und albern vor Glück. Man denke sich nur, unsere süße Emily wird Viscountess!«

Am Sonntag, nach dem dritten und letzten Verlesen des Aufgebots, musste Barnaby mit Emily an seinem Arm und einem großen leuchtend rot-bläulichen Fleck auf der Stirn fast so etwas wie ein Spießrutenlaufen hinter sich bringen, so sehr drängten sich die Leute um sie. Alle wollten ihnen Glück wünschen und waren entsetzt über die Verletzung; diejenigen, die zu bohrende Fragen bezüglich der Umstände seines Unfalls stellten, wehrte er geschickt ab. Nach dem Gottesdienst gelang es Barnaby, indem er immer wieder erwähnte, wie froh er über die überraschende Ankunft seines Halbbruders Lucien sei, gleich zwei Dinge auf einmal zu erreichen: das Interesse von seinem Sturz abzulenken und

Lucs Anwesenheit bei der Hochzeit zwei Tage später zu erklären. Sein Bruder, fügte er ernst hinzu, konnte an diesem Morgen nicht kommen, weil er sich noch von einem schweren Fieber erholte, das er sich bei seinen Reisen auf dem Kontinent zugezogen hatte. Man hoffte aber, dass es ihm gut genug gehen würde, an der Hochzeit teilzunehmen.

An dem Abend fand auf *Windmere* eine kleine Dinnergesellschaft statt, bei der die Gäste, lauter Familienmitglieder bis auf den Vikar und seine Gattin, taktvoll Barnabys blauen Fleck übergingen. Wenn irgendjemand Zweifel hatte, dass ein Sturz vom Pferd die Ursache war, waren sie zu höflich, das auszusprechen.

Luc war nicht mit in die Kirche gekommen, aber zum Dinner erschien er und sah, abgesehen von seiner Magerkeit und der fahlen Gesichtsfarbe, außerordentlich gut aus, während er vorgestellt wurde und sich elegant über die Hände der Damen beugte. Es war nicht genug Zeit gewesen, ihm passende Kleidung zu besorgen, aber niemandem fiel auf, dass er hastig geänderte Sachen von Barnaby trug.

Lucs Unehelichkeit allein würde ausreichend Gerede verursachen, und seine unerwartete Ankunft steigerte die Neugier auf ihn noch, aber das war nun einmal nicht zu ändern. Aus der Einsicht heraus, je eher Luc die Bekanntschaft der Gesellschaft vor Ort machte, desto besser, hatte Barnaby vorgeschlagen, dass sein Halbbruder sich an dem Sonntagabend zu ihnen gesellen sollte. Da es im Wesentlichen eine Familienfeier war, schien es der ideale Zeitpunkt für Lucs ersten Auftritt zu sein.

Mit belustigt funkelnden Augen stellte Barnaby Luc erst Cornelia vor, die in einem Kleid aus bernsteinfarbener Seide wahrhaft majestätisch aussah. Ihr silbergraues Haar war zu einer Hochfrisur aufgesteckt, ihre Ohren zierten Ohrringe mit Topasen und Diamanten. Luc verneigte sich elegant, nahm Cornelias Hand in seine und drückte einen Kuss auf ihre faltige Haut. An dem Funkeln ihrer Augen konnte Barnaby erkennen, dass sie erfreut war.

»Sehr hübsch«, lobte sie ihn, als Luc ihre Hand losließ und sich aufrichtete.

»Ihr Urgroßvater hätte es nicht besser machen können.«

Mit einem neckenden Glitzern in seinen azurblauen Augen antwortete er:

»Eine so attraktive Dame wie Sie ist doch bestimmt viel zu jung, um meinen Urgroßvater gekannt zu haben.«

Cornelia schmunzelte geschmeichelt, mochte ihn und klopfte ihm mit ihrem Fächer auf den Arm.

»Na, nun übertreiben Sie mal nicht, mein Junge.«

»Sie kränken mich, Madame«, rief Luc und legte sich eine Hand aufs Herz, aber mit den Augen lachte er.

Cornelia schnaubte und erwiderte sichtlich belustigt:

»Nun, dann schleppen Sie mal Ihre verwundete Seele quer durch den Saal und versprühen Sie Ihren Charme bei jemandem, der nicht alt genug ist, Ihre Großmutter zu sein, und Ihnen Ihre Schmeicheleien tatsächlich abnimmt.«

Nachdem er Luc mit den anderen Anwesenden bekannt gemacht hatte, kehrte Barnaby zu Cornelia zurück.

»Und, was denken Sie?«, fragte er.

»Ich denke, er wird ein heilloses Chaos unter den Damen anrichten«, sagte sie und fügte mit einem Lächeln hinzu:

»Was nur gut ist, da Sie aus dem Rennen genommen sind. Allerdings liegt ein wenig Arbeit vor uns, damit er überall willkommen ist.«

Barnaby zweifelte nicht daran, dass Cornelia ihr Bestes geben würde, um den übelsten Klatsch um Luc zu verhindern. Sie versicherte ihm, man könne sich darauf verlassen, dass Penelope Smythe ihnen dabei behilflich sein werde.

»Penelope kennt jeden in der Gegend«, teilte Cornelia ihm mit.

»Und sie liebt Ränkespiele. Unter dem Vorwand, Klatsch zu verbreiten, wird sie in der Lage sein, Ihren Bruder in bestem Lichte erscheinen zu lassen – und viele Mutmaßungen im Keim ersticken.« Sie lächelte breit.

»Im Grunde genommen könnte der Zeitpunkt seiner Ankunft nicht besser gewählt sein – alle sind so aufgeregt wegen der Hochzeit am Dienstag, dass ich annehme, niemand wird ihm über Gebühr Beachtung schenken.« Sie schaute zu Luc.

»Außerdem verfügt er über einen wahrhaft teuflischen Charme, sodass er auch mit ganz wenig Hilfe zurechtkäme.«

Barnaby, der beobachtete, wie Luc durchs Zimmer schlenderte, lächelte und sich angeregt mit Simon, Hugh und dem Vikar unterhielt, nur um ein paar Minuten später Anne, Penelope Smythe und Althea Townsend zu erobern, entschied, dass Cornelia vermutlich recht hatte. Luc würde zurechtkommen.

In dem Gefühl, alles getan zu haben, um seinem Halbbruder den Weg zu ebnen, machte sich Barnaby daran, sich selbst zu amüsieren. Unseligerweise war es erst nach dem nun folgenden Dinner, bei dem er sich damit hatte begnügen müssen, Blicke mit Emily zu wechseln, als sich alle im Salon versammelt hatten, dass er dazu kam, mit ihr ungestört zu sprechen. Er eiste sie geschickt von den Damen los, bei denen sie gestanden hatte, und führte sie in eine Ecke des Zimmers, um sich wenigstens ein paar Minuten mit ihr leise unterhalten zu können. Er schaute ihr ins Gesicht und sagte halblaut:

»Endlich allein!«

Emily lächelte und deutete mit einer Hand auf den Salon voller Gäste.

»Allein?«

Barnaby seufzte.

»Nun, so allein, wie ich es im Augenblick hinbekommen kann.«

Was vermutlich nur gut so ist, überlegte Emily und musste wieder daran denken, wie dicht sie vor zwei Nächten davor gestanden hatte, sich ihm ganz zu schenken. Die Erinnerung an diese leidenschaftlichen Küsse und das Gefühl seiner Hände auf ihrer Brust sandten einen warmen Schauer durch sie. Wenn Walker sie nicht unterbrochen hätte … Sie schluckte, fragte sich, was mit der vernünftigen und stets besonnenen Emily geschehen war. In Barnabys Armen vergaß sie alles bis auf das Entzücken seines Kusses, seiner Berührung … ihre Wangen wurden flammend rot, als sie spürte, dass ihre Brustspitzen sich aufrichteten.

Barnaby sah ihr Erröten und konnte sich gut zusammenreimen, was sie dachte, also bemerkte er leise:

»Wenn ich dich allein für mich hätte, wären unsere Lippen beschäftigt – aber ganz gewiss nicht mit *Reden.*«

»Aber Reden ist genau das, was wir tun müssten«, erwiderte sie und schob entschlossen allzu lebhafte Gedanken daran beiseite, wie Barnabys Lippen über ihre Haut glitten.

Er schnitt eine Grimasse. Sie hatte natürlich recht. Das hier war pure Folter, sie so nah zu haben, sie aber nicht anfassen und liebkosen zu können, wie er es sich ersehnte.

Er atmete einmal tief durch und sagte dann:

»Ich glaube, wir haben alles ganz gut im Griff, oder?«

Dankbar für ein sichereres Thema antwortete sie:

»Stimmt. Wenn man daran denkt, wie es hätte werden

können, haben wir alles tatsächlich geregelt … wenigstens für den Moment.«

»Für den Moment«, pflichtete Barnaby ihr bei, der die Nolles-Bande nicht vergessen hatte oder den Umstand, dass jemand ihn umbringen wollte. Trotz bester Absichten konnte er nicht verhindern, dass sein Blick immer wieder über sie glitt. Sie sah an diesem Abend besonders reizend aus mit ihrem herrlichen Haar in weichen Locken, die ihr Gesicht ganz bezaubernd einrahmten. Sie trug ein Abendkleid aus lavendelfarbenem Satin und darüber ein Überkleid aus blassgrüner Gaze. Natürlich interessierte ihn die warme seidenweiche Haut darunter mehr; er musste daran denken, wie seine Hände darübergestrichen waren, und Hitze brandete in seinen Lenden auf.

Er verkniff sich ein Stöhnen, riss seinen Blick von Emily los und konzentrierte sich stattdessen darauf, einen eigensinnigen Teil seiner Anatomie zur Räson zu bringen, der kein Gefühl für den rechten Zeitpunkt hatte. Was würde er nicht darum geben, dachte er, wenn die Hochzeit schon hinter ihnen läge und er wüsste, dass sie, wenn sie sich für die Nacht zurückzogen, einander in den Armen liegen würden und er seine Sehnsucht nach ihr nach Belieben stillen konnte.

Peckham erschien und eilte zu Barnaby. Er verneigte sich und sagte halblaut:

»Mylord, Mr Mathew und Mr Thomas sind unerwartet eingetroffen.« Er räusperte sich.

»Ich habe ihr Gepäck in die Zimmer bringen lassen, die sie bei ihrem letzten Aufenthalt hier benutzt haben. Ich hoffe, das findet Ihre Billigung.«

»Tun Sie, was auch immer nötig ist, um es ihnen angenehm zu machen«, erwiderte Barnaby. Mathew und Thomas waren eigentlich erst für den nächsten Abend erwartet worden, sodass er sich fragte, was wohl für ihre frühere Ankunft verantwortlich war. Er lächelte humorlos. Jedenfalls war es nicht die Sehnsucht nach seiner Gesellschaft.

Er sah Peckham an und erkundigte sich:

»Planen sie, zu uns zu stoßen?«

»Wenn das Ihr Wunsch ist, Mylord. Sie sind sich darüber im Klaren, dass Sie Gäste haben ... sie möchten nicht stören.«

»Sie sind meine Cousins«, erklärte Barnaby. »Man kann sie wohl kaum als Störenfriede sehen. Bringen Sie sie herein, wenn sie bereit sind.«

Fünf Minuten, nachdem Peckham gegangen war, kehrte der Butler zurück, um Mr Mathew Joslyn und Mr Thomas Joslyn anzukündigen. Barnaby ließ Emily bei Cornelia und Anne und ging zu ihnen, um sie zu begrüßen, innerlich gewappnet für ihre Reaktion auf die tiefe Schramme auf seiner Stirn – und den beeindruckenden Bluterguss drum herum.

Mathews Augen weiteten sich alarmiert, als er die Prellung erblickte, und die Sorge auf seinen attraktiven Zügen schien echt.

»Gütiger Himmel!«, rief Mathew, als er vor Barnaby stand.

»Simon hat geschrieben, dass du gestürzt bist, aber von den bleibenden Folgen hat er nichts erwähnt.« Er schüttelte den Kopf und fügte hinzu:

»Nachdem ich selbst das Ergebnis deines Unfalls sehen durfte, verstehe ich seine Beunruhigung und weshalb er mir geschrieben hat. Verdammt, Barnaby, du hättest dabei umkommen können!«

»Simon hat geschrieben?«, fragte Barnaby und griff damit den Teil von Mathews Worten auf, der ihn interessierte.

»Ja«, antwortete Tom rasch und stellte sich neben Mathew.

»Ein Bote hat gestern Abend seinen Brief nach *Monks Abbey* gebracht, in dem er von deinem unheilvollen Unfall berichtet. Heute Morgen dann haben wir beschlossen, dass wir uns unbedingt mit eigenen Augen von der Schwere deiner Verletzung überzeugen müssen.«

Simon schlenderte herbei und sagte mit einem scharfen Blick zu seinen Brüdern:

»Ich denke, das sollten wir besser in Ruhe unter uns besprechen – nachdem die Gäste gegangen sind.«

»Ja, ja. Natürlich«, sagte Mathew hastig, daran erinnert, wo sie sich befanden. Die beiden Neuankömmlinge kannten jeden mit Ausnahme von Luc, und angesichts des Erschreckens in ihren Mienen, als ihnen Luc vorgestellt wurde, war klar, dass Simon es in seinem Brief unterlassen hatte, Lucs plötzliches Auftauchen auf *Windmere* zu erwähnen. Dass Simon unverzüglich einen Brief zu seinen Brüdern geschickt hatte, verwunderte Barnaby und weckte in ihm die Frage, was eigentlich vor sich ging. War es möglich, dass alle drei Brüder in ein Komplott verstrickt waren, ihn umzubringen, und Simon ihnen geschrieben hatte, um sie zu warnen, dass auch ihr jüngster Versuch fehlgeschlagen war?

Der Vikar und seine Gattin hatten gerade aufbrechen wollen, als Thomas und Mathew ankamen, aber nun blieben sie noch ein paar Minuten, um sich mit den beiden zu unterhalten. Nachdem die beiden Gäste dann schließlich doch den Heimweg angetreten hatten, dauerte es nicht lange, und die Kutsche der Townsends wurde vors Haus bestellt. Die gesamte Gästeschar begab sich begleitet von Barnaby und den anderen Joslyn-Männern vors Haus.

Barnaby seufzte, als er Emily beim Einsteigen behilflich war, und bedauerte es, dass es an diesem Abend keine heimlichen Küsse gegeben hatte. Er drückte einen warmen Kuss auf ihre Handfläche und sagte:

»Wir sehen uns morgen Nachmittag.«

Besorgt schaute sie ihn an und bat:

»Nur, wenn du Lamb mitbringst oder einen deiner Cousins.«

Da er bezweifelte, dass Lamb ihn aus den Augen lassen würde, versprach Barnaby es ihr bereitwillig. Mit einem schiefen Lächeln auf den Lippen sagte er:

»Wie du willst, mein Lieb.«

Sobald die Kutschenlampen in der Dunkelheit verschwunden waren, begaben die Männer sich zusammen zurück ins Haus. Luc sah erschöpft aus, und Barnaby flüsterte ihm zu:

»Soll ich dir eine Ausrede liefern?«

Luc schüttelte den Kopf und bemerkte:

»Und dich mit dem Feind allein lassen?«

Als sie das riesige Foyer durchquerten, schlug Mathew vor, sich in Barnabys Arbeitszimmer zurückzuziehen. Mit einem Achselzucken signalisierte Barnaby sein Einverständnis. Dort angekommen verteilten sich die drei Brüder auf der einen Seite des Raumes; Mathew blieb stehen, während Thomas und Simon auf Lederstühlen Platz nahmen. Barnaby und Luc entschieden sich für die andere Zimmerhälfte, Barnaby stellte sich an den Kamin, und Luc ließ sich dankbar auf das Sofa sinken.

»Ich nehme an, du wunderst dich, was es mit all dem auf sich hat«, erklärte Mathew bedeutungsschwanger.

Die Augen auf Simon gerichtet erwiderte Barnaby:

»Ich denke, es hat mit Simons Nachricht an dich zu tun.«

Simon wurde rot.

»Ich bin kein Schwätzer, aber dein letzter ›Unfall‹ hat mir

Sorgen bereitet. Ich war der Ansicht, Mathew sollte davon wissen.«

»Ein Sturz vom Pferd? Warum sollte euch das Sorgen bereiten?«

»Weil es, Teufel noch einmal, seit Januar das dritte Mal ist, dass du einen ernsthaften ›Unfall‹ hattest«, fuhr Mathew ihn an.

Barnaby erstarrte.

»Das dritte Mal? Ich weiß nur von zwei Unfällen.«

Mathew machte eine ungeduldige Handbewegung. Verärgert erklärte er:

»Verkauf mich nicht für dumm! Das mit dem Verschwinden der Jacht war von Beginn an verdächtig. Und ungefähr zur selben Zeit, zu der die Jacht verschwindet, musst du plötzlich in der *Krone* das Bett hüten. Du warst bei bester Gesundheit, als ich dich am Tag vor deiner Abreise aus London gesehen habe, aber in der *Krone* bist du auf einmal so krank, dass du über Nacht in dem Gasthof bleiben musst – und dabei ist *Windmere* nur wenige Meilen entfernt.« Mathew schnaubte abfällig.

»Was ist geschehen? Hast du sie untergehen lassen und bist dabei fast ertrunken? Noch ein Unfall?«

»Also weißt du, was mit der Jacht passiert ist?«

Mathew seufzte.

»Nicht alles. Ich hatte immer schon den Verdacht, dass du etwas mit dem Verschwinden zu tun hattest. Der Zeitpunkt war zu unwahrscheinlich. Aber wenn du nicht zugeben wolltest, dass du sie im Ärmelkanal versenkt hast, dann war das deine Sache. Mich ging es nichts an.« Mathew bedachte ihn mit einem kühlen Blick.

»Dienstboten sehen Sachen, und obwohl Lamb sehr geschickt vorgegangen ist, ist jemandem aufgefallen, dass er nach deiner Ankunft einmal das Zimmer mit blutigen Verbänden verlassen hat, ein klarer Hinweis zusätzlich zu deiner Unpässlichkeit, dass du irgendeine Verletzung davongetragen hast.«

Barnaby glaubte nicht, dass Lamb so unvorsichtig gewesen war, sondern vermutete viel eher, dass jemand herumgeschnüffelt hatte ... oder bereits von der Wunde gewusst hatte.

»Angenommen, du hast recht«, entgegnete Barnaby langsam.

»Angenommen, ich war auf der Jacht, als sie untergegangen ist. Angenommen, ich hätte einen Schlag auf den Kopf bekommen und wäre fast ertrunken. Und angenommen, ich hätte seitdem noch ein paar andere Unfälle gehabt ... Warum interessiert dich das?«

Mathew blickte ihn finster an und erklärte unverblümt:

»Weil ich nicht deinen Tod auf meinem Gewissen haben möchte. Meine Brüder und ich sind davon überzeugt, dass jemand versucht, dich umzubringen.«

Kapitel 19

Von allem, was Mathew hätte sagen können, nichts hätte Barnaby mehr erstaunt. Er und Luc wechselten einen Blick, und es war klar, Luc war von Mathews Worten ebenso überrascht wie er.

Mit betont ausdrucksloser Stimme erwiderte Barnaby:

»Unglücklicherweise ist es nun einmal so, wenn jemand mich umzubringen versucht, dann hast du das beste Motiv.«

Mathews Augen schleuderten Blitze.

»Denkst du, ich weiß das nicht?« Er warf Barnaby einen scharfen Blick zu.

»Falls jemand dich töten will, gefällt es mir gar nicht, wenn alles so arrangiert wird, dass ich die Schuld an deiner Ermordung bekomme.« Er streckte eine Hand aus und erklärte leidenschaftlich:

»Es fällt dir vielleicht schwer zu glauben, aber das Letzte, was ich will, ist einen Titel zu erben, an dem der Verdacht klebt, ich hätte den Vorbesitzer ermordet, um ihn zu erringen.« Er schaute zu seinen Brüdern, und sowohl Thomas als auch Simon nickten mit grimmigen Gesichtern. Wieder an Barnaby gewandt sagte Mathew leiser:

»Keiner von uns möchte das.«

Barnaby musterte Mathew. Der Mann klang aufrichtig, und seine Reaktion war genau so, wie Barnaby es erwartet hätte – er hätte ebenso empfunden. Seine Augen wanderten langsam über Thomas und Simon. Die Feindseligkeit zwischen Thomas und Simon war allgemein bekannt, aber beide schienen große Stücke auf ihren ältesten Bruder zu halten – selbst wenn Simon zu oft der Versuchung nicht widerstehen konnte, Mathew zu reizen. Würde ihre Liebe und Zuneigung zu ihrem Bruder sie dazu bringen, für ihn zu morden? Es schien weit hergeholt, auch nur mit dem Gedanken zu spielen, aber jemand hatte nun einmal versucht, seinen Tod herbeizuführen – bei drei verschiedenen Gelegenheiten, und das offensichtlichste Motiv war der Titel. Wenn das nicht, warum dann, fragte er sich verwundert, sollte ihm jemand den Tod wünschen?

Wieder wechselten er und Luc einen Blick. Luc breitete die Hände aus und zuckte die Achseln.

Mathews Unschuldsbeteuerungen konnten ein Trick sein, um Barnabys Vertrauen zu erringen, aber so fühlte es sich nicht an. Mathews Worte klangen wahr … andererseits könnte sein Cousin auch ein begnadeter Schauspieler sein. Barnaby seufzte. Er musste eine Entscheidung fällen: Vertraute er Mathew und seinen Brüdern oder nicht?

Er beschloss, es zu riskieren – und seinen Instinkten zu folgen. Er sagte:

»Jemand hat gestern versucht, mich zu töten – ich habe es den Täter selbst sagen hören und fluchen, dass ich die anderen beiden Anschläge auf mich überlebt habe.«

»Hat er mit dir gesprochen?«, wollte Mathew aufgeregt wissen.

»Hast du ihn gesehen?«

Barnaby schüttelte den Kopf.

»Nein, ich habe nichts gesehen. Ich habe nur seine Stimme gehört.« Als Mathew ihn auffordernd anschaute, erklärte er:

»Und nein, die Stimme habe ich nicht wiedererkannt. Sie klang vertraut, aber ich konnte sie nicht einordnen.«

»Woran erinnerst du dich?«, fragte Tom mit gerunzelter Stirn.

Barnaby berichtete das, was er wusste, die Erinnerung an die über den Weg gespannte Schnur eingeschlossen.

»Natürlich war sie verschwunden, als ich wieder zu mir kam«, schloss er mit einem Anflug von Selbstironie.

»Dieser Loren«, überlegte Mathew laut, »kann es sein, dass er angeheuert war, um dich umzubringen, und er der Angreifer war? Vielleicht hat er nur so getan, als habe er dich gefunden?«

»Wenn das der Fall gewesen wäre«, antwortete Barnaby, »hätte er die Sache zu Ende bringen können, während ich bewusstlos war.« Er lächelte leicht.

»Selbst als ich wieder zu mir gekommen bin, war ich ganz benommen und wäre ein leichtes Opfer gewesen. Wenn er es gewollt hätte, hätte es keiner Anstrengung bedurft, mir einfach noch einen oder zwei Schläge auf den Kopf zu verpassen, um sicherzugehen, dass ich nie wieder aufwachte.«

»Was ist mit dem Reiter, den Loren hat wegreiten sehen?«, fragte Simon und beugte sich vor.

»Konnte er ihn identifizieren … oder das Pferd?«

Wieder schüttelte Barnaby den Kopf.

»Nein. Loren hat eingeräumt, dass er dem Reiter weiter keine Beachtung geschenkt hat, da er sich auf mich konzentriert hat.« Er rieb sich den Nacken.

»Allerdings hat er gesagt, es sei seltsam, dass der Reiter nicht angehalten habe. Darüber hinaus konnte er nichts Hilfreiches beisteuern.« Barnaby verzog das Gesicht. »Glaubt mir, ehe ich von *The Birches* weggefahren bin, habe ich ihn eindringlich befragt. Und Miss Townsend auch. An dem Reiter oder seinem Pferd gab es nichts, das Loren aufgefallen wäre.«

»Also ist alles, was wir wissen«, fasste Mathew enttäuscht zusammen, »dass du einen Feind hast, der drei Anschläge auf dich verübt hat.«

»Erfolglos«, sagte Luc ruhig.

Die Falten auf seiner Stirn vertieften sich, als Thomas wissen wollte:

»Aber warum will jemand deinen Tod?«

Barnaby zuckte mit den Achseln.

»Wenn wir dich und deine Brüder ausschließen, dann kann ich mir niemanden denken, den ich so beleidigt oder verärgert hätte, dass derjenige mich umbringen wollte, auch wenn es euch vielleicht schwer fällt, das zu glauben.«

Um die Spannung zu lockern warf Luc leichthin ein:

»Ich muss gestehen, *mes amis,* dass er mich oft genug so weit gebracht hat, dass ich dem Gedanken nicht abgeneigt war, ihm den Hals umzudrehen, aber ich versichere, in diesem Fall bin ich unschuldig.«

Alle mussten lachen, aber kurz darauf wurde ihre Unterhaltung wieder ernst. Mathew und seine Brüder bestürmten Barnaby mit Fragen zu den anderen Anschlägen, und er antwortete ihnen so wahrheitsgemäß und vollständig, wie es ihm nur möglich war. Schließlich landeten sie wieder beim Untergang der Jacht – das war der gewagteste und komplizierteste von den »Unfällen«. Er erzählte ihnen, woran er sich erinnern konnte, ließ jedoch großzügig alle Hinweise auf Schmuggler aus und verfälschte die Umstände seiner Rettung ein wenig.

»Und als du in der *Krone* aufgewacht bist, hattest du keine Ahnung, wie du dort hingelangt bist? Oder wer dich dort hingebracht hat?«, fragte Thomas nach, ohne den Blick von Barnabys Gesicht zu wenden.

»Nicht die geringste«, erklärte Barnaby unbekümmert. Er bemerkte, dass Luc die Augen zuzufallen drohten, und da er fand, dass sie genug Zeit damit verschwendet hatten, die Anschläge auf sein Leben durchzusprechen, verkündete er:

»Und nun, meine Herren, denke ich, wir sollten es für heute dabei bewenden lassen.« Er lächelte.

»Ich lebe nun schon ein paar Wochen mit dem Wissen, aber ihr habt sicher einiges, über das ihr nachdenken wollt. Vielleicht haben wir morgen nach ein paar Stunden Schlaf eine zündende Idee, wie wir denjenigen entlarven, der mir nach dem Leben trachtet.«

Als sich am folgenden Morgen die Herren im Frühstückszimmer wiedersahen, hatte aber bedauerlicherweise niemand einen hilfreichen Einfall zu dem am Vortag Besprochenen. Barnaby hatte ohnehin nicht viel Interesse daran – am nächsten Morgen war seine Hochzeit, und seine Gedanken waren bei seiner Braut und der Zeremonie.

Mit dem wachsamen Lamb getreu an seiner Seite ritt er am Nachmittag nach *The Birches*. Lachen und Aufregung lag in der Luft in dem alten Gutshaus, und nach einhelliger Meinung der dort versammelten Frauen gab es viel zu viel zu tun, und auch das Brautkleid musste noch ein letztes Mal anprobiert werden, als dass man ihm mehr als ein paar Minuten ungestörter Zweisamkeit mit seiner Braut gegönnt hätte. Nach dem frustrierend kurzen Besuch bei Emily murmelte Barnaby ihr beim Abschied zu:

»Wenigstens ist es das letzte Mal, dass ich mich von dir hier verabschieden muss. Um diese Zeit morgen sind wir Mann und Frau.«

Emilys Herz klopfte schneller, wenn sie daran dachte, aber sie verspürte auch eine leise Verunsicherung, als sie ihm in das dunkle Gesicht blickte und seine große kräftige Gestalt mit den vielen Muskeln betrachtete. Dieser Mann würde sie um diese Zeit morgen gewissermaßen *besitzen* –

und er war kein Mann, den man leichtnehmen konnte, der sich täuschen oder ignorieren ließe wie Jeffery. Das Bild, wie er im verlassenen Bauernhaus vor ihr gestanden hatte, seine Miene entsetzlich entschlossen, das Messer in seiner Hand, als er Ainsworth stellte, schoss ihr durch den Sinn. Wenn sie es wagte, sich ihm zu widersetzen, würde das Folgen nach sich ziehen, vielleicht sogar gefährliche ... *Aber ich liebe ihn*, sagte sie sich, *und wenn er mich vielleicht auch nicht liebt, so empfindet er doch Zuneigung für mich. Sicherlich wird er nie grausam zu mir sein.*

Barnaby spürte wohl ihre Ängste, denn er küsste ihr die Fingerspitzen und murmelte:

»Emily, ich schwöre dir, ich werde dir ein guter Ehemann sein und dich nie schlecht behandeln.« Er grinste.

»Obwohl ich sicher bin, dass du mich von Zeit zu Zeit schier in den Wahnsinn treiben wirst – wie ich dich auch.«

Unfähig, diesem verheerend charmanten Grinsen zu widerstehen, lächelte sie zurück.

»Allerdings, Mylord. Ich fürchte leider, dass du damit völlig recht behalten wirst.«

Am Hochzeitsmorgen war der Himmel grau und von Wolken verhangen, und am Horizont zog ein Unwetter auf. Doch trotz des Sturmes, der am Vormittag dann in wütenden Böen tobte, waren die Bänke in der Dorfkirche voll besetzt mit Freunden und Familienangehörigen der Braut und des Bräutigams.

Barnaby war ein beeindruckender Anblick in seinem pflaumenblauen Rock und wirkte wie der geborene Aristokrat; der Spitzenbesatz seines Hemdes hob sich elegant von der dunklen Farbe des Wollstoffes ab, seine muskulösen Schenkel steckten in Kniebundhosen aus hellem Satin. Seine Stimme klang sicher, als er das Ehegelübde sprach.

Emilys Antwort war weniger kräftig, aber alle waren sich einig, dass sie eine liebreizende Braut war; ihr silberblondes Haar war zu weichen Locken frisiert, in die kleine Büschel aus rosa Rosenknospen gesteckt waren. Alle, besonders aber die Damen, waren einhellig der Ansicht, dass ihr Kleid aus rosa-weiß gestreifter Seide, um den rechteckigen Ausschnitt und an den Handgelenken üppig mit feinster Spitze verziert, nichts zu wünschen übrig ließ und jede Braut mit Stolz erfüllt hätte.

Nur das schlechte Wetter störte die sonstige Vollkommenheit des Tages. Just als Emily ihr »Ich will« sprach, zuckte ein Blitz über den Himmel und schlug in der Nähe ein und erhellte die Kirche wie mit tausend Fackeln. Emily gab sich Mühe, das nicht als schlechtes Omen für ihr gemeinsames Leben mit Barnaby zu deuten.

Auf *Windmere* war ein Hochzeitsfrühstück vorbereitet, und selbst dem Unwetter gelang es nicht, die Stimmung zu trüben und den Spaß und die Freude der Gäste zu stören, die dem Brautpaar zum Herrenhaus folgten. Es war eine sehr gemischte Gruppe Leute, die sich hier versammelt hatte, um die Eheschließung zwischen Lord Joslyn und Emily Townsend zu feiern. Man könnte auch sagen, sie seien wild zusammengewürfelt, aber Barnaby zog es vor, sie als demokratisch zu sehen, denn Mrs Gilbert war ebenso anwesend wie Lord Broadfoot und seine Dame und die anderen führenden Landbesitzer der Gegend. Jeb Brown und Caleb Gates, die in ihren besten Sonntagskleidern durchaus schmuck aussahen, konnte man beim Gespräch mit Mathew und Simon beobachten, und drei der Gilbert-Töchter lachten und schäkerten mit Thomas und Luc. Flankiert von Althea und Anne hielt Cornelia Hof in einer Ecke des Raumes, wo alle hinkamen, um ihr ihren Respekt zu erweisen … und ihr zu ihrem Aussehen Komplimente zu machen; sie war aber auch in bester Verfassung, da ihre geliebte Emily eine so gute Partie gemacht hatte. Hugh hielt sich, wie mehreren der Anwesenden auffiel, stets in Annes Nähe auf, deren Augen förmlich strahlten. Jeffery schlenderte von einem Grüppchen zum anderen und nahm die Glückwünsche zu Emilys vorteilhafter Hochzeit entgegen, als stünde es ihm zu. Der Vikar und seine Gattin waren natürlich ebenfalls anwesend, blieben auf ihrem Weg durch den Salon immer wieder stehen, unterhielten sich länger mit Cornelia und dann später mit Mrs Featherstone, die mit ihren Töchtern gekommen war und, sobald die Gilbert-Mädchen weitergezogen waren, sogleich Luc und Thomas ins Visier nahm.

Nachdem alle eine schwindelig machende Vielfalt an Gerichten, die Mrs Eason zubereitet hatte, genossen hatten und auf die Neuvermählten angestoßen hatten, verabschiedeten sich die geladenen Gäste nach und nach und machten sich durch den immer noch tobenden Sturm auf den Heimweg – bis auf die Mitglieder der beiden Familien. Die Dämmerung brach bereits an, als schließlich die Townsend-Kutsche gerufen wurde, um dem Wetter trotzend nach *The Birches* aufzubrechen. Emily blieb allein mit ihrem Ehemann zurück … und seinen Verwandten.

Als sie zusah, wie Cornelia und der Rest ihrer Familie in der schwerfälligen Kutsche über die Auffahrt entschwand, fühlte sich Emily, als sei sie nun mit Fremden allein gelassen. Oh, natürlich war ihr frischgebackener Ehemann kein Fremder für sie, aber es gab vieles, was sie über ihn nicht wusste. Sie schaute auf den breiten Goldreif an ihrem Finger und erkannte, dass seit dem Moment, in dem sie Barnaby zum ersten Mal gesehen hatte, in jener Nacht im Gasthof, nicht einmal zwei Monate vergangen waren. Und nun war sie mit ihm verheiratet, ihre Leben waren miteinander verschlungen ... so wie ihre Körper es heute Nacht sein würden. Das Atmen fiel ihr mit einem Mal schwer.

Statt sich für ein paar Tage irgendwo aufs Land zurückzuziehen, um ihr Leben zu zweit ungestört zu beginnen, hatten Barnaby und Emily beschlossen, auf *Windmere* zu bleiben. Ursprünglich hatten Mathew und seine Brüder vorgehabt, nach dem Hochzeitsfrühstück nach *Monks Abbey* zurückzukehren, aber der Sturm hatte das verhindert. In dem Bewusstsein, dass dies Emilys und Barnabys Hochzeitsnacht war, machten Mathew, Thomas und Simon Pläne, den Abend außer Haus zu verbringen. Sie wollten, so erklärte Mathew, trotz des schlechten Wetters ins Dorf reiten und sich im *Ram's Head* vergnügen. Luc erwähnte sehr taktvoll, dass er sich auf eine ruhige Mahlzeit in seinen Räumen freute.

Nachdem alle Gäste fort waren, wünschte Emily den Herren eine gute Nacht und ging zum Fuß der anmutig geschwungenen zweigeteilten Treppe, um sich in ihre Zimmer zurückzuziehen. Am unteren Ende der linken Treppenhälfte blieb sie stehen, weil ihr auffiel, dass sie keine Ahnung hatte, wo ihre Zimmer sich befanden. Peckham erschien so plötzlich neben ihr, dass sie erschrak. Er verneigte sich und erklärte:

»Ich glaube nicht, dass Sie bereits die Gelegenheit hatten, Ihre Suite zu besichtigen – sie liegt in einem anderen Flügel als die Räume, in denen Sie zuvor untergebracht waren. Wenn Sie es wünschen, Mylady, kann ich sie Ihnen zeigen.«

Emily nickte und sagte:

»Danke, das würde mich freuen.«

Er räusperte sich leise.

»Da Sie keine Zofe mitgebracht haben, habe ich mir erlaubt, aus dem Kreis der Zimmermädchen eines auszuwählen, das Ihnen zur Hand geht.« Er wirkte betrübt.

»Unter gewöhnlichen Umständen, Mylady, würde ich es nicht zulassen, dass eine junge Frau ohne Erfahrung und Übung Sie bedient, aber wenn sie Ihnen nicht missfällt, wird Kate, die schon neulich für Sie gesorgt hat, als ihre Zofe fungieren. Sie hat Ihre Koffer bereits ausgepackt, die heute Morgen von *The Birches* hier eingetroffen sind, und wird Ihnen in jeder Weise behilflich sein, ganz wie Sie es wünschen. Wenn Sie auch nur den geringsten Grund zur Klage haben, geben Sie mir Bescheid, und ich werde mich unverzüglich des Problems annehmen.«

Emily wäre von seinen Worten vielleicht stärker beeindruckt gewesen, wenn sie nicht den Eindruck gehabt hätte, dass er es viel zu sehr genießen würde, sich »des Problems anzunehmen«. Daher nahm sie sich insgeheim fest vor, dass der Butler von ihr nie eine Beschwerde über irgendein Mitglied der Dienerschaft zu hören bekommen würde.

Während sie die Treppe in das obere Stockwerk hochstiegen, bemerkte Peckham:

»Es war keine Zeit, vor der Hochzeit die Zimmer neu herzurichten, aber ich bin sicher, Sie werden sie mehr als zufriedenstellend finden – alles auf *Windmere* ist von höchster Güte.« Mit einem Seitenblick zu ihr, der ihr nicht gefiel, fügte er hinzu:

»Natürlich werden Sie zweifelsohne Veränderungen treffen, damit Sie sich wohlfühlen.«

Nicht sicher, ob er sie eben beleidigt hatte oder nicht, schwieg Emily, aber sie stellte einmal mehr fest, dass sie Barnabys Butler nicht sonderlich leiden mochte. Sie gingen weiter, und sie lauschte ihm interessiert, als er ihr dabei den einen oder anderen besonders prächtigen Raum zeigte. Aber sie konnte nicht verhindern, dass sie sich nach Walkers unverstellter Liebenswürdigkeit und der vertrauten Umgebung von *The Birches* sehnte.

Während sie Peckham mit seinen gemessenen Schritten folgte und er sie durch endlose und sich windende kerzenbeleuchtete Korridore führte, wuchs in Emily die Überzeugung, dass sie sich auf sich allein gestellt sicher längst verlaufen hätte. Damit lag sie nicht falsch. Als er schließlich stehen blieb, eine doppelflügelige Tür öffnete und ihr bedeutete, einzutreten, war sie völlig orientierungslos. Sie hatte sogar den Verdacht, dass er sie absichtlich auf verschlungenen Wegen hierher gebracht hatte. Die Kerzen brannten schon eine Weile, und nachdem er sie ausführlich in den Zimmern umhergeführt und ihr die üppig ausgestattete Suite gezeigt hatte, die aus einem Salon, einem Schlafzimmer und einem Ankleidezimmer bestand, alle in verschiedenen Schattierungen von Perlweiß, Moosgrün und Rosa eingerichtet, ging Peckham schließlich.

Nachdem er fort war, schaute sich Emily im Salon um und kam zu dem Schluss, dass der Butler in einem recht hatte: Alles auf *Windmere* war von höchster Güte. Ein hübscher Rosenholz-Schreibtisch und ein Stuhl mit einem in Rosa und Altweiß bestickten Bezug standen einladend vor einem von mehreren großen Fenstern mit Vorhängen aus moosgrüner Seide. Ein dicker Wollteppich mit einem Muster in Bernstein, Rosa und Perlweiß lag auf dem Boden. Seidenholztischchen und Stühle mit Polstern aus moosgrün und goldfarben gestreiftem Samt und ein paar Sofas standen geschmackvoll verteilt im Raum, hohe Kommoden mit erlesener Intarsienarbeit fanden sich zu beiden Seiten der Tür zu ihrem Schlafzimmer. Ein Kamin mit einem alten kunstvoll geschnitzten Kaminsims beherrschte die gegenüberliegende Wand; angesichts des Sturmes draußen war Emily froh über die gelborangen Flammen, die fröhlich auf dem Rost flackerten.

Emily setzte sich auf ein Sofa und zwang sich, sich zu entspannen. *Wer hätte wissen können, dass eine Heirat so anstrengend sein kann?*, überlegte sie, streifte sich die Schuhe ab und zog sich geistesabwesend die Blumen aus dem Haar und legte sie neben sich aufs Sofa. Sie schaute sich noch einmal um. Das hier war nun ihre Suite. Sie war nicht zu Besuch hier. Sie lebte jetzt hier – in diesem riesigen Schloss – und sie konnte nicht anders, als sehnsüchtig an den schäbigen Charme ihres früheren Zuhauses zu denken und alle, die sie dort gelassen hatte. Sie würde nie wieder die schlichte Emily Townsend von *The Birches* sein, wurde ihr mit einem Stich des Bedauerns klar. Jetzt war sie Lady Joslyn – die Herrin von *Windmere* und verantwortlich dafür, ein wahres Heer von Dienstboten zu beaufsichtigen, wobei sie von den meisten noch nicht einmal die Namen kannte, und *Windmere* in tadellosem Zustand zu erhalten.

Ihre Mundwinkel senkten sich. Eine Welle der Einsamkeit erfasste sie, als sie sich vorstellte, dass Anne und Cornelia heimgekehrt waren in den Trost der vertrauten Umgebung, wo der liebe, stets lächelnde Walker sie empfangen würde, und Mrs Spalding in der großen alten Küche irgendetwas Köstliches fur heute Abend zubereiten würde.

Ärgerlich auf sich selbst gab sie sich einen Ruck und stand auf. Gütiger Himmel! Sie war mit einem reichen, aufregenden Mann verheiratet – und sie saß hier und blies Trübsal, als hätte man sie hilflos an einer einsamen Küste ausgesetzt. Barnabys dunkle eindringliche Züge erschienen vor ihrem geistigen Auge, und wenn sie an die kommende Nacht dachte, antwortete ihr Körper auf eine Weise, die sie erregte und verlegen machte. Ihre Brüste prickelten, Hitze erfasste ihren Unterleib, und ihr Puls raste, wenn sie an das dachte, was kommen würde.

Um diesen beunruhigenden, aber unverkennbar sinnlichen Bildern in ihrem Kopf zu entfliehen, verließ sie rasch den Salon und eilte ins Schlafzimmer. Ihr Blick fiel auf die dunkelgrünen und goldfarbenen Bettvorhänge an dem großen Himmelbett, und sie schaute hastig weg. Sich Barnaby nackt in diesem Bett vorzustellen half jedenfalls nicht dabei, ihre beflügelte Fantasie zu beruhigen. Beinahe verzweifelt suchte sie Ablenkung.

Da sie Geräusche aus dem Ankleidezimmer hörte, spähte Emily durch die Tür. Kate, die junge Frau, die sie während ihres vorherigen Aufenthalts hier schon kennengelernt hatte, lächelte und summte fröhlich vor sich hin, während sie einen Krug mit warmem Wasser auf den aus Mahagoni und Marmor gefertigten Waschtisch in der Ecke des geräumigen Zimmers stellte. Da Kate noch nicht da gewesen war, als Peckham ihr die Räume gezeigt hatte, nahm Emily an, dass die Zofe über die Dienstbotentreppe gekommen war.

Kate sah Emily aus dem Augenwinkel und erschrak, quietschte und machte einen Satz. Als sie ihre Herrin erkannte, errötete sie und machte einen Knicks.

»Oh, Mylady. Ich habe Sie vorher nicht gesehen.«

Lächelnd betrat Emily den Raum.

»Es tut mir leid. Ich wollte Sie nicht erschrecken.«

Emily war sich nicht sicher, wie sie mit einer Zofe umgehen sollte, die ihr ganz allein zur Verfügung stand, aber sie stellte rasch fest, dass Kate ein Juwel war. Sie war nicht nur immer fröhlich und gut aufgelegt, sondern auch ein erfreulicher Gegenpol zu Peckhams distanziert höflichem Auftreten.

Während sie geheiratet und sich später um ihre Gäste gekümmert hatte, waren die Reisetruhen und Koffer aus *The Birches* eingetroffen, und Kate hatte alles ausgepackt und weggeräumt. Fast wie ein junger Hund, der gelobt wurde, bebte Kate nahezu vor Freude, als Emily ihr sagte, wie gut sie ihre Arbeit gemacht habe.

Nachdem sie Kate gebeten hatte, ein Bad vorzubereiten, ging Emily zurück in ihr Schlafzimmer und schaute nachdenklich auf die geschnitzte dunkle Eichenholztür, die, wie Peckham ihr gesagt hatte, zu den Räumen des Viscount führte. Sie schluckte. Wann immer er es wollte, konnte Barnaby in ihr Zimmer kommen und sie in die Arme ziehen, küssen und … Wärme breitete sich in Windeseile in ihr aus, und sie begab sich rasch in den Salon, verlegen wegen ihrer Fixierung auf Barnabys Küsse und … andere Sachen.

Sie nahm auf einem der mit rosa Damast bezogenen Sofas Platz und ließ ihren Blick schweifen. In diesem Salon ließe sich ihr Schlafzimmer aus *The Birches* mühelos viermal unterbringen – und es wäre noch Platz übrig. Ihre Augen senkten sich auf den Ring an ihrem Finger. Sie war verheiratet – mit Barnaby. Und heute Nacht, wenn er sie in die Arme schloss … Sie zitterte, wusste, dass es heute Nacht keine Hindernisse zwischen ihnen geben würde. Und wenn er sie küsste und berührte, würde es keine Störungen geben, nichts, das ihn davon abhielt, sich das zu nehmen, was ihm jetzt – dem Gesetz nach – zustand. Ihr Herz dröhnte, und sie wusste nicht, ob sie aufgeregt war oder verängstigt. Sie biss sich auf die Unterlippe. Sie fürchtete Barnaby nicht, daher musste sie wohl aufgeregt sein, entschied sie, und erinnerte sich an all die unglaublichen Gefühle, die er in ihr geweckt hatte.

Voller Vorfreude und ohne sich sonderlich darum zu kümmern, ob es nun unanständig war oder nicht, hatte Emily das Gefühl, dass die Zeit dahinschlich, bis sie Barnaby wiedersah. Als sie gebadet und ein schlichtes blaues Kleid angezogen hatte und Kate ihr das Haar gebürstet hatte, bis es ihr in silbrig schimmernden Wellen über den Rücken fiel, stellte sie erstaunt fest, dass es schon kurz vor acht Uhr am Abend war.

Sie hatte das von Kerzen erhellte Zimmer gerade erst zur Hälfte durchquert, als die Tür, die ihre Räume mit Barnabys verband, geöffnet wurde und Barnaby hereinschlenderte. Bei seinem Anblick, so groß und männlich, machte ihr Herz wieder diesen lustigen kleinen Satz, den sie langsam zu erwarten begann, wenn sie ihn sah.

Wie sie hatte er sich umgezogen und trug an diesem Abend wieder weniger formelle Kleidung. Sein Halstuch war schmaler und hatte keinen Spitzenbesatz. Sein dunkelblauer Rock und die hellgrauen Hosen waren zwar perfekt gearbeitet, aber aus weniger kostbaren Stoffen geschneidert. Auf den Zopf im Nacken hatte er verzichtet, sodass sein Haar offen war und ihm bis auf die Schultern fiel. Die dunkle Farbe, die so sein Gesicht umrahmte, betonte die breiten Wangenknochen und den dunklen Teint, sodass sein indianisches Erbe hervorgehoben wurde.

Barnaby entdeckte Emily und blieb wie vom Donner gerührt stehen. Alle Gedanken an das ruhige kleine Dinner, das er in ihren Salon bestellt hatte, gefolgt von einer behutsamen Verführung, lösten sich in Luft auf. Seine Augen wurden schmal und hingen an ihrem halb geöffneten rosigen Mund, während das Blut ihm dröhnend durch die Adern rauschte. Die Erinnerung an diese verführerischen Lippen unter seinen durchzuckte ihn. Zu seiner Erbitterung wurde er sogleich hart und bereit, ihr die Kleider vom Leib zu reißen und sich zu nehmen, was sein war. Er kämpfte gegen die niedrigsten Instinkte an, rang den Drang nieder, sie einfach aufs Bett zu werfen und die Reize zu erforschen, die, wie er wusste, unter dem hübschen blauen Kleid lagen.

Emily machte einen halben Schritt zurück, als sie den

Ausdruck auf seinem Gesicht sah, selbst als ihr Körper auf das hungrige Verlangen antwortete, das sie dort entdeckte. Ihre Brustwarzen richteten sich auf und drückten sich gegen die dünne blaue Seide, die Knie wurden ihr weich, und die Vorfreude auf seine Berührung, seinen Mund auf ihrem verhinderte ein weiteres Zurückweichen.

Barnabys Blick fiel auf die Knospen, die sich schamlos unter dem Stoff abzeichneten, und er murmelte etwas zwischen einem Fluch und einem Dankgebet, dann war er mit zwei Schritten bei ihr und zog sie in seine Arme. Eine Sekunde trafen ihre Blicke sich, der wilde Hunger in seinem traf auf den unsicheren Eifer in ihrem. Dann fassten seine Hände sie an den Oberarmen und hielten sie an sich gedrückt, sein Mund senkte sich hart und fordernd auf ihren.

Dieser erste Kuss war nicht sanft – er konnte sich nicht beherrschen, seine Lippen und seine Zunge plünderten, wie es ihnen beliebte. Aber nach einer Weile kam er wieder ein wenig zur Vernunft. Das hier war Emily. Seine Frau, seine Braut.

Er atmete schwer, als sei er eine lange Strecke gelaufen, wurde sanfter, zärtlicher. Er verführte sie mit dem Mund, ließ seine Hände von ihren Armen zu ihren Hüften gleiten und zog sie an sein hartes Glied.

Emilys Arme schlangen sich wie von selbst um seinen Nacken, und sie genoss die Macht und Kraft des Kusses, das Gefühl seines muskulösen Körpers an ihrem. Leidenschaftlich erwiderte sie den Kuss, erschauerte entzückt, als seine großen Hände ihre Hüften fassten und sie an ihn pressten, an die Stelle seines Körpers, die unmissverständlich sein Verlangen enthüllte.

Bald schon waren Küsse nicht mehr genug; Barnaby hob sie mit einem Stöhnen auf die Arme und stolperte fast mit ihr zum Bett. Ohne seinen Mund von ihrem zu nehmen, folgte er ihr, jede seiner Bewegungen von Leidenschaft und Verlangen gesteuert. Gemeinsam lagen sie dort und küssten einander, Barnabys Körper halb über ihrem, ein Oberschenkel zwischen ihren Beinen.

So entflammt wie er erwiderte Emily seine Küsse und schnappte nach Luft, als er sein Bein immer wieder an der Stelle rieb, die sich nach seiner Berührung sehnte. Mit den Händen umklammerte sie seine Schultern, während sie sich unter ihm wand und mit den Beinen seinen Oberschenkel umklammerte, ihn dort festhielt, wo alle Gefühle zusammenzulaufen zu schienen.

Seine Hand glitt zu ihrer Brust, und er schob den Stoff nach unten, entblößte ihren Busen; mit seinen harten Männerfingern fasste er sie an, knetete und streichelte ihre Brüste. Er knabberte an ihrer Haut und küsste ihren Hals, zog eine Spur aus Küssen zu ihrer Brust, schloss die Lippen hungrig um eine Spitze. Die Berührung seines Mundes, das Gefühl seiner Zähne und seiner Zunge auf den empfindsamen Knospen sandte einen Blitz aus Hitze durch Emily, und sie bäumte sich auf, bot sich ihm ganz.

Sie war wie Feuer und Seide unter ihm, und mit dem kleinen Teil seines Verstandes, der nicht von Verlangen regiert wurde, kämpfte Barnaby dagegen an, den sengenden Hunger zu bezwingen, der die Vereinigung ihrer Körper forderte. Auf der Schneide zwischen Vernunft und primitivem Instinkt wankend, schob er sich zwischen ihre Schenkel und rieb sich an ihrem weichen Schritt. Lust toste durch ihn, als ihre Arme sich fester um ihn legten und sie ihm die Hüften entgegenhob. Gegen den mächtigen Drang ankämpfend, sich jetzt sofort in ihr zu versenken, löste er seinen Mund von ihrer Brustspitze.

Von Gefühlen und Empfindungen nahezu überwältigt, die zusammenhängende Gedanken unmöglich machten, schrie Emily leise auf, als seine Lippen ihre Brustspitze verließen. Benommen starrte sie in das dunkle Gesicht über sich, ihre Augen wirkten in dem unsteten Licht der Kerzen rauchig und geheimnisvoll, ihr Mund war rosig und leicht geschwollen von seinen Küssen und die Wangen von Verlangen gerötet.

Barnaby hatte nie etwas Schöneres gesehen … und sie verdiente Besseres, dachte er ärgerlich, als einen brutalen Liebesakt mit einem wild gewordenen Eber. Aber als er sich von ihr heben wollte, hielt sie ihn fest und hauchte:

»Nein, verlass mich nicht. Ich brauche dich.«

Ihre Worte entflammten ihn, aber er wehrte sich gegen das wilde Drängen, zurückzusinken und seine Lust zu stillen. Er zwang sich zu einem Lächeln, das so zärtlich wie angestrengt war, und sagte:

»Emily. Liebes, wenn du nicht erlaubst, dass ich ein wenig Abstand zwischen mir und dir schaffe, dann werde ich nicht in der Lage sein, meine niederen Instinkte zu kontrollieren.« Er fuhr ihr liebkosend mit einem Finger über den Mund.

»Wenn du in meinen Armen liegst, verliere ich den Kopf, und alles, woran ich denken kann, ist, dich zu besitzen.« Er schluckte.

»Dein erstes Mal sollte zärtlich sein.«

Ihr Körper stand in Flammen, schmerzte und verzehrte sich nach ihm, und alle Zärtlichkeit konnte ihr gestohlen bleiben. Sie sehnte sich so verzweifelt nach ihm, dass sie sicher war, sie würde sterben, wenn er diese köstliche Qual nicht bald beendete. Daher sagte sie:

»Vielleicht will ich es jetzt gar nicht sanft … vielleicht will ich nur, dass du mit mir machst, was du willst.«

Barnaby stand am Abgrund, dann senkte sich sein Blick auf ihren nackten Busen, und er verlor den inneren Kampf.

Er streifte mit seinen Lippen ihren Mund und fasste ihr Kleid.

»Wenn das dein Wunsch ist, Madame Ehefrau«, flüsterte er rau an ihrem Ohr, »soll es nicht heißen, dass ich ihn nicht erfüllt hätte. Das Erste, wofür wir sorgen müssen, ist, dich aus diesen Kleidern herauszubekommen.«

Er erwies sich als äußerst geschickt dabei, ihr das Kleid auszuziehen, und er benötigte nur ein paar Augenblicke länger, sich seiner eigenen Kleider zu entledigen. Im Kerzenschein betrachteten sie einander, Barnaby groß und dunkel und muskulös; Emily blass wie Alabaster und trotz ihrer Schlankheit verführerisch gerundet. Beide waren wie gebannt von dem, was sie sahen, und wie ein Feuer, das man anfacht, loderte die Flamme zwischen ihnen höher.

Sie kamen wieder zusammen, mit Lippen und Zungen, die Glieder verschlungen und die Leiber dicht aneinander gepresst. Trotz ihres Drängens, schneller zu machen, ließ Barnaby sich Zeit, ihren Körper gründlich zu erforschen, kostete ausgiebig die Haut auf ihren Brüsten, fuhr mit den Fingern über jeden köstlichen Zoll von ihr. Um ihr wie sich selbst Lust zu schenken, gelang es ihm, sein Verlangen zu zügeln, er erkundete jede Höhlung und jede Wölbung, ließ seine großen warmen Hände über ihren Rücken zu ihren Pobacken wandern, ehe sie wieder zu ihrer Vorderseite zurückkehrten.

Jede neue Liebkosung steigerte den süßen Schmerz, die schmelzende Wärme zwischen ihren Schenkeln, und sie wand sich rastlos unter seiner Berührung, wollte ... wollte ... Er überwältigte sie, sein Geschmack war auf ihrer Zunge, sein Geruch in ihrer Nase und seine Haut warm und rau unter ihren tastenden Händen. Sein Mund suchte wieder ihren, das unverhohlene Verlangen seines Kusses erhöhte den Druck, der sich in ihr aufbaute, und als seine Finger sie fanden und teilten, verkrampfte Emily sich in höchstem Entzücken.

Seine Berührung war erfahren; er neckte sie mehr und mehr, zupfte an ihr, erforschte jede Falte fast gemächlich, ehe er schließlich probehalber erst einen, dann zwei Finger in sie schob. Sie keuchte unter dem neuen Gefühl, jedes Vordringen sandte Wellen eines drängenden Sehnens durch sie. Schwindelig, hilflos dem Ansturm des uralten Verlangens ihres Körpers ausgeliefert, fiebrig und wild, biss sie ihn in die Lippe, krallte sich in seinen Rücken.

»Bitte«, stöhnte sie an seinem Mund. Ihre Arme schlossen sich fester um seinen Hals, und sie hob ihre Hüften jedem Vordringen seiner Finger entgegen.

»*Bitte!*«

Sein Atem ging abgehackt, sein Glied war zum Bersten hart, und er befand sich im Griff einer Lust, wie er sie nie zuvor erlebt hatte; ihr Flehen zerstörte den letzten Rest seiner Beherrschung. Er zitterte unter der Macht seines Verlangens, kniete sich zwischen ihre gespreizten Schenkel, drückte sich an sie. Er fand mit seinen Lippen ihren Mund, ließ keinen Zweifel, was er von ihr wollte, dann senkte er sich langsam auf sie, in sie, tiefer und tiefer in ihre süße Hitze.

Emily schnappte nach Luft, als er heiß und groß in sie kam, sie ausfüllte; kurz verspürte sie einen Anflug von Panik, als er auf ein Hindernis stieß, und dann durchzuckte sie ein scharfer Schmerz. Er spürte es und hielt inne, aber sie schlang die Beine noch fester um ihn und verlangte:

»Nein, bitte. Hör nicht auf – es hat kaum wehgetan.«

Halb in ihr, umgeben von ihr, weich und heiß, zweifelte Barnaby daran, dass er hätte aufhören können, wenn sie es verlangt hätte. Mit belegter Stimme erwiderte er:

»Ich schwöre dir, von diesem Augenblick an wird es in unserem Ehebett nur noch Lust geben.«

Ihre Lippen suchten seine.

»Zeig es mir«, hauchte sie.

Von ihren Worten und dem verführerischen Locken ihres Körpers angetrieben, stöhnte er und stieß sich ganz in sie. Er versuchte sanft zu sein, versuchte die süße Folter in die Länge zu ziehen, aber er befand sich im Griff eines primitiven Gefühls, das an Ekstase grenzte, das ihm alles raubte bis auf die Fähigkeit, dem Drang zu folgen, sich in ihr zu verlieren.

Emily erging es nicht anders, und mit jedem machtvollen Stoß seines Körpers trieb er sie demselben Gipfel entgegen, dem auch er entgegenstrebte. Seine Finger umklammerten ihre Hüften, und seine Bewegungen waren von wachsender Verzweiflung geprägt, das Verlangen steigerte sich weiter und weiter, das leidenschaftliche Drängen wurde heftiger und heftiger. Sie wollte, wollte ... dies, dachte sie benommen vor Entzücken, als ihr Körper zu zucken begann und plötzlich eine Welle der Lust sie erfasste und sie in Ekstase schier ertrank.

Barnaby fühlte, wie ihr Körper sich um ihn zusammenzog, zuckte; stöhnend steigerte er sein Tempo, bis auch er schließlich das süße Vergessen fand.

Kapitel 20

Die Februartage kamen und gingen. Nachdem König Ludwig XVI. in Paris hingerichtet worden war, hatten England und seine Verbündeten Frankreich den Krieg erklärt. Die Vorfälle legten sich wie ein Schatten über das ganze Land, doch das Leben ging wie gewohnt weiter. Als der Februar dann in den März überging und ein erster Frühlingshauch in der Luft lag, konnte Emily nur staunen, was für eine wundersame Wendung ihr Leben genommen hatte. Ihre Ehe mit Barnaby war für sie persönlich eine tief greifende Veränderung, aber auch in der Gegend hatte sich seit dem stürmischen Februartag, an dem sie ihr Ehegelübde gesprochen hatten, einiges geändert.

Als Barnaby am Morgen nach der Hochzeit widerstrebend Emilys Bett verlassen hatte, war er von dem Wunsch beseelt gewesen, seine verbliebenen Gäste loszuwerden. Allein der Anblick, wie sie rosig und verschlafen im Bett lag und sich tiefer unter die Decke kuschelte, hatte sein Verlangen aufs Neue geweckt. Es hatte ihn große Willensanstrengung gekostet, nicht wieder zu ihr ins Bett zu steigen und noch einmal das leidenschaftliche Geschöpf zu erleben, das ihm in der Nacht zuvor den Himmel gezeigt hatte. Er seufzte. Die weitere Erforschung der mannigfaltigen Freuden seiner jungen Braut würde warten müssen. Erst musste er Mathew und seine Brüder davon überzeugen, dass es keinen Grund für sie gab, weiter auf *Windmere* zu bleiben und auf einen neuerlichen Anschlag zu warten.

Er traf sich mit Mathew in seinem Arbeitszimmer, und als er ihm mitteilte, dass er und seine Brüder nach *Monks Abbey* zurückkehren sollten, erhob Mathew wie erwartet Einspruch.

»Hast du vergessen, dass dich jemand umzubringen versucht?«, wollte er mit störrisch vorgeschobenem Kinn wissen; seine Augen waren von einer durchzechten Nacht im *Ram's Head* noch blutunterlaufen.

Barnaby schüttelte den Kopf.

»Nein, das habe ich nicht, aber ich glaube nicht, dass es einen Anschlag verhindern würde, wenn ich ständig in der Gesellschaft von dir oder deinen Brüdern bin. Verdammt – ich wurde angeschossen, als Emily direkt neben mir geritten ist!« Grimmig fügte er hinzu:

»Wenn der Attentäter so entschlossen ist, wie ich fürchte, ist eure Anwesenheit in keiner Weise hilfreich.«

»Ja, aber …«

»Nichts aber«, unterbrach Barnaby ihn.

»Mich freut, dass ihr euch sorgt, aber ihr könnt nicht endlos auf *Windmere* bleiben und darauf warten, dass derjenige erneut zuschlägt.« Barnaby schnitt eine Grimasse. Als Mathew eine störrische Miene aufsetzte, sagte er, um ihn zu überreden:

»Dank des letzten Anschlags weiß ich sicher, dass es jemanden gibt, der meinen Tod will, und dass keiner dieser ›Unfälle‹ zufällig geschehen ist. Ich bin auf der Hut – ich werde nicht wieder unvorbereitet erwischt werden. Lamb und mein Bruder werden die zusätzlichen Augen sein, die ich brauche.« Er lächelte.

»Ich habe einen noch wichtigeren Grund, weshalb ich unbedingt am Leben bleiben will: Emily. Ich werde dafür sorgen, dass ich sie noch eine Weile genießen kann, das lass dir versichern.«

Mathew gefiel es nicht, aber schließlich lenkte er zögernd ein und versprach, dass er und seine Brüder am Nachmittag nach *Monks Abbey* aufbrechen würden. Bevor sie Barnabys Arbeitszimmer verließen, blickte er ihn fest an und erklärte:

»Ich möchte dich daran erinnern, dass ich auf deiner Seite stehe. Wenn du nur die geringste Verwendung für mich hast – dann schick mir eine Nachricht.« Sein Mund wurde schmal. »Ich möchte keinen Titel erben, an dem dein Blut klebt.« Barnaby nickte, und sie trennten sich. Nachdem dieses Problem gelöst war, war Barnaby in der Lage, mit der frohen Botschaft zu seiner jungen Frau zurückzukehren, dass ihre Gäste in ein paar Stunden fort sein würden.

Mathew und seine Brüder reisten wie zugesagt ab, und Luc, der sich diskreterweise nicht blicken ließ, gestattete den Frischvermählten die Ungestörtheit, die sie brauchten – aber in der ersten Woche im März gab es dann wieder einen Zuzug auf *Windmere*: Cornelia.

Wenn Emily Barnaby nicht längst liebte, hätte er ihr Herz erobert, als er vor der Hochzeit keinen Zweifel daran ließ, dass er Anne und Cornelia als Mitbewohner auf *Windmere* haben wollte.

»Der Himmel weiß, der Kasten ist groß genug, um eine ganze Armee zu beherbergen. Da werden zwei Frauen zusätzlich gar nicht auffallen.« Er streichelte ihr die Wange und fügte hinzu:

»Ich weiß, dass sie dir sehr am Herzen liegen und du dir Sorgen um sie machen würdest, wenn sie deinem Cousin ausgeliefert wären.« Er machte eine Pause und verzog das Gesicht, dann räumte er ein:

»Ich sage nicht, dass sie unverzüglich bei uns einziehen sollen – ich fände es schön, wenn wir ein paar Wochen ungestört und allein sein könnten. Aber danach wäre ich überglücklich, wenn beide kommen, um bei uns zu leben – mit allen Bediensteten, die sie gerne mitbringen möchten.«

Stolz hatte Emily zögern lassen, aber Barnaby hatte sie in die Arme gezogen und sie sachte geschüttelt.

»Ich bin ein reicher Mann«, hatte er unverblümt erklärt.

»Du wirst in wenigen Tagen meine Frau sein. Lass mich das hier für zwei Mitglieder deiner Familie tun, die ich beide sehr lieb gewonnen habe.« Als sie widersprechen wollte, legte er ihr einen Finger auf die Lippen und sagte:

»Und ich will kein Wort von Almosen oder Wohltätigkeit hören. Es ist mein verflixtes Geld, und ich werde es ausgeben, wie es mir beliebt.« Er grinste.

»Besser, ich gebe es aus, damit sie ein angenehmes Leben haben, statt es an den Spieltischen zu verschwenden. Triff deine Wahl.« Da gab es nichts zu wählen, wie Emily sehr wohl seit dem Moment gewusst hatte, in dem er das Thema angesprochen hatte.

Als ihr die Idee unterbreitet wurde, nahm Cornelia unverhohlen erfreut Barnabys Angebot an, aber als Emily Anne am Tag vor der Hochzeit fragte, hatte diese gezögert. Nach einem Augenblick hatte sie sie mit ihren großen braunen Augen besorgt angeschaut und gefragt:

»Würde es dich kränken, oder würdest du mich für undankbar halten, wenn ich dein überaus freundliches Angebot ablehne?« Emily schüttelte den Kopf, sie ahnte schon, was Anne gleich sagen würde. Hastig stieß ihre Stiefmutter hervor:

»Ich wollte nichts sagen bis nach der Hochzeit, aber die liebe Althea hat mich gebeten, *Parkham House* zu meinem Zuhause zu machen. Ich denke, ich würde dort sehr gerne leben.« Rasch fügte sie noch hinzu:

»Wenn Cornelia hierbleiben würde, würde ich sie nie im

Stich lassen, aber da sie nach der Hochzeit bei euch einzieht …« Sie errötete höchst kleidsam, »kann ich tun, was ich möchte.«

Und so kam es, dass Anne Mitte März wieder in *Parkham House* weilte, diesmal auf Dauer, und Cornelia in ihren prächtigen Zimmern auf *Windmere* residierte. Agatha hatte ihre Herrin begleitet.

Während Cornelia einzog, war Luc ausgezogen. Für ihn sein eigenes Haus zu finden, war leicht genug gewesen. Das *Dower House*, für die Witwe des Viscounts, nur eine knappe Meile von *Windmere* entfernt gelegen, stand leer und würde, so der Herrgott es wollte, auch in den nächsten dreißig oder vierzig Jahren nicht bezogen werden müssen. Wie alles auf dem Besitz war das elisabethanische Landhaus bestens in Schuss gehalten worden und konnte sofort bezogen werden, sofern Luc der Vorschlag zusagte. Das tat er. Barnaby konnte ihm sogar einen perfekten Butler und eine ausgezeichnete Köchin bieten: Walker und Mrs Spalding. So kam es, dass Luc bald schon zufrieden im *Dower House* wohnte, versorgt von der geschäftig in der Küche wirtschaftenden Mrs Spalding, unterstützt von Alice, der Spülmagd, und Walker, der den Lakaien Tom sowie Jane, Sally und zwei weitere Hausmädchen aus *Windmere* beaufsichtigte.

Zwar war Luc willens, Barnaby zu erlauben, ihm ein Haus und Dienerschaft zur Verfügung zu stellen, aber nur vorübergehend – das war die stillschweigende Übereinkunft. Barnaby wusste, wenn Luc erst einmal wiederhergestellt war, würde er ungeduldig und rastlos werden, sich dagegen auflehnen, von jemand anderem abhängig zu sein – kurz, es war nur eine Frage der Zeit, ehe Luc wieder sein Glück suchen gehen würde.

Nachdem er England mittellos und mehr tot als lebendig

erreicht hatte, blieb Luc nichts anderes übrig, als Barnabys Großzügigkeit anzunehmen und ihn für sich sorgen zu lassen, aber er sperrte sich, als Barnaby davon zu reden begann, ihm eine größere Summe Geld zu überschreiben.

Mit blitzenden blauen Augen in seinem blassen schmalen Gesicht erklärte Luc rundheraus:

»Ich weiß, dass ich nicht in der Verfassung – oder Lage – bin, deine Hilfe abzulehnen, aber verdammt, Barnaby, ich bin sehr wohl dazu imstande, meinen Weg ohne deine Unterstützung zu gehen – oder die von irgendjemand anderem! Ich werde und will kein Parasit sein, der auf Kosten seines reichen Verwandten lebt. Behalt dein verdammtes Geld. Ich werde meinen eigenen Weg gehen.«

Ungerührt angesichts Lucs Ausbruch – er hatte schließlich damit gerechnet – erwiderte Barnaby ruhig:

»Ich weiß, dass du das wirst. Lass es uns mehr als Darlehen ansehen.« Er grinste Luc an.

»Gib es zu – du brauchst sozusagen Startkapital, einen Einsatz, und ich bin bereit, ihn dir zur Verfügung zu stellen. Du kannst mir die Summe zurückzahlen, wenn du das Geld übrig hast – was, wie ich weiß, früh genug sein wird, nachdem du in London angekommen bist und an die Spieltische konntest.«

Luc lachte zögernd.

»Zur Hölle mit dir. Musst du dich immer durchsetzen?«

Barnaby lächelte, und die Sache war geregelt. Es stand nie infrage, dass Luc die Schuld begleichen würde – oder auf welche Weise er das Geld dafür zusammenbringen würde. Luc hatte sich seinen Spitznamen verdient, weil es wirklich den Anschein hatte, als ob der Teufel in der Regel persönlich über ihn wachte – man musste nur an seine Flucht aus Frankreich denken. Und am Spieltisch … nun, viele feine Herren, die vom Tisch aufstanden, hatten eine deutlich leichtere Börse zu beklagen und schworen, sie hätten gegen den Teufel persönlich gespielt.

In den vergangenen vierzehn Tagen war Jeffery König auf *The Birches* gewesen – wie er es gewünscht und geplant hatte, hatte er endlich das Haus ganz für sich allein. Die Saison würde in ein paar Wochen beginnen, und da seine Finanzen im Argen lagen, war es nicht angeraten, irgendeinen seiner Zechkumpanen zu Besuch einzuladen. Aber im Winter, das schwor er sich, würde es anders sein. Er würde das Haus anfüllen mit bekannten Glücksrittern, hartgesottenen Trinkern, wagemutigen Reitern und Männern von Welt, wie er selbst es war. Selbstverständlich würden auch ein paar fesche Witwen und Damen von fragwürdiger Moral unter den Gästen sein. Ohne die missbilligenden Blicke seiner Großtante und seiner Cousine konnte er tun und lassen, was ihm gefiel … und dazu war er fest entschlossen.

Emilys Hochzeit mit Joslyn hatte zwar dazu geführt, dass er ungehindert in *The Birches* schalten und walten konnte, aber nichts dazu beigetragen, seine finanziellen Sorgen zu lindern. Er trank und brütete über die Ungerechtigkeit von allem. Er hatte allerdings einen Glücksfall gehabt – am Tag nach Ainsworths Tod hatte er die Sachen des Verstorbenen durchsucht und die Schuldscheine gefunden, mit denen sein verstorbener Freund ihn erpresst hatte. Er vernichtete sie unverzüglich. Jeffery steckte auch die stattliche Summe ein, die Ainsworth an jenem verhängnisvollen Tag in seinem Zimmer zurückgelassen hatte, wobei er sich sagte, dass Ainsworth ohnehin keine Verwendung mehr dafür hatte. Danach befahl er Ainsworths Kammerdiener, alles zusammenzupacken und es mit nach London zu nehmen.

Jeffery war nicht mittellos, aber sein Geldmangel legte ihm Beschränkungen auf und hinderte ihn daran, das Leben zu leben, das er leben wollte, das er zu leben *erwartet* hatte, als er von seinem Onkel geerbt hatte. Was ihm anfangs wie ein großes Vermögen vorgekommen war, war ihm in erstaunlichem Tempo durch die Finger geronnen, und zusätzlich zu dem Umstand, dass er das Geld genommen hatte, das eigentlich für Emily, Anne und Cornelia bestimmt gewesen war, hatte er nichts in das Land oder das Haus gesteckt, sondern alles bis auf den letzten Penny ausgepresst, um seinen ausschweifenden Lebensstil in London zu finanzieren.

Ein anderer Mann hätte erkannt, dass er dem Ruin ins Gesicht starrte, und sich daran gemacht, seine Angelegenheiten in Ordnung zu bringen und zu sparen. Er hätte wenigstens vorübergehend darauf verzichtet, nach London zu gehen, um die Gefahren zu meiden, die dort lauerten – aber nicht so Jeffery. Er sann darüber nach, wie er Emilys Ehemann, den sehr, sehr reichen Lord Joslyn, um eine hübsche Summe erleichtern konnte. Alles, was er tun musste, entschied er, während er mit dem Geld, das er noch hatte, Nacht für Nacht im *Ram's Head* saß und spielte und sich hoffnungslos betrank, war, sich einen Plan auszudenken, eine Idee zu entwickeln, wie er an Joslyns Geld käme …

Emily verschwendete keinen Gedanken an Jeffery. Und während es Barnaby gelungen war, für viele Menschen, die ihr wichtig waren, Arbeit zu finden, machte sie sich weiter Sorgen um Mrs Gilbert und die anderen im Dorf.

»Ich kann sie nicht einfach im Stich lassen«, sagte sie an einem trüben Märztag zu Cornelia, als sie im Morgensalon am Tisch saßen. In der Nacht hatte es gestürmt, und jetzt regnete es noch, die Tropfen wurden immer wieder von heftigen Böen gegen die Fensterscheiben gepeitscht. Barnaby hatte bereits vor ihnen gefrühstückt und vor ein paar Minuten, nachdem er seine Frau auf die Stirn geküsst hatte, die Damen allein gelassen, um sich mit seinem Mittelsmann Worley im Arbeitszimmer zu besprechen.

Emily stocherte in den Rühreiern und dem Schinken auf dem Teller vor sich herum und bemerkte:

»Ich weiß, dass Barnaby dafür sorgt, dass Jeb und seine Mannschaft angeheuert werden, aber was wird nur aus den anderen?« Sie schob die Eier von der einen zur anderen Seite.

»Für Walker und unsere Dienstboten von zu Hause eine Stellung zu finden, war ein echter Glücksfall, und ich weiß, dass Barnaby mit Loren darüber geredet hat, dass er für ihn arbeiten kommt, wenn alle Lämmer da sind …« Sie schnaubte abfällig.

»Mein Ehemann ist zu ehrenhaft, ihn Jeffery abzuwerben, solange das Ablammen noch nicht vorüber ist, aber Loren wird bald schon der neue Oberschäfer auf *Windmere* sein. Aber was ist mit Mrs Gilbert, mit Caleb und Miss Webber und den anderen – was können wir nur für sie tun?« Sie legte ihre Gabel hin und nahm sich einen der Shrewsbury-Kekse, die Mrs Eason am Morgen frisch gebacken und Peckham eben erst in die Mitte des Tisches gestellt hatte. Emily bestrich das runde mit Kümmel gewürzte Gebäck mit Himbeermarmelade; Cornelia zog Marmelade aus roten Johannisbeeren vor.

Cornelia nickte, während sie ihren Löffel an dem noch warmen Keks abstrich.

»Ich gebe dir recht, es ist ein Problem.« Sie schaute Emily besorgt an.

»Während du zwar vielleicht jeden einzelnen retten willst, bedenke bitte, dass du das vielleicht nicht kannst.«

Emilys Mund wurde schmal.

»Ich muss es versuchen. Ich kann sie nicht einfach ihrem

Schicksal überlassen, nachdem meine eigene Not behoben ist.« Ihre Stimme wurde hart.

»Irgendetwas muss unternommen werden – und Barnaby kann schließlich nicht das ganze Dorf in Lohn und Brot nehmen.«

»Stimmt«, sagte Cornelia, »aber dein Ehemann kann diesen Peckham gar nicht früh genug hinauswerfen, wenn es nach mir geht.«

Abgelenkt durch diese erfreuliche Vorstellung kicherte Emily.

»Ach, ja, da hast du recht. Er ist unerträglich, so herablassend, nicht wahr?«

Cornelia zog die Brauen hoch.

»Ich habe gedacht, er hätte diese Behandlung mir vorbehalten.« Mit einem strengen Blick zu Emily erklärte sie:

»Du bist jetzt die Herrin von *Windmere*. Wenn Peckham dir nicht gefällt, schick ihn seiner Wege oder sag deinem Ehemann, was du von seinem Butler hältst.«

Emily runzelte die Stirn.

»Ich denke nicht, dass Barnaby ihn sonderlich schätzt, aber ich habe den Eindruck, dass er aus irgendeinem Grund willens ist, ihn fürs Erste zu erdulden.«

Emily hatte recht. Barnaby schätzte Peckham tatsächlich nicht, aber fürs Erste wollte er den Mann in der Nähe behalten, wo er ein Auge auf ihn haben konnte. Lamb hatte ihm am Morgen berichtet, dass der Kerl in der Nacht zuvor wieder verschwunden war – wie bereits in der ersten Märzwoche, vor etwas mehr als vierzehn Tagen. Die Tatsache, dass zu den beiden Zeitpunkten ein Sturm gewütet hatte, war Barnaby nicht entgangen. Da er um die Vorliebe von Schmugglern für Unwetter wusste, um ihre Ware unbemerkt an Land zu bringen, war es nicht zu weit hergeholt,

Peckhams Verschwinden mit dem Anlanden von Schmuggelgütern in Verbindung zu bringen. Es wäre schlicht ein zu großer Zufall, dass der Butler immer nur dann spurlos verschwand, wenn draußen so schlechtes Wetter herrschte, dass es für die Schmuggler ideal war.

Barnaby hörte nur mit halbem Ohr zu, als Worley Bericht erstattete, er war in Gedanken bei Peckhams seltsamem Verhalten. Wenn Peckham etwas mit Schmugglern aus der Gegend zu schaffen hatte, schloss er, war es mit der Nolles-Bande. Sein Blick wurde unnachgiebig. Er hatte noch eine Rechnung zu begleichen mit Nolles und seinen Leuten. Und, rief er sich in Erinnerung, er musste auch immer noch dem *Ram's Head* einen Besuch abstatten; er fragte sich, ob es nicht ein guter Tag dafür wäre.

Nachdem Mr Worley seine Papiere zusammengeschoben hatte und gegangen war, blieb Barnaby noch weiter in seinem Stuhl sitzen und dachte nach. Die Tatsache, dass jemand seinen Tod wollte, drängte sich wieder in den Vordergrund. Er hatte zwar alle Vorsichtsmaßnahmen getroffen, die ihm eingefallen waren, um sich zu schützen, er war auf dem Besitz geblieben, aber er erkannte auch, dass er das Unvermeidliche nur aufschob. Früher oder später musste er sich demjenigen stellen, wer auch immer es war, der schon dreimal versucht hatte, ihn umzubringen. Außerdem war er es langsam herzlich leid, sich zu verstecken. Seine Augen wurden schmal. Vielleicht ließ sich mehr als eine Sache erledigen, wenn er ins Dorf ritt.

Mit einem beginnenden Plan in seinem Kopf machte sich Barnaby auf die Suche nach seiner Ehefrau. Das Wort »Ehefrau« klang süß in seinen Ohren, und er entschied, dass es ein schönes Wort war, ein Wort, das ihm immer mehr ans Herz wuchs. Wie seine Ehefrau übrigens auch, stellte er mit einem fröhlichen Grinsen und einem Prickeln von Lust fest.

Das Treffen mit Worley hatte länger gedauert als geplant, und Emily und Cornelia waren nicht mehr im Morgensalon: Cornelia war in ihre Zimmer zurückgekehrt, und Emily hatte sich in einen kleinen Salon in der Nähe begeben, den sie wegen der freundlichen Einrichtung und der rosa und sattgrün gemusterten Chintzstoffe bevorzugte. Als er eintrat, sprach Emily gerade mit Mrs Eason das Menü für den Tag durch. Gewöhnlich war der Butler für alles zuständig, was mit Essen und Trinken zu tun hatte, aber Emily hatte eingeführt, dass Mrs Eason die Menüs mit ihr durchsprach statt mit Peckham.

Bei Barnabys Eintreten knickste Mrs Eason rasch, und nach einem letzten Wort von Emily verließ die Köchin das Zimmer. Jetzt war sie mit ihrem Ehemann allein; der eindringliche Ausdruck in seinen Augen war ihr nicht entgangen, als sein Blick über sie glitt, während sie züchtig in ihrem maulbeerfarbenen Kleid aus Bombazine auf dem Sofa saß. Vorfreude ließ sie in einem Wonneschauer leicht erzittern, und ihre Brustspitzen richteten sich auf.

Er hatte gar nicht vorgehabt, sie zu lieben, als er hereingekommen war, sondern hatte ihr eigentlich nur sagen wollen, dass er ins Dorf reiten wollte – ohne zu erwähnen, dass er im *Ram's Head* einzukehren plante, aber ihr Anblick reichte aus, um ihn auf ganz andere Gedanken zu bringen. Das Wissen, was unter dem reizenden Kleid lag, erregte ihn. Schmerzlich. Verzweifelt. Der Drang, sich in der Hitze ihres Körpers zu verlieren, vertrieb alles bis auf den Gedanken, sie zu lieben, jetzt und hier, aus seinem Kopf.

Er schloss die Tür hinter sich ab und zog sie in seine Arme, als wäre es Tage statt nur Stunden her, seit er sie das letzte Mal berührt hatte. Ihre Arme legten sich um seinen Hals, und sie erwiderte seinen Kuss leidenschaftlich, stöhnte leise, als seine Hände erfahren ihre Brüste zu kneten begannen.

Emily hatte es erstaunt, zu entdecken, wie sehr sie die Freuden des Ehebettes und den Liebesakt mit ihrem Ehemann genoss. Barnaby musste sie nur ansehen, und sie wurde ganz schwach vor Verlangen – und heute Vormittag war es nicht anders. Sie wusste sofort, als sie den Ausdruck in seinen Augen bemerkte und das sinnliche Lächeln, dass er sie begehrte … wie sie ihn.

Ihr Körper stand bereits in Flammen für ihn, daher protestierte sie nicht, als er ihren Ausschnitt nach unten zog und ihre Brüste entblößte. Sein heißer Mund neckte sie, er kostete von ihr, und das verursachte ihr einen wohligen Schauer. Sie drückte ihre Lippen fester auf seine, und ihr Atem beschleunigte sich.

Als sie sich an ihm rieb, war das fast mehr, als er ertragen konnte, und Barnaby öffnete rasch den Verschluss seiner Hosen. Sofort reckte sich ihr sein steifes, geschwollenes Glied entgegen. Emily fuhr mit den Fingern daran entlang, streichelte ihn, bis er stöhnte, dann schloss sie ihre Hand um ihn und begann sie so zu bewegen, wie er es ihr beigebracht hatte.

Sein Mund löste sich von ihren Lippen, und mit vor Leidenschaft glasigen Augen erklärte er:

»Eigentlich hatte ich nicht vor, so weit zu gehen, ich wollte dich nur küssen …«

Ihre Lippen waren rot und feucht von seinem Kuss, als sie erwiderte:

»Ach? Nur um mich zu küssen, hast du die Tür abgeschlossen?« Sie fuhr mit dem Fingernagel über die runde Spitze, und er erschauerte.

»Himmel, nein!«, gestand er mit belegter Stimme. »Ich habe Bilder vor meinem geistigen Auge, wie ich dich in jedem Zimmer in diesem Haus liebe, aber da wir nun einmal hier sind …«

Seine Hände glitten unter ihre Röcke und dann an ihren Beinen aufwärts, bis er die verheißungsvolle Hitze zwischen ihren Schenkeln fand. Seine Finger teilten sie, und sie klammerte sich an ihn, als er sie dort zu liebkosen begann. Schwer atmend drückte Barnaby sie mit dem Rücken gegen die Wand und hob sie an, keuchte: »Schling deine Beine um mich.« Sie tat es und keuchte ebenfalls, als er sie auf sich senkte.

Ihre Münder berührten sich, verschmolzen, und er stieß sich wieder und wieder in sie, brachte sie näher und näher zu dem beseligenden Abgrund, bis sie schließlich hineinstürzten.

Immer wieder leise erschauernd lehnte sich Emily geschwächt gegen die Wand, konnte kaum stehen, als Barnaby sich schließlich bewegte und ihre Füße wieder den Boden berührten. Einzig, weil er sie festhielt, sank sie nicht einfach zu Boden.

Er legte seine Stirn an ihre, streifte mit den Lippen ihren Mund und sagte heiser:

»Darum habe ich die Tür abgeschlossen – ich will ja nicht die Dienstboten erschrecken.«

Wieder an ihre Umgebung erinnert, kicherte Emily, wurde rot und zog rasch ihr Kleid nach oben. Sie schüttelte die Röcke aus und wurde verlegen, als sie zwischen ihren Schenkeln Feuchtigkeit spürte. Himmel, was hatte sie sich nur gedacht? Wenn nun Peckham an die Tür geklopft hätte? Ihre Wangen wurden noch heißer, und sie fragte sich, ob der Tag kommen würde, an dem sie es als normal ansehen würde, sich von ihrem Ehemann immer und überall lieben zu lassen. Sie bezweifelte es.

Sie nahm auf dem Chintzsofa Platz und steckte sich ein paar Haarsträhnen, die sich aus ihrer Frisur gelöst hatten, hinters Ohr. Langsam fühlte sie sich wieder präsentabel und schaute zu, wie Barnaby, der seine Erscheinung bereits wieder in Ordnung gebracht hatte, zur Tür ging und sie aufschloss.

Dann setzte er sich zu ihr aufs Sofa, nahm ihre Hand in seine, küsste sie zärtlich und murmelte:

»Ich finde dich viel zu hinreißend, mehr, als gut für mich ist. Ich hatte nicht vor, derart über dich herzufallen.«

Sie lächelte ihn an.

»Ich kann mich nicht entsinnen, aber habe ich um Hilfe gerufen oder dich gebeten, aufzuhören?«

Barnaby warf den Kopf in den Nacken und lachte.

»Jetzt weiß ich, warum ich dich so liebe.«

Emilys Lächeln verlosch, und mit einem verunsicherten Ausdruck in den Augen fragte sie ihn leise:

»Das tust du? Du liebst mich?«

Seine Hand fasste ihre fester, und seine dunklen Augen glitzerten mit einer ganz anderen Empfindung, alle Anzeichen von Lachen waren verschwunden, als er sagte:

»Das ist der Grund, warum ich dich geheiratet habe ... weil ich dich liebe und mir ein Leben ohne dich nicht vorstellen konnte.«

Ihr Herz machte einen freudigen Satz, und ein Gewicht, von dem sie gar nichts gewusst hatte, hob sich von ihr. Sie hätte blind sein müssen, um nicht zu erkennen, dass er sie sehr gern hatte. Natürlich wusste sie, wie es um ihr Herz bestellt war, aber bei ihm hatte sie sich nicht sicher sein können. Dass er ein galantes, großzügiges Wesen hatte, war offensichtlich, und die Sorge, dass es genau diese Charakterzüge waren, die ihn zu ihrer Verlobung veranlasst hatten, hatte an ihr genagt. Barnaby besaß einen ausgeprägten Hang zur Ritterlichkeit, und nachdem er ihre Lage durchschaut hatte, wäre es nur natürlich gewesen, wenn er sie hätte retten wollen. Sie lächelte zärtlich. Und Cornelia, Anne,

Walker, Jeb und alle anderen auch. Die nagende Angst, dass Mitleid und Freundlichkeit der Grund für seine Entschlossenheit gewesen waren, sie zu heiraten, verschwand, und ihre Finger umklammerten seine umso fester. *Er liebt mich*, dachte sie überglücklich. Das hatte er gerade eben gesagt.

Emily kostete den Augenblick in vollen Zügen aus und senkte den Blick auf ihre Hände. Seine war so groß und stark und hielt ihre schmalere blasse so zärtlich. *Er liebt mich!*

Mit einem Finger hob Barnaby ihr Kinn an und blickte ihr eindringlich in die Augen, als er leise fragte:

»Was denkst du, mein Lieb?«

Sie war so voller Liebe für ihn, dass sie kaum sprechen konnte. Mit belegter Stimme antwortete sie:

»Dass ich so ein Glück habe, dass du mich liebst … und dass ich dich liebe, mehr als das Leben selbst.«

Ein glückliches Strahlen breitete sich auf seinem Gesicht aus, und mit bebender Stimme erklärte er:

»Das hatte ich gehofft, aber ich war mir nicht sicher – und ich habe mir Sorgen deswegen gemacht.«

Sie starrte ihn verblüfft an.

»Du hast dir Sorgen gemacht?«

Er lächelte und hauchte einen warmen Kuss auf ihre Nasenspitze.

»Das habe ich, allerdings. Ich habe eine Amazone geheiratet – die meisten Männer hätten sich Sorgen gemacht. Ich wusste, dass du mich anziehend gefunden hast und auf meine Aufmerksamkeiten eingegangen bist, aber du hast nie über deine Gefühle gesprochen. Natürlich habe ich mich gefragt, ob du mich geheiratet hast, um Sicherheit für Cornelia und all deine anderen Küken zu erlangen.«

Emily starrte ihn mit offenem Mund an.

»Aber … aber …«, stotterte sie, »ich dachte, du hättest mich geheiratet, weil du Mitleid mit mir hattest.«

»Mitleid mit dir?«, wiederholte er und brach in Gelächter aus. Er zog sie auf seinen Schoß, küsste sie auf den Mund und sagte:

»Süße, wenn ich mit irgendwem Mitleid hätte, dann mit mir, so vernarrt, wie ich in dich bin. Ich war dir praktisch vom ersten Augenblick an verfallen, als ich dich gesehen habe. Aber du hast mich bloß auf Abstand gehalten und so getan, als ob du mich als störend und lästig empfändest.«

»Das stimmt nicht!«

»Doch, so war es.« Sein Blick ruhte warm und zärtlich auf ihrem Gesicht.

»Du wirst es wieder gutmachen müssen, indem du mich liebst bis zum Ende unserer Tage.«

Ihr Herz schmolz dahin, sie legte ihm die Arme um den Hals und antwortete artig:

»Nun, da ich wohl keine andere Wahl habe, werde ich mein Bestes geben.« Der Druck ihrer Arme verstärkte sich, und sie rief:

»Oh, Barnaby, ich *liebe* dich!«

»Und ich dich, meine Süße«, erwiderte er leise, »für immer und ewig.«

Sie küssten einander lange; und während es draußen stürmte, waren in dem reizenden Salon mit den hellen Chintzstoffen nur die gemurmelten Liebesschwüre der beiden zu hören.

Barnabys Schritte waren beschwingt, als er sich schließlich von Emily losriss. Er war glücklich. Seine leidenschaftliche wunderbare Frau liebte ihn, und er dankte dem Schicksal, das ihn nach England und zu Emily gebracht hatte. Ein großes Vermögen zu besitzen, überlegte er, nachdem er sich sein Pferd aus den Ställen hatte bringen lassen, war eine hervorragende Sache, aber dass Emily ihn liebte … Er grinste. Er konnte nicht anders – selbst wenn es dazu führte, dass Peckham, der gerade die Eingangshalle durchquerte, ihn schief ansah. Zu wissen, dass seine Amazone ihn liebte, entschied Barnaby, das war wirklich fabelhaft.

Wegen der vorausgegangenen Anschläge auf sein Leben ritt Barnaby nicht, wie er es gewöhnlich getan hätte, allein in den Ort. Lamb war im *Dower House,* und da er wusste, es würde die Hölle los sein, wenn er nicht Lamb oder Luc mitnähme, war ein Abstecher zum *Dower House* notwendig. Um meine Kindermädchen abzuholen, überlegte er mit einer gewissen Selbstironie.

Er schwang sich in den Sattel seines Pferdes, eine lebhafte braune junge Stute mit weißen Socken an den Hinterbeinen und einer großen Blesse auf der Stirn, und machte sich auf den Weg zum *Dower House*. Der Tag war kühl, der Wind blies noch kräftig, und es regnete leicht, aber er war zu glücklich, um sich von dem schlechten Wetter die Laune verderben zu lassen. Er ließ der jungen Stute namens Glory ihren Willen und sie das Tempo auf der ersten Hälfte der Strecke bestimmen, spielerisch zur Seite tänzeln und in der frischen kalten Luft herumtollen, aber dann übernahm er die Führung und erinnerte sie an ihre Manieren. Ein paar Minuten später trabten sie gemächlich zur Eingangstür des *Dower House*.

Walker traf ihn an der Tür und verneigte sich tief, dann sagte er halblaut:

»Mylord. Es tut gut, Sie zu sehen.«

»Und, schon eingelebt?«, fragte Barnaby und reichte Walker seine Handschuhe und seinen Hut. Nachdem er beides auf ein Marmortischchen in der Diele gelegt hatte, trat Walker rasch zu ihm, um ihm beim Ablegen des Mantels behilflich zu sein.

»Mein Bruder ist nicht zu anstrengend?«

Walker grinste.

»Oh nein, Mylord, es ist sehr einfach, Master Luc zu dienen. Solange Mrs Spalding ihm ihre Kalbspastete und die Schinkensteaks auf Toast serviert – die er besonders schätzt – und ich dafür sorge, dass die Wein- und Brandykaraffen stets gefüllt sind, ist er ein sehr zufriedener Mensch.«

Barnaby lachte.

»Das klingt ganz nach Luc. Bitte bringen Sie mich zu ihm.«

Luc befand sich in einem hübschen Raum, dessen Wände mit grün gemusterter Seide verkleidet waren. Ein türkischer Teppich in lebhaften Farben, Bernstein, Gold, Saphir und Smaragd sowie Rubin lag auf dem Boden, und grüne Samtvorhänge hingen an den Fenstern. Ein fröhliches Feuer brannte auf dem Rost des verblassten Ziegelsteinkamins in der Ecke.

Luc saß lässig in einem Sessel in der Nähe des Feuers und musterte die Karten, die vor ihm ausgebreitet auf dem Tisch lagen. Lamb, der sich ganz wie zu Hause zu fühlen schien, saß ihm gegenüber. Als sie hörten, dass sich die Tür öffnete, schauten beide Männer auf. Luc lächelte freundlich, als er Barnaby erblickte.

Er stand auf, umfasste Barnabys Hand herzlich und rief:

»*Tiens!* Ich hätte nicht damit gerechnet, dich heute zu sehen.« Luc schaute zum Fenster, gegen das leise der Regen prasselte.

»Falls es dir entgangen ist, das Wetter draußen ist scheußlich. Lamb wäre beinahe ertrunken auf seinem Weg herüber.«

»Ich habe es bemerkt«, antwortete Barnaby, »aber ich verspüre den Wunsch, heute das *Ram's Head* zu besuchen.« Er sah zu Lamb.

»Und da ich den Auftrag habe, dem wachsamen Auge meines Kindermädchens keinesfalls zu entfleuchen, bin ich es suchen gegangen.« Er grinste Luc an und fügte hinzu:

»Ich wäre nur zu glücklich, wenn du mit uns kommst – falls du nicht fürchtest, dich in den Wassermassen aufzulösen.«

»Du kannst gerne versuchen, mich aufzuhalten!«, erklärte Luc, und seine blauen Augen leuchteten begeistert.

»Vielleicht werde ich jemanden finden, der mir ein gutes Spiel liefert – Lamb ist nicht mit dem Herzen dabei. Er hat heute mindestens zwei Vermögen in der Größenordnung von deinem an mich verloren.«

Man konnte nicht mehr viel von dem Invaliden erkennen, den Jeb vor etwa einem Monat nach England zurückgebracht hatte. Luc war immer schon schlank gewesen, aber er war trotzdem noch zu dünn, obwohl Mrs Spaldings Kochkünste Wirkung zu zeigen begannen. Die eingefallene Haut um seine Augen war verschwunden, und sie hatte die ungesunde Blässe verloren. Seine Gesichtsfarbe war gesund, und das spöttische Funkeln war in seine Augen zurückgekehrt.

Lucs Spitze ignorierend starrte Lamb Barnaby finster an.

»Du kannst einfach nicht der Versuchung widerstehen, im Wespennest zu stochern, was?«, brummte er.

»Du kennst mich so gut«, entgegnete Barnaby und lächelte herzlich.

Luc war in alles eingeweiht worden, was sich zugetragen hatte, bevor er nach England gekommen war, daher verstand er, worum es ging. Anfangs war er zu krank gewesen, um mehr zu tun, als darüber zu mutmaßen, wer hinter den Versuchen stand, Barnaby umzubringen, und wie man am besten der Nolles-Bande beikommen konnte. Aber diese Zeit war vorbei, und er wollte seinem Halbbruder unbedingt helfen. Außerdem hatte er seine eigenen Gründe dafür, sich die Bande näher anzusehen – ihm schmeckte der Überfall von Nolles' Männern in der Nacht, in der er in England angekommen war, so wenig wie Barnaby.

Lambs Worte beiseite schiebend, sagte Luc:

»Pah! Lamb, du benimmst dich manchmal wie eine alte Frau.«

»Ich werde wenigstens einmal *alt*«, entgegnete der.

»Im Gegensatz zu einem Paar leichtsinniger junger Bengel, die ich nennen könnte.«

Luc und Barnaby grinsten.

Lamb fand das nicht lustig. Den Blick auf Barnaby gerichtet, erklärte er:

»Ich möchte dich daran erinnern, dass im Augenblick nicht die beste Zeit ist, sich mit Nolles und seiner Bande anzulegen.«

Barnaby setzte eine Unschuldsmiene auf.

»Wer hat denn irgendetwas davon gesagt, dass wir uns mit Nolles anlegen wollen?«

Lamb schnaubte.

»Ich kenne dich doch.« Seine Faust landete auf der Tischplatte.

»Verdammt, Barnaby! Du hast jetzt eine Frau, vergiss das nicht. Was, zum Teufel, denkst du dir dabei, dich im Dorf herumzutreiben und der Himmel weiß was für einen Ärger anzuzetteln?«

»Du musst mich nicht an meine Verpflichtungen erinnern«, entgegnete Barnaby.

»Ich kann mich nicht den Rest meines Lebens auf *Wind-*

mere verstecken. Irgendwann werde ich den sicheren Hafen verlassen müssen. Ein Ritt zum Dorf – in Begleitung von meinen unerschrockenen Beschützern – scheint mir kein unvernünftiger erster Schritt zu sein.«

»Er hat recht«, sagte Luc, »es hat keinen Hinweis auf den Mörder gegeben – vielleicht hat er aufgegeben.«

Lamb betrachtete Luc angewidert.

»Ich hätte wissen müssen, dass du dich auf seine Seite schlägst – du bist ja so klug, dass du fast dein Leben verloren hast bei deiner närrischen Mission.«

Lucs Hände ballten sich zu Fäusten, und er machte einen Schritt nach vorn. Lamb stand vom Tisch auf, er wirkte so kampfeslustig wie Luc. Wie schon oft in der Vergangenheit stellte sich Barnaby rasch zwischen die beiden.

In begütigendem Ton schaltete er sich ein und sagte zu Lamb:

»Wenn ich glauben würde, dass ich heute in Gefahr wäre, dann schwöre ich, würde ich deinen Rat befolgen. Ich glaube nicht, dass mein Attentäter aufgegeben hat, aber wer weiß, wie lange es dauern wird, bis er wieder zuschlägt? Soll ich etwa auf ewig ein Gefangener sein?«

Etwas in Barnabys Stimme erregte Lambs Aufmerksamkeit, und seine Augen wurden schmal.

»Du gehst nicht nur ins Dorf, um dir Nolles anzusehen, oder? Du versuchst auch denjenigen aus der Deckung zu locken, der dich umzubringen versucht.«

Der schuldbewusste Ausdruck, der kurz über Barnabys Gesicht huschte, war Antwort genug, und Lamb fluchte leise und angewidert.

»*Mon Dieu!*«, rief Luc, der erkannte, dass Lamb die Wahrheit erraten hatte. Er packte Barnaby an der Schulter und rüttelte ihn.

»Bist du verrückt?«

»Nein«, sage Barnaby und schüttelte Lucs Hand ab. »Aber selbst wenn ich auf *Windmere* bleibe, wird der Mörder früher oder später zuschlagen müssen, und mir wäre es lieber, wenn Emily und Cornelia nicht in der Nähe wären, wenn er das tut.« Als Luc und Lamb nicht überzeugt waren, sagte Barnaby müde: »Darf ich euch beide daran erinnern, dass wir nichts von dem Mann wissen? Weder *wer* er ist, noch *wo* er ist oder auch nur warum er meinen Tod will. Es ist höchst unwahrscheinlich, dass wir irgendetwas erfahren, solange ich auf *Windmere* hocke. Trotz der Gefahr muss ich irgendwann wieder mein normales Leben aufnehmen.« Er atmete tief durch.

»Er muss hervorgelockt werden, und der einzige Weg, wie ich das erreichen kann, ist, indem ich ihm die Gelegenheit gebe, mich zu töten.«

»Und das muss ausgerechnet heute sein?«, wollte Lamb wissen.

»Wenn nicht heute, wann dann?«, fragte Barnaby, »morgen? Nächste Woche? Nächsten Monat?«

Nachdenklich sagte Luc:

»Wenn wir nicht richtig Pech haben, ist es zweifelhaft, dass der geheimnisvolle Kerl überhaupt weiß, dass Barnaby *Windmere* verlassen hat, um ins *Ram's Head* zu gehen.«

»Ganz genau«, sagte Barnaby.

»Heute müsste ich sicher sein. Die Gefahr wird am größten sein, sobald ich zu einer regelmäßigeren Routine zurückkehre.«

Lamb war nicht glücklich darüber, aber schlussendlich stimmte er zu, dass Barnabys unvernünftiger Ausflug zum *Ram's Head* an diesem Tag verhältnismäßig risikolos sein müsste.

»Das heißt«, brummte er vor sich hin, als die drei Männer kurze Zeit später im leichten Regen aufsaßen und sich anschickten, ins Dorf zu reiten, »wenn ihr beide nicht irgendwelche schrägen Sachen anfangt.« Er schaute Luc eindringlich an.

»Besonders du! Barnaby steckt in genug Schwierigkeiten, ohne dass er seinen Kopf riskieren muss, wenn er für dich die heißen Eisen aus dem Feuer holen muss.«

Gekränkt schaute Luc ihn an.

»Ich bin sehr wohl dazu in der Lage, mich um mich selbst zu kümmern – und deinen Gardinenpredigten bin ich schon seit Jahren entwachsen.«

Barnaby seufzte. Das würde ein langer Ritt werden.

Kapitel 21

Das *Ram's Head* war ein hübsches Ziegelfachwerkhaus, erbaut vor etwa fünfzig Jahren und am Rand einer Landstraße gelegen, die zur Kreuzung von zwei Hauptstraßen führte – die eine nach Brighton, die andere nach Tunbridge Wells und von da weiter nach London. Das Wirtshaus war gut doppelt so groß wie Mrs Gilberts, aber es gab hier nichts von dem schäbig-anheimelnden Charme der Krone. Kein Fensterladen hing schief, es gab keine Spitzenvorhänge an den Fenstern und keine vom Alter gedunkelte Eingangstür. Barnaby missfiel das Wirtshaus auf den ersten Blick.

Anhand des Lärms, der von drinnen bis auf die Straße drang, war leicht zu erkennen, dass im *Ram's Head* die Geschäfte gut liefen. Mehrere Pferde waren an der Eichenstange vor dem Gebäude angebunden, und zusammen mit Lamb und Luc saß Barnaby ab; sie schlangen die Zügel ih rer Tiere um die Stange.

Als sie den Schankraum betraten, schlug ihnen trunkenes Gelächter entgegen und lautes Stimmengewirr. Über allem schwebte eine Rauchwolke, es roch nach Tabak, Brandy sowie Ale, darunter mischten sich andere weniger leicht zuzuordnende Gerüche. Trotz der für eine Kneipe frühen Stunde – es war erst früher Nachmittag – war die Gaststube vollbesetzt mit Männern aus allen Schichten: Fischer, Bauern, gewöhnliche Arbeiter und ein paar einflussreiche Großgrundbesitzer. Barnaby entdeckte Sir Michael und ein paar

Herren, die er kannte, an einem Tisch in der Nähe des massiven gemauerten Kamins auf der anderen Seite des großen Raumes. Er sah auch ein paar der jungen Gecken aus der Gegend an der langen Theke auf der Rückseite der Stube, wo sie die vollbusigen Bedienungen begafften, die geschäftig mit schweren Tabletts umhereilten. Darauf standen Krüge randvoll mit Ale, schwere Zinnkrüge und Becher, von denen Schaum tropfte.

Barnabys Eintritt, flankiert von Lamb und Luc, erregte Aufsehen, sodass die Gespräche kurz abflauten, ehe sie wieder aufgenommen und lebhafter fortgesetzt wurden. Lamb beugte sich vor und murmelte:

»Wie viel wettest du, dass wir, hauptsächlich aber du, das Gesprächsthema sind?«

Barnaby schüttelte den Kopf und grinste. Eine Unruhe unweit einer Tür auf der Seite erregte seine Aufmerksamkeit, und er sah einen hochgewachsenen breitschultrigen Mann, halb von den Schatten verborgen, sich von einem der Tische erheben und durch die Tür verschwinden. Thomas? Simon?

Luc fragte halblaut: »Hast du das gesehen? Ich könnte schwören, einer deiner Cousins ist eben zur Seitentür dort drüben hinaus.«

»Hast du ihn erkannt?«, fragte Barnaby, den Blick auf die Tür gerichtet.

»Thomas oder Simon«, antwortete Lamb, »aber ich kann nicht mit Sicherheit sagen, welcher von beiden.«

»Ich auch nicht«, bemerkte Luc, »aber ich könnte schwören, dass es einer der beiden war.«

Von demselben halb verdeckten Tisch an der Tür erhob sich ein schlanker, gut gekleideter Gentleman und kam zu ihnen. Er blieb vor Barnaby stehen und lächelte, dann machte er eine Verbeugung.

»Lord Joslyn, es ist mir ein großes Vergnügen«, sagte er aalglatt. »Ich hoffe schon lange, dass Sie einmal hereinschauen und die Reize meines bescheidenen Etablissements ausprobieren. Ich bin Will Nolles.«

Barnaby hatte keine besondere Vorstellung davon gehabt, wie der hinterlistige Anführer einer berüchtigten Schmugglerbande aussehen sollte, aber er hätte niemals Will Nolles mit einem derart anrüchigen Unternehmen in Verbindung gebracht. Nolles' dichtes hellbraunes Haar war im Nacken mit einem schwarzen Band zu einem Zopf zusammengebunden, so wie Barnabys, und sein dunkelgrüner Rock aus feinster Wolle sowie seine hellen Hosen könnten von demselben Herrenschneider in der Bond Street stammen, den Barnaby beehrte. Nolles' steife Hemdkragen, die phantasievoll bestickte weiße Weste und die gestreiften Strümpfe, die er zu schwarzen Ziegenlederschuhen trug, das alles verriet einen Hang zu modischem Schnickschnack. Seine Absätze waren höher, als die Mode es verlangte, um ihm ein dringend benötigtes Plus an Körpergröße zu verschaffen, aber auch so reichte er Barnaby nur bis zur Schulter.

»Danke für den freundlichen Empfang«, erwiderte Barnaby mit einem kühlen Lächeln. Er blickte sich um.

»Sie scheinen hier ein nettes Haus zu betreiben ... und es scheint sich großer Beliebtheit zu erfreuen.«

Nolles nickte.

»Allerdings, man sagt, wir seien das beste Wirtshaus weit und breit.« Ein listiger Ausdruck trat in seine blassgrünen Augen.

»Ich hoffe sehr, Sie werden feststellen, dass das *Ram's Head* der ... anderen Gasthöfen und Tavernen bei Weitem überlegen ist, die Sie vielleicht erst kürzlich besucht haben.« Er strahlte Selbstzufriedenheit aus, als er fortfuhr:

»Wenn Sie es nicht bereits bemerkt haben, werden Sie

bald sehen, dass alle Herren der Gegend, ja, jeder, der etwas auf sich hält, dem, was wir zu bieten haben, den Vorzug gibt vor … den schlichteren Reizen, die einem anderswo geboten werden.«

Barnaby hielt sich nicht für jemanden, der zu Gewalt neigte, aber es fiel ihm schwer, sich zu beherrschen und Nolles nicht mit der Faust ins Gesicht zu schlagen. Selbstgefälliger Bastard.

»Mir sagt ein gewisser ländlicher Charme durchaus zu, und ob Ihr Haus meinen Erwartungen gerecht werden kann, bleibt abzuwarten, nicht wahr?«, erwiderte Barnaby.

Nolles' dünne Lippen wurden noch schmaler, und er sagte:

»Gewiss, Mylord.« Mit einem spekulierenden Glitzern in den blassgrünen Augen erkundigte er sich:

»Wäre Ihnen ein Privatsalon lieber, oder erlauben Sie mir, Sie zu einem Tisch hier im öffentlichen Gastraum zu bringen? Selbstverständlich geht die erste Runde Getränke aufs Haus – ein Willkommensgruß, sozusagen.«

»Kein Privatsalon – wir sind mit einem Tisch hier draußen vollauf zufrieden.« Da er Nolles in keiner Weise verpflichtet sein wollte, fügte Barnaby hinzu:

»Es ist freundlich von Ihnen, uns kostenlos Erfrischungen anzubieten, aber das ist nicht nötig.«

Nolles lächelte.

»Nein, nein, es ist mir eine Ehre, Mylord.«

»Dann danke«, erwiderte Barnaby und lenkte ein.

Nolles führte sie wie einen Hauptgewinn zwischen den anderen Gästen hindurch zu einem runden Eichentisch nicht weit von Sir Michael und seinen Freunden entfernt. Nachdem er gefragt hatte, welche Getränke sie gerne hätten, versicherte Nolles ihnen:

»Ich werde dafür sorgen, dass Sie alles unverzüglich erhalten.« Die grünen Augen fest auf Barnaby gerichtet, fügte er hinzu:

»Wir sind bekannt für unsere ausgezeichnete Bedienung. Sollte es irgendeinen Grund für Beanstandungen geben, zögern Sie bitte nicht, es mir mitzuteilen.« Er verneigte sich wieder.

»Ich überlassen Sie nun Ihrem Vergnügen, Mylord … und hoffe, dass es nur der erste von vielen Besuchen hier sein wird.«

Barnaby schaute dem sich entfernenden Nolles hinterher und sagte langsam: »Der Kerl erinnert mich an eine Korallenotter. Klein, zierlich, hübsch anzusehen … und tödlich.«

Lamb pflichtete ihm bei.

»Ich denke, er könnte ohne Anstrengung lächeln, während er uns die Leber aus dem Leib schneidet.«

Luc nickte.

»Ein höchst gefährlicher Mann, unser Will Nolles. Er gibt einem das Gefühl, als müsse man sich gründlich waschen, *oui?*«

Sir Michaels Blick auffangend, lächelte Barnaby und nickte. Während sein Blick durch den Raum schweifte, grüßte er ein paar andere Männer, die er kannte, sich des Umstandes bewusst, dass Lucs und Lambs Anwesenheit hier mit ihm Gerede verursachen würde – die Leute waren noch nicht sicher, wie sie mit der unverhohlen eingeräumten Unehelichkeit umgehen und wie sie sich ihnen gegenüber verhalten sollten. Barnabys herzliches Verhältnis zu ihnen, der Umstand, dass er sie offen als Verwandte anerkannte, das erstaunte eigentlich alle, unabhängig von Stand oder Vermögen. Aber während Menschen wie Sir Michael es zu akzeptieren schienen, kam man nicht umhin, die hochgezogenen Brauen und das Getuschel der anderen zu bemerken. Barnaby grinste. Sollten sie doch reden.

Die drei Männer sagten wenig, nachdem ihnen das Ale von einer dunkeläugigen Schönen serviert worden war, deren tief ausgeschnittenes Oberteil ihnen eine verlockende Aussicht auf ihren beeindruckenden Busen gewährte. Sie stellte einen Krug dunkles Ale mit einem kecken Lächeln auf den Lippen vor ihn.

»Wenn es sonst noch etwas gibt, was Sie wünschen, Mylord, … Sie müssen es nur sagen.«

Barnaby hätte tot sein müssen, um den verführerischen Schwung ihrer Hüften nicht zu bewundern, während sie sich entfernte, aber nach einem billigenden Blick entschied er, dass er den festen kleinen Po seiner eigenen Frau bei Weitem vorzog. Er sah zu Lamb und Luc.

Sich in seinem Stuhl zurücklehnend sagte Barnaby:

»Interessant, dass wir ein Treffen zwischen einem der Cousins und dem aalglatten Mr Will Nolles unterbrochen haben, nicht wahr? Verleitet einen fast zu der Annahme, der geheimnisvolle Londoner Hintermann könnte einer von ihnen sein. Und noch interessanter ist die Tatsache, dass einer meiner geschätzten Cousins in der näheren Umgebung ist, es aber versäumt hat, auf *Windmere* vorbeizuschauen. Ich frage mich, warum?«

»Auffällig, dass er ausgerechnet da zur Tür hinauseilt, als wir hereingekommen sind«, murmelte Luc und trank von seinem Ale.

Lamb kratzte sich die Wange.

»Es wäre interessant zu wissen, worüber sie in ihrer Ecke dort drüben gesprochen haben … und warum er von uns nicht gesehen werden wollte.«

Barnaby nickte und ließ seinen Blick wieder schweifen. Viele von den Gästen kannte er nicht, zum einen natürlich, weil er noch relativ neu in der Gegend hier war, zum anderen auch deswegen, weil die Mehrheit der Gäste eher nicht in den heiligen Hallen von Almacks oder in einem der Herrenclubs auf Pall Mall anzutreffen wären. Es waren einfache Arbeiter, Bauern und Fischer, ab und zu ein Mitglied des niederen Adels oder ein wohlhabenderer Mann. Als er ein paar uniformierte Zollfahnder an einem Tisch zusammen mit drei anderen Männern sitzen sah, die die Köpfe zusammensteckten, zog Barnaby die Brauen hoch. Die Zöllner schienen sich hier ganz zu Hause zu fühlen. Die drei anderen konnten natürlich ehrliche Fischer sein, aber sie hatten eine heimlichtuerische Art, die Barnaby vermuten ließ, dass sie Schmuggler waren. *Aus Nolles' Bande?*, fragte er sich. Wenn, dann stimmte es ganz offensichtlich, was man sagte und was Leutnant Deering annahm: Nolles bestach genau die Männer, die die Schmuggler eigentlich dingfest machen sollten.

Barnaby erkannte niemanden, den er schon in der *Krone* gesehen hatte, und es kam ihm seltsam vor, dass, obwohl Mrs Gilberts Wirtshaus näher am Hafen lag, so viele Fischer offenbar den weiteren Weg landeinwärts zum *Ram's Head* auf sich genommen hatten. Ihm fiel wieder ein, dass Mrs Gilberts Ehemann nach einem Besuch bei Nolles gestorben war, und er runzelte die Stirn. Vielleicht hatte Nolles den Leuten einen guten Grund geliefert, die *Krone* zu meiden.

Barnaby, Lamb und Luc entspannten sich und tranken ihr Ale, dabei unterhielten sie sich leise. Nach einem Moment stieß Luc Barnaby an und deutete mit dem Kopf nach links.

»Siehst du, was ich durch die Tür dort drüben sehe, Brüderchen?«

Barnaby schaute in die Richtung, in die Luc zeigte, und bemerkte zum ersten Mal, dass an der gegenüberliegenden Wand eine Tür offen stand. Über den Flur befand sich noch eine Tür, ebenfalls halb offen. Er erblickte, was Luc aufgefallen war. Von seinem Platz aus konnte er nicht viel erkennen, aber er begriff, dass das Zimmer zum Spielen hergerichtet war. Interessant war, dass er zwar den einen der beiden Männer noch nie gesehen hatte, den anderen aber sehr wohl: Jeffery Townsend. Eine Schankmagd kam aus dem Raum und schloss die Tür hinter sich. Sie konnten nichts mehr sehen.

Barnaby blickte Luc an und fragte:

»Willst du dein Glück versuchen?«

Luc schüttelte den Kopf.

»Nicht heute.« Er lächelte.

»Vielleicht ein anderes Mal.«

Unauffällig beobachteten die Männer ihre Umgebung und machten sich von den Vorgängen dort ein Bild. Die meisten Gäste waren wohl, was sie zu sein schienen – Herren, die sich die Zeit vertrieben, oder hart arbeitende Männer, die sich an einem regnerischen Nachmittag einen Krug Ale gönnten. Aber schließlich fiel Barnabys Blick auf eine Gruppe rauer Gesellen, die um einen Tisch hockten. Mehr Mitglieder der Nolles-Bande, kein Zweifel. Barnaby bemerkte, dass die anderen Gäste einen weiten Bogen um diesen Tisch machten – das und die harten Blicke, die diese Kerle mit den brutalen Visagen ab und zu verstohlen in seine Richtung warfen.

Ungefähr zur selben Zeit sagte Lamb halblaut:

»Dort drüben, auf der anderen Seite am zweiten Tisch vom anderen Ende.«

»Sie beobachten uns schon«, erklärte Luc, »seit wir uns hergesetzt haben.«

Barnaby nickte und trank sein Ale aus. Er stellte den Krug ab und erklärte:

»Ich denke, wir sind hier fertig. Wir haben Nolles kennengelernt, was der Hauptzweck unseres Besuches war, und wir werden einige Mitglieder seiner Bande wiedererkennen können, wenn wir ihnen begegnen.« Er stand auf und erklärte halblaut:

»Ich weiß nicht, wie es euch geht, aber ich habe genug von Nolles' Gastfreundschaft genossen. Lasst uns gehen!«

Er ließ sich Zeit, blieb kurz stehen, um sich mit Sir Michael zu unterhalten, und es überraschte ihn nicht wirklich, dass, bevor er die Tür erreichte, Nolles neben ihm auftauchte.

»Ach, gehen Sie so bald schon, Mylord?«, fragte er. »Ich hoffe doch, es war alles zu Ihrer Zufriedenheit?«

»Ich habe keinen Grund zur Klage«, antwortete Barnaby und setzte seinen Weg fort. Eine Berührung hielt ihn auf, und er senkte den Blick, entdeckte, dass Nolles ihm seine Hand auf den Arm gelegt hatte.

»Vielleicht werden Sie in Bälde wiederkommen und länger bleiben«, bemerkte Nolles.

»Das *Ram's Head* hat einem Gentleman einiges zu bieten, der sich den Nachmittag auf angenehme Art vertreiben möchte ... Frauen, Glücksspiel ... was immer Sie wünschen. Wenn Viscount Joslyn mein Wirtshaus besucht, ist das gut fürs Geschäft.« Seine Hand auf Barnabys Arm fasste fester zu.

»Ihre Bevorzugung eines anderen Wirtshauses hat mich ein paar Stammgäste gekostet.« Nolles lächelte schmallippig.

»Sie werden feststellen, dass ich nicht gerne verliere.«

Barnaby betrachtete den kleinen schlanken Mann vor sich und erinnerte sich daran, dass dieser Mann den Überfall auf Emilys unerschrockene kleine Schmugglerbande angeordnet hatte. Die Nolles-Bande hatte unverfroren das Schmuggelgut geraubt, das zu besorgen und an Land zu schaffen Jeb, Mrs Gilbert und die anderen so harte Arbeit gekostet hatte; als ob das nicht schlimm genug sei, hatten sie sie auch noch brutal geschlagen. Luc war in dieser Nacht bei Jeb gewesen, und siedender Zorn erfasste ihn, wenn er daran dachte, dass dieser eitle kleine Geck Lucs Tod hätte verursachen können. Und nur aus purem Glück war Emily nicht bei den anderen am Strand gewesen …

Er schaute auf die Hand auf seinem Ärmel und sagte leise:

»Wenn Sie nicht sofort Ihre Hand von meinem Arm nehmen, werde ich Ihnen jeden Knochen im Leib brechen.« Nolles zog rasch seine Hand fort. Seine schwarzen Augen glitzerten bedrohlich, als Barnaby hinzufügte:

»Drohen Sie mir oder jemandem, der zu mir gehört, noch einmal, und ich stopfe Ihnen das Maul mit Ihren Eiern!«

Mit vor Wut blassem Gesicht zischte Nolles:

»Sie machen da einen gewaltigen Fehler, Mylord. Ich gebe einen wesentlich besseren Freund als Feind ab – wie andere zu ihrem Schaden bereits lernen mussten.«

»Haben Sie bereits vergessen, was ich Ihnen gerade über Drohungen gesagt habe?«, erkundigte sich Barnaby mit seidenweicher Stimme, aber der Ausdruck auf seinem Gesicht warnte, dass nicht viel nötig wäre, um das Angedrohte wahr zu machen.

Nolles machte einen Schritt weg von Barnaby. Mit zornig blitzenden Augen erklärte Nolles:

»Wir verstehen einander, Mylord. Ich hoffe, Sie werden die Wahl nicht bereuen, die Sie getroffen haben.«

Barnaby lächelte, aber etwas in seinem Lächeln ließ Nolles vorsichtshalber noch einen Schritt zurückweichen.

»Bereuen? Das bezweifle ich«, erwiderte Barnaby. »Was einander zu verstehen angeht … allerdings, das tun wir wohl, Mr Nolles. Das tun wir.«

Ein leichter Nieselregen fiel, und kalter Wind blies um das Gebäude, als die Männer aus dem Wirtshaus traten, zu ihren Pferden gingen und aufsaßen. Die Schultern zum Schutz gegen das Wetter hochgezogen, ritten sie vom *Ram's Head* fort, und Lamb bemerkte mürrisch:

»Nun, das ist aber wirklich erfreulich verlaufen. So viel also zu der Idee, sich unauffällig umzusehen.«

Barnaby verzog das Gesicht.

»Es war nicht unbedingt diplomatisch von mir, ich weiß, aber es gab nur die Möglichkeit, entweder das zu tun oder den widerwärtigen Kerl Stück für Stück auseinanderzureißen.«

Sie ritten nebeneinander, Barnaby zwischen Luc und Lamb. Von der anderen Seite erklärte Luc:

»Barnaby mag den Fehdehandschuh hingeworfen haben, aber wir haben heute Nachmittag eine Menge Neues erfahren. Nolles ist eine Schlange, und Jeffery erfreut sich an den Spieltischen, die Nolles so freundlich zur Verfügung stellt. Oh, und natürlich nicht zu vergessen, einer deiner Cousins war zu Besuch bei Monsieur Nolles.«

»Aber welcher?«, brummte Lamb. Er sah Barnaby an. »Wie stehen die Chancen, dass wir, wenn wir heimkommen, entdecken, dass einer deiner Cousins auf *Windmere* aufgetaucht ist?«

Barnabys Lippen zuckten.

»Ich bin vielleicht nicht der Glücksspieler, der Luc ist, aber selbst ich weiß, dass man nicht gegen eine sichere Sache wettet.«

Obwohl er eigentlich darauf gefasst gewesen war, sein Heim von einem oder gar all seinen Cousins belagert zu finden, stellte Barnaby bei seiner Ankunft auf *Windmere* fest, dass in ihrer Abwesenheit keine Gäste angekommen waren. Da, wie ihm mitgeteilt wurde, Emily und Cornelia Besuch von der Gattin des Vikars hatten, zog sich Barnaby mit Lamb in sein Arbeitszimmer zurück.

Lamb setzte sich auf einen Polsterstuhl am Feuer und streckte die Beine aus. Barnaby ging mit finster gerunzelter Stirn im Zimmer auf und ab.

»Man sollte meinen«, beklagte er sich, »dass, wer auch immer von meinen Cousins sich heute mit Nolles getroffen hat, den Anstand besitzen würde, sein Gesicht zu zeigen, damit wir wissen, wer es ist.«

Die Spitzen seiner Stiefel nur ein paar Zoll von den tanzenden Flammen entfernt, grinste Lamb.

»Verdammt gedankenlos von dem Kerl, da stimme ich dir zu.«

Barnaby warf ihm einen Blick zu.

»Verflucht. Darauf zu warten, dass jemand einen umbringt, ist teuflisch unangenehm, das lass dir versichern.«

Lamb wurde ernst.

»Bestimmt. Aber wie willst du wissen, dass Nolles' Besucher zu identifizieren dir dabei helfen wird, denjenigen zu entlarven, der hinter den Anschlägen steckt? Selbst wenn es einer deiner Cousins ist, könnte es doch einen völlig harmlosen Grund geben – dass er in der Schankstube war, muss nicht heißen, dass er Nolles' Geldgeber ist. Selbst sein abrupter Aufbruch muss nichts weiter bedeuten – vielleicht war er fertig und hat von deiner Ankunft nichts bemerkt.«

Barnaby schnaubte ungläubig.

»Nachdem ich Nolles kennengelernt habe, nach heute, glaube ich nicht länger an irgendetwas ›Harmloses‹ in Verbindung mit ihm.« Seine Kiefermuskeln traten vor. »Und ich glaube auch nicht an Zufälle.«

Lamb schaute ihm eine Weile beim Auf- und Abgehen

zu. Schließlich blieb Barnaby vor Lamb stehen und sagte langsam:

»Ich glaube, dass es eine Verbindung gibt zwischen den Anschlägen auf mein Leben, Peckhams Verschwinden und dann Nolles' geheimnisvollem Besucher von heute. Und wenn ich recht habe, weiß ich auch, was sie alle miteinander verbindet.«

Lamb wirkte nicht überzeugt.

»Einer deiner Cousins kommt heimlich in die Gegend, das kann ich mit den Anschlägen auf dich in Zusammenhang bringen, aber es könnte schließlich auch einfach Zufall sein, dass er heute Nachmittag bei Nolles war. Und Peckham? Was hat er damit zu tun?«

Barnaby wandte sich ab und starrte in die Flammen.

»Ich weiß, es klingt weit hergeholt, aber ...« Er schaute zu Lamb und sagte:

»Es gibt ein paar Sachen, von denen wir wissen, dass sie stimmen. Eine davon ist, dass Peckhams dreimaliges Verschwinden sich immer in Nächten zugetragen hat, die Schmuggler gerne dazu nutzen, ihre Waren an Land zu bringen. Zweitens wissen wir, dass Nolles angeblich der größte Schmuggler der Gegend ist – und ich wette mein letztes Geld, dass Peckham mit Nolles zusammenarbeitet.«

Lamb hatte noch Zweifel, aber er nickte.

»Sprich weiter.«

Die Hände auf den Kaminsims gestützt starrte Barnaby wieder ins Feuer.

»Nolles war bloß ein einfacher Fischer und Gelegenheitsschmuggler, bis vor etwa zehn Jahren ... da hat er praktisch über Nacht expandiert. Seine Bande ist gewachsen, die Häufigkeit der Fahrten und die Menge des Schmuggelguts haben sich immer weiter gesteigert. Etwa zu der Zeit erwarb Nolles das Wirtshaus, verschönerte und baute es aus und machte es zum Hauptquartier seiner Bande.« Barnaby sah Lamb an.

»Offensichtlich hat jemand eine Menge Geld in die Nolles-Bande gesteckt – der geheimnisvolle Hintermann in London. Ich bin überzeugt, dass der Geldgeber Verbindungen zu der Gegend hier hat, ein reicher Mann ist, der Nolles gekannt hat.« Barnaby verzog das Gesicht.

»Was Lord Broadfoot und eine Reihe anderer Gutsbesitzer einschließen kann, aber es ist der Zeitpunkt, der mir aufgefallen ist. Wenn jemand aus der Gegend Nolles Geld gegeben hat, beispielsweise Broadfoot, hätte er es viel früher getan, nicht nur die letzten zehn Jahre oder gar weniger. Also wer ist vor zehn Jahren an Geld gekommen, der hier verwurzelt ist?« Barnaby zupfte an seinem Ohrläppchen.

»Etwa um diese Zeit sind Mathew und seine Brüder volljährig geworden … und haben ihre verschiedenen Vermögen geerbt.«

Lamb setzte sich interessiert auf.

»Du meinst, einer deiner Cousins ist der Geldgeber, nicht wahr?«

»Es würde Sinn ergeben.«

»Selbst wenn einer Nolles' Geldgeber ist, was hat das mit Peckham zu tun, und wichtiger noch, mit dem Wunsch, dich umzubringen?«, wollte Lamb wissen. »Du glaubst doch nicht etwa wieder, dass Mathew dahinterstecken könnte, oder? Dass er um jeden Preis den Titel will? Und wenn nicht er, wer dann? Ist Thomas bereit, dich und seinen älteren Bruder zu töten, um in den Besitz des Titels zu kommen? Oder gar Simon? Der müsste allerdings außer dir auch noch seine beiden Brüder aus dem Weg räumen. Das ist doch Wahnsinn!«

»Ja, da stimme ich dir zu«, sagte Barnaby, »aber nimm

mal an, der Titel ist nicht der einzige Grund hinter den Anschlägen auf mich? Angenommen, der Grund hat mit Peckham zu tun … und *Windmere* selbst?«

Lamb schaute ihn an und betrachtete die Idee von allen Seiten.

»Wenn *Windmere* die Wurzel des Übels ist, muss es hier etwas geben, das für die Schmuggler nützlich ist«, dachte er laut nach, »und es muss mit Peckhams Verschwinden zu tun haben.«

Barnaby erkannte es sofort, als Lamb die Verbindung herstellte. Lambs Augen weiteten sich, und er setzte sich aufrecht hin, rief:

»Tunnel – Geheimgänge!« Aufgeregt beugte er sich vor. »Natürlich. Eine große Menge Schmuggelware erfordert ein sicheres Versteck, an dem die Güter lagern können, bis der Weitertransport organisiert werden kann.«

»Peckham ist eingeweiht«, sagte Barnaby. »Ich weiß nicht, welche Rolle er spielt, aber ich vermute, er führt die Schmuggler hinein und schließt hinter ihnen wieder ab. Ich bin sicher, wenn wir den Weinkeller nach einer Geheimtür oder etwas Ähnlichem durchsuchen, werden wir wissen, wohin er verschwunden ist – und einen Beweis für unsere Vermutungen haben.«

»Aber warum dich umbringen? Warum nicht einfach so weitermachen? Es ist doch höchst unwahrscheinlich, dass du das Untergeschoss durchkämmst.«

»Sie können es nicht darauf ankommen lassen, denke ich«, erwiderte Barnaby. »Ich bin der neue Besitzer, ein Fremder hier. Warum sollte ich nicht alles inspizieren? Ich weiß schließlich bereits von den Tunneln. Die Chancen stehen nicht schlecht, dass ich sie mir früher oder später ansehen will.«

»Denkst du, der frühere Viscount wusste von dem

Schmuggel? Hat es gebilligt? Und wenn du tot wärst, dass Mathew es ihm gleichtut?«

»Etwas in der Art. Ich weiß nicht, ob der alte Viscount von dem Schmuggel wusste – ich vermute eher nicht – aber er würde jedenfalls nicht auf einmal in irgendwelchen alten, halb vergessenen Tunneln herumschnüffeln, die unter dem Haus verlaufen, in dem er sein Leben lang gewohnt hat. Warum auch? Das Gleiche würde für Mathew gelten. Selbst wenn Mathew nicht mit in der Sache drin steckt, ist es unwahrscheinlich, dass er den Tunneln Beachtung schenkt. Sie sind für ihn ja nur eine schöne Kindheitserinnerung. Mit Mathew auf *Windmere* könnten die Schmuggler so weitermachen wie bisher und ihr Schmuggelgut hier ungestört weiter verstecken.«

»Und wenn er daran beteiligt ist«, fuhr Lamb fort, »gäbe es keinen Grund für ihn, irgendetwas anders zu machen als bisher.«

Barnaby nickte.

»Ganz genau. Und wenn es nicht Mathew ist, dann einer seiner Brüder. Sie alle wissen von den Tunneln – sie haben erzählt, dass sie als Kinder darin gespielt haben – wie Emily auch. Mit Mathew auf *Windmere*, ahnungslos, was direkt unter seiner Nase vor sich geht, könnten Thomas oder Simon ungehindert weitermachen. Selbst wenn Mathew herausfinden würde, was sie treiben, würde er sie nicht verraten.« Barnaby lächelte grimmig.

»Ich hingegen bin eine unbekannte Größe, sozusagen, aber wenn ich tot bin, erbt Mathew, wie alle immer angenommen haben, dass er es ohnehin würde. Alles würde so laufen wie immer.«

Sie blickten einander an, betrachteten es von allen Seiten. Ein paar Minuten später seufzte Lamb.

»Es hängt zusammen, und es erklärt eine Menge.«

Barnaby stimmte ihm zu.

»Die entscheidende Frage ist nun – welcher Bruder?«

»Peckhams geheime Tür zu finden könnte hilfreich sein«, stellte Lamb fest.

»Es würde unseren Verdacht bestätigen.«

»So gerne ich es auch täte, wir können nicht einfach in den Weinkeller gehen und nach einer verborgenen Tür suchen. In dem Moment, wo wir das tun, wird Peckham Alarm schlagen, und alle werden wissen, wir sind ihnen auf die Schliche gekommen«, sagte Barnaby. Er wirkte nachdenklich.

»Es sei denn, natürlich«, brummte er, »ich schicke Peckham mit einem Auftrag weg, der ihn mehrere Stunden von hier fernhält … vielleicht sogar über Nacht.« Er blickte Lamb an.

»Was ist mit den anderen Dienstboten? Wie vertrauenswürdig sind sie? Glaubst du, irgendeiner von ihnen könnte mit darin verstrickt sein?«

Lamb schnitt eine Grimasse.

»Alles ist möglich.« Er lächelte.

»Die meisten gewöhnen sich allmählich an mich, aber ich bin immer noch ein Fremder für diese Leute, und dass ich weder Fisch noch Fleisch bin, steigert ihren Argwohn mir gegenüber nur. Ich denke, die Mehrheit deiner Leute ist schlicht, was sie zu sein scheint: ehrliche, hart arbeitende Menschen.« Er machte eine Pause.

»Ein paar von ihnen haben sicherlich etwas mit dem Schmuggel zu tun, aber was die aktive Beteiligung angeht …« Er schüttelte den Kopf.

»Nein.«

»Wir werden es Luc sagen müssen«, bemerkte Barnaby, »vielleicht fällt ihm noch etwas ein.«

»Davon bin ich überzeugt, und er wird nicht zögern, es

uns mitzuteilen«, stellte Lamb mit leiser Ironie fest. Er stand auf und erklärte:

»Ich hatte ohnehin vor, nachher noch einmal zum *Dower House* hinüberzureiten und nach ihm zu sehen. Da kann ich es ihm gleich erzählen.«

»Ach, schaust du nach, ob sich dein Küken auch nicht überanstrengt hat?«, erkundigte sich Barnaby grinsend.

Lamb wurde rot. Steif erwiderte er: »Es ist noch nicht so lange her, dass er krank im Bett lag – vergiss nicht, er hätte sterben können. Ich denke nicht, dass es schaden wird, nach ihm zu sehen und sich zu vergewissern, dass er sich heute nicht überanstrengt hat. Es war das erste Mal seit Wochen, dass er auf einem Pferd gesessen hat.«

Barnaby erwog kurz, Lamb weiter aufzuziehen, aber entschied dann, Gnade walten zu lassen.

»Natürlich«, sagte er, »eine ausgezeichnete Idee.«

Lamb betrachtete ihn argwöhnisch, aber als Barnaby keine weitere Bemerkung machte, fragte er:

»Wie sehen deine Pläne aus?«

Barnaby rieb sich den Hals.

»Ich werde mir irgendeine Erledigung für Peckham ausdenken, ehe wir nach der versteckten Tür suchen.« Er runzelte die Stirn. »Und das wird bald sein müssen – wenn letzte Nacht Güter an Land gebracht wurden, werden die Tunnel genau jetzt randvoll sein. Aber das bleiben sie vermutlich nicht lange.« Ihm kam ein Gedanke, und er fügte hinzu:

»Eine Landung gestern würde auch erklären, warum einer meiner Cousins heute bei Nolles war. Das lässt unsere Theorie nur umso wahrscheinlicher werden.«

Lamb gab ihm recht. Sie unterhielten sich noch ein wenig, dann ging Lamb in die Küche, um mehr herauszufinden, was ihre Schlussfolgerungen stützen könnte.

Allein in seinem Arbeitszimmer lief Barnaby kurz darauf wieder auf und ab und suchte nach Löchern oder Widersprüchen in seiner Theorie. Er fand keine, aber wie er es auch betrachtete, es war alles Mutmaßung. Es war eine mögliche Erklärung, aber er hatte keinen wie auch immer gearteten Beweis für irgendetwas davon. Es wäre sicher nett gewesen, überlegte er, wenn er bei seiner Rückkehr nach Hause einen seiner Cousins angetroffen hätte. Dann wüsste ich wenigstens, welcher von den Bastarden dahintersteckt. Mein Feind hätte ein Gesicht.

Ob er es Emily erzählen sollte und wenn ja, wie viel, beschäftigte ihn jedoch am meisten. Sie war, machte er sich bewusst, beileibe keine zarte Gewächshauspflanze, die am Ende in Ohnmacht fiel bei der Vorstellung, dass Schmuggler ihr Heim als Versteck nutzten. Er grinste. Viel wahrscheinlicher war, dass sie es für eine ausgezeichnete Idee halten und den Unternehmergeist dahinter bewundern würde. Er musste ihr erst noch gestehen, dass er glaubte, jemand trachtete ihm nach dem Leben, allerdings war er sich ziemlich sicher, dass Emily längst selbst zu diesem Schluss gekommen war. Wie er seine Frau kannte, würde sie es nicht gut aufnehmen, dass jemand ihn tot sehen wollte. Er seufzte. Sie war seine *Ehefrau*. Es gefiel ihm nicht, es ihr nicht zu sagen, und er hielt es auch nicht für klug, Geheimnisse vor ihr zu haben. Also, was sollte er ihr verraten? Alles? Nichts? Oder etwas dazwischen?

Barnaby war immer noch nicht zu einer Entscheidung gekommen, als er in Emilys Zimmer trat, um sie nach unten zum Dinner zu begleiten. Mit ausgebreiteten Röcken saß sie in ihrem grünen Moirékleid auf dem Sofa und blätterte in einer Modezeitschrift.

Bei seinem Eintreten schaute sie auf, und ihr Herz machte wieder den inzwischen vertrauten kleinen Satz, als sie ihn erblickte. Er sah sehr gut aus an diesem Abend in einem burgunderroten Rock und hellgrauen Kniehosen.

Er machte eine Verbeugung und sagte mit einem bewundernden Glitzern in den Augen:

»Ich habe dich noch nie so schön wie heute gesehen … außer vielleicht, wenn du so nackt bist, wie die Natur dich geschaffen hat.« Er hob ihre Finger an seine Lippen und presste einen Kuss darauf.

»Und ich hoffe, dich so zu sehen, bevor dieser Abend viel weiter fortgeschritten ist.«

»Ist es mir gestattet, zuerst noch etwas zu essen?«, fragte sie augenzwinkernd.

Barnaby hätte es vorgezogen, weiter mit ihr zu flirten, aber der Drang, ihr zu erzählen, was er am Nachmittag getan hatte, und die Schlussfolgerungen, die er aus seinen Beobachtungen gezogen hatte, wurde immer stärker. Er beschloss, dass er genauso gut gleich anfangen konnte. Er setzte sich neben sie aufs Sofa.

Er nahm ihre Hand in seine und sagte:

»Lamb, Luc und ich sind heute Nachmittag ins Dorf geritten … zum *Ram's Head*. Ich habe Nolles kennengelernt.«

Emilys Augen wurden groß, und ihre Finger schlossen sich fester um seine. Sorge und Unbehagen klangen aus ihrer Stimme, als sie fragte:

»Und warum hast du das getan?«

Barnaby verzog das Gesicht.

»Es war Zeit. Beinahe vom ersten Moment, in dem ich seinen Namen gehört habe, wollte ich ihn kennenlernen, aber …« Er lächelte schief, »aber es ist immer etwas dazwischengekommen, du, die Hochzeit, Luc und ein paar Unfälle, um das Wichtigste zu nennen – es schien nie der rechte Moment zu sein.«

Sie konnte ihm da kaum widersprechen – die letzten paar Monate waren sicherlich ereignisreich gewesen, und da er Lamb und Luc mitgenommen hatte, konnte sie ihm bei seinem Ausritt ins Dorf noch nicht einmal mangelnde Achtsamkeit vorwerfen. Die Idee, dass Barnaby Nolles konfrontierte – selbst in aller Höflichkeit – war besorgniserregend. Sie vertraute auf Barnabys Fähigkeit, auf sich aufzupassen, aber Nolles durfte man nicht auf die leichte Schulter nehmen. Er war böse und durchtrieben. Am liebsten schlug er aus dem Hinterhalt zu, und weder der Titel ihres Ehemannes noch seine Stellung oder sein Reichtum würden für ihn zählen, sollte Barnaby mit ihm aneinandergeraten. Emily seufzte, sie empfand nicht sonderlich viel Zuversicht, dass Barnaby vorsichtig gewesen war. Besorgt blickte sie ihn an und fragte:

»Wie hat Nolles reagiert?«

Barnaby lächelte.

»Höflich. Er hat uns sogar ein Ale ausgegeben, um uns willkommen zu heißen. Es war ein höchst aufschlussreicher Nachmittag.«

Mit einem scharfen Blick wollte sie wissen:

»Was ist geschehen?«

Er spielte mit ihren Fingern, senkte den Blick und sagte:

»Es ist eine ziemlich lange Geschichte.«

»Das Essen kann warten. Erzähl sie mir.«

Und das tat er, hielt nichts zurück.

Als er fertig war, starrte sie ihn an, wütend, fasziniert und verstört zugleich, und ging im Geiste noch einmal durch, was er gesagt hatte. Da sie bereits vermutet hatte, dass die Unfälle gar keine gewesen waren, war das der Teil von allem, was er ihr berichtet hatte, der sie am wenigsten erstaunte. Es machte ihr Angst, ja, aber es war keine Überraschung. Der Zwischenfall mit Nolles gefiel ihr gar nicht, und der Umstand, dass einer von Barnabys Cousins sich mit Nolles getroffen hatte, ließ den Rest der Geschichte glaubwürdiger erscheinen.

Sie holte tief Luft und sagte ruhig:

»Ich stimme dir zu – es *war* ein aufschlussreicher Nachmittag.«

Er lächelte.

»Keine Schelte?«

»Würde das einen Unterschied machen?«, fragte sie mit hochgezogenen Brauen.

»Nein, aber du würdest dich vielleicht besser fühlen.«

Emily schnaubte.

»Das Einzige, was dafür sorgen kann, dass ich mich besser fühle, ist herauszufinden, welcher deiner Cousins hinter all dem steckt, und den Spuk zu beenden.« Ihr kam ein Gedanke, und sie murmelte:

»Natürlich, Peckham loszuwerden ist ein netter Zusatznutzen.« Sie senkte die Lider.

»Und wenn du mir von Beginn an von Peckham erzählt hättest, hätte ich dir den Eingang zu den Tunneln im Weinkeller schon vor Urzeiten gezeigt.«

»Du weißt, wo der ist?«, fragte er hoffnungsvoll; seine Augen leuchteten.

»Ja – der Eingang und die meisten Tunnel.« Sie wirkte nachdenklich.

»Ich bin nicht mehr unten gewesen, seit ich ein Kind war, aber ich bin sicher, ich kann mich noch daran erinnern. Es gibt mehr als einen Tunnel, manche sind enger, andere breiter, sie verlaufen in lauter verschiedene Richtungen. Das war einer der Gründe, weshalb wir uns als Kinder so gerne in ihnen versteckt haben.« Sie warf ihm einen spöttischen Blick zu.

»Der Sage nach wurden die Tunnel von einem deiner

Vorfahren angelegt, irgendwann zu Beginn des letzten Jahrhunderts – das Joslyn-Vermögen soll auf Gewinnen aus Schmuggel aufgebaut sein.« Er ließ sich nicht darauf ein, sodass sie fortfuhr.

»Sie sind auf jeden Fall ein perfektes Versteck für Schmuggelware.« Sie klopfte sich mit dem Finger auf die Lippen.

»Soweit ich mich entsinne, gab es noch andere Zugänge auf dem Besitz verstreut, aber die meisten von ihnen sind verschüttet worden oder in Vergessenheit geraten ... aber ich weiß, wo einer von ihnen ist – in einer deiner Scheunen in der Nähe der Landstraße, die zum Dorf führt. Den haben wir als Kinder immer benutzt.«

Er schüttelte reuevoll den Kopf.

»Ich hätte es dir früher sagen sollen. Wenn ich all das schon vor Wochen gewusst hätte ...«

Sie küsste seine Nasenspitze.

»Dann lass es dir eine Lehre sein!«

An den meisten Abenden speiste Cornelia mit ihnen, aber gelegentlich – wie beispielsweise an diesem Abend – zog sie es vor, das Dinner in ihren Räumen zu sich zu nehmen. Da Emily und Barnaby beide der Ansicht waren, es sei übertrieben, im formellen Speisesaal ihre Mahlzeiten zu sich zu nehmen, aßen sie ihr Dinner oft einfach im Frühstückssalon.

Weil Peckham in der Nähe war, konnten sie nicht das besprechen, was sie am meisten beschäftigte, aber nachdem der Tisch wieder abgeräumt war, blieben sie noch zusammen sitzen und tranken Kaffee. Sie wollten gerade aufstehen, als Peckham hereinkam und sich verbeugte.

»Mylord«, sagte er, »Ihr Cousin ist da.«

Barnabys und Emilys Blicke trafen sich.

»Führen Sie ihn herein«, erwiderte Barnaby, erfreut und

erleichtert, dass der Mann, der ihm nach dem Leben trachtete, endlich ein Gesicht haben würde.

Aber trotzdem sank ihm das Herz, als Simon mit einem spöttischen Lächeln auf den Lippen ins Zimmer schlenderte.

Kapitel 22

Emily schnappte entsetzt nach Luft. Annehmen zu müssen, dass einer von seinen Cousins Barnaby umbringen wollte, war schlimm genug gewesen, aber dass es Simon sein musste! Sie war so verstört, dass sie ihn kaum ansehen konnte, ihren Freund aus Kindertagen, dieses Ungeheuer, das versucht hatte, ihren Ehemann zu töten.

Barnaby war ebenso entsetzt und bitter enttäuscht. Er mochte Simon gerne. Aber dass der Schuldige der jüngste Joslyn war, dürfte andererseits keine Überraschung sein. Als seine beiden Brüder nach *Monks Abbey* zurückgekehrt waren, war Simon auf *Windmere* geblieben ... um ihn aus dem Weg zu räumen. Er und Lamb hatten die Möglichkeit in Erwägung gezogen, dass es Simon sein könnte, der ihm an dem Morgen mit dem über den Weg gespannten Seil aufgelauert hatte, sie dann aber als unwahrscheinlich von sich gewiesen. Weil, gestand sich Barnaby erbost ein, ich nicht wollte, dass er es ist. *Ich mag ihn*, dachte er wieder, und in ihm baute sich eine Mischung aus Wut und Bedauern auf und zog ihm den Magen zusammen.

Simon spürte, dass etwas nicht stimmte, und sein Lächeln erstarb. Er blieb jäh stehen und erkundigte sich:

»Komme ich zur Unzeit? Ich weiß, ich hätte vorher schreiben sollen, aber es hat sich etwas ergeben und ich ...« Er lächelte unsicher.

»Ich kann im Dorf unterkommen, wenn es stört, dass ich heute hier bin.«

Barnaby stand auf und schüttelte den Kopf.

»Nein. Nein. Es ist alles in Ordnung. Wir sind nur überrascht, dass so spät noch ein Gast kommt.« Er traf Simon in der Zimmermitte, schüttelte ihm die Hand und deutete auf einen Platz am Tisch.

»Bitte, setz dich zu uns. Hast du schon gegessen? Soll ich nach Peckham läuten, dass er dir etwas bringt?«

Barnabys Verhalten vertrieb Simons Unbehagen, und er antwortete:

»Nein, das ist nicht nötig – ich habe bereits gegessen ... bei Lord Broadfoot.« Er grinste Emily an, als er Platz nahm, und fügte hinzu:

»Du darfst mich gerne auslachen, wenn du willst, aber ich bin wegen eines Pferdes bei ihm gewesen.«

Sie bemühte sich, sich natürlich zu benehmen, und rief:

»Was du nicht sagst! Du weißt doch, dass er nicht verlässlich ist, wenn es um Pferde geht.«

Simon lachte leise.

»Ich weiß, ich weiß. Aber da ich auf der Suche nach einem neuen Paar bin und er mir geschrieben hatte und sich lang und breit über die Tugenden eines fantastischen Paares Kastanienbrauner ausgelassen hatte, das er verkaufen will, dachte ich mir, ich riskiere es und gehe davon aus, dass er tatsächlich einmal etwas Vernünftiges erstanden hat. Ich bin heute Morgen von *Monks Abbey* aus hingeritten.« Er warf Emily einen entschuldigenden Blick zu.

»Sobald ich bei ihm angekommen bin, hätte ich ihn bitten müssen, einen Diener mit einer Nachricht herzuschicken. Es tut mir leid, dass ich das nicht getan habe.«

»Ach, das macht doch nichts«, antwortete Emily und gab sich Mühe, herzlich zu klingen.

»Du bist selbstverständlich stets auf *Windmere* willkommen. Schließlich sind wir Familie.«

»Und Broadfoots Pferde?«, fragte Barnaby, »waren sie die Reise wert?«

»Nun, sie passen perfekt zueinander, das stimmt schon«, erwiderte Simon mit Lachfältchen um die Augen.

»Sie sind beide so x-beinig, dass sie kaum zu mehr als einem langsamen Schlurfen in der Lage sind.«

Emily und Barnaby lachten höflich. Barnaby spielte mit seiner leeren Tasse und bemerkte: »Ich hätte sie mir gerne angesehen und dir den weiten Weg erspart.«

»Simon hätte es besser wissen müssen«, erklärte Emily.

»Broadfoot ist der schlechteste Pferdekenner, den ich je getroffen habe. Jeder, der ihn kennt, weiß das.«

»Du hast natürlich recht – ich hätte es besser wissen müssen«, räumte Simon ein, »aber es wäre ja möglich gewesen ...« Er zuckte die Achseln. »Wer nicht wagt, der nicht gewinnt.«

Emily gelang es, ihre Gefühle unter Kontrolle zu halten, lächelte, wenn es angemessen war, und benahm sich so normal wie möglich, aber die ganze Zeit über rangen Wut und Unglauben in ihrer Brust miteinander. Sie kannte Simon seit ihrer Kinderzeit: Er war immer freundlich und nett zu ihr gewesen, hatte sie vor den Schikanen seiner älteren Brüder in Schutz genommen und sie mit seinen albernen Neckereien zum Lachen gebracht. Aber es hatte ganz den Anschein, als ob er zu kaltblütigem Mord in der Lage sei. Mord an ihrem Ehemann, machte sie sich erbost bewusst. Unwillkürlich schlossen sich ihre Finger um den Griff des Brotmessers, das noch auf dem Tisch lag; sie musste sich beherrschen, um es nicht einfach Simon in das lächelnde Gesicht zu schleudern.

Eine Stunde später, nachdem Simon von Peckham zu seinen Räumen gebracht worden war und Emily und Barnaby sich in ihren Salon oben zurückgezogen hatten, gestand sie:

»Ich musste mich so beherrschen, dass ich nicht einfach das Messer nehme und …« Sie holte tief Luft und sagte mit einem Anflug von Schmerz in ihrer Stimme: »Oh Barnaby, dass es Simon ist, ist einfach unvorstellbar! Er ist der Letzte, den ich im Verdacht gehabt hätte.«

Barnaby nickte.

»Mir fällt es selbst schwer, es zu glauben, aber er muss es sein. Ich bin überzeugt, dass es einer meiner Cousins war, mit dem sich Nolles heute Nachmittag getroffen hat. Und von Mathew und Thomas ist nichts zu sehen.« Er schnitt eine Grimasse.

»Ob es mir nun gefällt oder nicht, Simon ist hier, sie hingegen nicht.«

Emily ließ sich aufs Sofa sinken und streifte sich die Seidenschuhe ab.

»Was für ein hinterhältiges Wesen er hat – schreibt Mathew, er mache sich Sorgen deinetwegen, spielt den Besorgten, während er derjenige ist, der dich umbringen will.«

»Er ist gerissen, das muss der Neid ihm lassen.«

»Aber was unternehmen wir seinetwegen?«, wollte Emily wissen und verfolgte, wie Barnaby rastlos vor ihr auf und ab lief.

Barnaby hatte auf ihre Frage keine Antwort. Er konnte nicht erkennen, was es bringen würde, wenn er Simon mit seinem Verdacht konfrontierte – er hatte schließlich keine Beweise, und Simon würde vermutlich alles rundweg abstreiten, sich nur als noch abgefeimter erweisen. Und ebenso wenig konnte er mit seinem Verdacht zu Mathew gehen. Selbst wenn der vollkommen unschuldig wäre, würde ihn doch alles dazu drängen, seinen Bruder zu beschützen. Er seufzte. Sie würden sich einen Plan ausdenken müssen, um Simon auf frischer Tat zu ertappen … das war kein angenehmer Gedanke, wenn »frische Tat« hieß, dass sein Leben in Gefahr war, das ließ sich nicht leugnen.

Doch während er noch darüber nachdachte, kam ihm eine Idee. Wenn er morgen Nachmittag mit den anderen einfach in die Tunnel ging, vielleicht sogar in Begleitung des jungen Zolloffiziers Leutnant Deering, und ihren Fund von hoffentlich einer großen Menge Schmuggelgut überall herumtrompetete – würde das nicht alle seine Probleme lösen? Wenn der Grund hinter den Anschlägen der war, zu verhindern, dass er entdeckte, Nolles und seine Bande benutzten sie als Lager, dann müsste doch damit auch das Motiv verschwunden sein, oder? Und nachdem die Benutzung des Tunnels bei den Zollbehörden bekannt war, wären die Schmuggler doch gezwungen, ein neues Versteck für ihre Waren zu finden.

Er setzte sich neben Emily und erklärte ihr seine Überlegungen, die Sache zu beenden.

Emily war nicht glücklich darüber. Unverblümt erklärte sie: »Als Köder zu fungieren, um ihn hervorzulocken, das ist purer Wahnsinn. Selbst wenn wir alle auf dich achten und die Augen offenhalten, besteht immer die Möglichkeit, dass Simon dich trotzdem umbringen kann – und es nützt uns nichts, wenn wir den Mörder zwar kennen, du aber tot bist.« In ihren grauen Augen stand Angst um ihn.

»Ich liebe dich«, sagte sie, »ich möchte nicht Witwe werden, nur ein paar Wochen nach meiner Hochzeit.«

Barnaby nahm sie in die Arme und versuchte sie zu beruhigen. Er küsste sie zärtlich und sagte, seine Lippen von ihren nehmend:

»Und ich liebe dich – ich will mit dir an meiner Seite steinalt werden, umgeben von unseren Kindern und Enkelkindern. Süße, ich werde bestimmt kein unnötiges Risiko eingehen.«

»Dann ist es also kein Risiko, wenn du dich als Köder anbietest?«, fragte sie scharf.

Er zuckte die Achseln.

»Vielleicht ein bisschen, aber wenn Simon schon keinen Erfolg hatte, solange ich keine Ahnung davon hatte, wer hinter den Anschlägen steckte, was lässt dich da denken, er könnte jetzt erfolgreich sein, wo wir wissen, wer er ist?«

»Mir gefällt das nicht«, erklärte sie mit angespannter, unglücklicher Miene.

»Ich bin selbst nicht sonderlich erpicht darauf«, räumte Barnaby ein, »aber wenn wir ihn nicht entlarven und Leutnant Deering überstellen, werden Simon, Nolles und auch Peckham ihrer gerechten Strafe entgehen. Sie beginnen mit ihrem Unternehmen einfach irgendwo anders in der Grafschaft von vorne.« Er schob sein Kinn vor.

»Natürlich wäre Peckham nicht länger unser Butler, aber ohne Zeugnisse entlassen zu werden ist für meinen Geschmack keine ausreichende Strafe.«

Emily verzog das Gesicht.

»Da gebe ich dir recht, und wenn mir auch nicht gefallen kann, dass Simon und seine Leute ihrer Strafe entgehen, ziehe ich es doch bei Weitem vor, wenn die andere Alternative ist, dass du vielleicht stirbst.« Sie strich ihm mit dem Finger übers Kinn.

»Wenn du tot wärest, würde mich das entsetzlich traurig machen.«

Er küsste ihre Fingerspitzen, und eine Welle der Liebe erfasste ihn. Das Letzte, was er wollte, war zu sterben, und er hatte nicht vor, das zu tun. Auch wenn er Emilys Angst nicht einfach abtun konnte – wenn er sich als Köder zur Verfügung stellte, bestand immer die Gefahr, dass etwas schief lief und Simon ihn tötete. Und dann war da noch Emily selbst …

Sie in Sicherheit, fernab von jeglicher Gefahr zu halten war seine größte Sorge, aber seine Amazonenbraut, überlegte er, hin- und hergerissen zwischen Stolz und Angst, würde kaum tatenlos am Rande stehen, während Simon ihn umzubringen versuchte. Barnaby wollte sie heraushalten, aber im Augenblick konnte er nicht erkennen, wie er das bewerkstelligen sollte.

Abrupt sagte er:

»Heute Nacht können wir ohnehin nichts mehr tun. Wir müssen mit Lamb und Luc sprechen.«

Barnaby unterrichtete Lamb von Simons Anwesenheit im Haus spät am Abend, als Lamb von seinem Besuch bei Luc heimkehrte. Wie Emily und Barnaby fiel es auch Lamb anfangs schwer zu glauben, dass es Simon war, der versucht hatte, Barnaby umzubringen, aber er fand sich damit schneller ab als Emily oder Barnaby.

Er half Barnaby aus seinem Rock, ehe der sich fürs Bett fertig machte, und sagte:

»Es ergibt Sinn, wenn man darüber nachdenkt. Simon ist der jüngste Bruder, und sein Vermögen wird das kleinste sein. Er hat vermutlich genug geerbt, um mit dem Schmuggel zu beginnen. Wenn er seinen Gewinn klug verwendet, kann er aus einem kleinen ein sehr großes Vermögen machen.«

»Ich widerspreche dir nicht«, erklärte Barnaby, riss sich sein Halstuch herunter und warf es auf den Stuhl. Er schaute Lamb an und fragte:

»Gehst du heute Nacht noch zu Luc?«

Lamb schüttelte den Kopf.

»Das wäre verdächtig. Zu viele würden sich wundern, warum ich, nachdem ich gerade erst vom *Dower House* zurück bin, plötzlich noch einmal hinmuss. Ich sehe ihn morgen früh.« Er schaute Barnaby mit zusammengezogenen Brauen an.

»Muss sie wirklich dabei sein?«

Barnaby grinste. »Wenn du dich freundlich daran erinnern willst, du warst es doch, der ihr den Spitznamen ›Amazone‹ gegeben hat. Glaubst du wirklich, wir könnten sie davon fernhalten?«

Mit einer Grimasse antwortete Lamb:

»Vermutlich nicht.«

Es war Nachmittag, als Emily und Barnaby sich mit Lamb und Luc im *Dower House* trafen. Cornelia war entzückt gewesen über Simons Besuch, und weder Barnaby noch Emily hatten das Herz, ihr die Wahrheit zu sagen. Cornelias Verhalten trug dazu bei, dass Simons Besuch völlig normal wirkte. Als Cornelia sich schließlich mittags für ein Nickerchen in ihre Zimmer zurückzog und Simon ins Dorf aufbrach, war Emily restlos erschöpft vom dauernden Lächeln und davon, so zu tun, als sei alles in bester Ordnung.

Von Walker im *Dower House* begrüßt zu werden, hob ihre Stimmung, sodass sie lächelte, als sie und Barnaby den in Weinrot und Grau eingerichteten Salon betraten, in dem Luc und Lamb sie erwarteten. Nachdem Walker gegangen war und Emily auf einem mit grauem Samt bezogenen Stuhl am Feuer Platz genommen hatte, erklärte Luc:

»Was für ein teuflisches Durcheinander!« Er blickte zu Barnaby, der hinter dem Stuhl seiner Frau am Kamin stand, und fragte:

»Wie willst du ihn aus der Deckung locken?«

Barnaby seufzte; er wusste, Emily würde der Plan nicht gefallen, der, wie er nach langem Überlegen entschieden hatte, wohl der beste wäre. Simon und Nolles ungeschoren davonkommen zu lassen, sagte ihm so gar nicht zu. Ohne Emily anzuschauen, antwortete er:

»Ich kann nur einen Weg erkennen, und das ist, mich wie ein Stück rohes Fleisch vor einen Tiger zu setzen und zu hoffen, dass er den Köder schluckt.« Er lächelte Lamb und Luc zu.

»Und wenn er mich zwischen den Klauen hat, dass ihr beide, meine tapferen Mitstreiter, euch dann auf ihn stürzt, bevor er größeren Schaden anrichten kann.«

Seine Frau sah ihn an, als hätte er den Verstand verloren.

»Das ist die schlechteste Idee überhaupt«, beschied sie ihm knapp, »die ich je gehört habe.«

»Genau genommen«, sagte Lamb und rieb sich das Kinn, »haben Luc und ich etwas ganz Ähnliches heute Vormittag besprochen. Natürlich könnten wir es einfach den Behörden melden, aber es missfällt mir, die Ratten laufen zu lassen.« Emilys finsterem Blick ausweichend fuhr er fort:

»Es ist uns vielleicht nicht möglich, Nolles in unserem Netz zu fangen, aber wenn wir Simon dingfest machen, hat er seinen Hintermann in London verloren, was ihm wehtun wird – ebenso wie der Verlust der Tunnel von *Windmere.*« Er betrachtete Barnaby.

»Aber um das zu erreichen, müssen wir ihn irgendwie hervorlocken – und du bist nun einmal das, was er haben will.«

Empört rief Emily:

»Das lässt sich leicht so dahinsagen – schließlich ist es ja nicht Ihr Leben, das auf dem Spiel steht.«

»Das ist natürlich wahr«, ergriff Luc das Wort, »aber Simon will nicht Lamb, sondern Barnaby – es ist besser, wir haben die Zügel in der Hand, als sie Simon zu überlassen.«

Emily ließ den Kopf hängen und erklärte leise:

»Ich will ja auch, dass sie bestraft werden, aber mehr noch will ich meinen Ehemann am Leben haben, als dass sie zur Rechenschaft gezogen werden. Es muss doch noch einen anderen Weg geben.«

Barnaby kam um ihren Stuhl herum und hockte sich auf die Lehne neben sie. Mit einem Finger hob er ihr Kinn an und schaute ihr tief in die Augen, dann sagte er:

»Ich werde alle Vorsichtsmaßnahmen treffen, die mir nur einfallen – vergiss nicht, wir sind im Vorteil. Wir wissen, wer mich umbringen will, und wir wissen, warum Simon mich loswerden will.«

Sie bezog nicht viel Trost aus seinen Worten und fragte:

»Gibt es denn nichts, was ich sagen kann, um dich umzustimmen?«

Sein Herz zog sich zusammen, weil er ihr Kummer bereitete, aber er schüttelte den Kopf.

»Es sei denn, du hast eine bessere Idee.«

Die hatte sie nicht, und obwohl sie genau zuhörte, während sie diskutierten, wie sie am besten Barnabys Sicherheit gewährleisten konnten, war sie nicht beruhigt. Das Einzige, womit sie einverstanden war, war, dass sie so rasch wie möglich die Tunnel inspizieren würden, um herauszufinden, ob die Schmuggler sie auch wirklich benutzten.

»Am besten kommt man durch die alte Scheune in die Tunnel«, teilte sie ihnen mit.

»So vermeiden wir es, Peckham oder einem der anderen Dienstboten zu begegnen, die sich dann nur wundern, warum wir mit einem Mal Interesse an dem alten Weinkeller zeigen. Wenn die Nolles-Bande den Tunnel benutzt, dann wird das Schmuggelgut an der Stelle lagern, die den leichtesten Zu- und Ausgang hat – das ist die alte Scheune. Am Ende wurde der Tunnel geweitet und, soweit ich mich erinnere, gibt es auch eine Art Höhle dort – perfekt, um größere Warenmengen unterzubringen.« Sie reckte das Kinn und blickte Barnaby finster an, dann fuhr sie fort:

»Es gibt keinen Grund, dass wir alle in den Tunnel hinabsteigen. Es liegt auf der Hand, dass ich gehen muss, aber ich möchte nur eine weitere Person mitnehmen ... und du wirst es nicht sein. Lamb oder Luc können mitkommen.«

Barnaby hätte widersprochen, aber das Glitzern in ihren Augen verriet ihm, dass sie von ihrer Position nicht abweichen würde. Jedes weitere Wort wäre verschwendet.

»Na gut. Wen willst du mitnehmen?«

Ohne zu zögern, antwortete sie:

»Lamb.«

Luc wirkte enttäuscht, aber ihre Entscheidung war vernünftig. Wenn er in einen Tunnel ging und die Möglichkeit bestand, dass er dort einem Schmuggler begegnete, hätte er auch lieber Lamb an seiner Seite als einen Mann, der erst vor Kurzem das Krankenlager verlassen hatte.

»Wann?«, fragte Barnaby, nicht glücklich darüber, dass seine Frau Kopf und Kragen riskierte, während er in Sicherheit wartete.

»Jetzt«, sagte sie, stand auf und schüttelte die Röcke ihres indigoblauen Reitkostüms aus. »Es ist mitten am Tag, und kein Schmuggler wird dort sein. Simon ist im Dorf und Peckham im Haus. Unsere Pferde sind gesattelt und bereit. Lamb und ich sollten in weniger als einer Stunde wieder hier sein.«

Barnaby blickte Lamb an.

»Bring sie mir gesund und munter wieder.«

Lamb nickte.

Zuzusehen, wie Emily und Lamb aus dem Zimmer gingen, war das Schwierigste und Schmerzlichste, was Barnaby je gezwungen gewesen war zu tun. Jeder Instinkt in ihm verlangte, dass er sie aufhielt, der Wunsch, sie zu beschützen, war beinahe überwältigend. Er bekämpfte den wilden Drang, sie zurückzurufen – es wäre ohnehin vergebens. So, wie er nicht davon abzubringen war, sich als Köder anzubieten, so entschlossen würde auch Emily ihre Aufgabe angehen. Er runzelte die Stirn. Manchmal, entschied er erbittert, waren sie sich ähnlicher, als ihm lieb war.

Es gab nur einen Wortwechsel zwischen Emily und Lamb, als sie vor dem *Dower House* aufsaßen und sich anschickten loszureiten.

Lamb musterte ihre verschlossene Miene und bemerkte: »Sie sind verärgert.«

Sie warf ihm einen Blick zu, der ihn fast versengte, und antwortete mit einer Stimme, die nicht zur Unterhaltung einlud:

»Nein, ich bin nicht verärgert. Ich bin *wütend*!«

Emily schlug einen Weg durch den Wald ein, der die Hauptauffahrt mied und ihnen Deckung bot, und trieb ihr Pferd an. Wortlos folgte Lamb ihr. Er war kein ängstlicher oder feiger Mann, aber er war nicht bereit, es ohne Not mit einer Amazone mit wütend funkelnden Augen aufzunehmen.

Gute zehn Minuten später lenkte Emily ihr Pferd von dem schmalen Weg, dem sie gefolgt waren, und ritt um den Fuß eines Hügels. Sie führte ihr Pferd mehrere Meter zwischen die Bäume, die an dieser Stelle ein kleines Wäldchen bildeten, dann hielt sie an. Sie schwang sich aus dem Sattel und erklärte:

»Durch den Hügel sind wir vom Herrenhaus aus nicht zu sehen, aber wir befinden uns nur eine knappe Achtelmeile Luftlinie davon entfernt. Die Scheune liegt fünfzig Meter vor uns hinter den Buchen dort. Binden Sie Ihr Pferd an und folgen Sie mir.«

Lamb konnte nicht anders, als ihre Beherrschtheit und die Lautlosigkeit, mit der sie sich durch den Wald bewegte, zu bewundern. Die Amazone wusste, was sie tat, und er entschied, wenn er mit dem Rücken zur Wand stünde, wäre es ihm eine Ehre, sie an seiner Seite zu haben. Der Wald lichtete sich, und die Scheune tauchte vor ihnen auf. Emily beobachtete die Umgebung einen Moment sorgfältig, dann verließ sie die Deckung der Bäume und eilte über die freie Fläche zur Rückseite des alten Gemäuers.

Sie schaute über ihre Schulter zu Lamb, der ihr gefolgt war, und sagte leise:

»Das Tor liegt zur Straße hin, aber um die Ecke dort vorne gibt es noch eine kleinere Tür – die nehmen wir.«

Einen Augenblick später waren sie in der Scheune und bemerkten beide, dass sich die Tür mühelos und ohne irgendwelche Geräusche öffnen ließ – durchaus verdächtig an einem selten benutzten Gebäude. Innen war es düster, und es roch nach Heu und Stalltieren. Emily benötigte einen Moment, bis sich ihre Augen an die Lichtverhältnisse gewöhnt hatten, aber dann setzte sie sich zielstrebig in Bewegung. Eine Reihe Boxen mit schiefen Türen befand sich auf der einen Seite, auf der anderen waren Heu- und Strohballen bis zur Decke gestapelt, und in der Mitte dazwischen gab es einen breiten Gang.

Staubteilchen schwebten in der Luft, aufgewirbelt von ihren Schritten, während Emily, dicht gefolgt von Lamb, weiterging. Sie kamen nur langsam voran, denn sie konnten in dem spärlichen Licht nicht sonderlich gut sehen und waren vorsichtig; sie achteten mit wachen Sinnen auf Zeichen, die ihnen verraten hätten, dass sie nicht allein hier waren. Nachdem sie alles ausgekundschaftet hatten, kamen sie zu dem Schluss, dass sie im Moment die einzigen Menschen im Stall waren. In der Mitte der Scheune blieb

Emily stehen und starrte auf die dicke Strohschicht auf dem Boden.

Leise sagte sie:

»Wenn irgendjemand nachsehen würde, würde er nichts entdecken, denn das Stroh würde alle Spuren von dem verdecken, was hier geschehen ist.«

Lamb nickte.

»Vermutlich haben sie das nach dem Abladen unten auf dem Rückweg ausgelegt.« Er schaute sich um.

»Wo ist der Eingang?«

»Hier drüben«, sagte sie und ging in die Richtung. Etwa auf der Hälfte der Stallboxen blieb sie stehen, öffnete eine schwere Tür und trat hinein, immer Lamb dicht hinter sich. Die Leichtigkeit, mit der die schwere Tür sich hatte öffnen lassen, verriet mehr als genug, und eine rasche Untersuchung des Verschlusses und der Scharniere zeigte, dass sie gut geschmiert waren. Der Boden dieser Box war wiederum mit Stroh bedeckt, aber es ließ sich leicht mit den Füßen zur Seite schieben. Darunter kam eine Falltür zum Vorschein. Lamb fasste den Griff und zog daran. Die Falltür öffnete sich ebenfalls lautlos. Ein schwarzes Loch gähnte zu ihren Füßen, die oberste Sprosse einer Leiter lugte aus der Schwärze heraus.

Lamb fluchte tonlos.

»Wir haben keine Laterne mitgenommen.«

Emily lächelte breit; das meiste von ihrer Wut war auf dem Ritt bereits verraucht. Sie ging um die Falltür herum und griff in den Futtertrog voller Heu. Triumphierend zog sie eine Laterne und Zündzeug hervor.

Als das Licht brannte und nach einer kurzen Auseinandersetzung, wer zuerst gehen durfte, stieg Lamb die kurze hölzerne Leiter hinab. Emily raffte die Röcke ihres Reitkostüms und folgte ihm.

Lamb hielt die Laterne in die Höhe und starrte auf die Schmuggelware, die ringsum an den Wänden der großen Höhlen gestapelt und aufgehäuft war, in der sie standen. Lamb pfiff anerkennend. Zusammen gingen sie an den Reihen entlang: Kisten und Säcke, Fässer mit Brandy und Gin, Bündel mit Tabak, Ballen mit Samt und Seide, Spitze und Garne und noch vieles mehr.

»Gütiger Himmel!«, hauchte Emily fast ehrfürchtig, »das hier ist nicht einfach nur von einer Fahrt. Es ist ein ganzes Lagerhaus mit Schmuggelware – sie können jederzeit alles liefern, ganz nach Bedarf.«

»Stimmt«, sagte Lamb, »wir haben gefunden, wonach wir gesucht haben. Jetzt müssen wir gehen.«

Obwohl der Drang stark war, sich weiter umzusehen, widersprach Emily nicht; sie zeigte ihm nur noch die Stelle, wo der Tunnel enger wurde und weiter zum Haus führte. Binnen Minuten hatten sie das Lager verlassen, die Laterne gelöscht und, sobald sie abgekühlt war, wieder unter dem Heu im Trog versteckt. Sie schlossen die Falltür und bedeckten sie mit Stroh. Sorgsam darauf achtend, keine Spuren zu hinterlassen, die verraten hätten, dass jemand hier gewesen war, verließen sie die Scheune und hasteten zu ihren Pferden.

Emily lief in das Zimmer, in dem Barnaby und Luc warteten, warf sich Barnaby mit vor Aufregung geröteten Wangen und leuchtenden Augen in die Arme und rief:

»Wir hatten recht! Wir haben Berge von Schmuggelwaren gefunden. Dort unten ist genug gelagert, um London ein halbes Jahr lang zu versorgen.«

Emily an sich drückend, als wolle er sie nie wieder loslassen, schaute Barnaby zu Lamb, der hinter ihr den Raum betreten hatte. Lächelnd nickte Lamb.

»Sie benutzen den Tunnel nicht nur, um geschmuggelte Waren vorübergehend zu verstecken, sie verwenden ihn als Lagerhaus. Sie können wochenlang ohne Nachschub auskommen und ihre Abnehmer dennoch mit allem versorgen.« Sein Lächeln verblasste.

»Es überrascht mich nicht, dass Simon sich deinen Tod wünscht – da steckt ein verdammtes Vermögen darin. Das hier ist kein kleines Schmuggelunternehmen von ein paar verzweifelten Fischern, es ist etwas richtig Großes, für das es sich zu töten lohnt.«

Die Erwähnung von Simons Plänen zerstörte Emilys Hochgefühl. Obwohl er sie in seinen Armen hielt, sicher und geborgen, lief ihr ein Schauer über den Rücken. Sie zwang sich, seine tröstliche Nähe zu verlassen, und unternahm einen letzten Versuch, Barnaby umzustimmen.

»Das Lager Leutnant Deering zu zeigen wäre ein herber Verlust für die Schmuggler«, erklärte sie. »Sie würden nicht nur das Lager selbst, sondern auch die Waren dort verlieren. Simon hätte keinen Grund mehr, einen neuerlichen Versuch zu unternehmen, dich zu töten.«

Barnaby schüttelte den Kopf.

»Mir reicht es nicht, einfach nur Simon den Grund zu nehmen, meinen Tod zu wollen: Ich will, dass er und die Nolles-Bande vernichtet werden. Ja, das Versteck und die Waren zu verlieren wäre ein schwerer Schlag, aber es würde sie nicht zwingen, aufzuhören. Die Waren wären in den Händen der Behörden, aber alle, die mit dem Schmuggel zu tun hatten, blieben unbehelligt.« Als Emily ansetzte, ihm zu widersprechen, warnte er sie:

»Vergiss nicht, alles, was wir Deering geben würden, wären das Lager und die Güter – wir haben Verdachtsmomente genug, aber keinen Beweis für Nolles' und Simons Beteiligung. Wir können Deering mitteilen, was wir vermuten, aber ohne hieb- und stichfeste Beweise kann er ihnen nichts anhaben. Ich wette, innerhalb weniger Monate, vielleicht sogar Wochen wäre Nolles mit Simons Hilfe wieder im Geschäft. Vielleicht nicht in dem Ausmaß wie jetzt, wenigstens nicht gleich sofort, aber mit der Zeit wären sie wieder da, wo sie heute sind. Deering kann nur ein Versteck ausschalten und ihnen einen finanziellen Verlust zufügen, aber mehr nicht. Die Bande, die Verbindungen, die Wege und die bestochenen Zollbeamten bleiben ihnen.« Mit einem grimmigen Lächeln fügte er hinzu:

»Ich bin sicher, dass Simon klug genug ist, ein neues Versteck zu finden, wo er die Unmengen Waren sicher lagern kann, die er in regelmäßigen Abständen von Frankreich nach London schafft. Es ist vielleicht nicht so bequem, aber ich bin sicher, es gibt es.« Er runzelte die Stirn, als ihm ein Gedanke kam.

»Es würde mich nicht sonderlich überraschen, wenn er schon eines ausgesucht hat. Er ist nicht dumm – er hat alles gründlich durchdacht.«

Niedergeschlagen musste Emily zugeben, dass Barnaby recht hatte. Verdammt! Simon und Nolles musste das Handwerk gelegt werden, ein für alle Mal.

Es fiel ihr schwer, Simon an diesem Abend mit der gewohnten Freundlichkeit und Ungezwungenheit zu begegnen. Sie lächelte und lachte an den passenden Stellen, aber sie war nicht mit dem Herzen dabei. Cornelia hingegen war in Hochform, sie schäkerte auf Teufel komm raus mit beiden Herren; Barnaby schien es keine Schwierigkeiten zu bereiten, sich unbeschwert mit dem Mann zu unterhalten, von dem er wusste, dass er drei Mal versucht hatte, ihn umzubringen, und es vermutlich noch ein viertes Mal versuchen würde. Emily war dankbar, dass sie ihr die Last der

Konversation abnahmen, weil sie sich kaum dazu überwinden konnte, mit Simon zu reden. Während die Unterhaltung um sie herum wogte, musterte Emily Simon verstohlen. Sie fragte sich, wie er so abscheulich sein konnte, und wie sie ihn nur so falsch hatte einschätzen können. Wie konnte er Barnabys Gastfreundschaft in Anspruch nehmen und sich verhalten, als genösse er seine Gesellschaft, während er die ganze Zeit plante, ihn zu töten? Ihre Lippen wurden schmal, Wut wallte in ihr auf. Er hatte ein tiefschwarzes Herz, das stand fest; sie starrte ihn über den Rand ihres Weinglases hinweg an. Am liebsten hätte sie ihm irgendetwas in die Brust gerammt.

Simon fing ihren Blick auf, und sie bekam Angst. Sie sandte ein Stoßgebet zum Himmel, dass er ihren Zorn nicht bemerkt hatte, zwang sich zu einem Lächeln und schaute dann fort. Danach ertappte sie Simon zu ihrem Unbehagen mehrere Male dabei, wie er sie mit verwirrter Miene betrachtete. Sie war wohl nicht sonderlich gut im Verstellen.

Emily hatte schließlich den langen Abend überstanden und war dankbar, als Cornelia den Herren eine gute Nacht wünschte. Da sie wusste, Simon wäre nie so dumm, Barnaby etwas in seinem eigenen Haus anzutun, und zudem Lamb ja immer in der Nähe war, begleitete Emily ihre Großtante und überließ Barnaby und Simon sich selbst.

Als sie mit ihr die Treppe hochstieg, schaute Cornelia sie von der Seite an und verlangte:

»Und jetzt erzähl mir, was Simon getan hat, dass er bei dir derart in Ungnade gefallen ist.«

Emilys Schritt stockte, aber sie erholte sich rasch wieder und blickte Cornelia unschuldig an.

»Simon? In Ungnade gefallen? Was meinst du?«

Cornelias Augen wurden schmal.

»Du warst noch nie eine gute Lügnerin, und du bist mit der Zeit darin nicht besser geworden.«

Sie seufzte. Cornelia hatte natürlich recht: Sie war nicht gut im Lügen – und es bestand auch gar keine Notwendigkeit, ihre Tante anzulügen. Sie und Barnaby hatten nicht vorgehabt, es vor Cornelia geheim zu halten – es hatte nur keine Gelegenheit gegeben, es ihr zu sagen. Als sie oben angekommen waren, bemerkte sie:

»Es ist noch nicht spät. Soll ich mich noch zu dir setzen, damit wir uns unterhalten können?«

Cornelia starrte sie einen Moment lang an.

»Ja«, erwiderte sie, »das würde mir gefallen.«

Als sie Cornelias Zimmer erreichten, sagte sie, sobald sich die Tür hinter ihnen geschlossen hatte:

»Gut. Und jetzt erzähl mir, was hier vor sich geht.«

Emily tat das, sie verschwieg nichts.

Als sie schließlich zu reden aufhörte, schnaubte Cornelia ungläubig.

»Du liegst gründlich daneben, wenn du denkst, dass Simon Joslyn ein Schmuggler ist und Barnaby umbringen will. Dazu ist der Junge doch gar nicht in der Lage – und du solltest das eigentlich wissen. Ich tippe auf Nolles. Er hat gute Gründe, Barnaby loszuwerden.« Sie zog die Brauen hoch.

»Schließlich ist er der Schmuggler. Warum braucht er jemanden, der für ihn die Dreckarbeit erledigt?«

Emily starrte sie mit offenem Mund an. War es möglich, dass Nolles allein hinter allem steckte? Es wäre denkbar. Dann fiel ihr wieder der Londoner Hintermann ein, und sie schloss den Mund. Sie schüttelte den Kopf und sagte:

»Du vergisst, dass da noch jemand drinsteckt – derjenige, der alles aus dem Hintergrund stützt. Und das ist ganz sicher nicht Nolles.«

»Da hast du natürlich recht«, erwiderte Cornelia nachdenklich. Unglücklich sah sie Emily an.

»Ich kann nur einfach nicht glauben, dass Simon sich mit Schmugglern einlässt und in Mord verstrickt ist.« Sie verzog verächtlich die Lippen.

»Wenn du Jefferys Namen genannt hättest, dann würde es mir nicht im Geringsten schwerfallen, das zu glauben.«

Emily lächelte müde.

»Jeffery hat kein Geld mehr. Er könnte niemals ein Unternehmen wie das von Nolles und seinen Männern finanzieren.«

»Ich kann einfach nicht glauben, dass es Simon ist«, erklärte Cornelia rundheraus. Sie hob einen Finger.

»Aber wenn du darauf bestehst, dann musst du eine bessere Gastgeberin sein, als du es bis jetzt gewesen bist, wenn du keinen Verdacht erregen willst.«

Simon hatte schon Verdacht geschöpft. Er kannte Emily zu gut, um nicht zu merken, dass etwas nicht in Ordnung war. Seine Lippen zuckten. Aus ihren Blicken heute Abend zu schließen musste er befürchten, dass sie ihm jeden Moment etwas antun würde. Aber so sehr er sich auch den Kopf zerbrach, ihm wollte einfach nicht einfallen, was er getan hatte, um sie zu beleidigen oder derart gegen sich aufzubringen. Ihm fiel wieder das feindselige Glitzern in ihren Augen ein, und er schüttelte den Kopf. Sie hatte ihn angesehen, als wäre er ihr Feind … Barnaby verbarg seine Gefühle besser, aber da war etwas an der Art und Weise, wie sein Gastgeber ihn ansah …

Allein in seinen Zimmern ging er rastlos im Salon auf und ab und dachte nach. Barnabys Argwohn war ihm nicht entgangen. Er verwarf die Idee, sie könnten ihm sein unangekündigtes Erscheinen übel nehmen. Barnaby hatte sein

Angebot, im Dorf zu bleiben, beiseitegeschoben, also war das nicht der Grund für ihr Verhalten.

Als sie sich das letzte Mal gesehen hatten, hatten sie alle auf derselben Seite gestanden, vereint gegen denjenigen, der Barnaby nach dem Leben trachtete. Dass es keinen erneuten Anschlag auf Barnaby gegeben hatte, war erfreulich, aber während Tom der Ansicht war, dass sie übertrieben, verließen er und Mathew sich nicht darauf, dass sich das Problem einfach in Luft aufgelöst hatte. Simon war hergekommen, um sich Broadfoots Kastanienbraune anzusehen, aber das, gab er gerne zu, war einfach ein Vorwand gewesen, Barnaby und Emily zu besuchen. Er wollte sich persönlich davon überzeugen, dass auf *Windmere* alles in bester Ordnung war. Mathew hatte ihm beigepflichtet, dass ein freundschaftlicher Besuch nicht falsch wäre.

Etwas ging hier vor sich, so viel stand fest. Emily und Barnaby trauten ihm nicht länger, und er musste herausfinden weshalb. Er seufzte. Und Mathew musste es erfahren.

Kapitel 23

Binnen weniger Minuten, nachdem am folgenden Morgen ein Diener von *Windmere* nach *Monks Abbey* aufgebrochen war, meldete Lamb Barnaby die Neuigkeit, dass Simon seinem Bruder Mathew eine Nachricht geschickt habe. Lamb hätte viel darum gegeben, wenn er einen Blick auf den Inhalt dieser Nachricht hätte werfen können. Und Barnaby äußerte einen ganz ähnlichen Wunsch.

»Ich frage mich, was so wichtig war, dass Simon die Notwendigkeit verspürte, seinem Bruder zu schreiben«, überlegte Barnaby laut und trank aus der Tasse Kaffee, die Lamb ihm mitgebracht hatte.

Trotz der frühen Stunde – gerade erst färbte sich der Horizont im Osten in Rosa- und Goldtönen – war Barnaby bereits auf und angekleidet. Er zog es vor, morgens früh aufzustehen, aber seine Frau … Ein leises Lächeln spielte um seine Lippen. Seine Liebste schlief noch tief und fest nach einer Nacht voller Leidenschaft.

Lamb zuckte die Achseln und schlug vor:

»Verstärkung? Es ist ja nicht auszuschließen, dass wir in ein Schlangennest geraten sind und mehr als ein Bruder darin verwickelt ist.«

Barnaby nickte. Nachdem er um die Größe des Schmuggelrings wusste, war es nicht unvorstellbar, dass mehr Joslyns hinter der Nolles-Bande standen. Es war sogar möglich, dass alle drei Brüder sich ihre Taschen mit dem Gewinn aus dem Schmuggel füllten. Ihr Vermögen war allem

Vernehmen nach groß – aber stammte es aus illegalem Handel?

Es schloss sich eine Diskussion an, nach der sie nicht klüger waren. Barnaby stellte seine Tasse ab und sagte:

»Genug! Damit kommen wir nicht weiter.«

Lamb verzog das Gesicht.

»Ich muss dir recht geben. Ich werde nachher nach Luc sehen und ihm von der neusten Entwicklung erzählen.« Er grinste Barnaby an.

»Und du sagst es deiner Amazone. Vielleicht fällt ihr etwas auf, was wir übersehen haben.«

Lamb schickte sich an, zu gehen, und sagte:

»Was hast du heute vor? Sollen Luc und ich uns bereithalten, um dich irgendwohin zu begleiten?«

Barnaby schüttelte den Kopf.

»Nein, ich habe über den ganzen Tag verteilt noch ein Treffen mit Worley und mehreren meiner Pächter. Ich möchte ein paar von ihnen überzeugen, Fruchtwechsel auszuprobieren und mehr Viehfutter anzubauen. Ich will sie ermutigen, sich nicht nur auf Schafzucht allein zu verlassen. *Windmere* und mehrere unserer Pachthöfe könnten viel größere Viehherden unterhalten, als sie es gegenwärtig tun.«

»Was du damit sagen willst«, erklärte Lamb grinsend, »ist, dass du trotz deines Titels tief in deinem Herzen ein Bauer bist – nur, dass du dich nun statt mit Tabak und Zuckerrohr mit Schafen und Viehzucht herumschlägst.«

Barnaby lachte.

»Und vergiss den Fruchtwechsel nicht.«

Als Barnaby Emily von Simons Nachricht an Mathew unterrichtete, runzelte sie die Stirn. Sie saßen in ihrem Privatsalon; sie zogen die Ungestörtheit dem Frühstückszimmer mit Peckhams Allgegenwart vor. Zwar war sie vielleicht nicht schon vor dem Morgengrauen aufgestanden wie ihr Ehemann, aber Emily war keine Langschläferin. Es war noch nicht acht Uhr am Morgen, aber sie war in ihrem Kleid aus feinster Wolle in einem schmeichelhaften Mauveton, die Haare zu einem ordentlichen Knoten im Nacken aufgesteckt, bereit, den Tag zu beginnen.

Auf einem Tisch in der Nähe stand ein Silbertablett mit dem Wappen der Joslyn, auf dem sich die Reste ihres Frühstücks befanden – Toast, Rühreier und ein paar Erdbeeren aus den Gewächshäusern von *Windmere* sowie Kaffee. Sich und Barnaby eine letzte Tasse einschenkend, rührte Emily geistesabwesend Sahne unter, frisch von den Kühen des Gutes, und dachte darüber nach, was Simons Tun bedeutete.

»Das kann zweierlei heißen«, sagte sie schließlich.

»Entweder Mathew ist darin verstrickt, und Simon will seine Hilfe, oder Simon ist unschuldig und will Mathews Hilfe.«

Barnaby hatte die letztere Möglichkeit nicht in Betracht gezogen. Jetzt runzelte er die Stirn und sagte langsam:

»Ich nehme an, das wäre möglich. Nach dem letzten Anschlag auf mich hat Simon auch Mathew geschrieben.« Verärgert stieß er hervor:

»Verdammt. Vielleicht sind unsere Schlussfolgerungen alle falsch, und keiner meiner Cousins hat irgendetwas mit dem Schmuggel zu tun – es könnte alles Nolles allein sein.«

»Cornelia ist davon überzeugt, dass wir uns irren, wenn wir Simon für den Schuldigen halten«, erklärte Emily unsicher. »Und sie denkt, es ist Nolles …« Sie verzog die Lippen.

»Und Jeffery, nur, dass wir alle wissen, dass er kein Geld hat.«

Barnaby lächelte leise.

»Dein Cousin ist zu vielem in der Lage, aber für diese Sache hier braucht man Geld und Verstand – meinen Beobachtungen zufolge mangelt es Jeffery an beidem.«

Emily seufzte.

»Da muss ich dir recht geben.« Sie schaute zu ihrem Gatten.

»Was also tun wir?«

»Bis uns etwas anderes einfällt, bleibt uns nur eines übrig: unseren Tag so normal wie möglich zu verbringen.«

»Und auf Mathews Ankunft warten«, sagte sie nicht ohne Ironie.

»Was auch immer seine Beweggründe sein mögen, ich glaube, wir können mit hinreichender Sicherheit davon ausgehen, dass er als Antwort auf Simons Brief herkommen wird.« Sie stellte ihre Tasse auf die Untertasse und fragte:

»Was meinst du, wie lange wird es dauern, bis er vor dem Haus vorfährt?«

»Frühestens heute am späten Nachmittag, spätestens morgen Mittag.«

Barnaby verbrachte den Hauptteil des Tages in seinem Arbeitszimmer, so wie er es vorgehabt hatte, aber am Nachmittag konnten er und Lamb nicht länger der Versuchung widerstehen, heimlich dem Weinkeller einen Besuch abzustatten und nach der Geheimtür zu suchen. Sie waren beide der Ansicht, dass der Zeitpunkt günstig war. Peckham hatte den halben Tag frei und war nicht im Haus, er wurde erst am späten Abend zurückerwartet; Simon besuchte Luc im *Dower House*. Emily und Cornelia waren zum Pfarrhaus gefahren und halfen dabei, Körbe mit Lebensmitteln für Bedürftige zu packen. Nachdem sie sich vergewissert hatten, dass die anderen Bediensteten alle beschäftigt waren, stiegen Lamb und Barnaby die Treppe in den Keller hinab. Fackeln brannten in Haltern, die in regelmäßigen Abständen in die Wand eingelassen waren, und erzeugten in der sonst herrschenden Dunkelheit Lichtkreise.

Sie hatten geglaubt, sie wären der Entdeckung entgangen, aber als sie den breiten Gang in die unteren Regionen des Gebäudes erreichten, der zum Weinkeller führte, stießen sie auf Tilden, der gerade herauskam, zwei Flaschen Burgunderwein in den Händen.

»Mylord!«, rief er, erstaunt, den Viscount im Keller zu sehen.

»Ah, ja, guten Tag, Tilden«, sagte Barnaby und verfluchte im Geiste ihr Pech. Mit einem Blick auf die Flaschen fügte er amüsiert hinzu:

»Wie ich sehe, wollen Sie den Weinvorrat oben auffüllen.«

Tilden lächelte und nickte, aber es wunderte ihn immer noch, dass Barnaby hier war.

Lamb schaltete sich ein und erklärte:

»Ich habe Mylord von der beeindruckend großen und vielfältigen Sammlung von Wein und Brandy erzählt, die der vorherige Viscount angelegt hat.« Lamb schmunzelte. »Ich habe so begeistert davon gesprochen, dass er sie sich selbst ansehen wollte.«

Tildens Züge hellten sich auf.

»Natürlich! Ich bin überrascht, dass Peckham Ihnen noch keine Führung durch den Weinkeller gegeben hat. Der ist sein Reich, und er wacht eifersüchtig über ihn.« Grinsend hielt er die beiden Flaschen hoch.

»Nur, wenn er nicht da ist, wage ich es, hier einzudringen.«

»Nun, wenn das der Fall ist, dann bleibt mein Besuch

hier«, erwiderte Barnaby mit einem Lächeln, »um des lieben Friedens willen besser unser Geheimnis.«

Tilden nickte und grinste erneut.

»Wie Sie wünschen, Mylord.« Damit ging er weiter.

Als sie den in Dunkelheit getauchten Weinkeller betraten, sagte Barnaby:

»Ich hätte mir gewünscht, dass er uns nicht gesehen hat, aber ich denke, wir können uns darauf verlassen, dass er nicht damit hausieren geht.«

»Stimmt«, pflichtete ihm Lamb bei, während er rasch eine der Fackeln neben der Tür anzündete.

»Und selbst wenn er zu einem der Dienstboten etwas sagen sollte, Peckham ist nicht sonderlich beliebt, sodass ich bezweifele, dass ihm unser Ausflug zu Ohren kommt.«

Nachdem sich Barnaby eine Fackel von der Wand im Weinkeller genommen und angesteckt hatte, begaben sie sich zur Rückseite des Raumes und machten sich auf die Suche nach der Tür. Obwohl sie wussten, wonach sie Ausschau hielten, brauchten sie mehrere Minuten, bevor sie sie fanden. Die Tür war in der hintersten Ecke hinter einem hohen Regal voll mit Brandyflaschen, Rheinwein und Madeira versteckt. Bei näherer Untersuchung entdeckten sie auch den Riegel, den man betätigen musste, damit sich das Regal zur Seite schwingen ließ.

Vor ihnen lag eine leere Wand. Weiteres Suchen brachte die Erkenntnis, dass die anschließenden Regale die Türspalten verdeckten. Hinter einer Burgunderweinflasche erspähte Barnaby schließlich einen kleinen Hebel. Er zog vorsichtig daran, und wie von Zauberhand tat sich vor ihnen eine große Öffnung in der Wand auf. Ausgetretene Stufen führten von da aus nach unten.

Im Licht ihrer Fackeln stiegen die beiden Männer sie hinunter und betrachteten die Wände, entdeckten den Mechanismus, mit dem sich die Tür und das Eckregal vom Tunnel aus betätigen ließen. Mit vor Aufregung glitzernden Augen musste Barnaby sich davon überzeugen, wie gut es funktionierte. Mürrisch vor sich hinmurmelnd, ließ Lamb Barnaby allein im Tunnel und betrat den Weinkeller.

Barnaby stand auf den Stufen, und Lamb schaute von innen zu, als Barnaby an dem Hebel zog und die Tür sich schloss. Einen Moment später glitt das Eckregal geräuschlos wieder an seinen Platz, sodass Lamb nun auf ein Regal voller Flaschen starrte. Kurz darauf wiederholten sich die Abläufe in umgekehrter Reihenfolge, und Barnaby tauchte wieder auf.

»So, jetzt wissen wir«, erklärte Barnaby, als er wieder in den Weinkeller trat, »wie Peckham verschwunden ist.« Er schaute zurück zum Durchgang.

»Bei Jupiter, ich würde mir das gerne genauer ansehen – am liebsten würde ich dem Tunnel bis zum Ende folgen.«

»Dafür benötigst du deine Frau«, erwiderte Lamb mit leiser Ironie. »Sie hat gesagt, dass da noch andere Tunnel sind, aber nur einer zur alten Scheune führt – das Letzte, was wir gebrauchen können, ist, uns zu verlaufen und darauf warten zu müssen, dass deine Frau uns retten kommt.«

Barnaby verzog das Gesicht, schaute aber weiter sehnsüchtig auf die verlockende Öffnung in der Wand. Wie zu sich selbst sagte er:

»Ich wette, der Tunnel, den Peckham benutzt, ist gut gekennzeichnet, sodass wir ihm problemlos folgen können.«

»Zweifellos, aber willst du wirklich den Zorn deiner Amazone riskieren«, wollte Lamb halb im Spaß wissen, »falls du es ohne sie versuchen solltest?«

»Ausgezeichneter Einwand«, antwortete Barnaby geistesabwesend und blickte dabei wie gebannt in die Schwärze jenseits des Lichtscheins ihrer Fackeln.

»Aber da sie ohnehin fuchsteufelswild sein wird«, murmelte er, »wegen unseres Treibens heute Nachmittag« – er schaute zu Lamb und grinste – »hätte ich Lust, auf Erkundung zu gehen. Kommst du mit?«

»Ich werde dich jedenfalls bestimmt nicht allein dort unten verschwinden lassen«, versetzte Lamb und grinste auch.

Beide Männer wussten, warum es unklug war, die Tunnel zu erkunden, aber die Verlockung war unwiderstehlich. Wie zwei Schuljungen auf der Suche nach einem Abenteuer gingen sie, nachdem sie die Geheimtür hinter sich geschlossen hatten, im Schein ihrer Fackeln los.

Der Tunnel war nicht sehr hoch. An manchen Stellen mussten sie die Köpfe einziehen. Es war auch eng, kaum breiter als ihre Schultern, was Barnaby, der an die zahllosen Eimer voller Erde und Felsbrocken denken musste, die mit Schaufel und Spitzhacke gefüllt und nach draußen geschafft worden waren, nicht weiter überraschte. Diesen Tunnel zu graben musste Monate gedauert haben, vielleicht sogar Jahre. Ab und zu waren Stützbalken aus Eiche eingebaut worden, aber als sie stehen blieben, um sie sich genauer anzusehen, stellten sie fest, dass sie alt waren – älter als aus dem letzten Jahrhundert, als der Sage nach sein Vorfahr die Tunnel hatte anlegen lassen. Nein, der Tunnel war weit davor gegraben worden, und Barnaby hatte die Vermutung, dass der damalige Lord Joslyn einfach einen bereits existierenden Tunnel wieder geöffnet hatte.

Lamb sprach seine Überlegungen aus.

»Du wirst mich nie davon überzeugen können, dass irgendjemand die Zeit, das Geld und die Arbeitskraft aufgewandt hat, so etwas zu errichten, nur um Schmuggelware zwischenzulagern und dann weiter zu vertreiben. Ich wette, das hier wurde erbaut, als *Windmere* noch eine echte Burg war, eine Wehranlage, um Truppen zu bewegen, ohne dass der Feind etwas davon merkte.«

Barnaby stimmte ihm zu.

»Das klingt weitaus glaubwürdiger als die Geschichte mit dem Schmuggel. Und wie bei den meisten Legenden scheint nur ein Teil davon wahr zu sein.«

Im weiteren Verlauf kamen sie an zwei Abzweigungen vom Haupttunnel vorbei, aber als sie mit ihren Fackeln hineinleuchteten, sahen sie, dass sie zwar früher vermutlich begehbar gewesen waren, inzwischen aber eingestürzt waren.

Der Tunnel verlief verhältnismäßig gerade, machte nur dann Biegungen, wenn die Erbauer auf große Felsen gestoßen waren und sich darum hatten herumarbeiten müssen. Die beiden Männer gingen immer weiter und bemerkten die Fackeln, die gelegentlich an den Wänden hingen. Als er eine genauer betrachtet hatte, stellte Barnaby fest:

»Das hier ist keine alte Fackel – sie ist erst kürzlich verwendet worden.«

»Vermutlich während Peckhams letztem Ausflug nach hier unten«, antwortete Lamb.

Die ersten Anzeichen für Schmuggel kamen in Sicht, als sie mehrere Tabakbündel entdeckten, die an die Wand gestapelt waren.

»Was denkst du, wie weit ist es noch bis zum Ende?«, erkundigte sich Barnaby und schaute auf den Tabak.

»Nicht mehr weit«, sagte Lamb. »Deine Frau hat mir gestern erklärt, dass die Scheune nur eine Achtelmeile Luftlinie vom Haus entfernt liegt. Wenn ich mich nicht sehr verschätzt habe, sind wir fast da.«

Sie gingen um mehrere Stapel mit Schmuggelware herum und eine Biegung, und dann waren sie in der Höhle, die Lamb am Vortag mit Emily gesehen hatte.

Verwundert über die Größe des Raumes und die Unmengen Schmuggelware vor ihm, pfiff Barnaby anerkennend.

»Was wettest du dagegen, dass es die Erschaffung dieser Höhle war, die zu der Sage geführt hat, dass unsere Vorfahren die Tunnel gegraben haben?«

»Da hast du wahrscheinlich recht.«

Aufgrund der Tatsache, dass Schmuggel gewöhnlich im Dunkel der Nacht stattfand, hatte Barnaby nicht damit gerechnet, dass sie an diesem Nachmittag auf Schmuggler stoßen könnten, aber als er am Rand der riesigen Höhle stand, erfasste ihn eine ungute Vorahnung. Er hob den Kopf, wie ein Tier, das Gefahr wittert, und suchte mit den Augen die Umgebung ab. Im flackernden Licht seiner Fackel zuckten und huschten die Schatten über die Kisten und Fässer, aber er entdeckte nichts, was ihn beunruhigte.

Trotzdem flüsterte er, als er aus dem Tunnel in die Höhle trat, Lamb zu:

»Bleib wachsam!«

Lamb erwiderte:

»Darauf kannst du dich verlassen.«

Die beiden Männer begaben sich langsam und vorsichtig in die Mitte der Höhle und blieben stehen, als sie an eine freie Stelle kamen, an der ein Holztisch und ein Stuhl standen; mehrere Blatt Papier lagen verstreut auf der zerkratzten Oberfläche. Als sei er rasch fallen gelassen worden, lag ein Federkiel dazwischen, ein Zinngefäß mit Tinte und eine kleine Laterne waren auch darauf. Im Licht seiner Fackel sah Barnaby Tinte auf der Spitze des Kiels glänzen, und seine Nackenhaare stellten sich auf. Jemand war hier unten gewesen und hatte vor Kurzem erst den Federkiel benutzt …

Er verfluchte seine Dummheit und machte rasch einen Schritt zurück. Er blickte sich zu Lamb um und zischte ihm zu:

»Schnell, mach dein Licht aus! Hier ist jemand.«

Aber es war zu spät. Während er noch die Hand ausstreckte, um seine Fackel zu löschen, tauchten hinter den gestapelten Kisten und Säcken etwa ein halbes Dutzend Gestalten auf und umzingelten sie.

»Wir nehmen die Fackeln«, sagte Thomas Joslyn, als er vortrat, die Pistole in seiner Hand auf Barnabys Herz gerichtet.

Binnen Minuten waren Barnaby und Lamb sicher verschnürt; die Arme auf dem Rücken und die Beine an den Knöcheln gefesselt, saßen sie auf dem Boden, Schulter an Schulter, mit dem Rücken gegen einen Stapel Brandyfässer gelehnt. Voller Wut auf seine Dämlichkeit starrte Barnaby in Thomas' selbstgefällige Miene, während er im Geiste verschiedene Fluchtpläne erwog und wieder verwarf.

Barnaby wusste, dass Lamb dasselbe tat. Und wenn er um sein Leben kämpfen musste, dann täte er das lieber mit Lamb an seiner Seite als sonst jemandem. Er schaute sich um, erkannte Peckham, der neben dem Tisch stand, und nach einem genaueren Blick in den anderen einige von den Schlägern aus dem *Ram's Head*.

Die Lage war nicht ganz so verzweifelt, wie es auf den ersten Blick den Anschein hatte. Er hatte Lamb an seiner Seite ... und obwohl man ihre Taschen und den Rock nach Waffen durchsucht hatte, war das Messer in seinem Stiefel nicht gefunden worden und auch die ebenso gefährliche Klinge nicht, die, wie er wusste, Lamb bei sich trug. Die Schmuggler hätten es eigentlich besser wissen müssen, aber sie hatten nur nach Schusswaffen gesucht.

Die Laterne auf dem Tisch wurde erneut angezündet, und Thomas setzte sich auf eine Tischecke, ein zufriedenes Lächeln auf den Lippen. Er betrachtete seine gefesselten Gefangenen und sagte:

»Man denke sich nur, dass du mir nach all meinen sorgfältigen Plänen und fehlgeschlagenen Versuchen einfach in die Arme läufst wie … äh« – er grinste – »ein Lamm seinem Schlachter.«

»Das bleibt abzuwarten«, erklärte Barnaby gelangweilt. »Bislang ist es dir noch nicht gelungen, mich zu töten.«

Thomas' Gesicht verfinsterte sich.

»Das mag schon sein, aber ich fürchte, dieses Mal ist dein Glück aufgebraucht.« Er beugte sich vor. »Matt hätte Viscount Joslyn werden sollen«, erklärte er.

»Sein ganzes Leben lang ist er darauf vorbereitet worden, dafür erzogen worden – es war *sein* Titel, aber du hast ihn ihm gestohlen.« Hass glitzerte in seinem Blick.

»Pah! Jedes Mal, wenn ich dich ansehe, muss ich an ein Schwein denken, das sich in Seide kleidet.« Seine Stimme bebte vor unterdrückten Gefühlen, und er spie ihm entgegen: »Jedes Mal, wenn ich mich verbeugen und dich ›Mylord‹ nennen musste, brannten mir die Worte wie Säure im Mund, und ich träumte von dem Tag, an dem du stirbst und Mathew seinen rechtmäßigen Platz einnimmt.«

Ihn wachsam beobachtend fragte Barnaby: »Ach, dann hat dein Wunsch, mich tot zu sehen, nichts damit zu tun, deine Verbindung zu Nolles und seiner Bande geheim zu halten?«

»Ich will zugeben, dein Tod löst für mich zwei Probleme mit einem Schlag«, antwortete Thomas.

»Matt erbt den Titel und *Windmere*, und ich muss mir nicht länger Sorgen machen, dass du deine Nase in etwas hineinsteckst, was dich nichts angeht.« Ein Lächeln spielte um seine Lippen.

»Dein Tod wird meine gute Tat für meinen Bruder sein – indem ich ihm gebe, was ihm von Geburt an zusteht.«

»Gib dich da mal keiner Täuschung hin«, brummte Barnaby. »Du bringst mich nicht für Mathew um, sondern um dein einträgliches Arrangement mit Nolles zu schützen.«

Thomas grinste. »Das mag sein. Selbst wenn Mathew die Quelle meines Reichtums entdeckt, würde er mich nicht verraten.« Einen Augenblick flackerte etwas Hässliches in Thomas' Augen auf.

»Nun, Simon … Simon würde mich, ohne mit der Wimper zu zucken, der Zollfahndung ausliefern.« Er wirkte nachdenklich und rieb sich das Kinn.

»Ich fürchte, dass mein jüngerer Bruder in ein paar Monaten einen tödlichen Unfall erleiden wird.« Er lächelte Barnaby zu.

»Sollte die Kuh, die du geheiratet hast, schwanger sein, werde ich mich natürlich erst um sie kümmern müssen. Es wird so eine Tragödie sein – erst du und dann deine Frau und ihr ungeborenes Kind …«

Barnaby warf sich nach vorne, Mordlust im Blick. Thomas lachte und stand auf und trat ihm gegen den Kopf. Barnaby sah Sterne und rutschte zur Seite, er kämpfte gegen die Bewusstlosigkeit, die ihn zu übermannen drohte.

Von neben sich hörte er Lamb ruhig fragen:

»Sagen Sie, hat es Ihnen als Kind eigentlich Freude bereitet, Katzenjunge zu quälen? Oder kleine Welpen? Sicherlich muss es etwas Wehrloses gewesen sein, denn Sie sind zu sehr Feigling, um einen fairen Kampf zu suchen. Ich frage mich, ob sie wagen würden, ihn anzufassen, wenn seine Hände nicht gefesselt wären.«

»Halten Sie Ihre Fresse!«, schrie Thomas und schlug Lamb mit der Faust ins Gesicht. Dann wandte er sich wieder zu Barnaby um und stieß ihn mit dem Fuß an.

»Wer weiß, dass ihr hier unten seid?«

Barnaby bekämpfte das Schwindelgefühl und rappelte sich in eine aufrechte Stellung.

»Erwartest du von mir, dass ich dir das sage? Und wenn ich es nicht tue, was willst du dann machen?« Er grinste. »Mich töten?«

Verärgert erwiderte Thomas:

»Es ist ohnehin unwichtig. Bis euer Verschwinden entdeckt wird, wird es für euch beide zu spät sein.« Er verzog seine Lippen zu einem eiskalten Lächeln.

»Wenn du dieses Mal im Ärmelkanal landest, wird es keine Rettung geben.«

Als Cornelia und Emily nach Hause kamen, war es später Nachmittag. Ein lächelnder Tilden begrüßte sie im schwarzweiß gefliesten Foyer; Emily reichte ihm ihre Handschuhe und fragte:

»Mylord? Ist er hier?«

Tilden zögerte.

»Ich habe ihn vorhin mit Lamb zusammen gesehen, aber seitdem nicht wieder.«

Emily lächelte.

»Vermutlich ist er in seinem Arbeitszimmer. Oder im *Dower House* bei seinem Bruder. Können Sie ihn suchen und ihm sagen, dass wir zu Hause sind? Sobald meine Tante und ich uns ein wenig frisch gemacht haben, würden wir uns gerne mit ihm im Blauen Salon treffen – könnten Sie ihm das ausrichten?«

Als sie aber ein paar Minuten später mit Cornelia in den Salon kam, fand sie ihn zu ihrer Überraschung leer vor.

»Ich nehme an, er ist im *Dower House* und noch nicht wieder da«, sagte Emily und ging im Zimmer auf und ab. Sie und Cornelia waren sehr zufrieden mit der Arbeit des

Nachmittags im Pfarrhaus. Sie hatte sich darauf gefreut, Barnaby zu erzählen, wie sehr seine großzügige Spende den Armen der Gegend helfen würde.

Sie und Cornelia verbrachten eine angenehme halbe Stunde damit, das Erreichte zu besprechen sowie Pläne für die Zukunft zu schmieden, aber als immer mehr Zeit verstrich und immer noch kein Anzeichen von Barnaby zu entdecken war, begann Emily unruhig zu werden. Wo steckte er nur? Sie war noch nicht in Sorge, aber sie hatte eine ungute Vorahnung. Sie sagte sich, er werde sicher durch Geschäftliches aufgehalten, und sie plauderte mit Cornelia, aber sie lauschte die gesamte Zeit auf Geräusche, die seine Ankunft ankündigen würden.

Cornelia entging nicht, dass Emily ihr nur mit halbem Ohr zuhörte, daher sagte sie schließlich unverblümt:

»Läute doch nach Tilden und bitte ihn, herauszufinden, was deinen Ehemann aufhält. Und hör auf, dir Sorgen zu machen – ihm ist nichts geschehen.«

Tilden sah etwas mitgenommen aus, als er als Antwort auf ihr Läuten an dem rosa Klingelzug in der Ecke erschien. Als Emily ihn nach Barnaby fragte, erklärte Tilden:

»Wir können ihn nicht finden.«

Die ungute Vorahnung steigerte sich zu Panik.

»Was soll das heißen, Sie können ihn nicht finden?«, fragte sie in überraschend ruhigem Ton. *Es geht ihm gut,* sagte sie sich, *ich mache mir grundlos Sorgen. Er ist hier im Haus, irgendwo.*

Tilden zog an seinem Hemdkragen und sagte:

»Als ich ihn nicht in seinem Arbeitszimmer oder in der Bibliothek oder in sonst einem der Räume finden konnte, in denen er sich gewöhnlich aufhält, habe ich einen Lakaien zum *Dower House* geschickt, um dort nachzufragen.« Er schüttelte den Kopf.

»Dort ist er auch nicht.« Tilden rang fast die Hände und rief: »Wir haben überall nach ihm gesucht, aber es ist, als sei er spurlos verschwunden ... und Lamb mit ihm.«

Lamb! Wenn Lamb bei ihm war ... Ihre Angst ließ nach; mit schmalen Augen fragte sie ihn: »Sie sagten, Sie hätten ihn und Lamb vor einiger Zeit gesehen ... wo?«

Tildens Miene hellte sich auf.

»Natürlich! Sie werden noch im Weinkeller sein.« Er lachte nervös. »Mylord muss beschlossen haben, ein paar Flaschen zu kosten, und darüber die Zeit vergessen haben.«

»Darauf würde ich nicht wetten«, erwiderte Emily halblaut, während sie aus dem Zimmer eilte. Tilden folgte ihr und war direkt hinter ihr, als sie den Weinkeller betrat. Ihm fielen beinahe die Augen aus dem Kopf, als sie ohne Umschweife zu dem Eckregal lief und einen Moment später die Geheimtür aufging. Es gab keine Anzeichen, dass sie hier gewesen waren, aber sie war davon überzeugt, als sie dort stand, dass Barnaby und Lamb der Versuchung nicht hatten widerstehen können, den Tunnel auf eigene Faust zu erforschen. Sich nicht weiter um die Angst kümmernd, die sie zu überwältigen drohte, sagte sie sich, dass sie jeden Moment ein flackerndes Licht sehen würden, das von ihrer Rückkehr künden würde. Sie starrte ins Dunkel, wünschte sich verzweifelt, dass Barnaby und Lamb erschienen. Aber das geschah nicht.

Sie wirbelte herum und schaute Tilden an, dann verlangte sie zu wissen:

»Wann haben Sie sie zuletzt gesehen? Wie lange ist es her?«

»Äh, ein paar Stunden – es war früher Nachmittag.« Er deutete auf die Geheimtür und fragte ehrfürchtig:

»Seit wann ist die da?«

Emily schloss die Tür und schob das Weinregal an seinen Platz zurück, dann sagte sie:

»Vermutlich seit *Windmere* erbaut wurde.« Sie hatte nicht die Zeit, zu überlegen, ob es klug gewesen war, Tilden die Geheimtür gezeigt zu haben, aber der Schaden war nun einmal angerichtet. Sie richtete einen gestrengen Blick auf ihn und sagte:

»Ich vertraue darauf, dass Sie das hier für sich behalten.«

»Selbstverständlich, Mylady«, versprach Tilden ernsthaft.

Ihre Gedanken wirbelten durcheinander, während sie zurück in den oberen Teil des Hauses eilte. Sie blieb stehen und schaute Tilden an.

»Schicken Sie jemanden in die Ställe und lassen Sie mir ein Pferd satteln. Sagen Sie meiner Tante, ich werde gleich wieder bei ihr scin.«

Emily hatte keinen klaren Plan, als sie die Stufen zu ihren Räumen emporstieg. Wenn Tilden recht hatte, waren Barnaby und Lamb seit Stunden verschwunden. Es war reichlich Zeit für sie gewesen, die Tunnel zu erkunden und wieder zurückzukehren. Sie lief nach oben, durch den Salon und das Schlafzimmer in ihr Ankleidezimmer.

Sie riss die Türen einer der Schränke dort auf und begann nach dem Kleiderbündel zu suchen, das sie von *The Birches* mitgebracht hatte. Wenn sie noch nicht wieder zurück waren, dann waren sie aufgehalten worden – von etwas oder von *jemandem*.

Außer sich vor Angst, mehr als je zuvor in ihrem Leben, konzentrierte sie sich auf die Aufgabe vor ihr. Als sie fand, wonach sie gesucht hatte, streifte sie sich ihr Kleid und die Unterröcke ab und die Männerkleidung über, die sie in der ersten Nacht getragen hatte, in der sie Barnaby getroffen hatte. Sachen, von denen sie geglaubt hatte, sie würde sie nie wieder anziehen. Sie schnaubte. Das war gelogen, warum sonst sollte sie sie nach ihrer Hochzeit mit hierher genommen haben? Hatte sie geahnt, dass sie sie noch einmal benötigen würde?

Nachdem sie eine Pistole in eine Tasche ihrer Jacke gesteckt hatte, schob sie ihr Messer in die andere. Derart bewaffnet holte sie einen schwarzen Umhang aus einem anderen Schrank und legte ihn sich um die Schultern. Dann begab sie sich nach unten zu dem Salon, wo Cornelia noch auf sie wartete. Am Fuß der Treppe angekommen blieb sie stehen, rang um Fassung und versuchte ihre Gedanken zu ordnen. Bloß weil Barnaby und Lamb nicht gefunden werden konnten, hieß das nicht, dass sie in Gefahr schwebten. Es konnte eine vernünftige, ja eine harmlose Erklärung für ihre Abwesenheit geben, machte sie sich bewusst. Und diese Erklärung musste nichts mit geheimen Tunneln, Schmugglern oder der Tatsache zu tun haben, dass jemand drei verschiedene Versuche unternommen hatte, ihren Ehemann umzubringen. Es war nur so, dass sie nicht daran glaubte. Sie war sich sicher, dass Barnaby und Lamb auf Erkundung gegangen und dabei irgendwie der Nolles-Bande in die Hände gefallen waren. Sie schluckte schmerzlich. Barnaby konnte genau in den Händen dessen sein, der ihn töten wollte oder ihn vielleicht sogar bereits getötet hatte …

Emily stürmte mit wehendem Mantel und vor Angst silbern glitzernden Augen in den Salon, blieb aber jäh stehen, als sie Mathew sah, der seinen Mantel noch anhatte und sich mit ihrer Tante unterhielt. Beide blickten erstaunt auf, als sie so plötzlich hereinplatzte.

Cornelia stockte bei Emilys Anblick in dieser Aufmachung der Atem; sie erkannte, was das bedeutete. Sie schlug sich eine Hand vor den Mund und rief:

»Emily, um Himmels willen, was ist los?«

Emily zögerte. Bloß, weil Mathew hier war, hieß das nicht, dass er nicht wusste, wo Barnaby und Lamb waren. Oder wie es ihnen ging.

Ihre Hand glitt in die Tasche und schloss sich um die Pistole. Den Blick fest auf Mathew gerichtet verlangte sie zu wissen:

»Warum bist du hier?«

Entsetzt, nicht nur wegen ihrer Kleidung, sondern auch wegen ihres Verhaltens, starrte Mathew sie an, als sei sie verrückt geworden.

»Ich, äh, war gerade in der Gegend«, stammelte er, eindeutig aus der Bahn geworfen.

»Du lügst«, stellte Emily fest, »Simon hat dir geschrieben.«

Mathew presste die Lippen zusammen.

»Was, wenn er das getan hat? Er macht sich Sorgen wegen deines Gatten. Schon vergessen? Jemand hat versucht, ihn umzubringen.«

»Du?« Sie schleuderte die Anklage wie einen Speer auf ihn ab.

Seine Hände zu Fäusten geballt machte er einen drohenden Schritt auf sie zu, und seine azurblauen Augen funkelten wütend.

»Himmel! Wenn du ein Mann wärest, würde ich dich dafür niederschlagen. Zum letzten Mal: *Ich will den Tod deines Ehemannes nicht.*«

Mit ruhiger Stimme schaltete sich Cornelia ein.

»Ich glaube ihm. Ich habe dir schon gesagt, dass du dich mit Simon irrst, und ich sage dir jetzt, dass es falsch wäre, Mathew nicht zu trauen. Ich habe beide Jungen aufwachsen sehen – sie sind zu feinen Männern herangewachsen, und ich vertraue ihnen so, wie ich Barnaby vertraue.«

»Barnabys Leben kann auf dem Spiel stehen«, warnte Emily sie mit einem verzweifelten Blick in ihr Gesicht.

»Was genau der Grund ist, weshalb du Mathew vertrauen musst. Was auch immer geschehen ist – und offenbar ist etwas geschehen –, du kannst ihn nicht allein retten«, erwiderte Cornelia leise.

Emily verkniff sich einen Fluch. Sie hatte das Gefühl, als ob ihr die Zeit durch die Finger rann, jeden Moment, den sie zögerte, ein wenig mehr, daher traf sie eine Entscheidung. Und möge der Himmel ihr beistehen, wenn es die falsche war.

Knapp erzählte sie ihm, was sie und Lamb gestern unter der alten Scheune entdeckt hatten, und hörte mit Barnabys und Lambs Verschwinden an diesem Nachmittag auf. Sie musste es nicht zweimal erklären. Mathew begriff die Lage sofort.

Seine Augen blickten so hart und grimmig wie ihre, als er sagte:

»Du denkst, sie sind über etwas gestolpert, das sie besser nicht gesehen hätten, und sind von den Schmugglern gefangen genommen worden – und von dem Mann, der versucht hat, deinen Ehemann umzubringen.«

Sie nickte knapp.

»Es ist witzlos, dem Tunnel von hier aus zu folgen – wenn sie sie haben, werden sie sie irgendwann durch den Ausgang in der Scheune herausschaffen müssen.« Sie lächelte ein Lächeln, so bedrohlich, wie Mathew selten eines gesehen hatte.

»Und dort werde ich auf sie warten.«

Mathews Lächeln passte zu ihrem:

»Nein, meine Liebe. *Wir* werden auf sie warten.«

Kapitel 24

Da sie keine Zeit verschwenden wollten, verzichteten sie darauf, Luc im *Dower House* zu benachrichtigen. Emily preschte auf ihrem Pferd davon, ohne sich darum zu kümmern, ob Mathew ihr folgen konnte. Er konnte es.

Die Dämmerung war angebrochen, und trotz der Fragen, die er unverkennbar noch hatte, ritten Emily und Mathew schweigend durch das sanfte Licht der einsetzenden Dämmerung. Sie ließen ihre Pferde in einiger Entfernung von der Scheune angebunden stehen und näherten sich vorsichtig dem Gebäude. Sie bewegten sich so lautlos, als seien sie immer schon ein Team gewesen. An der Scheune angekommen blieben sie stehen und lauschten. Sie kamen an dieselbe Tür, die sie und Lamb am Tag zuvor benutzt hatten; Emily hielt inne, wie gebannt von dem Lichtschimmer, der unter der Tür hindurchschien. Jemand war in der Scheune!

Emily wusste nicht, ob sie erfreut oder außer sich vor Angst sein sollte, dass ihr Verdacht sich bestätigt hatte. Die Annahme, dass Barnaby, ob nun tot oder lebendig, auf der anderen Seite der Tür war, verstärkte sich zur Gewissheit. Hoffnung und Furcht erfassten sie gleichermaßen. Vorsichtig ließ sie sich auf die Knie sinken, sie merkte kaum, dass Mathew sich über sie beugte, und öffnete die Tür ganz behutsam einen Spalt breit.

Wie von einem Blitz erhellt, brannte sich das Gesehene in ihr Hirn ein: Zwei Laternen am anderen Ende der Scheune spendeten am Eingang mildes Licht, wo vier oder fünf Männer umherliefen. In dem breiten Gang zwischen den Heuballen und den Stallboxen standen mehrere Wagen, vor die Pferde gespannt waren. Schmuggelware bedeckte den Boden, bereit, aufgeladen zu werden. Atemlos verfolgte sie, wie ein so mit Schmuggelgut beladener Karren durch das Tor auf der Vorderseite des Gebäudes gefahren wurde und auf dem Weg nach London von der Dunkelheit verschluckt wurde. Zwei stämmige Männer, die Fässer mit Brandy auf den Schultern schleppten, erregten ihre Aufmerksamkeit, als sie unter dem Gewicht leicht wankend aus der Box kamen, in der sich der geheime Zugang zu der Höhle befand. Nachdem die Fässer auf einem Wagen abgeladen waren, verschwanden sie wieder in der Stallbox.

Es war Mathew, der die beiden menschlichen Gestalten entdeckte, die auf dem Boden lagen, in der Nähe eines Heuhaufens. Seine Hände gruben sich wie Klauen eines Greifvogels in ihre Schultern, und als sie den Kopf hochriss und ihn anschaute, flüsterte er:

»Dort drüben, beim Heuhaufen. Schau in die Schatten gegenüber von der letzten Box.«

Sie spähte in die Richtung; das Herz schlug ihr bis zum Hals, als sie Barnaby und Lamb sah … lebendig. Beide Männer waren gefesselt, aber an ihren gelegentlichen Bewegungen konnte man zweifelsfrei erkennen, dass sie noch lebten. Ihr Mund wurde schmal. Bis ich die beiden in meine Hände bekomme, überlegte sie erbittert.

Sorgsam schloss sie die Tür und zog sich mit Mathew wieder zwischen die Bäume zurück.

»Wir sind nicht genug«, flüsterte Mathew, »wir brauchen mehr Männer.«

Emily schüttelte den Kopf.

»Nein, bis du weggeritten und mit Verstärkung zurückgekehrt bist, könnte Barnaby bereits tot sein.« Sie starrte Mathew an.

»Ich verlasse ihn nicht.«

Mathew seufzte.

»Was«, fragte er vernünftig, »schlägst du dann vor zu tun? Wir können wohl kaum zu zweit die Scheune stürmen. Sie sind uns zahlenmäßig drei- oder vierfach überlegen.« Zum Glück für Mathew und seine Zukunftspläne ließ er ungesagt:

»Und du bist nur eine Frau.«

Emily runzelte die Stirn, sie lauschte auf das Klirren der Geschirre und das Knarren hölzerner Räder, das zu ihnen drang. Ein weiterer Karren war losgefahren, was hieß, dass ein Schmuggler weniger in der Scheune war …

»Wenn jedes Mal, wenn ein Wagen abfährt, ein weiterer Mann mit ihm geht, müssen wir nur warten und zuschauen, bis die Verhältnisse günstiger für uns sind, bevor wir zuschlagen«, sagte sie langsam.

Es war kein großartiger Plan, und Mathew gefiel er auch nicht, aber er musste ihr recht geben. Sie schlichen zurück zu der Scheune und riskierten einen weiteren Blick hinein. An diesem Ende war die Scheune dunkel, sodass sie wagte, länger hineinzusehen; sie zählte fünf verbliebene Wagen und bemerkte zum ersten Mal ein paar gesattelte Pferde, die an einem Pfosten festgebunden waren.

Sie schloss die Tür wieder und lehnte sich mit dem Rücken gegen die Scheunenwand, dann flüsterte sie:

»Es sind wenigstens sieben Männer drinnen – ohne Barnaby und Lamb zu zählen. Fünf Wagen und zwei Pferde mit Sattel.«

Mathew nickte.

»Und wenn die Karren weiter einer nach dem anderen abfahren …«

Emily grinste.

»Die Chancen für uns steigen.«

Aber Emily machte sich Sorgen, und während die Minuten verstrichen und zwei weitere Karren rumpelnd in der Nacht verschwanden, schien es ihr immer weniger angeraten, außerhalb der Scheune zu warten. Barnaby und Lamb waren dort drinnen, und während sie und Mathew hier draußen standen, konnte alles Mögliche geschehen. Ihr Magen sackte nach unten. Barnaby konnte erschossen werden, ehe sie es merkte. Sie musste in die Scheune gelangen, damit sie sofort reagieren konnte, wenn es nötig war, und nicht nur hin und wieder einen Blick hineinwerfen. Zu viel konnte in der Zwischenzeit geschehen.

Sie sprang auf und verkündete:

»Ich gehe hinein.« Sie ließ sich nicht die Zeit, die Weisheit dieses Entschlusses zu hinterfragen, und öffnete die Tür, ehe Mathew reagieren konnte, dann schlüpfte sie in die Scheune.

Mit einem lautlosen Fluch fasste Mathew seine Pistole fester und machte sich bereit, die Scheune zu stürmen. Er zog die Tür einen schmalen Spaltbreit auf und spähte hinein, er rechnete damit, dass jemand Alarm gab, wenn Emily entdeckt wurde. Zu seiner unendlichen Erleichterung blieb es jedoch ruhig. Ein rascher Blick hinein, und er sah Emily, vor den Blicken der Schmuggler verborgen durch die Ballen Stroh und Heu.

Die verbliebenen Männer, bemerkte Mathew, waren am anderen Ende des Gebäudes vollauf damit beschäftigt, einen weiteren Wagen für die Fahrt ins Freie zu fertig zu machen. Er holte tief Luft, und mit wild klopfendem Herzen trat er rasch ebenfalls durch die Tür, schloss sie hinter sich und eilte zu Emily hinter die Heuballen.

»Du bist verrückt«, zischte er, als er sich neben sie kniete.

»Du bist mir gefolgt«, machte sie ihn mit einem Grinsen aufmerksam.

»Wozu macht dich das dann?«

»Völlig übergeschnappt«, antwortete Mathew, entsetzt und ein bisschen verlegen, weil er erkannte, dass er es fast genoss. Wenn Barnabys und Lambs Leben nicht in Gefahr wäre, gestand er sich reumütig ein, hielte er das hier für einen Riesenspaß – und bei Weitem für die aufregendste Zeit, die er bislang in seinem gesetzten respektablen Dasein erlebt hatte.

Emily hatte recht, räumte er ein; es war besser, wenn sie in der Scheune waren. Draußen waren sie blind gewesen bis auf den gelegentlichen Blick. So aber konnten sie sofort reagieren, falls das erforderlich wurde. Unseligerweise war Emily nicht damit zufrieden, nur zuzusehen, und zu Mathews Entsetzen, gerade als sein Herz wieder normal zu schlagen begann, flüsterte sie:

»Ich werde mich bis zu Barnaby und Lamb vorarbeiten und ihre Fesseln durchtrennen.«

Instinktiv versuchte er sie aufzuhalten, fasste nach ihren Fußgelenken, als sie vorwärts zu kriechen begann, aber sie war zu schnell, und er verpasste sie. Mathew fluchte wieder und robbte hinter ihr her. Himmel! Sie würde sie alle ans Messer liefern.

Emily hatte nicht vor, irgendjemanden ans Messer zu liefern, aber sie wollte, dass ihr Ehemann nicht länger in Gefahr war. Ihrer Schätzung nach waren noch insgesamt vier oder fünf Schmuggler in der Scheune, und binnen der nächsten paar Minuten würde ein weiterer wegfahren, sodass nur noch drei oder vier Mann übrig wären. Das war ihr genug. Barnaby und Lamb waren auf der anderen Seite der Heu- und Strohballen, hinter denen sie sich versteckte. Und wenn sie sie befreien wollte, dann war jetzt ein so guter Zeitpunkt wie später. Die locker gebundenen Heuballen gaben ihr die perfekte Deckung, und, darauf sinnend, ihren Ehemann zu erreichen, schlängelte sie sich durch das Heu zu ihm.

Barnabys Kopf pochte, und seine Schultern schmerzten von der stundenlangen unnatürlichen Haltung, in der seine Arme brutal auf dem Rücken gefesselt gewesen waren. Er gestattete sich nicht, daran zu denken, dass er sterben könnte ... und Lamb mit ihm. Seine Gedanken waren ganz auf Flucht gerichtet und darauf, in Emilys Arme zurückzukehren.

Seit ihrer Ergreifung hatten er und Lamb ständig unter Bewachung gestanden, sodass es keine Gelegenheit für einen von ihnen gegeben hatte, dem anderen zu helfen, an die Messer zu kommen, die sie beide jeweils im Stiefelschaft verborgen trugen. Während der letzten paar Minuten, als die Scheune sich immer weiter leerte und niemand mehr auf sie zu achten schien, waren er und Lamb tiefer in die Schatten gerobbt. Sie wussten, dass ihre Zeit allmählich knapp wurde und dass, wenn sie entkommen wollten, es bald passieren musste. Barnaby betrachtete die schmale Tür an der Rückseite. Ihre beste Chance wäre diese Tür dort.

Einer Sache war sich Barnaby sicher: Thomas würde warten, bis der letzte Wagen abgefahren war, ehe er sich seiner und Lamb entledigte. Wenn ihre Leichen entdeckt würden, würde sich bald schon in Schmugglerkreisen herumgesprochen haben, dass Thomas sie ermordet hatte, aber er war nicht so dumm, sie vor Zeugen umzubringen. Natürlich würde er sie töten, die einzige Frage war wann und wo.

Thomas und Peckham waren immer noch unten im Tunnel und führten Buch über die Waren, die für diese Lieferung nach London auf die Wagen geladen wurden. Barnaby wusste, sie würden nicht viel länger unten bleiben. Er sah zu den Schmugglern am anderen Ende der Scheune. Sie waren mit dem vorletzten Wagen fertig und begannen damit, den Rest der Schmuggelwaren auf den letzten zu laden.

Barnaby ging davon aus, dass die beiden Karren zeitgleich abfahren und ihn und Lamb mit Thomas und Peckham allein lassen würden. Halblaut fragte er Lamb:

»Kannst du deine Arme nach vorne bekommen? Meine Hände haben sie so fest gebunden, dass ich sie praktisch nicht bewegen kann.«

Die Schmuggler hatten Lamb nur die Hände auf den Rücken gebunden, nicht auch noch die Arme gefesselt wie bei Barnaby.

»Das versuche ich schon seit fünf Minuten«, brummte Lamb, »nur noch einen Moment …«

Neben sich spürte Barnaby einen Ruck, dann hörte er Lamb grunzen.

»So ist es viel besser«, sagte Lamb, der seine gefesselten Hände endlich vor sich hatte.

»Und wo ist jetzt dein Messer?«

»Wir nehmen einfach meines«, erklärte Emily leise hinter Barnaby und versetzte beiden Männern damit einen gewaltigen Schreck.

Ein Dutzend Fragen lagen zwischen ihnen in der Luft, aber sie hatten keine Zeit dafür. Sobald sie in Sicherheit waren, konnte sie sie nach Herzenslust stellen. Es würde Erklärungen geben … und Schelte, überlegte Emily grimmig. Standpauken für beide Männer, von denen ihnen noch eine Weile die Ohren klingen würden, aber erst nachher.

Ihr Messer durchtrennte die Stricke um Barnabys Arme, und kurz darauf waren auch seine Hände frei. Er griff nach dem Messer in seinem Stiefel und fragte:

»Wie hast du es erraten?«

Emily, die damit beschäftigt war, Lambs Hände zu befreien, erwiderte ruhig:

»Sobald ich wusste, dass du in den Tunnel hinuntergestiegen, aber nicht zurückgekehrt bist, schien es die logischste Lösung, dich hier suchen zu gehen.«

»Logisch und vollkommen verrückt«, murmelte Mathew und kroch neben Emily.

Barnaby starrte ihn ungläubig an, er konnte in der herrschenden Dunkelheit kaum sein Gesicht erkennen.

»Wie, zum Teufel …?«

»Cornelia verbürgt sich für ihn«, sagte Emily schlicht.

»Ich habe ihm alles erzählt.« Sie griff in ihre Tasche und reichte Barnaby die Pistole.

»Falls wir uns den Weg frei kämpfen müssen«, flüsterte sie, »solltest du die hier haben.« Sie lächelte breit. »Ich bin sicher, du bist ein besserer Schütze als ich.«

Barnabys Finger schlossen sich um die Waffe, und sein Herz war mit einem Mal bis zum Überfließen voll mit Liebe für sie, sodass er es kaum wagte, zu sprechen. Lamb hatte recht. Sie war eine Amazone. Und sie war Sein.

Der zweite Wagen war fertig beladen, und einer der Schmuggler fasste nach oben und blies die Laterne in der Mitte des Stalles aus, sodass die Stelle, wo Barnaby und die anderen hockten, noch tiefer in Schatten getaucht war.

»Es sieht so aus, als machten sie sich zum Aufbruch bereit«, sagte Mathew.

»Ich schlage vor, wir schauen, dass wir von hier wegkommen und der zuständigen Stelle melden, was hier vor sich geht.«

Barnabys und Lambs Blicke trafen sich.

»Äh, ich denke, das wäre nicht so klug«, erwiderte Barnaby, der nach Worten suchte. Er wollte, dass Thomas Joslyn aufgehalten wurde, aber ihm wollte nicht einleuchten, warum Mathew und Simon unter der öffentlichen Bloßstellung und dem Skandal leiden sollten, der unweigerlich auf die Entlarvung ihres Bruders als Geldgeber und aktiv Beteiligter bei einer üblen Schmuggelbande folgen würde. Thomas hatte bereits erklärt, dass Mathew nichts mit den Anschlägen auf sein Leben zu tun hatte, und mit dem Schmuggel auch nicht. Aber wie würde Mathew empfinden, wenn er gezwungen wäre, sich für eine Seite zu entscheiden? Würde die Zuneigung zu seinem Bruder gegen sie ins Gewicht fallen?

Bei den Wagen tat sich etwas. Ein Neuankömmling war eingetroffen, und im schwachen Licht der verbliebenen Laterne erkannte Barnaby die schlanke Gestalt, die in die Scheune schlenderte und ein Pferd am Zügel hinter sich führte. Barnaby fluchte.

»Nolles!«

»Das Zahlenverhältnis verschlechtert sich wieder«, bemerkte Emily, »aber wir können sie immer noch überwältigen.«

Barnaby schüttelte entschlossen den Kopf. Ein Kampf wäre ihm zwar durchaus recht, zumal er gerne selbst das Recht in die Hand nehmen würde, aber nicht, wenn seine Frau dabei in Gefahr geriet. Er kam sich schon dumm genug vor, ihnen so unbedarft wie ein grüner Junge in die Hände gefallen zu sein. Jedenfalls würde er nicht das Risiko erhöhen, das Emily bereits eingegangen war.

Der heutige Tag und seine Erkenntnisse waren kein Totalverlust, sagte er sich. Er kannte die Identität des Mannes, der die Anschläge auf ihn verübt hatte und der Nolles' Geldgeber war. Ein Bericht an Leutnant Deering würde der Verwendung der *Windmere*-Tunnel als Versteck für Schmuggelgut ein Ende bereiten. Es hinterließ zwar auf seiner Zunge einen bitteren Nachgeschmack, wenn er daran dachte, dass Thomas Joslyn und Nolles an diesem Abend nahezu ungeschoren davonkommen sollten, denn das war nicht der Ausgang, den Barnaby sich wünschte, aber es würde reichen müssen … für den Moment. Er und Lamb waren in Sicherheit, und Emily war an seiner Seite. Ja, es war genug.

Lamb blickte ihn an und las die Entscheidung in Barnabys Gesicht.

»Es wird eine andere Gelegenheit geben«, versprach er leise.

Barnaby blickte sich noch einmal um und versteifte sich, als er zwei Gestalten aus der Box mit der Falltür kommen und zu Nolles treten sah. Thomas und Peckham. Wenn er sich nicht irrte, würde Thomas Nolles seine Gefangenen zeigen wollen.

Lamb entdeckte Thomas und Peckham zur selben Zeit wie Barnaby, warf sich zugleich mit ihm zu Boden und kroch zu Emily und Mathew.

»Los, raus hier. Zur Hintertür, schnell«, drängte Barnaby und schob Emily tiefer ins Heu.

Verwirrt, aber dem Befehlston gehorchend, sagte sie nichts, sondern wand sich wie ein Aal durch das Heu und blieb erst stehen, als sie die rückwärtige Wand erreichte. Mit Barnaby und den anderen gleich hinter ihr eilte sie dicht an der Holzwand entlang zur rettenden Tür ins Freie.

Ein Ruf erschallte und ließ sie erstarren.

»Die Gefangenen«, schrie Thomas, »sie sind entkommen! Findet sie, ihr verdammten Idioten!«

Von Angst angetrieben, sprang Emily vor und tastete verzweifelt nach dem Riegel an der Tür; schließlich fand sie ihn und stieß die Tür auf. Barnaby schob sie hindurch und in die Dunkelheit, als schon ein weiterer Ruf erklang:

»Dort hinten, bei der Tür!« Gleichzeitig zerriss ein Schuss die Nacht.

Lamb, der sah, dass Barnaby und die anderen die Tür erreicht hatten, drehte sich um und machte einen Schritt zur Seite, um ihnen Rückendeckung zu geben. Barnaby und Mathew wirbelten mit gezogenen Pistolen herum und stellten sich den Verfolgern. Die einzelne Laterne im vorderen Teil der Scheune war die einzige Lichtquelle, aber da das Licht in ihrem Rücken war, waren von den drei Männern, die auf sie zustürmten, nur die Umrisse ihrer Körper zu erkennen.

Barnaby, der ja wusste, wer sie waren, konnte Thomas mühelos an seiner Größe ausmachen. Nolles war der Kleinste der drei und Peckham der in der Mitte. Thomas war vorne, Nolles bildete das Schlusslicht – von den beiden anderen Schmugglern war nichts zu sehen. Peckham riss den Arm hoch, um auf sie zu schießen, und Barnaby schoss zurück. Der Butler brach zusammen. Thomas blieb stehen und zielte, gab einen Schuss in ihre Richtung ab.

Eine Kugel zischte an Mathews Kopf vorbei; er warf sich zur Seite und erwiderte das Feuer. Der vorderste Mann schrie auf, umklammerte seine Brust und fiel mit dem Gesicht nach unten auf den Scheunenboden.

Nach einem entsetzten Blick auf seine gefallenen Kameraden machte Nolles kehrt und lief zu seinem Pferd. Lamb setzte ihm nach, aber er kam zu spät. Nachdem er gesehen hatte, dass Lamb ihm dicht auf den Fersen war, quietschte Nolles, warf sich auf sein Pferd und trieb das Tier aus der Scheune.

»Beinahe hätte ich den eitlen Gockel erwischt«, sagte er angewidert, als Barnaby sich neben ihn stellte.

»Eine Minute …«

»Es ist nicht wichtig«, antwortete Barnaby.

»Wir haben ihm heute Nacht die Giftzähne gezogen. Ihm werden zwar neue wachsen, aber er wird nicht mehr so gefährlich werden, wie er es war.«

Emily kam zurück in die Scheune gelaufen, ihrem Ehemann direkt in die Arme. Er drückte sie an sich, hauchte einen Kuss auf ihre Stirn und sagte:

»Du hast mir heute Abend das Leben gerettet, Liebste. Danke.«

Ich müsste wütend auf ihn sein, sagte sie sich, *aber wir sind alle am Leben und in Sicherheit*. Sie war schlicht zu glücklich, um ihm gegenüber Groll zu hegen. Außerdem war sie sich darüber im Klaren, wenn ihre Rollen andersherum gewesen wären, sie hätte der Versuchung, die Tunnel zu erforschen, auch nicht widerstehen können. Sie erinnerte sich wieder an die Nacht, als er sie vor Ainsworth gerettet hatte, und erwiderte seine Umarmung, dabei lächelte sie zu ihm auf:

»Dann, denke ich, sind wir quitt.«

Mathew saß auf einem Heuballen und starrte benommen vor sich hin. Er kannte sich mit Duellen aus, wusste, wie es im Krieg zuging, aber die schonungslose Brutalität, wie er sie in dieser Nacht erlebt hatte, überstieg seinen Erfahrungsschatz – und er war erschüttert, dass er daran beteiligt gewesen war. Er schaute auf die beiden reglosen Gestalten auf dem Scheunenboden, wusste, dass sie beide tot waren, wusste, er hatte einen der beiden Männer getötet. *Ich habe heute Abend einen Mann getötet*, musste er immer wieder denken. Er blickte auf die Pistole in seiner Hand, abgestoßen und gleichzeitig eingeschüchtert von ihrer tödlichen Macht.

Lamb kam zu ihm und setzte sich neben ihn.

»Das erste Mal?«, fragte er behutsam.

Mathew schaute ihn verwundert an. Er schluckte und nickte.

»Ich habe schon als Sekundant in ein paar Duellen fungiert und sogar ein oder zwei selbst ausgetragen, aber nie ist jemand gestorben.« Er zwang sich zu einem Lächeln.

»Jemanden umzubringen ist nicht leicht, oder?«

»Nicht für einen Ehrenmann.«

Mathews Blick glitt wieder zu den Gestalten auf dem Boden.

»Wissen wir, wer sie sind?«

»Ja«, antwortete Barnaby. Mit Emily dicht an seiner Seite ging er dorthin, wo Mathew und Lamb saßen.

»Der eine ist der Mann, der versucht hat, mich umzubringen – der andere ist mein Butler Peckham.«

»Peckham!«, rief Mathew abgelenkt, »dein Butler? Aber ... Tom hat ihn eingestellt. Er hat mir geschworen, dass Peckham hervorragende Referenzen habe. Ehrlich, das hier ist ...« Er schüttelte den Kopf, »es ist schlicht unfassbar. Und der andere?«

Barnaby und Lamb sahen einander an. Ein Muskel in Barnabys Wange zuckte, verkrampfte sich. Mit einer Stimme, die sich anfühlte, als habe er rostige Nägel geschluckt, sagte er: »Es tut mir leid, aber es ist Tom.«

Mathew starrte ihn an.

»Tom?«, wiederholte er und stand auf, »mein Bruder Tom?«

Emily schnappte nach Luft und schaute entsetzt auf den Leichnam auf dem Scheunenboden.

Empört und ungläubig erklärte Mathew:

»Ich weiß nicht, was für ein Spiel ihr hier treibt, aber es ist verdammt grausam.«

»Es ist kein Spiel«, stellte Barnaby fest.

»Das glaube ich nicht!«

Mathew drängte sich an Barnaby und Emily vorbei und ging zu der Stelle, wo der größere der beiden Männer lag. Er kniete sich neben ihn und zögerte, dann, nachdem er tief Luft geholt hatte, drehte er den Leichnam um und starrte in das Gesicht seines toten Bruders.

Barnaby und Lamb ritten die Tiere, die in der Scheune angebunden gewesen waren, aber es war ein stilles und niedergeschlagenes Quartett, das von dem Schauplatz der tödlichen Auseinandersetzung fortritt. Es war nur wenig gesprochen worden, aber man hatte entschieden, dass Lamb Luc und Simon über die Vorfälle des Abends unterrichten und sie nach *Windmere* holen würde. An der Weggabelung trennte sich Lamb von ihnen und ritt zum *Dower House*.

In *Windmere* eingetroffen saßen sie schweigend ab und gingen dann, nach einer halblauten Besprechung zwischen Barnaby und Tilden, in Barnabys Arbeitszimmer. Cornelia, von Tilden über ihre Heimkehr informiert, gesellte sich zu ihnen. Kurz darauf betraten Simon, Luc und Lamb mit ernsten Mienen den Raum.

Simon ging sofort zu dem Stuhl, auf dem Mathew wie versteinert saß. Seine Berührung war sanft, als er seinem Bruder die Hand auf die Schulter legte. Mathew zuckte zusammen und schaute zu ihm auf, dann sagte er mit belegter Stimme:

»Ich habe ihn getötet, Simon. Ich habe Thomas getötet. Ich habe meinen eigenen Bruder getötet.«

Simon nickte, spürte Mathews Schmerz wie seinen eigenen. Er war sich nicht ganz sicher, was er selbst angesichts Toms Tod empfand. Er hatte ihm nie nahegestanden, sie hatten einander nicht leiden können, aber er war sein Bruder gewesen … und ein Schmuggler, machte er sich bewusst. Jemand, der zum Mord bereit gewesen war, ja, der mehrere Mordanschläge ausgeführt hatte. Wenn er nicht aufgehalten worden wäre, hätte Tom Barnaby und Lamb kaltblütig umgebracht, um seinen Schmuggel zu schützen. Mathew hatte Tom erschossen, aber unwissentlich, und um sein eigenes Leben zu schützen und das der anderen. Simons Meinung nach war Mathew ein Held und trug keine Schuld an Toms Tod.

Simon wusste, dass die Tage, die vor ihnen lagen, für niemanden von ihnen einfach sein würden – am wenigsten für Mathew. Er litt mit ihm. In einer kurzen Zeitspanne hatte Mathew zusehen müssen, wie ihm der sicher geglaubte Titel mitsamt dem Vermögen entrissen wurde, und jetzt musste er auch noch mit der schrecklichen Bürde leben, seinen eigenen Bruder umgebracht zu haben – und mit dem hässlichen Skandal, den das nach sich ziehen würde.

Er blickte zu Barnaby, der mit hängenden Schultern neben Emily auf dem Sofa saß, und fragte:

»Wann wirst du Deering rufen?«

»Innerhalb der nächsten Stunde«, antwortete Barnaby mit ausdrucksloser Stimme. Er nahm sich ein Brandyglas vom Tisch neben dem Sofa und gönnte sich einen Schluck. Dann stellte er das Glas wieder ab und fügte hinzu:

»Lamb und ich werden ins Dorf reiten und Deering genau erklären, was geschehen ist.« Ohne den Blick von Mathews Gesicht zu nehmen, sagte er langsam:

»Deering wird von uns erfahren, dass Tom heute am späten Nachmittag zu mir gekommen ist mit der Nachricht, dass er entdeckt habe, dass die Schmuggler unsere Tunnel benutzen, um ihre Waren zu lagern.« Barnaby machte eine Pause, wartete, fuhr dann mit gerunzelter Stirn fort:

»Ich denke«, begann er und spann die Geschichte, während er redete, »dass ich Tom gebeten hatte, für mich die alte Scheune zu untersuchen, um zu entscheiden, ob sie abgerissen werden sollte.« Barnaby richtete sich auf.

»Ja, das müsste gehen … und während er dort war, sind ihm die Tunnel wieder eingefallen, in denen er als Kind gespielt hatte. Er hat entschieden nachzusehen, ob der Eingang noch da und benutzbar war. Er war entsetzt, als er die Schmuggelwaren entdeckt hat.«

Mathew versteifte sich, er starrte Barnaby eindringlich

an. Barnaby erwiderte seinen Blick fest, während er weitersprach:

»Wie gesagt, er kam zu mir. Nachdem wir unsere Überraschung verwunden hatten, fanden wir das höchst aufregend. Wie die unerfahrenen Laien, die wir unbestritten sind, haben wir beschlossen, selbst nachzusehen. Peckham hat uns begleitet. Unglücklicherweise waren die Schmuggler in der Höhle, als wir dort angekommen sind. Auf uns wurde geschossen, und in dem folgenden Schusswechsel wurden euer Bruder und mein Butler getötet.«

Als Barnaby aufhörte, herrschte Schweigen, aber Luc und Lamb nickten zustimmend, und Emily und Cornelia starrten Barnaby mit ehrfürchtigem Respekt an.

Cornelia klopfte mit ihrem Gehstock auf den Boden und rief: »Du bist ein ausgezeichneter Lügner. Das gefällt mir!«

Simon schaute Mathew an und sagte leise:

»Matt, ich denke, es wäre am besten, wenn wir es Barnaby und Lamb überlassen, Deering zu erklären, was geschehen ist.«

»Ich soll mich hinter einem Haufen Lügen verstecken?«, rief Mathew empört.

»Nein«, entgegnete Barnaby kühl, »wir alle verstecken uns hinter einem Haufen Lügen, aber ich möchte dich daran erinnern, dass dieser Haufen Lügen die Familie vor einem Skandal bewahren und dafür sorgen wird, dass die öffentliche Meinung deinen Bruder für einen Helden hält. Wir kennen die Wahrheit. Es gibt keinen Grund, unsere schmutzige Wäsche vor aller Augen zu waschen.«

»Was ist mit Nolles?«, wollte Emily wissen.

»Wird er unserer Darstellung nicht widersprechen?«

Barnaby lächelte grimmig.

»Nolles wird es nicht wagen, auch nur ein Wort zu sagen, sonst würde seine Beteiligung daran entlarvt.«

Niemand hatte noch etwas hinzuzufügen; nach einem Augenblick stand Barnaby auf.

»Wenn es keine Einwände gibt, gehen Lamb und ich dann jetzt und suchen Leutnant Deering auf.«

Barnabys Blick traf Mathews. Sie schauten einander einen langen Moment an, dann nickte Mathew langsam und kaum merklich.

Als Barnaby und Lambs Darstellung der Geschehnisse in der alten Scheune bekannt wurde, war es wie erwartet das Gesprächsthema. Deering war begeistert über die Menge der im Tunnel sichergestellten Schmuggelwaren. Und wie Barnaby es vorausgesagt hatte, wurde Thomas zum Helden verklärt. Im Kreise seiner trauernden Verwandten wurde er auf *Monks Abbey* beigesetzt. Bedauerlicherweise kam Nolles ungeschoren davon, der sich über das riesige Schmuggellager in den Tunneln ebenso erstaunt wie alle anderen gab.

Alles in allem war Barnaby mit dem Ausgang zufrieden, aber es gab noch eine letzte Aufgabe, die er erledigen musste, ehe er die Sache abschließen konnte. Eine Woche nach Thomas' Beerdigung beaufsichtigte Barnaby den Abriss der Scheune und das Zuschütten des Zugangs zum Tunnel.

Emily stand an seiner Seite, als der letzte Wagen heranrollte und die letzten großen Steine ablud. Wo früher einmal die Scheune gestanden hatte, waren jetzt nur eine leere Stelle und ein Haufen Steine und Felsstücke dort, wo früher der Tunneleingang gewesen war.

»Es macht mich fast ein wenig traurig, sie zerstört zu sehen«, erklärte Emily, eine Hand auf Barnabys Arm.

»Aber wenigstens wird Nolles sie nicht mehr missbrauchen können.«

Barnaby nickte.

»Wir werden irgendwann einmal seinetwegen etwas unternehmen müssen …« Er grinste.

»Aber im Augenblick würde ich gerne ein ganz langweiliges alltägliches Leben führen. Keine Schmuggler mehr …« Er zog eine Braue hoch.

»Das betrifft deine kleine Bande ebenso wie Nolles'. Und keine Anschläge mehr auf mein Leben.«

Sie lächelte schelmisch und zeigte dabei zwei Grübchen in ihren Wangen.

»Wird das nicht furchtbar langweilig für dich?«

Barnaby lachte, zog sie, ohne sich um die Arbeiter um sie herum zu kümmern, in seine Arme und küsste sie. Emily erwiderte den Kuss; er atmete schwer, als er schließlich seinen Mund von ihrem löste.

»Langweilig?«, fragte er sie lächelnd, und sein Herz floss über vor Liebe zu ihr. »Wenn ich mit einer Amazone verheiratet bin? Das bezweifle ich ernstlich.«

– ENDE –

Danksagung

Zunächst für zwei Menschen, die mein Leben etwas weniger kompliziert machen – Danke!

MICHELLE SHARROCK – meine geduldige Web-Designerin, die sich die größte Mühe gibt, mich, obwohl ich mich mit Händen und Füße dagegen sträube, ins einundzwanzigste Jahrhundert zu zerren.

UND

JERRY MUNN – mein Lieblingsbrombeeren-Pflücker und zudem derjenige, an den ich mich vertrauensvoll wende, wenn es darum geht, in die rätselhaften Tiefen meines Computers hinabzusteigen. Auch er verdient unser aller Mitgefühl.

UND

Wie immer für HOWARD, die wahre Liebe meines Lebens.

»Shirlee Busbee ist die Beste dieses Genres!«

Publishers Weekly

480 Seiten. ISBN 978-3-442-37643-8

Bei dem Versuch während eines Kostümfests einige pikante Briefe aus dem Besitz von Lord Ormsby zu stehlen, wird die junge Witwe Juliana von ihrem Jugendfreund Asher Cordell überrascht. Doch was macht Asher selbst mitten in der Nacht in der Bibliothek des Lords? Als Juliana den attraktiven Charmeur um Hilfe bittet, knistert es gewaltig zwischen ihnen, und unversehens verstricken sie sich in ein Netz aus wilder Leidenschaft, heimtückischer Erpressung und Mord!

Lesen Sie mehr unter: **www.blanvalet.de**